目 录

上 册

读者
READERS

读者的散文

《读者》三十五年精华文丛

上

读者杂志社编选

新 星 出 版 社 NEW STAR PRESS

图书在版编目（CIP）数据

读者的散文：全2册/读者杂志社编选．—北京：新星出版社，2016.5

ISBN 978-7-5133-2128-0

Ⅰ.①读… Ⅱ.①读… Ⅲ.①散文集－世界 Ⅳ.①I16

中国版本图书馆CIP数据核字（2016）第076779号

读者的散文

读者杂志社　编选

责任编辑：高晓岩
特约编辑：曹榆萍
责任印制：李珊珊
装帧设计：曹　静　@hakuna陆壹

出版发行：新星出版社
出 版 人：谢　刚
社　　址：北京市西城区车公庄大街丙3号楼　　100044
网　　址：www.newstarpress.com
微　　博：@新星出版社
电　　话：010-88310888
传　　真：010-65270449
法律顾问：北京市大成律师事务所

读者服务：010-88310811　　service@newstarpress.com
邮购地址：北京市西城区车公庄大街丙3号楼　　100044

印　　刷：北京市松源印刷有限公司
开　　本：889mm×1194mm　　1/32
印　　张：30
字　　数：600千字
版　　次：2016年5月第一版　2016年5月第一次印刷
书　　号：ISBN 978-7-5133-2128-0
定　　价：112.00元（上下册）

下　册

关于恋爱

傅雷

一

对终身伴侣的要求，正如对人生一切的要求一样不能太苛。

事情总有正反两面：追得你太迫切了，你觉得负担重，追得不紧了，又觉得不够热烈。温柔的人有时会显得懦弱，刚强了又近于专制。幻想多了未免不切实际，能干的管家太太又觉得俗气。只有长处而没有短处的人在哪儿呢？世界上究竟有没有十全十美的人或事物呢？抚躬自问，自己又完美到什么程度呢？这一类的问题想必你考虑过不止一次。我觉得最主要的还是本质的善良、天性的温厚、开阔的胸襟。有了这三样，其他都可以逐渐培养，而且有了这三样，将来即使遇到大大小小的风波也不致变成悲剧。做艺术家的妻子比做任何人的妻子都难，你要不预先明白这一点，即使你知道“责人太严，责己太宽”，也不容易学会明哲、体贴、容忍。只要能代你解决生活琐事，同时对你的事业感到兴趣就行，对学问的钻研等等暂时不必期望过奢，还得看你们婚后的生活如何。眼前双方先学习相互的尊重、谅解、宽容。

对方把你作为她整个的世界固然很危险，但也很宝贵！你既已发觉，一定会慢慢点醒她；最好旁敲侧击而勿正面提出，还要使她感到那是为了维护她的人格独立，扩大她的世界观。倘若你已经想到奥里维的故事，不妨就把那部书叫她细读一二遍，特别要她注意那一段插曲。像雅葛丽纳那样只知道love，love，love！的人只是童话中人物，在现实世界中非但得不到love，连日子都会过不下去，因为她除了love一无所知，一无所有，一无所爱。这样狭窄的天地哪像一个天地！这样片面的人生观哪会得到幸福！无论男女，只有把兴趣集中在事业上、学问上、艺术上，尽量抛开渺小的自我（ego），才有快活的可能，才觉得活得有意义。未经世事的少女往往会存一个荒诞的梦想，以为恋爱时期的感情的高潮也能在婚后维持下去。这是违反自然规律的妄想。古语说，“君子之交淡如水”；又有一句话说，“夫妇相敬如宾”。可见只有平静、含蓄、温和的感情方能持久，另外一句的意义是说，夫妇到后来完全是一种知己朋友的关系，也即是我们所谓的终身伴侣。未婚之前双方能深切领会到这一点，就为将来打定了最可靠的基础，免除了多少不必要的误会和痛苦。

二

首先，态度和心情都要尽可能的冷静，否则观察不会准确。初期交往容易感情冲动，单凭印象，只看见对方的优点，看不出缺点，甚至夸大优点，美化缺点。便是与同性朋友相交也不免如此，对异性更是常有的事。许多青年男女婚前极好，而婚后逐渐相左，甚至反目，往往是这个原因。感情激动时期不仅会耳不聪、目不明，看不清对方，自己也会无意识地只表现好的方面，把缺点隐藏起来。保持冷静还有一个好处，就是不至于为了谈恋爱而荒废正业，或是影响功课或是浪费时间或是损害健康，或是遇到或大或小的波折时扰乱心情。

我一生从来不曾有过“恋爱至上”的看法。“真理至上”“道德至上”“正义至上”这种种都应当作为立身的原则。恋爱不论在如何狂热的高潮阶段也不能侵犯这些原则。朋友也好，妻子也好，爱人也好，一遇到重大关头，与真理、道德、正义等等有关的问题，决不让步。

其次，人是最复杂的动物，观察决不可简单化，而要耐心、细致、深入，经过相当的时间，各种不同的事故和场合。处处要把科学的客观精神和大慈大悲的同情心结合起来。对方的优点，要认清是不是真实可靠的，是不是你自己想象出来的，或者是夸大的。对方的缺点，要分出是否与本质有关。与本质有关的缺点，不能因为其他次要的优点而加以忽视。次要的缺点也得辨别是否能改，是否发展下去会影响品性或日常生活。人人都有缺点，谈恋爱的男女双方都是如此。问题不在于找一个全无缺点的对象，而是要找一个双方缺点都能各自认识，各自承认，愿意逐渐改，同时能彼此容忍的伴侣。（此点很重要。有些缺点双方都能容忍，有些则不能容忍，日子一久即造成裂痕。）最好双方尽量自然，不要做作，各人都拿出真面目来，优缺点一齐让对方看到。必须彼此看到了优点，也看到了缺点，觉得都可以相忍相让，不会影响大局的时候，才谈得上进一步的了解；否则只能做一个普通的朋友。可是要完全看出彼此的优缺点，需要相当时间，也需要各种大大小小的事故来考验；绝对急不来！更不能轻易下结论（不论是好的结论或坏的结论）！唯有极坦白，才能暴露自己；而暴露自己的缺点总是越早越好，越晚越糟！为了求恋爱成功而尽量隐藏自己的缺点的人其实是愚蠢的。当然，在恋爱中不知不觉表现出自己的光明面，不知不觉隐藏自己的缺点，不在此例。因为这是人的本能，而且也证明爱情能促使我们进步，往善与美的方向发展，正是爱情的伟大之处，也是古往今来的诗人歌颂爱情的主要原因。小说家常常提到，我们在生活中也一再经历：恋爱中的男女往往比平时聪明；读起书来也理解得快；心地也往往格外善良，为了自己幸福而也想使别人幸福，或者减少别人的苦难；同情心扩大就是爱情可贵的具体表现。

除了优缺点，两人性格脾气是否相投也是重要因素。刚柔、软硬、缓急的差别要能相互适应调剂。还有许多表现在举动、态度、言笑、声音……之间说不出也数不清的小习惯，在男女之间也有很大作用，要弄清这些就得冷眼旁观慢慢咂摸。所谓经得起考验乃是指有形无形的许许多多批评与自我批评（对人家一举一动所引起的反应即是无形的批评）。诗人常说爱情是盲目的，但不盲目的爱毕竟更健全更可靠。

长相身材虽不是主要考虑点，但在一个爱美的人也不能过于忽视。

交友期间，尽量少送礼物，少花钱；一方面表明你的恋爱观念与物质关系极少牵连，另一方面也是考验对方。

这是作者写给儿子的信，第一段是给长子傅聪的，第二段是给次子傅敏的。选自《傅雷家书》，标题为编者所拟。——编者注

1983年第1期

草　莓

〔波兰〕雅·伊瓦什凯维奇　韩逸 译

时值九月，但夏意正浓。天气反常暖和，树上也见不到一片黄叶。葱茏茂密的树杈之间，也许个别地方略见疏落，也许这儿或那儿有一片叶子颜色稍淡；但它并不起眼，不去仔细寻找便难以发现。天空像蓝宝石一样晶莹璀璨，挺拔的槲树生机盎然，充满了对未来的信念。农村到处是欢歌笑语。秋收已顺利结束，挖土豆的季节正碰上艳阳天。地里新翻的玫瑰红土块，有如一堆堆深色的珠子，又如野果一般的娇艳。我们许多人一起去散步，兴味酣然。自从我们五月来到乡下以来，一切基本上都没有变，依然是那样碧绿的树，湛蓝的天，欢快的心田。

我们漫步田野。在林间草地上我意外地发现了一颗晚熟的硕大草莓。我把它含在嘴里，它是那样的香，那样的甜，真是一种稀世的佳品！它那沁人心脾的气味，在我的嘴角唇边久久地不曾消逝。这香甜把我的思绪引向了六月，那是草莓最盛的时光。

此刻我才察觉到早已不是六月。每一月，每一周，甚至每一天都有它自已独特的色调。我以为一切都没有变，其实只不过是一种幻觉！草莓的香味形象地使我想起，几个月前跟眼下是多么不一般。那时，树木是另一种模样，我们的欢笑是另一番滋味，太阳和天空也不同于今天。就连空气也不一样，因为那时送来的是六月的芬芳。而今已是九月，这一点无论如何也不能隐瞒。树木是绿的，但只须吹第一阵寒风，顷刻之间就会枯黄；天空是蔚蓝的，但不久就会变得灰惨惨；鸟儿尚没有飞走，只不过是由于天气异常的温暖。空气中已弥漫着一股秋的气息，这是翻耕了的土地、马铃薯和向日葵散发出的芳香。还有一会儿，还有一天，也许两天……

我们常以为自已还是妙龄十八的青年，还像那时一样戴着桃色眼镜观察世界，还有着同那时一样的爱好，一样的思想，一样的情感。一切都没有发生任何的突变。简而言之，一切都如花似锦，韶华灿烂。大凡已成为我们的禀赋的东西都经得起各种变化和时间的考验。

但是，只须去重读一下青年时代的书信，我们就会相信，这种想法是何其荒诞。从信的字里行间飘散出的青春时代呼吸的空气，与今天我们呼吸的已大不一般。直到那时我们才察觉，我们度过的每一天时光，都赋予了我们不同的色彩和形态。每日朝霞变幻，越来越深刻地改变着我们的心性和容颜；似水流年，彻底再造了我们的思想和情感。有所剥夺，也有所增添。当然，今天我们还很年轻——但只不过是“还很年轻”！还有许多的事情在前面等着我们去办。激动不安，若明若暗的青春岁月之后，到来的是成年期成熟的思虑，是从容不迫的有节奏的生活，是日益丰富的经验，是一座内心的信仰和理性的大厦的落成。

然而，六月的气息已经一去不返了。它虽然曾经使我们惴惴不安，却浸透了一种不可取代的香味，真正的六月草莓的那种妙龄十八的馨香。

1984 年第 11 期

一个树木的家庭

〔法国〕于·列那尔　　苏应元 译

我是在穿过了一片被阳光烤炙的平原之后遇见他们的。

他们不喜欢声音，没有住到路边。他们居住在未开垦的田野上，靠着一泓只有鸟儿才知道的清泉。

从远处望去，树林似乎是不能进入的。但当我靠近，树干和树干渐渐松开。他们谨慎地欢迎我。我可以休息、乘凉，但我猜测，他们正监视着我，并不放心。

他们生活在家庭里，年纪最大的住在中间，而那些小家伙，有些还刚刚长出第一批叶子，则差不多遍地皆是，从不分离。

他们的死亡是缓慢的，他们让死去的树也站立着，直至朽落而变成尘埃。

他们用长长的枝条相互抚摸，像盲人凭此确信他们全都在那里。如果风气喘吁吁要将他们连根拔起，他们的手臂就愤怒挥动。但是，在他们之间，却没有任何争吵。他们只是和睦地低语。

我感到这才应是我真正的家。我很快会忘掉另一个家的。这些树木会逐渐逐渐接纳我，而为了配受这个光荣，我学习应该懂得的事情：

我已经懂得监视流云。

我也已懂得待在原地一动不动。

而且，我几乎学会了沉默。

1985 年第 3 期

中 年

梁实秋

钟表上的时针是在慢慢的移动着的，移动得如此之慢，使你几乎不感觉到它的移动。人的年纪也是这样的，一年又一年，总有一天会蓦然一惊，已经到了中年。到这时候大概有两件事使你不能不注意。讣闻不断的来，有些性急的朋友已经先走一步，很煞风景；同时又会忽然觉得一大批一大批的青年小伙子在眼前出现，从前也不知是在什么地方藏着的，如今一齐在你眼前摇晃，磕头碰脑的尽是些昂然阔步、满面春风的角色，都像是要去吃喜酒的样子。自己的伙伴一个个地都入蛰了，把世界交给了青年人。所谓“耳畔频闻故人死，眼前但见少年多”，正是一般人中年的写照。

从前杂志背面常有“韦廉士红色补丸”的广告，画着一个憔悴的人，弓着身子，手扶在腰上，旁边注着“图中寓意”四字。那寓意对于青年人是相当深奥的。可是这幅图画却常在一般中年人的脑海里涌现，虽然他不一定想吃

“红色补丸”，那点寓意他是明白的了。一根黄松的柱子，都有弯曲倾斜的时候，何况是二十六块碎骨头拼凑成的一条脊椎？年青人没有不好照镜子的，在店铺的大玻璃窗前照一下都是好的，总觉得大致上还有几分姿色。这顾影自怜的习惯逐渐消失，以至于有一天偶然揽镜，突然发现额上刻了横纹，那线条是显明而有力，心想那是抬头纹，可是低头也还是那样。再一细看，头顶上的头发有搬家到腮旁颔下的趋势。而最令人怵目惊心的是，鬓角上发现几根白发，是一惊非同小可，平生一毛不拔的人到这时候也不免要狠心的把它拔去，拔毛连茹，头发根上还许带着一颗鲜亮的肉珠。但是没有用，岁月不饶人！

一般的妇人到了中年，更着急。哪个年轻女子不是饱满丰润得像一颗牛奶葡萄，一弹就破的样子？哪个年轻女子不是玲珑矫健得像一只燕子，跳动得那么轻灵？到了中年，全变了。曲线都还存在，但满不是那么回事，该凹入的部分变成了凸出，该凸出的部分变成了凹入，牛奶葡萄要变成为金丝蜜枣，燕子要变鹌鹑。最暴露在外面的是一张脸，从“鱼尾”起皱纹撒出一面网，纵横辐辏，疏而不漏，把脸逐渐织成一幅铁路线最发达的地图，脸上的皱纹已经不是熨斗所能烫得平的，同时也不知怎么皱纹之外还常常加上那么多的苍蝇屎。所以脂粉不可少。除非粪土之墙，没有不可圬的道理。在原有的一张脸上再罩上一张脸，本是最简便的事。不过在上妆之前下妆之后容易令人联想起《聊斋志异》的那一篇《画皮》而已。女人的肉好像最禁不起地心的吸力，一到中年便一齐松懈下来往下堆摊，成堆的肉挂在脸上，挂在腰边，挂在踝际。听说有许多西洋女子用擀面杖似的一根棒子早晚浑身乱搓，希望把浮肿的肉压得结实一点，又有些人干脆忌食脂肪，忌食淀粉，扎紧裤带，活生生的把自己“饿”回青春去。有多少效果，我不知道。

别以为人到中年，就算完事。不。譬如登临，人到中年像是攀跻到了最高峰。回头看看，一串串的小伙子正在“头也不回、汗也不揩”地往上爬。再仔细看看，路上有好多块绊脚石，曾把自己磕碰得鼻青脸肿，有好多处陷阱，使自己做了若干年的井底蛙。回想从前，自己做过扑灯蛾，惹火焚身；自己做过撞窗户纸的苍蝇，一心想奔光明，结果落在粘苍蝇的胶纸上！这种种景象的观察，只有站在最高峰上才有可能。向前看，前面是下坡路，好走得多。

施耐庵《水浒》序云：“人生三十未娶，不应再娶；四十未仕，不应再仕。”其实“娶”“仕”都是小事，“不娶不仕”也罢，只是这种说法有点中途弃权的意味。西谚云：“人的生活在四十才开始。”好像四十以前，不过是几出配戏，好戏都在后面。我想这与健康有关，吃窝头米糕长大的人，拖到中年就算不易，生命力已经蒸发殆尽。这样的人焉能再娶？何必再仕？服“维他赐保命”都嫌来不及了。我看见过一些得天独厚的男男女女，年轻的时候愣头愣脑的，浓眉大眼，生僵挺硬，像是一些又青又涩的毛桃子，上面还带着挺长的一层毛。他们是未经琢磨过的璞石。可是到了中年，他们变得润泽了，容光焕发，脚底下像是有了弹簧，一看就知道是内容充实的。他们的生活像是在饮窖里藏了多年的陈酒，浓而芳冽！对于他们，中年没有悲哀。

四十开始生活，不算晚，问题在“生活”二字如何注释。如果年届不惑，再学习溜冰、踢毽子、放风筝，“偷闲学少年”，那自然有如秋行春令，有点勉强。半老徐娘，留着“刘海”，躲在茅房里穿高跟鞋当作踩高跷般的练习走路，那也是惨事。中年的妙趣，在于相当的认识人生，认识自己，从而做自己所能做的事，享受自己所能享受的生活。科班的童伶宜于唱全本的大武戏，中年的演员才能担得起大出的轴子戏，只因他到中年才能真懂得戏的内容。

1986 年第 4 期

生与死

〔意大利〕达·芬奇　　劳荣 译

啊，你睡了。什么是睡眠？睡眠是死的形象。唔，为什么不让你的工作成为这样：死后你成为不朽的形象；好像活着的时候，你睡得成了不幸的死人。

每一种灾祸在记忆里留下悲哀，只有最大的灾祸——死亡，不是这样；死亡把记忆和生命一股脑儿毁灭。

正像劳累的一天带来愉快的睡眠一样，勤劳的生命带来愉快的死亡。

当我想到我正在学会如何去生活的时候，我已经学会如何去死亡了。

年岁飞逝，它偷偷地溜走，再没有比时光易逝的了，但谁播种道德，谁就收获荣誉。

废铁会生锈；死水会变得不清洁，在冷空气里还会冻结；懒惰甚至会逐渐毁坏头脑的活动力。

勤劳的生命是长久的。

河川之水，你所触到的前浪的浪尾也就是后浪的浪头：因此，对于时间要珍惜现在。

人们错误地痛惜时间的飞逝，抱怨它去得太快，看不到这一段时期并不短暂；而自然所赋予我们的好记忆使过去已久的事情如同就在眼前。

我们的判断，不能按照事情的精确的顺序，推断不同时期所要过去的事情，因为发生在许多年前的许多事情和现在仿佛是密切关联的，目前的许多事情到我们后辈的遥远年代将视为邈古。对眼睛来说也是如此，远处的东西被太阳光所照的时候仿佛就近在眼前，而眼前的东西却仿佛很远。

唔，时间！你消蚀万物！唔，嫉妒的年岁，你摧毁万物，而且用坚利的一年一年的牙齿吞噬万物，一点一点地、慢慢地叫它们死亡！海伦，当她照着镜子，看到老年在她脸上留下憔悴的皱纹时，她哭泣了，而且不禁对自己寻思：为什么她竟被两次带走。

唔，时间啊，你耗蚀万物！唔，嫉妒的年岁，万物因你而消逝！

1986 年第 10 期

初升之月的魅力

〔美国〕彼得·斯坦哈特　　曾庆强 译

我家附近有一座小山，我常常在夜间爬上去。城市的噪音变成了远远的低语。在黑暗的寂静中，我分享着蟋蟀的欢乐和鸱鸺的自信。但我来观看的是月出的话剧。因为，这使我心中重新获得被城市过于慷慨地消耗掉的宁静与明澈。

从这座小山上，我已观看过多次的月出。每一次月出都有其独特的情调。有又大又圆、充满信心的丰收的秋月；有羞涩、朦胧的春月；有升起在浓墨般的天空那完全的宁静中的孤独、发白的冬月；有挂在干旱的田野上，被烟雾熏染的桔色的夏月。每一次月出，就像美妙的音乐一样，激动我的心弦，然后又抚慰我的心灵。

凝望月亮是一门古老的艺术。对于史前时代的猎人们来说，头顶上的月亮就像心跳一样准确无误。他们知道，每隔二十九天，月亮就会变得丰满圆润，光华四射，然后生病消瘦而死去，接着又再次诞生。他们知道，逐渐丰盈的月亮在一天接一天的日落之后会显得更大，在头上的位置更高。他们知道，逐渐亏缺的月亮一夜比一夜升起得晚，直到消失在日出之中。能凭经验懂得月亮的变化模式一定是一件很深奥的事。

但我们住在户内的人，却与月亮失去了联系。路灯的闪烁和污染的灰尘像面纱一样遮住了夜空。虽然，人类已经在月球上漫步，但月亮却变得不是那么熟悉了。我们之中很少有人能说出当晚的月亮将在什么时间升起。

然而，它仍然在吸引着我们的思绪。如果我们毫无预料地突然看到一轮满月，巨大金黄，挂在地平线上，我们会茫然不知所措，只能凝眸回望它那端庄的仪容。而对那些凝望者，月亮是会有所赐予的。

我懂得月亮的赐予是在一个七月的晚上，在山上。汽车发动机神秘地熄了火，我给困在那里，孤身一人。太阳已经落山了，我注视着东面，在一道山脊的那一边有一团明亮的橘黄色的光亮，看上去像林中的篝火。突然间，那道山脊本身似乎猛地燃烧了起来。接着，那初升的月亮又大又红，由于夏日大气中的灰尘和水汽而变得形状怪诞，从树林中赫然升起。

就这样，由于被大地灼热的气息所歪曲，月亮看起来性格乖戾，残缺不全。附近农舍的狗都神经质地吠叫起来，似乎这种怪异的光唤醒了树林中邪恶的精灵。

但是，当月亮脱离了山脊而升起时，它聚集了越来越多的坚定性和权威感。它的面色变化着，从红色变成橘色，变成金色，再变成冷黄色。它似乎是从暗淡下来的大地中吸取着光明，因为，随着月亮的上升，下面的山峦和山谷变得越来越暗淡无光。当月亮脱离了地平线，胸脯丰满浑圆，带着象牙色的清辉独自挂在那里时，山谷已成了这幅景色中的一些深深的阴影。那些狗，意识到这依然是熟悉的月亮，停止了吠叫。突然间，我感到一种自信和一种几乎想放声大笑的欢乐。

这一幕延续了一个小时。月出是缓慢的，充满了种种微妙之处。要观赏它，我们必须渐渐置身于更古老、更耐心的时间观念之中。观赏月亮执著地逐渐升高就是在我们自己心中找到一种不寻常的宁静。我们的想象力渐渐意识到宇宙的广漠、大地的无垠，感到我们自身的存在是多么不可思议。我们感到渺小，但享有特殊的荣幸。

月光从不向我们显示生活的任何一道较坚硬的边缘。月光下，山坡看起来如丝织银铸，海洋则显得静谧、深蓝。在月光中，我们变得不再那样斤斤计较，而更被我们的感情所吸引。

在这样的时刻，会发生一些奇迹。在那个七月之夜，我观赏了一两个小时的月亮，然后回到汽车中，转动点火器的钥匙，接着便听见发动机开动了起来，正像几小时前熄火时一样神秘。我驱车下山，肩上浴着月光，心中充满宁静。

我常常回到初升之月的身边，特别是当各种事务把悠闲和梦幻挤到我生活的一个小小的角落中去时，我更受到强烈的吸引。这种情况在秋天经常发生。于是我就到我的小山上去，等待那猎人的月亮，巨大、金黄的月亮升起在地平线上，使夜充满梦幻。

一只鸱鸺从山岭之巅猝然扑下，无声无息，但明亮如焰。一只蟋蟀在草丛中尖声吟唱。我想起诗人和音乐家，想起贝多芬的《月光奏鸣曲》，想起莎士比亚在《威尼斯商人》中创作的罗兰佐说道："月光睡眠在这岸上何等美妙！让我们在这里坐下，让音乐之声轻轻注入我们耳中。"我思索着，他们的诗句与音乐是否像蟋蟀的乐曲一样，在某种意义上正是月亮的嗓音。带着这样的思绪，我那城市生活引起的茫然迷乱融化在夜的安谧之中。

恋人们和诗人们在夜里找到更深刻的含义。我们也都会情不自禁地提出更深刻的问题——关于我们的起源、我们的命运。我们沉溺在谜之中，而不是那统治着白昼世界的没有人情味的几何。我们变成了哲学家和神秘主义者。

在月亮升起时，当我们按照天空的速度减缓我们大脑的节奏时，魔力就悄悄地笼罩了我们。我们打开感情的阀门，使我们大脑中那些在白昼里被理智锁住的部分驱动起来。越过遥远的时空，我们倾听古代猎人们的喃喃低语，看见久远以前诗人们和恋人们的幻梦重现。

1986年第10期

珍珠鸟

冯骥才

真好！朋友送我一对珍珠鸟。放在一个简易的竹条编成的笼子里，笼内还有一卷干草，那是小鸟舒适又温暖的巢。

有人说，这是一种怕人的鸟。

我把它挂在窗前。那儿还有一盆异常茂盛的法国吊兰。我便用吊兰长长的、串生着小绿叶的垂蔓蒙盖在鸟笼上，它们就像躲进深幽的丛林一样安全；从中传出的笛儿般又细又亮的叫声，也就格外轻松自在了。

阳光从窗外射入，透过这里，吊兰那些无数指甲状的小叶，一半成了黑影，一半被照透，如同碧玉；斑斑驳驳，生意葱茏。小鸟的影子就在这中间隐约闪动，看不完整。有时连笼子也看不出，却见它们可爱的鲜红小嘴儿从绿叶中伸出来。

我很少扒开叶蔓瞧它们，它们便渐渐敢伸出小脑袋瞅瞅我。我们就这样一点点熟悉了。

三个月后，那一团愈发繁茂的绿蔓里边，发出一种尖细又娇嫩的鸣叫。我猜到，是它们有了雏儿。我呢？决不掀开叶片往里看，连添食加水时也不睁大好奇的眼去惊动它们。过不多久，忽然有一个小脑袋从叶间探出来。更小哟，雏儿！正是这个小家伙！

它小，就能轻易地由疏格的笼子钻出身。瞧，多么像它的母亲：红嘴红脚，灰蓝色的毛，只是后背还没有生出珍珠似的圆圆的白点；它好肥，整个身子好像一个蓬松的球儿。

起先，这小家伙只在笼子四周活动，随后就在屋里飞来飞去，一会儿落在柜顶上，一会儿神气十足地站在书架上，啄着书背上那些大文豪的名字；一会儿把灯绳撞得来回摇动，跟着逃到画框上去了。只要大鸟在笼里生气地叫一声，它立即飞回笼里去。

我不管它。这样久了，打开窗子，它最多只在窗框上站一会儿，决不飞出去。

渐渐它胆子大了，就落在我书桌上。

它先是离我较远，见我不去伤害它，便一点点挨近，然后蹦到我的杯子上，俯下头来喝茶，再偏过脸瞧瞧我的反应。我只是微微一笑，依旧写东西，它就放开胆子跑到稿纸上，绕着我的笔尖蹦来蹦去，跳动的小红爪子在纸上发出嚓嚓响。

我不动声色地写，默默享受着这小家伙亲近的情意。

这样，它完全放心了，索性用那涂了蜡似的、角质的小红嘴，“嗒嗒”啄着我颤动的笔尖。我用手抚一抚它细腻的绒毛，它也不怕，反而友好地啄两下我的手指。

白天，它这样淘气地陪伴我；天色入暮，它就在父母的再三呼唤声中，飞向笼子，扭动滚圆的身子，挤开那些绿叶钻进去。

有一天，我伏案写作时，它居然落到我的肩上。我手中的笔不觉停了，生怕惊跑它。待一会儿，扭头看，这小家伙竟扒在我的肩头睡着了，银灰色的眼睑盖住眸子，小红脚刚好给胸脯上长长的绒毛盖住。我轻轻抬一抬肩，它没醒，睡得好熟！还呷呷嘴，难道在做梦？我笔尖一动，流泻下一时的感受：信赖，往往创造出美好的境界。

1986 年第 12 期

合欢树

史铁生

十岁那年，我在一次作文比赛中得了第一。母亲那时候还年轻，急着跟我说她自己，说她小时候的作文作得还要好，老师甚至不相信那么好的文章会是她写的。“老师找到家来问，是不是家里的大人帮了忙。我那时可能还不到十岁呢。”我听得扫兴，故意笑：“可能？什么叫‘可能还不到’？”她就解释。我装做根本不在意她的话，对着墙打乒乓球，把她气得够呛。不过我承认她聪明，承认她是世界上长得最好看的女的。她正给自己做一条蓝底白花的裙子。

我二十岁时，我的两条腿残废了。除去给人家画彩蛋，我想我还应该再干点别的事，先后改变了几次主意，最后想学写作。母亲那时已不年轻，为了我的腿，她头上开始有了白发。医院已明确表示，我的病目前没法治。母亲的全副心思却还放在给我治病上，到处找大夫，打听偏方，花了很多钱。她倒总能找来些稀奇古怪的药，让我吃，让我喝，或是洗、敷、熏、灸。“别浪费时间啦，根本没用！”我说。我一心只想着写小说，仿佛那东西能把残疾人救出困境。“再试一回，不试你怎么知道会没用？”她每说一回都虔诚地抱着希望。然而对我的腿，有多少回希望就有多少回失望。最后一回，我的胯上被熏成烫伤。医院的大夫说，这实在太悬了，对于瘫痪病人，这差不多是要命的事。我倒没太害怕，心想死了也好，死了倒痛快。母亲惊惶了几个月，昼夜守着我，一换药就说：“怎么会烫了呢？我还总是在留神呀！”幸亏伤口好起来，不然她非疯了不可。

后来她发现我在写小说。她跟我说：“那就好好写吧。”我听出来，她对治好我的腿也终于绝望。“我年轻的时候也喜欢文学，跟你现在差不多大的时候，我也想过搞写作。你小时候的作文不是得过第一吗？那就写着试试看。”她提醒我说。我们俩都尽力把我的腿忘掉。她到处去给我借书，顶着雨或冒着雪推我去看电影，像过去给我找大夫、打听偏方那样，抱了希望。

三十岁时，我的第一篇小说发表了，母亲却已不在人世。过了几年，我的另一篇小说也获了奖，母亲已离开我整整七年了。

获奖之后，登门采访的记者就多。大家都好心好意，认为我不容易。但是我只准备了一套话，说来说去就觉得心烦。我摇着车躲了出去。坐在小公园安静的树林里，想：上帝为什么早早地召母亲回去呢？迷迷糊糊的，我听见回答：“她心里太苦了。上帝看她受不住了，就召她回去。”我的心得到一点安慰，睁开眼睛，看见风正在树林里吹过。

我摇车离开那儿，在街上瞎逛，不想回家。

母亲去世后，我们搬了家。我很少再到母亲住过的那个小院子去。小院在一个大院的尽里头，我偶儿摇车到大院儿去坐坐，但不愿意去那个小院子，推说手摇车进去不方便。院子里的老太太们还都把我当儿孙看，尤其想到我又没了母亲，但都不说，光扯些闲话，怪我不常去。我坐在院子当中，喝东家的茶，吃西家的瓜。有一年，人们终于又提到母亲：“到小院子去看看吧，你妈种的那棵合欢树今年开花了！”我心里一阵抖，还是推说手摇车进出太不易。大伙就不再说，忙扯到别的，说起我们原来住的房子里现在住了小两口，女的刚生了个儿子，孩子不哭不闹，光是瞪着眼睛看窗户上的树影儿。

我没料到那棵树还活着。那年，母亲到劳动局去给我找工作，回来时在路边挖了一棵刚出土的绿苗，以为是含羞草，种在花盆里，竟是一棵合欢树。母亲从来喜欢那些东西，但当时心思全在别处。第二年合欢树没有发芽，母亲叹息了一回，还不舍得扔掉，依然让它留在瓦盆里。第三年，合欢树不但长出了叶子，而且还比较茂盛。母亲高兴了好多天，以为那是个好兆头，常去侍弄它，不敢太大意。又过了一年，她把合欢树移出盆，栽在窗前的地上，有时念叨，不知道这种树几年才开花。再过一年，我们搬了家，悲痛弄得我们都把那棵小树忘记了。

与其在街上瞎逛，我想，不如去看看那棵树吧。我也想再看看母亲住过的那间房。我老记着，那儿还有个刚来世上的孩子，不哭不闹，瞪着眼睛看树影儿。是那棵合欢树的影子吗？

院子里的老太太们还是那么喜欢我，东屋倒茶，西屋点烟，送到我跟前。大伙都不知道我获奖的事，也许知道，但不觉得那很重要；还是都问我的腿，问我是否有了正式工作。这回，想摇车进小院儿真是不能了。家家门前的小厨房都扩大了，过道窄得一个人推自行车进去也要侧身。我问起那棵合欢树，大伙说，年年都开花，长得跟房子一样高了。这么说，我再看不见它了。我要是求人背我去看，倒也不是不行。我挺后悔前两年没有自己摇车进去看看。

我摇车在街上慢慢走，不想急着回家。人有时候只想独自静静地待一会。悲伤也成享受。

有那么一天，那个孩子长大了。会想起童年的事，会想起那些晃动的树影儿，会想起他自己的妈妈。他会跑去看看那棵树。但他不会知道那棵树是谁种的，是怎么种的。

1987 年第 12 期

秋天的怀念

史铁生

双腿瘫痪后，我的脾气变得暴怒无常。望着望着天上北归的雁阵，我会突然把面前的玻璃砸碎；听着听着李谷一甜美的歌声，我会猛地把手边的东西摔向四周的墙壁。母亲就悄悄地躲出去，在我看不见的地方偷偷地听着我的动静。当一切恢复沉寂，她又悄悄地进来，眼边红红的，看着我。“听说北海的花儿都开了，我推着你去走走。”她总是这么说。母亲喜欢花，可自从我的腿瘫痪后，她侍弄的那些花都死了。“不，我不去！”我狠命地捶打这两条可恨的腿，喊着：“我活着有什么劲！”母亲扑过来抓住我的手，忍住哭声说：“咱娘儿俩在一块儿，好好儿活，好好儿活……”

可我却一直都不知道，她的病已经到了那步田地。后来妹妹告诉我，她常常肝疼得整宿整宿翻来覆去地睡不了觉。

那天我又独自坐在屋里，看着窗外的树叶“唰唰啦啦”地飘落。母亲进来了，挡在窗前：“北海的菊花开了，我推着你去看看吧。”她憔悴的脸上现出央求般的神色。“什么时候？”“你要是愿意，就明天？”她说。我的回答已经让她喜出望外了。“好吧，就明天。”我说。她高兴得一会坐下，一会站起：“那就赶紧准备准备。”“唉呀，烦不烦？几步路，有什么好准备的！”她也笑了，坐在我身边，絮絮叨叨地说着：“看完菊花，咱们就去‘仿膳’，你小时候最爱吃那儿的豌豆黄儿。还记得那回我带你去北海吗？你偏说那杨树花是毛毛虫，跑着，一脚踩扁一个……”她忽然不说了。对于“跑”和“踩”一类的字眼儿，她比我还敏感。她又悄悄地出去了。

她出去了，就再也没回来。

邻居们把她抬上车时，她还在大口大口地吐着鲜血。我没想到她已经病成那样。看着三轮车远去，也绝没有想到那竟是永远的诀别。

邻居的小伙子背着我去看她的时候，她正艰难地呼吸着，像她那一生艰难的生活。别人告诉我，她昏迷前的最后一句话是：“我那个有病的儿子和我那个还未成年的女儿……”

又是秋天，妹妹推我去北海看了菊花。黄色的花淡雅，白色的花高洁，紫红色的花热烈而深沉，泼泼洒洒，秋风中正开得烂漫。我懂得母亲没有说完的话。妹妹也懂。我俩在一块儿，要好好儿活……

1988 年第 4 期

大海日出

〔日本〕德富芦花　　陈德文 译

撼枕的涛声将我从梦中惊醒，遂起身打开房门。此时正是明治二十九年十一月四日清晨，我正在铫子的水明楼之上，楼下就是太平洋。

凌晨四时过后，海上仍然一片昏黑。只有澎湃的涛声。遥望东方，沿水平线露出一带鱼肚白。再上面是湛蓝的天空，挂着一弯金弓般的月亮，光洁清雅，仿佛在镇守东瀛。左面伸出黑黝黝的犬吠岬。岬角尖端灯塔上的旋转灯，在陆海之间不停地划出一轮轮白色的光环。

一会儿，晓风凛冽，掠过青黑色的大海。夜幕从东方次第揭开。微明的晨光，踏着青白的波涛由远而近。海浪拍击着黑色的矶岸，越来越清晰可辨。举目仰望，那晓月不知何时由一弯金弓化为一弯银弓。东方天际也次第染上了清澄的黄色。银白的浪花和黝黑的波谷在浩渺的大海上明灭。夜梦犹在海上徘徊，而东边的天空已睁开眼睛。太平洋的黑夜就要消逝了。

这时，曙光如鲜花绽放，如水波四散。天空，海面，一派光明，海水渐渐泛白，东方天际越发呈现出黄色。晓月、灯塔自然地黯淡下来，最后再也寻不着了。此时，一队候鸟宛如太阳的使者掠过大海。万顷波涛尽皆企望着东方，发出一种期待的喧闹——无形之声充满四方。

五分钟过去了——十分钟过去了。眼看着东方迸射出金光。忽然，海边浮出了一点猩红，多么迅速，使人无暇想到这是日出。屏息注视，霎时，海神高擎手臂，只见红点出水，渐次化作金线、金梳、金蹄。随后，旋即一摇，摆脱了水面。红日出海，霞光万斛，朝阳喷彩，千里熔金。大洋之上，长蛇飞动，直奔眼底。面前的矶岸顿时卷起两丈多高的金色雪浪。

1988 年第 5 期

拣麦穗

张洁

当我刚刚能够歪歪咧咧地提着一个篮子跑路的时候，我就跟在大姐姐的身后拣麦穗了。

那篮子显得太大，总是磕碰着我的腿和地面，闹得我老是跌跤。我也很少有拣满一个篮子的时候，我看不见田里的麦穗，却总是看见蚂蚱和蝴蝶，而当我追赶它们的时候，拣到的麦穗，还会从篮子里重新掉回地里去。

有一天，二姨看着我那盛着稀稀拉拉几个麦穗的篮子说："看看，我家大雁也会拣麦穗了。"然后，她又戏谑地问我："大雁，告诉二姨，你拣麦穗做啥？"

我大言不惭地说："我要备嫁妆哩！"

二姨贼眉贼眼地笑了，还向围在我们周围的姑娘、婆姨们眨了眨她那双不大的眼睛："你要嫁谁嘛！"

是呀，我要嫁谁呢？我忽然想起那个卖灶糖的老汉。我说："我要嫁那个卖灶糖的老汉！"

她们全都放声大笑，像一群鸭子一样嘎嘎地叫着。笑啥嘛！我生气了。难道做我的男人，他有什么不体面的地方吗？

卖灶糖的老汉有多大年纪了？我不知道。他脸上的皱纹一道挨着一道，顺着眉毛弯向两个太阳穴，又顺着腮帮弯向嘴角。那些皱纹，给他的脸上增添了许多慈祥的笑意。当他挑着担子赶路的时候，他那剃得像半个葫芦样的后脑勺上的长长的白发，便随着颤悠悠的扁担一同忽闪着。

我的话，很快就传进了他的耳朵。

那天，他挑着担子来到我们村，见到我就乐了。说："娃呀，你要给我做媳妇吗？"

"对呀！"

他张着大嘴笑了，露出了一嘴的黄牙。他那长在半个葫芦样的头上的白发，也随着笑声一齐抖动着。

"你为啥要给我做媳妇呢？"

"我要天天吃灶糖哩！"

他把旱烟锅子朝鞋底上磕着："娃呀，你太小哩。"

"你等我长大嘛！"

他摸着我的头顶说："不等你长大，我可该进土啦。"

听了他的话，我着急了。他要是死了，那可咋办呢？我那淡淡的眉毛，在满是金黄色的茸毛的脑门上，拧成了疙瘩。我的脸也皱巴得像个核桃。

他赶紧拿块灶糖塞进了我的手里。看着那块灶糖，我又咧着嘴笑了:“你别死啊,等着我长大。”

他又乐了。答应着我:“我等你长大。”

“你家住哪哒呢?”

“这担子就是我的家,走到哪哒,就歇在哪哒!”

我犯愁了:“等我长大,去哪哒寻你呀!”

“你莫愁,等你长大,我来接你!”

这以后,每逢经过我们这个村子,他总是带些小礼物给我。一块灶糖,一个甜瓜,一把红枣……还乐呵呵地对我说:“看看我的小媳妇来呀!”

我呢,也学着大姑娘的样子——我偷偷地瞧见过——要我娘找块碎布,给我剪了个烟荷包,还让我娘在布上描了花。我缝呀,绣呀……烟荷包缝好了,我娘笑得个前仰后合,说那不是烟荷包,皱皱巴巴,倒像个猪肚子。我让我娘给我收了起来,我说了,等我出嫁的时候,我要送给我男人。

我渐渐地长大了。到了知道认真地拣麦穗的年龄了。懂得了我说过的那些个话,都是让人害臊的话。卖灶糖的老汉也不再开那玩笑——叫我是他的小媳妇了。不过他还是常带些小礼物给我。我知道,他真疼我呢。

我不明白为什么,我倒真是越来越依恋他,每逢他经过我们村子,我都会送他好远。我站在土坎坎上,看着他的背影,渐渐地消失在山坳坳里。

年复一年,我看得出来,他的背更弯了,步履也更加蹒跚了。这时，我真的担心了，担心他早晚有一天会死去。

有一年，过腊八的前一天，我估摸着卖灶糖的老汉那一天该会经过我们村。我站在村口上一棵已经落尽叶子的柿子树下，朝沟底下的那条大路上望着，等着。

那棵柿子树的顶梢梢上，还挂着一个小火柿子。小火柿子让冬日的太阳一照，更是红得透亮。那个柿子多半是因为长在太高的树梢上，才没有让人摘下来。真怪，可它也没让风刮下来，雨打下来，雪压下来。

路上来了一个挑担子的人。走近一看，担子上挑的也是灶糖，人可不是那个卖灶糖的老汉。我向他打听卖灶糖的老汉，他告诉我，卖灶糖的老汉老去了。

我仍旧站在那个那棵柿子树下，望着树梢上的那个孤零零的小火柿子。它那红得透亮的色泽，依然给人一种喜盈盈的感觉。可是我却哭了，哭得很伤心。哭那陌生的、但却疼爱我的卖灶糖的老汉。

后来，我常想，他为什么疼爱我呢？无非我是一个贪吃的，因为生得极其丑陋而又没人疼爱的小女孩吧？

等我长大以后，我总感到除了母亲以外，再也没有谁能够像他那样朴素地疼爱过我——没有任何希求，没有任何企望的。

1989 年第 4 期

海鸥之死

〔英国〕约翰·罗兰　袁庆春 译

在北大西洋海岸，鸥群是最常见的。在这里的一个星期里，我们看到了数以千计大小不同、颜色各异的海鸥。有灰翅的食鲱鸥，有来自北极的大黑尾鸥。

夜晚，在暴风雨来临之前的沉寂中，我们便听到海鸥一阵阵不安的叫声。白天，当他们发现鱼群时，则会传来一阵兴奋的喧闹声。它们微微摆动双翅，在风谷浪尖自由自在地翱翔。它们熟知海风一切作难的把戏，并且有对付的办法。它们是杰出的飞行家。

在风平浪静的日子里，鸥群有时也会在海边的礁石上打盹。但我们很少看到死海鸥。虽然在海岸上常常有海鸥的羽毛，偶尔也会发现一只海鸥翅膀，但死海鸥的确是极为少见的。有人说是海鼠在我们发现之前就把死鸥弄走了，也许是这样吧。

在我们生活在海边的这些日子里，只有一次我看到了一只濒死的海鸥。那是一个温暖无风的下午，我发现海边一块大礁石的顶部有一只体大的食鲱鸥。它似乎在歇息，低垂着头，胸脯紧贴着岩石，如同一个老人正在睡眠中度过他的馀生。不时地，这只海鸥挣扎着摇摇晃晃地走几步，随即又扑倒在岩石上。

了解大海和海鸥的人都知道海鸥是怎样休息的。无论在水中或是在岸上，它们总是把头迎着风休息，仿佛是一座性能优于机械风标的风向标。因为机械式的风向标还会受微小气流的影响而摆动。这只海鸥当我看到它时，却以其尾部迎着风，我知道这一定是一只病重的海鸥。动物只有在它临近死亡时才会失去它最普通的本能。这只海鸥距我不到两百英尺。通过双筒望远镜，我看到它的眼睛几乎一直紧闭着，嘴垂靠在岩石上。

在那一整个下午，这只海鸥一直在不时地挣扎着，每次几英寸，一点一点地往礁石边缘移动。到达边缘后，又沿着倾斜的岩石，缓缓地向水边移去。

后来，一只在附近寻找海鼠的大花猫发现了这只海鸥。它匍匐着身体，两眼闪着凶光，一点一点地向这只海鸥逼近，直到我把它赶走。

日落时分，这只海鸥停在岩石的突出处。当下次海潮到来时，这里将紧靠潮头。海潮将在午夜后的几分钟到来。在这生命的最后片刻，它面对着轻柔的北风，微微抬起头，似乎在向大海遥望。

那个下午，群鸥一直远离我们这段海岸。喜欢独居的潜鸟就要暂别海岸去过冬了。平常伸展着双翅在光滑的岩石上晒太阳的鸬鹚鸟渐渐失去了踪迹。通常在午后沿海岸向西飞行的群鸥似乎也改变了它们的路线，总是出现在远离海岸的海面上空。曾听人说，动物临死前总是本能地寻找孤独以等待死亡的降临。鸥群避开这段海岸，似乎正是为给临终的同伴这种特权，独自享有这临终前的庄严时刻。

我就这样一直注视着它，直到夜幕遮住了我的视线。

夜间，我醒了过来。风向已转为东北，并不时地刮来一股寒冷而潮湿的气流。我给自己加了一床羊毛毯。这时，我突然想起了那只垂死的海鸥，它会怎样了呢?

初升的阳光告诉了我结局。那只海鸥张开着双翅，正躺在午夜涨潮时海水所到的最高处。它仿佛曾竭尽全力想作最后一次飞行。我惊讶是否由于某种本能使它挣扎着爬下礁石，迎接汹涌而来的海潮。是海水给了它生命并养育了它，现在，潮水又给它带来了最后的宁静。

太阳还在上升，群鸥又在海岸上空飞翔。一只海鸥的生命就这样结束了，临终前庄严的片刻也已经过去，一切又和过去一样，仿佛什么也没有发生。

1989年第5期

庄子之哀

伊人

伊人在林间遇见庄子，看到庄子神情凄哀，便上前询问："先生，何故如此悲伤？"

"哀悼呵！"庄子掩泪回答，"哀悼两个弟子。"

"哀悼两个弟子？"伊人困惑地问，"他们遭到大不幸了吗？"

"一个死，另一个算是活着。"

伊人更困惑了，问："想当初，先生的妻子亡故，您不仅没有痛哭悲悼，还'鼓盆而歌'呢。可是，对两个弟子先生却如此哀恸；难道对他们的亲情，反而胜过曾与先生耳鬓厮磨的妻子么？先生，您真叫人大惑不解！"

庄子愀然喟叹一声，尔后徐徐说道：

"那两个弟子怎么能跟我的亡妻相比呢！我的妻子如常人一般，得之于自然之气，化而为有形的生命。——孩提时，她嬉戏于乡野；少女时，她采薇于南山；桃花灼灼时，她做了庄周的新嫁娘，那一天她也宛如灼灼的桃花。

“随着庄周她无幸欢享奢华；然而，即使在艰辛困顿之中，她也没有弃失质朴的真性。我当漆园小吏，怅然若失；她洞知我的心鹜，对我说：‘庄周，我们还是回去吧！’于是，我们回到了乡野。

“她的学识不丰，却有生命的感悟；她从不伤屈真性，而与自然厮伴；她活着的时候，她的心也同时活着的。

“她拥有生命，她珍惜生命，她衍育生命，最后她诀别了生命。来自于‘无’复归于‘无’。终于，她恬然寝息于茫茫的天地之间。我的妻呵，生也自然，死也自然，难道还需要我悲伤不已、凄凄哀鸣吗？”

庄子平静地谈着他的亡妻，伊人感觉到了蕴于平静之中的挚情。庄子舒了口气，又接着往下说：

“那两个弟子，又怎能相比呢？

“他们聪颖，有学识；当初，他们离开时，问我对他们有什么嘱言，我指着天空，说：‘你们看到那伯劳吗？它飞来时翅膀上是空的，在我面前飞去，它的翅膀也还是空的。空空的，没有赘物的负轭，它才能自如自得地高翔。你们若有自己的翅膀，就空空如也地离去吧！我能给你们什么呢？’可叹的是：他们却终于让‘翅膀’套上了重轭，在世事沉浮中迷失了自身。

“他们终日里惶惶然奔走竞逐，而不再深思如此奔竞究竟为什么；攫得虚物，他们洋洋自得，失却蝇利，他们便如丧魂魄；可怜的一颗心备受折磨，轮番地经受着浇淋和烤炙；他们学会了矫情和作伪，所言所行多与内心相忤；心的扭曲一旦成为常态，质朴的真性也就荡然湮失；娴熟了尔虞我诈，也擅长于勾心斗角；他们算计别人，更疑惧被人算计，如同行走在剃刀的锋刃上，战战兢兢，忐忑终日……他们将聪颖和机敏悉尽耗费于此了。

“我再与他们邂逅相逢时，不禁惊叹：‘你们竟如此衰老了么？’

“‘衰老？’他们摸了摸光滑的下巴，嘻笑着说：‘先生，不是您老眼昏花了吧？’

“唉！我还能说什么呢？‘近死之心，莫使复阳’，真是如此的吧。

“如今，他们俩一个已死于非命，另一个被砍了双足。这讯息顿使我哀从中来，不能自已。

“我所悲叹的，并不是他们对我说与他们的一切如风过牛耳，也不是他们没有成为笃顺的弟子；我所哀悼的是：他们戕残了生命和真性，他们自己斫丧了自己。我哪能不为此而悲恸呢？”

“也许，他们是早就徒有躯壳了。”伊人说，“先生不是说过‘哀莫大于心死’吗？”

“是呵！”庄子点点头，说，“这正是我所要哀悼的。”

1990 年第 7 期

一个父亲的札记

周国平

平凡的神秘

我曾经无数次地思考神秘，但神秘始终在我之外，不可捉摸。

自从妈妈怀了你，像完成一个庄严的使命，耐心地孕育着你，肚子一天天骄傲地膨大，我觉得神秘就在我的眼前。

你诞生了，世界发生了奇异的变化，一个有你存在的世界是一个全新的世界，我觉得我已经置身于神秘之中。

诚然，街上天天走着许多大肚子的孕妇，医院里天天产下许多婴儿。孕育和诞生实在平凡之极。

然而，我要说，人能参与的神秘本来就平凡。

我还要说，人不能参与的神秘纯粹是虚构。创造生命，就是参与神秘。

摇篮和家园

出生后第七天，你和妈妈离开医院，回到了家里。我们终于“团圆”了。

说你“回”到家里，似不确切，因为你是第一次来这个家。

不对。应该说，你来了，我们才第一次有了这个家。

孩子是使家成其为家的根据。没有孩子，家至多是一场有点儿过分认真的爱情游戏。有了孩子，家才有了自身的实质和事业。

男人是天地间的流浪汉，他寻找家园，找到了女人。可是，对于家园，女人有更正确的理解。她知道，接纳了一个流浪汉，还远远不等于建立了一个家园。于是，她着手编织一只摇篮——摇篮才是家园的起点和中心。

屋里有摇篮，摇篮里有婴儿，心里多么踏实。

心甘情愿的辛苦

未生儿育女的人，不可能知道父母的爱心有多痴。

在怀你之前，我和妈妈一直没有拿定主意要不要孩子。甚至你也是一次“事故”的产物。我们觉得孩子好玩，但又怕带孩子辛苦。有了你，我们才发现，这种心甘情愿的辛苦是多么有滋有味，爸爸从给你换尿布中品尝的乐趣，不亚于写出一首好诗！

这样一个肉团团的小躯体，有着和自己相同的生命密码，它所勾起的如痴如醉的恋和牵肠挂肚的爱，也许只能用生物本能来解释了。

哲学家会说，这种没来由的爱不过是大自然的狡计，它借此把乐于服役的父母们当成了人类种族延续的工具。好吧，就算如此。但我有一问：当哲学家和诗人怀着另一种没来由的爱从事精神的劳作时，他们岂非也不过是充当了人类文化延续的工具？

弱小的力量

我不愿做暴君的奴隶，我却被你的弱小所征服。

你的力量比不上一株小草，小草还足以支撑起自己幼小的生命，你却只能用啼哭寻求外界的援助，可是你的啼哭是天下最有权威的命令，一声令下，妈妈的乳头已经为你擦拭干净，爸爸也已经用臂弯为你架设一只温暖的小床。

此刻你闭眼安睡了。你的小身子信赖地倚偎在我的怀里，你的小手紧紧抓住我的衣襟。闻着你身上散发的乳香味，我不禁流泪了。你把你的小生命无保留地托付给了我，相信在爸爸怀里能得到绝对的安全。可爸爸我……

不过，对于爸爸妈妈，你的弱小确有非凡之力——是魅力，也是威力。唯其因为你弱小，我们的爱更深，我们的责任更重，我们的服务更勤。你的弱小召唤我们迫不及待地为你献身。

忘恩负义的父母

过去常听说，做父母的如何为子女受苦、奉献、牺牲，似乎恩重如山。自己做了父母，才知道这受苦同时就是享乐，这奉献同时就是收获，这牺牲同时就是满足。所以，如果要说恩，那也是相互的。而且，愈是有爱心的父母，愈会感到所得远远大于所予。

对孩子的爱是一种被动的主动，一种身不由己的心甘情愿。孩子那么可爱，由不得你不爱。

对孩子的爱是一种自私的无私，一种不为公的舍己。这种骨肉之情若陷于盲目，真可以使你为孩子牺牲一切，包括你自己。

其实，任何做父母的，当他们陶醉于孩子的可爱时，都不会以恩主自居。一旦以恩主自居，就必定是忘记了孩子曾经给予他们的巨大快乐，也就是说，忘恩负义了。人们总谴责忘恩负义的子女，殊不知天下还有忘恩负义的父母呢！

盼望生女

我盼望生个女儿——

因为生命是女儿给我的礼物，我愿把它奉还给女人；

因为我知道自己是一个溺爱的父亲，我怕把儿子宠娇，却不怕把女儿宠娇；

因为儿子只能分担我的孤独；女儿不但分担而且抚慰我的孤独；

因为上帝和我都苛求男儿而宽待女儿，浑小子令我们头疼，傻妞却使我们破颜；

因为诗人和女性订有永久的盟约。

最得意的作品

你的摇篮放在爸爸的书房里，你成了这间大屋子的主人。从此爸爸不读书，只读你。

你是爸爸妈妈合写的一本奇妙的书。在你问世前，无论爸爸妈妈怎么想象，也想象不出你的模样。现在你展现在我们面前，那么完美，仿佛不能改动一个字。

我整天坐在摇篮边，怔怔地看你，百看不厌。你的小脸蛋白白净净的，透着一股灵气。有时候片刻之间，你的脸上会闪过千百种表情：微笑、沉思、横眉蔑视、皱眉厌烦、眼睛变成月牙形的娇媚……不过，多数时候，你出奇地恬静，那时你最美。入睡时，你的两条小胳膊平举在脑袋两侧，脸上的神态安详得近乎佛相。醒时，你静静地睁着一双乌黑澄澈的大眼睛，久久凝视空间中某处，不知在想什么。那目光自信而超然，真令人感到神秘。

看你这么可爱，我常常忍不住要抱起你来，和你说话。那时候，你会盯着我看，眼中闪现两朵仿佛会意的小火花，嘴角微微一动似乎在应答。

你是爸爸最得意的作品，我读你读得入迷。

舍末求本

我退学了。这是一所德国人办的具有权威性的语言学校，拿到这所学校的文凭，差不多等于拿到了去德国的通行证。

可是，此时此刻，即使请我到某个国家去当国王或议员，我也会轻松地谢绝的。

当我的孩子如此奇妙地存在着和生长着的时候，我别无选择。你比一切文凭、身份、头衔、幸遇更加属于我的生命的本质。你使我更加成其为一个人，而别的一切至多只是使我成为一个幸运儿。我宁愿错过一千次出国或别的什么好机会，也不愿错过你的每一个笑容和每一声啼哭，不愿错过和你相处的每一刻不可重复的时光。

如果有人讥笑我没有出息，我乐于承认，在我看来，有没有出息也只是人生的细枝末节罢了。

1991 年第 7 期

无　我

郭鹏 编译

从前有一个人，奉命到很远的地方去，一天晚上，一个人住在一间空房子里。半夜时分，有一个鬼扛着一个死人来，把死人放在他面前。后面又来了一个鬼，追来怒骂前面来的那个鬼说："这个死人是我的，你为什么把他扛来？"

说着两个鬼各抓住死人的一只手争夺。

前面来的鬼说："这里有个人，你可以问他，看这死人是谁扛来的？"

这个人想："这两个鬼力气很大，我如果照实说也是一死，如果胡说也免不了一死，两者都是一死，我何必说谎呢？"就说道："是前面来的那鬼扛来的。"

后来的鬼听了大怒，便抓住那人的手臂拔了下来，扔在地上。前面来的鬼就拿死人的一只手臂给他补上了。就这样，他的两只脚、头、腿都被鬼拔了出来，又用死人的身体给他安上，和原来的一样。于是，这两个鬼一起把换下来的人身共同吃完了，擦擦嘴走了。

那个人想道："我父母生养我的身子，眼见被两个鬼吃尽了，现在我这个身子全是别人身上的肉，我现在是有身子哩，还是没有身子哩？如果说有，可全是别人的身子；如果说没有吧，现在又有一个身子在这里。"想来想去，越想心里越糊涂，就好像发疯一样。第二天早晨，寻路而行，到了前面一个国家，见到有佛塔和许多僧侣，他不问别的事情，只问自己的身体是有是无。许多和尚问道："你是什么人？"

这个人回答道："我也不知道自己是人不是人。"于是就向众僧把遇到的事情说了一遍。

众僧说："这人自己知道无我，可以很容易地得道了。"

1995 年第 2 期

香

许地山

妻子说："良人，你不是爱闻香么？我曾托人到鹿港去买上好的沉香线，现在已经寄到了。"她说着，便抽妆台的抽屉，取了一条沉香线，燃着，再插在小宣炉中。

我说："在香烟缭绕之中，得有清淡。给我说一个生番故事罢，不然，就给我谈佛。"

妻子说："生番故事，太野了。佛更不必说，我也不会说。"

"你就随便说些你所知道的罢，横竖我们都不大懂得；你且说，什么是佛法罢。"

"佛法吗？色，声，香，味，触，造作，思维，都是佛法；惟有爱闻香的爱不是佛法。"

"你又矛盾了！这是什么因明？"

"不明白吗？因为你一爱，便成为你的嗜好，那香在你闻觉中，便不是本然的香了。"

1995年第9期

吻　火

梁遇春

回想起志摩先生，我记得最清楚的是他那双银灰色的眸子。其实他的眸子当然不是银灰色的，可是我每次看见他那种惊奇的眼神，好像正在猜人生的谜，又好像正在一叶一叶揭开宇宙的神秘，我就觉得他的眼睛真带了一些银灰色。他的眼睛又有点像希腊雕像那两片光滑的、仿佛含有无穷情调的眼睛，我所说银灰色的感觉也就是这个意思吧。

他好像时时刻刻都在惊奇着。人世的悲欢，自然的美景，以及日常的琐事，他都觉得是很古怪的，从来没有看见过的，完全出乎意料之外的。所以他天天都是那么有兴致，就是说出悲哀的话的时候，也不是垂头丧气，厌倦于一切了，却是发现了一朵“恶之华”，在那儿惊奇着。

三年前，在上海的时候，有一天晚上，他拿着一根纸烟向一位朋友点燃的纸烟取火，他说道：“Kissing the fire（吻火）。”这句话真可以代表他对于人生的态度。人世的经验好比是一团火，许多人都是敬鬼神而远之，隔江观火，拿出冷酷的心境去估量一切，不敢投身到轰轰烈烈的火焰里去，因此过个暗淡的生活，简直没有一点的光辉，数十年的光阴，就在计算怎么样才会不上当里面消逝去了，结果上了个大当。他却肯亲自吻这团生龙活虎般的烈火，火光一照，化腐臭为神奇，遍地开满了春花，难怪他天天惊异着，难怪他的眼睛跟希腊雕像的眼睛相似。希腊人的生活就是像他这样吻着人生的火，歌唱出人生的神奇。

这一回在半空中他对于人世的火焰作最后的一吻了。

一九三一年十一月十九日，徐志摩从南京乘飞机去北平，途中飞机坠毁在济南郊外的开山，机上三人全部殒命。——编者注

1996 年第 1 期

荒　野

〔俄国〕米·普里什文

在荒野里，人们只是沉浸在自己的思绪中；人怕待在荒野里，就是因为怕独自静处。

这是很久很久以前的事情了，但是我还没有忘掉；当我还活着的时候，我也不想忘掉。在那久远的“契诃夫”时代，我们两个农艺师，彼此几乎是不相识的，为了播种牧草的事情，同乘一辆小马车，到古老的沃洛科拉姆斯克县去。途中我们遇到一大片望不到尽头的含蜜的叶芹草，青翠欲滴，草花盛开。在晴朗的日子里，在我们莫斯科近郊妩媚的自然界中，这片鲜艳夺目的花的原野，蔚为奇观。仿佛是青鸟们从远方飞来，在这儿宿了夜，飞走之后，留下了这片青色的原野。在这片含蜜的青草丛中，我想，现在该有多少虫儿在争鸣啊。但是，马车在干硬的道路上发出轰隆声，令人什么也听不见。被这大地的魅力迷住了的我，把播种牧草的事情，早抛在九霄云外了，一心只想听听花丛中虫儿的鸣声。于是我请求旅伴把马儿勒住。

我们停了多少时候，我在那儿跟青鸟相处了多少时候，我说不上来。只记得我的心灵随着蜜蜂儿一起飞旋了一阵之后，便向那位农艺师转过头去，请他赶车上路；这当儿，我发觉，这位貌不出众、饱经风霜的胖子正在观察我，惊讶地打量我。

“我们干吗要停留？”他问道。

“不为别的，”我答道，“我是想听听蜜蜂的声音。”

农艺师赶起了车。于是我也从旁边观察起他来，我发觉他有点儿异常。待我再瞥他一两眼后，我就完全明白，这位极端崇尚实务的人，也若有所思起来了；也许是由于我的影响，他已经领略到这叶芹草花儿的魅力了吧。

他的沉默叫我很不自在。我拿闲话来问他，想打破沉默，但他对我的问话毫不在意。仿佛我对大自然所抱的一种非务实的态度，也许竟是我那略带稚气的青春，触动了他，使他想起自己的黄金时代；在那黄金时代里，每个人都几乎是诗人。

为了使这位红脸膛、大后脑勺的胖子回到现实生活中来，我向他提出了当时十分重要的实际问题。

“照我看来，”我说，“没有合作社的支持，我们播种牧草的宣传，只是一场空谈而已。”

他却问道：“您可曾有过自己的叶芹草？”

“您问什么？”我摸不着头脑。

“我问的是，”他重复说，“有过她吗？”

我明白了，于是像一个男子汉所应做的那样答覆他：我当然是有过的，这是不消说的……

“她来了吗？”他继续盘问道。

“是的，来了……”

“哪儿去了呢？”

我感到痛苦。我什么也没有说，只是微微地摊开两手，表示她现在没有了，早已不见了。之后，我想了想，又说起叶芹草：

“仿佛是青鸟宿了夜，留下些青色的羽毛罢了。”

他半晌不语，沉思地凝视着我，然后自己得出了结论：

“这么说，她是再也不来了。”

他环顾了一下那遍地青青的叶芹草，接着又说：

“青鸟飞过，留在原野上的也只能是青色的羽毛啊。”

我觉得，他好像在用力，再用力，终于在我的坟墓上堵上了墓石，我还一直在等着呢，现在可仿佛永远完结了，她永远不会来了。

突然，他嚎啕大哭起来了。这时，在我的眼里，他那大后脑勺，那肥厚的下巴，那由于脸胖而显得细小的狡黠的眼睛，似乎都不存在了。于是我怜悯他，怜悯他在生命力勃发时的整个身心。我想对他说几句安慰的话，我接过了缰绳，把马车赶到水边，浸湿了手帕，给他擦脸，让他清醒清醒。他很快就平复了，擦干了眼泪，重新拿起了缰绳，我们照旧前行。

过了一会儿，我又对他说起播种牧草的事情，我说，没有合作社的支持，我们根本没法说服农民进行三叶草轮作。我这种看法，我当时觉得是很独到的。

“曾度过美好的夜晚吗？”他问道，对我有关工作的话题置之不理。

“当然度过的。”作为一个男子汉，我直言不讳地回答他。

他又沉思起来了，好一个折磨人的家伙！他接着又问道：

“怎么的，只有一夜吗？”

我厌烦了，几乎生起气来，好容易控制住自己，拿普希金的名言来回答他那一夜或两夜的问题：

“整个生命就只是一夜或者两夜。”

1996 年第 1 期

诗人日记

〔法国〕阿尔弗雷·德·维尼　　张秋红 译

一八二四年

我这辈子简直有二百岁

空想使我们衰老，我们似乎往往在梦幻中比在生活里经历更多的时光。

被摧毁的帝国，所想往的、所爱恋的女子，衰退的激情，获得的与失去的才能，被遗忘的家庭，啊！我经历过何等丰富的生活！生活经历竟这样丰富，难道还没有二百岁？——这就是对我整个生活的回顾。

论古罗马人

这是一个聪明的民族，这是一个真正的心灵手巧、智力健全而又十分顽强的民族。没有哲学，没有唯心主义，几乎不曾陷入空想，他们重视的只是在世界上的权威，只是在世界上的尊严，只是在世界上的不朽，名声的不朽。——从这一点上说，波拿巴的头脑就像古罗马人的头脑一样经过锻炼，因为他也几乎不关心别的事儿。

每一个古罗马人都把自己看作演员：他扮演着一个角色，并把这个角色一直演到他得心应手的地步。

小加图说："我扮演着共和主义者的角色。"演完这个角色，共和国灭亡之际，他终于以身殉国。奥古斯都说，"我扮演着皇帝的角色，请鼓掌吧，降下帷幕吧，我就要离开这个世界了。"

羞耻心

有一天，她换一件长睡衣。她忽然发现她的狗正注视着她，并且舔着她的双脚；她脱去的那件长睡衣往下掉得太快，另一件又还没有穿上去。她顿时一丝不挂，手里拿起的长睡衣不由得落了下来，她惊恐地扑到床上。

一八三〇年

一旦人类不再有热忱，不再有爱慕，不再有崇敬，不再有忠诚，那就让我们在地上挖个深坑，一直掘到地球的中心，再往坑里投入五千亿桶火药，让地球像个炸弹一样在天空中炸得粉碎。

一八三一年十二月三十一日子夜

一年过去了。——我感谢上苍让我这一年过得像往年一样，什么也没有损害我这不受束缚的性格和我这离群索居的生活的幸福。

我没有伤害过任何人。我没有写过一句话违背自己的良心，攻击任何活着的人；像我的往年一样，这依然是与人为善的一年。

一八三二年

伏案时，我回想起有个黄昏贝蒂娜公主告诉我的一句很有意思的俏皮话。

德·X先生十分清楚地知道自己的妻子有个情人。可是，由于事情做得颇有分寸而不失体面，他一直保持沉默。有个晚上，他走进她的卧室；这里他可有五年没进来过了。

她吃了一惊。他对她说：

“你就留在床上吧。我就坐在这把扶手椅上读书过夜吧。我听说你怀孕了，我是为你们娘儿俩才到这里来的。”

她默不作声，哭了。这可是千真万确的呢。

一年终于结束了；这痛苦的一年向我们吹来霍乱与形形色色的战争。我所珍视的一切都保存了下来。由于对一切仇恨都感到陌生，我在无论爱情还是友情方面都十分幸运。我没有伤害过任何人，我对好些人做了好事。但愿我的整个一生都能这样度过！

一八三三年

我越来越意识到，人类唯一的主要问题就是虚度光阴。在这任我们以各种声调咏唱其短促的人生中，我们最大的敌人就是我们所享有的总显得太多的时间。

当你感到自己爱上一位女子的时候，在开始行动之前，你也许得想一想：“她所接近的是些什么人？她过的是什么样的生活？”未来的全部幸福都建筑在这个基础上呢。

一八三四年

有一天，我登上蒙马特尔高地。

当我从高处俯瞰巴黎的时候，最使我伤心的是巴黎的沉寂。这座伟大的城市，这座无边无际的都会，居然连一点儿声音也听不见，而那里正谈论多少事呀！正发出多少呼声呀！正向苍天发出多少怨言呀！可这堆石头却好像是哑巴似的。

1996 年第 5 期

一 瞥

白桦

我曾经对一个朋友说：我只见过一只老虎。他立即反驳我说：说谎了！我陪你去过的动物园就不止一个，而且任何一个动物园也不止一只老虎。我说：动物园里的老虎能算是老虎吗？不是它们被关在笼子里，就是我们被关在汽车里。我和它们之间隔着钢铁栅栏或是玻璃，隔着戒备，隔着误解，敌视着。那些虎的皮毛失去了锦缎般的光泽，像枯黄的干草。眼睛失去了光芒，充满倦怠和怯懦。体态猥琐，步履犹疑，它们哪里是真正意义上的老虎呢？它们比猫还要卑微。

五十年代初，我曾经在滇西北的碧塔湖边露营过几天。那是一个神奇的高原湖，坐落在雪山环抱的山谷里。湖心有一个小岛，湖边全都是木本杜鹃。我就是在那儿看到“杜鹃醉鱼”的。“杜鹃醉鱼”是一个奇特的景象，鱼儿吞吃着飘落在湖水里的杜鹃花瓣，会醉；醉了，漂浮在水面，渐渐又会醒来；醒来，又吞吃杜鹃花瓣，又醉……

鱼儿的醉态十分可爱。正因为那里的藏民不抓鱼，鱼才会那样自由自在地陶醉在大自然中而无所顾忌。

有一天中午，我的向导正在帐篷里睡觉。散放在湖边的三匹马正在津津有味地啃着嫩草。我在湖边草地上，半躺半坐地凝视着雪山上的一团白云。忽然，吹来一阵风，右侧山坡上高过半人的枯草，显出一条裂缝来。很快，一只斑斓猛虎直接出现在我的面前。它的右前蹄抬了一下，就站住了，定睛向我投来一瞥。我想那时我一定也定睛回报了它。全过程顶多只有五十分之一秒。非常奇怪的是，我压根儿没想到你吃掉我或我吃掉你的问题，所以我仍然是原来的姿势和原来的神情，连应有的惊讶也没有，我把它和这纯净美丽的自然景色归于一体了。它仰着高贵的头颅，既不怕我，也不恨我，像我一样，它把我和这纯净美丽的自然景色也归于一体了。阳光在它那光亮的皮毛上点燃着金色的火苗，虎目之光如同云层之中的一束闪电。然后它自信而轻松地沿着小溪，快步如飞地消失在茂密的林中了。

没有自由的生存环境，任何生物都会失去自己，被迫异化为另外的东西。在那一瞥之后，我再也没看见过老虎了。但，这已经足够了！任何时候我都可以用那千金一瞥，去鉴定物体的真伪了。

1997 年第 3 期

西藏·神的乐园

张子扬

天

看过地中海沿岸拉丁语区的蓝天。诗人里尔克也曾将自己比做白色的鸥在天海的蓝中穿梭。也听到过非洲毛里求斯阳光的热烈，那鼓点的急促和草裙的婆娑。这一切都使人感动，为那份浓郁的活着的气息，那呼和吸的气息。但天不是都这样。

西藏的天是浑圆无迹的一整块，宛如亘古以来未曾搅动的池水，宛若千载下风没触过的岩冰。这就是西藏的天，是千年不见人回乌斯藏的孤寂，是万里纵横风雪声的回响。

我看到它时，并没有意识到它，汽车从机场到拉萨缓缓地开着，大脑里却是空白的。夜里，我闭上眼睛，一切都还在，那强烈的蓝，那远远的闪光，只有一个词来形容——纯洁。它是清澈的，但底在哪里呢？它是那么的炽烈，但又是绝对的无情。佛就在里面，所以佛是宽容的，又是冷酷严峻的。也许这就是藏歌高亢激越的原因，否则又有什么能够用来穿越这天的寂寞呢？

拉萨是我生活的主要地方。因为阳光格外好，所以又叫日光城。这里守着阳光，就有了晒佛的节日。百米长的巨大唐卡佛图由诚信的人从寺中请出，蜿蜒通过寺山脚下的巷道，应和着喇嘛口中悠长的佛号，接引生与死的灵境。巨大的唐卡佛像缓缓展开，每个人都在光下屏住呼吸。天和穹庐遮蔽四野，而这巨大的佛正是天在人间的象征。正是为了天的光辉，寺庙遍布金顶，以那铄目的光芒来歌颂天的恩泽。

我们曾在后藏路上遇到过雨。那雨云低低地吊在我们的上方。前面几十米远的地方就是阴和晴的分界线。能看到雨水如何溅起尘土，舔湿了路面。这样的云伴我们走了几个小时，不急不徐，从容有致。我们只能敬畏，感叹天工的奇巧。

这里还有风，能看着风从雪山上吹来。风带来万年前那场雪积下的寒意，啸声中又夹着僧徒虔诚的叹息。这风还使那神鹰高高浮在空中。

藏民尊敬鹰，因为他们相信飞翔在那珠穆朗玛峰雪线之上的大鹰能听到神的声音。雪线上那强劲的罡风是神的旨意，是神对鹰的专宠。从天葬台，神鹰，藏民将自己投入那雪的世界，神的家园。从雪山上那凝住的鹰类的影子我们看到天的存在，而这山的雄大证明了天的容纳。

插一支灵幡在那山坡上吧，让荡起的五色旗帜指着天界的方向。

地

西藏是世界的屋脊。自然界永不停止创造的力在这里隆起。我知道珠穆朗玛峰还在缓慢却坚定地升高。这块土地记录了亿万年前海涛、冰川、太阳和风的神工雕凿。

不能想象文成公主踏上这块土地时的情景了，但山川的色彩，云霞的投影还是一样地动人。天在地的下面，而地又在天中。这是雪域高原的永恒。

我带着摄影队爬过雪格拉山。看着遍野的帮锦花，我们都知道身处夏天。可随着脚步的前行，大雪来到了。我去过远东，见过西伯利亚寒流带来的大雪。那雪是干冽的，刺骨的，应叫作雪砂。但这里雪是一片片巨大的，湿润的，它们从空中飘下来，从我们身边飘下去。科学上这就叫垂直气候带分布，但我们却觉得这是山的灵异。

藏民对山是敬畏的。每一座山都是一位神佛的领地。这里的山水是藏民的祖先千年来歌颂的，因为每一寸土地都有格萨尔王征战的遗迹。为了幸福，为了永远的安宁，格萨尔的白马踏过这一切，英雄们的血洒过每座山梁、沟谷。

而山和土的颜色又是那么的热烈。人间的色彩在这里成了天上的色彩。它们永不褪色，不论是寺庙门檐上的佛画还是山野间绝壁上的岩石。

毫无疑问，这里的自然环境极其严酷。自然力不仅撕扯着大地，还摧动着人的心灵。更大的威胁来自孤独，面对无边的荒原，人没有伙伴。但这一切都给了这块土地上人们的尊严。没有人会比他们更了解什么是崇高，什么是存在的意义。

这块土地太高了，高得接近天堂。而正是这天和地的逼仄才反衬出生命的高大卓然。我是在这里学会爱生命的。因为生命在这里接受了真正的考验。

在通向色拉、哲蚌等大寺院的路口，在一座座神山的山顶，我们能看到那巨大的玛尼石堆。每一个去敬佛的人在这里会停下来，再投一块石头进去。不知道第一块石头是什么人放下的。但现在这石堆已是可注在地图上的巨大石山。这里的人以这种方式改变了自然。

在这片高原上还有湖泊。那木错——神湖。水静静地荡着，映着远方的雪山。安静，唯一的声音就是安静。雪山连着雪山，看不到对面的湖岸。这一切让人屏息，为了怕打破这份静谧。可以这样说，这静来自亿万年前，并将延续到亿万年。

这块土地满是颜色，但又不是可以说出来的颜色。唯一可以告诉你的是：这颜色是热烈奔放的敬畏之情。

人

在西藏不单只有藏民，还有来自内地的汉人，来自异域的尼泊尔人、印度人、欧洲人。他们都喜欢这里，他们都需要这里。因为在这里能找到先民在我们心底深处遗留下的对自然力的敬畏，能找到崇高和纯洁的注释。

自然是严酷的，所以一切的美好都是那么的珍贵。在阳光下，藏民到处摆满鲜花，各种颜色的帮锦花，即便寺庙中每个扎仓的窗口上也是如此。所以有了沐浴节，望果节，有了晒佛节，有了藏戏节……这一切都是为了歌唱，歌唱世界的美好一瞬。

我拍下了许多的照片来记录我的感受。有那年老的僧人和狗，有那年少的僧人和威严的庙墙。但有些是错过了，只能在心中咀嚼回想。那是为了参加祭礼而从远方赶来的牧民。他们穿着家里最好的节日盛装。马儿胸前垂着铜铃和红缨，鞍前摆放着迎神的树枝，上面挂满了五彩的经幡。几十个人的喜悦改变天地，所有的一切都似乎露出了笑脸。他们纵马从高高的山坡上驰下，帮锦花摇摆着迎合着马蹄的板眼。

这里是有着神秘的，在八角街曲折深邃的巷道里，诚信的人祈祷着幸福和未来。在拉萨河对岸的那片草坡上，我曾见到一个人悠然但坚定地走着，在他的前面是荒野、沟岩。看不出他是从什么地方走来的，我们也无从去猜想他要奔向何方，可那份自信的悠然使我无力思索，他就是这土地，他就构成了这里的自然。

藏民是信佛的，他们将时间、精神、钱财投入到诚信中。因为这天和地之间，人能感到仙佛的存在，因为这里本就是众神的家园。

让一切来自它的来吧，让一切走向它的去吧，在这亿万年不变的静穆里倾听自然的声音。让我们守着我们的爱吧，让我们持着我们的信吧，在这近天的土地上摇动身躯，放开喉咙。因为这里本就是众神的乐园。

1997 年第 8 期

学会使用手

徐敬亚

一九九五年八月二十一日下午大约三点多钟，我站在俄罗斯布拉戈维申斯克市一家商店的柜台前。

我是从对岸来的一名旅游者。对岸的城市，便是中国的黑河。

一定是受到了同行者们兴奋的诱惑，我也莫名其妙地想买两瓶法国香水。我刚刚想把手伸出去，身旁突然伸出了另一只中国人的手：“那瓶儿！我看看那瓶儿！”

那只手，不断地晃着，充满了要求与渴望。我注意到：它的方向，正顽强地示意着俄国的女售货员，那只手，已经越过了小柜台将近半米！

身穿黑衣的俄国小姐没有动，没有回答，甚至没有露出一点儿表情。她正在收银，手的下面是卢布与香水，手的旁边站着一对中年的俄国夫妇。同胞的喊声过后，柜台边一片沉默。

正在这时，商店里又来了几位穿西装的同胞。进了门之后，他们的脸一律急速地四下张望：“卖香水的在哪儿？在哪儿？”准确地说，他们不是走进来，而是跑进来，是突然地“冲”向了柜台。

“过来，过来，找到了！就是那种！找到了！”有人在呼喊冲过了头的同伴。

一些手几乎同时伸向柜台深处。那几只手呼救一样地伸展着、晃动着。突然闯入的三四个中国人，把身体努力前倾着，占满了大半个柜台。

这时，一件极小的事情正在发生。那个极快、极小的场面，深深地刺伤了我。

我清清楚楚地看到：一个同胞前倾着身体伸出右手时，他的左臂就“支”在了柜台上。那手臂，正挤靠向俄国男人的软肋！

俄国男人低下头，静静地看着那只移向他的右臂。那条胳臂的尖端，距离他的身体大概只有几厘米，我从侧面看不太清楚，可能它们已经发生了接触。这时，俄国男人没有说话。他轻轻地向后面移了一步，躲开了它！

“那个！那个！”穿着西装的中国人，仍然努力向前伸着手，嚷着晃着。他并没有注意到身后这可怜的一幕。

一九九五年夏天的那个瞬间，一只斜支着的、外面包裹着西装的中国人的手臂，永远地印在了我的脑海里。不是由于它的肤色，而是它发出的动作，遭到了一个外族人无声的鄙夷。

那一天，我放弃了我的购物计划。

走出商店后，记得我在行人极少的街上只买了一些无聊的小物品：一包榛子、一支雪糕、一包香烟、一副扑克牌、一张报纸和一本杂志。我从那报纸上只认出了一个单词“Болишой”（大的，巨大的）。

我们曾经的中华帝国，不是礼仪之邦吗？我们不是曾“程门立雪”和“坐怀不乱”吗？我们弓起腰肢、收拢臀部的拱礼，多么儒雅！我们一次次拂袖而去，我们清心寡欲的胡须曾飘过一个又一个朝代……

遗憾的是，在我那次俄罗斯之行的三十六个小时之中，竟记忆了几十个这样的场面！我在一篇文章中曾这样记录我出发前的心理：

> 从接过“护照”的第一时刻起，我就认定它是一个赝品！一股早已久远，甚至并不属于我个人的耻辱，像一口痰那样涌上来。我煞有介事地办理着“出国”的手续，我去“海兰泡”旅游的本身，就是一件像模像样的赝事。历史上的一切玩笑，常常开得像真的一样——一百馀年前，我用得着办理什么出国证件吗？只要我出生在这个国土，那座城市的意义，仅仅是我想迈出腿的某一种方向。一百多年以后，我像一个被逐出了祖

居家门的人。我要整一整我脖子上那条似乎存在的、作为某种象征“富裕”与教养的领带，我要堂堂正正地归乡！

一种自食其言的丑陋感，一种酒后失态的沮丧，突然占据了我曾经可笑的心理。我写出来的文字已经不能涂抹，我虚无的自信曾经真实地在我的内心升起过。

第二天，旅游“回国”的时候，我和同胞们一起过关、上船又下船。我丝毫也不想留在那个陌生的国家，但我的内心深处却涌出一股没边儿的扫兴。在回国的船上，一个个同胞，发疯一样抢夺着座位，用手拍打着空空的椅子，向远方的同伴呼叫，甚至用装满了采购物的大包小包占据座席……我曾经一次又一次地熟视无睹，但现在它突然令我内心晕眩——我刚刚离开邻居的院子，走进自己的家门。祖国，你不该让我看到这样的景观！我的心里，涌出非常不好的滋味。我将走回到原来生活的位置，我将回到他们的身边。对他们身体里蕴藏着的那些可怕的叫喊与拥挤的力量，我一筹莫展……

第二天，即一九九五年八月二十二日，下午五点多钟，按着旅游的契约，我准时回到祖国。

走出黑河的海关后，我去一家黑龙江边的冲印店冲洗在俄国拍的胶卷。

我的手，刚刚放置到玻璃窗口上，我刚刚要说话，几个年轻人冲进来。他们像没看到我一样，立即围住了小小的窗口，然后以惊人的速度掏出胶卷毫不犹豫地把手和胶卷一起伸向了小窗。

那只手——那只放在窗口木板上的左手，是我的一部分肢体。作为一个等待冲洗照片的中年人，我按照古老的契约，用手指的动作，把我的要求表达着。我左手的全部手指，在店里还没有一个顾客的时候，已经事先放置在了它接收顾客物品的范围。

另一些更年轻的手臂，一点也没犹豫地压在了我的手上！

我再一次停顿了。

我什么也没说。

我收回了我那部分高贵的肉体。

我一直注视着他们全部的办理过程。我一直目送着他们高高兴兴地离去。

我们是生物。我们有知觉。我们能随时调动自己的任何肢体。

当一只黑羊，轻轻地靠向另一只白羊时，白羊也会咩咩地走开，如果他们之间不是在独木桥上顶头、抵角。

地球很大，很宽阔。如果一个人没有足够的理由，他没有权利向另一个人无限地靠近！一个人的身体，时时发出着一种无形的光芒，那是尊严和权利的亮度。

手，灵活而敏感，它常常代表着我们一闪而过的思想。思想是命令，手是实施者。人类用手一次次地抓取与授予。我们用它接过全部的食粮、用品，我们也用它表达着很多急切的愿望。这手，就成为我们与世界相连的全权大使。

在电视里，我曾看到过很多人造的机器人。我发现，除了一只必备的扫描仪之外，作为机器人最重要的器官之一，厂商们无不想方设法要造一只灵活的机器之手。

我们的鲜血，流畅地环绕着几十块手骨。我们的筋腱代表着欲望，弯曲勾动，伸缩自如。把这只手使用得像机器之手，那是我们的耻辱。

一九九七年二月的一天，我去一家银行取款。我文明地站在不锈钢栏杆内，双脚十分标准地停在“黄色等候线”的后面。

深圳的银行里，秩序井然。

在另一个人办理完毕离开后，我走过去。

我把手伸出，把存折和单据伸向柜台里面的小姐。就像我过去曾经无数次伸过的那样。当时，我没有任何感觉。

“请您把它放下。”

我吃惊地看着里面的小姐。那时我的脸上，一定充满了尴尬和不解?

说话的小姐站起来。她微笑了一下，然后示意我把存折放在玻璃旁边。

我仍然愣着。我还没有反应过来。

低下头时，我突然发现，我的手完全静止地僵硬在那里：我的手和我的存折，越过了玻璃下面凹形的办理窗口。它们的边缘，甚至越过了大理石的柜台。我的手在柜台的前沿伸着，存折突出——我可怜的存折，正悬在那位小姐头顶的上空，超出了柜台大约五厘米左右!

1997 年第 10 期

远处的青山

〔英国〕约·高尔斯华绥　　高健 译

不仅仅是在这刚刚过去的三月里（但已恍同隔世），在一个充满痛苦的日子——德国发动它最后一次总攻后的那个星期天，我还登上过这座青山。正是那个阳光和煦的美好天气，南坡上的野茴香浓郁扑鼻，远处的海面一片金黄。我俯身草上，暖着面颊，一边因为那新的恐怖而寻找安慰，这进攻发生在连续四年的战祸之后，益发显得酷烈出奇。

“但愿这一切快些结束吧！”我自言自语道，“那时我就又能到这里来，到一切我熟悉的可爱的地方来，而不致这么伤神揪心，不致随着我的表针的每下滴答，就又有一批生灵惨遭涂炭。啊，但愿我又能——难道这事便永无完结了吗？”

现在总算有了完结，于是我又一次登上了这座青山，头顶上沐浴着阳光，远处的海面一片金黄。这时心头不再感到痉挛，身上也不再有毒氛侵袭。和平了！仍然有些难以相信。不过再不用过度紧张地去谛听那永无休止的隆隆炮声，或去观看那倒毙的人们，张裂的伤口与死亡。和平了，真的和平了！战争继续了这么长久，我们不少人似乎已经忘记了一九一八年八月战争全面爆发之初的那种盛怒与惊愕之感。但是我却没有，而且永远不会。

在我们一些人中——我以为实际上在相当多的人中，只不过他们表达不出罢了——这场战争主要会给他们留下了这种感觉："但愿我能找到这样一个国家，那里人们所关心的不再是我们一向所关心的那些，而是美，是自然，是彼此仁爱相待。但愿我能找到那座远处的青山！"关于忒俄克里托斯的诗篇，关于圣弗兰西斯的高风，在当今的各个国家里，正如东风里草上的露珠那样，早已渺不可见。即或过去我们的想法不同，现在我们的幻想也已破灭。不过和平终归已经到来，那些新近被屠杀掉的人们的幽魂总不致再随着我们的呼吸而充塞在我们的胸臆。

和平之感在我们思想上正一天天变得愈益真实和愈益与幸福相连。此刻我已能在这座青山之上为自己还能活在这样一个美好的世界而赞美造物。我能在这温暖阳光的覆盖之下安然睡去，而不会醒后又是过去的那种恹恹欲绝。我甚至能心情欢快地去做梦，不致醒后好梦打破。而且即使做了噩梦，睁开眼睛后也就一切消失。我可以抬头仰望那碧蓝的晴空而不会突然瞥见那里拖曳着一长串狰狞可怖的幻象，或者人对人所干出的种种伤天害理的惨景。我终于能够一动不动地凝注着晴空，那么澄澈而蔚蓝，而不会时刻受着悲愁的拘牵，或者俯视那光滟的远海，而不致担心波面上再会浮起屠杀的血污。

天空中各种禽鸟的飞翔，海鸥、白嘴鸭以及那往来徘徊于白垩坑边的棕色小东西对我都是欣慰，它们是那样自由自在，不受拘束。一只画眉正鸣啭在黑莓丛中，那里叶间还晨露未干。轻如羽翼的新月依然隐浮在天际，远方不时传来熟悉的声籁，而阳光正暖着我的脸颊。这一切是多么愉快。这里见不到凶猛可怕的苍鹰飞扑而下，把那快乐的小鸟攫去。这里不再有歉疚不安的良心把我从这逸乐之中唤走。到处都是无限欢欣，完美无瑕。这时张目四望，不管你看着眼前的蜗牛甲壳，雕镂刻画得那般精致，恍如童话里小精灵头上的细角，而且角端呈蔷薇色；还是俯瞰此处大海上的一带平芜，它浮游于午后阳光的微笑之下，几乎活了起来。这里没有树篱，一片空旷，但有许多炯炯有神的树木，还有那银白的海鸥，翱翔在色如蘑菇的耕地或青葱翠绿的田野之间。不管你凝视的是这株小小的粉红雏菊，而且慨叹它的生不逢时，还是注目那棕红灰褐的满谷林木，上面乳白色的流云低低悬垂，暗影浮动——一切都是那么美好，这是只有大自然在一个风和日丽的天气，而且那观赏大自然的人的心情也分外悠闲的时候，才能见得到的。

在这座青山之上，我对战争与和平的区别也认识得比往常更加透彻。在我们的一般生活当中，一切几乎没有发生多大改变——我们并没有领得更多的奶油或更多的汽油，战争的外衣与装备还笼罩着我们，报刊杂志上还充溢着敌意仇恨；但是在精神情绪上我们确已感到了巨大差别，那久病之后逐渐死去或逐渐恢复的巨大差别。

据说，此次战争爆发之初，曾有一位艺术家杜门不出，把自己关在家中和花园里面，不订报纸，不会宾客，耳不闻杀伐之声，目不睹战争之形，每日惟以作画赏花自娱——只不知他这样继续了多久。难道他这样做法便是聪明，还是他所感受到的痛苦比那些不知躲避的人更加厉害？难道一个人连自己头顶上的苍穹也能躲得开吗？连自己同类的普遍灾难也能无动于衷吗？

整个世界的逐渐恢复——生命这株伟大花朵的慢慢重放——在人的感觉与印象上的确是再美不过的事了。我把手掌狠狠地压在草叶上面，然后把手拿开，再看那草叶慢慢直了过来，脱去它的损伤。我们自己的情形也正是如此，而且永远如此。战争的创伤已深深侵入我们的身心，正如严霜侵入土地那样。在为了杀人流血这桩事情而在战斗、护理、宣传、文字、工事，以及计数不清的各个方面而竭尽努力的人们当中，很少人是出于对战争的真正热忱才去做的。但是，说来奇怪，这四年来写得最优美的一篇诗歌，亦即朱利安·克伦菲尔的《投入战斗！》竟是纵情讴歌战争之作！但是如果我们能把自那第一声战斗号角之后一切男女对战争所发出的深切诅咒全都聚集起来，那些哀歌之多恐怕连笼罩地面的高空也盛装不下。

然而那美与仁爱所在的“青山”离我们还很遥远。什么时候它会更近一些？人们甚至在我所偃卧的这座青山也打过仗。根据在这里白垩与草地上的工事的痕迹，这里还曾宿过士兵。白昼与夜晚的美好，云雀的欢歌，香花与芳草，健美的欢畅，空气的澄鲜，星辰的庄严，阳光的和煦，还有那轻歌与曼舞，淳朴的友情，这一切都是人们渴求不餍的。但是我们却偏偏要去追逐那浊流一般的命运。所以战争能永远终止吗？……

这是四年零四个月以来我再没有领略过的快乐。现在我躺在草上，听任思想自由飞翔，那安详如海面上轻轻袭来的和风，那幸福如这座青山上的晴光。

1998 年第 6 期

军舰鸟

〔法国〕儒勒·米什莱　　徐知勉 译

军舰鸟是一种海上猛禽，它总是在波涛上翱翔，从来不在陆地栖息。

当太阳西沉、夜色蓦地笼罩大海的时候，水手们乍看到一种不祥的小小形体，一种忧郁的黑色的鸟，往往感到惶惑不安。其实说它黑色并不确切，黑色还比较鲜艳呢，这鸟儿的真正色调无以名之，可以说是一种模模糊糊的暗褐色。一团地狱的阴影，或者是一场噩梦，在水面上漂过，在波浪之间漫游，把暴风雨踩在脚下。它是航海者最怕见到的东西，他们认为这是噩运的朕兆。这是从哪儿来的？离陆地这么遥远，从哪儿突然会出现这玩艺儿呢？要不是即将发生海难，它们又是来寻觅什么的呢？瞧它不耐烦地飞来飞去，那样子一定是已经选好了什么尸身了吧。凶残而可恶的海啊，你这个同谋犯，是你把尸身扔给它的吧。

这一切都不过是虚构的恐惧罢了。一些不太胆怯的人在这可怜的鸟儿身上兴许会看到另一艘海船的失事，一个疏忽大意的航海者兴许在某个远离海岸的地方，毫无保障地遭到了海难。这条船对军舰鸟来说正是一个小岛，可以供它栖身。这条船乘风破浪在水面上留下了唯一的航迹；这已经是一个避难所，一个帮助它消除疲劳的地方。鸟儿不停地、轻捷地飞起，把船上的楼堡置于它自己和暴风雨中间。由于人们既腼腆又近视，只是在入夜时才能看见它。它很像我们，惧怕雷雨，它怕，它不愿死，它也像海员一样，说："要是我死了，我的孩子们怎么办？"

黑夜消逝，阳光重现，我看见天空中小小的一角蓝天。在那暴风雨上面，依然是和平肃穆、幸福而宁静的地方。在这角蓝天里，一只翅膀修长的鸟儿，庄严地翱翔在万仞高空。是海鸥吗？不，它的翅膀是黑色的。是老鹰吗？不，这鸟儿身量很小。

这小小的海鹰，堪称羽族第一，它是从不卷帆的大胆航海家，暴风雨中的王子，千重万重危险的冷静观察家，这斗士就是军舰鸟。

没有躯体：它的躯体比公鸡还小，但是它那神奇的垂天之翼舒展开来长达四五米。飞行中最重要的是坚韧和超越，否则任翅膀展开多阔也没有用。这样的一只禽鸟，它就倚靠这些，由着自己随风飘荡。雷雨来了吗？但它飞上了一定高度，在那上面它感到无限宁静。这不是什么诗意的隐喻，它完全与其他禽类不同：实实在在它高卧在暴风雨之上。

若是它想认真划上几下，一切的距离于是全消失了。它朝食于塞内加尔，入夜就到美国去进晚餐。

或者，若是它想多花点时间，在旅途中嬉游，那么它尽可以去嬉游；它将在漫漫长夜里不停地继续航行，但仍能保证休息……倚靠什么？倚靠它凝然不动的长大的双翼，它双翼展开，浮悬空际，御风而行。风像侍从似的殷勤地将它摇荡，空气承担了它旅行的疲累。

请记住这奇特的生物还具有许多无畏的高贵品质。躯体虽小，但异常矫健大胆，它敢于向任何空中霸王挑战；必要时甚至敢蔑视白尾海鸥和南美大兀鹰；这些巨大而笨重的猛禽飞起来摇摇晃晃，十分艰难，而就在这时，它早就轻轻地飞出去数万米之遥了。

当我们在热带那瓦蓝瓦蓝的天空，那不可思议的高度上、肉眼几乎看不到的地方，瞥见一只黑鸟豪迈地飘过来，雄姿倜傥，任意翱翔，简直令人羡煞。略微低点的地方，还有一只雪白的鹲鸟悠然自得地在空中盘旋，打着转儿。

然而，逼近审视，却叫我大吃一惊：这飞禽王国的佼佼者竟没有因自由生活养成一副宁静的外表。它的眼睛那样严酷、暴戾、闪烁、焦躁不安。它那痛苦万分的神态仿佛一个不幸的海岸哨兵似的，时刻监视着无边的大海。它不能不这样，要不就会被杀死。这鸟儿显然正努力向远方瞭望。若是目力不济，它的黑脸也就黯然失色，大自然会惩罚它，让它死去。

逼近了注意看它，这才看出它简直就没有脚。至少是脚很短，蹼足，不能行走，栖息时蹲着。它有巨大的嘴喙，却没有真正海鹰的利爪。它算不上鹰，但它的胆量和飞翔能力确实比鹰还高，只是它力气不大，没有不可战胜的攫夺力量。它冲击并杀死对方，可是它能抓得住吗？

因此它的生活完全是不稳定的，只好靠侥幸，进行私掠船的、海盗式的生活，不像个正经航海者经营的生活。从它的脸上明显地总可以看出这个老问题来："我的晚饭怎么办？……今晚我将拿什么喂我的幼雏呢？"

它那颀长而壮丽的双翼一触及地面却成了一份危难，一件麻烦事儿。为了飞上天空，它需要大风或是一处高丘，一个岬头，一块岩石。倘若它栖伏在它经常歇息的平坦的沙滩、洲渚或低凹的暗礁上面，突然为人发现，这时的军舰鸟是毫无防卫能力的；尽管它发出威胁，企图袭击也是徒然，它只有束手待毙，被乱棒打死。

但当它翩然奋翼，飞临海国，那宽阔映丽的翅膀却不适宜于低低地掠过水面。若是沾水浸湿了，它的躯体就会沉重下坠。这一下子可是大难临头！它成了大鱼口中的美味，成了它原来想吞食的低级水族的食物：猎物吃了猎人，抓人的自己反而给抓住了。

那怎么办呢？它的食物在水里啊。它必须接近水，再从那儿折回，必须不停地轻轻掠过这威胁它、妄图吞没它的、可憎而丰富的海。

这个带翼的生物在眼力、飞行能力、胆量方面比其他鸟类都优越，但是它过的只是一种颤抖而脆弱的生活。倘若它没有本事为自己找一个食物供应者，那么它只有去骗取食物。它的办法，嘿，多卑鄙，就是袭击一种肥大而胆怯的鸟——鲣鸟，这可是个捕鱼能手呢。军舰鸟躯体不大，盯在鲣鸟后头拼死追逐，用嘴啄它的脖子，逼它把食物吐出来。这一切都在空中干：鱼掉下去，还没落地，军舰鸟就猛地闪过去，在半空中一口攫住。

如果这个办法不行，它甚至敢袭击人。一位旅行者说："航行到阿尚雄的时候，我们遭到了军舰鸟的袭击。有一只竟想从我手里夺走一条鱼。它的伙伴纷纷飞集在煮肉的大锅上方争抢锅里的肉，对围在锅旁的那些水手毫不在乎。"

比尔曾经看见过许多老病伤残的军舰鸟歇在礁石上，这礁石好像是这些伤残者养息的地方，它们从鲣鸟幼雏的食物中掠走一部分，以供享用；鲣鸟仿佛是它们的专司膳饮的臣仆。不过，当它们年富力强的时候，它们是很少沾地的，它们像流云一样生活，巨大的翅膀经常翱翔于海天之间，等待好运；它们用严肃的凝视刺破那无边无际的苍穹和碧海。

第一流的羽族是永不栖息的飞鸟。第一流的航海家是永不停航的海员。陆地、大海，对它几乎都是禁地。你永远无定的流亡者啊。

我们什么也不必羡慕。这尘世间没有任何生存是真正自由的，没有任何天地是足够广阔的，没有任何飞翔是足够伟大的，什么翅膀都不行。最强的羽翼就意味着奴役。心灵所期待、祈求、希望的应该是另外一些：

超越于生命之上的双翼！

超越于死亡之外的双翼！

1998年第6期

泪水

阿垅

供设久了的蜜柑一样，我底泪水是枯涸了的么。

一个战士给刺倒在夕阳光里，我没有泪水，绿叶上的露珠那样小小的一滴也没有，虽然我底心是一种船索一样绞紧的，我只是在纷然的杂花飘落在哀婉的鸟声里，悄悄地把英雄的遗体一粒种子一样掩埋起来的时候向明天献出我底默祝而已。像巨雹狂暴地降落在青翠的稻苗上，屠杀或者轰炸降落在我们底土地上。我没有泪水，晓星那样淡漠而稀少的也没有，我底心里只有愤怒和仇恨的风浪在激荡。说自己吧，牙齿给打落了，只是用自己底血和着吞下去，我一样没有泪水，铜人掌中的仙浆那样踪迹缥缈。我平静地对自己说话，死底权威是不能够摆脱的，而死也不是哭泣的事，或者，我还得活下去，应该打算的是怎样活下去。

我不爱哭泣，但是我不嘲讽哭泣，也不咒诅哭泣。

泪水是生命的源泉底支流。所以一个生命枯涸的人，他是没有泪水的。沙漠就是枯涸的，所以没有一滴清泉，没有一枝青草，没有一朵小花，没有生命可寻。而无邪的孩子，没有一个不爱哭泣，即使以后他是一个英雄、一个革命者、一个暴君、一个警察总监。因为人在孩子时代，生命洋溢像春涨。

我不爱哭泣。别人以为我应该哭泣了的时候，我也不哭泣。但是，在别人认为我没有什么流泪的必要的地方，甚至我自己也没有打算流泪的地方，我却不可止地流泪了，流泪以后才知道自己是流泪了。

譬如，当浑圆的明月高照着晶莹而清幽的湖面的时候，我走在柳影低垂的长堤上，有人在远处唱歌，歌辞、音节、音色在我全无所感动，像微风吹遍山岩无所感动，甚至我底情感澄净像明月而思想空灵像天风，我已经给大自然所融解，没有自己，没有渣滓，没有知觉，没有感发，但是我底泪水却忽然落下，有的时候浆果一样多，有的时候镭锭一样少，有的时候春溪一样湍急，有的时候蜗牛一样缓慢，有的时候蜜一样甜，有的时候梅子一样酸涩。这完全是不相干的，箫声明月，孩子和游戏，诸如此类。这不是可以哭泣的，没有悲哀，没有痛苦，没有残酷和壮烈。只有看《复活》的一次知道心底沉重的原因，但是那还是不相干的。

坚强使我成为无情。而流泪又使我变做软弱么。

我以自己的泪水滋润自己底心。

我以我底泪水检查生命的源泉底深度和广度。

假使这样，我愿我像一个人所说的能够常常流泪吧。因为，泪水是从无邪而丰富的情感流出的，像甜蜜的浆汁从成熟的果实泄出。人类不能够没有无邪而丰富的情感，生活不能够没有无邪而丰富的情感，历史不能够没有无邪而丰富的情感。而泪水，它所以在不相干的时候也流出，正是情感底无邪和丰富，而所谓不相干的时候，是人没有用理智控制情感的瞬间，情感得到自由，回到自由。

1998 年第 7 期

书房斜阳（节选）

徐鲁

“沙之书”

担任过有着九十万册藏书的阿根廷国立图书馆馆长的博尔赫斯，曾经自豪地说过：“我一生都是在书籍中旅行。”这样的一生真令人神往。他是一个极富于神秘感的作家，神秘到在许多作品里，他竟然让时间或空间作为主角，就像现实主义小说里有名有姓的人物一样，充当着故事的主人公。同时他也是一位对书籍富于同样的神秘感的学者。他悉心考察过人类对于书籍崇拜的历史，写过《论书籍崇拜》。他认为，人类对于书籍的崇拜致使书籍“不再是达到目的的手段，而是成了目的本身”。他援引了马拉美的说法：世界为一本书而存在；或者反过来说——如布洛伊所言：“我们是一部神奇的书中的章节字句，那部永不结束的书就是世人唯一的东西；说得更确切一些，那是世界。”

一九五〇年博尔赫斯写过一篇散文《长城和书》，探讨了秦始皇焚书的动机。他认为，秦始皇的焚书，其目的是为了“重新开创时间”，以期让时间与“始皇”之称相匹配。他这样想象：“始皇帝筑城（长城）把帝国围起来，也许是因为他知道这个帝国是不持久的，他焚书，也许是因为他知道这些书是神圣的，书里有整个宇宙或每个人的良知的教导。”他认为，秦始皇在时间范畴上的焚书和空间范畴的筑城是一个相互秘密抵消的行动。博尔赫斯的这种解释，也隐隐透露出了他对于书籍的一个可怕的观念：书，也许是统治人类的另一种形式上的专制？因为，当书籍包含了世界的时候，它们同时也就吞噬了一切。就像他在另一篇散文《沙之书》里写到的那样：书，就像沙子，将是无始无终的，任何人都无法找到它的最后一页。

卡夫卡的“地洞”

很少有作家像卡夫卡那样性格内倾和甘愿自我封闭。他在世上只活了四十一岁。他用短短的生命创造了一种纯粹意义上的个人写作的模式。他建筑了一个纯属个人的、极端孤独和封闭的城堡或地洞。有人把他笔下人物的那种本真的生存状态视为整个二十世纪人类的生存状态的象征，不无道理。

卡夫卡在写给他的第一个未婚妻的书信里，曾为自己设想过：“我最理想的生活方式是带着纸笔和一盏灯待在一个宽敞的、闭门杜户的地窖最里面的一间里。饭由人送来，放在离我这间最远的、地窖的第一道门后。穿着睡衣，穿过地窖所有的房间去取饭将是我唯一的散步。然后我又回到我的桌边，深思着细嚼慢咽，紧接着马上又开始写作。那样我将写出什么样的作品啊！我将会从怎样的深处把它挖掘出来啊！”

这不能不使我们想到他的一部短篇小说《地洞》。那个蜷缩在自己营造起来的、封闭式的地洞里，异常灵敏、时时警惕着外界的入侵者的小动物，不正是作家自己的象征？

卡夫卡的遗嘱里曾有这么一项：他要求与他有着二十二年深厚的友情的挚友马克斯·勃罗德，在他死后，将他的日记本、手稿、来往书信、各种草稿等等，“请勿阅读并一点不剩地全部予以焚毁”。不仅如此，在他生前，他就亲手烧掉过十个大的四开练习本——他的很重要的一些文学手稿。他这些举动，当然不能简单地解释为，仅仅是他对自己的作品的质量要求严格。不，实际上这同样显示了卡夫卡的一种与世俗化的外部世界相对抗，从而维护自己的内在生活方式的选择。他渴望，他是他自己营造的地洞的唯一的主人，而换了任何一个外人，他都是不欢迎的。

怎样来理解卡夫卡呢？如何来理解卡夫卡的“地洞”呢？对我来说，卡夫卡永远是一个谜。“卡夫卡”这个名字本身，就是郁闷、抑塞、沉重的象征。

“我散步去了”

生，还是死，的确是一个问题。

到了非走不可的时候，该怎么办呢？

一位诗人是这样设想的：登一个记，受一些技术训练，许能通过考试，及格了，就登上一架航天飞机，作太空的遨游，然后飞到极远处，永远不再回来。

另一位画家，则这样设计：时候一到，铃声响了，便不再犹豫，像做一次不太远的旅行一样，提上小小的简易的行囊，轻轻地关上自己的大门，微笑着，向规定好的那个旅途走去。

“再见！我们还会相逢的。”

类似的话可以说，也可以不说，反正事情迟早总会发生。

果然，一个春日的下午，七十三岁的川端康成像往常一样迈出家门，回头对家人说道：“我散步去了。”整个下午，他在宁静和煦的阳光里——在他心目中的、永远带着淡淡的春愁的美的光景里，徜徉着，步态怡然，神色安详。当天夜晚，人们发现，这位优秀的文学家在离家不远的工作室里，已经自杀身亡了。

仿佛樱花在午后静静地飘落，又如夕阳在黄昏时默默西沉。如秋叶之静美，似白雪之安详。这一生追求美的人，本世纪东方最伟大的美学家和文学家之一，用最后的生命实践了自己的一个美学：“无言的死，就是无限的活。”

与一只蜥蜴的对话

列夫·托尔斯泰比契诃夫年长三十二岁。托翁不仅欣赏契诃夫的文学才华，而且对契诃夫这个人，怀着一种深挚的仁爱之情。有一次契诃夫和高尔基结伴去看望托尔斯泰，他们交谈得非常自由和愉快。高尔基观察到，每当托尔斯泰看着年轻的契诃夫时，他（托尔斯泰）的目光就会异常温柔，仿佛正在用自己温柔的目光轻轻地爱抚着这个年轻人善良的脸庞。当契诃夫站在一些花草旁默默欣赏着的时候，托尔斯泰坐在一把扶手椅里，忘情地、仿佛是自言自语地夸赞道：“瞧，多么可爱，多么美妙啊！又谦虚又安静，像个小姐一样，而且走起路来，也像一位小姐，简直是……一个奇迹。”

还是这位仁爱的托尔斯泰，当他背着人的时候，他会悄悄地、小声地问一只小小的蜥蜴道：“你过得好吗？你？”这只小小的蜥蜴正在狄尔白尔大道上一丛灌木中间的石头上晒太阳。它怎么能知道它面对的是一位伟大的文学家和思想家。他站在它面前，一只手插进他的皮带里，一只手按着自己的前胸。这位伟大的人物向周围失望地看了一眼，接着又对小小的蜥蜴说道：“我呢，我却过得很不好。”

1998 年第 8 期

汪曾祺遗作一组

汪曾祺

雁

“爬山调”：“大雁南飞头朝西……”

诗人韩燕如告诉我，他曾经用心观察过，确实是这样。他惊叹草原人民对生活的观察的准确而细致。他说：“生活！生活！……”

为什么大雁南飞要头朝着西呢？草原上的人说这是依恋故土。“爬山调”是用这样的意思作比喻和起兴的。

“大雁南飞头朝西……”

河北民歌：“八月十五雁门开，孤雁头上带霜来……”

“孤雁头上带霜来，”这写得多美呀！

琥　珀

我在祖母的首饰盒子里找到一个琥珀扇坠。一滴琥珀里有一只小黄蜂。琥珀是透明的，从外面可以清清楚楚地看到黄蜂。触须、翅膀、腿脚，清清楚楚，形态如生，好像它还活着。祖母说，黄蜂正在乱动，一滴松脂滴下来，恰巧把它裹住。松脂埋在地下好多年，就成了琥珀。祖母告诉我，这样的琥珀并非罕见，值不了多少钱。

后来我在一个宾馆的小卖部看到好些人造琥珀的首饰。各种形状的都有，都琢治得很规整，里面也都压着一个昆虫。有一个项链上的淡黄色的琥珀片里竟至压着一只蜻蜓。这些昆虫都很完整，不缺腿脚，不缺翅膀，但都是僵直的，缺少生气。显然这些昆虫是弄死了以后，精心地，端端正正地压在里面的。

我不喜欢这种里面压着昆虫的人造琥珀。

我的祖母的那个琥珀扇坠之所以美，是因为它是偶然形成的。

美，多少要包含一点偶然。

瓢　虫

瓢虫有好几种，外形上的区别是鞘翅上有多少星点。这种星点，昆虫学家谓之“星”。有七星瓢虫，十四星瓢虫，二十星瓢虫……有的瓢虫是益虫，它吃蚜虫，是蚜虫的天敌；有的瓢虫是害虫，吃马铃薯的嫩芽。

瓢虫的样子是差不多的。

中国画里很早就有画瓢虫的了。通红的一个圆点，在绿叶上，很显眼，使画面增加了生趣。

齐白石爱画瓢虫。他用藤黄涂成一个葫芦，上面栖息了一只瓢虫，对比非常鲜明。王雪涛、许麟庐都画过瓢虫。

谁也没有数过画里的瓢虫身上有几个黑点，指出这只瓢虫是害虫还是益虫。

科学和艺术有时是两回事。

瓢虫像一粒用原漆制成的小玩意。

北京的孩子（包括大人）叫瓢虫为“花大姐”，这个名字很美。

1998年第10期

新年的快乐

丰子恺

从无始到无终，时间浩荡地移行着，本无所谓快慢。但在人的感觉上，时间划分了段落，似觉过得快些，同时感到爽快；混沌地移行，似觉过得慢些，同时感到沉闷。这好比音乐，许多音漫无分别地连续奏下去，冗长而令听者感觉厌倦；若分了乐章、乐段、乐句，划了小节，便有变化，而令人感觉快适了。

自然的时间划分，是寒暑与昼夜，一寒一暑为一年，一昼一夜为一日。但由寒到暑，由暑到寒，微微地逐渐推移，浑无痕迹。人类嫌它冗长散漫，便加以人工的划分，把一年划分为四季，十二个月，以求变化。阴历的月虽以月亮的一圆一缺为标准，但月亮的圆缺在实际上毕竟没有怎样重大的影响，初一的白昼与十五的白昼并无分别。阳历的月就不管月亮的圆缺了。故十二个月只能说是人工的划分。一个月有三十次昼夜，人类又嫌其冗长散漫，再加以更细的划分，以七天为一星期。这样一来，日子过起来爽快得多。转瞬又是星期日，来了四个星期日便是一个月。假使没有星期的划分，一个月中同样的昼夜，反复三十次，岂不厌倦？所以家居的人时常感到沉闷，度学校生活的人便觉星期飞也似的过去。在地理书上看到一年中有数个月的长昼与长夜的两极地方的情形，谁也同情于他们的生活的沉闷。

但在昼夜一日一来复的温带上的生活中，一昼夜之间没有划分，仍嫌其冗长。便把它平分为十二时，或二十四小时。又把一小时分作六十分，一分分作六十秒。本来浑成一气的时间，现在就被切得粉碎，而部署为许多节段。这样一来，人的度日就有了变化而不觉其长。像学校的生活，一个上午划分作四个时间，一个时间内又划出五十分钟授课，十分钟休息。上课复休息，休息复上课，不知不觉之间，一上午过去，午膳的钟声已经响出了。小学校近来改用一刻钟或半小时为一课，划分尤为琐碎。儿童生活兴味旺盛，不能忍耐长时间的连续。给他们把时间这样细碎地划分了，他们便觉变化繁多而不嫌其长，因而读书也有兴味了。古昔生活悠闲的诗人春昼无事，静观默坐，便谓“日长如小年”。患失眠症的人觉得长夜漫漫。坐牢监的人度日如年。但生活繁忙的人只觉“光阴如箭”，“日月如梭”。这虽是叹惜时间度送太快的话，但当其度送之时，翻着日历写信，看着手表吃饭，抱着闹钟睡觉，只觉时间的经过变化百出，应接不暇，因而发生兴味，不觉沉闷之苦。这好比听赏节奏复杂而拍子急速的音乐，因其变化丰富，听者就不嫌乐曲之长。

可知时间划分愈细，感觉上过去愈快，生活上兴味愈多。故“快”就是“乐”，合起来就是“快乐”，生活的快乐称为“快活”。人生一方面求寿命之长，一方面又求生活过去之快，两者看似矛盾，而其实无妨。因为这是在实际上求寿命之长，而在感觉上求生活过去之快。人工的时间划分，便是在感觉上求生活过去之快的一法。

新年，也是在混沌的寒暑推移中用人工划分出来的时间的段落。虽然根据地球绕日的周期而定，然并不完全正确，阴历尤多参差；且在日子表面看来，大晦日与元旦并无什么差别，所以也只能说是人工的划分。有了这划分，年的界限便判然，人的生活便觉爽快。有了这划分，人就可在元旦这一天的早上兴致勃然地叫道：“新年开始了！”“恭贺新禧！”“发财，发财！”好像从这一日起，天上换了一个新的太阳。

新年应是一年中最快乐的期间，应该说些快乐的话。但想来想去，也只是由时间划分而来的这一点，此外没有别的快乐可说，在这风声鹤唳的时候！

1999 年第 2 期

像山那样思考

〔美国〕奥尔多·利奥波德　　侯文蕙 译

一声深沉的、骄傲的嗥叫，从一个山崖回响到另一个山崖，荡漾在山谷中，渐渐地消失在漆黑的夜色里。这是一种不驯服的、对抗性的悲哀，和对世界上一切苦难的蔑视情感的迸发。

每一种活着的东西（大概还有很多死了的东西），都会留意这声呼唤。对鹿来说，它是死亡的警告；对松林来说，它是半夜里在雪地上混战和流血的预言；对郊狼来说，是就要来临的拾遗的允诺；对牧牛人来说，是银行里赤字的坏兆头；对猎人来说，是狼牙抵制弹丸的挑战。然而，在这些明显的、直接的希望和恐惧之后，还隐藏着更加深刻的涵义，这个涵义只有这座山自己才知道。只有这座山长久地存在着，从而能够客观地去听取一只狼的嗥叫。

不过，那些不能辨别其隐藏的涵义的人也都知道这声呼唤的存在，因为在所有有狼的地区都能感到它，而且，正是它把有狼的地方与其他地方区别开来的。它使那些在夜里听到狼叫，白天去察看狼的足迹的人毛骨悚然。即使看不到狼的踪迹，也听不到它的声音，它也是暗含在许多小小的事件中的：深夜里一匹马的嘶鸣，滚动的岩石的嘎啦声，逃跑的鹿的砰砰声，云杉下道路的阴影。只有不堪教育的初学者才感觉不到狼是否存在，和认识不到山对狼有一种秘密的看法这一事实。

我自己对这一点的认识，是自我看见一只狼死去的那一天开始的。当时我们正在一个高高的峭壁上吃午饭。峭壁下面，一条湍急的河蜿蜒流过。我们看见一只雌鹿——当时我们是这样认为——正在涉过这条急流，它的胸部淹没在白色的水中。当它爬上岸朝向我们，并摇晃着它的尾巴时，我们才发觉我们错了：这是一只狼。另外还有六只显然是正在发育的小狼也从柳树丛中跑了出来，它们喜气洋洋地摇着尾巴，嬉戏着搅在一起。它们确确实实是一群就在我们的峭壁之下的空地上蠕动和互相碰撞着的狼。

在那些年代里，我们还从未听说过会放过打死一只狼的机会那种事。在一秒钟之内，我们就把枪弹上了膛，而且兴奋的程度高于准确：怎样往一个陡峭的山坡下瞄准，总是不大清楚的。当我们的来复枪膛空了时，那只狼已经倒了下去，一只小狼正拖着一条腿，进入到那无动于衷的静静的岩石后去。

当我们到达那只老狼的所在时，正好看见在它眼中闪烁着的、令人难受的、垂死时的绿光。这时，我察觉到，而且以后一直是这样想，在这双眼睛里，有某种对我来说是新的东西，是某种只有它和这座山才了解的东西。当时我很年轻，而且正是不动扳机就感到手痒的时期，那时，我总是认为，狼越少，鹿就越多，因此，没有狼的地方就意味着是猎人的天堂。但是，在看到这垂死时的绿光时，我感到，无论是狼，或是山，都不会同意这种观点。

自那以后，我亲眼看见一个州接一个州地消灭了他们所有的狼。我看见过许多刚刚失去了狼的山的样子，看见南面的山坡由于新出现的弯弯曲曲的鹿径而变得皱皱巴巴。我看见所有可吃的灌木和树苗都被吃掉，先变成无用的东西，然后则死去。我看见每一棵可吃的、失去了叶子的树只有鞍角那么高。这样一座山看起来就好像什么人给了上帝一把大剪刀，并禁止了所有其他的活动。结果，那原来渴望着食物的鹿群的饿殍，和死去的艾蒿丛一起变成了白色，或者就在高出鹿头的部分还留有叶子的刺柏下腐烂掉。这些鹿是因其数目太多而死去的。

我现在想，正是因为鹿群在对狼的极度恐惧中生活着，那一座山就要在对它的鹿的极度恐惧中生活。而且，大概就比较充分的理由来说，当一只被狼拖去的公鹿在两年或三年就可得到补替时，一片被太多的鹿拖疲惫了的草原，可能在几十年里都得不到复原。

牛群也是如此，清除了其牧场上的狼的牧牛人并未意识到，他取代了狼用以调整牛群数目以适应其牧场的工作。他不知道像山那样来思考。正因为如此，我们才有了尘暴，河水把未来冲刷到大海去。

我们大家都在为安全、繁荣、舒适、长寿和平静而奋斗着。鹿用轻快的四肢奋斗着，牧牛人用套圈和毒药奋斗着，政治家用笔，而我们大家则用机器、选票和美金。所有这一切带来的都是同一种东西：我们这一时代的和平。用这一点去衡量成就，全部是很好的，而且大概也是客观的思考所不可缺少的，不过，太多的安全似乎产生的仅仅是长远的危险。也许，这也就是梭罗的名言潜在的涵义。这个世界的启示在荒野，大概，这也是狼的嗥叫中隐藏的内涵，它已被群山所理解，却还极少为人类所领悟。

2000 年第 5 期

音 乐

〔法国〕罗曼·罗兰　傅雷 译

生命飞逝。肉体与灵魂像流水似的过去。岁月镌刻在老去的树身上。整个有形的世界都在消耗、更新。不朽的音乐，惟有你常在。你是内在的海洋，你是深邃的灵魂。在你明澈的眼瞳中，人生决不会照出阴沉的面目。成堆的云雾，灼热的、冰冷的、狂乱的日子，纷纷扰扰、无法安定的日子，见了你都逃避了，惟有你常在。你是在世界之外的，你自个儿就是一个完整的天地。你有你的太阳，领导你的行星，你的吸力，你的数，你的律。你跟群星一样的平和恬静，它们在黑夜的天空画出光明的轨迹，仿佛由一头无形的金牛拖曳着的银锄。

音乐，你是一个心地清明的朋友，你的月白色的光，对于被尘世的强烈的阳光照得眩晕的眼睛是多么柔和。大家在公共的水槽里喝水，把水都搅浑了；那不愿与世争饮的灵魂却急急扑向你的乳房，寻他的梦境。音乐，你是一个童贞的母亲，你纯洁的身体中积蓄着所有的热情，你的眼睛像冰山上流下来的青白色的水，含有一切的善，一切的恶，不，你是超乎恶，超乎善的。凡是栖息在你身上的人都脱离了时间的洪流；所有的岁月对他不过是一日；吞噬一切的死亡也没有用武之地了。

音乐，你抚慰了我痛苦的灵魂；音乐，你恢复了我的安静、坚定、欢乐，恢复了我的爱，恢复了我的财富；音乐，我吻着你纯洁的嘴，我把我的脸埋在你蜜也似的头发里，我把我滚热的眼皮放在你柔和的手掌中。咱们都不做声，闭着眼睛，可是我从你眼里看到了不可思议的光明，从你缄默的嘴里看到了笑容；我蹲在你的心头听着永恒的生命跳动。

2000 年第 16 期

散步的艺术

〔美国〕亨利·梭罗

我崇尚自然，一生追随自然的轨迹。现在，我将以人的身份，用最朴实、简洁的方式说出它的深奥含义：“人，是自然的居民，而不是社会的一员。”我更要强调，自然的本质是绝对的自由与狂野，正相对于文化的礼俗教化。

我用这么强烈的方式表达，并不表示我是自然的偏执狂，我的用意是凸现我想阐述的主题。因为，文明这个不自然的东西，已经有太多的人关照，包括政府官员、学校委员会，以及文明社会的每一个人。

在我的生命中，除了少数一两个例外，我很少遇到有人懂得“行走的艺术”，更精确地说，是“散步的艺术”。

漫步（saunter）这个字，意味深长。中世纪时，闲散的人在乡野之间游走，并且以前往圣境之名，请求布施。而作一趟圣地之旅，孩子们会欢呼来了一个圣境行者，一个漫步者，一个圣地之行者。

其实，他们从未如他们自称的“走访圣地”，而只是群浪荡子和流浪者。可是，耐人寻味的是，真正到圣地的，却往往是漫步者。另外一种对漫步的解释，有人认为出自圣地这个词，即没有故乡、没有家园。因此，另一方面来说，这也意味着没有特定的住所，处处皆可为家，这就是漫步的深奥含义。

总是呆坐在家不外出走动的人，可能是最伟大的飘泊者。不过，漫步者却像是一条蜿蜒百折、四处流淌的河流，河水总是不舍昼夜，渴望找到通往海洋的最短路径。

我偏爱第一种说法，那可能比较接近事实。因为，每个脚步都是一种征伐，都是我们内在的彼得隐士（Peter the Hermit）的召唤，召唤我们勇往直前寻找圣地，并从那异教徒的手中将它复兴。

真的，我们只是信心薄弱的远征者，就算只是一趟步行，怎么说也称不上是坚韧不拔、永不止息的伟大志士。我们的长征只是一趟旅行，太阳下山时，我们又将回到原先启程的炉火边。步行的一半，只是踩着我们先前的脚步。

我们应该走最短的捷径，凭着这股壮美的探险精神，永不回头，并且将“永恒之心”送回我们荒败的王国。如果你已经有心理准备，将离开你的父母、兄弟姐妹、妻子儿女，远远的，永不再与他们相会；如果你已清偿所有的债务，安顿好所有的事情，完全地自由了，那么你可以开始一趟步行之旅了。

我是个“生命的步行者”。每次，我和同伴都会想象自己是个未被文明污染的处女地国王，或者想象自己是古代社会里那种“既非骑士也非侠客，既不是行礼者也不是驾驶者”的步行旅人，我相信，这是一个更久远、更古老、更光荣的阶级。

骑士、侠客和英雄曾经是属于“骑乘者”的阶级，现在似乎是等同于或者接近于“步行者”，即是说，不是武士，而是游侠。他是某种第四阶级，远在教堂、国家与人民之外。

2000年第18期

握　手

〔英国〕莱·亨特

言及握手，首先想到人们两个失态之处。其一，不问亲疏，不辨场合，见手即握，殷勤之态可掬。此情此景，你会以为那被握之人是这类握手者普天之下最亲密的挚友。你的手如有幸被泽及，也会同样受宠若惊，尽管你与握手者只有点头之交。至于别的承幸者（看来握手者忘了其大名），从他的表情看，此一握之恭维景仰，亦不稍减。握手者脸上一片真挚，容光焕发，一声“幸会”，字字有声，发自肺腑。那一握，亲切、长久而欢悦，好像被握的此公是刚从辽远沙漠归家的挚友，而实际上他不过是个半陌路人。

其二，社交场合，常有谦谦君子，手欲伸而常缩，似乎谨言慎行，又似乎手指头发炎、红肿。拘谨如此公，你只好超越一般性的礼貌，握手时倍加主动热情。别人既然极礼貌地把你介绍给他，既然你还想与这聚会中的其他来宾一一握手，出于礼仪，你也不能落下此君。他的手半伸半缩，像是怕你在他手上恶作剧一番。你拉住了他的手，但握手的动力全来自你一方，对方的手只是矜持抑或忧郁，天知道。尴尬也罢，不自然也罢，你还得把手握完。这与你搀着一位淑女去就座颇为相似。确实，是否拉手摇动一番，何时松手为宜，亦一样令人颇费周折。前者似有对病人施暴之嫌，后者又是你自揽的不尴不尬的义务。整个晚上，你弄不清自己是否真正讨嫌于此公。聚会终了，你方看出他的举手投足同样不邀好于其馀和他握过手的诸君。

依我想来，两种失态皆可避免。如果两者择其一，我便倾向于前者。诚然那份热情并非就是真诚的流露，但它至少表达出一团和气。假如一定要把真诚与和气弄个泾渭分明（根本用不着如此），那么人世间逢场作戏的人情味（搞和气）胜于令人不快的真情（如厌恶他人而不与之握手者）。此外，确定情真与否较之与人亲善更难。而且待人接物之间友善热情本身即为至理。肯定了这一点，亦即悟出了一点为人之道，该道之行令人愉悦。待人接物，立身处世，此为最上乘，也最合逻辑之一法。

手掌羞涩常被归之于谦虚稳重。事实上并非如此，除非那不愿伸手的谦虚根源于傲气，有欠于殷勤灵动才是更好的解释，但此欠缺亦根源于自傲。生硬刻板常意味着某君傲慢或不信任他人的德性。我曾有幸会到两位宽厚为怀的先生。透过二人举止，可见出惜手如金一斑。两人皆自视甚高，这也绝非无来由。两人都乐观自信但吝于握手。对于其中一位，有人曾想设圈套，以鱼肉敷手与其相握。为的是提醒这位先生其握手致意之乏味，常使友人感到难堪。然而密谋者终究没有胆略去实行这计划。此公是否对这图谋有所闻，我们不得而知。但有一事千真万确，即自此以后，他一改旧习，与人握手致意时，热情可掬了。另一位君子是一帮热心政治家中的唯一不变初衷者。他信守其对芸芸众生一贯的态度。对于同僚的易变、思迁颇为不快，对其他人的愚蠢和不专亦很恼火。他的举止风度变得冷若冰霜。尽管如此，其信念言行却一以贯之，不稍作改变。如此，他尽可以堂堂正正地孤傲不群而无招人议论之虞。

2000 年第 18 期

迷人的黄昏

伊丽莎白·斯塔·希尔　　赵友斌 译

记得那是小时候的一天，妈妈带着我去逛集市，我走失了。我找来找去也不见她的踪影，只好独自往家赶。我一路上跌跌撞撞，指望能撞见熟悉的东西。但周围全是些陌生的房屋，看起来都是冷若冰霜、闲人莫入的样子。我不敢敲人家的门，只得慢慢地走到空地上的一棵树旁，筋疲力尽地往地上一倒，睡着了。

黄昏时分我蓦然醒来。夜色开始悄然渗入村舍，一片朦胧。落日的馀晖抹红了烟囱和屋顶。顷刻，天色由暗淡转向傍晚的半透明深蓝色。第一颗明亮的星星出现了——这是我可信赖的希望之星，它出现在固有的地方。

突然，我眼前豁然开朗。这是我们求愿、洗脸，是爸爸回家、婴儿洗澡的神奇时刻——一个和睦的时刻。我毫不犹豫地跑到最近的人家敲门问路。不到一个钟头，我已安然回家。

爸爸妈妈问我为什么等了这么久才去求助，我竟然说不出理由。至今我也说不清，只能说黄昏的魅力一直迷住了我，它驱除了我的恐惧，振奋着我的精神。黄昏时刻我的胆量更大了。

举例来说，灯光开始亮起来——多么可亲的灯光。你可曾在这样的情景中步行回家：深冬的一个下午，铅灰的天空雪下个不停，霎时间，路灯忽然出奇地亮了。沿路的灯光顷刻化作天使一般，白霜似的晕光闪烁，你在呵护与平和中走完馀下的路。

黄昏是归家的时候，是饥肠辘辘极想吃晚餐的时候。劳里·李提起幼年在英国小乡村的往事，曾动情地写道："太阳下山了，我们一整天都在跑腿办事或在田野里瞎逛。我们回到了那烟雾缭绕而温暖的厨房。归途中踏着路上每一块铺石，浑身的骨骼都快活得震颤起来。"

傍晚回家固然很好，可在黄昏出门也乐在其中。从白天到黑夜那段宝贵的时间，蓝色的天空似乎激荡着活力，寻幽探胜的机会就在眼前，此时乘火车进城是再好不过的了。或者在麻雀欲睡、吱吱细语、夜虫初醒、唧唧争鸣的时刻，去静静的乡间小道漫步，也是其妙无比。你且聆听蟋蟀的鸣奏！

在这个时辰，一般邻家的活动似带有期盼的气氛。透过灯光闪烁的窗户望进去，似乎人人都在准备着什么。俊俏的少女在对着镜子化妆，而男孩子正在客厅里为壁炉生火。瞧！隔壁那屋子里，服饰优雅的妇人在点蜡烛，家宴很快就要开始。

这当儿，落日的馀晖倒映在池塘里，半掩在小山上或者你家仓库后边，或者在屋角流连。但这些景色你几乎很难注意到，等你再去回顾，已经消失得无影无踪了。

到外边去……到某个地方去与夜晚相处……

小孩子跑出家门，在暮色苍茫中捉迷藏，该是多么快活！时间越晚，这种游戏玩起来就越困难，也越有趣。“我看见玛丽了！”那真是玛丽吗？还是幻影、魔影？

一丝绿里带黄的光芒一闪一闪，令人难以捉摸。那是萤火虫，快去捉啊！男孩子和女孩子们飞跑着、喧闹着，凉风拂过他们火辣辣的面颊。他们在河边跑来跑去地问：“抓到了吗？”“我比你抓得多！”

一对对情侣携手漫步，绝不理会那些三五成群的小家伙们。我们镇上有一座俯临小瀑布的木桥，那是一对对年轻人约会的好地方。他们斜靠着桥栏，拿着小卵石或树叶扔向瀑布，或在河边茂密的洋槐树下徐徐走着。当夜色快要笼罩木桥的时候，他们回头过桥，往家里走去。

“日后，夕阳西下时，我还与你相会，就像以前那样。”一个士兵这么写信给他的女朋友。那位女孩把信里的话告诉了我。那天傍晚，我看见她独自伫立在那座木桥上。在往事弥漫的暮色里她待了许久，不时把鹅卵石投向水中。

我有个朋友，晚餐后常独自一人坐在阳台上。她曾对我说：“我爱黄昏的气息。”我一直没忘记这句奇妙的话。

我从不会忘记黄昏时不同季节的不同气息。三月清新的泥土，散发出清香的气味。秋天，篝火的袅烟携带着乡情飘过我们的市镇。冬天傍晚，天空弥漫紫色，冰雪闪烁石英一样的光芒。扫完小雪，我手握扫帚在台阶上漫步，刺骨的寒风如刀刃一般。

冬天的黄昏，似乎最为壮观。海军上将理查德·E·伯德在谈到南极罗斯冰障一带四个半月漫漫长夜时写道：“银绿色长蛇般的极光在东北方向轻轻地颤动。白昼渐渐逝去，黑夜却在异乎寻常的平和中诞生。霎时间，我感到人和宇宙真正合为一体。我深信这一切都有旨意，人不过是这旨意的一部分。”

2000年第22期

穷人的阳光

丁宗皓

在离我家不远的一条大路旁，每天我都可以看见一位练摊的老人。他的年龄在五十岁左右，在我的印象里，他好像从来就没有正眼看过任何人。在一棵树下，他将一些充满童趣的纪念卡片一字排开，但是他不蹲在卡片后用目光搜寻买家。相反，他在做另一件事情，任何人都想不到的事情。他用五颜六色的粉笔在地上写着今天生活中能听到的民谣，即讽刺世事的民谣。而且每天的内容都不相同。写完后，他则在地上铺一块布，斜卧在上面，任由阳光斜照在自己的脸上。

也许是因为年龄逐渐变大，而自己开始没有足够的精力或者倦了每天的奔波的时候，我开始留意生活中这样的景致。我开始为这样的情形所感动。

在喧嚣的人群里，时时注意到自己的确是一件十分痛苦的事情，但是一旦开始，就再也收不住脚。我于是就看见了自己一向认为正常的人生，读书、上大学、工作、力争向上有人也称为向上爬，尽力使人生变得轻松，仿佛一个长期在水下憋气的人终于浮出水面。生活中的大多数人就是这样走着，脚步多的地方就自然成为主流人生。我想我已经成为一个十分无趣的中国人，跟着大多数人向前走着，并认定这就是价值之所在。

作家余华说他讨厌中国的知识分子，因为他们不知道自己真正需要什么。我开始这样理解，作为一个群体文化的底色，他们没有像铁锚一样，使一个群体在任何一个时空里都能牵住在任何潮水中摇动的生活之舟，使人们只听凭于心灵的召唤，而不被肉体的欲望所控制。走在人群里，我强烈地感到，因为中国人的心灵还和历史一样，在功利主义和隐逸之间茫然地徘徊，使入世变成没有理智的掠夺，使出世变成失败的藏身之所。

我们真正需要的是什么？大多数的中国人回答不了这样的提问。

在这样的群体里，最容易形成时尚和潮流，所有潮流的流向，都是一元化的价值取向。所以我们的心灵总是一架失控的马车。

一年前，我友老杜从英国归来。他扎着一个小辫，背着一个仿佛是军用书包改制的包，进我的办公室时，似乎心有馀悸。我有些不解，问他怎么了，老杜肯定地说：我害怕。我不解地问他：你怕什么？他说：我怕同胞。我感到好笑，于是哈哈大笑起来。老杜说：在同胞的脸上，看不到安详和宁静，只有焦躁甚至凶蛮，而他最怕的是他们的眼神，像是要吃人。我说：我也让你害怕？老杜认真地看了我一会儿，说：有一点。这回，我没有笑。

我已经把什么写到了自己的脸上？

多年以前，老友老杜在我看来就是生活的叛逆者，对于我们感兴趣的东西，他并不在意。比如找个好的工作，过一种规范的中国世俗生活，娶妻生子。老杜喜欢照相，喜欢自己干自己的事情，而他的事情在中国人看来根本不叫什么事情，至少不是正经的事情。老杜拒绝这样的尺度通过他所熟悉的生活圈子强加到自己身上，于是就去了英国。那是九十年代初的一个晚上，老杜在沈阳北站急不可待地上了火车，像胜利逃亡的战俘。

现在，老杜面色有些苍白地坐在我的对面，向我描述自己的英国生活。他住在伦敦的贫民区里，周遭都是英国的下层各色百姓，包括嬉皮士。这里的很多人最后都成了老杜的朋友。刚到伦敦的一天早晨，打工的老杜在街上看见了露宿的人们正在悠闲地收拾背囊，老杜以为目睹了英国穷人的窘迫。后来老杜结识了自己的房东，原来自己的房东也是这样一个喜欢到处露宿的年轻人。他有自己的房子，但是并不喜欢按部就班地住在房子里，他宁愿租出去，而自己背着行李到处睡觉。在以后的岁月里，老杜认识的这样的英国穷人越来越多，也了解了他们的生活原则，那就是贫困没有掠夺穷人幸福的权利和可能。做自己喜欢的事情，自由地享受人生是所有人的权利。我的老友老杜发现这种现实正好和自己的心思暗合。于是在伦敦，他开始打鱼和晒网相结合的生活，整天拎着相机四处游走，拍了大量的照片。老杜压根就不是抱着挣钱的目的出走的，他回来时仍然是穷人一个，但是他似乎带回自己喜欢的活着的准则。

找到生活真谛的老杜在阔别家乡多年以后，在同胞的脸上看见的只是恐惧，以致回来的几个月间不敢出门。他看到的是正在我们生活中发生的一个事实：在必然要产生贫和富差异的社会里，人人都害怕落在人群的后面，最后成为一个穷人，每个人都要通过奋斗避开这样的命运。这一切都写在了人们的脸上。老杜害怕的是这样的脸。

我忽然想到老杜其实和街头卖笛子、二胡以及在地上写字的那些人一样，正在人间属于自己的有限的自由中享受着从树梢透下来的但是属于自己的阳光。穷与富，这个两极世界，是我们终究要面对的终极问题，既然不可能避免穷人的存在，就该还给穷人自己的幸福。当然这种幸福要靠能感受并确定幸福的心灵去寻找，并形成文化。在那里，他们同样接受阳光，一点不会少，并同时感受自己是一个真实、完整的个人。

2000年第22期

一页的翻过

张承志

二十多年前，有一次曾经未假思索地写道，游牧草原的循环不已的历史，“也许要翻向它的最后一页了”。

这么感觉的原因，是由于那时开始出现了定居，虽然只是草拌泥房子的定居，而且，一年中迁徙的次数在减少。此外迹象还有很多，比如，一直成为大草原形象的木轮子勒勒车，有被工业生产的铁筋车取代的可能。

而今天，这“最后的一页”已经掀得雷鸣风吼。它破坏着，替代着，唆使着，蔓延着，带着粗俗而生气勃勃的欢叫，恣情地在延续了十数个世纪的旧营盘上摧枯拉朽。

何止八瓣轱辘的自制木车，连轻便铁筋车也几被废置。草原的交通与驮载，正在被拖拉机和客货吉普车所替换。越冬、春羔、驻夏，加上秋季追逐草籽和营养的频繁走场迁徙，已经变成了一座砖房和一座毡房的基本定居。热乎的火炕，夹墙后的啤酒，使年轻人不愿动荡地搬家。都市里时髦的话题——草原的退化和沙化，首先在一座座砖房周围开始了。

嘉陵、铃木，一辆辆摩托在嘟嘟穿梭。马群里的乘马发肥，赛会上难得挑出善奔的骏马了。而且三年两年不骑，驯马暴烈难御，还原成了“生个子马”。牛则几乎都是生个子；女人们缺乏驯顺的牛去拉车打水，从百步之外的水井打一缸水，居然要男人启动柴油拖拉机，一路黑烟地兴师动众。确实，女无乘车男缺坐骑的问题，牧人不愿意骑马的问题，破天荒地出现了。

Motar 是什么意思？taisen 是什么意思？还有 yidang、er－dang、lieji，听不懂的都是借词。它们分别是摩托、铁丝网、一档、二档、离合器，随潮水般的汉语借词涌入草地。加上啤酒瓶子，三轮货郎，盲流小偷，运牛车装修队，如今奔向乌珠穆沁草原的一切，使人目不暇接心慌意乱。

雇工，即“使人”，已非常普遍，而这个词曾被译成“剥削”。新页才掀开一角，就已经淘汰了第一批牺牲者：由于懒惰、病死、继承无人等原因，熟识的家族谱系中已经消失不止一家。当然相应的是迅速富裕起来的家庭，政府奖励了一个铜牌挂在哈纳墙上，上面刻着“小康户”；蒙文一侧读着让人忍俊不禁：这个词在六十年代译成“上中牧（农）”。

政治的社会秩序呼喇喇地坍塌了。当年被阶级划分理论打入凄惨底层的人，那些牧主和富牧子弟，今天不仅多是富裕人家，而且心思已在荣誉——比如热衷赛会的夺标。具有讽刺意味的是，当年的贫协主席又率先沦为贫困户；在吃光了最后一只羊以后，他和他的家庭都消失了。有人说他已去世，有人说他儿子正在某地当雇工。我听得目瞪口呆，不知其中的深意是什么。如今牧民养狗，盼着狗真的敢开牙咬人。草原上日益增添的喧嚣和络绎往来的小贩浪人，使牧民不知怎么过日子了。一层毡的蒙古包，不可能装防盗门，它只被一根皮条随便拴住。这扇门的文化，需要一种对传统的默契。闯入者使他们紧张。

活动半径缩小了，游牧被铁丝网圈定在自家十里方圆的草场。偏偏地球变暖，雨水稀少，羊毛跌价，草地沙化，因受益于最初的改革政策而骤然富起来的牧民，因经营和运气在后来岁月里败北的牧民，感到缺乏判断明天的经验，感到自己的无力。

于是人心向神明聚集，处处是新堆起的敖包。著名的大敖包祭会如今是年中最要紧的行事；小敖包则密不可数：在自家领地制高的山顶，在大路或辙印的当途，在逝者指引过的地点。敖包（abo），这个在蒙古学术中经久地被人讨论不已的名词和现象，或许只是在今日才闪现出点它的本意。

诗人纳楚克道尔吉有名篇叫作《我的家乡》（MiniNutug），这个词也被我反复学习过。它兼有营盘、家乡、草原、祖国几重含义。而今天nutug一词的语感多了对私有的强调，并且愈来愈频繁地指向草场承包以后，用铁丝网围住的那一小块“地盘”。

以上种种都是观察的视角，慢慢写来不忙；惟有环境的事，确实紧急：

前年回草原时，以前羊群珠散草海的风景，被挖开了疮疤似的黑窟窿。原来是承包了这片草原的一支采矿队，挖开青草，开出一个个采铜的土矿坑。采矿坑或是矩形的探槽，深数米；或是坑道，深不可测。

以前，牧民们讲述四周地名的时候，说到奥由特（oyotu），总是带着神秘的语气。“有翡翠的地方”，它既是牧民的古老家乡，也是我插队的最初营地，听着我自然也很喜欢这个地名。谁知古老地名是一种原罪，因为它招灾酿祸，引人入室，天生就是破坏安宁和自然的情报。

马驹在矿坑里摔断腿，掉队的羊被人盗走。前年发现，牧民兄嫂的神经已经失衡，我也目击了游荡成群的闲汉，夜间轰鸣的载重卡车。黑洞愈挖愈多，南边山坡一片疮痍。采矿队每天用大拖拉机运水，水井几近干涸，在水草丰足的乌珠穆沁，罕见的水纠纷终于出现了。争执时一片混乱，各自嚷着对方听不懂的语言。家家的狗都晕了，不知该叫该咬。草原上甚至奔着两三头猪；这使牧民的小儿们大感新鲜，舞着马竿子追逐。去年夏天再回草原，牧民兄嫂更加憔悴了，他们求救般地望着我，不知所措。

在都市里，我们习惯了不安的生存。换言之，我们习惯了日复一日在可怕的喧嚣中，让双耳渐渐失聪，让眼球终日充血，让心被扯出一根线，川流不息地抽丝失血。我们在大都市里，以憔悴换回存活，忘了安宁也是自己的权利。

而北方的大草原则不同。那里静谧得据说能听见四十里外的一只獭子咳嗽。草海的潮动能吞吸近在咫尺的声音，所以经常是当汽车一直开到鼻子下头，才被人听见。

原来养牧五畜的游牧民，就是在这样的环境里，费几千年时间渐渐凝结了自己的传统。他们享有几十里空阔的前庭，又枕靠同样几十里空阔的腹地，所以视野里任何一星人影都为他们了解，知道那是谁家的老人寻马找牛，同样，哪怕夜深时分的一声响动也能为他们判断，会意到那是某某趁月色运草。

环境的巨变，安宁的打破，不仅是对一种千年未改的古老心理的压力，也是对一种特殊能力的破坏——牧民们对自己不能判断感到慌乱。无力的感觉，是从未有过的。

总之，享有纯粹而悠久的安宁，也许是游牧民的一项奢侈。虽然愈是比较都市，愈感到它才是人的基本权利。不管怎样，安宁被打破了。

一连三年，每个夏季我都返回乌珠穆沁草原，为的是在渴望的安静里休息身心；没想到，却看够了历史翻页的实相。

第一年的富裕使我惊奇而满足。第二年门口就出现了闯入者：对来串门的采矿队，我不知说什么才好。我只能叨叨些保护草场，心里却满是烦恼。我的安宁也被毁了，千里迢迢地，来看破坏植被。第三年牧民兄嫂要求我立刻去为他们上诉官员，他们已经急得乱了方寸。

窥见了历史的翻页，究竟是一种收获呢，还是一种痛苦？

游牧社会的文化，是一个伟大的传统和文化，它曾经内容丰富无所不包。无论拉水的牛，还是比赛的马，讲起来都是一本经，套套解数娓娓动人。无论语言的体系或一个单词的色彩，分析到底都会现出真理，闪起朴素的光辉。在如此世界里，男女老幼生死悲欢，无不存在得生动感人。它深藏着一种合理的社会结构，一套人与自然的和谐关系，以及一些人的基本问题。

若是培养它的环境存在，它就存在，反之它会逐步消失。不知道，人类是否已经决定要改变这个环境。尽管世界上还有各大牧区，牧养（而不是厩养）的文化还在继续；但是，如乌珠穆沁那样的，相对纯粹的游牧文化类型，过去就曾经罕见，今后更临近终结。

随着一种强力的推动，在人对富足与舒适的追求之中，在对青草和对人的侵犯之中，机械人声轰鸣嘈杂，历史在以旧换新。

2001 年第 2 期

初　恋

周作人

那时我十四岁，她大约是十三岁吧。我跟着祖父的妾宋姨太太寄寓在杭州的花牌楼，间壁住着一家姚姓，她便是那家的女儿，她本姓杨，住在清波门头，大约因为行三，人家都称她作三姑娘。姚家老夫妇没有子女，便认她做干女儿，一个月里有二十多天住在他们家里，宋姨太太和远邻的羊肉店石家的媳妇虽然很说得来，与姚宅的老妇却感情很坏，彼此都不交口，但是三姑娘并不管这些事，仍旧推进门来游嬉。她大抵先到楼上去，同宋姨太太搭讪一回，随后走下楼来，站在我同仆人阮升公用的一张板桌旁边，抱着名叫“三花”的一只大猫，看我映写陆润庠的木刻的字帖。

我不曾和她谈过一句话，也不曾仔细的看过她的面貌与姿态。大约我在那时已经很是近视，但是还有一层缘故，虽然非意识的对于她很是感到亲近，一面却似乎为她的光辉所掩，抬不起眼来去端详她了。在此刻回想起来，仿佛是一个尖面庞，乌眼睛，瘦小身材，而且有尖小的脚的少女，并没有什么殊胜的地方，但在我的性的生活里总是第一个人，使我于自己以外感到对于别人的爱着，引起我没有明了的性之概念的，对于异性的恋慕的第一个人了。

我在那时候当然是“丑小鸭”，自己也是知道的，但是终不以此而减灭我的热情。每逢她抱着猫来看我写字，我便不自觉的振作起来，用了平常所无的努力去映写，感着一种无所希求的迷蒙的喜乐。并不问她是否爱我，或者也还不知道自己是爱着她，总之对于她的存在感到亲近喜悦，并且愿为她有所尽力，这是当时实在的心情，也是她所给我的赐物了。在她是怎样不能知道，自己的情绪大约只是淡淡的一种恋慕，始终没有想到男女关系的问题。有一天晚上，宋姨太太忽然又发表了对于姚姓的憎恨，末了说道：“阿三那小东西，也不是好货，将来总要流落到拱辰桥去做婊子的。”

我不很明白做婊子这些是什么事情，但当时听了心里想道：“她如果真是流落做了，我必定去救她出来。”

大半年的光阴就这样的消费过了。到了七八月里因为母亲生病，我便离开杭州回家去了。一个月以后，阮升告假回去，顺便到我家里，说起花牌楼的事情，说道：

“杨家的三姑娘患霍乱死了。”

我那时也很觉得不快，想象她的悲惨的死相，但同时却又似乎很是安静，仿佛心里有一块大石头已经放下了。

2001 年第 3 期

海　滩

〔法国〕罗布—格里耶　　东溟 译

三个孩子沿着一片沙滩走着。他们并排地手挽手前进。他们明显地身材相同，而且无疑地年龄相仿：十二岁左右。但中间的那个比其他两个稍稍小些。

除了这三个孩子，整片漫长的海滩是荒凉的。这是一片相当宽广的沙滩，平平整整，没有孤零零的岩石，也没有泉眼，稍稍倾斜地躺在似乎没有通路的陡峭的崖壁和大海之间。

天气晴朗，直射的强烈阳光照耀着黄沙，天空没有一丝云彩，也没有风。海水是蓝蓝的、平静的，海湾没有丝毫起伏的水波，虽然海滩向浩瀚的大海敞开，直至天际。

但是，隔一定的时间，一阵突然的浪潮老是同样地出现在岸边几米的地方，突然涨起，并且顷刻涌来，老在同一条线上。人们因此没有那种海水涌来、随后又退去的印象，这整个的动作好像是就地发生的。海水的涨起首先在沙滩的一边产生稍稍的下陷，于是浪潮在沙砾滚动的微响中稍稍后退；接着，它碎裂成乳白色泡沫，又散落在斜坡上，像是为了重获失地。这里到那里很少有一阵更加剧烈的涨落，顶多浸湿几分米的斜坡。

于是一切又归于静止，大海，平稳而又蔚蓝，正好停止在海滩黄沙原来的高度上，在那里，并排地走着三个孩子。

他们是金黄色的，像那沙子一样的颜色：肤色稍稍深一些，头发稍稍浅一些。他们三个全都穿得一样，都是洗褪了色的蓝粗亚麻布短裤和短上衣。他们并排地走着，手挽手，笔直地，平行于大海，又平行于崖壁，同两者几乎是等距离，但稍稍靠近大海。阳光，正在顶上，没有在他们脚下留下阴影。

在他们前面，沙子全都没有被践踏过，黄黄的，平滑的，从崖壁直到大海。孩子们笔直地行进着，丝毫没有偏移，保持一定速度，平静地，并且手挽着手。

在他们后面，稍稍有点潮湿的沙子上，印上了三行他们的光脚留下的印迹，三行脚印整齐连续，彼此相似，间隔相等，清晰地凹入沙子，毫无模糊的印影。

三个孩子笔直地看着他们的前面。他们既不向他们左边高高的悬崖看一眼，也不向另一边的小浪潮不时碎裂的大海看一眼。而且，他们也从不回头看一下他们身后走过的路程。他们用均匀的、快速的步子，继续走他们的道路。

在他们前面，一群海鸟沿着海边行走，正好在浪潮尽头。它们前进着，平行于孩子们的路线，与他们同一方向，相差一百来米。但海鸟走得慢得多，孩子们靠近了它们。而当海水逐渐冲刷掉它们的星状的爪印，孩子们的脚步仍然清晰地印上稍稍润湿的沙子，在那上面，三行脚印继续在延伸着。

这些脚印的深度是固定的：约有二厘米。它们既不由于边缘塌陷也不由于足跟或脚尖的一下重踩而变形。

三行脚印伸展得很远很远，好像同时也变小了，慢下来了，融化成了一条线，把沙滩从横里分成了两部分。这条线最后归结于细碎的机械的动作，在远处原地进行似的：六只光脚交替上下起落。

但是，随着那些光脚的远去，它们靠近了海鸟。他们很快地赶了上去，隔开两者的相对距离很快地缩小了。他们之间马上只差几步了……

但是，当孩子们终于就要赶上那群鸟时，它们突然展翅而飞，先是一只，然后两只，接着十只……而所有这一群，白的和灰的，在大海上空描了一条曲线，再落到沙滩上，恢复行走，老是向着同一方向，刚好在浪潮尽头，离刚才一百来米的地方。

在这个距离里，如果不是由于每十秒钟海水的散碎的泡沫在阳光下灿烂闪光的瞬间所出现的一阵色彩的突变，海水的涨退几乎觉察不到了。

那三个金黄色的孩子，不去注意他们继续精确地刻在未践踏过的沙滩上的脚印，也不注意在他们右边的小小的浪潮，还有那些在他们前面的海鸟一会儿飞翔，一会儿行走，他们并排地用均匀的迅速的脚步前进着，手挽着手。

他们三个晒黑的、比发色要深些的脸容是相似的。他们的表情是一样的：严肃、沉思，也许是若有所迷。他们的特征也是相同的。虽然看得出来，孩子中的两个是男孩，而第三个是女孩。那女孩的头发是唯一长一些、鬈一些的，她的肢体也恰恰更纤细优美一些。但她的穿着是完全一样的：短裤，短上衣，都是洗褪了色的蓝粗亚麻布的。

那女孩在最右面，靠海的一面。在她左面走着的是两个男孩中稍稍小些的。另一个男孩，更靠近那崖壁的，同那女孩身材相似。

在他们前面，黄黄的、一色的沙滩伸展着，极目无际。在他们左面矗立着褐色悬崖，几乎是垂直的，没有通路。在他们的右面，大海平静而蔚蓝，直至天际，它的波平如镜的表面镶着时而突然出现的卷边，顷刻又碎成白色的泡沫。

接着，十秒钟以后，浪潮涨起来，在滚动的沙砾的低声喧哗中，又一次在海滩造成同样的下陷。

浪花拍击，乳白色的泡沫再一次爬上斜坡，重又获得几分米的失地。在随之而来的静寂中，遥远的钟声在静寂的空气中回荡着。

“打钟了。”那走在中间的最小的孩子说。

但是，大海发出的沙砾的滚动声淹没了那十分轻微的钟声。要等到周而复始的浪潮退下去，才能再一次觉察到几声由于距离而减弱了的音响。

“这是第一次打钟。”那最大的说。

浪花拍击，在他们的右边。

当宁静重新回来的时候，他们不再听到什么了。那三个金黄色的孩子总是用同样整齐的步伐走着，手挽着手。在他们前面，那群海鸟只差几大步了，它们好像得到了一阵突然的感染似的，拍着翅膀，飞去了。

它们在海水上空描画了一条曲线，再落到沙滩上，恢复行走，老是向着同一方向，刚好在浪花尽头，离刚才一百来米的地方。

“这也许不是第一次，”那最小的又说，“如果我们没有听到另一下，在前的……”

“我们会听到同样的一下的。”相邻的男孩回答。

但是他们没有因此改变他们的步伐；而同样的脚印逐渐地在他们后面继续出现，在他们六只光脚下面。

“在一会儿前，我们从没有这样接近过。”那女孩说。

隔了一会儿，孩子中最大的一个，就是靠崖壁那一侧的说：

“我们还远着呢。”

他们，所有这三个，继续默默地走着。

他们沉默着，直到那钟声总是不很清晰地、再一次在静寂的空气中回荡。那最大的孩子于是说：“打钟了。”另外两个没有回答。

那群海鸟，在它们正要被追上时，拍拍翅膀飞了，先是一只，然后两只，接着十只……

接着整个一群再一次落在沙滩上，沿着海边前进，在孩子们前面约一百米的地方。

海水逐渐地淹没了它们的星状爪印。孩子们，相反，更靠近崖壁走着，并排地，手挽着手，在他们后面留下深深的脚印，三条线平行于崖壁边缘延伸着，穿过那很长很长的沙滩。

在右面，在平静的大海的一边，永远在同一地方，同样的小小的浪潮拍击着。

2001 年第 4 期

春天的奇迹

〔德国〕赫尔曼·黑塞

年复一年，我总是满怀焦躁和渴求的心情期待这个季节的来临，好似我必须解开万物苏生这一特殊瞬间的奇迹之谜，好似必须出现这样的情况，使我有一个钟点的时间得以极其清晰地目睹、理解、体会力量和美的启示，要看一看生命如何欢笑着跃出大地，年轻的生命如何向着光亮睁开它们的大眼睛。

年复一年，奇迹总是带着音响和香味从我身边经过，我爱着、祈求着这种奇迹——却始终没有理解；现在，奇迹已在眼前，但我却没有看见它是如何来临的，我看不到幼芽的外衣如何裂开，看不到第一道温柔的泉水如何在阳光下微微颤动。

突然间，到处是一片繁花似锦，树木上点缀着明晃晃的叶子，或者是一朵朵泡沫般的白花，鸟儿欢唱着在温暖的蓝天上划出一道美丽的弧形。虽然我不曾亲眼目睹奇迹是如何来临的，但是奇迹确实已经变成了现实。枝叶繁茂的树林形成了拱形，远处的山峰在发出召唤，到时候了，快快准备好靴子、行李袋、钓竿和船桨，去尽情享受新一年的春天吧！我觉得，每一个新的春天总比上一个更为美丽，但是也总比上一个消逝得更为迅速——从前，我还是一个孩子时，那时的春天多么的漫长，简直是没有尽头！

2001 年第 5 期

航　船

〔乌拉圭〕何·恩·罗多

看，大海的寂寥。一道无法穿越的线封锁着它，这道线与整个穹隆连在一起，只在海滩处留下空隙。一艘船，意志高昂，带着隆隆的轰鸣驶离了海岸。西斜的太阳，温和的云朵，阵阵海风催人远行。船在前进，在空中留下黑色的烟尘，在海上留下白色的浪花，前进，行驶在平静的波涛上。它驶到海天交接处，穿越那道界线，只剩下高高的桅杆依稀可见；这最后的迹象也终于消失了！那无法穿越的线又变得神秘莫测！谁能否认它的存在呢？它就在那里，那是实实在在的分界，那是深渊的边沿。然而它的后面仍是茫茫沧海，浩瀚无垠。大海越来越深，越来越广；在它的另一端，是将它与别的海面隔开的陆地，新的陆地，更辽阔的陆地，太阳为它们涂上了不同的色调，那里生活着不同的种族；神奇、宽广的土地，高尚、完美的世界，或者已被开拓，或者荒无人烟。在这浩瀚之中有些船舶起锚的码头。它们或许在那里停靠，然后便在无限宽广的天地中各奔前程，而且一去不复返，如同那条已经通过的大海的界线一样：虚无缥缈，一切都在那里消失……

总有一天，注视那同一条神秘的线，你会看到一缕袅袅升起的青烟，一面旗帜，一根桅杆，一个似曾相识的船体……这是那返航的船只！它回来了，犹如一匹忠于牧场的骏马。它或许比离去时更加可怜，体重减轻了；或许被肆虐的波涛伤害了。然而它也可能平安无恙并满载珍贵的收获凯旋而归。在它强劲脊背上的褡裢中也许带来了热带的奉献：醉人的香料，甜蜜的柑橘，像太阳般闪光的宝石或者柔软的、光彩夺目的毛皮。作为运去的货物的代价，它或许带来了心地更加淳朴、意志更加顽强、臂膀更加粗壮的人们。光荣和幸福属于航船！如果它来自勤奋之邦，或许运来了制作好的铁器，用来武装劳动的双手，要么它运来的也许是织好的毛线或者贵重金属制成的、用来装点世界的完美的饰物；或者是一块块青铜和大理石，人类的艺术为它们注入了生命的气息；或者是一沓沓纸张，通过微小铅字的痕迹，引来具有思想的人民。光荣和幸福属于航船！

请你稍加注意，一个思想，你将它排除，或者它自行消失，你再也望不见它；天长日久，它又在你心灵的明媚的阳光下出现，然而已经变成和谐、成熟的意念，变成了能以整个辩证法的力量和炽热的激情来展开的说服力。

一个轻轻的疑惑模糊了你的信念，你将它驱除，将它瓦解，然而当你已牢牢地将它忘却时，它又毅然再现，使你无可奈何，以致使你信念的整座大厦顿时永远地倒塌。

你曾阅读过一本令人深思的书，你又置身于人群和事物的纷纭混乱之中，你想起了那本书的内容与思想。随着时间的推移，你终于明白，尽管是无意地、不假思索地翻阅，那本书也在你的心灵中发挥作用，以致你整个的精神生活都受它的制约并按照它的要求而改变。

你在体验一种感觉。它对你是匆匆过客，其他的感觉要抹掉它的馀味和记忆，宛如一个海浪冲去前面的海浪留在海滩上的痕迹。总有一天你会感到一种巨大而又令人折服的激情从你的心灵中溢出，你会意识到那一连串的内心活动来自那被遗忘的感觉。正是这内心的活动将这个感觉变成你自身的全部力量所遵从和依傍的中心，如同茂盛的藤蔓顺从地缠绕在一条柔软的绳索周围一样。

这一切事物都恰似航船：起程，消失，然后又满载而归。

2001 年第 6 期

借钱的境界

余光中

一提起借钱，没有几个人不胆战心惊的。有限的几张钞票，好端端地隐居在自己的口袋里，忽然一只手伸过来要把它带走，真教人一点安全感都没有。借钱的威胁不下于核子战争：后者毕竟不常发生，而且同难者众，前者的命中率却是百分之百，天下之大，那只手却是朝你一个人伸过来的。

借钱，实在是一件紧张的事，富于戏剧性。借钱是一种神经战，紧张的程度，可比求婚，因为两者都是秘密进行，而面临的答覆，至少有一半可能是“不肯”。不同的是，成功的求婚人留下，永远留下，失败的求婚人离去，永远离去；可是借钱的人，无论成功或失败，永远有去无回，除非他再来借钱。

除非有奇迹发生，借出去的钱是不会自动回来的。所谓“借”，实在只是一种雅称。“借”的理论，完全建筑在“还”的假设上。有了这个大胆假设，借钱的人才能名正言顺，理直气壮，贷款的人才能心安理得，至少也不至于感觉毫无希望。也许当初，借的人确有还的诚意，至少有一种决心要还的幻觉。等到借来的钱用光了，事过境迁，第二种幻觉便渐渐形成。他会觉得，那一笔钱本来是“无中生有”变出来的，现在要他“重归于无”变回去，未免有点不甘心。“谁教他比我有钱呢？”朦朦胧胧之中，升起了这个念头。“天之道损有馀而补不足。人之道则不然，损不足以奉有馀。”当初就是因为不足，才需要向人借钱，现在要还钱给人，岂非损不足以奉有馀，简直有悖天道了。日子一久，还钱的念头渐渐由淡趋无。

久借不还，“借”就变了质，成为——成为什么呢？“偷”吧？明明是当面发生的事情，不能叫偷。“抢”吗？也不能算抢，因为对方明明同意。借钱和这两件事最大的不同，就是后者往往施于陌生人，而前者往往行于亲朋之间。此外，偷和抢定义分明，只要出了手，罪行便告成立。久借不还——也许就叫“赖”吧——对“受害人”的影响虽然相似，其“罪”本身却是渐渐形成的。只要借者心存还钱之念，那么，就算事过三年五载，“赖”的行为仍不能成立。“不是不还，而是还没有还。”这中间的道理，真是微妙极了。

借钱，实在是介于艺术和战术之间的事情。其实呢，贷方比借方更处于不利之境。借钱之难，难在启齿。等到开了口，不，开了价，那块“热山芋”就抛给了对方。借钱需要勇气，不借，恐怕需要更大的勇气吧。这时，作为“受害人”的贷方，惶恐觳觫，嗫嚅沉吟，一副搜索枯肠，藉词推托的样子。技巧就在这里了。资深的借钱人反而神色泰然，眈眈注视对方，大有法官逼供犯人之概。在这种情势下，无论那“犯人”提出什么理由，都显得像在说谎。招架乏力，没有几个人不终于乖乖拿出钱来的。所谓“终于”，其实过程很短，“不到一盏茶工夫”，客人早已得手。“月底一定奉还”，到了门口，客人再三保证。“不忙不忙，慢慢来。”主人再三安慰，大有孟尝君的气派。

当然是慢慢来，也许就不再来了。问题是，孟尝君的太太未必都像孟尝君那么大度。而那笔钱，不大不小，本来也许足够把自己久想购买却迟疑不忍下手的一样东西买回家来，现在竟入了他人囊中，好不恼人。月底早过去了。等那客人还吗？不可能；催他来还吗？那怎么可以！借钱不还，最多引起众人畏惧，说不定还能赢人同情。至于向人索债，那简直是卑鄙，守财奴的作风，将不见容于江湖。何况索债往往失败；失败于前，失友于后，花钱去买绝交，还有比这更愚蠢的事吗？

既然是这样，借钱出去，就不该等人还。所谓“借钱”给人，事实上等于“送钱”给人，区别在于：“借钱”给人，并不能赢得慷慨的美名，更不能赢得借者的感激，因为“借”是期待“还”的，动机本来就不算高贵。参透了这点道理，真正聪明的人，应该干脆送钱，而绝不借钱给人。钱，横竖是丢定了，何不磊磊落落，大大方方，丢得有声有色，“某某真够朋友！”听起来岂不过瘾。

当然，借钱的一方也不是毫无波折的。面露寒酸之色，口吐嗫嚅之言，所索又不过升斗之需，这是“低姿态”的借法，在战术上早落下风。在借贷的世界里，似乎有一个公式，那就是，开价愈低，借成的机会愈小。照理区区之数，应该很容易借到，何至碰壁。问题在于，开价既低，来客的境遇穷困可知，身份也必然卑微。“兔子小开口”，充其量不过要一根胡萝卜吧。谁耐烦去敷衍一只兔子呢？

如果来者是一个资深的借钱人，他就懂得先要大开其口。“已经在别处筹了七八万，能不能再调二万五千，让我周转一下？”狮子搏兔，喧宾夺主，一时形势互易，主人忽然变成了一只小兔子。小兔子就算捐躯成仁，恐怕也难塞大狮的牙缝。这样一来，自卑感就从客人转移到主人，借钱的人趾高气扬，出钱的人反而无地自容了。“真对不起，近来我也——（也怎么样呢？捉襟见肘呢？还是三餐不继呢？又不是你在借钱，何苦这么自贬？）——我也——拿三千去，怎么样？”一面舌结唇颤，等待狮子宣判。“好吧，就先给我——五千好了。”二万五千减成一个零头，显得既豪爽，又体贴，感激的反而是主人。潜意识里面，好像是客人免了他二万，而不是他拿给客人五千。这是“中姿势”的借法。

至于“高姿势”，那里面的学问就太大了，简直有一点天人之际的意味。善借者不是向私人，而是向国家借。借口不再是一根胡萝卜，而是好几根烟囱。借的对象不再是一个人，而是千百万人。债主的人数等于人口的总数，反而不像欠任何人的钱了。至于怎么还法，甚至要不要还，岂是胡萝卜的境界所能了解的。此之谓“大借若还”。

2001 年第 8 期

父　亲

鲍尔吉·原野

那天晚上，我们把刚刚煮好的玉米粥端上桌的时候，爸爸突然走进屋来，肋下夹一个行李卷，肩上带着雪花。我们全惊呆了，我妈撒手把锅扔在了地上。这是在一九七〇年，我爸被他们单位自设的监狱关了两年多。

他坐在炕沿上，笑。仿佛想亲吻我们，拥抱我们，但没动。我和姐姐的一举一动，都使他目不转睛。譬如我悄悄脱鞋上炕，捧起碗不出声响地啜粥，飞瞟一眼的时候，我爸用热烈的眼光盯着我笑。这种笑让人惊心动魄。他苍白的脸上胡子拉碴，眼里蒙一层泪光，像被水淹了，分明笑着，而喉头和胸膛都在起伏。回到了家，哭和笑这两件事，使他不知先做哪一件好。

我溜到外屋，看见妈妈在黑暗处，衣襟蒙着整个脸，全身都在抖。好多年以后，我才明白我爸这种感受。他经历酷刑，几次自杀未遂，被关在单人牢房。那时，他没想到还能回家，没想到我们母子三人在十五瓦灯光下平静地喝粥，而我上炕下炕如此敏捷，令人大欢喜。

我妈进屋，像没事一样，说吃饭吧，我爸说是，又说不饿。他变得谦恭，甚至可以说客气。起先他是个强悍的人。他下地，珍惜地打开收音机，又关上；在椅子上坐下，起来，又在另一个椅子上坐一下；把书架上的一本书打开，合上，又打开另一本书。他用手摸摸洗脸盆底儿的金鱼图案，摸一摸带花纹的榆木炕沿，又伸手把墙上的灯绳拽了一下，屋里漆黑，我缩到墙角，我妈说干啥，我爸把灯拽亮，歉意地笑了笑。他在监狱里从来都是亮着灯睡觉的。接着，我爸又环顾左右，突然一惊，站到地中央，向摆在红箱子上面带夜光的毛主席胶皮塑像鞠一躬，他的脊椎被打折了三处，弯腰时颇吃力。

如此这般，我爸盘腿上炕，用亲切的目光抚摸四周，眼里退去了惊惧和恐慌，笑得很舒坦了。这时候，我心里流出对父爱的渴望，像一股滚烫的水冲到嗓子眼，想哭。而我爸显得十分满足，开始说进屋的第一句话（这话我如果实录，会使有些人隔膜，但事实的确如此）。

他说："我回来啦，这是毛泽东思想的伟大胜利。"

我妈小声补充："这是党的宽大政策的结果。"

我爸深有同感地点头。

我爸出来后，"问题"还没有解决。开春，他和其他牛鬼蛇神在报社种菜，心情却非常好，每晚大谈种菜的实绩。除种菜外，他对家庭建设也产生了浓厚的兴趣。当时，社会上一批“被解放的干部”们风行打家具，我爸对这种精巧的手艺不在行，他是个翻译家及前骑兵军官。看到家属院涌现出大量小仓房，我爸说：“咱们也盖个小棚！”我们管仓房叫小棚。他准备从盖鸡窝入手，找来不少战友，论证，施工，把鸡窝——用砖砌的、中央夹木棍的二层建筑盖起来后，他们在一起喝酒叙话，但晚上鸡不肯入窝，天黑前，鸡窝塌了。这些前骑兵大尉、少校们沮丧地回了家。我当时很佩服这些鸡，它们多么聪明。

而我爸热情不减，经过研修，他不仅盖了一个很好的鸡窝，还盖了两间小棚。大小棚装杂物，譬如自行车，小小棚装煤。院里还栽了一棵沙果树。我爸常在晚饭后，在春日微风的吹拂下，欣赏鸡窝和小棚，有时长时间地凝视沙果树的叶子在风里飒飒地响，那时他披一件旧棉袄，袖子上缝着印有“大叛徒”三个字的臂章。

而我最高兴的是趴在小棚倾斜的屋顶上读《敌后武工队》。读一会儿，仰面看白云移动，心旷神怡。我现在仍然觉得，没有什么比趴在屋顶上读书更适意的事情了，虽然现在不容易找到这样的场所。

有时，上述情景还会闯入我的梦境，包括我爸夹着行李卷进屋的那一幕。我想，家，是人生最猜不透的一个谜，在艰难离乱中可以给人带来慰藉的，惟有家。

2001年第8期

书架上的战争

朱大可

上海是座水性杨花的城市。上海的秘密就在于这里没有记忆。在这个失忆的消费天堂，我越来越强烈地意识到，一个遭到简单曲解的时代，需要动用内在的生命经验来对记忆加以修复。这是我折回历史的原因。

其实我已无法记住第一本有字读物的名字了，但八岁时的日记表明，那年我读了长篇小说《红旗插上大门岛》。这本现在看来很乏味的书当时就是我的启蒙读物，它是一个犀利的咒语。在儿童读物和连环画之外，我意外地抓住了大人世界的把手。那种狂欢式的喜悦真是难以言表。但就在那年，一场革命突如其来地蒙上了我的眼睛。除了语录和选集，中国不再需要其他思想。

我有几本非常好玩的书，来自女同学俞欣。她是那种典型的迷你资产阶级，身材纤细小巧，肤色白皙，声音轻柔得宛如耳语，而家里的花园却大如操场。我们是莫逆之交。念小学一二年级时，每天她都到我的窗下叫我一起上学。她的叫声细弱得像蚊子，我却能清晰地听到。

“老大可！”她形销骨立地叫道。

“来啦，老俞头！”我在窗口吼道。

我们那时流行互相在名字前加个“老”字。那是童年友情的伟大标志。但她偷着亲我的时候更像是我的妹妹。我喜欢她脸上的“百雀翎”护肤霜的香气。我们差一点就成了夫妻。她好几次对我说要和我结婚。我们好得形影不离，连小便都互相密切跟着。

小学三年级才开学，她就塞了几本书给我，说是她最心爱的，问我想看吗？我满心欢喜地拿回家去了。那是一套《安徒生童话集》和一本叫作《一千零一夜》的怪书。但还没有来得及归还，她就从我们班里突然消失了。老师说她家搬走了。我为此伤心了很久。后来我才知道她父母被打死，而她则被送到苏南的一个小城，与老祖母相依为命。这书是她预先藏在我这里的。她年幼的心灵仿佛预见了巨大的灾难。我的童年自此揭开了最黑暗的一页。在她离去之后，我沦为一个性别自闭症患者，几乎无法再与其他小女生说话。

在抄家风兴盛的一九六七年，父亲在家里开始了秘密的烧书行动。为了掩盖私藏反动书刊的“罪行”，父亲把门窗紧紧关闭，拉上窗帘，把四大名著和许多珍贵书籍付之一炬，灰烬被抽水马桶反复地冲走，这其中包括那几部封面华丽的童话。

焚书行动整整耗费了几天时间，它看起来很像是电影里常见的那种场面：地下革命者在紧急烧毁译电码和机密文件。而我们消灭的却是那些最危险的思想。火焰吞噬着书页，文字从空气中迅速蒸发了，脸盆里只剩下黑色而轻盈的灰烬。而此后的许多天里，屋里都萦绕着书的尸骸的焦味。书的这种易燃性给我留下了深刻的印象，以致在此后很长时间里我都以为，书就是那种专门用来焚烧的事物。

但还是有一些书残留了下来，放在储藏室的架子上。父亲是历史教师，他收藏的大都是与此有关的书，其中包括吴晗的《朱元璋传》、范文澜的《中国通史》和胡绳的《中共党史》等等。这个书目篡改了我童年的精神程序，使我绕过童话，直接到达了历史。就小孩子而言，“文革”是童话的最辛酸的敌人。

密闭的储藏室既没有窗户，也没有电灯，在其间找书必须先点燃一盏带玻璃罩的小煤油灯。储藏室里除了浓烈的煤油气味，就是书的霉味，它让我呼吸到了距离久远的年代。微弱的灯光闪烁着，燃烧在我手里，每次我都会产生一种幻觉，仿佛进入了一个藏宝的密室。这种神秘性带给我一种快感。在整个少年时代，这个小密室成了我从事阅读的营地。与喧闹的钢琴截然不同，它是永久缄默的，恪守着家庭的细小美妙的秘密。

除了历史，我家的储藏室里还有少量漏网的小说，如被查禁的《三家巷》和《苦斗》，以及《红岩》《青春之歌》

和《把一切献给党》等等。由于无法进行选择，我陷入了一种混乱的阅读之中。在我的书单里既有各种地下手抄本，也有官方内部发行的供批判用的“反动作品”（如索尔仁尼琴的《古拉格群岛》）。但对我影响最大的，还是我在十六岁到十九岁时所读的那些书：雪莱的诗剧《钦契》和陀思妥耶夫斯基的《罪与罚》等等。我对这两位作家的崇拜，简直到了无以复加的地步，前者的清纯与后者的疯狂，都令我窒息和喘不过气来。

那时许多小说都有一个共同的外观，就是书页发黄，没有封面和封底，也没有开头和结尾，页码总是从“10”以后才开始。我既不知道书名，也不知道作者。无数传阅的脏手的毁损令书呈现出一副衰老和残缺的面容。这种肮脏的“盲读”令我生气，因为书页总是在结局呈现之前消失，留下可恶的悬念，逼着我猜测故事的结尾。这种训练使我后来几乎能准确地预言每一部好莱坞电影的结局。革命把我训练成了阅读的高手。

我受到的另一种监狱式训练是快速阅读。一部好书必然面临排队轮候的漫长旅行，如《苦难的历程》《静静的顿河》《基督山恩仇记》和《约翰·克利斯朵夫》这样的多卷巨著，当时就像钻石一样珍贵。通常在晚上八点左右，书被一个人送到了，而次日早晨八点，书将被另一个人取走。许多人在书上留下不可捉摸的痕迹。我只有一夜的阅读时间。我的眼睛开始高速扫描起来。亮度为十五瓦的灯光照在书页上，昏黄而黯淡，屋里飘动着感伤的气息。下半夜之前，我总是能够先把全书浏览一遍，而后用剩下的时间细读那些重要的章节。母亲也加入了我的轮读行列。天亮的时刻，我交出了上百万字的大书，我已筋疲力尽，但心情很愉快，头脑里布满了清澈的文学阳光。

在短暂的高速阅读之后，我便长时间地沉浸在对书的回忆之中。我躺在床上，在黑暗里回味那些热烈的意义，记忆仔细地碾过了每一个发亮的细节。那时，克利斯朵夫的天才生活就是我的明灯，我把这本只在我手中停留了一夜的书变成了自己的圣经。也许，它还是文革后期整个上海西区"音乐帮"的公共指南。书里的浪漫主义气息像瘟疫一样四处传播，把我们大家都搞得小资兮兮的，说话举止都很有克利斯朵夫味儿。这种危险的情调滋养着我们的信念，我们借此幻想着开拓世界的未来面貌。

在很多年以后，当我回忆那段满含泪水的岁月时才懂得，平庸的大学生涯只能把我毁掉。我身体的摇篮是五十年代，而我的精神摇篮则是令人颤栗的七十年代。我和许多人在那时就已经做好迈向文化新纪元的准备。在那些年代，我们成长，并在残缺不全的阅读中找到了自己的神性。

在中学一二年级的时候，马克思和恩格斯也曾照亮我的头脑。我尤其喜爱《共产党宣言》和《法兰西内战》。在精神早熟的前夜，大革命预言家为我勾勒了一幅自我解放的激越场景。马克思的思想有助于平息我的小资情调，并且激励起我对于真理的无限思念。今天，他的激辩气质仍然镶嵌在我的骨头里，像一颗隐隐作痛的子弹，提示着一种反叛者的热烈意义。我始终是这个人的缄默的信徒。

中学二年级时我们下乡劳动，向农民学习无产者的真实经验。全班二十几个男生一起住在农民家的客堂里，泥地上铺着潮湿的稻草，昏暗的电灯鬼魅似的在高高的房梁上闪烁，木织机的咿呀声从远处断断续续地传来，稻草人正在守望着沉睡的田野。我信口讲起了福尔摩斯的故事，四周鸦雀无声，连呼吸都被恐怖的叙述淹没了。但这个故事会立即成了宣扬资产阶级思想的罪状。第二天我就在大会上遭到点名批判。

没有几个时代像我所经历的时代那样，在书和生命之间建立了最深切的联系。我嗜书如命，像蛀虫般贪婪。我们这帮人有时也聚众打架，不为别的，就为了一个人不还另一个人的书。这样，在书的道义呼声中出现了隐形的帮会。最激烈的一次，我们甚至动了刀子，对方落荒而逃。第二天，书被中间人送了回来。我们得意洋洋，到处炫耀着战果。一九七二年，我们那里还发生了一件事：有个女孩遗失了别人借给她的书，她唯一赎罪的方法就是从楼上跳下去自杀。在她死去的现场，逼债的男孩被人痛打，打断了腿骨。女孩死亡的场面变成了一场噩梦，我惊骇地发现，书不仅刺痛了我们的眼睛，而且开始杀人，它看起来比刀子更危险。书，就这样用暴力建起了与我们生命的血的联盟。

当手抄本风靡起来时，我曾经读过至少十几个不同版本的《少女的心》（拙劣的和比较不拙劣的）。这些版本因抄写者加入了自己的感受与想象而变得面目全非。在图书严重匮乏的年代，抄书的风气像伤风一样在我们之间互相传染，有人抄《唐诗三百首》，也有人抄《中华活页文选》。但我从不抄书，我只抄写词和句子，并把各种人物描写景物描写加以归类后，偷偷搬到老师布置的作文里。

尽管《少女的心》《第二次握手》和《塔里的女人》是截然不同的书，但它们都毫无例外地涉及了情欲，许多人因“非法阅读”而付出沉重代价。我的一个同学，在看了《少女的心》后出现严重的中毒症状：凶猛地追求他自己的亲姐。他姐哭着把他送进派出所，他在挨了一顿毒打之后被放了出来，当晚就把刀子捅进了亲姐的肚子。他被枪毙前在学校操场开了公审大会。我们平生第一次目睹这种肃杀可怖的场面。公安和民兵荷枪实弹，如临大敌，高音喇叭里声色俱厉地宣读着罪行，我们这些半大的孩子在惊悸地倾听。他的死是一个信号，显示了书所能达到的那种震撼人心的力度。

残酷的青春降临了。我们被逼到精神世界的尽头，并且要穷尽一种无望的希望。一个秘密读书公社就这样诞生了。那是一些令人颤栗的黑夜，城市电力不足导致的供电障碍，带来了漫长的黑暗。几个中学生在小屋里点燃蜡烛，就着迷乱的火焰，朗诵诗歌或小说的片段，然后进行长时间的激烈的辩论。我们读着并且试图逃到光线的最深处，世界躲藏在那里，向我们发出亲切而倦怠的微笑。读巴尔扎克的《农民》的时候，我做了一份两千多字的笔记，把它写在一个小纸卷上，看起来像一支香烟，但展开后却成了思想。这份幼稚的笔记被友人在圈子里传阅，犹如散布一条叛逆的真理。阶级异己分子终于走出了童年。

灵魂的对白总是在夜深的时候达到高潮，我们沐浴在难以名状的激情之中。直到现在我都无法确切地描述那种奇异的经验。在脆弱的冬天，我们为每本书仔细地掸去历史的尘土，探求它们的诸多含义：苦难、爱欲、孤独和道德净化等等。文学之爱与现实发生了微妙的融合。这是由几个男孩结成的情感与知识的坚固同盟。我们野心勃勃，因拥有内在的思想而蔑视女孩。友谊在我们中间流动，犹如温暖的呵气。

一个叫 K 的男孩，是我最亲的兄弟。他有着圆圆的脸和略带忧伤的眼睛。有很长一段时间，他几乎天天来我这里，我们促膝而谈，互相凝视着对方的眼睛。我爱他爱得心痛。我们彼此可以为对方两肋插刀。当我们对话时，我感到四周停顿和沉默下来，整个城市都在倾听。幸福像不可捉摸的雾气一样笼罩在四周。这茫茫黑夜就是我们的最高光明。很久以后我才知道，这是典型的青春期同性恋征候。在一个严酷的时代，我们靠这种温情涉过了早年的河流。

2001 年第 8 期

悠　闲

〔英国〕弗农·李

我们通常不会在走进别人的房间时说声："噢！这才是人们感到宁静的地方！"我们通常不期望去分享一座古宅的安宁，比如说，在僻静郊区的一座古宅，周围是结着鲜红果实的树，雪松半掩住窗；或者某座修道院，门廊前面依稀可见搭着支架的橘树。但在那整洁宽敞、精心装饰过的房间里，或在那座修道院里，绝无宁静可以分享，最多只能勉强过日子。这是因为我们不明了别人生活中的苦闷和烦恼，而对自己生活里的些微不便却很敏感；因为这些问题上，我们自己的眼睛揉不得一粒泥沙，而对邻人遭受的灾难却视而不见，麻木不仁。

悠闲得以我们切身的感觉为证，因为它不只是时间的因素，往往指某种特别的心境。我们所说的空闲时间，实际上是指我们感到闲适的时刻。什么是闲适，感受它远比说明它更难。这与无所事事或游手好闲无关，尽管我们明白，它的确牵涉到自由支配时间的概念。等候在律师的客厅里有空闲的时刻，却无闲适之感；同样，我们在火车站换车，即使等上两三个小时，也享受不了那份清福。这两种情形，我们都不会感到安宁自在——在这种场合能安心读报、学习或回味往日在海外的游历，那是十分罕见的。这时，我们心里总是烦躁不安，仿佛有什么东西在那儿作祟，就像我们在童年时代不住地用脚去踢那慢吞吞的四轮车的软垫。

悠闲意味着不仅有充裕的时间，而且有充沛的愉快度时的精力（不懂得这个道理，会感到百无聊赖）。同时，要真正领略到悠闲的滋味，必须从事优雅得体的活动。因为悠闲所要求的活动发自内心的自然冲动，而非出自勉强的需要，像舞蹈家起舞或滑冰者滑动，为了合着内在的节奏；而不像把犁人耕地或听差跑腿，为了得到报偿。正是这个缘故，一切悠闲皆是艺术。

但这是一个难办的问题。时光，啊——何其疾速！我们必须结束这段闲话，各自行动起来才不枉费光阴——惟愿别登上它单调的车轮！这样，我们愈是感到工作的乐趣，就愈少尝到无聊的滋味，如果碰巧我们的工作很有意义。唉，可惜我们今天的工作常常无益。让我们乞求那位白胡须的老人吧，请他赐予我们闲暇，并给予使用它的快活精力。圣者，请为我们祈祷！

2001 年第 9 期

咖啡色的人生

陆幼青

在家里找不到工作状态，无奈地想起离家不远的虹桥路上的咖啡馆，便提着电脑去了。

那里的环境是一流的，背景音乐也轻，不像催人出发的样子。我心喜，同时对自己降格以求，悄悄找了安静的看不见别人的角落，脱了鞋，开了电脑，很鸵鸟地开始写。

咖啡的香味飘来，那是别人付的钱，这像偷来的似的使我产生了一丝快感。曾经把喝咖啡归为嗜好一类，并认定是难喝才上的瘾。其实，我是较早的咖啡一族，从大学寝室开始的，那时用煤油炉煮，铁罐装的上海产的咖啡豆，然后倒在保温杯里带去晚自修，别人看像中药，我却坚持用方糖，哪怕老是忘了密封，招来整栋楼的蚂蚁，然后把种种带煤油气的情调藏在心底。

现在想来，咖啡于我的健康无甚帮助，但对我的心灵还是很有点影响的。

欧洲的阿尔卑斯山，有一处山中急弯，汽车到此急切中坠崖的实在不少，当局竖了多处广告牌，但没用，照样有那么多人投胎似的急着下山……终于有一天，谁想起在附近画了一个大广告牌，上书：

慢慢地走，欣赏啊。

那里的景色一下子出了名，更重要的是，那里从此是个安全的地方。

我是喝着咖啡看这段故事的，当时心里极感动，很想写下点什么，没想到多年以后我不曾淡忘这个段落，写点什么的宿愿今天才了。

慢慢地走，在中国，我们也有类似的说法，叫作“宁停三分，不抢一秒”。我无意作文采的比较，谁都知道，咱中国人最擅文辞，我想说的是，这恐怕是茶色人生和咖啡色人生的区别了。

中国是茶的国度，在一些产茶区，我注意到饮料的品种比北京上海这样的城市少得多，更难看见瓶装乌龙茶这类似是而非的东西。

茶有很多与咖啡暗合的东西，比如都能提神。但茶是让你清醒而咖啡是让你兴奋。

这一点是否可以从那两句交通口号中辨出点味来？咖啡的兴奋是感性的，所以有那么发自情趣的劝告；而茶色的清醒是冷峻的，才有分秒的精确和能说明理念的夸张比例。

茶和咖啡都有极繁复以至于类似宗教仪式的冲调方式，但有一点是不同的，咖啡的忙碌是为了产生多种甚至互不相干的口味，而泡茶的精细却是为了将一种滋味最大限度地从茶叶中还原。有点像音箱，咖啡是那种极力表现所有需求的箱子，而茶就是高保真一类。

“慢慢地走”，对学者和僧侣或者家庭主妇的感受当然是不一样的，不过这并不重要，只要慢下来就行。但“三分一秒”说尽管不会有歧义，但只对跟发出这个声音的人同样理性的人才有用。

茶和咖啡都是降低生活频率的妙物，但茶可论口喝，沏好了，搁着，半晌，一口，再顷，一口……而咖啡是论杯的，不管杯大杯小。

茶色人生的节奏细密而碎，看上去是缓而慢，因是一种不间断的循环，其实是不慢的。

咖啡色的人生，常因咖啡而停顿，是慢了，但因此有了节奏，怕就不那么累心。

你可以试着读一首诗，两遍，一遍不要理睬标点去读，另一遍相反，你会知道哪一种更累。

这些年，去欧洲的中国人不少了，尽管多是公费，感受却还是自己的。问：对什么感触最深？大部分人答：那街头的露天咖啡馆和坐在露天喝咖啡的人。

又问在上海工作的老欧们，对华人的印象如何，我听到过一个最直率而且是友好的回答，虽然他的言辞是批判的：“看不起。尽管华人守法、勤劳、有教养，但他们每周工作七天。”

是啊，每周均匀地工作七天，这不是地道的茶色人生是什么？虽然异国居大不易，虽然初一十五才上香，但总有点爱财爱过乐趣的嫌疑。

慢慢地走，欣赏啊。

真是绝妙好辞，它真的不仅仅只被用作一句交通口号，也不应该只由我这么一个困在病榻之上的人独享。

我们为什么要在高速公路上超速，只是为了早十分钟到上海，但这违背了法律的十分钟我们用在哪里了？不就是在超市里的几番犹豫中打发了？

我们为什么要对母亲打来的电话长话短说？不就是觉着有点冗长，但我们省下的时间还不够对着镜子挤一颗青春痘的。其实，耳根清静的日子很快会来的，真的不需要着急赶的。

我们在街道上撒腿赶路，像纽约、东京、香港，一条上班路，走了五年，不知道那一连串的车站牌子是指向哪里的……

慢慢地走，欣赏啊。说句大实话，我们的时间都够用的。谁骗谁啊，这世上除了那么几个天降大任的伟人，你我之辈，不见得有足够的钱，但时间还是够用的。基辛格老先生够忙吧？跟他见面的约会排到了三年后，但越是如此，越是说明他有足够的时间：

自己的时间。

我忽然觉得自己的故事变得很有说服力。虽然我曾抱怨疾病没给我足够的时间，但转念一想，说不定那种“足够说”本是个骗局：我做了上天交给的事，时间正好，还可带点私活。

慢慢地走，欣赏啊。

日出日落，咱待在城里的人是见不真切的，但也不妨欣赏个片断，不见得到海边山顶起大早才算的。

家中每日放一盆鲜花太过奢侈，那就留一把开花的芹菜，养一缸发芽的黄豆吧。鲜花入馔想是富人的雅兴，菜蔬成景亦为凡夫真趣。

人人都笑着过的那叫“节”，自个偷着乐的可以叫纪念日。

如今，在中国喝一杯咖啡早不是什么难事了。你尽可以每天端着紫砂壶，但得抽空喝上一两回咖啡，约得三五知己更好，体会一下咖啡色的人生，体会一下那句交通口号：

慢慢地走，欣赏啊。

2001 年第 10 期

茶匠的心

林清玄

十七世纪时，日本北方的土佐国，有一位贵族叫山内侯，当他要到江户参拜的时候，随身带着一位茶匠前往。因为这位茶匠在茶道上的造诣极深，山内侯一方面只爱喝他泡的茶，一方面也有带他到江户夸耀的意思。

茶匠虽然内心不愿意，还是勉强奉命前往。当时治安不靖，茶匠只好脱去茶匠的衣裳，带着长短刀剑，扮成武士的模样。

到了江户，茶匠大部分时间都留在主君的邸内泡茶。有一天，主君允许他到户外走走。他才出门不久，就在池塘边，看到一位容貌猥琐的武士，看来品性不佳的样子。茶匠内心有些畏惧，因为一路上担心遇到恶棍的事终要发生了，这使他踯躅不敢走到池塘边。

果然，那位状似浪人的武士迎上前来，对茶匠说："你看起来是来自土佐的武士，如果能让我领教一下你的本领，将是我的荣幸。"那武士手按剑柄。

茶匠一阵心虚，说：“我虽然穿着武士的衣服，但我并非武士，我只是一个茶匠，比剑一定不是你的对手，你放过我吧！”

浪人听了，知道茶匠的软弱，更欺生逼迫他，要他比剑，或交出身上所有的财物。

茶匠本想交出财物，一走了之，但他立刻想到这样会破坏主君的令誉和自己的名声，便迎头准备一死。他又觉得这样死了很不值，突然想到刚出门时曾路过一个教习剑道的道场，说不定可以去向剑匠学几招，以便能在比剑时有一个体面庄严的死法，像是第一流茶师赴死的姿势。

于是他向浪人托称：“既然你非和我比剑不可，我也乐于试试你的本事。不过，我随身带着主君的重要信件，必须先去复命，等回来时再和你比剑。”

浪人答应了。

茶匠急忙跑到剑道馆的门口，求见剑匠。剑匠听了他的事，当他知道茶匠是来学一个体面庄严的死法时，就说：“来我这里的徒弟都是来学求胜的剑法，你是第一个来学求死的剑法，我必须破例教你。既然你是茶匠，我教你求死之法，条件就是请你为我表演一次茶道吧！”

茶匠心想这可能是一生里最后一次泡茶，便一口答应，瞬时忘记即将赴死的事，全神贯注地泡茶，就好像泡茶是全世界唯一重要的事。他泡茶时那清朗、无念、庄严、绝俗的表情令剑匠深受感动。喝下他深信是这辈子喝过的最好的一盅茶，剑匠感叹地说：“你已经不必学习什么死的方法了，你刚才泡茶的心境，无论与任何武士决战都能取胜呀！当你去赴浪人之约时，首先就像茶道的准备工作，先郑重地向他问候，并道歉自己来晚了。告诉他你已做好决胜负的准备，然后脱下外褂，小心折叠好，再将扇子放在上面。系上缠头，围上腰带，把裤裙的口子打开。最后抽出长剑高举过头，摆好将对手砍倒的姿势，闭上眼睛，一听到喝声，就举剑向他劈去。这整个过程，一一专注，就像你方才泡茶的样子。”

茶匠道谢之后，向浪人约定的地方奔去，好像去为朋友泡茶，一点也没有恐惧。他按剑匠的忠告一一做了。当他最后举刀而立，那浪人仿佛看到一个完全不同的人格：无畏、无我、无念，浪人连喝声都叫不出来，对立了一分钟，浪人扔下武士的长刀，趴在地上求饶。茶匠原谅他，浪人连滚带爬地逃走了。

我喝茶时，常会想到这个故事，想到我们的生命历程也许会不时遇到猥琐的浪人，纠缠不清，我们是不是都能庄严、无畏、优美地举刀而立呢？我们是不是都愿意像茶匠的心，从眼前这一刻，展现一个完全不同的人格呢？

2001 年第 13 期

木鸡腿记

苏叶

我今晚上喝了一点酒，缩紧了的心好像松活了一点儿，因为今天是我四十岁的生日。从前天起，姆妈就张罗要给我办一下。我一向怕过生日，三十岁以后，过一次生日叹息一次，但是做母亲的用她自己的方式表示疼爱，背着我通知了姐姐哥哥和嫂嫂。昨天他们都来了，想要热闹地热闹了一下子，下午也就散了。从他们走后，我一句话也没有了。天低低，云沉沉，秋天里还下着五月黄梅天的雨，没有休歇。想自己四个十年是如何过来的？头十年在故乡，父亲退了职，家境渐落，母亲大病；第二个十年背井离乡，寄人篱下，挨饿吃不饱，上学，半途因“文革”而废；第三个十年，“文革”深入，二十岁走上社会，开始养家，父亡，家里清贫如水；第四个十年，成了家，生了小孩，常常烦躁，过个两三年就闷得不行，循环往复。好日子在哪里呢？我一向是不贪的，凭自己的苦力和情感生活就满足的了。但是如今想来，就如同四十年来一直在吃“木鸡腿”一样，晚饭桌上，酒一喝，我就开了口，说着说着，不禁眼眶就滚烫起来。姆妈说：“什么木鸡腿，你快不要说了。”可是丈夫和孩子却追着问，什么木鸡腿，鸡腿木的？

他们当然是不知道。

《木鸡腿》是一本书。

书里讲的是一个这样的故事：

从前有个种田的，穷得不得了，人瘦得浑身都是节巴骨，衣上的补丁比屁股还大。但是他每天日出而作，日没而息，十分勤劳。旁人问他，你哪来这么大的力气？干起来不要命的？他也不说什么，锄头一扛，迎日而去。他的家真是家徒四壁，除了门后几样农具，地上一张草席，就只剩下一张瘸了腿的木头桌子了。有天晚上，邻人从他门前路过，他的门缝里漏出来一条黄光。邻人也是碰巧，把脸贴在门缝上望进去，呀，这还了得！这个穷鬼就着一盏小油灯，竟然在啃一只鸡腿！怪不得他有劲呐，原来半夜三更吃这个呀！邻人把这事传出去，有人信，有人不信。于是每到三更，月儿斜了，星儿稀了，这个啃鸡腿的家伙门缝里忽然有灯光流泻出来了，就有人趴到他门缝上隔门相望。天呐，是真的，油灯盏里挑起一根灯芯，跳起一圈晃眼的金光，就和向日葵开笑了一样。墙上脱落的泥巴灰都像水墨画了。那只肥鸡腿被那人一手擎着，还在一个盘子里蘸蘸，小小心心地送到嘴巴边上去……什么人看到这里都只好叹息了，自认命薄，把头缩回来了。只有一个十来岁的小孩，大头细颈子的，鼓着眼睛连着看了几夜，看出名堂来了。那天，小孩邀集了一帮人，等那个半夜里富贵的家伙扛起笤帚一出门，他们便一拥而进，在一个冷瓦罐里摸出两样东西来。一个是盛盐水的小盘子，一个，是一只木鸡腿！

这是一本又有图又有字的怪书，伴我和弟弟（他属兔，我们叫他兔子）度过了无忧无虑的童年。那时候家里好像有不少古怪的书。黄黄的，长长的，从左边开口向右翻，字都是竖行的。我开蒙读的哪一本一点也不记得了，只有这一本《木鸡腿》，连图画带文章还栩栩如在目前。因为它实在太古怪了，多看一遍好像就能多懂一点它的意思。书上的图画，笔触粗拙，倔而且硬，还苦，补丁上的针脚像蜈蚣腿在爬，人物一副穷酸相。我后来不知看过多少精美的画册，相公也好，绅士也罢，海盗、神仙、王公贵胄，没有哪一个的模样能比《木鸡腿》里那个穷人更深、更重、更强烈、更长久地留在我心里。

我和弟弟闹翻了的时候，常常争夺《木鸡腿》的所有权。那时候我们都还没上小学，一吵起来，你抓书的上半截，我抓书的下半段，互不相让。我就叫："姆妈，你看兔子欺负人啊！"弟弟就横起浓眉，竖起虎眼地只骂我："娇鬼！娇鬼！"这时姆妈总是跑过来当裁判官，把书收了去，然后一人一个月饼或者大梨熟鸡蛋塞在我们手里，叫谢婆婆带了我们走开。她总笑着说："莫吵，莫吵，头都吵痛了。再吵，长大了都给你们吃木鸡腿算了。"

长大了，我们一年一年往大里长。离开了我那清清的沅江，又离开了我那黄黄的湘江。到南京不久，肚子就老是饿起来。姆妈的水一杯一杯地灌下肚，脸呢，一天一天地“胖”起来。腿腕上一按一个酒涡子笑。吃饭的花样最多，一会儿每人一个钵子蒸了吃，一会儿用一个标准勺子量，每人平均先一勺，然后再半勺，办家家一样，好玩死了。饭有飞机苞菜饭，艾叶子饭，槐花米子摊饼，胡萝卜粥，全都稀垮垮的，“菜”多米少。刮锅底是弟弟的专利，姆妈分好了食，兔子就去抱锅了，用个调羹，刮得锅底叽咕叽咕躁心地响。他常说：“细姐姐，来，给你也刮一下。”我说：“我才不呢，丑死了，看你的舌头舔得像狗一样！”他听我如此说，总是趁我不备，在我耳朵根子后面用了劲在锅子里挤刨出一道不能忍受的长尖音来，把人的心猛地一撕，使我至今想来不寒而栗。而当时我总是捂起耳朵双脚一蹦：“姆妈，你看兔子啊！”

但是姆妈没有什么好东西塞到我们手里来了，虽然同样也是叫我们莫吵，但是那声音太干巴，有气无力，很厌烦我们似的，一点也无趣味了。

有趣味的事只能我们自己找了。我和我们班的女生常常“会餐”，灰灰菜，马兰头，母鸡头……我们把这些菜挖了来，各人回家偷一点油盐，汇总了在钟表店高老头的女儿房里悄悄地弄来吃。兔子呢，是十岁的“大丈夫”，刚刚迷上刻东西。先是在橡皮上刻一个军舰，后来就搞了红泥团子来刻坦克。偶尔也弄一块木板，刻几个士兵手举红旗、冲锋枪冲向高地，而且用墨汁匀匀地涂了，再盖到本子上、报纸上。那一阵子他真是手痒，有事无事会在桌子边上刻，在凳子腿上刻，到处搞得伤痕累累。

伤痕累累的还有院子里那些老橡树，树叶子全被虫子蛀穿了，然后黄了，枯了，一片两片地落下来了。秋天来了，我的生日也就到了。

那时我满十二岁。父亲说十二岁是细妹子最好的年岁，是过节的年岁，是花花朵朵的年岁。他给了我五元崭新的票子，锋利的纸边割得下兔子的耳朵。兔子一点不恼，把我的手从他耳朵边赶开，好高挺的鼻子边两只好调皮乌黑的眼睛一眨一眨。他说："我也给你个礼物呢！"姆妈也坐到我身边来看。兔子从他抽屉里拿出一个纸包包递给我，上面写着："送给馋嘴巴的细姐姐。"我急死了，快快地剥纸包，左一层呀右一层，剥到最后，露出一个他刻的肥大细白的鸡腿来。呀，真用了心咧，肥笃笃、圆腻腻的，不晓得打过了几张砂纸，还上了一层浅黄色的水彩色！我咯咯地直笑："木鸡腿！木鸡腿！"那本宝贝书不知是在哪次迁徙中被抛掉了，而此时，这个故乡的童年的亲爱的童话就捧在我的手上，给我带来好大的欢喜！我向厨房奔去弄盐水，兔子跟在后面喊："有酱！有酱！甜面酱！"我们嬉打着，抢夺着，亲亲密密地玩闹着，谁也没有留心到姆妈是从什么时候又在流泪。她小声地哭，泪真多。那一阵子常常这样，和以前大不同了，搞得我们真怕看见。何况，这一天是在我们如此快活的时候，多么扫兴！

这就是关于《木鸡腿》这本书的故事。打那以后，我们家再也没有谁提起木鸡腿了。兔子弟弟今年暑假回来，我和他坐在凉台上“赏月”，吃莲蓬，商量如何才能把他调回来的事。他是一九六八年插队下去的，现在教书，一晃都二十多年了。

而我竟然四十岁了。我一直以为自己只有二三十岁，不觉得生命消失得这样快。我非福人，这么多年来，有不少欢乐的日子，而痛苦、迷惘，乃至绝望的时候自然也不曾少过。但我总在要求自己“向前看”，把苦也当成甜的培养剂，把难也认做美的必修课，日日夜夜，拿一根木鸡腿津津有味地吮得像真鸡腿一样认真，如同宿命。我知道，这也许是一种可笑的阿 Q 精神。但我并不像阿 Q 那样想在什么人头上摸一把，或是为了在临死前画一个端正的圆圈。我只是为了自己能和那个穷苦的种田人一样，每天有充沛的精力，勤恳地面对自己热爱的土地，点种、间苗、耕耘、浇水……让活泼泼的希望壮壮地生长出来，这难道也错了吗？

否则，今夜，我为什么如此伤痛起来？是因为“不惑”之神来给我揭蒙开翳的吧？我不知道，真不知道。因此作《木鸡腿记》。

2001 年第 14 期

永久的憧憬和追求

萧红

一九一一年，在一个小县城里边，我生在一个小地主的家里。那县城差不多就是中国的最东最北部——黑龙江省，所以一年之中，倒有四个月飘着白雪。

父亲常常为着贪婪而失掉了人性。他对待仆人，对待自己的儿女，以及对待我的祖父都是同样的吝啬而疏远，甚至于无情。

有一次，为着房屋租金的事情，父亲把房客的全套的马车赶了过来。房客的家属们哭着，诉说着，向着我的祖父跪了下来，于是祖父把两匹棕色的马从车上解下了还了回去。

为着这两匹马，父亲向祖父起着终夜的争吵。“两匹马，咱们是不算什么的，穷人，这两匹马就是命根。”祖父这样说着，而父亲还是争吵。

九岁时，母亲死去。父亲也就更变了样，偶然打碎了一只杯子，他就要骂到使人发抖的程度。后来就连父亲的眼睛也转了弯，每从他的身边经过，我就像自己的身上生了针刺一样：他斜视着你，他那高傲的眼光从鼻梁经过嘴角而往下流着。

所以每每在大雪中的黄昏里，围着暖炉，围着祖父，听着祖父读着诗篇，看着祖父读着诗篇时微红的嘴唇。

父亲打了我的时候，我就在祖父的房里，一直面向着窗子，从黄昏到深夜——窗外的白雪，好像白棉一样地飘着；而暖炉上水壶的盖子，则像伴奏的乐器似的振动着。

祖父时时把多纹的两手放在我的肩上，而后又放在我的头上，我的耳边便响着这样的声音：

“快快长吧！长大就好了。”

二十岁那年，我就逃出了父亲的家庭，直到现在还是过着流浪的生活。

“长大”是“长大”了，而没有“好”。

可是从祖父那里，知道了人生除掉了冰冷和憎恶而外，还有温暖和爱。

所以我就向这“温暖”和“爱”的方面，怀着永久的憧憬和追求。

2001 年第 15 期

看灵魂

林贤治

人与自然比邻而居，遂得以常常看风景。

风景是人类闲居或静处时，对自然的一种选择。所以，陶渊明有南山，梭罗有瓦尔登湖，高更有塔希提岛。即如火山、海啸，也须在不相干的远处，才能观赏到蜿蜒流畅的美丽。列维坦在崖头看海，放声恸哭，其实那已经是病，不是看风景了。

人生多苦辛。看风景是人生短暂的中断，是不带惊恐的逃跑。一直逃至踪影全无时，便是古来的隐者。

结庐在人境而无人世的烦忧，或许是令人神往的吧？然而可惜不能。威猛如魏武，当月明星稀之夜，尚有无枝可依的喟叹；豁达如东坡居士，月下访友，看庭中积水空明，树影绰约如藻荇交横，竟也无端兴起时不再来的寂寥。日落黄昏，雨打梨花，都会被风流倜傥的才子看出血泪来。所谓“相看两不厌，只有敬亭山”，或“我见青山多妩媚，料青山见我应如是”，或“一树梅花一放翁”，都是在看风景时看到了自己。临到最后，人总要面对自己。

作为人类而崇尚自然是不可思议的。与其看风景，我想，不如就看灵魂。

我不能想象，世界上有哪一片大陆会比惠特曼更辽阔。在他那里，群山耸立，河川奔流，大路箭一样射向远方。在他那里，所有动植物都因为人迹的出现而充满生气，既有疾蹄，巨翮，强壮的枝柯，自然也有知更的啼唱，紫罗兰的芳馥，繁密的草叶在爱抚间变得碧绿和温柔起来。在哥尼斯堡，那个喜欢散步的智者不是仰望灿烂的星空，就是俯视自己的内心，俯仰之间，摸索着通往人类的哲学道路。康德是一个宁静的湖，因为浩瀚，致使有翻卷不已的波澜也全被人们忽略了。灵魂的博大使人敬畏。爱因斯坦飙风似的在宇宙间往来驰骋，虽或不见形迹，但在日后的圣殿的废墟中，却不难发现他的存在。

我热爱英雄的灵魂甚于太阳，我为他们庄严、热烈而慷慨的照临而常怀感激。在历史书里，我认识斯巴达克斯。如果说第一个神是普罗米修斯，那么，斯巴达克斯就是第一个人。自从他和他的兄弟握紧扭断的锁链而躺入血泊，被侮辱被损害的人们由是不再相信眼泪。马尔克斯曾经描画过一位“迷宫的将军”，那是玻利瓦尔，他勇敢地放弃了从殖民者手中夺取的可以垄断的权力。由于目标过于远大，结果无人追随，在他所做的自我流放的无比孤寂的旅途中，我读懂了内心的坚强。我喜欢这个外形枯干而灵魂丰满的人，他是不屈的抵抗者、解放者，而不是征服者。我猜想，英雄的灵魂是由爱和意志所构成。有两个生活在囚狱中的汉子康帕内拉和葛兰西，为了守卫梦中的太阳城，他们先后战胜了无尽的酷刑、子弹和时间。当我知道他们同是意大利人的时候，是何等地惊服于人文思想的伟大啊！圣地佛罗伦萨，产生了又养育了多少伟美的灵魂！

有这样一些英雄，人生在战场和牢狱之外，却一样作无休止的抗争。他们的力量，仅仅留在纸片上、画布上，留在不可触及的动荡的旋律之中——

矮小的贝多芬，以他旋风击电般的音乐，扼住命运的咽喉。米勒毕生以农民的身份抵抗巴黎精致的画室艺术，决不肯在自己的土地上让出哪怕是木鞋大小的地方。对于上流社会，他有一种宁静的藐视，当人们向他啧啧描述王子命名仪式的壮观场面时，他感叹道："可怜的小王子！"然而，他笔下出现的农民，一个个是圣徒般的完美。在铜黄色所铺设的同样的宁静安详底下，分明隐藏着另一种情愫，一种难言的心的悸动……

深邃的灵魂比峡谷还深。多少人读陀思妥耶夫斯基，望不见他那黑暗的底部，却又同时感受到从谷底升腾起来的温暖的雾气。他真诚，真诚是艺术的灵魂。卡夫卡只是因为真诚而变得极度虚怯，所有纷纭怪诞的梦，其实都缘于一种单纯。他是一棵孤独的树。西方有许多这样孤独的树。自我眷注使他们彼此远离，惟荒原的风，吹来复吹去，逐个地抚慰他们，成为他们共同的艰难的呼吸。

我喜欢忧郁的人，一如喜欢孤独者。孤独者只身应对来自庞大的实体或虚无的挑战，所以是勇敢的。忧郁却是无奈的。“思君令人老，岁月忽已晚”是情思的无奈；“不知江月待何人，但见长江送流水”是哲思的无奈。李商隐守护烛火，陆游骑驴远游，龚定庵把箫而吹，都是一种无奈。忧郁是感伤的姊妹。哈代、黑塞、契诃夫和蒲宁，一生都在诉说着忧郁。哈代在上流社会中隐瞒了乡下人的身份，确乎令人遗憾，但是我知道，虚伪不是他的灵魂所固有的。谎言是环境的产儿。他早已赤身裸体站在自己的字行里了。我看得见，他的灵魂不在“麦克门”——瞧他怎样深情地凝视德伯家的苔丝吧！

陆游的神州有一个很西化的女子，一生在刀边奔逐，临死时竟低吟“秋风秋雨愁煞人”。这是天性的柔弱吗？新大陆有一个很东方的女子，任流年似水，把青春、诗、无望的爱全关闭在一个连一朵栀子花也没有的小房间里——“与自己胸中悲哀的骑兵搏斗”——可是一种坚强？或许，坚强是人所应生成的，而柔弱是有待改变的，但谁又能说无期的忍受不是坚强呢……

美丽的是灵魂，不是风景。

“任何桌子对我们每一个人来说都可以是一片风景，跟整个安第斯山脉一样……”谈到绘画时，杜步飞这么说过。桌子展现的风景，究其实，乃是灵魂的辉光。

我爱看灵魂，在风景那里；我纯然是一个陌生客，始终无法变做其中的一株树、一只鸟，跟随它们一起摇曳鸣唱。而一旦与灵魂相通，便当即为它所缠裹，无从回避那人性的无言的呼喊与倾诉。风景使人在静止和优雅中瘫痪，隐遁和沉迷，惟灵魂使人奋起，逼进，正直地站立着。多年以来，我默默注视东方的一具大灵魂，以致几乎忘却外面的世界和自身的存在——那是何等奇异的灵魂啊！灵魂的感通给人温热，给人濡润，使人在孤独和荒凉中无畏地茁长。大约也是因为这样的缘故，卡莱尔才讲说他的英雄，罗兰才写他的巨人传的吧？然而，大群的被称为“卑贱者”的灵魂，草野间的灵魂，痛苦而暗哑的灵魂，却以一代又一代顽强地保持着的高贵、完好的内质，叫我感动得流泪……

乞乞科夫及其同行收买的是死魂灵，不是灵魂。

虚伪的人没有灵魂。

2001 年第 24 期

紧握木棒的黑孩子

〔美国〕R·赖特　李世勇 译

那天晚上，母亲告诉我：今后我必须学会自己到食品店买东西。母亲领我到大街拐弯处的食品店走了一趟，让我记住道怎么走。我激动不已，觉得自己一下子长成了大人。

第二天下午我就拎着篮子沿着人行道去那家食品店买东西。

当我走到街道的拐弯处时，突然，一伙流氓蹿了出来。他们揪住我的衣领，把我推倒在地。他们夺走了我的篮子，抢去了我的钱。我惊慌失措地回了家。

我把发生的事情告诉了母亲，可是她没做声，随即坐了下来，写了 ·张所买东西的清单，给了我更多的钱，又打发我去食品店。我踌躇地走上了大街，发现还是那帮小痞子在路边闲逛，我掉头飞奔回家。

“又怎么啦？”母亲问我。

“还是刚才那群流氓，”我战战兢兢地回答，“他们还会揍我的。”

“我要你自己去对付这些人。”她平淡地说道，“好，去吧。”

“我害怕。”我乞求道。

“走吧，不要理睬他们。”她告诉我。我走出家门，径直沿人行道走去，祈祷着——那群小流氓别再骚扰我。

然而，正当我走到几乎和他们并排的时候，其中一个突然喊道：“看，还是那个黑小孩。”

地痞们向我逼过来了。我感到心惊肉跳，马上转身狂奔起来。很快，我被追上了。他们把我搡倒在人行道上。我哭喊，恳求，用两脚使劲蹬，但终无济于事，没逃脱被殴打的噩运。他们掠走了我手中的钱，扯住我的两腿猛拽，朝我的脸上凶狠地抽扇。最后，我又是哭着走回家。

母亲在门口遇见了我。

“他们打……打……打我。”我边抽泣边委屈地说，“他们抢……抢……走了钱。”我正要迈上台阶，渴望着躲进“家”这个避难所。

“你不要进来。”母亲阴沉着脸警告我。

我吓得退回原地，瞪大了眼睛看着母亲，心中无限委屈。“可他们一直追着打我。”我哭诉着。

“那你就给我站在该站的地方。”母亲用吓人的声调说道，“今天晚上我非教你学会挺起腰板儿不可。并且让你学会怎样保护自己。”说着，她走进屋里。我只是战战兢觑地等着，不知道母亲要做什么。

不一会儿，母亲出来，拿出更多的钱和另一张买东西的清单，而且另一只手中拿着一根又长又重的木棒槌。“带上这些钱和这张清单，还有这根木棒槌，”她说，“去，到商店把东西买来。”

我疑惑了——母亲在教我打架——这是她以前从没有做过的事。

“可是，我怕——”我嗫嚅着。

“要是买不了东西，你就不要进这个家门。”母亲冷冷地说。

“他们会欺负我，他们……”

“那你就待在外面，不准回来！”

我攒足了力气向台阶上冲去，试着挤过母亲，闯进屋里。

可随即而来的，是脸颊上重重的一记耳光。我被抽到了大街上。我哭求着：“妈，求求您让我明天再买吧！”

“不行！”她说，“现在就去。你要是空手回来，我非揍你不可。”

“砰”的一声，母亲关上了门，上了保险。

那伙流氓就在我身后，只身一人面对这阴森的街道，我惊骇地颤抖着。只有两条路可走，或是回到家里，或是远离家门。我攥着木棒，边抽泣边思索。如果我回到家里，最终也躲不过被母亲打一通，而且自己丝毫不会对此做什么改变，然而，我要是走上街头，去面对那些无赖，那么至少可以获得机会——用棒和他们较量较量，看到底谁输谁赢。

我慢慢沿街走着，接近了那伙地痞，我捏紧了木棒，紧张得几乎停止了呼吸。

我已经站在他们对面了。

“黑小子，又来啦。”狂吼滥笑着，他们很快把我围住，其中一个正要抓我的手。

“我他妈宰了你们！”我从牙缝中挤出这样一句话。随着我的吼声，手中的木棒早已使一个地痞的脑袋开了花。接着又是一棒，闷住了另一个流氓。就这样，我打倒了一个又一个，把刚才的怨恨和愤怒全部倾注在这根大棒上。我明白，只要我停歇一秒钟，痞子们就会缓过劲，所以我要把他们一个个打倒，不能让他们有机会再爬起来。我呐喊着，挥舞着，眼睛里浸满了泪水。刚才所遭受的殴打，所受的屈辱，一幕幕又在脑子里呈现。阵阵馀悸使我每抡动一次大棒都用上全身每一分气力。

挨过一顿猛击，小流氓个个狂呼乱喊，抱头鼠窜。有个地痞瞪大了眼睛看着发生的一切，一点也不相信这是刚才那个任他们肆意欺侮耍弄的黑小子。他们大概从来也没看见过这样的疯狂愤怒。

我站在那儿喘吁着、叫骂着，激他们上前来斗。当发现小流氓们真的吓破了胆时，我就急追过去。他们喊着、叫着飞跑进各自的家。

随后出现在街道上的是那些地痞的父母们，他们是来吓唬我的。是平生第一次吧，我冲着大人们高声喊叫。我警告他们，如果要找我的麻烦那我就让他们尝尝我木棒的滋味。

最后，我终于走到商店，买了东西。

回家的路上，我仍紧握木棒，准备着再次用它保护自己。可是，这回连个流氓的影子都没有碰上。

就是那天晚上，我赢得了在美国孟菲斯城街道上行走的权利！

2002 年第 2 期

清凉的水罐

〔乌拉圭〕胡安娜·伊瓦活罗　　朱景冬 译

清凉的水罐

为了做午饭，佣人提来一只刚刚打满井水的大肚子陶罐。井水的凉气从陶罐所有的毛细孔里往外渗，水汽布满清凉潮湿的水罐发红的表面。水汽多些的地方凝成的大水滴滚落在洁白的桌布上。厨房里充满半明不暗的柔和光线。一道阳光从窗缝里射进来，像拉紧的黄丝带从窗扇高处伸向房间中央，活像一个金线团落在地上。有时吹来一阵风把窗帘掀动，圆圆的光点也随着移动。小小的纽芬兰犬蒂塔尼奥久久地注视着那个光点，然后猛地向它扑去。它以为那是一个古怪的小昆虫。现在它竟像一只开玩笑的蜜蜂爬到它那毛茸茸的爪上，它不禁汪汪地叫起来。厨房里传来碗碟的声响；院子里响起秋蝉的模糊的叽叽声。在等待吃午饭的时候，十二月份的炎热中午的昏睡开始侵扰我。我那六岁的健康的儿子饿得不行，掰了一块面包坐在桌边的椅子上等待父亲回来。我的毛衣针、毛线活儿、毛线团从我的裙子上缓缓滑向地席。我把面颊贴在清凉、潮湿的陶罐上。这简单朴实的幸福足以将我眼前这个时刻变得充实。

蝴　蝶

一只黄色的小蝴蝶飞来，围着灯焰飞舞。它盘旋得那么疯狂，它的圆圈儿画得那么急促，那么连续不断！你从哪里来，小蝴蝶？难道你来自那片飒飒作响的树林？我小时候曾陶醉地、无所畏惧地在那里疯跑。也许你喝过那个小湖里的一滴水，小湖的四周镶嵌着柳丝和灯心草，它就在我说的那片树林附近。难道你在一棵马边草上睡过一夜，你认识许多条路吗？见过麦田吗？曾停在许多树叶上眺望吗？那落满你身上的黄尘是慈姑、野慈姑的花粉吗？噢，小蝴蝶，我敢说，你的翅膀散发着田野的气息！

葡萄架

夏日，葡萄架的阴影多么美丽！它那碧绿的色调跟水一样，使人想起河水的怀抱。它是那么茂密，只是有时候，当一阵风把叶子分开，才让一枚颤动的阳光金币落在地面上。在我父亲家的老葡萄架下躺在摇椅上午睡，我是多么的愉快！

那时我还不会作诗，但是诗歌已经像一只不安静的蝴蝶一样在我的心里扑扇翅膀。我眯缝着眼睛，似睡非睡，梦见了最荒唐、最甜蜜的事情。唉，尽管如今我也有了一幢房子和由大葡萄架罩着的院子，但是我再也不能像那时那样做梦了。

向日葵

在我家，大家都感到奇怪：我们的花园那么小，似乎应该只种些奇花异草，我却开辟了一畦，种上了葵花籽。他们不明白，在高雅的玫瑰、三色堇、茉莉花中间，我怎么会让那种平常而又土气的植物存在呢？但这是因为我太爱向日葵了。我和葵花之间有一种相似之处，这就像一种亲缘关系，我们都渴望天空和阳光，这种渴望像一根绳儿一样把我们拴在一起。它那硕大的花冠始终需要阳光，总是面朝着天空，像恋人那么固执，像饿汉那么如饥似渴！而害怕黑暗的我，也经常亲身感受到对阳光的本能渴望，每当望着葵花着魔似的随着太阳转，寻求着阳光，我就激动不已。所以，我爱它们：它们有着和我一样强烈需要生命、光亮和天空的愿望。

2002 年第 8 期

最好的一天

乔治·德郎特

今天我走进老板的办公室，他随口问了一句："过得怎么样？"

我答道："到目前为止，今天是我最好的一天！"

忽然间，我引起了他全部的注意力。他似乎为我的答案感到吃惊。

"你最好的一天？"他用一种诧异的口气重新问道。

"是的。"我迅速并充满信心地回答。

他又提了另外一个问题："乔治，你多大了？"

我告诉了他。他拿起桌上一张纸，边写边嘀咕："就是说，在过去的那些年里你每年有三百六十五天。"最后，他算完了，又说道："这就是说已经活了两万一千一百七十天。然后你站在这里告诉我说今天是目前为止，你最好的一天？"

"是的。"我再一次确认。

我能感觉到他并不相信我讲的是真话。当然，我知道他相不相信并不重要，重要的是我相信自己。

有人问我："你怎么能说今天是到目前为止，你最好的一天？你结婚那天呢？难道不比今天更好吗？"

我答道："我一直而且将永远记得我结婚那天，亲爱的玛丽琳是多么快乐。我也记得第一个孩子出生的情景。我还记得那天雪橇断了，我就同所爱的人讲些美好的事，发掘真正的自我。我还记得在唐氏甜点喝奶昔，意识到自己还能做事。我也记得给一只眼睛看不见的小鸭子喂食的那天。我也记得我和儿子一起爬上奥林匹亚山，欣赏这美丽的世界。我一直记得当我看见那刚刚犁过的、黑色的、潮湿的、肥沃的泥土，等着我和福劳特播种、收获的那天。我还记得在学年手册上读到学校里最传统的女孩儿写的评语，说我是高年级最好的男孩子。我还记得有一天晚上我知道了希望是梦想的根本。我还记得有个女孩对我说她尊重我，而我也可以告诉自己，我也尊重自己。我记得那天船长公正地对待我。我记得海军说我不能参军，而母亲仁慈地告诉我说还有希望。我也记得其他两万多个美好的日子，每一天都成就了现在的生活。那些天里，一定有许多天可以排在我好日子列表的前面，但没有一天是最好的一天。它们中的任何一天都只能排第二。"

到目前为止，只有一天是最好的一天，那就是今天。在今天，我唱起"今天是我的，我最好的一天"。如果今天不是最好的一天，那我要静静地反思。我要在清晨、在一整天里放声歌唱，我的心灵会听见："他活着，消除我的恐惧；他活着，擦干我的泪水；他活着，帮我做一切我所需要做的，以使今天成为到目前为止，我最好的一天。"我要谦恭地伴着上帝同行，对我所爱的人诚恳地说那些美好的事情。我要充满信心，重新开始。我要从简单的事如走路、给小动物喂食中得到乐趣，为大自然和自己的思想感到高兴。我要寻找一座山，并一直爬到山顶，即使这座山并不是特别高。我要发现一块刚刚开垦过的田地，播下我梦想的种子。我要友善地对待每个遇见的人。我要祈祷希望，为那些让我感到绝望的事忏悔。我要停止做那些不能让我拥有自尊的事，而要做可以的。我要公正地对待别人，即使有时候对自己来说会比对他们而言更加困难。还有，我要有慈善之心，当我看见有人身处逆境时，我不会落井下石，而会尽全力帮助他们。

2002 年第 22 期

鞋

布朗　　徐卫初 编译

闹钟响了，又是一个星期天的早晨。我本来可以好好睡一个懒觉，但是有一种强烈的罪恶感驱使我起身去教堂做礼拜。

我洗漱完毕，收拾整齐，匆匆忙忙赶往教堂。

礼拜刚刚开始，我在一个靠边的位子上悄悄坐下。牧师开始祈祷了，我刚要低头闭上眼睛，却看到邻座先生的鞋子轻轻碰了一下我的鞋子，我轻轻地叹了一口气。

我想：邻座先生那边有足够的空间，为什么我们的鞋子要碰在一起呢？这让我感到不安，但邻座先生似乎一点儿也没有感觉到。

祈祷开始了："我们的父……"牧师刚开了头，我忍不住又想：这个人真不自觉，鞋子又脏又旧，鞋帮上还有一个破洞。

牧师在继续祈祷着，"谢谢你的祝福！"邻座先生悄悄地说了一声，"阿门！"我尽力想集中心思祷告，但思绪忍不住又回到了那双鞋子上。我想，难道我们上教堂时不应该以最好的面貌出现吗？我扫了一眼地板上邻座先生的鞋子想，邻座的这位先生肯定不是这样。

祷告结束了，唱起了赞美诗，邻座先生很自豪地高声歌唱，还情不自禁地高举双手。我想，主在天上肯定能听到他的声音。奉献时，我郑重地放进了我的支票，邻座先生把手伸到口袋里，掏了半天才摸出了几个铜币，“哐啷啷”放进了盘子里。

牧师的祷告词深深地触动着我，邻座先生显然也同样被感动了，因为我看见泪水从他的脸上流了下来。

礼拜结束后，我们像平常一样欢迎新朋友，以让他们感到温暖。我心里有一种要认识邻座先生的冲动。我转过身子握住了邻座先生的手。

他是一个上了年纪的黑人，头发很乱，但我还是谢谢他来到我们的教堂。他激动得热泪盈眶，咧开嘴笑着说：“我叫查理，很高兴认识你，我的朋友。”

邻座先生擦擦眼睛继续说道：“我来这里已经有几个月了，你是第一个和我打招呼的人。我知道，我看起来与别人格格不入，但我总是尽量以最好的形象出现在这里。星期天一大早我就起来了，先是擦干净鞋子、打上油，然后走了很远的路，等我到这里的时候鞋子已经又脏又破了。”我忍不住一阵心酸，强咽下了眼泪。

邻座先生接着又向我道歉说：“我坐得离你太近了。

当你到这里时，我知道我应该先看你一眼，再问候你一句。但是我想，当我们的鞋子相碰时，也许我们就可以心灵相通了。”

我一时觉得再说什么都显得苍白无力，就静了一会儿才说：“是的，你的鞋子触动了我的心。在一定程度上，你也叫我知道，一个人最重要的是他的内心，不是外表。”

还有一半话我没有说出来，这位老黑人是怎么也不会想到的。我从心底深深感激他那双又脏又旧的鞋子，是它们深深触动了我的灵魂。

2003 年第 15 期

母亲的回忆

〔智利〕米斯特拉尔　　孙柏昌 译

母亲，在你的腹腔深处，我的眼睛、嘴和双手无声无息地成长。你用自己那丰富的血液滋润我，像溪流浇灌风信子那藏在地下的根。我的感官都是你的，并且凭借着这种从你的肌体上借来的东西在世界上流浪。大地所有的光辉——照射在我身上和交织在我心中的——都会把你赞颂。

母亲，在你的双膝上，我就像浓密枝头上的一颗果实，业已长大。你的双膝依然保留着我的体态，另一个儿子的到来，也没有让你将它抹去。你多么习惯摇晃我呀！当我在那数不清的道路上奔走时，你留在那儿，留在家的门廊里，似乎为感觉不到我的重量而忧伤。在《首席乐师》流传的近百首歌曲中，没有一种旋律会比你的摇椅的旋律更柔和的呀！母亲，我心中那些愉快的事情总是与你的手臂和双膝联在一起。

而你一边摇晃着一边唱歌，那些歌词不过是一些俏皮话，一种为了表示你的溺爱的语言。

在这些歌谣里，你为我唱到大地上的那些事物的名称：山，果实，村庄，田野上的动物。仿佛是为了让你的女儿在世界上定居，仿佛是向我列数家庭里的那些东西，多么奇特的家庭呀！在这个家庭里，人们已经接纳了我。

就这样，我渐渐熟悉了你那既严峻又温柔的世界：那些（造物主的）创造物的意味深长的名字，没有一个不是从你那里学来的。在你把那些美丽的名字教给我之后，老师们只有使用的份儿了。

母亲，你渐渐走近我，可以去采摘那些善意的东西而不至于伤害我：菜园里的一株薄荷，一块彩色的石子；而我就是在这些东西身上感受了（造物主的）那些创造物的情谊。你有时给我做、有时给我买一些玩具：一个眼睛像我一样大的洋娃娃，一个很容易拆掉的小房子……不过那些没有生命的玩具，我根本就不喜欢。你不会忘记，对于我来说，最完美的东西是你的身体。

我戏弄你的头发，就像是戏弄光滑的水丝；抚弄你那圆圆的下巴、你的手指，我把你的手指辫起又拆开。对于你的女儿来说，你俯下的面孔就是这个世界的全部风景。我好奇地注视你那频频眨动的眼睛和你那绿色瞳孔里闪烁着的变幻的目光。母亲，在你不高兴的时候，经常出现在你脸上的表情是那么怪！

的确，我的整个世界就是你的脸庞。你的双颊，宛似蜜一样颜色的山岗，痛苦在你嘴角刻下的纹路，就像两道温柔的小山谷。注视着你的头，我便记住了那许多形态：在你的睫毛上，看到小草在颤抖；在你的脖子上，看到植物的根茎；当你向我弯下脖子时，便会皱出一道充满柔情的褶痕。

而当我学会牵着你的手走路时，紧贴着你，就像是你裙子上的一条摆动的褶皱，我们一起去熟悉的谷地。

父亲总是非常希望带我们去走路或爬山。

我们更是你的儿女。我们继续厮缠着你，就像苦巴杏仁被密实的杏核包裹着一样。我们最喜欢的天空，不是闪烁着亮晶晶寒星的天空，而是另一个闪烁着你的眼睛的天空。它离得那么近，近得可以亲吻它的泪珠。

父亲陷入了生命那冒险的狂热，我们对他白天所做的事情一无所知。我们只看见，傍晚，他回来了，经常在桌子上放下一堆水果；看见他交给你放在家里的衣柜里的那些麻布和法兰绒，你用这些布为我们做衣服。然而，剥开果皮喂到孩子的嘴里并在那炎热的中午榨出果汁的，都是你呀，母亲。画出一个个小图案，再根据这些图案把麻布和法兰绒裁开，做成孩子那怕冷的身体穿上正合身的、松软的衣服的，也是你呀，温情的母亲，最亲爱的母亲。

孩子已学会了走路，同样也会说那像彩色玻璃球一样的多种多样的话了。在交谈中间，你对他们加上的那一句轻轻的祈祷，从此便永远留在了他们的身边直至生命的最后一天。这句祈祷像宽叶香蒲一样质朴。当人们在这个世界上需要温柔而透明的生活的时候，我们就用如此简单的祈祷乞求，乞求每天的面包，说人们都是我们的兄弟，也赞美上帝那顽强的意志。

你以这种方式为我们展示了一幅充满形态和色彩的油画般的大地，同样也让我们认识了隐匿起来的上帝。

母亲，我是一个忧郁的女孩，又是一个孤僻的女孩，就像是那些白天藏起来的蟋蟀，又像是酷爱阳光的绿蜥蜴。你为你的女儿不能像别的女孩一样玩耍而难受，当你在家里的葡萄架下找到我，看到我正在与弯曲的葡萄藤和一棵像一个漂亮的男孩子一样挺拔而清秀的苦巴杏树交谈时，你常常说我发烧了。

此时此刻，倘使你在我的身边，就会把手放在我的额头上，像那时一样对我说："孩子，你发烧了。"

母亲，在你之后的所有的人，在教你教给他们的东西时，他们都要用许多话才能说明你用极少的话就能说明白的事情。他们让我听得厌倦，也让我对听"讲故事"索然无味。你在我身上进行的教育，像亲昵的蜡烛的光辉一样，你不用强迫的态度去讲，也不是那样匆忙，而是对自己的女儿倾诉。你从不要求自己的女儿安安静静规规矩矩地坐在硬板凳上。我一边听你说话一边玩你的薄纱衫或者衣袖上的珠贝壳扣。母亲，这是我所熟悉的唯一的令人愉快的学习方式。

后来，我成了一个大姑娘，再后来，我成了一个女人。我独自行走，不再倚傍你的身体，并且知道，这种所谓的自由并不美。我的身影投射在原野上，身边没有你那小巧的身影，该是多么难看而忧伤。我说话也同样不需要你的帮助了。我还是渴望着，在我说的每一句话里，都有你的帮助，让我说出的话，成为我们两个人的一个花环。

此刻，我闭着眼睛对你诉说，忘却了自己身在何方，也无须知道自己是在如此遥远的地方。我闭紧双眼，以便看不到，横亘在你我中间的那片辽阔的海洋。我和你交谈，就像是摸到了你的衣衫；我微微张开双手，我觉得你的手被我握住了。

这一点，我已对你说过：我带着你身体的赐予，用你给的双唇说话，用你给的双眼去注视神奇的大地。你同样能用我的这双眼看见热带的水果——散发着甜味的菠萝和光闪闪的橙子。你用我的眼睛欣赏这异国的山峦的景色，它们与我们那光秃秃的山峦是多么不同呀！在那座山脚下，你养育了我。你通过我的耳朵听到这些人的谈话，你会理解他们，爱他们；当对家乡的思念像一块伤疤，双眼睁开，除了墨西哥的景色，什么也看不见的时候，你也会同样感到痛苦。

今天，直至永远，我都会感谢你赐予我的采撷大地之美的能力，像用双唇吸吮一滴露珠；也同样感激你给予我的那种痛苦的财富，这种痛苦在我的心灵深处可以承受，而不至于死去。

为了相信你在听我说话，我就垂下眼睑，把这儿的早晨从我的身边赶走，想象着，在你那儿，正是黄昏。而为了对你说一些其他不能用这些语言表达的东西，我渐渐地陷入了沉默……

2003 年第 24 期

清晨

〔俄国〕亚·索尔仁尼琴　石国雄 译

一夜之间我的心灵发生了什么？在凝固无声的梦境中，它仿佛得到了自由，与躯体分离，穿过空旷的空间，摆脱了过去一天甚至数年来粘附不去或使它颤动的微不足道的一切。回来时，它那里则是一片未曾被污染的雪花一般的洁白。让你的心境在清晨无限宁静，无比开朗。

你凝神遐思。仿佛在你身上有某种过去从来没有感受到、没有怀疑过的东西马上就会萌动生长。你几乎屏息静气，召唤着——那晶莹的萌芽，那白百合花的顶端，它好像马上就要从永恒的未曾触动的水面上露出来。

这是多么怡然自得的瞬间！你超越了自己本身。你能发现、思考、解决某个无可比拟的难题——只是不要触动，不要惊扰你心中这如镜的湖……

但是某种东西很快一定会震动、打碎那敏锐的张力：有时是别人的言论、行为，有时是你的琐细的念头。于是魔力消失了，马上就没有了那种奇怪的静止不动，没有了那个小湖。

一整天中无论怎样努力，你都无法使它复返。再说，也不是在所有的清晨都这样。

2004年第2期

树木的花

〔日本〕清少纳言

树木的花是梅花最雅，不论是浓的淡的，红梅最好。樱花是花瓣大，叶色浓，树枝细，开着花方美。藤花是花形长垂，颜色美丽的开着为佳。水晶花的品格比较低，没有什么可取，但开的时节很是好玩儿，而且听说有子规躲在树荫里，所以很有意思。在扫墓的归途，紫野附近一带的民家，杂木茂生的墙边，看见有一片雪白的水晶花开着，很是有趣，好像是青色里衣的上面，穿着白的单袄的样子，非常的有意思。四月末到五月初，橘树的叶子浓青，花色纯白地开着，早晨刚下过雨，这个景致真是世间再也没有了。从花里边，果实像黄金的球似的显露出来，这样子并不下于为朝露所湿的樱花，而且橘花又说是与子规有关，这更不必多加称赞了。

梨花是很让人扫兴的东西，近在眼前，平常也没有添在信外寄去的，所以大家看见有些女孩没有一点妩媚的颜面，便拿这花相比。的确，从花的颜色来说，是没有趣味的。但是在唐土却将它当作了不得的好，做了好些诗文讲它的，那么这也必有道理吧。勉强注意去看，在那花瓣的尖端，有一点好玩儿的颜色，若有若无的存在。他们将杨贵妃对着玄宗皇帝的使者哭过的脸庞说成是“梨花一枝春带雨”，似乎不是随便说的。那么这也是很好的花，是别的花木所不能比拟的吧。

梧桐开着紫色的花，也是很有意思的，但是那叶子大而宽，样子不很好看，但是这与其他别的树木是不能并论的。在唐土说是有特别有名的鸟，要来停在这树上面，所以这也是与众不同的。况且又可以做琴，弹出各种的声音来，实在应该说是极好的。

树木的样子虽然是难看，楝树的花却是很有趣的，像是枯槁了的树似的，开着很别致的花，而且一定开在端午节的前后，这也是很有意思的事。

2004 年第 2 期

银杏树

一平

它们凋落了。守着琉璃的檐顶。

片片的叶子铺在蓬软的草上，舍不得碰，舍不得踩。光滑、可爱、金灿灿的，像秋天的爱人，闪烁恬静的温情。

银杏，高贵、净洁，周围的尘土都为它息落。小时候，追着秋天、追着风，捡拾一片片扇形的叶子。黄昏了，坐在绿色的长椅上，皴裂的小手，把弯皱的叶子小心地抚平。可惜没有一个女孩子，不能把一片金扇子送给她。

她，写过这里高大的银杏树，二十年前。

你摇金黄的皇后
秋光从琉璃的瓦顶
抚摸你的王冠
你高贵的爱情

可惜她没有爱情，没有再写诗。她的高贵和才华被痛苦所湮没。就像这金叶默默地落在草上，被冬天残酷地卷走。时间，你熄灭了多少才华，吹走了多少事情。

我一次次地从这树下走过，在高大的殿宇下久久徘徊。我常常觉得我说不出它是美好还是凄凉，是爱还是痛苦。我每每在黄昏，仰着头，望着它灿灿金箔，浸在夕阳中烁烁摇动的时候，我便想起那首诗："金黄的皇后，金黄的王冠。"

据说这是最古老的树。我不知道它会不会数清它送走的年月。生命年复一年，我的脚步变得缓慢、沉稳，连痛苦都变得淡漠。然而在我抬起头的时候便想起她，眼中便闪出她的泪水。而那不仅仅是因为爱情。

秋天，灿烂的日子。银杏，用它金黄的叶子摇醒天空。

然而，现在它们已经凋落。光裸的枝干，挂着零星的白果，秃愣愣地伸进清冷的冬天。好像它们不知道流过的季节，不知道衰老。好像它们依然载满金黄的叶子。

2004年第3期

遗　书

〔德国〕贝多芬　李玫科 译

给我的兄弟卡尔和约翰·贝多芬：

唉，你们这些人以为并说我是个恶毒、顽固而又厌世的人，那可真是对我的莫大误解。你们不知道我之所以留给你们这样印象的隐秘。从小时候起，我的心灵就一直满怀着善意的温情，甚至还想成就一番伟业。但是，想想这六年，我无望地遭受着折磨，而且庸医还要来加剧我的痛苦。年复一年地，我被病情会好转的希望蒙骗着，到头来却不得不接受现实，病症将旷日持久（想要治愈，得花多年时间，或许根本是不可能的）。

我虽然生就一副充满激情的活泼秉性，甚至对社会的变动也颇为敏感，但很快就被迫与世隔绝，去过离群索居的生活。假如有时我想努力忘掉这一切，唉，糟糕的听力又无情地将我拖回现实，悲伤无以复加！然而，我不可能去对别人说：“说大声点，喊出来吧，因为我是个聋子。”唉，我怎么可能去承认我有这种感官上的缺陷呢？我的这种感官本该比旁人的更加完美，而我也曾经在这种感官上拥有极致的完美，其程度过去和现在我的那些同行也少有人能够企及。唉，我做不到；所以，当你们看到我在本该与你们一起快乐相处的时候退却，原谅我吧。

我的不幸使我加倍痛苦，因为我必定会遭人误解。我不能与我的同胞轻松言笑，不能促膝谈心，不能交流思想。我不得不几乎是在孤独中生活，就像一个被放逐的人。我与社会唯一的纽带就是那些真正必要的需求。假如我稍一接近他人，一股强烈的畏惧感就会涌上心头，我害怕我的状况被人发现。因而，过去六个月我一直躲在乡村。我那明智的医生叮嘱我要尽可能地保护听力，同我现在的想法几乎如出一辙。但有时我会有禁不住与人为伴的冲动而置医嘱于不顾。

当站在我身旁的人听到远处传来的笛声，而我听不到；当站在我身旁的人听到牧羊人的歌声，而我却仍然听不到，这对我来说是多大的羞辱啊！这种事几乎让我绝望，要是再多一点，我就会结束自己的生命，而让我留住生命的只有我的艺术。啊，我想，要是不把我内心所有的东西都释放出来，我是不可能离开这个世界的。因而，我忍受着这样悲惨的生活。对一个如此敏感的躯体来说，那是真正的悲惨。

只需一个突然的变化就能将它从最好的状态抛到最糟的状态。忍耐，有人说，我现在必须选择它来做我的指南，我已经这么做了——我希望我会一直坚定决心，坚持到它让无情的命运女神来割断生命的细线。也许我会好转，也许不会；我都将泰然处之。在二十八岁时，我已被迫成为一个哲学家了，哦，这是何等不易啊。而对一个艺术家来说，这比其他任何人更要难得多。上帝啊，你看看我的灵魂深处吧，你会知道那里有我对人类的热爱和行善的愿望。哦，我的兄弟啊，你们在某个时刻读到此封遗书时，好好想想你们对我的不公吧。不幸的人也许会因为找到一个与他命运相似的人聊以自慰，即这个人不顾大自然的种种障碍，为跻身于高尚的艺术家和杰出人物的行列，做了他所能做到的一切。

你们，我的兄弟卡尔和约翰，在我死后，马上以我的名义请施密德医生，如果他还健在的话，说明我的病状，并在他对我的病情记录中附上这份书面文件。这样，至少有可能使世界在我死后与我尽释前嫌。与此同时，我宣布你们两人为我这笔微薄财产的继承人（如果它还能被称为财产的话），将其公平分配，相互宽容，相互帮助。你们知道，你们对我造成的伤害我早已忘怀。卡尔弟弟，对你近来对我的深情致以特别的感谢。希望你们能比我生活得幸福、自在。把美德教给你们的孩子吧，是它，而不是金钱，会使他们快乐。这是我的经验之谈，在我痛苦之际，就是美德的力量支持了我，鼓励了我。正是多亏了它，多亏了我的艺术，我才没有以自杀来结束生命——再见了，记着相互关爱。

我要感谢所有的朋友，特别是利希诺夫斯基侯爵和施密德教授。我希望你们中能有一位保存好利希诺夫斯基侯爵赠送的乐器，但不要让它们成为你们发生争执的原因。只要它们有了更好的用途，可以随时变卖。假如我在九泉之下依然能对你们有所帮助，我会多么高兴啊——但愿如此。我将愉快地奔向死亡。假如在我有机会发挥我全部艺术潜能之前死亡就到来的话——我依然认为它来得太早了。尽管我命途多舛，我或许还是希望它来得晚些——然而即便果真如此，我也应当感到欣慰，因为，那不正是让我从无尽的苦难中解脱出来吗？死神啊，你想来就来吧，我会勇敢地迎接你。永别了，在我死后，请不要把我完全忘记，我是值得你们记住的，因为在我一生中，我时常惦记着你们，时常想法使你们快乐——愿你们幸福。

2004年第4期

童年与故乡

〔挪威〕奥纳夫·古尔布兰生　　吴朗西 编译

一

我四岁的时候，草比我高得多。别的东西我见得很少，草里面却是很好玩的。

草里面有鸟儿。它们把草茎连拢来做窠。雏鸟们还没有眼睛。我用我的手指触着窠的时候，它们以为它们的爹娘来了，便把嘴巴张开。我就把我的唾液涂在草茎上面喂它们。我把草茎插进它们的嘴巴里去。

二

安特生的儿子名叫路易。他十二岁，我五岁。

他教我捉蝴蝶，可惜我捉不到。他后来把地上的一个洞指给我看，说道："如果你把你的帽子放在这洞的上面，你便可以捉到很多蝴蝶，你可以把它们全部捉到。"他把那个洞确切地指给我看，便溜走了。

我很高兴，连忙走过去把帽子放在洞上，双手紧紧按住。

我的帽子下面传来剧烈的嗡嗡声。我想，路易真好，我现在只要紧紧按住，等所有的蝴蝶都跑到我的帽子里去。

我一拿开我的帽子，胡蜂便飞出来，猛力地刺我。我完全莫名其妙，我对它们并没有坏心思……它们为什么要这样猛力地刺我呢?

我站在那里，身上很痛，心里又气又急，我向四周乱扑乱打。后来我还把许多死了的胡蜂挤碎在我的衬衫上面。

我跑开了。它们见我跑了，又飞过来追我。

结果怎样，我自己毫不知道。我醒来的时候，觉得自己发着高烧，躺在床上。

在床上的日子，好像一团恶雾。这期间的情况，我记得不很清楚了。

三

这种东西（厕所）在挪威和在这里两样，更富有家庭意味。大都有两个大洞，是给父母用的。接着，像风笛一样，有一排较小的洞，是给孩子们用的。最后还有一个顶小的洞，是给最小的孩子用的。

田庄是这样建筑的：牛舍、马房、大的储草室、粮仓、下房和正宅，围成一圈。看起来，好像所有的房屋都聚在一起，因为田庄总是孤立的。

厕所是在顶外面的马房旁边，因此小孩子一个人到那里去觉得有点害怕。

有一次，我一个人坐在那里的时候，我从门缝里看见一只红色的尖顶帽子在路上向我走来。

雪很深，我看不见其他的部分。但我知道这一定是哈尔俄。

他摇着门喊着：“让我进去。”他三岁，说话慢吞吞地像一个老头子，因为他没有兄弟姊妹。玛琍已经把他的裤盖放下。他坐在那最小的洞上。

我们并排坐了一会儿，从那开着的门眺望。

这是三月里，白天已较长了。天空还在雪上面发亮。哈尔俄忽然打破了沉寂，深深地叹气。

我转身向着他，问道：“怎么样，哈尔俄？”

他忧郁地说道：“哦，等到我敢坐那大洞，那需要很长很长的时间，真讨厌。你……”

2004 年第 4 期

再到湖上

〔美国〕E.B. 怀特　　冯亦代 译

大概在一九〇四年的夏天，父亲在缅因州的某湖上租了一间露营小屋，带着我们去消磨整个八月。我们从一批小猫那儿染上了金钱癣，不得不在臂腿间日日夜夜涂上旁氏浸膏，父亲则和衣睡在小划子里。但是除了这一些，假期过得很愉快。自此之后，我们中无人不认为世上再没有比缅因州这个湖更好的去处了。一年年夏季我们都回到这里来——总是从八月一日起，逗留一个月时光。我这样一来，竟成了个水手了。夏季里有时候湖里也会兴风作浪，湖水冰凉，阵阵寒风从下午刮到黄昏，使我宁愿在林间能另有一处宁静的小湖。就在几星期前，这种渴望越来越强烈，我便去买了一对钓鲈鱼的钩子，一只能旋转的盛鱼饵器，启程回到我们经常去的那个湖上，预备在那儿垂钓一个星期，还再去看看那些梦魂萦绕的老地方。

我把我的孩子带了去，他从来没有让水没过鼻梁过，他也只有从列车的车窗里，才看到过莲花池。在去湖边的路上，我不禁想象这次旅行将是怎样的一次。我缅想时光的流逝会如何毁损这个独特的神圣的地方——险阻的海角和潺潺的小溪，在落日掩映中的群山，露营小屋和小屋后面的小路。我缅想那条容易辨认的沥青路，我又缅想那些已显荒凉的其他景色。一旦让你的思绪回到旧时的轨迹时，简直太奇特了，你居然可以记忆起这么多的去处。你记起这件事，瞬间又记起了另一件事。我想我对于那些清晨的记忆是最清晰的，彼时湖上清凉，水波不兴，记起木屋的卧室里可以嗅到圆木的香味，这些味道发自小屋的木材，和从纱门透进来的树林的潮味混为一气。木屋里的间隔板很薄，也不是一直伸到顶上的。由于我总是第一个起身，便轻轻穿戴以免惊醒了别人，然后偷偷溜出小屋而到清爽的气氛中，驾起一只小划子，沿着湖岸上一长列松林的阴影里航行。我记得自己十分小心不让划桨在船舷上碰撞，唯恐打搅了湖上大教堂似的宁静。

这处湖水从来不该被称为渺无人迹的。湖岸上处处点缀着零星小屋，这里是一片耕地，而湖岸四周树林密布。有些小屋为邻近的农人所有，你可以住在湖边而到农家去就餐，那就是我们家的办法。虽然湖面很宽广，但湖水平静，没有什么风浪，而且，至少对一个孩子来说，有些去处看来是无穷遥远和原始的。

我谈到沥青路是对的，就离湖岸不到半英里。但是当我和我的孩子回到这里，住进一间离农舍不远的小屋，就进入我所稔熟的夏季了。我还能说它与旧日了无差异——我知道，次晨一早躺在床上，一股卧室的气味，还听到孩子悄悄地溜出小屋，沿着湖岸去找一条小船。我开始幻想他就是小时的我，而且，由于换了位置，我也就成了我的父亲。这一感觉久久不散，在我们留居湖边的时候，不断显现出来。这并不是种全盘新的感情，但是在这种场景里越来越强烈。我好似生活在两个并存的世界里。在一些简单的行动中，在我拿起鱼饵盒子或是放下一只餐叉，或者我在谈到另外的事情时，突然发现这不是我自己在说话，而是我的父亲在说话或是摆弄他的手势。这给我一种悚然的感觉。

次晨我们去钓鱼。我感到鱼饵盒子里的蚯蚓同样披着一层苔藓，看到蜻蜓落在我的钓竿上，在水面几英寸处飞翔。蜻蜓的到来使我毫无疑问地相信一切事物都如昨日一般，流逝的年月不过是海市蜃楼，一无岁月的间隔。水上的涟漪如旧，在我们停船垂钓时，水波拍击着船舷有如窃窃私语。而这只船也就像是昔日的划子，一如过去那样漆着绿色，折断的船骨还在旧处，舱底更有陈年的水迹和碎屑——死掉的翅虫蛹，几片苔藓，锈了的废鱼钩和昨日捞鱼时的干血迹。我们沉默地注视着钓竿的尖端，那里蜻蜓飞来飞去。我把我的钓竿伸向水中，短暂而又悄悄避过蜻蜓，蜻蜓已飞出二英尺开外，平衡了一下又栖息在钓竿的梢端。今日戏水的蜻蜓与昨日的并无年限的区别——不过两者之一仅是回忆而已。我看看我的孩子，他正默默地注视着蜻蜓，而这就如我的手替他拿着钓竿，我的眼睛在注视一样。我不禁目眩起来，不知道哪一根是我握着的钓竿。

我们钓到了两尾鲈鱼，轻快地提了起来，好像钓的是鲭鱼。把鱼从船边提出水面完全像是事所当然，而不用什么抄网，接着就在鱼头后部打上一拳。午餐前当我们再回到这里来游泳时，湖面正是我们离去时的老地方，连码头的距离都未改分厘，不过这时却已刮起一阵微风。这地方看来完全是使人入迷的海湖。这个湖你可以离开几个钟点，听凭湖里风云多变，而再次回来时，仍能见到它平静如故。这正是湖水的经常可靠之处。在水浅的地方，如水浸透的黑色枝枝桠桠，陈旧又光滑，在清晰起伏的沙底上成丛摇晃，而蛤贝的爬行踪迹也历历可见。一群小鱼游了过去，游鱼的影子分外触目，在阳光下是那样清晰和明显。另外还有来宿营的人在游泳，沿着湖岸，其中一人拿着一块肥皂，水便显得模糊和非现实的了。多少年来总有这样的人拿着一块肥皂，这个有洁癖的人，现在就在眼前。年份的界限也跟着模糊了。

上岸后到农家去吃饭，穿过丰饶的满是尘土的田野，在我们橡胶鞋脚下踩着的只是条两股车辙的道路，原来中间那一股不见了，本来这里布满了牛马的蹄印和薄薄一层干透了的粪土。那里过去是三股道，任你选择步行的；如今这个选择已经减缩到只剩两股了。有一刹那我深深怀念这可供选择的中间道。小路引我们走过网球场，蜿蜒在阳光下再次给我信心。球网的长绳放松着，小道上长满了各种绿色植物和野草，球网（从六月挂上到九月才取下）这时在干燥的午间松弛下垂，日中的大地热气蒸腾，既饥渴又空荡。农家进餐时有两道点心可资选择，一是紫黑浆果做的馅饼，另一种是苹果馅饼；女侍还是过去的普通农家女，那里没有时间的间隔，只给人一种幕布落下的幻象——女侍依旧是十五岁，只是秀发刚洗过，这是唯一的不同之处——她们一定看过电影，见过一头秀发的漂亮女郎。

夏天啊，夏天，生命的印痕难以磨灭，那永远不会失去光泽的湖，那不能摧毁的树林，牧场上永远永远散发着香蕨木和红松的芬芳，夏天是没有终了的；这只是背景，而湖岸上的生活才正是一幅图画，带着单纯恬静的农舍，小小的停船处，旗杆上的美国国旗衬着飘浮着白云的蓝天在拂动，沿着树根的小路从一处小屋通向另一处，小路还通向室外厕所，放着那铺撒用的石灰，而在小店出售纪念品的一角里，陈列着仿制的桦树皮独木舟和与实景相比稍有失真的明信片。这是美国家庭在游乐，逃避城市里的闷热，想一想住在小湖湾那头的新来者是“一般人”呢还是“有教养的人”，想一想星期日开车来农家的客人会不会因为小鸡不够供应而吃了闭门羹。

对我来说，因为我不断回忆往昔的一切，那些时光那些夏日是无穷宝贵而永远值得怀念的。这里有欢乐、恬静和美满。到达（在八月的开始）本身就是件大事情，农家的大篷车一直驶到火车站，第一次闻到空气中松树的清香，第一眼看到农人的笑脸，还有那些重要的大箱子和你父亲对这一切的指手画脚，然后是你坐的大车在十里路上的颠簸不停，在最后一重山顶上看到湖面的第一眼，梦魂萦绕的这汪湖水，已经有十一个月没有见面了。其他宿营人看见你来时的欢呼和喧哗，箱子要打开，把箱里的东西拿出来。（今天抵达已经较少兴奋了，你一声不响地把汽车停在树下近小屋的地方，下车取了几个行李袋，只要五分钟一切就都收拾停当，一点没有骚动，没有搬大箱子时的高声叫唤了。）

恬静、美满和愉快。这儿现在唯一不同于往日的，是这地方的声音，真的，就是那不平常的使人心神不宁的舱外推进器的声音。这种刺耳的声音，有时候会粉碎我的幻想而使年华飞逝。在那些旧时的夏季里，所有马达是装在舱里的，当船在远处航行时，发出的喧嚣是一种镇静剂，一种催人入睡的含混不清的声音。这是些单汽缸或双汽缸的发动机，有的用通断开关，有的是电花跳跃式的，但是都产生一种在湖上回荡的催眠声调。单汽缸噗噗震动，双汽缸则咕咕噜噜，这些也都是平静而单调的音响。但是现在宿营人都用的是舱外推进器了。在白天，在闷热的早上，这些马达发出急躁刺耳的声音。夜间，在静静的黄昏里，落日馀晖照亮了湖面，这声音在耳边像蚊子那样哀诉。我的孩子钟爱我们租来使用舱外推进器的小艇，他最大的愿望是独自操纵，成为小艇的权威，他要不了多久就学会稍稍关闭一下开关（但并不关得太紧），然后调整针阀的诀窍。注视着他使我记起在那种单汽缸而有沉重飞轮的马达上可以做的事情，如果你能摸熟它的脾性，你就可以应付自如。那时的马达船没有离合器，你登岸就得在恰当的时候关闭马达，熄了火用方向舵滑行到岸边。但也有一种方法可以使机器开倒车，如果你学到这个诀窍，先关一下开关然后再在飞轮停止转动前，再开一下，这样船就会承受压力而倒退过来。在风力强时要接近码头，若用普通靠岸的方法使船慢下来就很困难了。如果孩子认为他已能完全主宰马达，他应该使马达继续发动下去，然后退后几英尺，靠上码头。这需要镇定和沉着的操作，因为你若开得不太快，你的飞轮还会有力量超过中度而跳起来像斗牛样地冲向码头。

我们过了整整一星期的露营生活，鲈鱼上钩，阳光照耀大地，永无止境，日复一日。晚上我们疲倦了，就躺在为炎热所蒸晒了一天而显得闷热的湫隘卧室里，小屋外微风吹拂使人嗅到从生锈了的纱门透进的一股潮湿味道。瞌睡总是很快来临。每天早晨红松鼠一定在小屋顶上嬉戏，招到伴侣。清晨躺在床上——那个汽船像非洲乌班基人嘴唇那样有着圆圆的船尾，她在月夜里又是怎样平静航行。当青年们弹着曼陀铃姑娘们跟着唱歌时，我们则吃着撒着糖末的多福饼，而在这到处发亮的水上夜晚乐声传来又多么甜蜜，使人想起姑娘时又是什么样的感觉。早饭过后，我们到商店去，一切陈设如旧——瓶里装着鲦鱼，塞子和钓鱼的旋转器混在牛顿牌无花果和皮姆牌口香糖中间，被宿营的孩子们移动得杂乱无章。店外大路已铺上沥青，汽车就停在商店门前。店里，与往常一样，不过可口可乐更多了，而莫克西水、药草根水、桦树水和菝葜水不多了。有时汽水会冲了我们一鼻子，而使我们难受。我们在山间小溪探索，悄悄地，在那儿乌龟在太阳曝晒的圆木间爬行，一直钻到松散的土地下，我们则躺在小镇的码头上，用虫子喂食游乐自如的鲈鱼。随便在什么地方，都分辨不清当家作主的我，和与我形影不离的那个人。

有天下午我们在湖上，雷电来临了，又重演了一出为我儿时所畏惧的闹剧。这出戏第二幕的高潮，在美国湖上的电闪雷鸣下所有重要的细节一无改变。这是个宏伟的场景，至今还是幅宏伟的场景。一切都显得那么熟稔，首先感到透不过气来，接着是闷热，小屋四周的大气好像凝滞了。过了下午的傍晚之前（一切都是一模一样），天际垂下古怪的黑色，一切都凝住不动，生命好像夹在一卷布里。接着从另一处来了一阵风，那些停泊的船突然向湖外漂去，还有那作为警告的隆隆声。以后铜鼓响了，接着是小鼓，然后是低音鼓和铙钹，再以后乌云里露出一道闪光，霹雳跟着响了，诸神在山间咧嘴而笑，舔着他们的腮帮子。之后是一片安静，雨丝打在平静的湖面上沙沙做声。光明、希望和心情的奋发，宿营人带着欢笑跑出小屋，平静地在雨中游泳，他们爽朗的笑声，关于他们遭雨淋的笑语，孩子们愉快地尖叫着在雨里嬉戏，有了新的感觉而遭受雨淋的笑话，用强大的不可毁的力量把几代人连接在一起。遭人嘲笑的人却撑着一把雨伞蹚水而来。

当其他人去游泳时，我的孩子也说要去。他把水淋淋的游泳裤从绳子上拿下来，这条裤子在雷雨时就一直在外面淋着，孩子把水拧干了。我无精打采一点也没有要去游泳的心情，只注视着他。他的硬朗的小身子，瘦骨嶙峋，看到他皱皱眉头，穿上那条又小又潮湿的冰凉的裤子，当他扣上泡涨了的腰带时，我的下腹为他打了一阵又一阵的寒颤。

2004 年第 4 期

回　声

陈蔚文

有时候，一个人因为另一个人而美好，而这人可能不是他名义上的爱人，也非耳鬓厮磨的情人，只是生活中的一个侧影，却那么深地打动了他，成为他守望美相信美的理由，成为他心灵中最柔软的一部分。

这爱因为深挚无望而动人。

它是苍茫的西部草原，无边无际，在夕阳下散发着仁慈的光；它是廊桥永生的遗梦，是黑暗里纵深的站台，火车向前驶去，全世界都睡了，可是有两双耳朵听见了钢轨擦出的音乐。

这爱，不全是男欢女爱，它是种更广大的，人性与灵魂相通的美好情感，像山谷回声。

人群中，他们了然彼此是血液与气质都近似的同类，无论相隔多远，他们间有种“懂得”：

懂得彼此的孤寂，懂得人生的琐碎、难堪以及夹杂在其中飘渺的幸福与华光。

在一本没有封皮和结局的小说中看到其中几个章节：一个女子家附近搬来一个男人，有关他的一切她一无所知，但每次注视他忧郁清俊的面容，她都有种前世约定般的心痛，惜他如夫，怜他如子，像寂寞的灵魂遇见前生失散的爱人。

除了目光的偶尔交流，她没有打听过他任何情况，他亦没有。他们各自过着平淡日子——那男子眼中寂寞的神情，改变了她的生活氛围，这是最重要的。他使她充实，觉得世上并非只有她一人。她知道，有个人，和她其实有着同样的白天和夜晚。

后来战争爆发，人们四处逃难，她也要到一个亲戚所在的城市。临走的夜里，等了他许久，终于见他从街口走来，她上前一步，向他颔首。他站住，两人隔着夜色相望。远处流弹尖锐地呼啸升起，映红了树与天，他们只是站着，用这一刻交换一世的懂得。世间只剩他们。良久，她退后几步，转身走了。

几年过去，她已是两个孩子的母亲。但她没忘记他，从没有。因为这样一份守口如瓶的爱，她在内心一直保持着美的光焰。

再往下的结局，小说没了尾页，也并不重要。

或许多年后的一天，天色向晚，她正在家里忙碌。油烟味、孩子的吵闹声像喧嚣的水波一般起伏。她来到窗边透口气，抬眼，天际橙红与深紫交织的光芒忽然使那个多年前的夜晚重现，耳边的喧哗静下来，她想起了那个曾近在咫尺的男人。他的眼神，他的深蓝衣服，他周身萦绕着的沉默氛围……

人生就为那一个乱世的夜晚，好像也是值得的。

此刻，他在干什么呢？这个在她生命中惊鸿般掠过却永远投射下影子的人。他也许在桌边，也许在路上，也许像她一样立于窗口，从夜色降临前天际最后的辉煌想到那个流弹划过的夜晚。他仍穿着深蓝衣服，脸庞染了岁月的风霜——他在她的记忆里却永未老去。

她和他曾交换过的眼神，是无所谓时间的。她并不遗憾没有与他更近地有过些什么——那晚，相视而望流弹升空的那一瞬，胜过许多麻木乏味的终生厮混。

是无言成全了一份爱持久的光泽——茫茫人海，两人不必共有一张餐桌，而只要共有一种心脏的回声。

2004 年第 6 期

河流的秘密

苏童

对于居住在河边的人们来说，河流是一个秘密。

河床每天感受着河水的重量，可它是被水覆盖的，河床一直蒙受着水的恩惠，它怎么能泄露河流的秘密？河里的鱼知道河水的质量，鱼的体质依赖于河流的水质，可是你知道鱼儿是多么忍辱负重的生灵，更何况鱼类生性沉默寡言，而且孤僻，它情愿吐出无用的水泡，却一直拒绝与河边的人们交谈。

河流的秘密始终是一个秘密。“亲爱的，我永远也不会对你讲／河水为什么这么缓慢地流淌。”这是一个西班牙诗人的诗句。这是一个热爱河流的诗人卖关子的说法，其实谁又能知道河水流得如此缓慢，是出于疲惫还是出于焦虑，是顺从的姿态还是反抗的预兆，是因为河水昏昏欲睡还是因为河水运筹帷幄？

岸是河流的桎梏。岸对河流的霸权使它不屑于了解或洞悉河流的内心，岸对农田、运输码头、餐厅、房地产业、散步者表示了亲近和友好，对河流却铁面无情。很明显这是河与岸的核心关系。岸以为它是河流的管辖者和统治者，但河流并不这么想。居住在河边的人们都发现河流的内心是很复杂的，即使是清澈如镜的水，也有一个深不可测的大脑器官。河流的力量难以估计，它在夏季与秋季会适时地爆发一场革命，淹没傲慢的不可一世的河岸。这时候河与岸的关系发生了倒置。由于这种倒置关系，一切都乱套了。居住在河边的人们人心惶惶，他们使用一切可以使用的建筑材料来抵挡河水的登门造访。不怪他们慌张失态，他们习惯了做水的客人，从来没有欢迎河水来登堂做客的准备。河边的居民们在夏季带着仓皇之色谈论着水患，说洪水在一夜大雨之后夺门而入，哪些人家的家具已经浮在水中了，哪些街道上的汽车像船一样在水中抛锚了。他们埋怨洪水破坏了他们的生活，他们没有意识到与水共眠或许该是他们正常生活的一部分。河水与人的关系被人确立，河水并没有发表意见，许多人便产生了种种误会。其实，本着公平交易的原则，河流的行为是可以解释的。试想想，你如果经常去一个地方寻找欢乐，那么这地方的主人必将回访。回访是一种礼仪。水的性格和清贫决定了它所携带的礼物：水，仍然是水。

河流在洪水季节中获得了尊严，它每隔几年用漫溢流淌的姿势告诉人们，河流是不可轻侮的。然后洪水季节过去了。河边的居民们发现深秋的河流水位很高，雨水的大量注入使河水显示出新鲜和清澈的外貌。秋天的河流与岸边的树木做反向运动，树木在秋风中枯黄了，落叶了，而河流显得容光焕发，朝气蓬勃。如果你站在某座横跨河流的大桥上俯瞰秋天的流水，你会注意到水流的速度。水流的热情足以让你感到震撼，那是野马的奔腾，是走出囚室的思想者在旷野中的一次长篇演讲；那是河流对这个世界的一年一度的倾诉。它告诉河岸，水是自由的，不可束缚的，你不可拦截，不可筑坝，你必须让它奔腾而下；河流告诉岸上的人群，你们之中，没有人的信仰比水更坚定，没有人比水更幸运。河流的信仰是海洋，多么纯朴的信仰啊，海洋是可靠的，它广阔而深邃的怀抱是安全的，海洋接纳河流，不索香火金钱，不打造十字架，不许诺天堂。它说，你来吧，于是河流就去了。河流奔向大海的时候，一路高唱水的歌谣，是三个字的歌谣，听上去响亮而虔诚：去海洋，去海洋！

我一直喜欢阅读所有关于河流的诗文篇章，所有热爱河流关注河流的心灵都是湿润的。有时候那样的心灵像一盏渔灯，它无法照亮岸边黑暗的天空，但是那团光与水为友，让人敬重。谁能有如篙的文笔直指河流的内心深处？我没有，恐怕你也没有。我说过河流的秘密不与人言说，赞美河流如何能消解河流与我们日益加剧的敌意和隔阂？一个热爱河流的人常常说他羡慕一条鱼，鱼属于河流，因此它能够来到河水深处，探访河流的心灵。可是谁能想到如今的鱼与河流的亲情日益淡薄。新闻媒体纷纷报道说，河流中鱼类在急剧减少，所有水与鱼的事件都归结为污染，可污染两个字怎么能说出河流深处发生的革命，谁知道是鱼类背叛了河流，还是河流把鱼类逐出了家门？

现在我突然想起了童年时代居所的后窗。后窗面向河流——请允许我用河流这么庄重的词汇来命名南方多见的一条瘦小的河。这样的河往往处于城市外围或者边缘，有一个被地方志规定的名字却不为人熟悉，人们对于它的描述因袭了粗放的不拘小节的传统：河。河边。河对岸。这样的河流终日梦想着与长江黄河的相见，却因为路途遥远交通不便而抱恨终生，因此它看上去不仅瘦小而且忧郁。这样的河流经年累月地被治理，负担着过多的衔接城乡水运、水利疏导这样的指令性任务，岸上堆积了人们快速生产发展出的房屋、工厂、码头、垃圾站。这一切使河流有一种牢骚满腹自暴自弃的表情，当然这绝不是一种美好的表情——让我难忘的就是这种奇特的河水的表情。从记事起，我从后窗看见的就是一条压抑的河流，一条被玷污了的河流，一条患了思乡病的河流。一个孩子判断一条河是否快乐并不难，他听它的声音，看它的流水，但是我从未听见河水奔流的波涛声。河水大多时候是静默的，只有在装运货物的驳船停泊在岸边时，它才发出轻微的类似呓语的喃喃之声。即使是孩子，也能轻易地判断那不是快乐的声音，那不是一条河在欢迎一条船。恰好相反，在孩子的猜测中，河水在说，快点走开，快点走开！在孩子的目光中，河水的流动比他学习的态度更加懒惰更加消极，它怀有敌意，它在拒绝作为一条河的责任和道义。看一眼春天肮脏的河面你就知道了，河水对乱七八糟的漂浮物持有一种多么顽劣的坏孩子的态度：油污、蔬菜、塑料、死猫，你们愿意在哪儿就在哪儿，我不管！

2004 年第 8 期

翡冷翠山居闲话

徐志摩

在这里出门散步去，上山或是下山，在一个晴好的五月的向晚，正像是去赴一个美的宴会。比如去一果子园，那边每株树上都是满挂着诗情最秀逸的果实，假如你单是站着看还不满意时，只要你一伸手就可以采取，可以恣尝鲜味，足够你性灵的迷醉。阳光正好暖和，决不过暖；风息是温驯的，而且往往因为他是从繁花的山林里吹度过来，他带来一股幽远的淡香，连着一息滋润的水汽，摩挲着你的颜面，轻绕着你的肩腰，就这单纯的呼吸已是无穷的愉快；空气总是明净的，近谷内不生烟，远山上不起霭，那美秀风景的全部正像画片似的展露在你的眼前，供你闲暇地鉴赏。

作客山中的妙处，尤在你永不需踌躇你的服色与体态；你不妨摇曳着一头的蓬草，不妨纵容你满腮的苔藓；你爱穿什么就穿什么；扮一个牧童，扮一个渔翁，装一个农夫，装一个走江湖的桀卜闪[①]，装一个猎户；你再不必提心整理你的领结，你尽可以不用领结，给你的颈根与胸膛一半日的自由，你可以拿一条这边艳色的长巾包在你的头上，学一个太平军的头目，或是拜伦那埃及装的姿态；但最要紧的是穿上你最旧的旧鞋，别管它模样不佳，它们是顶可爱的好友，它们承着你的体重却不叫你记起你还有一双脚在你的底下。

这样的玩顶好是不要约伴，我竟想严格的取缔，只许你独身；因为有了伴多少总得叫你分心，尤其是年轻的女伴，那是最危险最专制不过的旅伴，你应得躲避她像你躲避青草里一条美丽的花蛇！平常我们从自己家里走到朋友的家里，或是我们执事的地方，那无非是在同一个大牢里从一间狱室移到另一间狱室去，拘束永远跟着我们，自由永远寻不到我们；但在这春夏间美秀的山中或乡间你要是有机会独身闲逛时，那才是你福星高照的时候，那才是你实际领受，亲口尝味，自由与自在的时候，那才是你肉体与灵魂行动一致的时候；朋友们，我们多长一岁年纪往往只是加重我们头上的枷，加紧我们脚胫上的链，我们见小孩子在草里在沙堆里在浅水里打滚作乐，或是看见小猫追它自己的尾巴，何尝没有羡慕的时候，但我们的枷，我们的链永远是制定我们行动的上司！所以只有你单身奔赴

---

① 桀卜闪即吉普赛。——编者注

大自然的怀抱时，像一个裸体的小孩扑入他母亲的怀抱时，你才知道灵魂的愉快是怎样的，单是活着的快乐是怎样的，单就呼吸单就走道单就张眼看耸耳听的幸福是怎样的。因此你得严格地为己，极端地自私，只许你，体魄与性灵，与自然同在一个脉搏里跳动，同在一个音波里起伏，同在一个神奇的宇宙里自得。我们浑朴的天真是像含羞草似的娇柔，一经同伴的抵触，它就卷了起来，但在澄静的日光下，和风中，它的姿态是自然的，它的生活是无阻碍的。

你一个人漫游的时候，你就会在青草里坐地仰卧，甚至有时打滚，因为草的和暖的颜色自然地唤起你童稚的活泼；在静僻的道上你就会不自主地狂舞，看着你自己的身影幻出种种诡异的变相，因为道旁树木的阴影在他们纡徐的婆娑里暗示你舞蹈的快乐；你也会信口地歌唱，偶尔记起断片的音调，与你自己随口的小曲，因为树林中的莺燕告诉你春光是应得赞美的；更不必说你的胸襟自然会跟着漫长的山径开拓，你的心地会看着澄蓝的天空静定，你的思想和着山壑间的水声，山罅里的泉响，有时一澄到底的清澈，有时激起成章的波动，流，流，流入凉爽的橄榄林中，流入妩媚的阿诺河去……

并且你不但不需应伴，每逢这样的游行，你也不必带书。书是理想的伴侣，但你应得带书，是在火车上，在你住处的客室里，不是在你独身漫步的时候。什么伟大的深沉的鼓舞的清明的优美的思想的根源不是可以在风籁中，云彩里，山势与地形的起伏里，花草的颜色与香息里寻得？自然是最伟大的一部书，葛德[①]说，在它每一页的字句里我们读得最深奥的消息。并且这书上的文字是人人懂得的：阿尔帕斯与五老峰，雪西里与普陀山，来因河与扬子江，梨梦湖与西子湖，建兰与琼花，杭州西溪的芦雪与威尼市夕照的红潮，百灵与夜莺，更不提一般黄的黄麦，一般紫的紫藤，一般青的青草同在大地上生长，同在和风中波动——他们应用的符号是永远一致的，他们的意义是永远明显的，只要你自己心灵上不长疮瘢，眼不盲，耳不塞，这无形迹的最高等教育便永远是你的名分，这不取费的最珍贵的补剂便永远供你的受用；只要你认识了这一部书，你在这世界上寂寞时便不寂寞，穷困时不穷困，苦恼时有安慰，挫折时有鼓励，软弱时有督责，迷失时有指南针。

2004年第10期

① 葛德即歌德。——编者注

巴黎店员

淳子

巴黎的名店街，老派贵族的样子，是把豪华藏在底子里的。这里的顾客往往都是长年的熟客，他们的身上已经有了某种品牌的烙印。他们去那里消费，俨然是一次约会。

我的女伴住在塞纳河右岸的公寓里，是迪奥的钟情者。说起迪奥，端的是说起了情人一般。那天，她的身上有两件迪奥的东西：月亮形手袋和紧身弹力 T 恤。进了迪奥店，女友急急地伏身于柜台，仿佛在寻找一件遗失了的贵重的物品。少顷，她抬了头，眼睛灼灼地看了我说：“我买的东西都还没有打折呢！”

店员先生道：“那是对你眼光的奖励。”

女友当真受到了鼓舞，再接再厉，又为自己添了一条裙子。

我挑唇膏。店员以为我是日本人，给了我一支 227 号，很文雅的颜色，擦在唇上，不醒目，但有温柔。

早上十一点，范思哲的店里洒满了阳光。

侍应生的装扮近似于雅皮。他为我们拉开门，让我们以为自己是公主。

这里是巴黎，不是上海。我站在店的中央，有些茫然。

店员过来，柔声问："您想要些什么？"

我按照女友事先教我的台词说："非凡的范思哲先生死了以后，我就不再买他的东西了。"

店员说："是的，我理解。"然后识趣地往后退了一步，把我让在他的前面。

女友看中了一条领带。她正在和她的丈夫谈判关于离婚的条款，所以我并不知道这条领带是给谁选的。

一定是看出了女友的犹豫，店员紧忙说："这是最后一条了。它是范思哲时代的东西呢。"

自然，女友义无反顾地买了下来。

蕾欧拿的旗舰店丌在一条窄街的转角上。

初夏的百合优雅地铺呈在那个中国人叫作玄关的地方。

店员先生说："那个粉紫色的香水瓶是从中国的鼻烟壶里取得灵感的。"

他把香水喷洒在自己的袖口道："瞧，是兰花。"

好像怕人不信，他夸张地高举了瓶子向着空中一路洒了去。

一时间，空气里多了一丝一丝的雾气。的确是兰花的味道，幽幽的，那种香好像是落在深谷里的一片树叶。

店员先生把这个粉紫色的瓶子放在我的手里，我喝了迷魂汤一样地去付了钱。

后来我才醒悟，这样的男人是专门被训练了来猜女人心思的。

我们终于累了。我们去皮尔·卡丹的店里喝咖啡。

窗外，一辆劳斯莱斯驶过来。看清楚了，开车的是一位老妇人，一件典型的香奈尔的粉色外衣，兰蔻唇膏娇艳欲滴。

拉丁血统的侍者迎上去，热情和谦卑恰到好处地结合在一个惯常的微笑上。那姿态里，不是把老妇人当作祖母，而是情人。

巴黎的店员先生让女人觉得自己就是最美丽的那一个，他们的优雅和体贴，如同防腐剂一般阻止着巴黎女人憔悴和衰老的可能。

难怪，戴安娜要选在巴黎去死。

2004 年第 11 期

窃读记

林海音

转过街角，看见三阳春的冲天招牌，闻见炒菜的香味，听见锅勺敲打的声音，我松了一口气，放慢了脚步。下课从学校急急赶到这里，身上已经汗涔涔的，总算达到目的地——目的可不是三阳春，而是紧邻它的一家书店。

我趁着漫步给脑子一个思索的机会：“昨天读到什么地方了？那女孩不知最后嫁给谁？那本书放在哪里？左角第三排，不错……”走到三阳春的门口，便可以看见书店里仍像往日一样挤满了顾客，我可以安心了。但是我又担忧那本书会不会卖光了？因为一连几天都看见有人买，昨天好像只剩下一两本了。

我跨进书店门，暗喜没人注意，我踮起脚尖，使矮小的身体挨蹭过别的顾客和书柜的夹缝，从大人的腋下钻过去。哟，把短发弄乱了，没关系，我到底挤到里边来了。在一片花绿封面的排列队里，我的眼睛过于急忙地寻找，反而看不到那本书的所在。从头来，再数一遍，啊！它在这里，原来不是在昨天那位置了。

我庆幸它居然没有被卖出去，仍四平八稳地躺在书架上，专候我的光临。我多么高兴，又多么渴望地伸手去拿，但和我的手同时抵达的，还有一只巨掌，五个手指大大地分开来压住了那本书：

“你到底买不买？”

声音不算小，惊动了其他顾客，全部回过头来，面向着我。我像一个被捉到的小偷，羞惭而尴尬，涨红了脸。我抬起头，难堪地望着他——那书店的老板，他威风凛凛地俯视着我。店是他的，他有全部的理由用这种声气对待我。我用几乎要哭出来的声音，悲愤地反抗了一句：

“看看都不行吗？”其实我的声音是多么软弱无力！

在众目睽睽之下，我几乎是狼狈地跨出了店门，脚跟后面紧跟着是老板的冷笑：“不是一回了！”不是一回了！那口气对我还算是宽容的，仿佛我是一个不可以再原谅的惯贼。但我是偷窃了什么吗？我不过是一个无力购买而又渴望读到那本书的穷学生！

曾经有一天，我偶然走过书店的窗前，窗里刚好摆了几本慕名很久而无缘一读的名著，欲望推动着我，不由得走进书店，想打听一下它的价钱。也许是我太矮小了，不引人注意，竟没有人过来招呼，我就随便翻开一本摆在长桌上的书，慢慢读下去。读了一会儿仍没有人理会，而书中的故事已使我全神贯注，舍不得放下了。直到好大工夫，才过来一位店员，我赶忙合起书来递给他看，煞有介事地问他价钱，我明知道，任何便宜价钱对于我都是枉然的，我决没有多馀的钱去买。

但是自此以后，我得了一条不费一文读书的门径，下课后急忙赶到这条“文化街”，这里书店林立，使我有更多的机会。

一页，两页，我如饥饿的瘦狼，贪婪地吞读下去，我很快乐，也很惧怕，这种窃读的滋味！有时一本书我要分别到几家书店去读完，比如当我觉得当时的环境已不适宜我再在这家书店站下去的话，我便知趣地放下书，若无其事地走出去，然后再走入另一家。

我希望到顾客正多着的书店，就是因为那样可以把矮小的我挤进去，而不致被人注意。偶然进来看看闲书的人虽然很多，但是像我这样常常光顾而从不买一本的，实在没有。因此我要把自己隐藏起来，真是像个小偷似的。有时我贴在一个大人的身边，仿佛我是与他同来的小妹妹或者女儿。

最令人开心的还是下雨天，感谢雨水的灌溉，越是倾盆大雨我越高兴，因为那时我便有充足的理由在书店待下去。好像躲雨人偶然避雨到人家的屋檐下，你总不好意思赶走吧？我有时还要装着皱起眉头不时望着街心，好像说：“这雨，害得我回不去了。”其实，我的心里是怎样高兴地喊着：“再大些！再大些！”

但我也不是个读书能够废寝忘食的人，当三阳春正上座，飘来一阵阵炒菜香时，我也饿得饥肠辘辘。那时我也不免要做个白日梦：如果袋中有钱多么好！到三阳春吃碗热热的排骨大面，回来这里已经有人给摆上一张弹簧沙发，坐上去舒舒服服地接着看。我的腿真够酸了，交替着用一条腿支持另一条，有时忘形地撅着屁股倚在书柜旁，以求暂时的休息。明明知道回家还有一段路程好走，可是求知的欲望这么迫切，使我舍不得放弃任何可捉住的窃读机会。

为了解决肚子的饥饿，我又想出一个好办法，临来时买上两个铜板的花生米放在制服口袋里。当智慧之田丰收，而胃袋求救的时候，我便从口袋里掏出花生米来救急。要注意的是花生皮必须留在口袋里，回到家把口袋翻过来，细碎的花生皮便像雪花样地飞落下来。

但在那次屈辱之后，我的小心灵确受了创伤，我的因贫苦而引起的自卑感再次地犯发，而且产生了对人类的仇恨。有一次刚好读到一首真像为我写照的小诗时，更增加了我的悲愤。那小诗是一个外国女诗人的手笔，我曾抄录下来，贴在床前，伤心地一遍遍读着。小诗说：

> 我看见一个眼睛充满热烈希望的小孩，
> 在书摊上翻开一本书来，
> 读时好似想一口气念完。

开书摊的人看见这样，
我看见他很快地向小孩招呼：
“你从来没有买过书，
所以请你不要在这里看书。”
小孩慢慢地踱开叹口气，
他真希望自己从来没有认过字母，
他就不会看这老东西的书了。
穷人有好多苦痛，
富人永远没有尝过。
我不久又看见一个小孩，
他脸上老是有菜色，
那天最少是没有吃过东西——
他对着酒店的肉用眼睛去享受。
我想着这个小孩的情形必定更苦，
这么饿着，想着，这么一个便士也没有。
对着烹得精美的好肉空望，
他免不了希望他生来没有学会吃东西。

我不再去书店，许多次我经过文化街都狠心咬牙地走过去。但一次，两次，我下意识地走向那熟悉的街，终于有一天，求知的欲望迫使我再度停下来，我仍愿一试，因为一本新书的出版广告，我从报上知道好多天了。

我再施惯技，又把自己藏在书店的一角。当我翻开第一页时，心中不禁轻轻呼道："啊！终于和你相见了！"这是一本畅销的书，那么厚厚的一册，拿在手里，看在眼里，都够分量！受了前次的教训，我更小心地不敢贪懒，多串几家书店更妥当些，免得再遭遇前次的难堪。

每次从书店出来，我都像喝醉了酒似的，脑子被书中的人物所扰，踉踉跄跄，走路失去控制的能力。"明天早些来，可以全部看完了。"我告诉自己。想到明天仍可以占有书店的一角时，被快乐激动得忘形之躯，便险些撞到树干上去。

可是第二天走过几家书店却看不见那本书时，像在手中正看得起劲的书被人抢去一样，我暗暗焦急，并且诅咒地想：皆因没有钱，我不能占有读书的全部快乐，世上有钱的人这样多，他们把书买光了。

我惨淡无神地提着书包，抱着绝望的心情走进最末一家书店，昨天在这里看书时，已经剩了最后的一册，可不是，看见书架上那本书的位置换了另外的书，心整个沉下了。

正在这时，一个耳朵上架着铅笔的店员走过来了，看那样子是来招呼我的（我多么怕受人招待）。我慌忙把眼睛送上了书架，装作没看见。但是一本书触着我的胳膊，轻轻地送到我的面前：

"请看吧，我多留了一天没有卖。"

啊，我接过书害羞得不知应当如何对他表示我的感激，他却若无其事地走开了。冲动的情感，使我的眼光久久不能集中在书本的黑字上。

当书店里的日光灯忽地亮了起来，我才觉出站在这里读了两个钟点了。我合上最后一页——咽了一口唾沫，好像所有的智慧都被我吞食下去了。然后抬头找寻那耳朵上架着铅笔的人，好交还他这本书。在远远的柜台旁，他向我轻轻地点点头，表示他已经知道我看完了。我默默地把书放回书架上。

我低着头走出去，黑色多皱的布裙被风吹开来，像一把支不开的破伞，可是我浑身都松快了。摸摸口袋里是一包忘记吃的花生米，我拿一粒花生送进嘴里，忽然想起有一次国文先生鼓励我们用功的话：

“记住，你是吃饭长大；也是读书长大的！”

但是今天我发现这句话还不够用，它应当这么说：

“记住，你是吃饭长大；读书长大；也是在爱里长大的！”

2004年第14期

我家的财富

〔日本〕德富芦花

一

房子不过三十三平方，庭院也只有十平方。人说，这里既褊狭，又简陋。屋陋，尚得容膝；院落小，亦能仰望碧空，信步遐思，可以想得很远，很远。

日月之神长照，一年四季，风、雨、霜、雪，轮番光顾，兴味不浅。蝶儿来这里欢舞，蝉儿来这里鸣叫，小鸟来这里玩耍，秋蛩来这里低吟。静观宇宙之大，其财富大多包容在这座十平方的院子里。

二

院里有一棵老李，到了春四月，树上开满了青白的花朵。碰到有风的日子，李花从迷离的碧空飘舞下来，须臾之间，满院飞雪。

邻家多花树，飞花随风飘到我的院子里，红雨霏霏，白雪纷纷，眼见满院披上花的衣衫。仔细一看有桃花，有樱花，有山茶花，有棠棣花，有李花。

三

院角上长着一株栀子。五月黄昏，春阴不晴，白花盛开，清香阵阵。主人沉默寡言，妻子也很少开口。这样的花生在我家，最为相宜。

老李背后有棵梧桐，绿干亭亭，绝无斜出，似乎告诫人们：“要像我一般正直。”

梧叶和水盆旁边的八角金盘，叶片宽阔，有了它，我家的雨声也多了起来。

李子熟了，每当沾满白粉的琥珀般的玉球咕噜噜滚到地面的时候，我就想，要是有个孩子，我拾起一个给他，那该多高兴啊！

四

蝉声凄切之后，世界进入冬季。山茶花开了，三尺高的红枫像燃着一团火。房东留下的一株黄菊也开了。名苑之花固然娇美，然而，秋天里优雅闲寂的情趣，却荟萃在我家的庭树上了。假若我是诗翁蜕岩，我将吟咏：“独怜细菊近荆扉。”使我惭愧的是，我不能唱出“海内文章落布衣”的诗句来。

屋后有一株银杏，每逢深秋，一树金黄，朔风乍起，落叶翩翩，恰如仙女玉扇坠地。夜半梦醒，疑为雨声；早起开门一看，一夜过后，满庭灿烂。屋顶房檐，无处不是落叶，片片红枫相间其中。我把黄金翠锦都铺到院子里了。

五

树叶落尽，顿生凄凉之感。然而，日光月影渐渐增多，仰望星空，很少遮障，令人欣喜。

2004 年第 15 期

一片晚霞的消失

阿舍

我必须小心对待我生活里的诗意。比如，眼前的这片晚霞，面对它的时候，我不应该轻易地抒情。但是我还是描述一下它吧，我力求对它的描述接近于宁静，而非抒情。

这是八月山区的傍晚，远处的山峦形成一个辽远的背景，地势由高而低，开阔舒缓。一条河流同时从这里经过，它并不汹涌，也不浑浊，它的河岸以及河滩都是光滑白净的鹅卵石，它浅浅细流，是这片开阔的背景上一处柔软的记忆。晚霞给这个场景带来了绚丽，山区的云层向来诡异，天使可以迅速狰狞，雄伟可以顿时委顿，只是晚霞，自始至终的圣美，红润，深阴，金黄，河流为它幻化成一条悠长的七彩碎片。

此时河岸上有一个懦弱的男子，他是一个喜欢抒情的男子。河岸上的草地开满细碎的野花儿，那片晚霞的红润鼓动着他的胸膛，每当这样的时候，他就会情不自禁，扯开嗓子“漫”起花儿。他唱得真好，十里八乡都知道他的名气，他从一个年轻的后生唱到脊背已经弯曲的老汉，他的花儿越唱越悲凉。可是今天，他拒绝歌唱，他倔强地不开口。我看见他的嘴唇在抖动，他不敢抬头多看一眼那片晚霞，他羞愧地低下头，扛起硕大的一捆青草，朝着晚霞的反向走去。我知道他已经很久不唱了。他的脊背不是被青草压弯，更像是来自于声声的责骂和抱怨。除了唱花儿，他一无所长。他娶了媳妇，养了孩子，但家境贫穷。他不是一个好劳力，他的力气都用在了“漫”花儿上，母亲、妻子和孩子都因此而鄙视他，怨恨他。他娶了媳妇，还在山上“漫”花儿，那些挑逗的花儿，唱得村子里的姑娘也红了脸，姑娘们爱听，但他遭受痛斥。他真的一无所长，臂膀的肌肉始终比不过乡邻的汉子，他不会做地里的活儿，整日“漫”在花儿的妄想里。后来他去了镇上，他来到镇文化站，告诉站里的干部，他会唱花儿，他的花儿是最好的，他可以代表镇上唱，代表市里唱，代表他的民族唱，他的条件是每月一百元的生活费。他说他有了这笔生活费，他的家人就可以放过他，不再责骂他，他可以整天地唱了。文化站的干部说没有钱给他，让他回去了。后来他又跑到了旅游景点，但是很快被辞退，大家说，他的花儿总是悲戚感伤，总是让客人心绪不佳。事实上真是如此，那些欢快的唱得姑娘们脸红的花儿，他已经没有心境再唱出口了。他回到了家乡，从此失声。

山区八月的晚霞红火诱人，生活里我时常想记住这样一些美景，朴素的，纯净的，那一刻，虽然我再三劝说自己，但还是固执地认为消失在这样一片晚霞里是一件十分值得怀念的事情。于是我面对它，闭上眼睛，虔敬地镌刻它，它无限展开，直到山那边传来了花儿声："尕妹妹是牡丹花院子里长，哥哥是空中的凤凰，旋来旋去没妄想，吊死在牡丹的树上……"我在镌刻它的时候，其实心里已经充满感伤，因为我如此固执地想到镌刻，一定是知道了我将要面对的消失。歌声的消失，或者晚霞的消失。

2004 年第 15 期

把幸福放在手上

〔韩国〕柳时和　　陈香华 译

我在印度旅行期间，从印度朋友那里听来许多印象非常深刻的话。在我的旅行手册中，有一部分就是记录这些发人深省的话。印度人擅长以极短的言语点出事物的核心部分，很多时候听到这些话时，不是愣在一旁，就是被他们问得哑口无言。

在路上、火车内或是巴士顶上与这些真诚的印度朋友交谈时，我非常讶异他们敏捷的思考或是洞察人生百态的能力，而率直的倾诉也常让我感动不已。或许这些令人回味无穷的话，就是一再吸引我前往印度的原因吧。

两双鞋

“你有两双鞋，可是又不能同时穿，干脆另一双就给我吧！”也是在凯拉达邦特利班度隆旅行时，搭乘的巴士车顶上，坐在我对面，手指甲内藏着厚厚污垢的印度人，看到我行李背包里放了一双凉鞋，对我说的话。

还没死

在孟买要前往参访克里须纳姆鲁替圣者时，雇了一辆三轮车，车夫一路超速前进，任我劝阻也不听，终于摔了车，人仰马翻，倒在路旁的泥淖地。气得我对司机大吼“因为你差点没死掉”！没想到司机反而回答说：“只是差点没死掉而已，既然都没死，干吗生这么大的气？让情绪对根本还没有发生的事情生起愤怒，是自寻烦恼，何必让自己这样难过呢！”

神给的磅秤

印度加尔各答的市中心，有一位以磅秤为路人量体重的印度人，当我问他幸福与否时，得到的回答是：“幸福的‘量’与不幸福的‘量’是一样的，珍惜神所给的，不要去计较神没给的。神给了我吃饭的磅秤，光是这点我是多么幸运，如果没有磅秤，我们全家都会饿死的！”

等　待

在印度北部斋浦尔市遇到一位老人，哀求我带他去瓦拉纳西恒河，我回答他说这次没有时间没办法带他去。他回答说：“那我在这里等你。等到明年你一定要再来这里带我去。”

朝圣者的水壶

“朝圣者的心没有任何改变的话，就如同朝圣时所带的水壶，尽管走遍了佛教圣地，回来剩下的也不过是水壶而已。”在印度北部相当著名的印度教圣地希凯西，遇到一位老人，他看着我拿着水壶，引用圣哲拉玛克里希纳的话对我说。

扒手的说辞

“虽然不知道你行李里面装的什么，但是我希望你不要紧张。被自己拥有的物品牵制着无法心安，怎么能在这宗教的国度里旅行呢？”

在去阿拉哈巴得三等车厢火车途中，一看就知道是扒手的印度人，看着我双手抱着行李的模样及满脸的警戒心所说的话。由于我丝毫不松懈，他更加好奇，忍不住又问：“到底行李里装的是什么？”

放 下

“放下的愈多，得到的愈多。”

在加尔各答一个乞丐看我犹豫不决，无法决定要丢下多少钱时对我所说的话。

从行李背包开始要学的

在新德里北部往阿姆利则长达八小时车程的二等车厢里，我和一位耆那教的老人东谈西聊。忽然老人把话题说到人应该向自然或所有的一切事物学习，从风那儿学到不要执著，从大海那儿学到视野宽阔，从火车可以学到……他滔滔不绝地发表自己的主张。

“那么，从鞋子可以学到什么？”印度人原来是赤脚不穿鞋的，所以我问。

“我们要学习的是任何什么愚昧的发明一出来，很快就会扩散到全世界。”老人说。

“那么，从我的行李背包可以学到什么？”我又问。

“如果行李背包里有吃的，要学习拿出来与众人分享。”

泪水与彩虹

“眼睛中没有泪水的话，他的灵魂也不会有彩虹。”在德里与遇到的年轻车夫谈到人生的苦痛时，从他口中说出的话。

竹子和芦草

“看着竹子的节吧，它以一定的间距支撑着竹子往上伸展，生活中如果没有规律地冥想，就像是没有节的芦草一样，随时都会倒塌。”印度北部里希凯西市一位修行者所说的话。

眼睛与口

“用眼睛看比用嘴说话，能表达出更多。”当我问印度人为什么老是看着对方的眼睛时，他们给我的答覆。

最长的距离

在里希凯西江边和一位斯洼米谈天。他说从印度南部的特利班度隆，搭了一百小时的火车才抵达里希凯西。我听了非常诧异，他能跋涉这么长距离的旅程。他回答说：

“有比这还要长的距离，世界上最长的距离，是从人的头到胸前的心，不到三十厘米的地方。有人从头移动到心，足足走了一辈子。”

2004 年第 16 期

微　笑

〔法国〕哈诺·麦卡锡　　尉颖颖 译

西班牙内战时，我参加了国际纵队，到西班牙参战。在一次激烈的战斗中，我不幸被俘，被投进了单间监牢。

对方那轻蔑的眼神和恶劣的态度，使我感到自己像是一只将被宰杀的羔羊。我从狱卒口中得知，明天我将被处死。我的精神立刻垮了下来，恐惧占据了我全部身心。我双手不住地颤抖着伸向上衣口袋，想摸出一支香烟来。这个衣袋被搜查过，竟然还留下了一支皱巴巴的香烟。因为手抖不止，我试了几次才把它送到几乎没有知觉的嘴上。接着，我又去摸火柴，但是没有，都被搜走了。

透过牢房的铁窗，借着昏暗的光线，我看见了一个士兵。他没有看见我，当然，他用不着看我，我不过是一件无足轻重的破东西，而且马上就会成为一具让人恶心的尸体。但我已顾不得他会怎么想我了，我用尽量平静的、沙哑的嗓音一字一顿地对他说："对不起，有火柴吗？"

他慢慢扭过头来，用冷冰冰的、不屑一顾的眼神扫了我一眼，接着又闭了一下眼，深吸了一口气，慢慢吞吞地踱了过来。他脸上毫无表情，但还是掏出火柴划着火送到我嘴边。

那一刻，在黑暗的牢房中，在那微小又明亮的火柴光下，他的目光和我的目光撞到了一起，我不由自主地咧开嘴，对他微笑了一下。我也不知道我为什么会对他笑，也许是因为两个人离得太近了，一般在这样面对面的情况下，人不大可能不微笑。不管怎么说，我是对他笑了。我知道他一定不会有什么反应，他一定不会对一个敌人微笑。但是，如同在两个冰冷的心间，在两个人的灵魂间撞出了火花，我的微笑对他产生了影响，在愣了几秒钟后，他的嘴角开始不大自然地往上翘。点着烟后，他并没走开，他直直地看着我的眼睛，露出了微笑。

我一直保持着微笑，此时我意识到他不是一个士兵、一个敌人，而是一个人！这时，他也好像完全变成了另一个人，从另一个角度来审视我。他的眼中流露出人性的光彩，探过头来轻声问："你有孩子吗？"

"有，有，在这儿呢！"我用颤抖的双手从衣袋里掏出皮夹，拿出我与妻子和孩子的合影给他看。他也赶紧掏出他和家人的照片给我看，并告诉我："出来当兵一年多了，想孩子想得要命，要再熬几个月，才能回一趟家。"

我的眼泪止不住地往外涌，我对他说："你的命可真好，愿上帝保佑你平安回家。可我再也不能见到我的家人，再也不能亲吻我的孩子了……”我边说边用脏兮兮的衣袖擦眼泪、鼻涕。他的眼中充满了同情的泪水。

突然，他的眼睛亮了起来，把食指贴在嘴唇上，示意我不要出声。他机警地、轻轻地在过道巡视了一圈，又踮着脚尖小跑过来。他掏出钥匙打开了我的牢门。我的心情万分紧张，紧紧地跟着他贴着墙走，他带我走出监狱的后门，一直走出了城。之后，他一句话也没说，转身往回走了。

我的生命就这样被一个微笑挽救了……

2004 年第 18 期

失踪的生活

夏榆

一九九八年的秋天，我把自己的栖身之所从北京的东区搬到西区。我再次失去了我的邮址。

失去邮址对很多和我有关联的人来说，也就意味着我从这座城市的消失。我的父母、爱人、兄弟、朋友，他们无法找到我，我成了一个不在场的人，虽然我还在其中漂流，但没有人知道我的行踪。我当时很穷，没有呼机，没有手机，没有一个城市现代人所有的通讯手段的结果就是我跟外界彻底地隔绝。我就像一颗融入沙漠的沙粒，遗失在人群中了。在那样的状态下，人很容易照见自己无助、脆弱、孤寂的本性。我明白自由是一把双刃剑，在我体验着舒展、欢畅和突破限制的快乐的同时，我也要承担孤寂、威胁、没有安全感。人需要亲人的交流，需要被朋友记住，失去了这些人，存在就会变得虚无。

失去邮址让我有一种被抛掷的感觉，在我开始新的生活前，我想找到一个新的邮址。

就像船需要靠近一个新的河岸。

我找到的一个新邮址是海淀区西苑乡的乡政府，有人告诉我这个地区所有的信件都集中在那儿。我步行了两千米找到那个地方，我看到所谓的邮寄处其实是乡政府办公室的窗台。那个窗台蒙满灰尘，每天从邮局送来的信件都堆积在那里。我还看到一个三尺见方的竹筐，那个竹筐里积满了没有被取走的信。那些信件因为日久天长、风吹日晒变得发脆、发黄，字迹消退。那些无法投递的信件让我想到它们的书写者以及它们要抵达的收信人的命运。这些人和我在城市里看到的地铁里卖唱的民间艺人、地下通道露宿的打工者相似，他们和我同出一种背景。

新的邮址建立以后，我经常去看我的信。在漂流者中间的处境和遭遇让我对这个新到的地方不信任，我担心我会有重要的信件被这里的管理人员漫不经心地处置而遗失，所以我是去看信最勤的一个人。我的勤勉让乡管理人员很烦，也让他们对待那些信件的态度更粗暴、更恶劣。新到的信件只在窗台上搁置一个星期后就被收归到竹筐里，混杂在陈旧的无法投递的废信中。我想在乡政府人员的眼里，来这里取信的人都是没有固定住所的人，这些人是可以不予重视的。而更多权力者会认为，没有固定住所就是没有经济保障、户籍保障的人，肯定就是盲流；而盲流者，是那些离弃了户籍限定，脱离开单位或原有社区保护试图自由迁徙的人，在他们寻求自由的道路上就沦为被任意侵犯个人尊严和公民权利的一群人，成为这个社会游离于体制之外最卑贱、最低下的一类人群。

那些不断堆积的没有被取走的信件让我看到一些人的命运，一些奔走的颠沛流离者的命运。

有一天我在那些积聚的信件中看到一张明信片，那是一张很普通的明信片，印着红色或绿色的花卉、抽奖号码，这样的明信片在节日来临的时候会满世界飞。让我注意的是写在上面的字：

姐姐：冬天来了，我这里很冷，盼你能寄来棉衣。

千万千万。

我注意到这张明信片是来自京城远郊的一个少管所。

我看到那些歪扭的字迹，不知道为什么我就想到了那个人，他因为寒冷和罪过在严冬里孤立无助。

那张明信片的到达让我感到这是我生活中的意外事件。我看那种呼求犹如我的呼求，我没来由地希望它被听到，希望它获得反应和回响。我开始牵挂着希望它能被按时取走。

寒冬逼近，街上开始出现肃杀的景象，天色终日昏暗，茂密的树林凋零成光秃的枝丫。在外漂流的人在那时会感到思乡的哀愁。那几天我去乡政府的时间更多了，我去甚至都不为看自己的来信，我去的目的就是想看见那张呼救的明信片被取走，然后御寒的棉衣或棉被会在寒冬来临之际寄达那个被大墙、寒冷和罪过围困的少年。那个少年不是我，不是我的兄弟，应该说我的关切不应该这样强烈，但我的恻隐之心让我觉得仿佛那就是我，仿佛那就是我的兄弟。我觉得那个少年的境遇有可能会是我的境遇，我没有遭逢并不能说明我就不会遭逢。

让我感到焦虑的是，连着一个星期那张明信片都没有被取走。我看见那张明信片变得越来越脏，它被新的信件覆盖，压到底层。每次见到它我能做的就是把它从堆积的信件底部翻出来，放到一堆信件的上端，我希望它能被它的主人收到并阅读，或者最少能被熟悉它的主人的人看到然后转告。

但是又两个星期过去，我看到那张明信片依旧在那儿，只是形容更脏、更憔悴。在寒冬来临之后它就蒙满尘埃。

几天以后，我又看见一张相似的明信片，依旧是那种歪扭的字迹，依旧是那个地址，落款处依旧是那个名字。不一样的是他的呼求的语气。我看见那上边写着：

> 姐：我病了，昨天发烧了，这里的天气更冷了，盼姐能寄棉衣给我。
>
> 千万千万。

我对那两封信的牵挂日益加剧，因为它的更加紧迫的呼求。但是我看到在一个星期之后，那两张明信片依旧夹在那些陈旧的信件里，它被尘埃所覆盖，字迹已经开始消退，而信件的收发者依旧是那副困倦麻木的冷脸。

那时候我就想做个信使，我终于想代替那个孩子去找他的姐姐，我想让那个孩子在寒冷、困顿中的呼求送达它的去处。有一天我抄写了那两封信要寄达的地址：

北京市海淀区西苑乡张中堂公寓015室周洁

我骑着我的自行车，我就像一个热爱投递工作的信使。我去了那个名叫张中堂的公寓，我看到那里住满了各种年龄、各种职业、性别不同的外省人。我找到公寓的老板，我说了我的来意，那个穿着镶了狐皮领棕色皮衣的中年人用审慎的目光打量我几个来回后说：

你来晚了，周洁两个星期前割脉自杀了。

我听着那个人的描述，他说不清楚为什么，周洁就自杀了，她反锁着门，血流了很多，第二天黄昏的时候有人看到从门隙流出的血迹才知道她出事了。

中年人在叙述中表现出不满的神情，他说：丫一死了之，我可倒霉了。应该说我没有感到震惊，在外漂流几年我已经见惯或听惯类似周洁的故事。

我握着写有周洁名字和地址的字条，重新回到收信处，我看着那两张混杂在众多信件中开始发旧的明信片，默念着写在上边的那个被寒冷所困的孩子的呼求。

2005年第2期

黑骏马（节选）

张承志

也许应当归咎于那些流传太广的牧歌吧，我常发现人们有着一种误解。他们总认为，草原只是一个罗曼蒂克的摇篮。每当他们听说我来自那样一个世界时，就会流露出一种好奇的神色。我能从那种神色中立即读到诸如白云、鲜花、姑娘和醇酒等诱人的字眼儿。看来，这些朋友很难体味那些歌传达的一种心绪，一种作为牧人心理基本素质的心绪。

辽阔的大草原上，茫茫草海中有一骑在踽踽独行。炎炎的烈日烘烤着他，他一连几天在静默中颠簸。大自然蒸腾着浓烈呛人的草味儿，但他已习以为常。他双眉紧锁，肤色黧黑，他在细细地回忆往事，思想亲人，咀嚼艰难的生活。他淡漠地忍受着缺憾、歉疚和内心的创痛，迎着舒缓起伏的草原，一言不发地、默默地走着。一丝难以捕捉的心绪从他胸中飘浮出来，轻盈地、低低地在他的马儿前后盘旋。这是一种莫名的、连他自己也未曾发现的心绪。

这心绪不会被理睬或抚慰。天地之间，古来只有这片被严寒酷暑轮番改造了无数个世纪的一派青草。于是，人们变得粗犷强悍。心底的一切都被那冷冷的、男性的面容挡住，如果没有烈性酒或是什么特殊的东西来摧毁这道防线，并释放出人们柔软的那部分天性的话——你永远休想突破彼此的隔膜而去深入一个歪骑着马的男人的心。

不过，灵性是真实存在的。在骑手们心底积压太久的那丝心绪，已经悄然上升。它徘徊着，化成一种旋律，一种抒发不尽、描写不完，而又简朴不过的滋味，一种独特的灵性。这灵性没有声音，却带着似乎命定的音乐感——包括低缓的节奏、生活般周而复始的旋律，以及或绿或蓝的色彩。那些沉默了太久的骑马人，不觉之间在这灵性的催动和包围中哼起来了：他们开始诉说自己的心事，卸下心灵的重荷。

相信我：这就是蒙古民歌的起源。

高亢悲怆的长调响起来了，它叩击着大地的胸膛，冲撞着低巡的流云。在强烈扭曲的、疾飞向上和低哑呻吟的拍节上，新的一句在追赶着前一句的回声。草原如同注入了血液，万物都有了新的内容。那歌儿激越起来了，它尽情尽意地向遥远的天际传去。

歌手骑着的马走着，听着。只有它在点着头，默然地向主人表示同情。有时人的泪珠会噗地溅在马儿的秀鬃上：歌手找到了知音。就这样，几乎所有年深日久的古歌就都有了一个骏马的名字《修长的青马》《紫红快马》《铁青马》等等，等等。

古歌《钢嘎·哈拉》——《黑骏马》就是这无数之中的一首。我第一次听到它的旋律还是在孩提时代。记得当时我呆住了，双手垂下，在草地里静静地站着，一直等到那歌声在风中消逝。我觉得心里充满了一种亲切感。后来，随着我的长大成人，不觉之间我对它有了偏爱，虽然我远未将它心领神会。即便现在，我也不敢说自己已经理解了它那几行平淡至极的歌词。这是一首什么歌呢？也许，它可以算一首描写爱情的歌？

后来，当我遇到一位据说是思想深刻的作家时，便把这个问题向他请教。他解释说："很简单。那不过是未开的童心被强大的人性的一次冲击。其实，这首歌尽管堪称质朴无华，但并没有很强的感染力。"我怀疑地问："那么，它为什么能自古流传呢？而且，为什么我总觉得它在我心头徘徊呢？"他笑了，宽厚地捏捏我的粗胳臂："因为你已经成熟。明白吗？白音宝力格，那是因为爱情本身的优美。她，在吸引着你。"

我哪里想到：很久以后，我居然不是唱，而是亲身把这首古歌重复了一遍。

当我把深埋在草丛里的头抬起来，凝望着蓝空，聆听着云层间和草梢上掠过的那低哑歌句，在静谧中寻找那看不见的灵性时，我渐渐感到，那些过于激昂和辽远的尾音，那此世难逢的感伤，那古朴的悲剧故事，还有，那深沉而挚切的爱情，都不过是一些依托或框架。或者说，都只是那灵性赖以音乐化的色彩和调子。而那古歌内在的真正灵魂却要隐蔽得多，复杂得多。就是它，世世代代地给我们的祖先和我们以铭心的感受，却又永远不让我们有彻底体味它的可能。

2005 年第 4 期

田园诗情

〔捷克〕卡尔·恰彼克

荷兰，是水之国，花之国，也是牧场之国。一条条运河之间的绿色低地上，黑白花牛，白头黑牛，白腰蓝嘴黑牛，在低头吃草。有的牛背上盖着防潮的毛毡。牛群吃草反刍，有时站立不动，仿佛正在思考什么。牛犊的模样像贵夫人，仪态端庄。老牛好似牛群的家长，无比尊严。极目远眺，四周全是碧绿的丝绒般的草原和黑白两色的花牛。这就是真正的荷兰。

这是真正的荷兰：碧绿色的低地镶嵌在一条条运河之间，成群的骏马，剽悍强壮，腿粗如圆柱，鬃毛随风飞扬。除了深深的野草遮掩着的运河，没有什么能够阻挡它们飞驰到乌德勒支或兹伏勒。辽阔无垠的原野似乎归它们所有，它们是这个自由王国的主人和公爵。

低地上还有白色的绵羊，它们在天堂般的绿色草原上，悠然自得。

黑色的猪群，不停地呼噜着，像是对什么表示赞许。

还有成千上万的小鸡，长毛山羊，但没有一个人影。这就是真正的荷兰。

只有到了傍晚，才看见有人驾着小船过来，坐上小板凳，给严肃沉默的奶牛挤奶。金色的晚霞铺在西天，远处偶尔传来汽笛声，接着又是一片寂静。在这里，谁都不叫喊吆喝，牛的脖子上的铃铛也没有响声，挤奶的人更是默默无言。

运河之中，装满奶桶的船只舒缓平稳地行驶，汽车火车，都装载着一罐一罐的牛奶运往城市。车过之后，一切又归于平静。狗不叫，圈里的牛不发出哞哞声，马蹄也不踢马房的挡板，真是万籁俱寂。沉睡的牲畜，无声的低地，漆黑的夜晚，只有远处的几座灯塔在闪烁着微弱的光芒。

这就是那真正的荷兰。

2005 年第 15 期

蝴　蝶

〔丹麦〕安徒生　　叶君健 译

一只蝴蝶想要找一个恋人。自然，他想要在群花中找到一位可爱的小恋人。因此他就把她们都看了一遍。每朵花都是安静地、端庄地坐在梗子上，正如一个姑娘在没有订婚时那样坐着。可是她们的数目非常多，选择很不容易。蝴蝶不愿意招来麻烦，因此就飞到雏菊那儿去。法国人把这种小花叫作“玛加丽特”。他们知道，她能做出预言。她是这样做的：情人们把她的花瓣一片一片地摘下来，每摘一片情人就问一个关于他们恋人的事情：“热情吗？痛苦吗？非常爱我吗？只爱一点吗？完全不爱吗？”以及诸如此类的问题。每个人可以用自己的语言问。蝴蝶也来问了，但是他不摘下花瓣，却吻起每片花瓣来。因为他认为只有善意才能得到最好的回答。

“亲爱的‘玛加丽特’雏菊！”他说，“你是一切花中最聪明的女人。你会做出预言！我请求你告诉我，我应该娶这一位呢，还是娶那一位？我到底会得到哪一位呢？如果我知道的话，就可以直接向她飞去，向她求婚。”

可是“玛加丽特”不回答他。她很生气，因为她还不过是一个少女，而他却已把她称为“女人”；这究竟有一个分别呀。他问了第二次、第三次。当他从她那儿得不到半个字的回答的时候，就不再愿意问了。他飞走了，并且立刻开始他的求婚活动。

这正是初春的时候，番红花和雪形花正在盛开。

“她们非常好看，”蝴蝶说，“简直是一群情窦初开的可爱的小姑娘，但是太不懂世事。”他像所有的年轻小伙子一样，要寻找年纪较大一点的女子。

于是他就飞到秋牡丹那儿去。照他的胃口说来，这些姑娘未免苦味太浓了一点。紫罗兰有点太热情；郁金香太华丽；黄水仙太平民化；菩提树花太小，此外她们的亲戚也太多；苹果树花看起来倒很像玫瑰，但是她们今天开了，明天就谢了——只要风一吹就落下来了，他觉得跟她们结婚是不会长久的；豌豆花最逗人爱：她有红有白，既娴雅，又柔嫩，她是家庭观念很强的妇女，外表既漂亮，在厨房里也很能干。当他正打算向她求婚的时候，看到这花儿的近旁有一个豆荚——豆荚的尖端上挂着一朵枯萎了的花。

“这是谁？”他问。

“这是我的姐姐。”豌豆花说。

“乖乖！那么你将来也会像她一样了！”他说。

这使蝴蝶大吃一惊，于是他就飞走了。

金银花悬在篱笆上。像她这样的女子，数目还不少；她们都板平面孔，皮肤发黄。不成，他不喜欢这种类型的女子。

不过他究竟喜欢谁呢？你去问他吧！

春天过去了，夏天也快要结束。现在是秋天了，但是他仍然犹豫不决。

现在花儿都穿上了她们最华丽的衣服，但是有什么用呢——她们已经失去了那种新鲜的、喷香的青春味儿。人上了年纪，心中喜欢的就是香味呀。特别是在天竺牡丹和干菊花中间，香味这东西可说是没有了。因此蝴蝶就飞向地上长着的薄荷那儿去了。

“她可以说没有花，但是全身又都是花，从头到脚都有香气，连每一片叶子上都有花香。我要讨她！”

于是他就对她提出婚事。

薄荷端端正正地站着， 声不响。最后她说：

“交朋友是可以的，但是别的事情都谈不上。我老了，你也老了，我们可以彼此照顾，但是结婚——那可不成！像我们这样大的午纪，不要自己开自己的玩笑吧！”

这么一来，蝴蝶就没有找到太太的机会了。他挑选太久了，不是好办法。结果蝴蝶就成了大家所谓的老单身汉了。

这是晚秋季节，天气多雨而阴沉。风儿把寒气吹在老柳树的背上，弄得它们发出飕飕的响声来。如果这时还穿着夏天的衣服在外面寻花问柳，那是不好的，因为这样，正如大家说的一样，会受到批评的。的确，蝴蝶也没有在外面乱飞。他乘着一个偶然的机会溜到一个房间里去了。这儿火炉里面生着火，像夏天一样温暖。他满可以生活得很好的，不过，“只是活下去还不够！”他说，“一个人应该有自由、阳光和一朵小小的花儿！”

他撞着窗玻璃飞，被人观看和欣赏，然后就被穿在一根针上，藏在一个小古董匣子里面。这是人们最欣赏他的一种表示。

“现在我像花儿一样，栖在一根梗子上了，”蝴蝶说，“这的确是不太愉快的。这几乎跟结婚没有两样，因为我现在算是牢牢地固定下来了。”

他用这种思想来安慰自己。

“这是一种可怜的安慰。”房子里栽在盆里的花儿说。

“可是，”蝴蝶想，“一个人不应该相信这些盆里的花儿的话，她们跟人类的来往太密切了。”

2005 年第 16 期

落井之驴

马明博

日光最先照亮的是村庄里竖起来的烟囱。冬天人们起得晚，看不到。再说，烟囱不会尖叫，不会因为太阳最先宠幸它，它就兴奋起来。烟囱不，它浑然不觉，矮矮地直蹲在房顶上，等候灶塘火起，它好一个个地吐烟圈。

日光其次照亮了村庄前面的池塘。人工挖出来的池塘，结着冰，阳光照在冰上。冰想，你照得紧了，我不就化了吗？所以，它也不领日光的情，反倒像村里避邪的玻璃镜一样，把那份温暖给反射回去了。

冬天的村庄，太阳出得晚，鸡叫得也晚。不是鸡叫得晚，是晚睡的人醒不来，听不到。晚睡的人零零散散地聚在不同人家的房子里，吹牛，聊天，抽烟，喝茶，打牌，下棋。夜深了，星星都睡了，他们才拖着疲惫的腿脚，回家去。

二十一世纪华北平原冬天的早晨，静得像一片梦。

池塘边的两口井却醒着。

天越冷，井口冒出来的白色水汽越浓得化不开。远远望去，蒸腾着，像电视剧里神仙居住的地方。现在村庄里的人，最信的神仙就是财神。原来的门神尉迟恭、秦叔宝早已经下岗，换成了左右同一副微笑的脸孔，头戴官帽，手张“恭喜发财”的财神。

当然，财神只在麻将桌上，不在门上待着。现在是清晨，财神和他的崇拜者都在睡眠之中。

好不容易，出现了一个牵着驴走过来的人——要不，这个早晨会多么寂寞。

牵驴的人牵着驴，踩过结冰的池塘，向南边走去。

塘北井的水，人吃；塘南井的水，牛、马、驴、骡等牲畜吃。

牵驴的人叼着根烟，不时地吐着烟雾；口里呼出长长的白气，如一辆小火车刚刚启动。他的脚下，没有铁轨，只是滑滑的冰。他不在意，大踏步地向前。

冰面上，一些残荷的梗，支支歪歪地斜着。采莲人剩下的莲蓬，有几个还竖着。

这头驴很漂亮，周身黑色，只有嘴巴一圈白毛。牵驴的村人，长得五大三粗，是一堵会移动的墙。他左手牵着驴，右手提着筲。筲把手上缠着长长的绳子。

驴小心翼翼地缓步走在冰面上，蹄子轻抬轻放，比牵它的人仔细多了。它想低下头来看路，但此时，缰绳在驴嘴与主人的手之间，扯成一条直线。它低不下头来，顾不上害怕，它只好跟着主人步伐飞快地前进。

从井里提上来的水，冒着白乎乎的热气。

驴欢快地喝了几口。不知道为什么，它兴奋了，是不是水太甜了？它要用歌唱对主人表示感谢？它忽然抬起头畅快响亮地叫了起来，嗷嗷的驴叫声，在这个空寂寂的早晨一波波地荡漾。驴一边叫，一边摆弄着头，唇毛上沾的水，甩了主人一脸一身。

主人扭头吐掉了烟卷，拉低缰绳，叫驴低下头来继续喝水。驴往外挣。主人生气了，用手里的缰绳扇打着驴的脑袋。驴四处躲闪着，不停地捯着脚步。

它忘记了这是在小小的井台上。井台上结着厚厚的冰。

脚下一滑，驴扑哧一声滑倒了。井台和井不会移动，也无法猛地推这头驴一把。所以，驴的两条后腿、半个身子，滑到井里来了。

牵驴的人一下子张大了嘴巴，他愣住了。

脚下冰滑，冬闲的驴又肥，他不敢贸然过去抓或者拉驴的前蹄。

他紧紧地扯着缰绳，努力往上拽他的驴。一边左瞧右瞅，希望冒出个人影来帮帮他。

这个清冷的早晨，周围只有寂寂荡荡的空气。

驴一半掉在井里，一半搭在井台上。它显然搭不住了，前蹄不停地划着结冰的地面。即便它的前蹄现在变成有五指的人手，它也是徒劳，因为它眼前连个稻草都没有。越是挣扎，它越是往下滑。主人的脚也往井边上滑过来了，他不得不松开手里的缰绳。扑通一声，驴终于掉进井里。

这头驴不是第一次落到井里。

秋耕的闲暇，它搭着缰绳在地里啃青草时，看到了一头发情的母驴。它奔了过去。爱情总是让人不太在意脚底下的陷阱，对驴也一样。这头驴向前蹿着蹿着，忽然消失了。

它掉到了一口枯井里。

这头追求爱情的驴子，来不及享受爱情，就被井困住了。

它是幸运的。井底半尺深的软泥，减轻了它的摔打，它没有死。

井底阴冷，驴感觉到了恐惧。它试着站立，站起来了，在井底昂起头凄惨地叫嚷。主人赶过来，站在井口，急得直搓手，却没有办法。

村人闻声赶过来，大伙商量着用绳子把驴拉上来，无奈驴子太重，井太深。只好作罢。

一天两天过去了。村人们束手无策。怎么办？驴子死在井里事小，要是驴子烂在井里，发起瘟疫，可不得了。

他们请教村里的长者。长者说：掏井有功德，填井有灾祸。事已至此，填一口井，比闹灾合算。

村民们做了分工，有人用小推车从不远处运来土，堆在井旁。有人用铁锨往井里填土。

驴很快意识到它面对着什么。

起初，它在井底绝望地大叫，拼命地周转着身子。让在场的每个人听着，心里都凉凉的。后来，不知道为什么，驴子安静下来。

人们快速地把堆在井边的几车土填下去。

运土的车还未到，这个间隙里，有人忍不住朝井下看了一眼。井底的情景让他呆住了。

填下去的土，并没有把驴子埋住。他感到奇怪，又朝驴背上扔下一锨土。结果，驴把土抖落下去，又用蹄子踩了几下。这头驴，没有被要埋掉它的土吓倒，这次填土的机会，倒成为它远离死亡井底的最佳时机。

运土的车来了，大家议论着这件事。人们都觉得不可思议。

继续填土，没过多久，土快填到井口时，这头驴一跃而出，得以生还。

这个冬天的早晨，谁知道，它还有没有上次那样幸运。

2005 年第 16 期

继父节

〔美国〕贝丝·莫莉

每当母亲节或父亲节的时候，都会使我想到我们国家还缺少一个节日——继父节。

如果任何一个人都应该有自己的节日，那么继父节应该是那些用他们的爱心和谨慎，在一个重建的家庭里建立起自己位置的勇敢心灵的节日。这就是我们家里为什么会有一个我们称之为"鲍伯的节日"的原因。这是我们自己的继父节的版本，是根据继父鲍伯的名字命名的。下面是我们的继父节的由来。

那时，鲍伯刚刚进入我们的家庭。

"你知道，如果你做了伤害我母亲的事情，我会让你住进医院。"正在上大学的男孩说，他比他的继父魁梧得多。

"我会记住的。"鲍伯说。

"你不要告诉我我该怎么做。"正在上中学的男孩说，"你不是我的父亲。"

“我会记住的。”鲍伯说。

正在上大学的男孩打电话回家，他的汽车在离家四十五英里的地方抛锚了。

“我马上就到。”鲍伯说。老师打电话到家里，正在上中学的男孩在学校打架了。

“我立刻就去。”鲍伯说。

“噢，我需要一条领带与这件衬衫相配。”正在上大学的男孩说。

“从我的衣柜里挑一条吧。”鲍伯说。

“你必须穿个耳眼。”正在上中学的男孩说。

“我会考虑的。”鲍伯说。

“你认为我昨天晚上的约会怎么样？”正在上大学的男孩问。

“我的意见对你有什么影响吗？”鲍伯问。

“是的。”男孩说。

“我必须跟你谈谈。”正在上中学的男孩说。

“我必须跟你谈谈。”鲍伯说。

“我们应该有一段继父和继子之间的共同经历。”正在上大学的男孩说。

“做什么？”鲍伯问。

“给我的汽车加油。”男孩说。

“我知道了。”鲍伯说。

“我们应该有一段继父和继子之间的共同经历。”正在上中学的男孩说。

“做什么？”鲍伯问。

“开车送我去看电影。”男孩说。

“我知道了。”鲍伯说。

“如果你喝了酒，不要开车，打电话给我。”鲍伯说。

“谢谢！”正在上大学的男孩说。

“如果你喝了酒，不要开车，打电话给我。”正在上大学的男孩说。

“谢谢！”鲍伯说。

“我必须什么时候回家？”正在上中学的男孩问。

“十一点半。”鲍伯说。

“好的。”男孩说。

“不要做伤害他的事情。”正在上大学的男孩对我说，“我们需要他。”

“我会记住的。”我说。

这就是我们的“鲍伯节”的由来。男孩子们为他们的继父买了一件他们能够一起玩的新玩具。鲍伯能够赢得孩子们的尊重对我们全家人来说都是一件值得庆幸的事，他似乎一直都在我们背后支持着我们。

2005 年第 17 期

我不理解他

张新颖

“我行过许多地方的桥，看过许多次数的云，喝过许多种类的酒，却只爱过一个正当最好年龄的人。我应当为自己庆幸……”

这是沈从文求爱信里的话。二〇〇二年十二月末他过了百年冥诞，皇皇三十二卷的全集出版。这样的大事有了了结，九十多岁的张兆和也就在二〇〇三年二月撒手归去。

晚年整理沈从文的遗稿是张兆和的头等大事。不仅这项工作的繁琐复杂、规模浩大（全集中有近一半文字以前未发表过）是一个老年人难以承受的，外人更想象不到的是，对一个和沈从文相伴终生的人，这是一个怎样的精神过程。

张兆和是坦率的，几年前，《从文家书》出版的时候，她在《后记》里写道：“从文同我相处，这一生，究竟是幸福还是不幸？得不到回答。我不理解他，不完全理解他。后来逐渐有了些理解，但是，真正懂得他的为人，懂得他一生承受的重压，是在整理编选他遗稿的现在。过去不知道的，现在知道了；过去不明白的，现在明白了……越是从烂纸堆里翻到他越多的遗作，哪怕是零散的，有头无尾的，有尾无头的，就越觉斯人可贵。太晚了！……悔之晚矣。”

这样的文字让人不能平静。

这样的文字也见出张兆和朴素的个性到老未改。回到六七十年前，已经是名作家的沈从文有时也不能免俗，张兆和曾在一封信里清楚明白地说：“不许你再逼我穿高跟鞋烫头发了，不许你用怕我把一双手弄粗糙为理由而不叫我洗东西做事了，吃的东西无所谓好坏，穿的用的无所谓讲究不讲究，能够活下去已是造化，我们应该怎样来使用这生命而不使他归于无用才好。我希望我们能从这方面努力，一个写作的人，精神在那些琐屑外表的事情上浪费了实在可惜，你有你本来面目，干净的，纯朴的，罩任何种面具都不合适。你本来是个好人，可惜的给各种不合适的花样给 spoil 了……”

她就这样直言不讳。

一九九九年，青岛电视台拍了一部现代中国作家在青岛的系列片，有一集是关于沈从文在青岛大学任教时的情况。张兆和接受采访，回忆起当年两个人常常在海边散步，沈从文指着大海对张兆和说，他一头从这里扎下去，一眨眼就能从很远的那块礁石那儿冒出来。

采访的人问，他扎下去过没有？

“没有，从来没有。”

“为什么？”

“他根本就不会游泳——他吹牛。他吹牛。”老太太乐得满脸都是笑。

她说沈从文“吹牛”的时候，眼睛也亮了起来。

我记住了这个细节，因为我也想不到沈从文压根就不会游泳。在中国现代作家中，恐怕还没有谁写水写得像沈从文那么好，没有谁像沈从文那样对水富有感情，从水里懂得了那么多的东西——甚至可以说，是水成就了他的文学。读过《湘行书简》《湘行散记》，读过《水云》，就知道了。

这个“吹牛”的人懂得他的幸运。一九六九年冬天，要下放了，沈从文一个人在家里整理东西，屋子里乱得无处下脚。张兆和的二姐张允和来看他，要走的时候被他叫住：“莫走，二姐，你看！”他从口袋里掏出一封皱头皱脑的信，“这是三姐给我的第一封信。”张兆和叫沈从文二哥，沈从文称呼妻子三姐。“三姐的第一封信——第一封。”

接着就吸溜吸溜哭起来，快七十岁的老头哭得像一个小孩子。

2005 年第 17 期

我想你的方式

Inking

比如，我改变一种习惯，从前我不吃胡萝卜，现在我开始吃胡萝卜，这样每次我吃胡萝卜的时候，都想到你；

比如，从现在开始，一年之内，我搭乘公车，都提前一站下来，走路到目的地，这样我可以慢下来，看看周围的人和树，还有店铺，它们沉默不语，我也是，因为我想到了你；

比如，有一个词我永远都不用，每次要用到的时候，我很小心，绕开它，换过一个词，这样我又想到你一次；

比如，每次我到大街上，如果我很高兴，我就大声叫你的名字，你的名字听起来这么普通，所以，我每次叫你，都会有人回过头来看我，以为我叫的是他们，他们也许对我笑，也许露出困惑的表情，我很高兴，我觉得也许有一次，回头看我的人正好是你；

比如，夏天的时候，天气太热了，我把手里的水从头上淋下来，这么凉，我把这个行为叫作你；

比如，我喝酒，我从前常常和你一起喝酒，我一口气喝完了整杯酒，我把这个俗气而又常见的喝酒方式，都宣称是和你喝酒时才用的；

比如，我要去锻炼了，我是这么讨厌锻炼的人，但你叫我去锻炼，我就去锻炼，这样我每次都皱着眉头，想起你一次；

比如，我不怎么提起，也不怎么去你的那个城市了，但正因为如此，我反而常常想起那里，想起你；

比如，在路上，我看见每个陌生人，他们或者高兴，或者悲伤，或者面无表情，我都觉得他们是有理由的，因为他们不认识你；而我自己或者高兴，或者悲伤，或者面无表情，都是有理由的，因为我认识你；这样子随时随地都可能想起你；

比如，我找到那些和我一样认识你的人，他们或者提起你，或者不提起你，但我知道都和你有关，不管我见到几个人，但至少都要想到你一次；

比如，我阅读那些俗气的书，阅读那些高深的书，都有可能想到你，因为你就是这么无孔不入，既阅读俗气的书，又阅读高深的书；

比如，我写小故事给你，因为你要我写小故事给你，我始终都没有写，这次我终于写了，故事里的人和你有一点像，我每看一次，就想到你一次；

比如，《*Perfect Day*》，这首歌我也很喜欢，你也很喜欢，这个词我也很喜欢，你也很喜欢，但我被你打败了，这个词归你了，这首歌归你了，它变成你喜欢的，我才喜欢了；别人也被你打败了，他们都变成因为你喜欢，所以我才会注意到他们也喜欢；

比如，以后我不能玩捉迷藏游戏，因为每次我都想到你藏起来了，我可能找不到你；但我又会很想要玩捉迷藏游戏，因为到最后，我总归是找得到你的。这样子，无论我玩不玩捉迷藏游戏，我都会想到你；

比如，有一天我无意中找到一本书，那上面有你的签名，又有一天我无意中找到了一张相片，那上面有你，我把它们拿给别人看，说：瞧，我有这么好的东西。那个时候我可能已经有点老，记性也不太好，不过还是想到你一次；

比如，有一天有人问我，认不认识你，记不记得关于你的事情，我回答说：记得。于是我把所有关于你的事情，又想了一遍；

比如，有一天有人问我，认不认识你，记不记得关于你的事情，我回答说：不记得。但是我在心里，把所有关于你的事情，又想了一遍；

比如，你最好马上出现在我面前，嘲笑我，对我哈哈大笑，这样子我会马上原谅你，并且给你看这篇东西，我会同样哈哈大笑，说：我一点都不想念你。不过这样说其实是因为我有点羞涩。

比如。比如。

比如我写下来，这一篇给你，给马骅。我自己又从头看了一遍，觉得可以给你了。给马骅。天已经亮了，从天很黑到天开始亮，有好几个小时，我都想到你了。我的朋友会跟我提到这一篇，提到一次，就又想到你一次。

2005 年第 17 期

一只乌鸦叫恺撒

〔美国〕拉西纳克·邦德　　邓笛 编译

一只小乌鸦从巢里掉到地上，拍打着翅膀，在马路中央挣扎。它随时有可能被来往的车辆碾死，或者被猫儿当成猎物。于是我把它捡起来带回了家。它的情况很不好，喙上有多处破损，脑袋耷拉着，看样子活不了多久了。但是我和爷爷精心照料，医治它的伤，定时喂它食物，终于使它康复了。

我们还它自由，将它放飞。可是它不愿意离开我家。我的家人，甚至我家的宠物用尽种种办法，都没能将它轰走。我们放弃了努力，默许它和我们同住一个屋檐下。我们不知道它是雄是雌，但是根据它勇敢和倔强的性格，给它取了古罗马大帝的名字“恺撒”。

恺撒不但在我家花园寻食甲虫或各种幼虫，而且在我们就餐的时候也会来吃白食。它在餐桌上跳来跳去，直到我们给它也盛上半碗肉和蔬菜。它总是不安分，行为肆无忌惮，不是将报纸啄成碎片，就是碰翻花瓶，或者追咬狗的尾巴。“这只乌鸦太讨厌了，”奶奶看着被乌鸦糟蹋了的万寿菊埋怨道，“你们难道不能把它关在笼子里吗？”

我们试着将它关进了笼子，但是这可惹恼了它。它不停地扇动翅膀，呱呱喊叫，吵得我们头晕脑胀，精神都快崩溃了。我们只好任它在家里继续横行霸道。我们家屋后的林子里也有别的乌鸦栖息，但是它仿佛不愿与它们为伍。爷爷说，它可能与以腐肉为生的普通乌鸦不属一类。然而我认为，恺撒因为习惯了与人平等相处，过上了优越的生活，所以变得势利起来，瞧不起自己的同类了。

渐渐地，恺撒还学会了讲几句人话。它会在屋外的窗台上坐几个小时，然后用喙敲击着窗玻璃，叫道：“你好！你好！”它似乎还能从开门的声音判断出是谁回家了，如果是我，它就会跳着跑过来热情地用嘶哑的喉音招呼：“你好！你好！”我还教会它站在我的手臂上说：“亲亲！亲亲！”这时只要我把头朝它伸过去，它就轻轻地用它的喙在我的嘴唇上碰一下。

有一次，姨妈来我家做客，恺撒飞到了她的臂上叫道：“亲亲！亲亲！”姨妈开心极了，把头伸给了它，得到了温柔的一个吻。但是后来发生的事就不妙了，恺撒对姨妈闪闪发亮的眼镜好奇起来，伸喙去啄，结果眼镜落地，摔成碎片。

越来越多的事实表明，恺撒既不同于宠物，又有别于野生乌鸦。它的行为放荡不羁，甚至危害到我们的左邻右舍。它把邻居的钢笔、梳子、丝巾、牙刷和假牙等偷回家。它尤其钟爱牙刷，我们家的橱柜顶上堆放着它偷来的各种各样的牙刷。几乎每一个邻居都能在我们家找到自己的牙刷，所以那一年我们街坊的牙刷消费增高了，我奶奶的血压也增高了。

恺撒还跟踪那些上小卖部的孩子。当孩子们从小卖部里走出来，它就抢走他们手中的糖果。它还对衣架情有独钟。邻居们经常发现晒在院子里的衣服掉落在地上，而衣架却不见了。当然，这些衣架可以在我们家的橱柜顶上找到。

恺撒离经叛道的行为终于给自己酿成了大祸。它在一次偷食邻居家的大豆时，一根忍无可忍的大棒砸在它的腿上。它伤得不轻，腿也折了。我们对它进行了救治，但这一次它伤得太重了，状况越来越糟，先是脑袋无力抬起来，继而整日发不出声音，最后吃不下任何东西。

一天早晨，我发现它死在沙发上，双腿僵硬地翘在空中。可怜的恺撒！与其说它是死于邻居家的大棒，不如说是葬送于自己不检点的行为。它实在是被宠坏了，不知道这世上每一个生命都有自己的游戏规则。它被我埋在我家的花园里，随葬品是那些它搜集的牙刷和衣架。

2005 年第 17 期

十年如昔

〔日本〕永井龙男　陈喜儒 译

有一个词叫“十年如昔”。

经过十年，可以回顾一下世事的变迁、人的变化。在回顾中，会有一种终于有馀暇审度自己逝去的岁月的感觉。

把十年划为一个区分岁月的单位是人们的习惯。“十年如昔”这个词既有好容易可以喘口气了的长度，也包含着瞬间即逝的暗示。

在孩提时代，每年企盼的寒暑假、野游、运动会总也不到，而一旦到来，快得仿佛一眨眼就过去了。

一年为八千七百六十个小时，乘以今后可能活的岁数，就可以得出人一辈子有多少个小时。

一说到人生五十年或六十年，理所当然会产生一种沉重感。数一数仅有四十几万几千个小时，紧迫感会油然而生。某高中的学生在毕业相册上各自写下感想时，就是这样计算的，说我的生命可能只有这些时间了。

这些少年的智慧使我深为感动，至今还记得一清二楚。但我不知道将进入青年期的他们是否充分意识到所有的时间。

有时可能会觉得只有这些时间不够用，有时也会觉得还要活这么久太无聊。然而我们这些已经失去大半人生的人猜测少年人的心情是蠢笨的，也许他们真诚地希望，在有限的时间里充实地度过一生，对未来充满信心。

时间是奇妙的。痛苦时，会觉得一个小时比半天还长；而高兴时，会觉得一天比一个小时还短。倘若人不知道这种生活，一个小时是一个小时，一天是一天，那会感到无比空虚。

我想起了小学时代的二部制。在二年级时，学校决定建新校舍，借了别的学校的房子，开始分两部上课。这一时期我忍过来了。因为有建设新的漂亮的校园的喜悦和对下午上学的新鲜感。

两年后，三层的教学楼建好了。当时，这是东京仅有的几座教学楼之一。然而在落成典礼刚开过三个月后，在神田大火中化为灰烬。

后来又借别的学校的房子，分两部上课。那时我已经上四年级了，正是贪玩的时候，但附近的小朋友都上学去了，没有伙伴。本来上午学习下午上学就行了，但我就是不能适应。想和大家一起在学校里吃盒饭也没有机会。对于一个孩子来说，这也是很悲伤的事。

星期六上半天课。一般上学的孩子上午上完课早早就回家了，而我们下午还得去上学。为什么我们非得这样？心里觉得可恨。

放学时已是黄昏。从秋到冬，天越来越短，轮到值日时，回到家里已经点灯了。时至今日，我还能想起当年那染红西天的落日和满怀的悲伤。我们的二部制，一直持续了两年。

在我的一生中，只有这一段时间被时间束缚，没有自由。下午在学校的每一个小时，都是一种无以言状的痛苦，漫长得无边无际。上午的时间是一片空虚。

到此打住，还回到“十年如昔”上来。

十年岁月，像做梦一样长，又似梦后一样渺茫。只是你习惯了这样思考，对诸事就不会喜欢揣测。

梦一样长，有一点毛骨悚然深不可测的感觉，而醒后之短又令人惊异。在这期间，我全身心进入梦中，之后又完全醒来。虽然心里想这是梦，但却有沉入梦中的感觉。

十年前，在住宅艰难时，我费了九牛二虎之力，终于买了块土地盖了房子。现在想起来，都不知道是怎么干的。

为了有自己的房子，我和妻子只有拼命工作。仰望天棚，往事如烟，仿佛那木纹里也染上了岁月的阴影。

不断响起的拉门声，也有如昔之感。

当年买的那块地是河边的荒地，长满了灌木丛。

用了几天时间砍倒了繁茂的竹丛，露出了几棵树。

这是几棵栗树、樱树和杉树，长年被竹丛包围，境况凄凉悲惨。在疯长的竹丛中，树木没有下面的枝条，棵棵枯瘦如柴。

砍掉了那些瘦弱不堪难以成活的树，留下了三棵樱树、两棵栗树，想把它们养活。

眺望庭院，那几棵树简直惨不忍睹。

那棵最大的樱树，不仅受竹子的欺凌，似乎孩子们还常常在上面打秋千，备受折磨。开花时，更显得疲惫不堪。我每年注意它是否生了毛虫，为它剪去害病的枝条。栗树和梅树，也结几颗果子，但都是弱不禁风的样子。

十年之后，都变得生机勃勃。

栗树和梅树，今年都结了不少果实，为我们夫妇的饭桌增加了色彩。樱树也恢复了青春，甚至有点自鸣得意，树干已长到一抱粗，枝繁叶茂，开花时，简直遮天蔽日。

这些树木恢复生机用了十年时间。仅十年，就变得生机盎然。

育人之事，并不是要把他们变成像我们这样的人，但必须充分意识到育人的困难与复杂。

一棵樱树恢复元气尚需十年时光，那么世间许多事都要有耐心、关心、细心，孜孜不倦的精神。

同时，亲自培育小树也有无限乐趣。眼看着它们长成樱树、栗树，期待着它们开花的心情，自有一种无与伦比的愉悦。老话说桃栗三年柿八年。我觉得这句话中包含着育者不焦不躁的心绪和自信。

2005 年第 19 期

难民火车

琼瑶

我不知道有没有人记得抗战时期的“难民火车”？我不知道坐过那火车的人能不能忘记那种经历？

我们离开那小乡镇后，翻过了一座荒山，就第一次看到了去桂林的难民火车！初听汽笛的狂鸣，初次看到那么多的人，车厢里，车厢顶上，车厢下面……人叠着人，人挤着人……我们兴奋得大叫。有火车，我们不必再走路了！有火车，我们就安全了！有火车，可以把我们带往四川！于是，我们爬上了车顶，挤进了人潮里。

在我记忆中，那难民火车有“上、中、下”三等位子。“上”位是高踞车厢顶上，坐在那儿，无论刮风、下雨、大太阳，你都沐浴在“新鲜”的“空气”中。白天被太阳晒得发昏，夜晚被露水和夜风冻得冰冷。至于下雨的日子，就更不用去叙述了。“中”位是车厢里面，想象中，这儿有车厢的保护，没有风吹日晒雨淋的苦恼，一定比较舒服。可是，车厢里的人是道道地地的挤沙丁鱼，男男女女，老老少少，混杂在一个车厢中，站在那儿也可以睡着，反正四面的人墙支持着你倒不下去。于是，孩子们的大小便常就地解决，车厢里的汗味、尿味、各种腐败食物的臭味都可以使人生病。何况，那车厢里还有一部分呻吟不止的伤兵和病患。“下”位是最不可思议的，如今回忆起来，我仍然心有馀悸。在车厢底下，车轮与车轮的上面，有两条长长的铁条，难民们在铁条上架上了木板，平躺在木板上面，鼻子顶着的就是车厢的底，身侧轰隆轰隆旋转的就是车轮。稍一不慎，滚到铁轨上，就会被碾为肉泥。这，就是难民火车。我和父母还算幸运，我们在“上”位上找到了一块位置。我想，三种位子里还是上位最好。但是，当时选择车顶的人比选择车厢的人仍然少得多。因为车顶上极不安全，一根凸出的树枝可以把你扫下车子，电线可以挂住你，打个瞌睡，也可能滑下车子。所以，每个动作都要小心翼翼，坐好了就不能移动。我们有了“上位”，本以为是一段“徒步跋涉”的终止，谁知道，搭上了车，我们才发现高兴得太早。姑且不论坐在那种车顶上有多少限制和恐惧，那车子是烧煤的，阵阵煤烟，随风而至，车子开了没多久，我们也都成了黑人，而且被煤烟呛得咳个不停。再加上，时时刻刻，可以听到一阵惨呼或哭叫，使我们明白又发生了一件“意料之内”的“意外”。在一场大的战乱里，生命是那么渺小而不值钱。

过了没多久，我们又有个新发现，这难民火车并不是挨站停车，而是“随时”停车，高兴走的时候走，高兴停的时候停，停多久也不一定。因为燃料的不继，常常一停就停上好几小时，又因为火力的不足，常常会把整节车厢抛下来不顾了。我们就这样坐在车顶上，走一阵，停一阵，再走一阵，再停一阵……白天，黑夜，黎明，黄昏……一日又一日。

我们坐在那儿想弟弟，想未来，想那早就该到达而始终未曾到达的桂林城。母亲常常啜泣，我用手紧紧地环抱住母亲，父亲再用手紧紧地环抱住我们。父母和我都知道，我们再也不能分散。因而，在那几日搭难民火车的时间里，我们要下车就三个人一起下，要上车也三个人一起上，生怕车子忽然开走，又把我们给分散了。

这难民火车越走越慢，越停越久。我们相信，如果是步行的话，我们早已到了桂林。这火车的速度比步行还慢。可是，母亲的脚伤未愈，我的脚上更是伤痕累累，坐车总比走路好，所以我们也就一直搭着那列火车。

这样，我们居然又遭遇了奇迹！

这天早晨，车子又停了。和往常一样，停下来似乎就没有再走的意思。停了一个多小时以后，我坚持下车走一走，因为我又两腿发麻了。父母带着我下了车，怕那火车说走就走，我们沿着车厢，在铁轨边走来走去，活动着筋骨。就在此时，忽然有个声音在大叫着：“陈先生！陈先生！陈先生！”

我们循声看去，在一个车厢顶上，有位军人正对着父亲又挥手又挥帽子，大呼大叫。我们跑过去，那是个负了轻伤的伤兵！看来似曾相识，那军人上气不接下气地、急促地嚷着："陈先生！我是曾连长的部下！你快去找我们的连长，你家的两个娃仔，被我们连长找到了！"

不相信我们的耳朵，不相信我们的听觉。父母一时之间，竟呆若木鸡。然后，是一阵发疯般的狂喜及雀跃，父母忘形地大跳大叫，夹杂着父亲紧张、兴奋，语无伦次的询问声：

"真的，你亲眼看到吗？他们好吗？但是……但是……你的连长在什么地方？""连长在桂林！他今天才去的桂林！你们去桂林找他！孩子们找到了！找到了！他们好好的！我亲眼看到的！"那军人和我们一样兴奋，"快去桂林！快去！"

桂林！啊！桂林！父母相对注视了一秒钟，看了看那毫无动静的难民火车。同一时间，他们做了一个决定，举起手来，他们对那军人感激涕零地嚷着：

"谢谢！谢谢！谢谢！"

然后，父母一边一个，拉着我的手，我们放开脚步，就沿着铁路，向桂林城的方向狂奔而去。

2005年第20期

母羊的眼泪

阿拉旦·淖尔

母羊第一次产羔子的时候，就像偷偷地爱了一次又不小心怀孕的少女一样害羞。她还不知道肚子里这个自己孕育的生命其实更可以说是上苍的赐予，却想着尽快摆脱这个意外到来的生命的纠缠。

要知道，在我们尧熬尔人古老的经卷里，这都是不能饶恕的罪过啊！

但这些罪过，年轻的母羊和同样年轻的少女一样，她们是不知道的，需要有人去开导。

那一年，不满两岁的童巴子银耳在一个寒冷的冬夜意外地分娩了。银耳是我们羊群中最漂亮的一只小母羊，尤其是那 对耳朵，又白又亮，发着银子一样的光芒。因为这样，我们叫它银耳当然是没有错的。

银耳的分娩是顺利的，阿妈这样说。我们得到银耳顺产的消息，都为银耳有孩子快乐着，我们都期望它的孩子快点长大，也长得和银耳一样美丽。

可银耳却做出了所有牧人都不愿看到的事，它不但不照料自己的孩子，当孩子挣扎着找它吃奶的时候，它还会毫不迟疑地一头将刚刚出生的孩子顶翻在地，然后自己如释重负地摆头走开。

这可激怒了阿爸，阿爸怒不可遏地要拿鞭子抽，我们都围上去挡住了。我们姐妹几个谁也不愿意看到我们心爱的银耳挨打。

阿爸一生气，扔下鞭子走了，边走边说，自己身上掉下的肉自己不管，那就叫饿死算了。

这时候阿妈抓住了银耳，搂住银耳的脖子蹲下身来，让它和自己的孩子站在一起。然后，我们就听到了阿妈悠长的歌声。

嘿……呀……噫……
帐篷被雨水淋湿了，
这不是白云的罪过。
雨水哺育肥沃的草原啊，
草原养育了万物。
生命的露珠流进你的身体呀，
这不是你的罪过。
生命走出了你的身体，
它是天爷爷所赐的神物。
伟大的山神给了牧人和牛羊慈爱啊，

我的银耳，我的银耳，
你怎能抛弃你生命里的花朵？
罪过呀，罪过。

银耳在阿妈的歌声中渐渐安静下来了，它开始低下头来闻自己的孩子，它还伸出粉红色的舌头慢慢舔着孩子身上的体液。阿妈的歌声越到后来调子越忧伤，听得我心里都酸酸的。我从羊圈的一个角落里走到了银耳身边，我看见银耳那双美丽的大眼睛里，从深深的眼底溢出一层淡淡的水波，它一动不动地垂着头，注视着自己还湿漉漉的孩子，似乎渐渐感到这就是刚刚从自己身体里爬出来的另一个生命。不一会儿，我就看见银耳眼眶里滚出了几颗硕大的眼泪。阿妈又唱了一遍的时候，她搂着银耳脖子的手已经松开了，可银耳的眼泪还在连续不断地流着，它的脸颊上已经有两道清晰的泪痕。阿妈用手抚摸着银耳的头，银耳的伤心是能够看得出来的。它用鼻子发出一种类似忏悔的声音，并叉开后腿，让孩子顺利地找到了它那少女一样精美的乳房。小羊羔开始吮咂的时候，我看见银耳脸上盛开了世界上最甜美的笑容。

后来等我长大了，成了一个真正意义上的女人的时候，在无数个孤独的白天和夜晚，我都被多年以前那个早晨银耳流出的眼泪温暖着、感动着。它让我一次又一次在睡梦中回到我童年的故乡——八个家草原。

我们牧人认为：世上所有生命的心灵都是相通的，没有什么化不开、融不掉的积怨，没有解不开的疙瘩，没有接不住的绳索。

2005年第21期

我改变的事物

刘亮程

我年轻力盛的那些年，常常扛一把铁锨，像个无事的人，在村外的野地上闲转。我不喜欢在路上溜达，那个时候每条路都有一个明确去处，而我是个毫无目的的人，不希望路把我带到我不情愿的地方。我喜欢一个人在荒野上转悠，看哪不顺眼了，就挖两锨。那片荒野不是谁的，许多草还没有名字，胡乱地长着，我也胡乱地生活着，找不到值得一干的大事。在我年轻力盛的时候，那些很重很累人的活都躲得远远的，不跟我交手，等我老了没力气时又一件接一件来到生活中，欺负一个老掉的人。这也许就是命运。

有时，我会花一晌午工夫，把一个跟我毫无关系的土包铲平，或在一片平地上无辜地挖一个大坑。我只是不想让一把好锨在我肩上白白生锈。一个在岁月中虚度的人，再搭上一把锨、一幢好房子，甚至几头壮牲口，让它们陪你虚晃荡一世，那才叫不道德呢。当然，在我使唤坏好几把铁锨后，也会想到村里老掉的一些人，没见他们干出啥大事便把自己使唤成这副样子，腰也弯了，骨头也散架了。

几年后当我再经过这片荒地，就会发现我劳动过的地上有了些变化，以往长在土包上的杂草现在下来了，和平地上的草挤在一起，再显不出谁高谁低；而我挖的那个大坑里，深陷着一窝子墨绿。这时我内心的活动别人是无法体会的——我改变了一小片野草的布局和长势。就因为那么几锨，这片荒野的一个部位发生变化了，每个夏天都落到土包上的雨，从此再找不到这个土包；每个冬天也会有一些雪花迟落地一会儿——我挖的这个坑增大了天空和大地间的距离。对于跑过这片荒野的一头驴来说，这点变化也许算不了什么，它在荒野上随便撒泡尿也会冲出一个不小的坑来。而对于生存在这里的一只小虫，这点变化可谓地覆天翻，有些小虫一辈子都走不了几米，在它的领地随便挖走一锨土，它都会永远迷失。

有时我也会钻进谁家的玉米地，蹲上半天再出来。到了秋天就会有一两株玉米，鹤立鸡群般耸在一片平庸的玉米地中。这是我的业绩，我为这户人家增收了几斤玉米。哪天我去这家借东西，碰巧赶上午饭，我会毫不客气地接过女主人端来的一碗粥和一块玉米饼子。

我是个闲不住的人，却永远不会为某一件事去忙碌。村里人说我是个“闲锤子”，他们靠一年年的丰收改建了家园，添置了农具和衣服。我还是老样子，他们不知道我改变了什么。

一次我经过沙沟梁，见一棵斜长的胡杨树，有碗口那么粗吧，我想它已经歪着身子活了五六年了。树总是一个姿势做到底，原地踏步一辈子，往前走半步都是要命的事。我找了根草绳，拴在邻近的一棵树上，费了很大劲把这棵树拉直，干完这件事我就走了。两年后我回来的时候，一眼就看见那棵歪斜的胡杨已经长直了，既挺拔又壮实。拉直它的那棵树却变歪了。我改变了两棵树的长势，而现在，谁也改变不了它们了。

我把一棵树上的麻雀赶到另一棵树上，把一条渠里的水引进另一条渠。我相信我的每个行为都不同寻常地充满意义。我是这样一个平常的人，住在这样一个小村庄里，注定要这样闲逛一辈子。我得给自己找点闲事，找个理由活下去。

我在一头牛屁股上拍了一锨，牛猛蹿几步，落在最后的这头牛一下子到了牛群最前面，碰巧有个买牛的人，这头牛便被选中了。对牛来说，这一锨就是命运。我赶开一头正在交配的黑公羊，让一头急得乱跳的白公羊爬上去，这对我只是个小动作，举手之劳。羊的未来却截然不同了，本该下黑羊羔的这只母羊，因此只能下只白羊羔了。黑公羊肯定会恨我的，我不在乎。羊迟早是人的腹中物，恨我的那只羊的肉和感激我的那只羊的肉，嚼到嘴里会一样香。在羊的骨髓里你吃不出那种叫爱和恨的东西，只有营养和油脂。

当我五十岁的时候，我会很自豪地目睹因为我而成了现在这个样子的大小事物，在长达一生的时间里，我有意无意地改变它们，让本来黑的变成白，本来向东的去了西边……而这一切，只有我一个人清楚。

我扔在路旁的那根木头，没有谁知道它挡住了什么。它不规则地横在那里，是一种障碍，一段时光中的堤坝，又像是一截指针，一种命运的暗示。每天都会有一些村民坐在木头上，闲扯一个下午。也有几头牲口拴在木头上，一个晚上去不了别处。因为这根木头，人们坐到了一起，扯着闲话商量着明天、明年的事。因此，第二天就有人扛一架农具上南梁坡了，有人骑一匹快马上胡家海子了……而在这个下午之前，人们都没想好该去干什么。没这根木头生活可能会是另一个样子。坐在一间房子里的板凳上和坐在路边的一根木头上商量出的事，肯定是完全不同的两种结果。

多少年后当眼前的一切成为结局，时间改变了我，改变了村里的一切。整个老掉的一代人，坐在黄昏里感叹岁月流逝、沧桑巨变。没人知道有些东西是被我改变的。在时间经过这个小村庄的时候，我帮了时间的忙，让该变的一切都有了变迁。我老的时候，我会说：我是在时光中老的。

2005 年第 24 期

怒　放

韩松落

她老了，在京剧团里净演些没名字的角色。其实就是从前年轻的时候，她也没有多少出头露脸的机会，资质平常，扮相也不十分好。她自己也很清楚。即便是偶然有那么两次，选演员的人把目光从人群中扫过去，快要到她了，她还是赶紧把头低下了，万一演砸了，她担不起这个责任。二十年就这么过来了。

大概也是太知道水深水浅，把演戏看得太严谨了些，又把自己放得太谦卑，所以自己先就怯了。在电影电视里看到那种场面，主角突然病了或者出事了，不相干的人倒大义凛然地站了出来，说自己能行，把戏演得比名角还出彩的时候，她往往就笑出来了，嘀咕着："哪儿有那么容易？！"特别是看一出老的台湾电影《刀马旦》的时候（那里面为避难混进戏班子的革命党、歌女，为遮人耳目，练习了三天半，居然也上场演戏了，还得了个满堂彩），她先是不解，然后惊讶："看这胡编乱造的！哪儿有那么容易？！”然后就向儿子女儿一一说明当年她们在戏校练功是多么持久而艰苦。儿女早听厌了这一套，只是应着，耳朵的接收系统早关闭了。

剧团有个剧场，常常安排剧团的员工值班，春节时候，给她也排了两天。后来她就常常主动要求值班，而且越是逢年过节，没人愿意值班的时候，她越是愿意。同事们暗暗纳闷，却也只当是她在家里待着无聊。

后来有人终于按捺不住，趁着她值班，到剧场去看了，她的秘密就再没保住。

她大约是设法配了一把服装间的钥匙，身上穿戴得整整齐齐，坐在化妆镜前面说话：“……杜师傅，您看这腮是不是太红了些？是不是？是吧，这一出杜丽娘的脸上恐怕得素淡些吧……水仙今儿病了，团长叫我替她上这一出。哎，团长说时，我倒先笑了，都这么大年纪了，恐怕扮不好呢。”

随后，她自顾自上了台，灯光照着她，她脸上有着平日不常见的光彩：“梦回莺啭，乱煞年光遍，人立小庭深院。炷尽沉烟，抛残绣线……”“原来姹紫嫣红开遍，似这般都付与断井颓垣……”“遍青山啼红了杜鹃……春香啊，牡丹虽好，他春归怎占得先？”这是她一个人的舞台，她拼尽全力按照她的意愿，在她设想的春天里沉思、徘徊、凝望、苦痛、燃烧。一夜一夜，对着空空的剧场，她独自完成一场演出的所有过程：预备的时候如蓓蕾欲绽；

灯光下如鲜花怒放；谢幕时，犹如繁花坠地。

他们全被震慑住了，在侧幕里，没人出声，隐约间，听得到外面庆祝元旦放焰火的声音。一股一股的瑰丽焰火，冲向深沉的夜空，犹如人生。

2006 年第 2 期

穿

张爱玲

张恨水的理想可以代表一般人的理想。他喜欢一个女人清清爽爽穿件蓝布罩衫，于罩衫下微微露出红绸旗袍，天真老实之中带点诱惑性。我没有资格进他的小说，也没有这志愿。

因为我母亲爱做衣服，我父亲曾经嘀咕过："一个人又不是衣裳架子！"我最初的回忆之一是我母亲立在镜子跟前，在绿短袄上别上翡翠胸针，我在旁边仰脸看着，羡慕万分，自己简直等不及长大。我说过："八岁我要梳爱司头，十岁我要穿高跟鞋，十六岁我可以吃粽子汤圆，吃一切难以消化的东西。"越是性急，越觉得日子太长。童年的一天一天，温暖而迟慢，正像老棉鞋里面，粉红绒里子上晒着的阳光。

有时候又嫌日子过得太快了，突然长高了一大截子，新做的外国衣服，葱绿织锦的，一次也没有上身，已经不能穿了。以后一想到那件衣服便伤心，认为是终生的遗憾。

有一个时期在继母治下生活着，拣她穿剩的衣服穿，永不能忘记一件暗红的薄棉袍，碎牛肉的颜色，穿不完地穿着，就像浑身都生了冻疮；冬天已经过去了，还留着冻疮的疤——是那样的憎恶与羞耻。一大半是因为自惭形秽，中学生活是不愉快的，也很少交朋友。

中学毕业后跟着母亲过。我母亲提出了很公允的办法：如果要早早嫁人的话，那就不必读书了，用学费来装扮自己；要继续读书，就没有馀钱兼顾到衣装上。我到香港去读大学，后来得了两个奖学金，为我母亲省下了一点钱，觉得我可以放肆一下了，就随心所欲做了些衣服，至今也还沉溺其中。

色泽的调和，中国人新从西洋学到了“对照”与“和谐”两条规矩——用粗浅的看法，对照便是红与绿，和谐便是绿与绿。殊不知两种不同的绿，其冲突倾轧是非常显著的；两种绿越是只推扳一点点，看了越使人不安。红绿对照，有一种可喜的刺激性。可是太直率的对照，大红大绿，就像圣诞树似的，缺少回味。中国人从前也注重明朗的对照。有两句儿歌：“红配绿，看不足；红配紫，一泡屎。”《金瓶梅》里，家人媳妇宁蕙莲穿着大红袄，借了条紫裙子穿着；西门庆看着不顺眼，开箱子找了一匹蓝绸与她做裙子。

对于不会说话的人，衣服是一种言语，随身带着的一种袖珍戏剧。这样的生活在自制的戏剧气氛里，岂不是成了“套中人”了吗？（契诃夫的“套中人”，永远穿着雨衣，打着伞，严严地遮住他自己，连他的表也有表袋，什么都有个套子。）

有天晚上，在月亮底下，我和一个同学在宿舍的走廊上散步。我十二岁，她比我大几岁，她说：“我是同你很好的，可是不知道你怎样。”因为有月亮，因为我生来是一个写小说的人，我郑重地低低说道：“我是……除了我的母亲，就只有你了。”她当时很感动，连我也被自己感动了。

还有一件事也使我不安，那更早了，我五岁，我母亲那时候不在中国。我父亲的姨太太是一个年纪比他大的妓女，名唤老八，苍白的瓜子脸，垂着长长的前刘海儿，她替我做了顶时髦的雪青丝绒的短袄长裙，向我说：“看我待你多好！你母亲给你们做衣服，总是拿旧的东拼西改，哪儿舍得用整幅的丝绒？你喜欢我还是喜欢你母亲？”我说：“喜欢你。”因为这次并没有说谎，想起来更觉耿耿于心了。

2006年第7期

让我们倾心于你的纯净

华姿

星期天的下午，因为读了一本郁闷的书，吃过晚饭，我就想散散心，于是就跟女儿一起去跳橡皮筋。天还没黑，西北的天边就有了一颗星。女儿身穿白衣红裤，在黄昏的天光里看上去非常鲜亮。

很久以来，我就喜欢看美丽的小女孩在阳光里唱着童谣跳橡皮筋的样子。那娇小灵巧的身姿，在跳跃的时候，完全就是纯美的盛开，就像风中的莲花在金黄色的阳光里一点一点地展开花瓣一样。

如果在月色皎洁的夜里跳，那就是另外一种美了。走开了朦胧地看，就像是谷雨前后长了新鲜叶子的小树，因为欢喜在夜风里起舞了。要走远一点看呢，就有点飘忽了，像是一群翅膀发光的小鸟或蝴蝶，甚至是流萤，或者就是一些轻盈优美的光——这些玲珑剔透的小东西，都是出自造物主的悉心创造，用来洁净我们，也供我们怜爱。

刚开始我本来是心不在焉地玩着，但过了一会儿就发生了一些细微的改变，像有一滴清澈甘甜的水突然滴进了心里——我被那些童谣抓住了。

女儿的声音很清脆，在傍晚宁静的晴空下更清脆，有点像晨光里的第一声鸟鸣，不是一般的鸟叫，是那种嘴含露珠发出的啼鸣，但更像是上等瓷器被水晶敲击时发出的声音。

> 点滴油菜花，油菜姐姐会绣花，她绣的花像喇叭，滴滴答答回娘家。
>
> 点滴油菜花，油菜姐姐会绣花，她绣的花像喇叭，滴滴答答回娘家。

这是些什么样的句子啊！如此纯净透明。它有一种力量，我想那是眼泪的力量，一种飞翔着的眼泪，使人慰藉，又使人感伤。

什么样的风吹拂着，使时光撒下了落叶——什么样的挚爱、美、安慰和怜悯，催生了这样的句子呢？又是谁将几个世纪的思念怀想浓缩成这样一首晶莹的童谣的呢？

恍惚中，我觉得自己就是那个油菜姐姐，年轻，纯洁，伤感，被思念抓住。是的，我就是那个油菜姐姐，每天，我坐在时光的河流边，除了绣花，我什么也不做。我绣花——我要回老家。

老家的日子总是风平浪静，从从容容的。田里的庄稼，河坡上的树，沟边的野花，都是从从容容地长，从从容容地开的。草丛里觅食的小动物，田里劳作的牲口，也是从从容容，安安静静的。甚至太阳，当它晒到田野上时，也是这个样子的。人在它们中间，一年一年地度着日月，也就无法不是这个样子了。

因此，在城市生活越来越丰富越来越急不可待的时候，我反而希望自己能够回到老家的状态里去，同时回到童谣的状态里去。单纯一点，再单纯一点。清澈一点，再清澈一点。慢一点，再慢一点。甚至傻一点，再傻一点。沉淀再沉淀，直到纯净而透明，晶莹而清澈，就像我女儿此时唱读的童谣一样，或者像电影里的慢镜头，因为速度的改变，一切都变得飘逸空灵起来。

小鸟一只脚。

这是另一支童谣。就只有这一句。重复，再重复。为什么小鸟只有一只脚？我问女儿。但女儿说，一只就是一只，哪有那么多为什么？

她说得没错。太多的为什么使简单的事情变得复杂，使本来轻松的事情变得沉重。只要美就行了，管它为什么美呢？对于被生活压得喘不过气来的成年人来说，这些单纯的童谣简直就是疲惫的心安然休憩的地方——就是一处青山绿水的自然，就是我们的必需。这就像我们须臾离不开的树木一样。一棵树一辈子站在那里，朴实无华，实际上意味深长。我们需要它，就像我们需要纯净一样。它是人类生存环境必不可少的一部分。而纯净，是人类的精神生存必不可少的。

“纯净，我们要纯净，仅此而已。”虽然我忘了这句话的出处，但我忘不了这句话。因为这也正是我想要的。

日落的时候，草丛里隐藏的虫子开始鸣叫，玉兰树宽大的叶子在幽蓝的天空下发出清雅的光泽，麻雀匆匆地飞过，天渐渐黑下来了。

我跟女儿说，我来唱几首童谣给你听吧，跟你唱的不同。

> 虫虫飞，虫虫走，虫虫不咬娃娃的手，娃娃躲在灶门口。

这是我很小的时候妈妈捉着我的手唱的。那时候，我就坐在妈妈的腿上，灶里的火烧得很旺，屋外下着雪，把地都下白了，鸡子缩着脖子躲在屋檐下。天气很冷，但我不冷。

> 张打铁，李打铁，打把剪子送姐姐。姐姐留我半个月，我要回去烧茶叶。

茶也香，酒也香，十个鸡蛋摆过江。

这首是我大一些后，姐姐牵着我的手唱的。在夏天的午后，下着细雨，姐姐牵着我的手在禾场上边走边唱。篱笆边的金盏草在雨里也开花了，姐姐摘了一朵放进我的手里。我们还唱："摆摆手，家家走，吃鸡蛋，喝糖酒。"其实，那时候我们并没有鸡蛋吃，也没糖酒喝，我们天天喝稀粥。但唱着这些童谣，我们真的很欢喜，好像土地、天空、水、草木、太阳、月亮，以及风和新鲜空气，全都是为了我们才出现在世界上的。

天管地管，小孩坐在河上，小妹妹不该来跟我跪下来。

天管地管，小孩坐在河上，小妹妹不该来跟我站起来。

这是我再长大一些后，跟小伙伴们一起玩的时候唱的。月亮很亮的夜里，我们在禾场上玩这个游戏，我们想玩到多晚就玩到多晚。大人们早睡了，但给我们留着门。有时候，我们玩得忘了形，把树上睡觉的喜鹊都吵醒了。它胡乱地拍着翅膀，还以为天亮了呢。

还有好多呢，像"牵羊羊，卖枣枣"，"点金脚，点银脚”，“杨树青，柳树青”，像“天上一窝云”等等。我很惊讶，我居然全都记得。像自来水，龙头一开，水就流出来了。虽然这个龙头有许多年没开过了，但水并没有流失。我是用土话唱的，女儿笑得都快晕过去了。我想，过不了多久，她也会用我的土话唱我的童谣的。

这是我小时候唱过的童谣，也是我妈妈小时候唱过的童谣，或许我妈妈的妈妈小时候也唱过吧。

每一首都有与之相配的游戏，还有与之相配的生活场景。我们就那样甩手走在空旷的田野上，边玩边唱，欢喜得像一棵油菜花，聒噪得像一群麻雀。蓝天是我们喜欢的那种蔚蓝，河水是我们喜爱的那种清澈。太阳照耀着庄稼，也照耀着稗草。从远处吹来的风吹拂着我们的脸，也吹拂着他们和它们。太阳落下的时候，我们迎着火焰般的落霞，唱着“告莲蓬，开荷花”去割猪草。荷花还没开呢，但黄熟的麦子已经把初夏的空气熏香了。

在我们不得不过的生活里，童谣使童年的贫穷和寂寞变成了一种礼物，一种水晶似的芳香的礼物。它照亮了许多穷孩子质朴清澈的心灵，使他们在一生里都本能地追寻纯净，就像水边的杨柳总是朝着有水的一边伸展它的根一样。一条蚯蚓，虽然一辈子不得不在土里生活，但也会做光明的梦，也会喜欢光明。我相信这是来自造物主的特别眷顾和垂怜。如果没有这份爱，一个看不到出路的穷孩子将如何长大成人呢？创造了万物的神，也创造了爱，他的名字是值得我们赞美的。

但我知道，现在我是再也回不到那样明亮的状态里去了。虽然我还能流利地背诵这些似乎早已忘记的童谣。这么一想，眼泪就哗地流下来了。

女儿看到我这样，就呵呵地笑着说："妈妈，你太可爱了吧。"女儿在说这句话的时候，脸若朝霞。在渐渐暗下来的天光里，我看到在过往岁月的那一片田野上，那一个唱着童谣的女孩子，也曾经有着朝霞般灿烂而清澈的脸。但时间改变了一切。

"妈妈，你真是太可爱了吧。"女儿又说了一遍。在她长成一个中学生之后，她更是经常说这句话。尤其在我突然冒出一句家乡土话的时候，她便说着，一边笑，一边指着我，弯下腰去。

尼采说："我们将再度澄清。"这句话此刻在我身上似乎得到应验。我们的内心也许是一个埋藏一切污物的深渊，但也一定是一个过滤一切垃圾的巨大工厂。我们在这种生活里再度澄清自己，重获纯净与清澈。有时凭借上帝的指引，有时凭借爱，而有时只是凭借一个小孩子用清亮无比的声音唱出的一首简单的童谣。虽然这种重获也许只能保持一个片刻，甚至一个瞬间，但这也是我们焦躁的心灵所需要的。

天完全黑下来后，女儿牵起我的手——不是我牵着她的，有时大人们只有在小孩的带领下，才能步入他们所仰望的那个境界。就如耶稣所说的，如果你不变成小孩子，就不能进入神的天国。女儿牵起我的手一蹦一跳地往家里走，西北天边的那颗星突然明亮起来，使我产生一种在黑暗中突然被照亮的惊讶与喜悦。我迎着那颗星朝家里走，心里一澄澈，整个下午的郁闷到此便烟消云散了。

2006 年第 7 期

四瓣的花朵

〔智利〕米斯特拉尔

我的灵魂是一棵果实累累的大树。那时候，人们看了红艳艳的果实就有丰饶的感觉；听到千百只鸟在我的树叶下歌唱就心醉神迷。后来它成了一株灌木，枝条稀疏弯曲，但仍能分泌出芬芳的汁液。

如今只有一朵小花，一朵四瓣的小花。一片花瓣叫美，另一片叫爱，它们相距不远；第三片叫痛苦，最后一片叫慈悲，它们先后舒展，再没有别的花瓣。

每片花瓣底端都有一滴血，因为对我来说，美是痛苦，我的爱全是折磨，我的慈悲来自创伤。

早在大树时，你就知道我，可是你这么晚，到黄昏才来找我，也许没有认出我就打我身边走过。我在泥土里悄悄地瞅着你，从你的脸色就能看出一朵泪珠般简单的小花不会使你满足。如果我从你的眼神里看到了希望，我就不阻拦你，让你朝如今是大树的别人走去。

因为今天我只能同意那样一个人和我在尘土里待在一

起，他应该谦卑，满足于微弱的光辉，别无他想，把面颊永远贴在我的泥土上，嘴唇碰着我，把整个世界忘却。

2006年第8期

秋天的况味

林语堂

秋天的黄昏，一人独坐沙发上抽烟，看烟头白灰之下露出红光，微微透露出暖气，心头的情绪便跟着那蓝烟缭绕而上，一样的轻松，一样的自由。一转眼，缭烟变成缕缕细丝，慢慢不见了，而霎时，心上的情绪也跟着消沉于大千世界，所以也不讲那时的情绪，只讲那时的情绪的况味。待要再划一根洋火，再点起那已点过三四次的雪茄，却因白灰已积得太多而点不着，乃轻轻地一弹，烟灰静悄悄地落在铜炉上，其静寂如同我此时用毛笔写在纸上一样，一点的声息也没有。于是再点起来，一口一口地吞云吐雾，香气扑鼻，宛如偎红倚翠温香在抱的情调。于是想到烟，想到这烟一股温煦的热气，想到室中缭绕黯淡的烟霞，想到秋天的意味。这时才忆起，向来诗文上秋的含义，并不是这样的，使人联想到的是萧飒、是凄凉、是秋扇、是红叶、是荒林、是萋草。然而秋确有另一意味，没有春天的阳气勃勃，没有夏天的炎烈迫人，也不像冬天之全入于枯槁凋零。我所爱的是秋林古气磅礴气象。有人以老气横秋骂人，可见是不懂得秋林古色之滋味。

在四时中，我于秋是有偏爱的，所以不妨说说。秋代表成熟，对于春天之明媚妖艳，夏日之茂密浓深，都是过来人，不足为奇了，所以其色淡，叶多黄，有古色苍茏之概，不单以葱翠争荣了。这是我所谓秋天的意味。大概我所爱的不是晚秋，是初秋，那时暄气初消，月正圆，蟹正肥，桂花皎洁，也未陷入凛冽萧瑟气态，这是最值得赏乐的。那时的温和，如我烟上的红灰，只是一股熏热的温香罢。或如文人笔下惊人的格调，而渐趋纯熟练达，宏毅坚实，其文读来有深长意味。这就是庄子所谓“正得秋而万宝成”结实的意义。在人生中最享乐的就是这一类的事。比如酒以醇以老为佳，烟也有和烈之辨。雪茄之佳者，远胜于香烟，因其意味较和。倘是烧的得法，慢慢地吸完一支，看那红光炙发，有无穷的意味。鸦片吾不知，然看见人在烟灯上烧，听那微微毕剥的声音，也觉得有一种诗意。大概凡是古老、纯熟、熏黄、熟练的事物，都使我得到同样的愉快。如一只熏黑的陶锅在烘炉上用慢火炖猪肉时所发出的锅中徐吟的声调，使我感到同看人烧大烟一样有兴味。或如一本用过二十年而尚未破烂的字典，或是一张用了半世的书桌，或如看见街上一块熏黑了老气横秋的招牌，或是看见书法大家苍劲雄浑的笔迹，都令人有相同的快乐。人生在世如岁月之有四时，必须要经过这纯熟时期，如女人发育健全遭遇安顺的，亦必有一时徐娘半老的风韵，为二八佳人所绝不可及者。使我最佩服的是邓肯的佳句：“世人只会吟咏春天与恋爱，真无道理。须知秋天的景色，更华丽、更恢宏，而秋天的快乐有万倍的雄壮、惊奇、瑰丽。我真可怜那些妇女识见褊狭，使她们错过爱之秋天的宏大的赠赐。”若邓肯者，可谓识趣之人。

2006 年第 11 期

英格堡小镇上的猫

陈蔚文

那只猫，那么曼妙，那么憨肥，意态从容，我想它是只“女”猫。在瑞士铁力士山的英格堡小镇上，小镇笼着薄薄的寒雾，木屋、草地、鲜花……各种雅致的庭院摆设，女主人从二楼窗口探身打理那些姹紫嫣红的花儿，冲我微笑——她的人也像其中盛放的一朵。

有户院子，木门扉装饰得像童话中才有的。我正举着相机左拍右拍，就见那只白猫悠闲地从马路对门的院子踱了出来。

隔壁出来一家子，夫妻和两个漂亮孩子，他们正要去车库。身材高大的男主人微笑着先向猫走去，兴许，他想向它问声早安？我的第一反应是那只猫当然要跳闪开，像我通常见到的那样，那些猫们，无论是小街巷院的杂种平民猫，还是朋友家中据说是贵族种的蓝眼睛波斯猫，它们无一例外见到人都如人见到鬼，弓背，一蹿老远，像缕风似的倏忽不见了。它们总是习惯在暗处打量世界，在树丛中，灶台下，或床底，在它们自以为安全的一切幽暗旮旯，目光警惕，随时准备像道闪电一样去逃避它们感知的危险。

然而，这只白猫，它从容地立在那儿，接受男人亲热的抚摸。是因为男人和它很熟吗？阳光下，它闲适地穿过马路向这边走来。我走近，做好它逃窜的准备，小心翼翼地伸手，手触到它丰满的背脊、柔顺的皮毛，我抚摸它，它看来似乎很放松，享受，毫无抗拒之意。

一会儿，它又向几步外我的同伴走去，在她脚边趴伏下来，把她吓了一跳，不敢相信自己会对一只猫产生如此的亲和力！她记忆中的猫，同样是紧张恐慌。

背脊紧绷，如随时离弦的箭。它们总是为恐怖片中一桩诡异事件的即将发生作铺垫：静寂瘆人的黑暗（伴着坏水龙头的滴水声），一只猫的身影猝然闪过，它们碰翻花瓶或瓷器，而后骇人的事件悄然登场。

这只铁力士山脚小镇上的猫，它看上去和夜晚毫无瓜葛，它那么兴之所至，毫无设防，像邀宠的婴孩要占尽人们的抚爱。它对世界的认识仿佛只有爱、善良，它理所当然地以为全世界都该是爱它的！爱它的憨肥，爱它的白色皮毛。

它的主人、邻居，那些路经的游客，它应当从未从他们那受到过粗暴、凌辱，甚至扬言要剥它的皮，吃它的肉的恐吓——且还不仅止于恐吓！我外婆曾养的一只肥肥的猫真被人捉去烹了，我一位朋友家养的猫也曾遭遇过如此下场，有阵子，她闻见所有厨房窗口飘出的肉味都觉得可疑，都觉得和那只叫“阿福”的可怜的猫有关。更不幸的是，不久后她去广东出差，一位热情的男客户竟执意要请她吃名菜“龙虎斗”（猫蛇烩）！

从德国前往阿姆斯特丹的途中加油站，我正赏景吃东西，一群叽喳麻雀飞来——在欧洲，鸽子不避人原不稀奇，可它们是麻雀啊！和猫一样，也是极警惕、机敏，随时提防着人的小东西。但加油站的这些麻雀，它们居然冲人飞了过来！当有人一伸手，它们便飞啄面包屑，在人的手掌上欢快跳跃。有面包屑落在地上，它们便在人的脚前偏歪着小脑袋啄食，你差不多怀疑它们是叫“麻雀”的东西！不然它们怎敢靠人这么近？难道它不怕人的脑海里立时升起“油炸麻雀”或“清蒸雀肉”？说起来，一只麻雀的肉那真叫“何足挂齿”，但再少也是肉吧，且滋味和营养价值在民间的口碑不坏：据说壮阳益精，暖腰膝。有回逛郊区公园，见远处的一群麻雀，同行者纷纷议起雀肉的种种好，包括提了各式烹饪法子。

一只怀疑主义者的麻雀，要多久才能抹去被弹珠击中，被网罩住的家族阴影，积淀出在人掌心雀跃的放松与信任？

英格堡小镇上的猫，以及加油站的麻雀，它们有着与我所熟悉的猫与麻雀全然不同的经验。“人”在它们的字典里和“天敌”无关，以弱小动物的一分纯洁与依赖，它们相信，藏在人兜里的绝不会是乌黑的气枪口，而是友爱的面包屑。

2006 年第 11 期

乡梦不曾休

黄永玉

我为曾在那里念过书的凤凰县文昌阁小学写过一首歌词，用外国古老的民歌曲子配在一起，于是孩子们就唱起来了。昨天听侄儿说，我家坡下的一个八九岁的女孩抱着弟弟唱催眠曲的时候，也哼着这支歌呢！

歌词有两句是：

无论走到哪里，都把你想望。

这当然是我几十年来在外面生活对于故乡的心情。也希望孩子们长大到外头工作的时候，不要忘记养育过我们的深情的土地。

我有时不免奇怪，一个人怎么会把故乡忘记呢？凭什么把她忘了呢？不怀念那些河流，那些山冈上的森林，那些长满羊齿植物遮盖着的井水，那些透过嫩绿树叶的雾中的阳光，你小时的游伴，唱过的歌，嫁到乡下的妹妹？未免太狠心了。

故乡是祖国在观念和情感上最具体的表现。你是放飞在天上的风筝，线的另一端就是牵系着心灵的故乡的一切影子。唯愿是因为风而不是你自己把这根线割断了啊!

家乡的长辈和老师们大多不在了，小学的同学也已剩不下几个，我生活在陌生的河流里，河流的语言和温度却都是熟悉的。

我走在五十年前（半个世纪，天哪！）上学的路上，石板铺就的路。我沿途嗅闻着曾经怀念过的气息，听一些温暖的声音。我来到文昌阁小学，我走进二年级的课堂，坐在自己的座位上：

“黄永玉，六乘六等于几？”

我慢慢站了起来。课堂里空无一人。

2006年第11期

毛毛虫的故事

〔美国〕丹尼斯·魏特利　　陈佳伶 编译

毛毛虫斯特里普觉得它的日常生活无趣也无意义，它决定去找寻生命的秘密。它遇到其他的毛毛虫，它们好像也没比它懂多少。不久，它参加了一个团队，其中每一只毛毛虫似乎都在往同一个地方爬。

很快地，它们遇到一大团纠结扭动在一起的毛毛虫——就是一个毛虫柱子，看起来好像一直延伸到云端里。这些毛毛虫每一只都好像在拼命往上爬，踩着其他的毛虫争着爬到顶端。斯特里普看了觉得很兴奋，也许柱子的顶端就是它要找的答案所在。

"最上面是什么？"斯特里普问另一条正在努力攀爬的毛毛虫，它也不知道，不过"一定是什么很棒的东西，要不然不会每只毛毛虫都拼命想冲上去"。

斯特里普迟疑了一下，看着更多的毛毛虫经过它身旁，消失在虫柱里。最后它决定去做一件事：它冲进那一堆毛毛虫里，奋力开出一条通往顶端的路，一路上被别人踩也踩在别人的头上。

有一天，斯特里普遇见一条叫作黄色的毛毛虫，它们一拍即合，迷上了把别人踩下去的做法，不管是不是毛虫，只要挡住路的它们一律“踢”除无误。它们谈起了恋爱，决定走出这场毛毛虫竞赛，不知怎么的，它们回到虫柱的底部，离开那里一起快乐地生活——不过只有一阵子。

不久，斯特里普又开始觉得无聊，它想再试试那根柱子。黄色毛虫试图劝它放弃，但是没有用。于是它们分开了，斯特里普回到了那个扭曲蠕动的大柱子，它想试试自己的运气，看能不能爬到顶端。

黄色毛虫爬到别处去，它发现了如何成为一只蝴蝶的秘密。在它开始编织自己的茧的同时，斯特里普正努力爬上那根柱子。它采用冷酷无情的原则，不断踩在别人头上前进。当它看似已经接近那个蠕动的大柱子的顶端时，却发现自己没有办法到达顶端，除非它把前面看似无数的虫子都挤掉，才能够到最上面去。它开始听到很多虫子因跌落而发出的尖叫声，因为很多虫子都被排在后面的虫子挤掉了。当它差几步就到顶端的时候，它听到有个声音悄悄地说：“那个上面根本什么都没有！”

斯特里普停止攀爬，看看周围，它已经接近柱子的顶端了，当它抬眼从这一个虫柱望过去时，它简直不敢相信：在它身旁，在它视力所及的范围之内，居然有成千上万的其他巨大的毛虫柱，就跟它攀爬的这根一模一样，每一根都布满了无数向上蠕动前进的毛毛虫！

斯特里普现在不知道该做什么了，它只能继续向上爬，然后它听到了一阵骚动的声音。它抬头一看，头顶上有一只美丽的黄色蝴蝶正毫不费力地扇动它美丽的翅膀，翩翩飞过虫柱的上方。这只蝴蝶飞近斯特里普的身旁，眼睛直直地看着它。奇怪，这双眼睛好熟悉啊。斯特里普不清楚，但是心里突然想起了什么。会是黄色毛虫吗？莫非它已经找到真正活着的方法了吗？

斯特里普转回头，开始向下爬。当它挣扎着向下爬时，一路上它不断告诉遇见的每一条毛毛虫，不用再爬了，其实柱的顶端什么都没有。不过它们都爬得太专心，根本听不见。而且它们觉得，那不过是酸葡萄心理：它们以为它只是到不了顶端，心态不平衡，便来劝说别人放弃攀爬。然后有一只毛毛虫开始讥笑斯特里普，说它竟然笨得以为自己可以不当一条毛毛虫。它生来就是一条虫，那么就应该满足过这样的生活。

斯特里普动摇了。毕竟，它也没有办法证明自己可以变成一只蝴蝶。不过它还是决定退出这场毛虫竞赛。

斯特里普最后终于到达了柱子的底端。它爬去找黄色毛虫，学习如何编织自己的梦，然后变成一只美丽的蝴蝶。

这个故事的寓意很清楚，到达“顶端”并不是成功唯一的摇篮，成功的本质也并非如此。其实在顶端什么也没有，你还必须小心提防觊觎你位置的人，一刻也不得放松。如果你稍微放下防卫术，那么那些在你之后的毛虫就会把你往下推，让你直接坠落到失败的石地上。

这个简单的故事和我每一周到全国各地旅行中接触和认识的人们所谈的亲身经历不谋而合，他们都是力争第一的人。对他们而言，不惜任何代价的成功是唯一要紧的事。但是在这样尔虞我诈、非争第一不可，而且丝毫没有松懈的生活里，我们正在失去一些非常珍贵的东西。那个“东西”就是正直、诚实、敏锐和同志情谊。

2006 年第 15 期

一间房子的消失过程

李汉荣

蛛网在墙角保持着去年或前年的经纬，编织者——那些沉默的智者已归于永久的沉默，遗体已趋于透明，有的已渐渐风化，变成网中的尘丝。而蛛网仍耐心地张着，捕捉来访的虫蛾。最安静的墙角是无声的战场和墓地。

天花板上悬着一只或多只苍蝇。高度拯救了它们。高度使它们饥饿也使它们免遭伤害。趁光线暗淡的时候，偶尔俯冲下来，寻找午餐或晚餐。它们以明察秋毫的复眼俯瞰下界。在这个房间里，它们是唯一的居高临下者和俯瞰者。谁也不知道它们观察的心得，除非你也能在高处倒悬，而且还要有复眼。

墙上的钉子，　颗，二颗，三颗，第四颗仍是钉子，第五颗仍是钉子。挂衣服的？挂帽子的？挂雨伞的？挂报纸的？衣服远行，帽子远去，雨伞在雨里，报纸已死在去年或很久以前的新闻里。钉子们坚守着铁的承诺，与墙壁达成更深的默契。在风化和锈蚀之前，钉子，这些铁的手指，始终不收回最初的手势。

一双破烂老迈的皮鞋委屈地躲在门后。鞋面已生出灰蓝的苔藓（霉斑？），它张着大口像急于说些什么，却始终发不出声音。它踩踏过怎样的泥泞，它曾在怎样险陡、晦暗、狭窄、弯曲的路途上行走？借着门缝透进的光线，鞋里竟生出几茎草芽，谁都忘了这双鞋子，而鞋子还保存着对大地和岁月的思念。

房子正中斜放着一张松木桌子。桌腿已开始朽腐，其中一只腿已弯曲，险些跪下——尊严的木头做出如此委屈的姿势，令人为植物悲哀。桌子不由自主呈倾斜状，让人活生生看见时间崩溃的惨状。抽屉里，一只装着成沓的病历和处方，另一只装着一本潮湿、发霉的书，文字已模糊不清，残缺的文字叙述着不完整的情节。一枚书签倒是保存完好，仍谦卑地藏在某一页里，向不读书的时间提示着曾经动人的段落。

这时候才发现那把守门的锁子。铁的牙齿一口咬定了过去，像咬住了秘密。唯一忠于这个房间的就是它了。而它已然生锈，拒绝一切钥匙。但是，木门已经朽坏，一阵风就能推门而入。我就是那一阵风，我进来，又出去，我看见在门的一开一合中，这间房子正在返回泥土。

2006年第17期

傅　雷

杨绛

说起傅雷，总不免说到他的严肃。其实他并不是一味板着脸的人。我闭上眼，最先浮现在眼前的，却是个含笑的傅雷。他两手捧着个烟斗，待要放到嘴里去抽，又拿出来，眼里是笑，嘴边是笑，满脸是笑。在他家客厅里坐在他对面的时候，他听着锺书说话，经常是这副笑容。傅雷只是不轻易笑，可是他笑的时候，好像在品尝自己的笑，觉得津津有味。

也许锺书是唯一敢当众和他打趣的人。他家另一位常客是陈西禾同志。一次锺书为某一件事打趣傅雷，西禾急得满脸尴尬，直向锺书递眼色。事后他犹有馀悸，怪锺书“胡闹”。可是傅雷并没有发火，他有些不好意思地随着人家笑了，傅雷还是有幽默感的。

傅雷的严肃却是严肃到十分，表现出一个地道的傅雷。他自己可以笑，他的笑脸只许朋友看。在他的孩子面前，他是个不折不扣的严父。阿聪、阿敏那时候还是一对小顽童，只想赖在客厅里听大人说话。大人说的话，也许孩子不宜听，因为他们的理解不同，傅雷严格禁止他们旁听。有一次，客厅里谈得热闹，阵阵笑声，傅雷自己也正笑得高兴。忽然他灵机一动，蹑足走到通往楼梯的门旁，把门一开，只见门后哥哥弟弟背着脸并坐在门槛后面的台阶上，正缩着脖子笑呢。傅雷一声呵斥，两个孩子在一阵凌乱的脚步声里逃跑上楼。梅馥也赶了上去。在傅雷前，她是抢先去责骂儿子；在儿子前，她却挡了爸爸的盛怒，自己温言告诫。等他们俩回来，客厅里渐渐回覆了当初的气氛。但过了一会儿，在笑声中，傅雷又突然过去开那扇门，阿聪、阿敏依然鬼头鬼脑并坐在原处偷听。这回傅雷可冒火了，梅馥也起不了中和作用。只听得傅雷厉声呵斥，夹杂着梅馥的调解和责怪。一个孩子想是哭了，另一个还想为自己辩白。我们谁也不敢劝一声，只装做不闻不知，坐着扯淡。傅雷回客厅来，脸都气青了。梅馥抱歉地为客人换上热茶，大家又坐了一会儿，辞出，不免叹口气："唉，傅雷就是这样！"

阿聪有一年回国探亲，鍾书正在国外访问。阿聪对我说："啊呀！我们真爱听钱伯伯说话呀！"后来他到我家来，不复是顽童偷听，而是做座上客"听钱伯伯说话"，高兴得哈哈大笑。可是他立即记起他严厉的爸爸，凄然回忆往事，慨叹说："唉！那时候我们就爱听钱伯伯说话。"他当然知道爸爸打他狠，是因为爱他深。他告诉我："爸爸打得我真痛啊！”梅馥曾为此落泪，说阿聪的脾气和他爸爸有相似之处。她也告诉我傅雷的妈妈怎样批评傅雷：性情急躁是不由自主的、感情冲动下的所作所为，沉静下来会自己责怪，又增添自己的苦痛。梅馥不怨傅雷的脾气，只为此怜他而为他担忧；更因为阿聪和爸爸脾气有点儿相似，她既不愿看到儿子拂逆爸爸，也为儿子的前途担忧。“文化大革命”开始时，阿聪好不容易从海外给家里挂通了长途电话，阿聪只叫得一声“姆妈”，妈妈只叫得一声“阿聪”，彼此失声痛哭，到哽咽着勉强能说话的时候，电话早断了。这是母子最后一次通话——话，尽在不言中，因为梅馥深知傅雷的性格，已经看到他们夫妇难逃的命运。

有人说傅雷“孤傲如云间鹤”，傅雷却不止一次在锺书和我面前自比为“墙洞里的小老鼠”——是否因为莫罗阿曾把伏尔泰比做“一头躲在窟中的野兔”呢？傅雷的自比，乍听未免滑稽。梅馥称傅雷为“老傅”。我回家常和锺书研究：那是“老傅”还是“老虎”，因为据他们的乡音，“傅”和“虎”没有分别，而我觉得傅雷在家里有点儿像老虎似的。他却自比为“小老鼠”！但傅雷这话不是矫情，也不是谦虚。我想他只是道出了自己的真实心情。他对所有的朋友都一片至诚，但在众多的朋友里，难免夹杂些不够朋友的人。误会、偏见、忌刻、骄矜，会造成人事上无数矛盾和倾轧。傅雷曾告诉我们，某某“朋友”昨天还在他家吃饭，今天却在报纸上骂他。这种事不止一遭。傅雷讲起的时候，虽然眼睛里带些气愤，嘴角上挂着讥诮，总不免感叹人心叵测、世情险恶，觉得自己老实得可怜，孤弱得无以自卫。他满头棱角，动不动就会触犯人；又加脾气急躁，止不住要冲撞人。他知道自己不善在仕途上圆转周旋。他可以安身的“洞穴”，只是自己的书斋。他也像老鼠那样，只在洞口窥望外面的大世界。他并不像天上的鹤，翘首云外，不屑顾视地下的泥淖。傅雷对国计民生念念不忘，可是他也许遵循《刚第特》的教训吧，只潜身书斋，做他的翻译工作。

傅雷爱吃硬饭。他的性格也像硬米粒儿那样僵硬、干爽；软和懦不是他的美德，他全让给梅馥了。朋友们爱说傅雷固执，而我则看到了他的固而不执，有时候竟是很随和的。他有事和锺书商量，尽管讨论得很热烈，他并不固执。他和周煦良同志合办《新语》，尽管这种事锺书毫无经验，他也不摈弃外行的意见。他的有些朋友（包括我们俩）批评他不让阿聪进学校会使孩子脱离群众，不善适应社会。傅雷从谏如流，就把阿聪送入中学读书。锺书建议他临什么字帖，他就临什么字帖；锺书忽然发兴用草书抄笔记，他也高兴地学起十七帖来，并用草书抄稿子。

解放后，我们夫妇到清华大学任教。傅雷到北京来探望了陈叔通、马叙伦二老，就和梅馥同到我们家来盘桓三四天。当时我们另一位朋友吴晗同志想留傅雷在清华教授法语，要我们夫妇做说客。但傅雷不愿教法语，只愿教美术史。从前在上海的时候，我们曾经陪傅雷招待过一个法国朋友，锺书注意到傅雷名片背面的一行法文 Critique d’Art（美术批评家）。他对美术批评始终很有兴趣。可是清华当时不开这门课，而傅雷对教学并不热心。尽管他们夫妇对清华园颇为留恋，我们也私心窃愿他们能留下，傅雷仍决计回上海，干他的翻译工作。

我只看到傅雷和锺书闹过一次别扭。一九五四年在北京召开翻译工作会议，傅雷未能到会，只提交了一份书面意见，讨论翻译问题。讨论翻译，必须举出实例，才能说明问题。傅雷信手拈来，举出许多谬误的例句。他大概忘了例句都有主人。他显然没料到这份意见书会大量印发给翻译者参考。他拈出例句，就好比挑出人家的错来示众了。这就触怒了许多人，都大骂傅雷狂傲。有一位老翻译家竟气得大哭。平心说，把西方文字译成中文，至少也是一项极繁琐的工作。译者尽管认真仔细，也不免挂一漏万。译文里的谬误，好比猫狗身上的跳蚤，很难捉拿净尽。假如傅雷打头先挑自己的错作引子，或者挑自己几个错作陪，人家也许会心悦诚服；假如傅雷事先和朋友商谈一下，准会想得周到些。当时他和我们相隔两地，读到锺书责备他的信，他气呼呼地对我们沉默了一段时间，但不久就又恢复书信来往。

傅雷的认真，也和他的严肃一样，常表现出一个十足地道的傅雷。有一次他称赞我的翻译。我不过偶尔翻译了一篇极短的散文，译得也并不好，所以我只当傅雷是照例敷衍，也照例谦逊一句。傅雷佛然忍耐了一分钟，然后沉着脸发作道：“杨绛，你知道吗，我的称赞是不容易的。”我当时颇像顽童听到校长错误的称赞，既不敢笑，也不敢指出他的错误。可是我实在很感激他对一个刚试笔翻译的人如此认真看待。而且只有自己虚怀若谷，才会过高地估计别人。

2006 年第 22 期

光　阴

陆蠡

我曾经想过，如若人们开始爱惜光阴，那么他的生命的积储是有一部分耗蚀的了。年轻人往往不知珍惜光阴。犹如拥资巨万的富家子，他可以任意挥霍他的钱财，等到黄金垂尽便吝啬起来，而懊悔从前的浪费了。

我平素不大喜爱表和钟这一类东西。它金属的利齿窸窸窣窣地将光阴啮食，而金属的手表滴滴答答地将时间一分一秒地数给我。当我还有丰裕的生命留在后面，在时光的账页上我还有可观的储存，我会像一个守财奴，斤斤计较寸金和寸阴的市价吗？偶然我抬头看到壁上的日历，那些红字和黑字相间的纸页把光阴划分成今天和明天。谁说动物中人是最聪明的？他们把连续的时间分成均匀的章节，费许多精力去较量它们的短长。最初他们用粗拙的工具在树皮上刻画记号代表昼夜，现在的人们则将日子印在没有重量的纸条上，每逢揭下一张来，便不禁想：啊！又过了一天！

怎么我会起了这些古怪的念头呢？是最近的一个秋日的傍晚，我在近郊散步，我迎着苍黄的落日走过去，又背着它的光辉走回来，踩着自己的影子。“我是牵着我的思想在散步。”我对自己说，“我是蹑踪着我的影子，看我赶不赶得过它？”我一面走一面自语。“我在看我自己影子的生长，看它愈长愈快，愈快愈长。”我独语。总之，我是在散步罢了。我携着我的思想一同散步。它羞怯得畏见阳光，老躲在我的影子里，使得我和它谈话，不得不偏过头去，伛偻着身子，正如一个高大的男子低头和身边的女子说话，是那么轻声地，絮絮地。

我们走着走着，不知从哪里来的一片树叶，飘坠在我们的脚前。那样轻，怕跌碎的样子。要不是四周那么静寂，我准不会注意。但我注意到了，我捡了起来想分辨出它是什么树叶，梧桐的，枫槭的，还是樗栎的？但我恍若看到这不是一片树叶，分明是一张日历，一张被不可见的手扯下来的日历。这上面写着的是一个无形的字：秋。

“秋。”我微叹一声。

“秋，秋。”我的思想躲在我的影子里回答我。

我感到有点迟暮了。好像这个字代表一段逝去的光阴。

“逝去的光阴”，我的思想如刁钻的精灵，摸着了我的心思。

“光……阴”，这两个平声的没有起伏的字眼，在我的耳边震响。

光阴要逝去吗？却借落叶通知我。我岂不曾拥有过大量的光阴，这年轻人唯一的财产，一如富贾之子拥有巨资。我曾是光阴的富有者。同时我也想起了两个惜阴的人。

正是这样秋暖的日子，在很早很早以前，家门前的禾场上排列着一行行的晒簟，在阳光下曝晒着田里新收割来的谷粒。芙蓉花盛开着。我坐在它的荫下，坐在一只竹箩里面。我的身子还装不满一竹箩——我玩着谷堆里捉来的蚱蜢、螳螂和甲虫，我玩着玩着，无意识地玩去我的光阴。祖父是爱惜光阴的。他匆匆出去，匆匆回来，又匆匆出去，不肯有一刻休息。但是他珍惜也没有用，他仅有不多的光阴。等到他在一个悄然的夜晚，撇下我们而去时，我还不懂他为什么要离开我们，原来他把光阴用尽了。

还是在不多年以前，父亲写信给我说："你现在长大了，应该知道光阴的可贵。听说你在学校里很爱玩，功课也不用功……"父亲也珍惜起光阴来了。大概他开始忧光阴之穷匮，遂于无意之中把忧心吐露给我。在当时我是不能领会的。我仍是嫌光阴过得太慢。"今天是星期一呢！"便要发愁。"什么时候是圣诞节呢？"虽则我并不喜欢这异邦的节日。"怎么还不放假呢？"我在打算怎样过那些佳美的日子。光阴是推移得太慢了，像跛脚的鸭子。于是我用欢笑去噪逐它，把它赶得快些。正如执箠的孩子驱着鸭群，唿哨起快活的声音促紧不善于行的水禽的脚步，我曾用欢笑驱赶我的光阴。

“你曾用欢笑驱赶你的光阴。”我的思想像“回声”的化身，复述我的话。

但是很久不那么做了。竟有一次我坐在房里整半天不出去。我伏在案前，注视着阳光从桌面的一端移到另一端。我用一把尺，一只表，来计算阳光的足在我的桌面移动的速度，我观察计算了好久。蓦然有一种感触浮起在我的脑际，我为什么干这玩意儿呢？我看见了多少次阳光从我的桌面爬过，我有多少次看见阳光从我的窗口探入，又悄悄地退出。我惯用双手交握成各种样式，遮断它的光线，把影子投在粉壁上，做出种种动物的形状，如一头羊，一只螃蟹，一只兔；或喝一口水，朝阳光喷去，令微细的水滴把光线散成彩虹的颜色。何时我的心情变得沉重，像吝啬的老人计数他的金钱，我也在计算光阴的速度呢？我曾讥笑惜阴人之不智，终也让别人来讥笑自身吗？

“你也在计算光阴的速度了。”我的思想幸灾乐祸似的，揶揄我。

真的，我在计算光阴的速度了。我想到光阴速度的相对性，得到这样的结论：感觉上的光阴的速度是年龄的函数。我试在一张白纸上列出如下的方程式：“光阴的速度等于年龄的正切的微分。”当年龄从零岁开始，进入无知的童年，感觉上的光阴速度是极缓慢的。等到年龄的角度随岁月转过了半个象限（我暂将不满百的人生比作一个象限，半个象限是四十五岁了），正切线的变化便非常迅速。光阴流逝的感觉便有似白驹，似飞矢，瞬息千里了。我想了又想，渐渐陷入了一个不能自拔的思索的陷阱里。我自己在人生的象限上转过了几度呢？犹如作茧自缚，我自己衍出方程式而又把自己嵌在这式子里面，我悲哀了。

“你自己衍出方程式而又把自己嵌在里面。”思想已无尖酸的口吻。

但是我无法改正这方程式，这差不多是正确的。在我的知识范围内不能发现它的错误。啊，悲哀的来源，我想把这公式从我的脑中擦去，已是不可能。正如我刚才捡起来的树叶，无法把它装回原来的枝上。我重新谛视这片叶，上面仍依稀显现着无形的字：秋。

另一天，从另一枝柯上，会有不可见的手扯下另一片树叶——是一张日历——那上面写的应该是另一个字：冬！

“冬。”我的思想似乎失去了回答的气力。

“秋……冬。”又是两个没有起伏的平声的字眼，像一滴凉水滴进我的心胸，使我有点寒意。我不能再散步了，我携着我的思想走回家，正如那西洋妇人携着她的狗，徐徐归去。此后我就想起：如若人们开始爱惜光阴，那么他的生命的积储是有一部分耗蚀的了。

2006年第23期

站在生者与死者之间

〔美国〕托马斯·林奇　　张宗子 译

我的童年平淡无奇。母亲视我们如珍宝，父亲却总是忧心忡忡。在他看来，危险无处不在，灾难随时可能发生。它们就像念着我们名字的幽灵，徘徊在周围，等待在父母疏忽的一瞬间把我们席卷而去。甚至在最单纯无害的事情中，父亲也能看到危险。橄榄球赛使他想到撞裂的脾脏；每家后院的游泳池，使他想到淹死人；擦伤使他想到破伤风；蹦床使他想到胫骨折断；而每一个小疹子或虫子的叮咬，都使他想到致命的水痘或高烧。

因为父亲是一名殡仪员。

作为殡仪员，他习惯了意外和看似不可能的伤害。他学会了担惊受怕。

母亲把大事托付给上帝。她最喜欢对我们说，“原先计划”只生一个孩子，结果生了九个，多出来的都是上帝的礼物——当然也没什么好奇怪的，原因她自己明白——因此还得靠上帝来保佑。我敢肯定，她坚信，上帝的守护天使就翱翔在我们身边，保护我们免受伤害。

可是父亲却从那些婴儿、幼童和少男少女的遗体上，看到了上帝依照自然法则存在并依从自然法则的明证，不管这法则是何等残酷。孩子们因为重力，因为物理学和生物学的原理，因为自然的选择而夭亡。车祸、麻疹、插在烤面包机里的刀、家用毒剂、装弹的枪、绑架犯、连环杀手、阑尾炎、蜂蜇、卡喉的硬糖、未得到治疗的哮喘病，凡此种种，他目睹了太多的事例，全是上帝无意干预自然秩序的例证。除了飓风、陨石和其他自然灾害，最残酷的一项，就是儿童遭受的那些异乎寻常的劫难。

正因为这样，每当我和兄弟姐妹们请求去某个地方玩这玩那时，父亲总是脱口而出："不行！"他刚刚埋葬的一个孩子，正是因此才惨遭不幸的。

那些男孩子有的死于打棒球没戴头盔，有的死于钓鱼没穿救生衣，或是吃了陌生人给的糖果。随着我们兄弟姐妹一天天长大，导致那些孩子死伤的行为也越来越成人化。他们不再死于意外或自然的灾变，不知不觉间，他们越来越多地死于人际关系。儿童被雷击的故事逐渐让位于失恋自杀，让位于少年人因开飞车、酗酒和吸毒而丧生，以及数不清的只是因为不小心而导致的死亡。一句话，他们不该在"错误的时间置身于错误的地点"。

然而他的恐惧不是装出来的，亦非毫无道理。就算是郊区那些备受宠爱、备受呵护的孩子，也不能担保不出事。社区里少不了疯狗、能传染疟疾的蚊子和冒充邮差与教师的歹徒。日常经验告诉他，最糟糕的事随时可能发生。在父亲看来，就连蝴蝶也难逃嫌疑。

所以，当母亲做完祈祷，像个上帝的孩子一样安然入睡时，父亲却一直警觉着、提防着，电话和收音机都放在伸手可及的地方，准备随时接听殡仪馆半夜打来的电话和监听打给警察局和消防队的求救电话。在我童年的记忆里，没有一天早晨他不是守候在床前等我们醒来，没有一个夜晚不是等到我们回家才回房就寝。这一习惯一直保持到我十九岁。

每天早晨，他都能从收音机里听到昨夜发生的不幸事件的消息；每天晚上，他都要带回葬礼上的悲伤故事。我们的早餐和晚餐，话题中总少不了新寡的未亡人，伤心的、承受不了痛苦而垮掉的、丧失了亲人的可怜人，包括因痛失孩子而终生痛苦的父母们。每当此时，母亲眨眨眼，针对他的担心说出一番道理，最终我们仍能获准去打棒球、露营，独自去钓鱼、开车、约会、滑雪、开支票账户以及冒其他人生成长中不可避免的风险。母亲的信心就这样抹平了由父亲的恐惧屹立在我们面前的高山。

母亲的口头禅是：“听天由命，顺其自然吧。”

母亲这样的态度，绝非漠不关心。生死事大，她一概托付给上天，从而得以把精力用在日常生活中，保证我们健康成长。她关心的是“性格”“正直”“我们对社会的责献”和“我们灵魂的救赎”。她相信，上帝把她孩子的灵魂交由她亲自负责，她的天堂靠的是我们的良好品行。

对于父亲来说，我们做什么，我们成为什么人，取决于人生的脆弱本性。我们生来似乎就是可怜的、忧心忡忡的。除此之外，皆属非分。

我们按照父母养育我们的方式来做父母。我开始体会到这一点，是在一九七四年。那年二月我有了第一个孩子；六月，我们买下米尔福德的殡仪馆。在这个生死都受人注意的小镇上，我是个刚当上爸爸的人，又是一个新殡仪员。我注意到的事情之一，是我们受托料理的死婴和死胎的数量。二十年前，附近没有医院，镇子周围没有一家诊所，产前护理根本谈不上。那些日子，我们每年除了安排上百场成年人的葬礼，还要安葬十多个夭折的婴儿，有的是生下来就死了，有的没活多久就因为种种疾病而送命。

我常和这些不幸的父母坐在一起，他们精神恍惚，试图弄明白眼前发生的变故。一向担当保护角色的父亲，感到茫然无助；母亲们内心深处则浸透了痛苦，随时会崩溃。他们脸上的表情像是说，什么都没有意义了，什么都没有了。

当我们安葬老人时，我们埋葬的是已知的过去。我们曾把它想象得比实际更好，但所有的过去都是一样的，其中的一部分我们曾栖身其中。记忆是压倒一切的主题，是最终的慰藉。

但埋葬孩子就是埋葬未来，难以控制的、不为人知的未来，充满希望和可能性，以及被我们的梦想所拔高的美好前程。悲伤无边无际，无始无终。坐落在墓园一角和栅栏边的那些小小的坟茔，永远容纳不下心头的伤痛。死去的婴儿没有给我们留下回忆，他们留下的是梦想。

我忘不了初为人父和殡仪员的最初几年，生育孩子和掩埋孩子对我来说都是新鲜事。半夜里我常会醒来，悄悄跨进儿女们睡觉的房间，俯身床前，听他们均匀的呼吸。这就够了。我并不奢望他们成为宇航员、总统、医生或律师，我只要他们好好活着。像父亲一样，我学会了恐惧。

我从孩子们的每一个动作中，都看到可能致命的后果。我们住在殡仪馆隔壁的一幢旧房子里，孩子们在侧院玩橄榄球，在停车场溜旱冰，然后是滑板、骑自行车，最后是开车。在四个孩子分别是十岁、九岁、六岁和四岁那年，他们的母亲和我离了婚。她搬走了，孩子留给我。面对四个伤心的孩子，我觉得自己完全失败了。长久以来，婚姻已成为痛苦，离婚虽然使我得到解脱，我也为之高兴，但我同时意识到，做一个单亲家长，意味着在诸般不便之外，全靠你的一双眼睛盯着孩子们，不再有第二双；你的一对耳朵得时时注意倾听；只有你一个人的身躯为他们挡开灾祸；只剩下你一颗心为他们操心。冲突少了，担心多了。房屋本身隐藏着危险：水池下放着消毒剂，每件电器都可导致触电，地下室缺氧，厨房垃圾能传染疾病。

每当孩子不仔细看两边的路就跨进车如流水的大街，我不免急火攻心。打耳光、破口大骂、摔门、踢狗、握紧拳头想揍人，老天，全是因为爱！爱给人伤害，因为有爱才会有哀痛。那是我们向生活中我们无力控制的一切宣战。这样做，适合装英雄，适合演戏，却不是抚养孩子的正道。

如我所知，信仰才是治疗恐惧的唯一良药。信仰就是你知道有人在此负责，检查身份证，守护边界。信仰正如我母亲所言：听天由命，顺其自然。好像是一步跨进不由我们支配的未知领域，但我们在那里始终是受欢迎的。

有这么一件事。不久前我刚送走一个女孩，她叫斯蒂芬妮，得名于石匠的保护神、第一个殉教者圣斯蒂芬。她是被扔下的一块墓地的石碑砸死的，当时她正睡在汽车的后座上。时当半夜，他们全家驾车沿着州际公路前往佐治亚州。他们是傍晚时分从密歇根州出发的，要到佐治亚州一个农场看圣母显灵。据说每月的十三号，圣母都会现身对信徒讲话。当他们在夜色中穿过肯塔基州中部时，一群无所事事的男孩子正在墓地里撬石碑玩。他们最后选中了一块，天晓得准备拿去干什么。走过高速公路上方的天桥时，他们累了，不想再要那块石头了。桥下，南行车流的灯光闪烁如一条长龙，他们没有恶意，纯粹是恶作剧，把那块石头越过栏杆扔了下去。不偏不倚，就在此刻，斯蒂芬妮父亲驾驶的车疾驰而来，被石头砸个正着。石头以每秒三十二英尺的速度向下坠落，汽车以七十英里的速度往南开。石头击碎挡风玻璃，擦过斯蒂芬妮父亲的肩膀，惊醒坐在旁边的母亲，从两个座位中间穿过，击中了正在后座熟睡的斯蒂芬妮的胸口。在后座的还有她的弟弟和另外两个妹妹，而斯蒂芬妮刚刚才和弟弟交换了位子。斯蒂芬妮当时未死，她的胸骨被击碎，心脏受了重伤。路过的一位卡车司机停下，通过无线电替他们求救。可是，这是在周五凌晨两点钟，在肯塔基州一条前不着村后不着店的高速公路上，救援需要时间。全家人在路边祈祷，斯蒂芬妮抽搐着、呻吟着，两小时后死在医院。斯蒂芬妮的母亲在后座找到那块致命的石头，交给当局。石上有“福斯特地界”的字样，后来查明，那是“复活节墓地”福斯特区的界石。

事情有时宛如多重选择题。

第一，这是上帝的旨意。黑色星期五，上帝一早醒来，说：“我要斯蒂芬妮！”对这件离奇的意外，除此还能有什么解释呢？仔细回想事情的经过，太像上帝的杰作。如果是另一种结果，我们只能称为奇迹。

第二，这不是上帝的旨意。上帝知道此事，或迟或早他一定会听说，但他没有干预，因为他知道，我们是何等依从于自然法则——关于重力和运动以及静止物体的定律——所以他无意改变那些偶然或刻意得到的结果，他沉痛地向我们通告不幸的发生。我们能理解他的立场。

第三，这是魔鬼干的。如果我们相信善的存在，邪恶亦然。有时候，邪恶会抢在前面下手。

第四，与上面所说的全不相干。倒霉事发生了，生活就是如此。忘掉它，继续活下去。

或许还有第五种答案：上面的理由都对。生命的神秘，就像数十年来的祈祷，那荣耀而又悲哀的大神秘。

每一个答案都无损于我继承来的信念：父亲的恐惧和母亲的信仰。如果它是上帝的旨意，我会说，主啊，你真丢脸。如果不是，主啊，你真丢脸。没什么两样。我会对着全能的主挥舞拳头，问他："那个十三号的凌晨，你究竟在哪里？"他自然有借口，每天都在变。

那没有浮出水面的答案，那信仰并不要求的答案，将属于斯蒂芬妮的父母，以及多年来我所熟知的成百上千人。

2007年第1期

隐地随笔

隐地

一

“什么是人生？”

“十元到一万元一餐的饭全部吃过，这就是人生！”

这是两个人的对话——关于人生的对话。

而我认为：对于人生的理解，每一个人都自以为是。其实人生一如大海，无所不包。你所说的人生，只是人生一景，一种现象，一个层面。真实的人生，错综复杂，无人能以一语涵盖。

人在十五六岁时，善恶分明，充满正义感，最喜欢把人生分成黑白两色，自然不能容忍父亲或母亲赌博、偷情等等行为，无论任何原因，对犯错的双亲，疾恶如仇。不过等到自己五十岁时，当年最痛恨的恶习，可能自己一一都犯了，这时候才开始了解父母当年的苦衷，可惜晚了，因为父母早已离开了人世。

不要把人生的一些错误夸张得那么大吧，我们还是找些最微不足道的来说，从中仍然可以发现“人生”是多么“不可捉摸”。

我在二十岁以前不敢喝咖啡，咖啡永远被我认为是“一杯苦水”，有人饭后总要来一杯，对于年轻的我来说，真是一件不可思议的事。

然而就在最近两年，喝咖啡已成了我生活的一部分，谁说人生的事，可以百分之百地肯定？

我曾经不喝酒、不抽烟。而喝酒的好处，现在已逐渐为我发现，因此，我再也不敢说，这一辈子，我将永不抽烟。在以往，我是一直如此相信着的。

我有一位姨妈，年轻的时候从来不坐公共汽车，只要出门，就跳上计程车。前年，姨丈生意失败，他们家从豪富变成赤贫，如今姨妈早已成为坐公共车的专家。哪一路到哪儿，接哪一路，又转哪一路，姨妈都一清二楚，要是她听到谁出门坐计程车，她会大不以为然。“真浪费啊！”她说，“钱是那么好赚的吗？”

人生，人生，我们还是少以我们自己的观点去批评别人的行为吧，你以为错的，常是别人认为对的，而你全力以赴争取的，可能正是别人要背弃和摆脱的。

二

时钟滴答，日历一天撕去一张。在茫茫的人海里，我们走着人生的旅程。有时勤奋，有时懒散；有时快乐，有时郁闷。喜剧、悲剧，就这样在人生的舞台上交替上演着。

假设一个人可以活八十岁，在四十岁以前，总是冲啊闯啊地奔驰前进。人生的森林里，多的是值得我们探索的宝藏，每一件事都使我们感到好奇，每一种经验，都使我们觉得新鲜。而我们自己正当精力充沛的年龄，即使遇到挫折，也不觉什么委屈，吃苦耐劳使我们更增信心。人生在四十岁以前，显然是一个广场，只要往前走，都是路，都是希望，都是美好的未来。

四十岁以后的人生则逐渐步入了窄巷，新朋友少了，旧朋友老了，原先觉得可爱的、光滑的、美丽的，都斑驳脱落，露出了破旧相。

年轻的时候，我们追求的是知识、理想和抱负。中年以后，生活的风霜使得人的想法和做法逐渐改变，在现实的冲击和熏陶下，理想与抱负遂如青春岁月般消逝，每个人耳闻目睹的结果，自以为变得聪明了，而拜金弄权的结果是思想僵化和目光如豆。人生丑陋的一面，在所谓成熟的世界里，冉冉上升……

三

一个穷人，永远无法和富人成为好朋友。穷人的痛苦、寂寞，富人永远无法理解；富人的心境、想法，穷人也永远猜不着、摸不透。

一个闲人，永远无法和忙人成为好朋友。闲人的悠闲、无聊，忙人即使能够联想和体会，但心有馀而力不足；忙人或许在心里说，我要找一个机会和他聊聊，问问他的近况，安慰他不太得意的心情，然而忙人永远只是在心里想想，没有实现的一天。忙人永远有更重要的事务等着他们去解决，忙人永远分身乏术，恨自己无法长出三头六臂，或者希望一天有七十二小时。

穷人的朋友是穷人，富人的朋友是富人，闲人的朋友是闲人，忙人的朋友是忙人。其中有一个富人穷了，穷人富了，或闲人成了忙人，忙人突然闲了，他们的想法和做法就会不同，他们因此会增加几个新朋友，但必然也会失去原来的老友。

有人说："君子之交淡如水。"那是一种自我安慰的话。友情是有亲疏的，贫富的距离大了，忙闲的程度差了，环境会使我们疏远，老友毕竟是那些经常在一起，却仍然彼此不相轻的人。

2007 年第 2 期

自由是枷锁中最粗的一条

吴淡如

忙碌的人，对忙碌的感觉总是爱恨交加。一边怨着自己太忙，但真要他们闲下来，他们又会找很多理由让自己不要闲下来，比如："没办法，我是劳碌命啦！""哎，习惯了！"……可一旦真的闲了下来，他们反倒浑身不自在，又开始问自己："现在该做什么才好？"

我曾有跟工作狂们一起出去度假的经历。我嘲笑别人是工作狂，实在是五十步笑百步，因为，我的生活中也常填塞着许多"不得不"的工作，而这些"不得不"的工作分明又都是我自己点头答应的。把自己累得半死时，我实在弄不明白自己当初为什么要答应这么多事。

很多工作狂们就连度假都像在工作，他们除了睡觉之外，每一分、每一秒，都在想着下一步的"计划"：想着哪里一定要去，要吃什么东西才地道，怎么玩才算充实——他们害怕会有空当出现，害怕会无所收获，害怕玩得太无聊。

他们一进旅馆就忙着把电视机打开，尽管并不想看，但害怕出现空洞的空间。玩到晚上，即使筋疲力尽，也要看看有没有酒吧可以走走逛逛，有没有过夜生活的地方。结果，越玩越累。

也有些人不是以行动来把度假排满的，他们用的是语言。度假期间他们会一直谈论着已经离开的那个地方，谈论着那里的人和事——也许是一个讨厌的老板或同事，一个仇人又或是一个忘恩负义的情人。自己好不容易才得到喘息的空间，却又任由那些人的“魅影”随着自己来度假休闲，让自己永远不得安宁。

其实，我们的生活多半是出于自身的安排，不然就是我们容许自己被一连串的行程安排，“不得不”都是我们自己告诉自己的。

我一直在思考一个问题：企图让自己保持忙碌的人，是不是因为害怕孤独，才让自己忙得没有任何空当？

可害怕孤独，就意味着害怕面对自己，害怕真正的自由。

我有这样的问题吗？是的！我有！

我不敢说我面对孤独时已能全然安心。我常常独自一人，但仍然忙碌。我不看电视，但我看书，不断看着书，写着东西。

有一天，我忽然想放自己一天假，不写稿、不看书，可巨大的孤独感竟然像海潮般向我袭来，我手足无措，觉得自己像一艘没有锚的孤舟。

我开始问自己，我一个人时选择读书、写作，是在享受自由呢，还是变相地借读书、写作来让自己忙碌呢？

这时的惶恐使我体会到，原来一直以来我是借着读书和写作让自己回避孤独，拒绝面对自己。不然我为什么会感到不安呢？！

“什么都不做”却又保持清醒和宁静，原来是最困难的。因为害怕自由，所以我们沉浸在自己并不喜欢的习惯里，被自己憎恶的关系肆意捆绑。

如果切断这些牵绊，我们该如何才能让自己镇定下来，去面对来势汹汹的自由？

纪伯伦说，自由是人类枷锁中最粗的一条。我不知道，他的体会是否正是我的感觉，我是否因害怕自由而自愿成为奴隶？

美国国家公园之父约翰·缪尔在他的夏日日记中描写寻找羊群的经验，写的不只是羊，还有害怕自由的人类：

> 我找到羊群时，发现它们因害怕而沉默地缩在一起。显然它们已在这儿待了一个晚上又一个上午，根本不敢出去觅食。它们虽然逃离了桎梏，但就像我们所知的一些人一样，反而对获得的自由感到恐惧，不知道该怎么办，而且似乎还很高兴能回到原来熟悉的牢笼中。

难道是因为害怕自由，才使我们日复一日地过着不想过的日子，又或是不太甘心却又有点情愿地把自己交给忙碌？

很多人过完一辈子，一生中真正自由的时间，却少得可怜。

我试着在行程表里清出一些空当，让自己有时间体会无所事事的乐趣——我也不想一直与自由为敌，抗拒它的亲善访问啊！

2007年第2期

那晚睡不着

吴祖光

时常和母亲要钱，又说不出个正经的用处，是一桩很不舒服的事情。因此在一个清早，所有的人在睡觉，只有我一个人很早起床时，看见桌上放着一叠铜子，便不免心喜，拿了一小部分放在口袋里上学去了。

当时曾经想到，这就是“偷东西”吗？略微有些不安，但想不到这些了，并且始终没有人发觉，于是这便成了我日常的习惯。

胃口越吃越大之时，终有一天落网了。有一回我一狠之下把桌上的一大叠铜子全部装进衣袋，偏偏母亲马上就来拿钱，马上注意到了我，结果从我的衣袋里破获了全部的赃物。

母亲半晌无语，看了我许久，说：“你拿这些钱做什么？”我低了头说：“我想买乒乓球，还有网子、拍子……”

母亲说：“这是偷钱，做贼，懂吗？”又过了一会儿说，“到学校里去，回来再跟你说。”

晚上我很早就睡了，主要的原因是怕父亲回来。其实我哪里睡得着呢。

我听见父亲回家后问：“他睡着了吗？”母亲说：“睡着了。”父亲说：“把这个放在这儿吧。”我面朝里装睡，感觉到母亲把一样东西轻轻摆在我枕头旁边。

第二天清早醒来时，我一把抱住了枕头边的盒子。打开盒子，看到里面是两个球拍，一面网子，半打乒乓球。

父亲、母亲、祖母以后都没有再提过这桩事，而我也没有再偷钱。

2007 年第 3 期

花季托斯卡尼

〔英国〕戴维·赫伯特·劳伦斯　黑马 译

托斯卡尼有好几种野生的藏红花：有尖长紫红的，有尖长奶黄色的，生长在无草的山坡上的松林间。但漂亮的花都生长在树林边的一块草坪上。在陡峭的、松林蔽日的山坡下隐藏着那块空荡荡的低矮草坪，整个冬天草丛中都渗着水，茂密的灌木丛中溪水在流淌。夜莺在此鸣啭，五月里唱得最欢，那里的千里香透着玫瑰色，夏天里招来满头满脑的蜜蜂。

淡紫色的藏红花在这里最为适应。紫色花儿从洼地中深深的草丛里探出头来，像是有无数朵花儿在安营扎寨。你可以在黄昏时分看到它们，那阴暗的草丛世界静得神秘，草丛中所有的花蕾都紧闭着，闪烁着微暗的光芒，像是打了千层褶的帐篷。草莽们就是这样，在西部的大山谷中安营扎寨，夜间合上他们的帐篷。

可到了早上，情形就不同了。强烈的阳光辉映着绿云样的松树，晴空一片，充满生机；流水湍急，依旧被碎烂的橄榄染成了棕色。那一片藏红花开得让人瞠目，你无法相信这些花朵如此娴静，它们开得如此欢畅，它们橘红色的花蕊如此蓬勃；数量之多，占地面积之广，如此妙不可言，这一切都显示着某种炫目的涌动的狂喜；绽放出的紫色和橘红，以某种隐蔽的旋律，奏出一首欢快的交响乐。你无法相信，它们纹丝不动，仍能发出某种清越的欢乐之音。如果你沉静地坐着凝视，你开始同它们一起活动起来，就像同星星一起运动一样，于是你能感觉到它们的灵魂。这些花儿的所有小小细胞一定在随着花的生命和呢喃跳动着。

棕色的小蜜蜂从一朵花儿飞到另一朵花儿上，它们俯冲、试探，然后飞走。大多数花儿都已经被它们劫掠过了，偶尔还有一只蜜蜂头朝下在花心里踢腾一会儿，还是能从中找到点儿什么。所有的蜜蜂都长着小小的花粉囊，那是蜜蜂的包袋儿，就长在它的臂肘窝里。

藏红花能美丽地开上一周多点儿，待它们开始偃旗息鼓，紫罗兰便茂盛了起来。这时已经是三月了。紫罗兰像黑色的小猎狗一样探头探脑好几周，然后蜂拥而出，在草丛中，在丛生的野百合中，直到空气中都弥漫起淡淡的紫罗兰香味来。而曾经为藏红花所占据的河岸现在则一片落英缤纷，开满了紫罗兰。这是早春的甜紫罗兰，开得野、开得恣肆，在阳光下满山满坡的紫气，流光溢彩。偶尔会有一朵晚开的藏红花依旧挺立摇曳其中。

此时已是三月，花儿开得正盛。在另一条转弯朝太阳的方向流去的溪流旁生满了荆棘丛和悬钩子丛。整个冬天藏红花都开得素雅得体，可这时却突然绽放出朵朵雪白的报春花来。荆棘丛中、水边上，一簇簇、一束束报春花怒放着。可是同英国的报春花比，这里的花儿显得素净、苍白、单薄些。它们缺少某种欧洲北方鲜花丰满的神韵，人们容易忽视它们，把目光转向河岸上耸起的神情严肃的紫罗兰，更引人注目的是一座座神奇的小塔般的葡萄风信子。

葡萄风信子初绽时呈现蓝色，开得茂盛，在没有返青的草地上显得很有韵味。上方的花蕾纯粹是蓝色的，包得很紧，浑圆的纯蓝色花蕾，完美的冷色的蓝，蓝，还是蓝。而下方的铃铛花儿则是深紫色的蓝，开口处有一抹白，像火焰。但是这些铃铛花儿没有一朵凋敝的，它们不肯离开那绿色，不肯离开那些稀稀拉拉的果实。这些果实以后会毁了葡萄风信子，叫它看上去赤裸裸的，显得过于实用了。所有的风信子结籽时都是这副样子。

但是，最初你只看到一团夜间呈蓝色的坚帝花冠，一直到黎明，美得出奇。如果我们是一些娇小的仙女，而且只活一个夏天，在我们眼中，这些长满花铃铛的树该是多么美丽。这些从夜晚到黎明都呈蓝色的花球，它们在我们头顶上长得茂盛、饱满，那些紫色的花球会催开那些蓝色的花，绽放出一道道雪白的涟漪，我们该看到有一个神在里面藏身。

2007 年第 4 期

父亲的手提箱

〔土耳其〕奥尔罕·帕慕克　　沈志兴 译

在父亲去世的前两年，他给了我一个小手提箱，里面装的是他的作品、手稿和笔记。他故作轻松地要我在他走后再看。这个“走”说的是他死了以后。他说：“翻翻就行了，看看有没有对你有用的东西，或许在我走后你可以挑选一些发表。”

说这话时是在我的书房里，父亲想找个地方放下箱子，就像一个想把自己身上的痛苦赶紧卸下去的人一样。最后，他悄悄地把它放在了一个不起眼的角落里。

父亲走后，我围着那个箱子转了几天，却碰都没有碰一下。这个小小的黑皮箱子我太熟悉了，就像是一个老朋友，承载着我的童年及过去的记忆。可现在我却不能碰它一下。为什么？当然是因为其中沉重的内涵。

上世纪四十年代，父亲曾想当一名伊斯兰诗人，他还把瓦雷里（法国诗人）的诗译成土耳其语。但他不想过那种在一个穷地方写几首没人看的诗的生活，于是放弃了他的作家梦。

可真正让我无法打开父亲箱子的第一个原因，就是我害怕发现父亲是个优秀作家。因为如果从父亲的箱子里拿出来的真是伟大的文学作品，我就必须面对父亲身体里完全不同的另外一个人。这个可能的结果太可怕了。因为即便是一把年纪了，我也只希望父亲就是父亲，而不是作家什么的。

作家是一种能够耐心地花费多年时间去发现一个内在自我和造就“他的世界”的人。当我谈到写作时，我脑子里想到的不是小说、诗歌或文学传统，而是一个把自己关在房间里，单独面对自己内心的人；在内心深处，他用言语建造了一个新的世界。这个男人或是女人，写作的时候可能喝茶，喝咖啡，抽烟，还时不时站起来，望着窗外在大街上嬉戏的儿童，如果幸运的话，可能还能看到绿树或其他风景，又或许他只能面对一堵灰墙。

我害怕打开父亲的箱子，还因为父亲没选择和我一样的生活而生气。但与其说是“生气”不如说是“妒忌”。每逢想到这点，我就会轻蔑、恼怒地大声问自己：“幸福是什么？”幸福是孤独地关在暗无天日的房间里吗？或是与芸芸众生一起，过着或装出过着舒适生活的样子？这些问题实在太让人烦恼了。谁说幸福是衡量生活的唯一标准？大众，报纸，每个人都把幸福当作评判生活的重要尺度，这件事本身是不是说明其反而也很值得探寻一番？

我第一次打开父亲的箱子时，就是受这种情绪影响的。父亲生活中是不是有什么我毫不知情的秘密或是不幸，而他又只能默默忍受，倾泻在纸上？一打开箱子，我就认出了其中的几本笔记，它们大多是父亲去巴黎时写的。我就像读我所崇拜的作家的手记一样，急切地想要了解父亲在我那个年纪都想了些什么，写了些什么。不久后我就意识到不是那么回事。最让我不舒服的是我在笔记中时不时能读到作家的腔调，一点都不真实。在对父亲写作时可能不是发自内心的担心之下，我开始担心内心深处的自己是否也不真实。

当我关上父亲的箱子时，被放逐感和对自己缺乏真实性的怀疑就深深地包围着我。这当然不是我第一次有这样的感觉。多年来它们就一直在我的阅读、写作当中存在着，我也一直在研究甚至深化着这些既让人精神崩溃，又让人情绪高涨的情感和色彩。只有当我写书时，我才对真实性的问题（比如《我的名字叫红》和《黑书》）和边缘性的生活（比如《雪》和《伊斯坦布尔》）有了更全面的理解。对我来说，做一名作家就是去揭自己内心深处的隐秘伤疤，真正去拥有这些伤和痛，把它们变成我们精神和作品中看得见的部分。

一个作家闭门数十载，就是在用这种姿态宣示一个基本的人性，揭示一个没有中心的世界。但是从父亲的箱子和伊斯坦布尔人苍白的生活可以看出，这个世界的确有一个中心，而且离我们很遥远。我知道大部分人都有这种情绪，有些人可能还遭受着更为深刻的物质匮乏，没有安全感和受堕落感折磨。人类面临的重大难题还是土地匮乏、无家可归和饥饿……但今天的电视和报纸可以比文学更为迅速简洁地报道这些基本问题。而文学最迫切的任务，是要讲述并研究人类的基本恐惧：被遗弃在外的恐惧、碌碌无为的恐惧，以及由这些恐惧衍生的人生毫无价值的恐惧；集体性的耻辱、挫折、渺小、痛苦、敏感和臆想的侮辱；民族主义者的煽动和对即将到来的通货膨胀的担心……不论何时当我看到这些被以夸张的语言表达出来时，我就知道它们触及了我内心深处的黑暗。我们曾看过西方社会以外的民族和国家，常常被恐惧折磨得犯一些愚蠢的错误。我也知道西方一些国家和民族对自己的财富，对他们把我们带进了文艺复兴、启蒙运动、现代主义有着不一般的自豪，但他们时不时地也由于自我满足，干出一些同样愚蠢的事来。

而促使我们闭门数十年写作的则是一个与之相反的信念。那信念相信，有一天我们的文字会被读到并被理解，因为我们相信世界上的人都是相似的。可这似乎有点过于乐观了，因为这里面充满了对被排挤在边缘、被排斥在世界外围的怒气而留下的伤痕。陀思妥耶夫斯基一生对西方爱恨交织——现在我也多少体会到了，这是因为我和这位伟大的作家一起经历了对西方的爱恨情仇，一起关注了那在另一方向上建立的另一个世界。

看着那箱子，我觉得父亲在他写作的那些年里，可能也发现了这些乐趣：我不应该对他预先判断。我必须用一颗容忍的心来阅读它——看看他在旅馆房间里究竟写了些什么。在把箱子留在我办公室后一个星期，父亲又来看过我一次，我们聊了些琐事。后来他终于看到箱子被我挪动过了。我们就互相看了看，陷入了尴尬的沉默。我没说我打开了箱子，我只是把视线移开了。他立刻明白了。就像我明白他明白了一样。所有的明白就在几秒钟之内明白了。父亲是一个快乐、懒散但却对自己有信心的人，他只是照例冲我笑了笑。

在父亲把箱子交给我的二十三年前，就是我二十二岁时，我完成了第一部小说《杰夫德贝伊与其子》。我用颤抖的手将打印稿拿给父亲看，想听一点他的意见。这并不仅仅是因为我相信他的品位和智慧，以及他的意见对我来说非常重要，还因为他并不反对我成为一个作家。我迫不及待地等着他的消息。两个星期后他来了，没有说任何话，只是张开双臂给了我一个拥抱，用这种方式告诉我他非常非常喜欢这部作品。他告诉我说，总有一天我会赢得像站在这里接受这个奖项这样的无限快乐。

父亲在二〇〇二年十二月去世了。

今天，我站在这里，站在给予我这无上光荣的奖项的瑞典文学院的同事们和尊敬的来宾们面前，我深切地希望此刻他就在我们中间。

2007年第5期

夜

纳撒尼尔·霍索恩　　赵秀明 译

夜幕已经笼罩着乡间。一轮明月正从树林后面徐徐升起，天上几乎看不见星星。在这苍茫的夜色中，寒气与露水降下来了。我坐在敞开的窗前欣赏着这夜色，耳边只听着那夏天的风声。大树的阴影像黑色的大船停泊在波浪起伏的茫茫海上。虽然我见不到红红蓝蓝的花朵，但是我知道它们在哪儿。远处的草地上，银色的查尔斯河闪闪发光。木桥那边传来了嘚嘚的马蹄声。接着，万物俱寂，只留下夏夜绵绵的风声。有时，我丝毫辨别不出它究竟是风声，还是邻近的海涛声。村子里的时钟敲响了，于是我觉得自己并不孤单。

城市的夜晚是多么不同啊！夜深了，人群已经散去。你走到阳台上，躺在凉爽和露水弥漫的夜幕中，仿佛你用它作为外衣裹住了身子。阳台下面是栽着树木的人行道，像一条深不可测的黑色海湾，漂浮的精灵就投入这漆黑沉静的海湾，拥抱着某个所爱的精灵随波荡漾而去。长长的街道上，街灯依然亮着。人们从灯下走过，拖曳着各种各样奇形怪状的影子。影子时而缩短，时而伸长，最后消失在黑暗之中，随后一个新的影子又突然出现在那个行路人的身后，这影子好似风车上的翼板一样，转到他身体的前方去了。公园的铁门哐啷一声关上，耳边可以听到脚步声和响亮的说话声，还有喧闹中夹杂着酒后的吵嚷声和火灾的警报声，接着又寂静如初。于是，城市终于入睡了，我们终于能够看到夜的景色。姗姗来迟的月亮从屋顶后面探出脸来，发觉没有人在欢迎她，于是将她破碎的月光东一块西一块地洒落在各个广场上和各条大街的开阔处，就像一块块白色的大理石一样棱角分明。

2007 年第 6 期

母亲与小鱼

〔美国〕严歌苓

那还是这个世界上没有我的时候，大概已有些哥哥的影子了。那些修长的手指，那个略驼的背，还有目空一切的默想的一双眼，后来都是哥哥的了。哥哥的一切都来自这个人。那时只有十八岁的母亲总是悄悄注视这个人。据说这个人的生活中一向有许许多多的忽略，连母亲的歌喉、美貌，都险些被他忽略掉。母亲那时包揽了歌剧团中所有的主角儿。说是她风头足极了，一头黑缎子样的长发，被她编成这样的、那样的，什么配饰都不用，却冠冕似的华丽。

这个人后来成了我的父亲。听说是这样：一天她忽然对他说："你有许多抄不完的稿子？"

他那时是歌剧团的副团长，在乐队拉几号小提琴，或去画两笔舞台布景。有时来了外国人，他还凑合做做翻译。但人人都知道他是个写书的小说家。他看着这个挺唐突的女子，脸红了。才想起这个女子是剧团的名角儿。

在抄得工整的书稿中，夹了一张小纸签："我要嫁给你！"

她就真嫁给了他。我还是个小姑娘时，发现母亲爱父亲爱得像个小姑娘，胆怯，又有点拙劣。她抱着两岁的我，用一个舞台化的姿势，在房里踱步，手势完全是戏剧中的。她拍着我，荡气回肠地唱着舒伯特的《摇篮曲》，唱得我睡意顿时云消雾散。我偷觑她已进入情绪的脸，她的眼神并不在我身上。那时我还不明白她实际上是在唱给父亲听。她每时每刻都想从父亲那里邀来关注、认同。

她拿起小提琴弓开始拉"哆、来、咪"。还将左手拇指扣进调色板，右手拈一支笔，穿一件被染花了的大褂，在一张空白帆布前走近走远。要么，她大声朗读普希金的诗，把沉浸在阅读中的父亲惊得全身一紧，抬头去找这个声音，然后在厌烦和压制厌烦的矛盾中，对她一笑。

她用这一笑去维持往后的几天、几年，抑或半辈子的生活，维持那些既没有钱、也没有尊严的日子——都知道那段日子叫"文革"。父亲的薪水没了，叫"冻结"。我们常吃一种黑黑的菜，只因为多放些猪油和糖，便叫它"梅菜烧肉"。妈妈早已不上舞台，身段粗壮得飞快，坐在一张小竹凳上，"吱呀"着它，一晚上在桌子上剖小鱼。小鱼在父亲有薪水的时候是我家猫吃的。她警告我们：所有的鱼都没有我和哥哥的份，都要托人送给在乡下"劳动改造"、一年没音讯的父亲。

几百条小鱼被串起来，被盐轻腌过，吊在屋檐下晾。最终小鱼干缩成一片枯柳叶。妈妈在锅里放一点儿油，倒油之后，她舌头飞快地在瓶口绕一圈，抹布一样。不知她这种寒碜动作什么时候已做得如此自如。我和哥哥总是被哄得早早上床后她才煎这些小鱼。煎鱼的腥气弥漫在房子里，我和哥哥被折磨得睡不着，起身站在厨房门口。

“小孩子长大了有的吃呢！”她发现我们，难为情地红了脸，就像小姑娘偷递信物时被人捉了个准。“爸爸现在好瘦，好瘦。”她像在征得我们原谅一样，喃喃地说。带信回来的人只说父亲黑瘦了一些，她心里的父亲便形同枯骨了。

她一条小鱼也没让哥哥和我吃。我们明白那种鱼酥、脆，连骨头都可口。然而我们只有嗅嗅、看看，咽回一点又一点的口水。

父亲回来后，只提过一回那些小鱼。说，真想不到这种东西会好吃。后来他没再提过小鱼的事。看得出，妈妈很想再听他讲起它们。她诱导他讲种种事，诱他讲到吃。父亲却没再讲出关于小鱼的一个字。

几年中，成百上千条小鱼使他仍然倜傥地存活着。妈妈围绕着父亲，以她略带老态的粗壮身段在父亲面前竭尽活泼，这时，已长大的哥哥和我有些为这个还是小姑娘的母亲发窘。她似乎没有注意到自己的变化，也没意识到父亲的变化。

又有这个那个出版社邀他写作了。他又开始穿他的风衣、猎装、皮夹克，在某个大饭店占据一个房间。他还有了个像妈妈一样爱他的女人，只是比妈妈当年还美丽。

一天，哥哥收到爸爸的一封信，从北京寄来的。哥哥对我说："是写给我们俩的。他要和妈妈离婚了。"

他说，他一天也没有真正爱过妈妈。这点我们早看出来了。他只是在熬，熬到我们大起来，他可以写这封信的这天。我们也看得出他在我们身上的牺牲，知道再无权要求他熬下去。而这个呕心沥血爱了他大半辈子的妈妈呢？

我们过了许多天才商量好，由我向妈妈出示父亲的信。她读完它，一点声音也没有地靠在沙发上，好像她辛辛苦苦爱他这么久，终于能歇口气了。

哥哥这时走了进来，屋里的沉默让他害怕。

她看着我们兄妹，畏惧地缩了一下身子。她看出我们这些天的蓄谋：我们决不会帮着她死气白赖地将父亲拖回来，并决定牺牲她来把父亲留给他爱的女人，她知道她是彻底孤立了。

"他怎么会吃好饭——住在那种大饭店里。"她说。在几小时内，这是她唯一的话。

这一夜，我们又听到那只竹凳"吱呀"叫着，听上去它要散架了。第二天一早，几串被剖净的小鱼坠在了屋檐下，朝阳中，它们是纯银色的。

父亲从此再没回过家。一天妈妈对我说："我的探亲假到了。”

我问她去探谁。我知道父亲在尽一切努力躲避她，不可能让她一年仅有的七天探亲假花在他身上。

“去探你爸爸呀。”她瞪我一眼，像是说：这还用问？“我知道他不会好好吃饭！”

又是一屋子煎小鱼的气味。我们都成年了，也都不再缺吃的，这气味一下子变得不那么好闻。哥哥半夜跑到我房间：“叫她别弄了！”他说，“现在谁还吃那玩意儿？”

我们却都忍不下心对她这么说。我陪她踏上了“探亲”的路，提着那足有二十斤的烘小鱼。只是隐约听说父亲在杭州一个饭店写作。我们在一家廉价旅馆住下，妈妈说暂时凑合着，等找到父亲……我心里作痛：难道父亲会请你去住他那个大饭店吗？

四月，杭州雨特稠。头两天我们憋在小旅馆里。等到通过各种狠声恶气的接线生，找到父亲住的那个饭店时，他已离开了杭州。我对妈妈说：冒雨游一遍西湖，就乘火车回家。

妈妈却说她一定要住满七天。看着我困惑并有些气恼的脸，妈妈惧怕似的闪开眼睛，小姑娘认错般地嘟哝：“邻居、朋友都以为我见到你爸了，和他在一起待了七天……”她想造一个幻象，首先是让自己，其次让所有邻居、朋友相信：丈夫还是她的，起码现在是的；她和他共度了这个一年仅有的七天探亲假，像所有分居两地的正常夫妻一样。她不愿让自己和别人意识到：她半途折回，或者，是被冷遇逐回的。

她如愿地在雨中的小旅馆住满了七天。除了到隔壁一家电影院一遍又一遍去看同一部电影，就是在对门的小馆吃一碗又一碗同样的馄饨，就这样坚持过完了她臆想中的与父亲相聚的七天。

等上了火车，我发现行李中少了那个装小鱼的竹篓。我没有提醒妈妈，那该是个最痛的提醒。抑或是，她有意将它遗失在了某个角落。

父亲再婚后很幸福。妈妈见到我就问："会做菜吧？"我当然明白她指谁，我说："做得很好，爸爸也戒烟了……"她赶紧垂下头就走开。

临回北京，我见她又把那竹凳搬到厨房。竹凳也上了岁数，透着灵肉般的柔韧色泽。还是一堆小鱼儿，我不阻止她，懒倚在晾台上欣赏她工匠般的操作。她将一条小鱼铺开在案上，拇指的指甲一推，去了鳞，再用一把小刀一剜，去了内脏。她已不得不架起老花镜来做这桩事了。竹凳叫疼一样地"吱呀"。她说：再有场"文革"就好了。你爸又被罚到乡下，低人九等，就没有女人要他了，只有我要他。她不敢抬头看我，怕我看见她眼里还有那种无可救药的天真，还有那张小姑娘因非分之想而绯红的脸。

我将一篓子烘熟的小鱼捎到爸爸那里。正是高朋满座的时候，桌上是继母的国宴手艺。我对爸爸使了个眼色，将他熟识的竹篓搁在了一边。他瞪了它一会，似乎也愁苦了一会，又去和一桌朋友嘻天哈地。

父亲肯定不会再吃这种猫食了。我眼里尽是母亲雕花般的剖鱼动作。我本该将那篓小鱼送给哪户有猫的人家，只告诉妈妈，那家人是按她的做法做的：小鱼在水里泡过，剁些青葱，掺和豆瓣酱温和地炒。

这天父亲醉倒了，当着七八个客人的面，突然叫了几声母亲的名字。客人都问被叫的这个名字是谁，我自然吞声。继母善良美丽的眼里，全是理解，全是理解……

2007 年第 6 期

芒果街上的小屋

〔美国〕桑德拉·希斯内罗丝　　潘帕 译

头　发

我们家里每个人的头发都不一样。爸爸的头发像扫把，根根直立往上插。而我，我的头发挺懒惰，它从来不听发夹和发带的话。卡洛斯的头发又直又厚，他不用梳头。蕾妮的头发滑滑的——会从你手里溜走。还有奇奇，他最小，茸茸的头发像毛皮。

只有妈妈的头发，妈妈的头发好像一朵朵小小的玫瑰花结，一枚枚小小的糖果圈儿，全都那么卷曲，那么漂亮，因为她成天给它们上发卷。把鼻子伸进去闻一闻吧，当她搂着你时。当她搂着你时，你觉得那么安全，闻到的气味又那么香甜。是那种待烤的面包暖暖的香味，是那种她给你让出一角被窝时，和着体温散发的芬芳。你睡在她身旁，外面下着雨，爸爸打着鼾。哦，鼾声，雨声，还有妈妈那闻起来像面包的头发。

四棵细瘦的树

他们是唯一懂得我的。我是唯一懂得他们的。四棵细瘦的树儿长着细细的脖颈和尖尖的肘部，像我的一样。不属于这里但到了这里的四棵，市政栽下充数的四棵残次品。从我的房间里可以听到他们的声音，可蕾妮只是睡觉，不能领略这些。

他们的力量是个秘密。他们在地下展开凶猛的根系。他们向上生长也向下生长，用他们须发一样的脚趾攥紧泥土，用他们尖利的牙齿噬咬天空，怒气从不懈怠。这就是他们坚持的方式。

假如有一棵忘记了他存在的理由，他们就全都会像玻璃瓶里的郁金香一样耷拉下来，手挽着手。坚持，坚持，坚持。树儿在我睡着的时候说。

当我太悲伤太瘦弱无法坚持再坚持的时候，当我如此渺小却要对抗那么多困难的时候，我就会看着树儿。当街上没有别的东西可看的时候。不畏水泥仍在生长的四棵。伸展，伸展，从不忘记伸展的四棵。唯一的理由是存在存在的四棵。

大流士和云

你永远不能拥有太多的天空。你可以在天空下睡去，醒来又沉醉。在你忧伤的时候，天空会给你安慰。可是忧伤太多，天空不够。蝴蝶也不够，花儿也不够。大多数美的东西都不够。于是，我们取我们所能取，好好地享用。

大流士，不喜欢上学的他，有时很傻，几乎是个笨人，今天却说了一句聪明的话，虽然大多数日子他什么都不说。大流士，喜欢用爆竹，用碰过老鼠的小棍子去追逐女孩，还以为自己很了不起的他，今天却指着天空，因为那里有满天的云朵，像枕头样的云朵。

你们都看到那朵云了，那朵胖乎乎的云？大流士说，看到了？哪里？那朵看起来像爆米花的旁边的那朵。那边那朵。看，那是上帝。大流士说。上帝？有个小点的孩子问道。上帝。他说。简洁地说。

阁楼上的流浪者

我想要一所山上的房子，像爸爸工作的地方那样的花园房。星期日，爸爸的休息日，我们会去那里。我过去常去。现在不去了。你长大了，就不喜欢和我们一起出去了吗？爸爸说。你傲起来了。蕾妮说。我没告诉他们我很羞愧——我们一帮人全都盯着那里的窗户，像饥饿的人。我厌倦了盯着我不能拥有的东西。如果我们赢了彩票……妈妈才开口，我就不要听了。

那些住在山上、睡得靠星星如此近的人们，他们忘记了我们这些住在地面上的人。他们根本不朝下看，除非为了体会住在山上的心满意足。上星期的垃圾，对老鼠的恐惧，这些与他们无关。夜晚来临，没什么惊扰他们的梦，除了风。

有一天我要拥有自己的房子，可我不会忘记我是谁，我从哪里来。路过的流浪者会问，我可以进来吗？我会把他们领上阁楼，请他们住下来，因为我知道没有房子的滋味。

有些日子里，晚饭后，我和朋友们坐在火旁。楼上的地板吱呀吱呀响。阁楼上有咕咕哝哝的声音。

是老鼠吗？他们会问。

是流浪者。我会回答说。我很开心。

2007 年第 9 期

春

丰子恺

春是多么可爱的一个名词！自古以来的人都赞美它，希望它常在人间。诗人，特别是词客，对春爱慕尤深。试翻词选，差不多每一页上都可以找到一个“春”字。后人听惯了这种话，自然地随声附和，即使实际上没有理解春的可爱的人，一说起春也会觉得欢喜。这一半是春这个字的音容所暗示的。“春！”你听，这个音读起来何等铿锵而惺忪可爱！这个字的形状何等齐整妥帖而具足对称的美！这么美的名字所隶属的时节，想起来一定很可爱。好比听见名叫“丽华”的女子，想来一定是个美人。然而实际上春不是那么可喜的一个时节。我积三十六年之经验，深知暮春以前的春天，生活上是很不愉快的。

梅花带雪开了，说道是漏泄春的消息。但这完全是精神上的春，实际上雨雪霏霏，北风烈烈，与严冬何异？所谓迎春的人，也只是瑟缩地躲在房栊内，战栗地站在屋檐下，望望枯枝一般的梅花罢了！

再迟个把月罢，就像现在：惊蛰已过，所谓春将半了。住在都会里的朋友想象此刻的乡村，足有画图一般美丽，连忙写信来催我写春的随笔。好像因为我偎傍着春，惹他们妒忌似的。其实我们住在乡村间的人，并没有感到快乐，却生受了种种的不舒服：寒暑表激烈地升降于三十六度至六十二度之间。一日之内，乍暖乍寒。暖起来可以想起都会里的冰淇淋，寒起来几乎可见天然冰，饱尝了所谓“料峭”的滋味。天气又忽晴忽雨，偶一出门，干燥的鞋子往往拖泥带水归来。“一春能有几番晴”是真的；“小楼一夜听春雨”其实没有什么好听，单调得很，远不及你们都会里的无线电的花样繁多呢。春将半了，但它并没有给我们一点舒服，只教我们天天愁寒，愁暖，愁风，愁雨。正是“三分春色二分愁，更一分风雨”！

春的景象，只有乍寒、乍暖、忽晴、忽雨是实际而明确的。此外虽有春的美景，但都隐约模糊，要仔细探寻，才可依稀仿佛地见到，这就是所谓“寻春”罢？有的说“春在卖花声里”，有的说“春在梨花”，又有的说“红杏枝头春意闹”，但这种景象在我们这枯寂的乡村里都不易见到。总之，春所带来的美，少而隐；春所带来的不快，多而确。诗人词客似乎也承认这一点，春寒、春困、春愁、春怨，不是诗词中的常谈吗？不但现在如此，就是再过个把月，到了清明时节，也不见得一定春光明媚，令人极乐。倘又是落雨，路上的行人将要“断魂”呢。可知春徒美其名，在实际生活上是很不愉快的。实际，一年中最愉快的时节，是从暮春开始的。就气候上说，暮春以前虽然大体逐渐由寒向暖，但变化多端，始终是乍寒乍暖，最难将息的时候。到了暮春，冬天的影响方才完全消灭，而一路向暖。寒暑表上的水银爬到 temperate 上，正是气候最 temperate 的时节。就景色上说，春色无须寻找，有广大的绿野青山，慰人心目。古人词云：“杜宇一声春去，树头无数青出。”原来山要到春去的时候方才全青，而惹人注目。我觉得自然景色中，青草与白雪是最伟大的现象。造物者描写“自然”这幅大画图时，对于春红、秋艳，都只是略蘸些胭脂、朱磦，轻描淡写。到了描写白雪与青草，他就毫不吝惜颜料，用刷子蘸了铅粉、藤黄和花青而大块地涂抹，使屋屋皆白，山山皆青。这仿佛是米派山水的点染法，又好像是 Cèzanne 风景画的“色的块”，何等泼辣的画风！而草色青青，连天遍野，尤为和平可亲，大公无私。花木有时被关闭在私人的庭园里，吃了园丁的私刑而献媚于绅士淑女之前。草则到处自生自长，不择贵贱高下。人都以为花是春的作品，其实春工不在花枝，而在于草。看花的能有几人？草则广泛地生长在大地的表面，普遍地受大众的欣赏。这种美景，是早春所见不到的。那时候山野中枯草遍地，满目憔悴之色，看了令人不快。必须到了暮春，枯草尽去，才有真的青山绿野的出现，而天地为之一新。一年好景，无过于此时。自然对人的恩宠，也以此时为最深厚了。

讲求实利的西洋人，向来重视这季节，称之为May（五月）。May是一年中最愉快的时节，人间有种种的娱乐，即所谓May-queen（五月美人）、May - pole（五月彩柱）、May - games（五月游艺）等。May这一个词，原是“青春”“盛年”的意思。可知西洋人视一年中的五月，犹如人生中的青年，为最快乐、最幸福、最精彩的时期。这确是名副其实的。但东洋人的看法就与他们不同：东洋人称这时期为暮春，正是留春、送春、惜春、伤春，而感慨、悲叹、流泪的时候，全然说不到乐。东洋人之乐，乃在“绿柳才黄半未匀”的新春，便是那忽晴、忽雨、乍暖、乍寒，最难将息的时候。这时候实际生活上虽然并不舒服，但默察花柳的萌动，静观天地的回春，在精神上是最愉快的。故西洋的“May”相当于东洋的“春”。这两个字读起来声音都很好听，看起来样子都很美丽。不过May是物质的、实利的，而春是精神的、艺术的。东西洋文化的判别，在这里也可窥见。

2007年第10期

野鸭子

〔美国〕罗克珊娜·鲁宾逊　阿丽西娅 译

这天清晨，我一起床，就带着两只狗出门了。我想去花园看一看，看看里面是否有什么变化；尽管距上次我去那里只间隔了十二小时，但春天里的花园是个神奇的地方，你必须经常去那儿细心观察，看能否有新的发现。

时间是七点左右，我带着狗顺着牧场中的小径向游泳池走去。牧场里的草挂满湿漉漉的晨露，郁郁葱葱一片，在地上投下长长的暗影，几缕朦胧的曙色沿着牧场表面轻轻流动着。到了山顶，我打开门，走进篱笆围住的花园。在几棵高大的灰树的树荫下面，游泳池里蓝色的水面在黎明的曙光中微微闪烁着。游泳池是方形的，四周都是用平坦的大块青石砌成。在游泳池对面的一侧，静静地立着一只年轻的野鸭子。它的绒毛是褐色的，整齐而别致，眼部有一条窄窄的深色暗纹，翅膀上面带有一条蓝色的镶边。当我和狗走进花园时，它就那么静静地、坦然自若地站在那里。

起初，两只狗并没有留意到它，我悄悄地向它走过去。当我快接近游泳池的边沿时，那只野鸭子非常冷静地直接跳进了游泳池。很快，它就游到了游泳池中央，然后待在那里，仪态雍容地划着水。我知道这是一只年轻的母鸭，因为在游泳池边上，它刚才站立的地方，我发现了一只灰白色的野鸭蛋。

看到野鸭游动时激起的波纹，两只狗变得躁动起来，这是两只正宗的卷毛狮子狗，是那种能在水中叼回猎物的猎犬。对它们而言，看到水面上有一只鸟可是有事要做了。那只稍大一点的狗——蜜莉——狡黠地卖弄起来，它雀跃着跑向池子的远端。野鸭子不安地叫了一声，然后转过身向我这边游过来。蜜莉也随着转过身来，于是，野鸭子停住了，又“呷呷”地叫了起来，看上去很惊恐。这个游泳池并不大，野鸭子此时发现待在里面并不安全，尽管是在游泳池的中央。我拉住身边的另一只狗——雷茜，厉声叫蜜莉回来。蜜莉欢快地跳跃着，和野鸭子嬉戏着，似乎把这当成了一场游戏。当然，这不是游戏，如果可以，狗会杀死野鸭。我拉住两只狗，心里想着该怎么办。这只野鸭子跑到这里来显然是犯了一个错误，它身处险境，只能离开。

我却舍不得它离去，它是那样美，它那暗色调的、带有一种野性的仪容令我心生敬慕。它选择了我们，选择了这个森林边上的安静的游泳池；它出现在这里似乎是一次不可思议的造访，一个让人感到幸运的事件。我喜欢它留在这里，在这波光粼粼的池水中游来游去，它圆滑的轮廓显得是那样敏捷而生动。我喜欢看它安静、从容地站在青石板上，站在熹微的晨光里。

它只能离开，因为它是野生的，而我们不是。它和我们之间有着一条难以逾越的鸿沟，它的错误判断给它带来的后果是严重的，赤裸的青石板不是一个巢穴，游泳池也不是池塘。我的脑海中浮现出这样的一幅画面：一群小野鸭子排着歪歪扭扭的队，在它们母亲身后艰难地蹒跚而行，它们要躲避游泳池过滤器对水流形成的拉力，要挣扎着摆脱被剪下的水草和溺死的昆虫的缠绕，要躲避狗的骚扰。它必须离开！

我紧紧地拉住两只狗，沿着池边走了过去。以前我从未见过野鸭蛋，我蹲下身来仔细端详。它完好无损地躺在那里，在质地粗糙的大青石的衬托下，它那椭圆形的表面有一种梦幻般的光滑感。虽然静卧不动但它却显得那么生机勃勃，虽然寂静无声却似乎充满感情。它看上去比鸡蛋要大一些，也更丰满一些。它的颜色有些奇特，有些神秘，是一种青灰色，就像黎明前的天空的颜色。我摸了摸，上面潮乎乎的，还带有一种奇异的温暖。那只野鸭子在那里镇定地观望着我，在池子中央一小圈一小圈地游着。它那暗色调的轮廓与波光粼粼的蓝色池水形成了鲜明的对比。

“你不能待在这儿，”我告诉它，“这里不安全。”我拾起了蛋。

野鸭子的头抬得高高的，它一边划水，一边看着我，眼睛又黑又亮。

“对不起。”我说。

拉着狗，我一边观察着它，一边后退着穿过草地，我觉得自己像一个罪犯。它浮在水的中央，一直看着我离去。

我把蛋放在厨房的操作台上，椭圆形的蛋在台上面轻轻地滚动着，然后停下了。我心里一直在想着当我拾起这只蛋时，那只野鸭子静静地看着我的样子。

但如果不这样做，我还能怎么做呢？如果我把野鸭子从游泳池里轰走，它会抛下它的蛋，它没办法带走它，而狗也会一口吞下这只蛋，只在草地上留下破碎的蛋壳，使草地一片狼藉。我应该将蛋从狗的附近拿开，然后把它放到垃圾堆里吗？放在浣熊的粪堆上？这些对它似乎都是一种侮辱。而我将这只蛋拿到厨房里对它来说至少是一种尊敬，是对它生命存在的一种颂扬。我觉得自己如同一个食人肉的野蛮人似的。

蛋壳很硬，很不容易打碎。终于我将它打碎了，蛋壳里面绝大部分都是蛋黄，蛋黄的颜色是一种很生动的深橘黄色；它缓慢地、带着一种黏滞流进碗里。我用叉子将它搅碎，将半透明的蛋搅成发白的泡沫状的液体，然后将它倒进一个烧热的长柄铁锅里。它的味道有些甜腻腻的，很奇特，微微带有一种野生味。但由于内疚，我的心有些沉重。我是在怀着一种敬意赞美它呢，还是在贪婪地享受我的战利品呢？每吃一口，我都在默默地向野鸭子道一次歉——那只在苍茫大地上唯独选择了我家花园的野鸭子，那只携带着它宝贵的蛋的、信赖我的野鸭子。

过了不久，我决定重返游泳池。此刻，太阳在灰树上面高高地照耀着，阳光如往常一样苍白而无力，脚下的草是干枯的。在山脚下，两只狗在我身后跟着。打开花园的门，我悄悄地走了进去。希望看到什么呢？希望再见到它吗？当然，希望还能看到它安静、端庄的样子——敏捷而生动——待在我家碧波荡漾的小游泳池里。

但是那只野鸭子，那只有着圆滑、简约的外形和那庄重的黑眼睛的野鸭子，不见了。游泳池里的水在阳光下静静地泛着波光，显得空空旷旷的。

2007 年第 10 期

鲁迅后院的蜗牛

陈丹青

想起朱安，眼前就浮现出一口井。那深深的院落，高高的围墙，阴晦的天气，一个又一个孤寂的上午、下午，夜里颤抖的星星……无不使人联想起“心似枯井”这个词语。即使千里迢迢来到北京，在那八道湾胡同或砖塔胡同，这口井仍一如既往地空旷、孤寂，几乎令人害怕。

鲁迅反感朱安有充分的理由。一九〇六年接到“母病速回”的电报，鲁迅匆匆赶到家里，却见一片张灯结彩之景，惊愕之馀很快就明白了。他没有反对，甚至家里人给他戴假辫子，也没有表示出特别的不快。他知道这个时候，一切反对都已于事无补。而朱安，一个过于平凡的绍兴女人，矮小，瘦弱，狭长脸，突出的额，小脚，不但毫不漂亮，连一般年轻女人的活力都几乎没有一点。虽然鲁迅不至于以貌取人，但我想当他看见母亲给了他这样一个“礼物”时，总不免寒心。如果朱安漂亮一点，哪怕就是像胡适原配江冬秀那样，对鲁迅可能也是个安慰。但事实就是这么残酷。当朋友向鲁迅打听成婚的事，他自嘲地说："是母亲娶媳妇，没有我的事。"婚后第二天晚上，他在母亲房里磨蹭，不想回去睡觉，后来干脆躺在书房里。婚后第五天，就借口"不能荒废学业"，带着二弟周作人去日本了。

上帝的居心，有时真让人怀疑。像鲁迅这么一个走在时代最前列的反封建闯将，怎么偏偏会碰上朱安这么一个最守旧、最庸常的女人？鲁迅也曾想和她沟通，有一次跟她说日本有一种甜点，很好吃，朱安马上说，是的是的，我也吃过的。她可能太自卑了，急着要讨好这位"大先生"，反令鲁迅不快。那种甜点，不但绍兴没有，整个中国都没有的。鲁老太太还知道点外面的事，能看看新书报，她是一点也看不懂。当鲁迅的学生，尤其是女学生来了，小鸟一样在院子里喳喳叫，她一句话也插不上，只能静静地待在自己房里。她的心里，真能像外表那么平静吗？

五四之后，风气渐开，郁达夫、郭沫若等与鲁迅一样饱受旧式婚姻折磨的作家，大多挣脱了束缚，开始了新生活。也有人劝鲁迅离婚。鲁迅肯定早就彻夜不眠地考虑过，但还是难以跨出这一步。鲁迅年龄比郁达夫、郭沫若大很多，受传统影响更深，不能像郁达夫、郭沫若那样放得开，估计是一个原因。但他主要顾虑的却还是朱安。按绍兴习俗，一个嫁出去的女人被退回娘家，就会被认为是被“休”了，家人的歧视、舆论的谴责将使她处于极难堪的境地，她家庭的社会地位也将一落千丈。有些性格软弱的女人竟会因此而自杀。鲁迅显然是不忍把朱安推到这样一个境地的。在《随感录·四十》中鲁迅谈到自己这一代人的婚姻：“但在女性一方面，本来也没有罪，现在是做了旧习惯的牺牲。我们既然自觉着人类的道德……又不能责备异性，也只好陪着做一世牺牲，完结了四千年的旧账。”这正是鲁迅伟大的地方。什么是伟大？能为别人担当起痛苦就是伟大。郁达夫、郭沫若是浪漫、潇洒的，他们的选择在当时情境下也无可指责，但显然与伟大无关。

而“陪着做一世的牺牲”的，不仅是鲁迅，还有朱安。朱安这个女子，嫁给鲁迅实在是天大的不幸。她如果嫁一个普通的男子甚至就是村夫莽汉，可能也比嫁给鲁迅幸福。贫贱平凡的夫妻总还是夫妻，朱安与鲁迅却实在算不上夫妻。她曾向人诉苦道：“老太太嫌我没有儿子，大先生终年不同我说话，怎么会生儿子呢？”一个妇人对外人说出这样的话，内心的凄楚可以想见。她日常生活的中心就是侍候鲁迅的母亲，也真应了鲁迅当年的话：“是母亲娶媳妇。”与鲁迅相比，朱安更加不幸。鲁迅忍受了漫长的煎熬，最终还是等到了他的“月亮”——许广平；而朱安，却真的“做一世的牺牲”，陪伴她的，只有年迈的鲁老太太，迟迟的日光，夜夜的空房……

过着几乎与世隔绝一般生活的朱安，却也并非真的心如枯井。她其实一直在想着改善与鲁迅的关系，只是与鲁迅在人格、思想各方面差距实在太大，根本不得要领，渐渐也就没有了机会。鲁迅和许广平在上海同居并生下海婴，对她是一个很大的打击。房东的妹妹俞芳问她以后怎么办，她凄凉地说：“过去大先生和我不好，我想好好地服侍他，一切顺着他，将来总会好的——我好比是一只蜗牛，从墙底一点一点往上爬，爬得虽慢，总有一天会爬到墙顶的。可是现在我没有办法了，我没有力气爬了。我待他再好，也是无用。”读了这朴实而悲惨的言辞，我不禁泪下。一只蜗牛！我怜悯朱安一生悲苦的命运，更惊异于她对自己处境的准确体认——每一个生命都有它对世界的感悟啊。哪一个文学家，就是鲁迅，也没想到过用这么一个比喻来形容朱安吧？朱安一生的苦难，只有自己知道，这个比喻，也只有她能想象得到。她没有文化，但她深知，她就是一只永远也爬不到墙顶的蜗牛。朱安因这个比喻而定格。如果把封建礼教比作一口深井，鲁迅和朱安都被困在井底，一点一点往上爬，鲁迅历尽千辛万苦，总算爬上来了，虽然遍体鳞伤；而朱安，永远也爬不到头！

我止不住想，像朱安这样一个生命的诞生，究竟有什么意义呢？上帝为什么要安排这么一出荒诞得令人泪下的悲剧呢？我有一个看上去有点过于大胆的想法：我认为鲁迅生命中的两个女人，朱安与许广平，若论谁对鲁迅的影响更大，不是许广平，而是朱安。正是朱安，使鲁迅深味了封建礼教对人性的压抑和命运的荒诞，断了他的后路，刺激他与传统彻底决裂，一往无前、义无反顾地反抗封建礼教，与命运进行“绝望的抗争”。一个伟人的诞生，往往出于迫不得已。鲁迅文风的阴冷、偏激、滞涩，也与朱安这个背景有关。从这个意义上说，朱安成就了鲁迅。两个反差极大的生命体被捆绑到一起，激起巨大的思想和情感波澜，不谐和处被极端放大，化作鲁迅沉郁的文字和骇人的意象，惊现于世人面前。如果鲁迅一开始就为妩媚的“月亮”所笼罩，现代文学史恐怕就要改写了。

这，就是朱安的价值。当许广平来到鲁迅身边，鲁迅已经成熟，她看到的，是一个结果。

因此我又想，上帝也许是对的。在他看似荒谬可憎的组合中，包含着深刻的必然。朱安，也许是上帝特意安排到鲁迅身边的。这只小小的在后院寂寞爬行的蜗牛，维系了鲁迅一生的沉重。

鲁迅死时，朱安在北京的宅院里设立灵堂，一身孝服为鲁迅守灵。

朱安死的时候，身边没有一人。在遗嘱中，朱安说：“灵柩回南，葬在大先生之旁。”

这个愿望显然是无法实现的。她被葬在北京西直门外保福寺村，仍然陪伴她侍候了一生的鲁老太太。

2007年第15期

动物听笛

〔日本〕村上春树　　张年军 译

这是一个秋高气爽的季节。

动物们的身体早已被璀璨的金色绒毛所覆盖。

它们为这迟到的辉煌懊丧不已。

它们在凉丝丝的河水里濯洗着四蹄，还不时地伸着头，贪婪地探寻着秋天里任意一个猎物。

我站在古老的望楼上，一门心思地等待着吹响下午五点的角笛。笛声长一短三，似古老的回忆慢悠悠穿过黄昏伊始的云天而去。我在想，它的音色一定会浸入褐色土壤的缝隙中，然后融进望楼墙根的空间里；时间，便也随着它静静地沉淀于动物天堂的每一个角落。我的心稍稍有些烦躁不安，我用指尖轻轻触碰着它们的恬静。

终于等来下午五点的时刻。于是我的角笛奔放出坚挺的旋律，在动物们的天堂里长歌曼舞。动物们立即循着划破长空的音响面对着上古的记忆竖起了耳朵。它们不再呆坐着用蹄子咔嚓咔嚓地拍打水面，不再用贪婪的眼睛咬住猎物紧紧不放，也不再沉浸于夕阳下的白日梦中。它们个个抬起了头。

忽然间，所有的动物如雕像般静止不动了。如果说有动静的话，那只是它们那柔软的绒毛在秋风的吹拂下荡起一层又一层金色的微波。可是，它们究竟凝视着什么呢？瞧，它们朝内心向往的方向偏着头纹丝不动地凝望着宇宙空间，那是在倾听着角笛美妙的声响吗？当角笛的最后一个音符消逝在薄暮中时，动物们整齐划一地站起来，流水一般在密匝匝的草丛中向前涌动。没有谁领头，没有谁做先导，它们迈着猫步，眼瞧着地面，沿着默默流淌的河水义无反顾地往下游走去。

夕阳的馀晖轻抚着动物们身上的绒毛，那美丽的光斑有如传说中黄金的河流。这个时候，望楼上的我又一次吹响了角笛。我面对长空，鼓着腮帮子，孜孜不倦地向动物们传递着某一种思绪。真奇怪，我究竟是从哪儿变幻出这么柔美的音色的呢？

忽然记起新春的第一个星期里，我兴冲冲登上望楼，为的是观赏动物们搏斗的场面。我知道，只有在这个季节里，动物们才会变得勇猛顽强。搏斗，乃是以生命做赌注的——于是新的秩序从它们的血海中诞生了。

这种用鲜血换来的秩序它们谁也难以探知就里，而当四月的绵绵细雨冲刷掉一摊摊血迹后，它们便又回到了温馨宁静的生活中。

此刻，我的角笛声终于休止，动物们也全都蹲在各自的领地呆望着我。你瞧，它们就像祈祷着的僧侣纹丝不动，唯有那一张张大嘴在喁喁低语。我不厌其烦地眺望着这一千个冥想一万道闪光，思绪也随着它们那金色绒毛构筑的细浪不断地起伏。

不久，夕阳西下了，暮霭沉沉了，动物们终于闭上了思绪万端的眼睛。

我倚着望楼的栏杆，也把眼睛闭上，任凭万千思绪从我脑海里生发，它们滑过没有空间概念的黑暗，悄无声息地流向远方。

当我睁开双眼时，夜幕已将千万头高傲的动物吞没了。

2007 年第 16 期

做一棵苍凉的白菜

王小妮

这是一个极端严肃的问题。

在深圳的一间商场里，我陪着两个客人逛，他们几乎要把所有的货物看过问过。我在心里发誓，我今后再也不陪任何人逛商场。最后，在他们打算离开商场的时候，我看见了那棵摆在陈列柜里的白菜。

它比一般的山东的白菜要略微细弱一点，每条叶片都精致，尖儿青脆，根像乳汁一样白。它全身透明，躺在一只盘子里。它是玻璃的，标价八百八十八元。

客人从内地来。他们说，深圳人真是什么钱都不放过赚，连棵白菜也敢卖到八百八十八元一棵。我们干脆回家去，收购旧玻璃，成立一个玻璃制品厂，专门生产白菜、土豆和大萝卜吧。无论他们说什么，我都继续看着那棵白菜。客人们又转到黄金首饰柜去，只把我一个留下来。

我非常想用手去摸一摸它，虽然我知道不应当触摸商品。我一直想伸出手去，好像我们在许多年前就认识，我们必须打个招呼。我知道它没有体温，无论真假，白菜都是凉的。我的老友，它永远这么沉默，这么冰凉。带着我过去生活的味道，我多想马上把它买回家，摆在我的桌子上。

客人转回来，发现我还在端详白菜。他们说，做人不如白菜，要做，就做你们深圳的白菜。八百八十八元，不沾灰尘，又不会烂，只要不失手打破，放上十年百年，都是一棵好白菜。

这是深圳的白菜，我好像被什么陨石击中，它不是我的老友。

我回到街上，风是真实的，它的本质是流动；树木是真实的，它的本质是翠绿；我的家门是真实的，它阻挡一切人，只接受一把钥匙。我不再想那玻璃的白菜。

真正的白菜，怎么可能在这种大商场里，被灯光照射着。我来到秋天的地上，白菜完全熟了，青的帮儿，白的心儿，在内里运足了力气。某一天，有只手抓住它，它从泥土里升起来。那手粗糙干裂，使白菜受到第一次创伤。许多的白菜，堆成山，垛在寒风里，等待车，等待秤，等待进入一个温暖的门。

冷空气在凌晨落地，最临近风的那些白菜，被寒冷打过，叶子透明、起泡，全身变得像石头一样硬。买菜的人裹着大衣说，这菜我不要，冻菜！这样，它们被拨落在地，用它们最后的心力坚持着。冰冻，使它们不再倒伏，日夜立着，孤独而坚硬。最后的一日，它们看见自己头发上的腐烂。这种结局，在它们是一棵棕色小种子的时候，还来不及想。由此，它们成了泥。

从生到死，能够躲在烈风背后的白菜，比那些过早成泥的，多活了几个月。像人，有的夭折，有的长寿。

在尼采降生的那一刻，他的母亲回忆说，这个孩子的眼睛充满了全部世界的悲哀。是这个世界的，而不是他自己的。

我不能买那棵八百八十八元的白菜。假如那商场的经理出面，拿出他窄薄的名片说，多谢光临，请我任取一样东西作为留念，我也不会要那棵白菜。它太无瑕疵，太歪曲生命，它美化了真实，因为它不腐烂。

有一个一生不顺的人，别人都说他直率、袒露。这个人在内地拥挤的公共汽车上，对一个壮年人说，请你让出你的座位来，那边有一个老人！车上所有的人都诧异。有小孩子问，他是售票员吗？最终，人们像看一件异物，目送他到站下车。那个壮年人始终没离开座位。事情发生的那座城市，在外国游客中，有“恐怖之城”的“美誉”。侥幸，他那天没有遇到拳脚，没有流氓冲上来说，小子，你的死期到了。

我喜欢他，这棵苍凉、孤独的老白菜。

尼采的眼睛睁开又合上。悲哀之流，怎么可能被一两个人盯视而退却？悲哀不可能干枯。我看见许多不真实的，类似玻璃、宝石、珍珠、玛瑙的物体，从商场的柜台里出来，他们公然走到市面上。这是一个新的人种。在他们光滑精致的仪表之下，他们微笑着说“行”的时候，往往是不行。他们婉转地说“不行”的时候，往往暗示着行。眼波流动时，他在琢磨你；直直地望着你时，他却在想另外的事情。有最好的做工和设计，我们不用专门去买一棵玻璃的白菜。一日所见已经眼花缭乱。

像游乐场里的老虎机，只认那种铁片制造的硬币。这个时代认那些晶莹剔透的玻璃人，爱怜他们、纵容他们。财富向他们倾斜，使他们一次次旗开得胜。

而另外一些人，像迎着风，苍凉直立的白菜，他们天赋了失败的人格。这些失败的白菜，过早成泥的白菜，我极少数的老友们，你们永远不会走开，就在我的近旁，我们互相为伍，在这世界的残冬。

2007 年第 16 期

思绪如月

〔法国〕普鲁斯特　　华青 译

夜幕早已降临，我朝我的房间走去。此刻，我沉浸在黑暗中，再也看不见天空、田野，看不见大海在阳光下熠熠闪光，我感到不安。然而，当我推开门，却发现室内一片光亮，仿佛沐浴着落日馀晖。透过窗子，我看到了房舍、田野和大海，更确切地说，我好像“在梦里看见了”它们。与其说温柔的明月向我展示了这些景物，不如说是它把这一切在我心中唤醒。微白的月光泻在这些景物上，并未驱散越来越浓像是随意蒙在它们轮廓上的夜色。我久久伫立，在庭院里寻觅纷纭诸事的沉默、模糊、欣喜和愁惨的回忆。白天，这纷纭的诸事用它们的呼叫给我以快乐或痛苦。

爱情已经泯灭，开始忘却之际，我感到恐惧；但一旦平静，只略微有些忧伤。我所有逝去了的幸福和业已愈合的悲伤宛如这月光一般，近在咫尺而又遥远模糊，它们凝视着我，沉默不语。它们的缄默激起了我的柔情，而它们的远离和微茫的淡影又使我沉醉于凄愁和诗意中。我无法停止凝望这内心里渗出的月光。

2007年第18期

林中小溪

〔俄国〕米·普里什文　　潘安荣 译

如果你想了解森林的心灵，那你就去找一条林中小溪，顺着它的岸边往上游或者下游走一走吧。刚开春的时候，我就在我那条可爱的小溪的岸边走过，下面就是我在那儿的所见、所闻和所想。

我看见，流水在浅的地方遇到云杉树根的障碍，于是冲着树根潺潺鸣响，冒出气泡来。这些气泡一冒出来，就迅速地漂走，不久即破灭，但大部分会漂到新的障碍那儿，挤成白花花的一团，老远就可以望见。

水遇到一个又一个障碍，却毫不在乎，它只是聚集为一股股水流，仿佛面临免不了的一场搏斗，收紧肌肉一样。

水颤动着，阳光把颤动的水影投射到云杉树上和青草上，水影就在树干和青草上忽闪。水在颤动中发出淙淙声，青草仿佛在这乐声中生长，而水影显得那么调和。

流过一段又浅又阔的地方，水急急注入狭窄的深水道，因为流得急而无声，就好像在收紧肌肉。太阳不甘寂寞，让那水流的紧张的影子在树干和青草上不住地忽闪。

如果遇上大的障碍，水就嘟嘟哝哝地仿佛表示不满，这嘟哝声和从障碍上飞溅过去的声音，老远就可听见。然而这不是示弱，不是诉怨，也不是绝望，这些人类的感情，水是毫无所知的，每一条小溪都深信自己会到达自由的水域，即使遇上像厄尔布鲁士峰一样的山，也会将它劈开，早晚会到达……

水波反映的阳光，像轻烟似的总在树上和青草上晃动着。在小溪的淙淙声中，饱含树脂的幼芽在开放，水下的草长出水面，岸上青草越发繁茂。

这儿是一个静静的旋涡，旋涡中心是一棵倒了的树，有几只亮闪闪的小甲虫在平静的水面上打转，惹起了粼粼涟漪。

小溪在克制的嘟哝声中稳稳地流淌着，它们兴奋得不能不互相呼唤：许多支有力的水都流到了一起，汇合成了一股大的水流，彼此间又说话又呼唤——这是所有来到一起又要分开的水流在打招呼呢。

水惹动着新结的黄色花蕾，花蕾反又在水面漾起波纹。小溪的生活中，就这样一会儿泡沫频起，一会儿在花和晃动的影子间发出兴奋的招呼声。

有一棵树早已横堵在小溪上，春天一到竟还长出了新绿，但是小溪在树下找到了出路，匆匆地奔流着，晃着颤动的水影，发出潺潺的声音。

有些草早已从水下钻出来了，现在立在溪流中频频点头，算是既对影子的颤动又对小溪奔流的回答。

就让路途当中出现阻塞吧，让它出现好了！有障碍，才有生活：要是没有的话，水便会毫无生气地立刻流入大洋了，就像不明不白的生命离开毫无生气的机体一样。

途中有一片宽阔的洼地。小溪毫不吝啬地将它灌满水，并继续前行，而留下那水塘过它自己的日子。

有一棵大灌木被冬雪压弯了，现在有许多枝条垂挂到小溪中，煞像一只大蜘蛛，灰蒙蒙的，趴在水面上，轻轻摇晃着所有细长的腿。

云杉和白杨的种子在漂浮着。

小溪流经树林的全程，是一条充满持续搏斗的道路，时间就由此而被创造出来。搏斗持续不断，生活和我的意识就在这持续不断中形成。

是的，要是每一步没有这些障碍，水就会立刻流走了，也就根本不会有生活和时间了……

小溪在搏斗中竭尽力量，溪中一股股水流像肌肉似的扭动着，但是毫无疑问的是，小溪早晚会流入大洋的自由的水中，而这“早晚”正是时间，正是生活。

一股股水流在两岸紧夹中奋力前进，彼此呼唤，说着“早晚”二字。这“早晚”之声整天整夜地响个不断。当最后一滴水还没有流完，当春天的小溪还没有干涸的时候，水总是不倦地反复说着：“我们早晚会流入大洋。”

流净了冰的岸边，有一个圆形的水湾。一条在发大水时留下的小狗鱼，被困在这水湾的春水中。

你顺着小溪会突然来到一个宁静的地方，你会听见，一只灰雀的低鸣和一只苍头燕雀惹动枯叶的簌簌声竟会响遍整个树林。

有时一些强大的水流，或者有两股水的小溪，呈斜角形汇合起来，全力冲击着被百年云杉的许多粗壮树根所加固的陡岸。

真惬意啊！我坐在树根上，一边休息，一边听陡岸下面强大的水流不急不忙地彼此呼唤，听它们满怀早晚必到大洋的信心互打招呼。

流经小白杨树林时，溪水融融荡荡像一个湖，然后集中涌向一个角落，从一米高的悬崖上垂落下来，老远就可听见哗哗声。这边一片哗哗声，那小湖上却悄悄地泛着涟漪，密集的小白杨树被冲歪在水下，像一条条蛇似的一个劲儿想顺流而去，却又被自己的根拖住。

小溪使我流连，我老舍不得离它而去，因此反倒觉得乏味起来。

我走到林中一条路上，这儿现在长着极低的青草，绿得简直刺眼。路两边有两道车辙，里边满是水。

在最年轻的白杨树上，幼芽正在舒青，芽上芳香的树脂闪闪有光，但是树林还没有穿上新装。在这还是光秃秃的林中，今年曾飞来一只杜鹃：杜鹃飞到秃林子来，那是不吉利的。

在春天还没有装扮，开花的只有草莓、白头翁和报春花的时候，我就早早地到这个采伐迹地来寻胜。如今已是第十二个年头了，这儿的灌木丛、树木甚至树墩子，我都十分熟悉。这片荒凉的采伐迹地对我来说是一个花园：每一棵灌木，每一棵小松树、小云杉，我都抚爱过，它们都变成了我的，就像是我亲手种的一样。这是我自己的花园。

我从自己的“花园”回到小溪边上，看到一件了不得的林中事件：一棵巨大的百年云杉，被小溪冲刷了树根，带着全部新、老球果倒了下来，繁茂的枝条全都压在小溪上，水流此刻正冲击着每一根枝条，一边流，一边还不断地互相说着：“早晚……”

小溪从密林里流到空地上，水面在艳阳朗照下开阔了起来。这儿水中蹿出了第一朵小黄花，还有像蜂房似的一片青蛙卵，已经相当成熟了，从一颗颗透明体里可以看到黑黑的蝌蚪。也在这儿的水上，有许多几乎同跳蚤那样小的浅蓝色的小蝇，贴着水面飞一会儿就落在水中。它们不知从哪儿飞出来，落在这儿的水中，它们短促的生命，就好像这样一飞一落。有一只水生小甲虫，像铜一样亮闪闪，在平静的水上打转。一只姬蜂往四面八方乱窜，水面却纹丝不动。一只黑星黄粉蝶，又大又鲜艳，在平静的水上翩翩飞舞。这水湾周围的小水洼里长满了花草，早春柳树的枝条也已开花，茸茸的像黄毛小鸡。

小溪怎么样了呢？一半溪水另觅路径流向一边，另一半溪水流向另一边。也许是在为自己的“早晚”这一信念而进行的搏斗中，溪水分道扬镳了：一部分水说这一条路会早一点儿到达目的地，另一部分水认为另一边是近路，于是它们分开来了，绕了一个大弯子，彼此之间形成了一个大孤岛，然后又重新兴奋地汇合到一起。我终于明白：对于水来说没有不同的道路，所有道路早晚都一定会把它带到大洋。

我的眼睛得到了愉悦，耳朵里“早晚”之声不绝，杨树和白桦幼芽的树脂的混合香味扑鼻而来。此情此景我觉得再好也没有了，我再不必匆匆赶到哪儿去了。我在树根之间坐了下去，紧靠在树干上，举目望那和煦的太阳，于是，我梦魂萦绕的时刻翩然而至，停了下来，原是大地上最后一名的我，最先进入了百花争艳的世界。

我的小溪到达了大洋。

2007 年第 19 期

山西通信

林徽因

居然到了山西，天是透明的蓝，白云更流动得使人可以忘记很多的事，单单在一点什么感情底下，打滴溜儿转；更不用说到那山山水水、小堡垒、村落，映衬着夕阳的一角庙，一座塔！景物是美得到处使人心慌心痛。

我是没有出过门的，没有动身之前不容易动，走出来之后却又不知道如何流落才好。旬日来眼看去的都是图画，日子都是可以歌唱的古事。黑夜中在山场里看河南来到山西的匠人，围住一个大红炉子打铁，火花和铿锵的声响，散到四围黑影里去。微月中步行寻到田垄废庙，划一根“取灯”偷偷照看那瞭望观音的脸，一片平静，几百年来没有动过感情的，在那一闪光底下，倒像挂上一缕笑意。

我们因为探访古迹走了许多路，在种种情形之下感慨到古今兴废。在草丛里读碑碣，在砖堆中间偶然碰到菩萨的一只手一个微笑，都是可以激起一些不平常的感觉来的。乡村的各种浪漫的位置，秀丽天真。中间人物维持着老老实实的鲜艳颜色，老的扶着拐杖，小的赤着胸背，沿路上点缀的，尽是他们明亮的眼睛和笑脸。由北平城里来的我们，东看看，西走走，夕阳背在背上，真和掉在另一个世界里一样！云块、天，和我们之间似乎失掉了一切障碍。我乐时就高兴地笑，笑声一直散到对河对山，说不定哪一个林子，哪一个村落里去！我感觉到一种平坦，或许是辽阔，和地面恰恰平行着舒展开来，感觉最边沿的边沿，和大地的边沿，永远赛着向前伸去……

我不会说，说起来也只是一片疯话，人家不耐烦听。让我描写一些实际情形，我又不大会。总而言之，远地里，一处田亩有人在工作，上面青的、黄的、紫的，分行地长着；每一处山坡上，都有人在走路、放羊，迎着阳光，背着阳光，投射着转动的光影；每一个小城，前面站着城楼，旁边睡着小庙，那里又托出一座石塔，神和人，都服帖地、满足地守着他们那一角天地，近地里，则更有的是热闹，一条街里站满了人，孩子头上梳着三个小辫子的，四个小辫子的，乃至于五六个小辫子的，衣服简单到只剩一个红兜肚，上面隐约也总有他嬷嬷挑的两三朵花！

娘娘庙前面树荫底下，你又能阻止谁来看热闹？教书先生出来了，军队里兵卒拉着马过来了，几个女人娇羞地手拉着手，也扭着来站在一边了，小孩子争着挤，看我们照相，拉皮尺量平面，教书先生帮我们拓碑文。说起来这个那个庙，都是年代久远了，什么时候盖的，谁也说不清了！说话之人来得太多，我们工作实在发生困难了，可是我们大家都顶高兴的，小孩子一边抱着饭碗吃饭，一边睁着大眼看，一点也不松懈。

我们走时总是一村子的人来送的，儿媳妇指着说给老婆婆听，小孩们跑着还要跟上一段路。开栅镇、小相村、大相村，哪一处不是一样的热闹，看到北齐天保三年造像碑，我们不小心，露出一个惊异的叫喊，他们乡里弯着背的、老点儿的人，就也露出一个得意的微笑，知道他们村里的宝贝，居然吓着这古怪的来客了。“年代多了吧。”他们骄傲地问。“多了多了，”我们高兴地回答，“差不多一千四百年了。”“呀，一千四百年！”我们便一起骄傲起来。

我们看看这里金元重修的，那里明季重修的殿宇，讨论那式样做法的特异处，塑像神气，手续，天就渐渐黑下来，嘴里觉到渴，肚里觉到饿，才记起一天的日子圆圆整整地就快结束了。回来躺在床上，绮丽鲜明的印象仍然挂在眼睛前边，引导着种种适意的梦，同时晚饭上所吃的菜蔬果子，便给养充实着我们明天的精力，直到一大颗太阳，红红地照在我们的脸上。

2007年第22期

花落的声音

张爱玲

家中养了玫瑰，没过多少天，就在夜深人静的时候，听到了花落的声音。起先是试探性的一声“啪”，像一滴雨打在桌面，紧接着，纷至沓来的“啪啪”声中，无数中弹的蝴蝶纷纷从高空跌落下来。

那一刻的夜真静啊，静得听自己的呼吸犹如倾听涨落的潮汐，整个人都被花落的声音吊在半空，竖着耳朵，听得心里一惊一惊的。

早起，满桌的落花静卧在那里，安然而恬静，让人怎么也无法相信，它曾经历了那样一个惊心动魄的夜晚。

玫瑰花瓣即使落了，仍是活鲜鲜的，依然有一种脂的质感，缎的光泽和温暖。我根本不相信这是花的尸体，总是不让母亲收拾干净。看着它们脱离枝头的拥挤，自由舒展地躺在那儿，似乎比簇拥在枝头，更有一种遗世独立的美丽。

这个世界，每天似乎都能听到花落的声音。

像樱、梨、桃这样轻柔飘逸的花，我从不将它们的谢落看作是一种死亡。它们只是在风的轻唤声中，觉悟到自己曾经是有翅膀的天使，它们便试着挣脱枝头，试着飞，轻轻地就飞了出去……

有一种花是令我害怕的。它不问青红皂白，没有任何预兆，在猝不及防间，整朵整朵任性地、鲁莽地、不负责任地、骨碌碌地就滚了下来，真让人心惊肉跳。曾经养过一瓶茶花，就是这样触目惊心的死法。我大骇，从此怕了茶花，怕它的极端与刚烈。

只有乡野那种小雏菊，开得不事张扬，谢得也含蓄无声。它的凋零不是风暴，说来就来，它只是依然安静温暖地依偎在花托上，一点点地消瘦，一点点地憔悴，然后不露痕迹地在冬的萧瑟里，和整个季节一起老去。

2008 年第 1 期

密西西比河上的黎明

〔美国〕马克·吐温　步朝霞 译

黎明悄然而至，黑幽幽的树林如同坚实的壁垒，这会儿成了灰白色。宽阔的河面在眼前打开，水面像玻璃一样平滑，泛着一圈圈幽幽的白雾。没有一丝风，树叶一动也不动，一切如此静谧，让人感到无比惬意。这时一只鸟儿唱起来，另一只也跟着唱，不一会儿百鸟争鸣，成了一场热闹的音乐狂欢。可是你一只鸟也看不见，只是在歌声中穿行，仿佛歌声自己在唱。

天更亮了，可以看到近处稠密的树叶一片浓郁的绿色。这绿色在你面前越来越浅，一英里外或更远一点，在下一个伸进河里的岬角上，已淡成春天娇柔的嫩绿。再远处的岬角几乎没了颜色，最远处的则在数英里外的地平线下，安静地睡在水面，化为一团氤氲的雾，与周围的天际连成一片。这一片河面好像一面镜子，映出树叶、曲折的河岸和那些渐渐远去的岬角幽暗的倒影。啊，这真是太美了，那么柔和、浓郁、美丽！

太阳完全跃出了地平线，在这边的灌木丛上洒下一片粉红，在那边洒下一缕金光，还有那最美不过的一抹紫烟，你得承认这是真正值得铭记的美景。

2008 年第 1 期

等　待

柯裕叶

春光还是别太明媚的好。春阴的微光和微凉更适于人从冬季的犹豫中苏醒，适于从薄被里伸出凉凉的手，伸懒腰，打哈欠，拨弄头发，支头写长信，或是百无聊赖地等，闲敲棋子。春阴是迂回的光阴，如同一个有心事的人不会发现光影的变换，一个凝神谛听的人不会看见眼前的事物。它的隐匿和压抑来自不存在的时空，它藏身于另外的思绪，它的光在他处。它像一段完美的和弦出现之前的悬宕与徘徊，酝酿着非常柔缓的情绪，你不知道它终会是一阵雨，或是一道光，你只能任它极其有韵致地、慢慢地泛滥。你只能等。

在芽苞秘密四伏的花圃里，那阴云越沉，雨越绵密，土壤也就越细腻肥沃。你知道这样的等待是一个饱满而充满阳光的承诺。

然而春阴的等待也有荒凉的时候。特别是那尚未来临且不知道何时来临的，属于夏天热闹的场所；在应该有太阳却怎么也等不着的，属于欢笑和防晒油的地方；在应该有洋伞和太阳眼镜之处；在应该有小孩的嬉闹声和奔跑的脚印之处……

海水浴场的沙滩遍布小小的纸屑，是去年的笑声留下的脚注。远处灰蓝色的碎浪起起伏伏，等待一回汹涌的涨潮来冲刷并且忘却它们。

空无一人的游乐场被前夜的雨水濡湿了，紫色的大象、黄色的长颈鹿、红色的狮子寂然低视斑驳的水泥地。怎么垂着泪呢？这群来自不知名的梦境的兽，这里一摊泪，那里一摊泪的。它们只会在夏天活过来，所以它们也只能等。

这是等待。它就是这样荒凉。

朱天文在《荒人手记》里写等待，缠绵悱恻、淋漓尽致地写了四页，一种死去活来的等，几世几劫的等，既放弃又坚持的等，宇宙洪荒的等。写的是短暂的睡眠与乍醒。梦里的时间比现实恒久，梦里的等待比现实难熬。

罗兰·巴特在《恋人絮语》里的等待更为焦灼，那是坐立难安的等，看得出来他曾如此真心地等过谁，而且他非常习惯于等待以及伴随而来的苦恼。于他而言，等待乃是将自己的存在意义系于他处，放在一个身影、一纸信笺、一通电话上。“我依赖一个不完全属于我的存在，而这个存在的实现需要时间。”他的思绪在他处，他的光也在他处。

那种等待是对缺席的过敏，对空缺的过敏。搔首踯躅，如坐针毡，既耽于幻想和猜疑，也耽于近乎自虐的禁锢，他哪儿也不去，什么也不能想，每一分每一秒都可能是终结等待的时刻，因此他每一分每一秒都等着那终结。时间变得庞大而缓慢，现实消失，一切看起来呆板、孤寂并了无生气，恍若“荒无人烟的星球”。他游离现实，沉浸在意象中无法自拔。当他偶尔被闪现的清明惊醒时，他会幡然自问：“我在这里做什么？”巴特说，这清醒正是爱情显露其非现实的时刻。

在巴特看来，清明的现实感和爱情那种由意象与感官构筑的世界显然无法共存。《恋人絮语》正是一种书写的尝试，写那些无法言说的昏沉杂乱之感、语言逻辑无法捕捉的胸中虚构之象，他利用语言的不足来书写从来就说不清楚的感觉和感叹。话语总是只能在感官边界游移，那游移的痕迹像春天若有若无的雨丝一样没入情绪的迷蒙烟波里。

某一天我梦见我的茶花开了，梦里的花比现实的更美。梦里它笼着薄雾，姿态优雅，颜色妖冶。醒来之后明明知道是梦，我还是兴冲冲地到阳台上去看它是否真的开花了。当然，没有。这梦几乎是照着弗洛伊德《梦的解析》里那则山茶花之梦的标准范例显现的。

我当然也明白，多年前偶然读过的这一段的记忆会在此时于梦里浮现，可能有超越我阳台那株山茶花能够指涉的意义。然而我宁愿不解析它，我只想记得它在梦里的样态，我不喜欢燃烧完了之后，清醒如同回魂，又落空。

等这茶花开等了几年，总是这样落空。春日的花与惆怅，日有所思种种，均与等待有关。

2008年第1期

我不是一个怪人

〔荷兰〕凡·高

人们总把我看成是一个不可理喻的怪人，我要申明的是，我不是什么怪人，尤其不是应从社会中清除的野蛮粗鲁的人。

的确，我常常衣冠不整，样子很寒酸，不能保持很庄重的样子。因为我长期没有收入，我的衣服是我弟弟提奥的旧衣服改的，有些还是廉价的布料做的，加上作画时溅上的颜料，我无法成为一个受欢迎的人。

有人说我的性格坏透了，无端地猜疑我，怀疑我做了什么见不得人的事。我不知道该怎么办。

我要说的是，我不追求地位和金钱，不会为世俗去改变我的性格。我热爱生活，只要我牢牢地抓住了生活，我的作品就会得到人们的喜爱。

我三十岁生日的时候，得到了弟弟提奥真诚的祝福，我非常感谢他。在这一天，我找到了一个很适合扮挖地人的模特，我非常兴奋，简直不敢相信自己只有三十岁。

有时我也真觉得我已不小了，特别是在人们认为我是一个失败者的时候。一想到我可能真的会是失败者时，我感到时光如流水一般无情，让我开心不起来。

在平静正常的心境下，我又为我在这三十年中所学到的东西而高兴，让我对未来的三十年——如果我能活到那么长的话——充满了信心，让我浑身带劲儿。未来的三十年有那么多那么艰巨的工作摆在我的面前。我想象得到，以后的三十年应该比过去了的三十年过得更愉快。我要实现我的愿望，我要努力地依靠自己，尽管社会和环境也应该责无旁贷。

对于一个工作的人来说，三十岁刚刚步入人生的稳定期，因此，三十岁的人应该以饱满的热情和精力去迎接新的生活，生命中的这段时期一旦过去，有很多事情就无法逆转了。

当然，我们也不能指望从生活中得到我们明明知道得不到的东西。生命只是一个播种的季节，收获是不在这里的。

我得承认，我是一个有着明显缺点并且脾气有些怪的人，急躁的性格经常使我做出些愚蠢的事，让我在后来或多或少地感到后悔。我从来没有想过要去抢别人的朋友和生活，更不会谋害他人的生命。虽然我有时也跟人争吵，但我并不想去伤害任何人。

我不想成为一个不干任何好事的危险人物。我是一个生活有困难却又从未停止过努力工作的人。为了工作，我需要一个安静的环境，需要人们的同情。不然的话，我将无法顺利地工作。

我时常处在可怕的忧郁和烦躁中，当我渴望同情又得不到时，我就会态度冷漠，对人发无名的火，说起话来常常很刺耳。我喜欢独处，不善交友，要我经常和人们聚会交流是一件痛苦的事。我也不知道为什么会这样，在肉体和精神上，我都是极端敏感的人，这是造成我怪脾气的主要原因，它让我意志消沉，也损害我的健康。

我说“我是一个艺术家”，有人因此对我进行攻击。我坚信我说的话。在我的理解中，艺术家就是要努力地奋斗，不断地探索，无条件地献身于艺术事业。我已发现了它，了解了它。所谓艺术家，就是包含有永无止境地探索的意思。即使我不断地遭遇挫折，也不灰心；即使我身心疲惫，哪怕是处于崩溃的边缘，也要正视人生。因为我知道，伟大的事业不可能一蹴而就，也不是凭一时的冲动就会有成就。伟大的事业也不会偶然得来，它是不断奋斗的结果。我相信我会有出头的那一天。

2008 年第 1 期

水样的春愁

许知远

郁达夫在他十三岁那年，考取了杭州的学堂，因此他要离开小镇那个刚刚开始熟悉的漂亮姑娘了。多情甚至滥情的郁达夫经历了沉沦的青年之后，开始了对于少年的回忆。《水样的春愁》是中国文学史上最动人的文字之一，那种单纯而洁净的少年情怀，掺杂了明显的羞涩和恰到好处的忧伤。

比起少年维特的矫情，这个东方少年更舒畅地进入了我的心灵。阅读这篇文字时，我十四岁。似乎也正处于类似的情感中。我找来杭州的地图，看着那条弯曲的富春江如何蜿蜒地流过那个叫富阳的小城。我拼命地将自己的身份转化成那个羞涩的十三岁少年，在北京凛冽并掺杂着大量黄沙的春风里，我幻想着自己流淌在缓慢的富春江水里，也幻想着那个姓赵的姑娘。不知为什么，我还固执地认为，那个女孩脸上一定点缀着浅浅的雀斑。尽管整篇文章的叙述是那么缓慢，它在结尾处还是给了我一个极大的刺激。

在临走前的晚上，喝了少量酒的郁达夫走进了姑娘的家，正好家里没人。蜡烛在这时灭了，只有月光溜进了屋内。少年借着酒神对他的挑逗，大胆地握住了姑娘纤细的手。经过犹豫或者说象征性的拒绝后，少女的手安静地躺在少年的手中。

这两只手的纠缠，也纠缠了我的心。这个简单的动作，蕴涵了怎样的惊心动魄。在三个少年人心中同样激起了一场巨大风暴。两个当事人被一种极度的喜悦与刺激所左右着，而作为阅读者的我，似乎同样参与了这重大的事情。当然，在阅读的紧张之时，我还感到了一种莫大的失落——为什么我不是那个少年。

在很长时间里，我陷入了水样的春愁。我被一种紧张与忧伤包围着。我时刻在期待着，出现那只让我盈握的小手，在偶尔晴朗的月空下，想象着那个细微而又惊险的动作。今天看来，这个动作已经对我的成长产生了历史性的影响。我的整个成长被蒙上了现实的羞涩与内心世界渴望激情的双重幕布。

距离郁达夫的春愁将近一个世纪了。那种纯净的情感，被今天的现实映衬得更加可贵。这是一个少年拒绝含蓄的时代，同样十三四岁的孩子，早已不满足仅仅拉下手，更不会理解那个简单的动作蕴涵着怎样的惊险与快乐。当然，我并没有责怪他们的意思。我只是无限地怀念那忧伤与羞涩，它是我们心灵依旧敏感而非麻木的标志。

2008年第1期

青龙偃月刀

韩少功

何爹剃头几十年，是个远近闻名的剃匠师傅。无奈村里的脑袋越来越少——好多脑袋打工去了，好多脑袋移居山外了，好多脑袋入土了。算一下，生计越来越难以维持——他说起码要九百个脑袋，才能保证他基本的收入。

这还没有算那些一头红发或一头绿发的脑袋。何爹不愿趋时，说年轻人要染头发，五颜六色地染下来，狗不像狗，猫不像猫，还算是个人？他不是不会染，而是不愿意染。

师傅没教给他的，他绝对不做。结果，好些年轻人来店里看一眼，发现这里不能焗油和染发，更不能做负离子和爆炸式，就打道去了镇上。

何爹的生意一天天更见冷清。我去找他剪头的时候，在几间房里寻了个遍，才发现他在竹床上睡觉。

“今天是初八，估算着你该来了。”他高兴地打开炉门，乐滋滋地倒一盆热水，大张旗鼓进入第一道程序——

洗脸清头。

“我这个头是要带到国外去的，你留心一点剃。”我提醒他。

“放心，放心！建伢子要到阿联酋去煮饭，不也是要出国？他也是我剃的。”

洗完脸，发现停了电。不过不要紧，他的老式推剪和剃刀都不用电——这又勾起了他对新式美发的不满和不屑：“你说，他们到底是人剃头呢，还是电剃头呢？只晓得操一把电剪、一个吹筒，两个月就出了师，就开得店。那也算剃头？更好笑的是，眼下婆娘们也当剃匠，把男人的脑壳盘来拨去，耍球不是耍球，和面不是和面，成何体统？男人的头，女子的腰，只能看，不能挠。这句老话都不记得了吗？”

我笑他太老腔老板，劝他不必过于固守男女之防。

“好吧好吧，就算男人的脑壳不金贵了，可以由婆娘们随便来挠，但理发不用剃刀，像什么话呢？”他振振有词地说，“剃匠剃匠，关键是剃，是一把刀。剃匠们以前为什么都敬奉关帝爷？就因为关大将军的功夫也是在一把刀上——过五关，斩六将，杀颜良，诛文丑，于万军之阵取上将头颅如探囊取物。要是剃匠手里没有这把刀，起码一条，光头就是刨不出来的，三十六种刀法也派不上用场。”

我领教过他的微型青龙偃月。其一是“关公拖刀”：

刀背在顾客后颈处长长地一刮，刮得顾客麻酥酥的一阵惊悚，让人十分享受。其二是“张飞打鼓”：刀口在顾客后颈上弹出一串花，同样让顾客特别舒服。“双龙出水”也是刀法之一，意味着刀片在顾客鼻梁两边轻捷地铲削。“月中偷桃”当然是另一刀法，意味着刀片在顾客眼皮上轻巧地刨刮。至于“哪吒探海”更是不可错过的一绝：刀尖在顾客耳朵窝子里细剔，似有似无，若即若离，不仅净毛除垢，而且让人痒中透爽，整个耳朵顿时清新而舒坦，整个面部和身体为之牵动，招来嗖嗖嗖八面来风。气脉贯通和精血踊跃之际，剃匠从容收刀，受用者一个喷嚏天昏地暗，尽吐五脏六腑之浊气。

何师傅操一把青龙偃月，阅人间头颅无数。开刀、合刀、清刀、弹刀，均由手腕与两三指头相配合，玩出了一朵令人眼花缭乱的花。一把刀可以旋出任何一个角度，可以对付任何复杂的部位，上下左右无敌不克，横竖内外无坚不摧，有时甚至可以闭着眼睛上阵，无须眼角馀光的照看。

一套古典绝活玩下来，他只收三块钱。

尽管廉价，尽管古典，他的顾客还是越来越少。有时候，他成天只能睡觉，一天下来也等不到一个脑袋，只好招手把笑花子那流浪崽叫进门，同他说说话，或者在他头上活活手，提供免费服务。但他还是拒绝焗油和染发，宁可败走麦城也决不背汉降魏。

大概是白天睡多了，他晚上反而睡不着，常常带着笑花子去邻居家看看电视，或者去老朋友那里串门坐人家。从李白的“床前明月光”，到白居易的“此恨绵绵无绝期”，他诗兴大发时，能背出很多古人诗作。

三明爹一辈子只有一个发型，就是刨光头，每次都被何师傅刨得灰里透白，白里透青，滑溜溜地毫光四射，因此多年来是何爹刀下最熟悉、最亲切、最忠实的脑袋。虽然不识几个字，三明爹也是何爹背诗的最好听众。有段时间，三明爹好久没送脑袋来了，何爹算着算着日子，不免起了疑心。他翻过两道岭去看望老朋友，发现对方久病在床，已经脱了形，奄奄一息。

他含着泪回家，取来了行头，再给对方的脑袋上刨一次，使完了他全部的绝活。三明爹半躺着，舒服得长长吁出一口气：“贼娘养的好过呀！兄弟，我这一辈子抓泥捧土，脚吃了亏，手吃了亏，肚子也吃了亏；搭伴你，就是脑壳没有吃亏。我这个脑壳，来世……还是你的。”

何爹含着泪说：“你放心，放心。”

光头脸上带着笑，慢慢合上了眼皮，像睡过去了。

何爹再一次张飞打鼓：刀口在光亮亮的头皮上一弹，弹出了一串花，由强渐弱，馀音袅袅，算是完成最后一道工序。他看见三明爹眼皮轻轻跳了一下。

那一定是人生最后的极乐。

2008年第2期

世界上最荒凉的动物园

苏童

灰场动物园离我家很近，我开始去那儿临摹动物时，它作为一个动物园已经是徒有虚名了。不知道是什么原因，动物园给人一片荒凉的印象，几棵半枯的老树下陈列的不是动物，而是空空荡荡的兽笼，几乎所有的兽笼都已锈蚀或残破，动物园剩下的居民只有一群锦鸡、一头麋鹿和两只猴子，仅此而已。

两只幸存的猴子，一老一小，小猴子有时会突然跳到老猴子背上，每逢这时老猴子就伸出长臂在小猴子肮脏的皮毛上搔几下，我猜它们是一对父子。值得一说的是那只老棕猴的眼睛，其中一只是瞎的。这么一只独眼猴使我的写生遇到了难题，我不知道怎么画那只瞎了的猴眼，犹豫了很久，我还是把那只猴眼的位置空下了。

我的绘画老师批评了我的动物写生，他认为我画的两只猴子死板僵硬，他指着我画的那只老猴子问："怎么就画了一只眼睛？还有一只眼睛呢？"我说："还有一只眼睛是瞎的，我画不出来。”

绘画老师的浓眉扬了起来：“你说那是只独眼猴子？”他拍着大腿道，“那不是最好的写生素材吗？你一定要画出那另一只眼睛，你总是抓不住动物的神韵！再去画那只独眼猴子，把另一只眼睛也画出来，画好它，猴子的神韵也许一下就出来了。”

大概是我愚笨的原因，我始终不知老师说的神韵为何物，但我还是决心去捕捉猴子的神韵。于是在一个星期以后我又去了灰场动物园。

就在那天，我与学校的生物老师不期而遇。他说：“没想到你在这儿画画，我在这儿还是第一次碰到熟人呢。”我问他来这儿干什么，他神秘地笑了，说：“来看动物啊，你知道我对动物最感兴趣。”我说看动物应该去市动物园，那儿才是真正看动物的地方。生物老师摇了摇头，手指着饲养员的红砖小屋说：“我跟老张是老熟人了，我常上这儿来，跟他谈点事情。”

生物老师说：“你看见那老猴子的瞎眼了吧，那是五年前被一个醉鬼用铁条捅的，他一只手拿香蕉，另一只手藏在背后拿着一根铁条。世上总有一些人，他们不爱动物；不爱也没什么，可他们对动物竟然如此残暴。”

生物老师还说：“我爱动物，我爱一切动物，包括那只独眼猴；当然独眼总是个缺憾，假如它在我那，我会让它变得漂亮一些完美一些。”

我与生物老师本来仅仅是点头之交，自从有了灰场动物园的那次邂逅，我们的关系一下子就亲密了许多。生物老师热情地邀请我去参观他的标本展览室，我就跟着他去了位于校办厂区的那间小屋。

一进去我首先就看见了一只美丽的锦鸡。它被固定在一个树桩上，显然已经被开膛破肚，完成了防腐处理。我看见那锦鸡栩栩如生，但它的羽毛上还沾着血与药液的痕迹。“其实我的鸟类标本不少了。”生物老师把锦鸡标本移到猫头鹰和鸵鸟之间的位置，淡淡地说，“我现在最想做的是灵长类动物标本。”

我并没有在意生物老师的话，应该说我很不适应那间小屋的氛围，我觉得许多鸟许多猫还有许多我未见过的动物一齐瞪大眼睛盯着我。由于它们的静态和屋里的光线，每个动物看上去都异常安详舒适，但是我闻到空气里有一股难以描述的酸腥味，它使我难以坚持看完小屋里陈列的每一样标本。当我找了个理由匆匆退出小屋时，生物老师仍然深情地望着他的标本，我听见他在里面喃喃自语：“真奇怪，他们为什么不爱动物呢？”

我第二次在灰场动物园遇见生物老师是在一个星期天的早晨。那天下着蒙蒙细雨，我发现猴房里的棕猴父子在雨天里表现出一种惊人的亲情。小猴子被老猴子抱在怀里躲雨，当浑身湿透的老猴子一手举过前额观望天空中的雨丝时，我忽然觉得它那唯一的眼睛里积满了某种忧患。我怀着激情画下了它抬头观雨的神态，也就在这时，我听见从饲养员的屋子里传来两个男人争吵的声音，争吵声忽高忽低的，我听不清具体内容，但我听出其中一个人就是我们学校的生物老师。

那场越下越大的雨中断了我的写生计划，我原本想到饲养员的小屋里去躲一会儿雨的，但是想到那样会给他们带来种种不便，就干脆钻到了鹿房低矮的木板房檐下面。

雨一停我就想离开了，我带来的纸都被雨水弄湿，无法再画下去。雨后的灰场动物园更显冷清荒凉，除了残馀在枯树上的雨水滴落在地的声音，周围一片死寂。

我已经推起了自行车，就在这时候我听见从猴房那边传来奇怪的类似婴儿的啼哭声。最初我不知道那是猴子的哭声，我只是觉得那种声音异常凄厉异常瘆人，于是我骑上车朝猴房那儿驶去。你也许已经猜到了，我再次看见的猴房里只剩下那只小棕猴了，仅仅是隔了一个小时，仅仅是隔了一场雨，那只瞎了右眼的老棕猴不见了。我看见那只小猴用双臂抓住铁网迎向我，它像一个婴儿一样哭泣，我清晰地看见它粉红的脸上满是泪水——不是雨水，是泪水。那是我这辈子第一次看见猴子的泪水，像人的眼泪一样，也是晶莹透明的。

我一时愣怔在那儿，内心充满了酸楚与疼痛的感觉。但我不知道该为那只小棕猴做些什么。我在口袋里找到一颗潮湿了的花生仁，隔着铁网喂给小棕猴，但它刚咽下去就吐出来了。我一直以为它在战栗，这时才明白那种战栗就是猴子的哭泣。

我曾经偷偷地跑到生物老师的标本室外面看望那只棕猴，说起来我大可不必这样偷偷摸摸——只要你对动物有一定的兴趣，生物老师总是乐于为你打开标本室的门。但我似乎害怕与那只棕猴直面相对，最终还是选择了一个安静的午后爬到了那间小屋的窗台上。

我看见那只老棕猴盘腿坐在一张课桌上，让我惊讶的是它现在不仅洁净而且安详，作为某种特征的残眼竟然不见了，变成了一只明亮的无可挑剔的眼睛。那只我所熟悉的独眼棕猴，现在它有了一双完美的眼睛。

我的绘画老师总是要求我去捕捉动物的神韵，但我认为动物的神韵在于它的眼泪，我努力了多年，还是画不出那种泪水，最后干脆就不去画了。那个位于工业区的灰场动物园，后来我再也没去过，去也无妨，我猜那大概是世界上最荒凉的动物园了。

2008 年第 2 期

斯皮尔伯格回信

安顿

外甥想给斯皮尔伯格写信，他问我："如果我告诉他我爱死了他的电影，你说，他会给我回信吗？"我当时立即想起了一个故事：斯皮尔伯格小时候迷恋一位大导演，到片场门外去等这位大师，大师没时间见他，因此他下定决心要拍电影、见大师。有这样的童年经历，他一定不会怠慢一个来自中国的小影迷。我想，外甥也就是问问。

外甥离开了半个多小时后，跑回来："我买了一种最好看的信纸和信封，咱们手写，这样显得郑重。"

这件事情不好办。我不知道斯皮尔伯格的地址，外甥觉得没什么，上网一定能找到。还真给他找到了梦工厂的地址，"咱们可以写给梦工厂，转斯皮尔伯格收。麦太给奥委会主席写信申请让麦兜抢包山的时候，就是这么做的，还说谢谢合作呢！"

于是我们写了一封信。

亲爱的斯皮尔伯格先生：

您好！

我叫旦旦，来自中国北京，我很喜欢您拍的电影。因为《大白鲨》，我至今不敢下海游泳，因为《E.T.》，我常常会觉得小自行车能飞，飞过树梢，飞到月亮边上，只要在车筐里放上一个 E.T. 就行。我有 E.T.，但不是真的，是一个模型，所以，我知道，我的小自行车暂时飞不起来。我小姨在中国当记者，她也喜欢你的电影，我喜欢的她都喜欢，另外，她还喜欢《紫色》和《辛德勒名单》，我还没看，但我相信我肯定喜欢。

我给你写信没事儿，就是想告诉你，我很喜欢你，希望你拍出更好的电影。等我去了美国，就去看你、请你。

旦旦

外甥满脸真诚地让我翻译成英文，这封信就这样发出了。从这一天起，他一见我就问："斯皮尔伯格回信了吗？"

我说："没有。"

每天，这样的问话都在重复，而且越来越简单。

"小姨，斯皮尔伯格回信了吗？"

"小姨，回信了吗？"

"小姨？"

最后，发展到他一看我，我就说：“没有。”

然后，就是今天，他用眼神问我，我用眼神说：“没有。”

我们都不说话了，已然心照不宣。

晚上，外甥在看不知第多少遍的《E.T.》，我忽然觉得心里有点儿过意不去，走过去摸摸他的头，竟然说：“斯皮尔伯格的回信明天就会来。”他看看我，没说什么。

想起原来看过的一部荒诞戏剧《等待戈多》，两个闹自杀的人，今天不自杀，就是因为戈多说了明天就会来。他们俩一直没死成，因为总有明天，戈多明天一定会来，于是他们一直活着，等待戈多。

外甥忽然问我：“小姨，你怎么知道明天就会来？”

我说我其实不知道，我只是觉得，明天该来了。

他是快乐的孩子，开始安慰我：“其实我写信的时候就知道，可能这个回信永远不会来，斯皮尔伯格太忙了，再说，我们写到梦工厂，万一梦工厂没转给他呢？就算转了，他没收到呢？就算收到了，没看呢？就算看了，没时间回呢？就算回了，没时间寄呢？就算寄了，半路上丢了呢？所以，还是收不到。其实没关系，我写了，心里就特别高兴。我还是喜欢他，不会因为他不给我回信就怪他的。”

小男孩睡着了，脸上洋溢着幸福和满足，每天他都是这样的。因为不管发生什么事儿，他的心里都没有不平。

有时候，孩子是我们的老师，他们的这种逻辑，也能让我们的内心平和起来。

2008 年第 3 期

火车上的爱情故事

〔罗马尼亚〕阿·斯特凡内斯库

我坐在一趟夜行列车上，心情特别愉快，因为我的旁边坐着一个美貌的女人。我很想和她攀谈，但是包厢里那些讨厌的乘客都很深沉和沉默，使我不知所措。所以，我也只好随大流，保持沉默了。但我还是忘不了再瞟一眼那个随着火车的颠簸时不时往我这边挤靠的女人。我感到她也在心领神会地偷偷瞟我，对有别人在场感到遗憾。

这时有人熄了灯。我索性把头埋进挂在座位上方衣帽钩上的风衣里，想让自己睡着。我充满柔情地想着我的邻座，伴随她的倩影慢慢地进入了梦乡。

过了一会儿，有什么东西把我碰醒。黑暗中，她的腿紧贴着我的腿。我睁开了藏在风衣下的眼睛，想搞清楚这是否是有意的触碰。是有意的！当我的腿使劲往她那边靠时，她也以同样的方式作为回应。尽管隔着裤子，我还是能感觉到她那短裙没能遮住的大腿令人陶醉的光滑肌肤。

比这接触的感觉更令我神魂颠倒的，是我和她之间在黑暗中达成的这种默契。我完全沉浸在这种令人陶醉的秘密交流中。

突然，有人打开了包厢的灯。我从风衣下探出脑袋，发现我的旁边并没有女人，而是一只箱子——是皮的，这一点不假。原来那女人到餐车喝啤酒去了，她把箱子放在了座位上，怕回来时位子被人占了。

2008 年第 4 期

牧人的姿态

周涛

这时候他正步履蹒跚朝着那条被苇丛遮掩着的河走过去。他一步一步地走着，走得很慢，显得笨拙。他走路的姿势，有一种幼儿刚开始学步时的陌生，还有一种久卧病榻的人初次下地时的荒疏。每跨出去一步，都含有试探、不自信的意味，而他的身躯又那么沉重，这就使他很像野兽直立起来的样子，像一只熊。

他是个牧人，他对走路的确是陌生的，因为他大多数时间生活在马背上，他的腿已经有些弯曲，即便在行走的时候，两腿间仿佛依然箍着一个无形的马肚子。他的肩膀宽阔，两条粗壮结实的手臂在行走时，无所适从地放在身体两边，似乎有些多馀。

这时候，草原空寂得像一幅弃置已久的名画；天空像一面没人敲打但却擦拭得异常锃亮的铜锣；鸟儿的鸣叫声从灌木丛中传出来，与微风使灌木枝叶轻轻抖动的节律合拍；大地散发出的各种花草的清香正在阳光下弥漫。这一切使受到催化、刺激而蓬勃发育的生命形成一种氛围和情态，它们弥散的气息，又反过来刺激、催化别的生命。

春天的某种特殊的活力就这样开始了，它仿佛是一只神秘的手，轻轻揿了一下按钮，于是阳光把美丽的情欲注入万物。

他感觉到这些，目睹着这些，甚至可以说主要是呼吸到这一切。这无所不在的花草万物的芬芳掺和了阳光的炽热，饱含了生命的启示和情欲的力量，随着每一口呼吸进入他的躯体。他的喉管在发痒，肺叶鼓胀如满风的帆，血液仿佛涨水的伊犁河那样汹涌激荡，他几乎听到血液的激流冲刷血管壁的声音……他感到眩晕。

他约摸有五十多岁，也许更年长一些。他的头发是褐黄色的，前额上面有一绺是金黄色的。他脸上的肌肉结实紧凑，线条和轮廓还很鲜明，鼻子并不大，但是颌骨非常有力地勾画出了他的脸型。眼珠，是那种棕黄的，透着禽类的犀利。

他是一个有经验的牧人。

他像用一只手游泳那样，拨开苇丛，靠近那条河，粗重的喘息在密密的苇丛里似乎显得更响了。

他知道这种眩晕，这种使他头昏的东西是一种力量，这力量的漩流就藏在他的血液里，涌动、旋转、撞击，纠缠他、干扰他，使他不能宁静。他知道这不完全是春天的某种情欲，而是一股更强大的、模糊的力量。他说不清这力量源自哪一团浸透了阳光的云朵、哪一座曲线优美流畅的山冈，但他能感觉到它，这过于强盛的力量使他眩晕而且变得软弱。

他觉得不可承受。

“人对于主，确是辜负的。主曾用血块创造人，主曾教人知道人们所不知道的东西。”他跪下来，独自祈祷着，间或发出轻微的呻唤，仿佛在恳求宽恕。

“您赐予一个牧人使用不完的力量，啊，请允许我归还于您！”

他朝河边挪动得更近了，水是清澈的。

他从靴子里取出一把短刀，从刀鞘里抽出刀来，刀子很锋利。他把刀子浸进冰凉的河水里，然后拿起来，用刀尖翘起的部位抵住额头，一划，上额至眉心处被划破，宛如一颗饱满的石榴被划了一刀似的，晶亮鲜红的血珠儿，石榴粒儿似的跳出来。

他把头垂向河面，让血滴进清澈冰凉的河水里。他看着一滴接一滴的血掉在水面上，一溅，向上散开，然后刚一落下去接触到水，就被流水拉扯开，拉成一条细长柔韧的红线，倏忽远去。

一滴，又是一滴。

他凝视着自己的每一滴血，看着它们离开自己归还给河流和土地，他感到安慰、舒适。

他看到那个力量的一部分跟着自己的血滴进河水里，

离开了自己。渐渐地，他觉得轻松了许多，头脑变得清醒了，不再眩晕，那个饱胀在躯体内的汹涌的漩流减弱了，血液的流速开始均匀，身体恢复了平衡。多馀力量的负担卸除了，他觉得自己神清气爽、精力充沛。

他掬起一捧河水，用水拍击额头，血就止住了。

他把刀子伸进河里冲了一下，熟练地在裤子上擦了两面，收进鞘里。

然后，他站起身，长长地舒了一口气，用两只粗糙的手掌把自己的脸从上往下搓了几下，便离开那条河，朝山冈盘绕的草原深处走去。

他的心里充满了感激。

2008 年第 5 期

先上讣告，后上天堂

〔美国〕玛里琳·约翰逊　　李克勤 译

好些年前我就发现，同一个行当里，只要死起人来，总是一连串一连串地死，把报纸一角的讣告栏填得满满的。成群结队，多得连报纸都盛不下，这到底是怎么回事？年事已高的女影星和另一位年事已高的女影星并肩谢幕，离开人生的舞台；职业联赛的棒球名手双双出局，退出生命的角逐——这种事我们见过多少？多得让人瘆得慌。某几天，死的全是雕塑家，过些日子却齐齐换成了卡通界开疆拓土的老前辈。

这种事绝不仅仅是巧合，当然也绝不是负责殡葬消息的编辑所能妄加揣测的。最近又有一对讣告，让人看了毛骨悚然。死者之一名叫保罗·温切尔，他曾为《小熊维尼》里的小老虎配音；另一位死者名叫约翰·菲德勒，曾为《小熊维尼》里的小猪配音。相差只有一天，两位配音者永远沉默了。我把这两份讣告放进了我的剪报集，紧挨着一九八六年十月二十五日的两则消息——那一天，《纽约日报》并列刊载了两位科学家的讣告，一位分离出了维生素 C，另一位分离出了维生素 K；一位九十三岁，另一位九十二岁；一位留下三栏遗言，另一位留下两栏。这么多大同小异之处，有胆子的话，你自己琢磨去吧。

难道他们是受了约翰·亚当斯和托马斯·杰斐逊的启发不成？一八二六年，美国第二任、第三任总统同时撒手人寰，时间是七月四日，离他们签署《独立宣言》正好五十年。《纽约美国人报》这样写道：七月四日，托马斯·杰斐逊停止了呼吸，他那位和他同样伟大的对手也于同日辞世。如此离奇的际遇，真令人惊叹不已。

我们完全赞同一家波士顿报纸的说法：如果上帝遣下火车马车迎接他们荣登天堂，那种场面也许会更加壮观，但却无法进一步增加这两位爱国志士的荣光。一生之中，他们无比珍爱的莫过于自由，自由也最终由他们昭告天下，建立并确立。在自由到来五十周年之际，两位“载入史册”的爱国者溘然长逝。在人类的各种周年活动中，我们从未发现还有什么比这更动人、更美好的纪念。这种事不可能完全出于巧合。

是啊，这种事肯定不可能完全出于巧合。冥冥之中，自有一股神秘的力量。要寻觅这股力量的踪迹，还有比讣告栏更好的地方吗？

像这样的巧合不是每天都有，但你只要开始搜集，不出一个星期，一个别具特色的收藏便会初具规模：合众国际社的一位老牌摄影师，搭配美联社的另一位老牌摄影师；一位神学教授，加一位牧师、一位嬷嬷；一位名叫亚瑟的作家，与之同行的是一位名叫艾伦的建筑师，还有一位名叫阿洛伊斯的画家；一个产科医生，另一个还是产科医生；“僻街便捷停车法则”发明者，与之相对的是伊夫林·伍德——“便捷阅读法则”的创造人之一。不可思议的同行者还有：为好莱坞服务的几名成员——一个发型师、一个宴会承办商、一个服装设计师！黛安娜王妃和特蕾莎修女！加里·格兰和德西·阿纳兹！全世界第一小王国的首脑（梵蒂冈，约翰·保罗二世）对应全世界第二小王国的领袖（摩纳哥，雷尼尔王子）。

我的脑子没有毛病，以上组合完全是认真读报的收获。每天读报完毕，洗净双手的油墨，放下一身俗务之后，我都会静思默想存在于这个宇宙中的那种神秘的和谐。每当这个时候，我都会想起一些童年逝去之后便再未出现的念头，比如守护天使。我从前一心以为这类天使有点像我们的另一个自我，时刻守护着我们，像个鬼影似的，跟着我们走来走去。有没有这种可能？也许我们所有的并不是天使，而是一个备份，以确保我们把该做的事情做好。比如能分离出维生素 A、D、E、K 之类的人物，就有两个备份，免得出什么岔子。再比如那位给小老虎配音的人，小猪的配音者就是他的备份。

我有个朋友喜欢搜集有关“公交车坠崖”的报纸大标

题。要是知道这种东西多么容易弄到，你准会大吃一惊。在全世界的各个角落，到处都有公交车落进山沟、栽进峡谷的事发生。这些事故千篇一律，不用说都知道是怎么回事。处理这类消息的报纸编辑们看样子已经彻底认输了，再也想不出什么新鲜点子，几乎所有大标题都是这个格式：×× 国公交车坠崖，×× 人遇难。《纽约时报》有一次报道说，巴西公交车坠崖，十人遇难。坠崖的其实是一辆卡车，根本不是什么公交车。老套路难改啊。

公交车坠崖的事儿，我把它看作一种意象，表现出走向死亡的历程。我们中的许多人昨天“乘车坠崖”了，大家彼此之间有什么共同点呢？共同点就是乘上了同一辆公交车。但它同样也可能是个比喻，是一辆想象中的公交车。星期六，它肚子里装的是两个研究维生素的科学家；星期天，“货物”换成了在好莱坞当女佣的一群女士。

之所以要把死亡具象化为一辆公交车，不用说，我是想用这种办法尽量说清楚这个难以想象的概念。某一天，我们还行驶在高速公路上，第二天却往旁边一栽，一下子没影了。谁知道那一刻坐在我们身边的会是什么人？水门事件起诉检察官阿奇博尔德·考克斯的同座是水门事件辩方律师山姆·达什；劳伦斯·韦尔克和他的伴奏喇叭手一曲重奏，双双出门；荷兰女王与加拿大冷冻食品王国国王相伴离开人生盛宴；和《原子科学家学报》主编共同辞世的是一个名为“大爆炸”的摇滚乐队的主吉他手。这些组合，我全部收进剪报集。

每天早上，裹在蓝色塑料包装袋里的《纽约时报》都会送到我的手中。这份报纸向来兢兢业业地报道重要人物的逝世消息，从来不曾漏报一位。每一天都是全新的，每一天都充斥着要人的讣告。我沏上一杯茶，穿着拖鞋的双脚往什么东西上一搭，打开还没有落下任何污迹的新闻纸页。讣告这玩意儿，刚一刊登出来，便已成为历史。我知道，总有那么一天，也许就在本书付梓之日，纳尔逊·曼德拉和罗莎·帕克斯的名字就将出现在讣告栏里。这两位老人家至今还没在那个地方露面，真让我敬畏不已。一九七三年毕加索去世时，我睡得死死的；一九九一年迈尔斯·戴维斯死时，我也错过了。他们是那个时代的代表，我却错过了他们人生故事的终点。

有些人也和我一样，喜欢一行不落地精读讣告，剪下来，收藏好。他们站在人生这座老旧舞台的背后，凝视着、研究着，看这所戏园子里新近少了谁，又有什么东西随之一去而不复返。琢磨这种事让他们心里别有一番况味。

2008 年第 5 期

春的踪迹

〔俄国〕米·普里什文　　潘安荣 译

一

有三天不冷了，雾霭悄悄地消融着积雪。彼佳说：

“出来吧，爸爸，你来瞧瞧，来听听黄鸦唱得多美啊！”

我走出门，听了听，果然很悦耳，微风也是那么亲切。道路完全变成红褐色，呈鱼脊形了。

仿佛有人久久地追赶春天，追上她，终于碰到她，她就停下来，沉思起来……四面八方公鸡啼鸣。雾中显出浅蓝色的森林。

彼佳定睛远眺渐渐稀薄的雾，发现田野里有黑乎乎的东西，喊道：

“瞧，土地露出来了。”

他跑进屋里，我听见他在那儿喊道：

“廖瓦，快去瞧瞧，土地露出来了。”

母亲也忍不住，走了出来，手搭凉棚，遮挡着阳光：

“哪儿的土地露出来了？”

彼佳站在前面，伸手指着白雪覆盖的地方，仿佛哥伦布指着大海，重复说：

“土地，土地！”

二

铃兰开花在先，野蔷薇开花在后：花开花落都各有其时。但有时候，铃兰花凋谢已整整一个月了，在一个黑黢黢的密林深处，却还有一朵兀自在开放，散发着馨香。虽然这是极少有的事，但是人有时也会这样。在某个静寂的地方，在人间的一个暗角，有一个不为人知的人，人们以为他“活过时了”，不理睬他。可他却出人意料地走了出来，光彩夺目，赛如花开。

2008 年第 5 期

生命中的一天

〔法国〕让－多米尼克·鲍比　　邱瑞銮 译

在老旧的麻布窗帘后面，映着浅浅的奶白色的光，透露了天色已破晓。我的脚后跟很痛，头仿佛千斤重，而且好像有潜水钟之类的东西紧紧罩住我的全身。我的房间轻轻缓缓地从昏暗中退出来。我仔细端详我亲爱的人的照片、孩子们的涂鸦、海报以及一个铁制的小小自行车选手，这是一位朋友在巴黎—鲁贝自行车赛开赛的前一天寄来的纪念品。我也仔细端详围着护栏的床，这张床是我六个月以来，像寄居蟹一样赖着不走的地方。

不需要思索很久，就知道我人在哪里，我记得我的人生是在一九九五年十二月八日的那个星期五发生了大翻转。

那一日的清晨，我最后一次从温热、柔腻、高大的棕发女孩身边睡醒，有点漫不经心，也有点抱怨这一天又要这么开始。那天一切都是灰色的、凝滞的、无可奈何的，人们、城市，都因为连续好几天的运输系统罢工而困乏不堪。与千百万巴黎人一样，芙罗兰（我的新女友）和我，眼神空洞，面容疲惫，这一天铁定又是杂乱混乱的一天。我机械性地做了所有简单的动作，这些动作在我现在看来都很不可思议：刮胡子，穿衣服，喝一碗巧克力奶。好几个星期以来，我就在等今天。今天我要试车，一位德国汽车进口商要借给我一辆最新款的车子，并附借一位司机，供我一整天差遣。约定的时间一到，一个颇有专业素养的年轻人就在公寓门前等我，他背后是一部银灰色的宝马。我透过窗子，在楼上瞧着这部轿车。车子宽大、豪华，我不禁自问，穿着老旧牛仔装的我，坐在这部高级豪华的轿车里，看起来会是什么样。我把前额顶在玻璃上，感受一下外面的寒意。芙罗兰轻轻抚着我的颈背，我们匆匆说再见，双唇微微碰触。我迅速地下楼，楼梯似乎上了蜡。蜡的气味是过去时光最后的气息。

广播电台在两则路况报道之间，穿插播放了披头士的歌《生命中的一天》。经过布隆尼森林的时候，宝马车像飞毯似的滑行。我的司机很亲切。我对他说明我下午的计划：到我前妻那里去接我儿子提奥菲，天黑以前我要接他到巴黎，他们住在距离巴黎四十公里的地方。

七月以来，家里的事几乎都被我抛到脑后，提奥菲和我很久没有面对面地像男人一样谈话。我想带他到剧场去看阿西亚斯的新戏，然后到克利奇广场的餐厅去吃几个生蚝。我们早就约好，要共度周末。

I'd like to turn you on…

（我想要让你兴奋起来……）

音乐再次飘进我的耳朵。我很喜欢这首曲子的旋律，演奏渐次加大强度，一直到最后，一个音符强力地爆发。有人说这是钢琴从六楼摔下来的声音。车停在杂志社门前。我跟司机约好了下午三点见。

办公室的电话机里只有一条留言，但是这留言让人吃惊：要我紧急回电话给西蒙·V女士，前任卫生部部长，法国最知名的一位女士，是最受报刊界推崇的人物。这一类电话绝对不会是无缘无故打来的。我先问了一下我们是不是说了什么或做了什么，才使这位大人物打这通电话来。“我想她不太满意上一期杂志里她的那张照片。”我的助理委婉地说。

我拨了留言上的那个号码，果不其然，就是那个疏失。那张没有处理好的照片使这位大人物显得可笑，而不是尊贵。通常，这种善后的事情都由杂志主编安·玛莉处理，她有足够的耐心来和这些知名人士沟通。

中午，杂志社老板要召开午餐会议，午餐会议的地点就在杂志社顶楼，那里是高阶管理层的专用餐厅，场地很宽敞。

这最后的一餐吃了什么，我已经不太记得，这顿午餐惹人烦的真正原因是，没完没了。司机再看到我的时候，夜色已经罩在玻璃窗上。为了节省时间，我没向任何人说再见，就像小偷一样悄悄地从办公室溜走。

“我们现在去会塞车，陷在车阵里。”

“我很抱歉。”

“是耽误了您的时间……”

有那么一会儿，我恨不得取消一切：看戏改期，去看提奥菲改期……我只想把自己埋在被窝里，吃一份白奶酪，玩填字游戏。我决定抵抗这种沮丧的情绪，它已经快堵到我的喉咙了。

“我们避开高速公路好了。”

“就照您的意思……”

尽管宝马车马力足，但还是被卡在了苏河那桥上。我们沿着圣·克鲁德的路走，然后经过雷蒙·波伊卡医院。

一个半小时以后，我们到了目的地，到了那栋我生活了十年的房子前。大花园里笼罩着雾，以前幸福时光的笑声、叫声仿佛仍在回响。提奥菲坐在背包上，在门口等我，等着度周末。我很想打电话给芙罗兰，听听她的声音，但是她应该到她爸妈家去做礼拜五晚祷了，看完戏后我再跟她见面。我只参加过一次犹太家庭的这种礼拜仪式，那是在这里，在蒙特维尔，一位老突尼斯医生的家里，我的孩子就是他接生的。从这以后，我的记忆就变得支离破碎，我的视线模糊，我的头脑混沌。我还坐到车的驾驶座上去开车，想办法集中精神看仪表板上的灯光指示。我的操作慢下来。在车灯的照射下，我几乎没办法分辨是不是该转弯了，而这条路我已经走了千百趟。我感觉到汗水成串地从我的额头上渗出。和对面的车交汇时，我把一辆车看成了两个影像。到了第一个交叉路口，我和司机换位子。我跌跌撞撞地从车里走出来，几乎站不稳。我倒在后座上。我心里只有一个念头：把车子掉头开到小镇去。我的小姨子迪安娜住在那里，她是护士。到她家门口，我意识昏沉地请提奥菲跑去叫人。不一会儿，迪安娜来了，她只检查了几秒，就下达指令："送医院，越快越好。"

到医院还有十五公里，这一次司机加足了马力，火速前进。我觉得自己很异常，就好像吃了迷幻药，我告诉自己这玩意儿不适合我这个年纪。我压根没想到我可能会就这样死去。在去往医院的路上，汽车尖声嘶吼，我们一路超车，以响亮的喇叭声劈出通路。我很想说几句这样的话："等等，我现在好多了。不需要开这么快，免得出车祸。"但是，我发不出半点声音，我的头一直晃，控制不了。今天早上披头士的歌又回到我的脑海——And though the news was rather sad…I saw the photograph…（虽然这个消息让人悲伤……我看了照片……）

很快就到了医院。有人从四面八方跑过来，有人把我摇晃的手臂架在推椅上。车门轻轻地被关上。有人告诉过我，听关车门的声音就知道车子好不好。我觉得走道上的灯光很刺眼。电梯里，有陌生人热情地为我加油，披头士唱到《生命中的一天》的最后一句，钢琴从六楼掉下去，在它还没有触地，还没摔坏以前，我还有时间想最后一件事：看戏非得改期不可，我们就算现在赶去也会迟到，明天晚上再去吧。哦，对了，提奥菲在哪里？我沉陷于昏迷。

2008年第5期

一只自以为是狗的猫和一只自以为是猫的狗

〔美国〕辛格　任溶溶 译

从前有一个贫穷农民，名叫扬·斯基巴。他和他的老伴跟三个女儿住在离村子很远的一座干草顶茅屋里。这茅屋里面有一张床、一张当床用的长凳、一个炉灶，没有镜子。镜子对于贫穷的农民来说属于奢侈品。农民要镜子来干什么呢？农民对外表一点儿兴趣也没有。

这个农民的茅屋里还有一只狗和一只猫。这只狗叫汪汪，这只猫叫喵喵。它们两个是在同一个礼拜生下来的。农民虽然只有很少的食物供全家吃，可还是不让他的狗和猫饿着。这只狗从来没有见过别的狗，这只猫也从来没有见过别的猫，它们见到的只是彼此。这一来，这只狗就以为自己是一只猫，这只猫就以为自己是一只狗。不错，它们生性完全不同。狗汪汪叫，猫喵喵叫。狗追兔子，猫捉老鼠。可是所有的动物非和自己的同类一模一样不可吗？农民那几个孩子就不是一模一样。汪汪和喵喵两个和睦相处，总在一个盆子里吃东西，你学我的样，我学你的样。

当汪汪“汪汪”地叫的时候，喵喵也想学着汪汪叫；当喵喵“喵喵”地叫的时候，汪汪也想学着喵喵叫。喵喵偶尔会追追兔子，汪汪拼命想要捉住老鼠。

到村里来向农民收购燕麦片、鸡、鸡蛋、蜂蜜、小牛和一切可以收购的东西的货郎，他们从不到扬·斯基巴那可怜的茅屋来。他们知道他家太穷，没有东西可以卖。可是有一天，一个货郎走错了地方，来到了他那里。他走进他的家，随手就把货物摊开来，扬·斯基巴的老伴和女儿们看到这些漂亮的小玩意儿，眼睛都花了。货郎从他那布袋里拿出黄珠子、假珍珠、假银耳环、戒指、胸针、五颜六色的头巾、吊袜带以及诸如此类的廉价装饰品。最让这一家女人着迷的是一面木头框镜子。她们问货郎这镜子卖多少钱，货郎说，半个古尔登——对于贫穷的农民来说，这就是很大一笔钱了。扬·斯基巴的老伴玛丽安娜想了半天，大胆向货郎提了个建议，那面镜子她可以分期付款，每个月付给他五个格罗申。货郎犹豫了一下，这面镜子在他的布袋里很占地方，还随时有破碎的危险。因此他决定成交，从玛丽安娜手里收下了第一笔付款——五个格罗申，把镜子留给他们。他常到这一带来，知道斯基巴是老实人家，他可以逐渐把款收齐，还可以赚点钱。

这面镜子在茅屋里可闯了大乱子。在这以前，玛丽安娜和孩子们难得看到她们自己的模样。她们只是在门口水桶里见过自己的倒影。可如今她们可以清清楚楚看到自己，开始发现她们脸上的缺点，这些缺点她们从前并不知道。玛丽安娜长得挺好看的，可她少了一颗门牙，现在她觉得这让她难看死了。一个女儿发现自己的鼻子太翘太宽，一个女儿发现自己的下巴太窄太长，一个女儿发现自己的脸上满是雀斑。扬·斯基巴也朝镜子看了一眼自己，很不高兴自己的嘴唇那么厚，牙齿伸出来。那一天，家里几个女的被镜子吸引得没有烧晚饭，没有铺床，把所有家务活儿都忘了。玛丽安娜听说大城市的牙科医生能把缺失的牙齿镶上，不过这种事情是很花钱的。几个姑娘尽力相互安慰，说她们还是挺漂亮，会有人追求她们的，不过她们不再像原先一样快活了。她们遭到城市姑娘那种虚荣心的折磨。鼻子宽的姑娘一直用手夹鼻子，想让它变窄些；下巴太长的姑娘用拳头顶下巴，要让它变短些；长雀斑的姑娘拼命想，城里是不是有药膏能够去掉雀斑。可是哪来的钱做路费进城呢？哪里有买这种药膏的钱？斯基巴家的人第一次深深感觉到他们的贫穷，并开始眼红有钱的人。

受到影响的不仅是这个家里的人，那面镜子同样扰乱了那只狗和那只猫的安宁。茅屋很矮，镜子就放在一条长凳上面。那只猫第一次跳上长凳就在镜子里猛地看到自己的影子，困惑得不得了，这样的动物它过去从来没有见过。喵喵的胡子竖了起来，它开始对着自己的影子喵喵大叫，向它举起一个爪子，可镜子里的动物也向它喵喵大叫，同样举起了一个爪子。紧接着，那只狗也跳上长凳，当它看见另外一只，大吃一惊，气得发疯。它向另一只狗汪汪地叫，龇起了牙齿，可那只狗也向它汪汪地叫，露出了牙齿。汪汪和喵喵苦恼得有生以来第一次相互攻击。汪汪咬了喵喵的喉咙一口，喵喵向它发出嘶嘶声，呼噜呼噜地叫，用爪子去抓它的脸。它们两个都流血了，看见血它们激动起来，几乎要把对方咬伤、抓伤甚至弄死。

家里人简直没办法把它们两个分开，因为狗和猫强壮有力。只好把汪汪给拴到屋外，它叫了一天一夜。由于极度苦恼，狗和猫都不肯吃东西。扬·斯基巴看到镜子把家里弄得乱七八糟，认定这面镜子并不是他家需要的东西。“你又何必非要看你自己呢。”他说，“如果你能看到，就赞美天空、太阳、月亮、星星以及森林、草原、河流、植物吧。”他把镜子拿走，放到木板棚里去。等货郎再来收分期付款时，扬·斯基巴把镜子退还给他，用买镜子的钱改买头巾、拖鞋给几个女人。镜子没了以后，汪汪和喵喵恢复了常态。汪汪又自以为是只猫，喵喵也断定自己是只狗，姑娘们尽管有她们自己找出来的种种缺点，却都嫁了如意郎君。村中牧师听说了扬·斯基巴家发生的这件事以后说：“一面玻璃镜子只照出表面，一个人的真实一面是他是否愿意帮助自己、帮助家人、帮助他所接触的所有人。这种镜子揭露了人的内心。”

2008 年第 6 期

读者

READERS

读者的散文

《读者》三十五年精华文丛

下

读者杂志社编选

新 星 出 版 社 NEW STAR PRESS

我难以提及这人生的意义

子娟

人生的意义这几个字，在妈妈听来，实在太隆重和煞有介事。对于妈妈，它的实际意义就是午后做一阵针线活，到街上买一把小葱，晚餐炒一个白菜豆腐，烧一锅热热的稀饭。

年轻时，忙着田里的庄稼、家里的娃娃，好像腾不出空闲来思忖这个宏大的史诗般的问题；年老了，又卑微地认为，出门时走最靠边的道儿，买菜时露出最谦恭的笑，看病时用上最便宜的药——那个悬而未决的问题，连想都无从想起。

但是，妈妈，我和您似乎不一样，我在这个沉沉的深夜，一遍遍叩问：人生的意义是什么，是什么？

一

是钱吗？显然，妈妈，您总是落落大方地谈起它。不要说修房造屋，就是一家人的起居，您就和那几张小票子永远地纠缠不清。一张小而薄的一分钱，也要被您精心地收在我们不知道的一个地方。

钱的意义，就是生活的全部意义。那时的天空和月亮是没有被工业污染的湛蓝和清亮，那时的人有着没有被商业浸染的厚道，那时的钱纯净而神圣。

妈妈崇拜每一分钱，就像热爱每一天。您握在手心里的那个红色碎花小方手绢，乖顺地躺在您粗糙的掌中，伍圆、壹圆或伍角、贰角，几乎见不到拾圆，但总会有浅黄色的壹分和豆绿色的贰分，它们规整地卷在一起，挨着手绢一角，被您缓慢卷起，然后，谨慎地掖在身上。妈妈，我喜欢看您这时的神情，平静、坦然，好像一家人的日子稳稳地拴在了您的腰间，好像中午的捞面条、过年的新衣裳、生日的煮鸡蛋、上学的花书包和冬天的大棉袄，都踏踏实实地有了着落。

这些花花绿绿的小可爱，大多是在异乡谋生的父亲邮寄回来的。去那个有着绿色邮筒的地方取钱，要走半天的路，每一次，您的脚步一定会雀跃般快乐；但每一次您也会郁闷地垂下眉眼，因为您记得清楚，家中的这位顶梁柱离开家的时候，春天的布谷鸟正咕咕地歌唱，而眼下秋天的第一阵凉风已漫在耳边，还需要多久他才能扛着那个深色的大包回家？您的心空荡荡的。当您用一张钱换回一把锄头、一条围巾，抑或孩子们的一阵欢呼时，用它们为生病的小猪买回一包药，为过节的午饭增添一道菜时，您的心里总有满当当的慰藉，也有一阵阵的疼痛。它们来自父亲长年在野外的劳作，来自长年分离的苦苦相思。它们来得那么不容易，好像和您的血肉密不可分。

小手绢总像饿肚子的娃娃，但我们兄妹却深觉生活多姿得犹如村口那棵枝繁叶茂的大杨树，快乐无忧的笑声四处飘散。它让我们梦想天边有一个绚丽的世界，使我们从那个有着浅棕色土墙的乡村学校，捧回了一张张黄灿灿的奖状；它甚至让我们无边无际地遐想一块红烧肉的浓香、用上一支钢笔的荣耀和头戴一个蝴蝶结的漂亮。

后来，您掏出的小手绢已褪掉美丽的红颜色，却依旧那么熨帖地卧在您的手心。每一次被谨慎地摊开，它都像紧闭的双唇，一语不发。它是栖居在妈妈心上的一块暖一块疼，看来它应该包裹着世上最华贵的钱包也难以比拟的沉甸甸的生存秘籍。它就是我们家里最重要的一个成员，是我们成长和幸福的一个见证。

后来，妈妈老了，穿上深红色的婆婆衫和舒服的布鞋，用上了黑色的牛皮小钱包。钱包很小，是孩子买大包的赠品，包里的钱，大多是孩子孝敬妈妈的。妈妈很珍惜地用一根结实的红线绳系在腰间，贰拾圆、拾圆、壹圆……整齐地折叠。不论是买几个馒头，还是买一斤苹果，您都拉开拉链，垂下眼帘，若有所思地挑选里边的票子，恭敬又迟疑地递上去，没有像富人一样轻慢一元、一角。妈妈，生命有什么意义，您或许回答不出，但在这个时刻，我敢说，这就是您难以确定的那个生命的意义：如此谦卑和忠实地用那零零星星的钱，为全家人换来一种叫作日子的好东西。

曾经，您为了那件枣红色毛衣，在人头攒动的商场犹豫再三，仍不舍得花掉小包里的钱；老家那间准备翻修的老屋，您曾许多次激情地筹划，由于花钱多，又许多次失望地搁置。可是，那次在省城很有名的一家医院收费窗口，您默默地掏空了小钱包，握着一把大小不一的票子，不由分说地要为我付买药的钱。我推辞着，我的手触碰到了那些带着体温的钱，妈妈，那一刻，我真想心疼地拥抱您越来越瘦弱的肩头。为省一点电、一元车票、一个鸡蛋，为省一张面巾纸、一个塑料袋，您常常煞费苦心。不舍得，您一辈子都不舍得这日子，这些平淡无奇的好日子一下子过到尽头。

那个黑钱包越来越柔软，您拿在手里，就像温柔地握着这个繁花似锦的花花世界。

钱的重要就是日子的重要，那么细致稳妥地安放您的钱，就是细致稳妥地恭敬日子，恭敬那烦琐和清贫的日子。妈妈，我喜欢您的这种心态。您知道吗，现在，这个世界变了模样，钱还是往日意义上的钱，而日子已大不同从前。手中的钱比过去多，而心里的快乐却不是太多，人们依旧为钱所累，不少人沦为奴仆，也因此遮蔽和放弃了本该感念的东西。钱变得赤裸、冷漠、生硬，甚至和那种叫作日子的温润的好东西相去甚远。我就常常感到困惑：这世上钱是多一点好还是少一点好呢？我甚至无法确定。

妈妈，您去世后，我们在老屋您的枕头底下，找到了厚厚的一沓钱，都是粉红色的壹佰圆，它们整齐美丽温暖地拥挤在一起，好像您对日子的期盼与热爱。妈妈，您一定觉得厚厚的钱在，厚厚的日子就安在，一块豆腐、一个电话、一季春色、一轮圆月，抑或一座舒适的房子就会如约而至；但是，妈妈，您的钱还在，只是您的日子——那琐碎得如缤纷花瓣一样的日子，永不再来！

二

杨木条儿、杨木圈椅和名贵的檀木箱，是妈妈的嫁妆，这是记忆里家中的“硬件”设施，是我的无忧童年的重要组成部分。

条儿前一张有着三个抽屉的木桌子，堂皇地摆在西屋正当门，上面有序地摆放着油壶、油灯、闹钟、面粉坛子、点心盒子，无序地放着喝水的缸子、翻开的书本、剪刀、火柴、针线筐以及姐姐的花头绳、记不清啥时候的一张旧车票。清晨的阳光灿灿地映着桌子下大红色的暖瓶、黑褐色的咸菜坛子，妈妈屋里屋外地收拾高高低低的小凳子、方方正正的小桌子和水井旁的脏衣裳。啾啾的鸟儿，围着院子里的洋槐树飞上飞下。

妈妈，这个家里的每一样东西，就算南墙根的一把小铁铲，对于您似乎都那样不可或缺。

人说一个家是否殷实，要看家里的物件摆设、衣食起居。妈妈是贫苦人家的孩子，从小就眼馋人家油得发亮的大柜子和光鲜的衣衫。一个农妇的家底统共加起来，也许不抵某些人的一顿午饭钱，但妈妈根本不介意这些。夏日的三伏天正午，您是怎么把那个神秘的檀木箱搬到院子里的呢？我非常好奇，但我更迷恋摊晒出来的那件豆绿色大棉裤、浅粉色花夹袄，还有一双手缝的深色厚袜子。您疼惜地看着它们，满院都飘散着经年的味道，那细细密密的针脚来自我们的姥姥吗？那时，需要纺多少个夜晚的棉花，省下多少个厨房里的馍馍，才能做好一件心仪的衣服呢？妈妈，这成了一个永远都让人心酸的秘密。

棕色的面坛子，是一个粗糙的陶制品，端正地放在条几上。一日三次，每一次您都很精心地从里边舀一些面粉，像捧着一朵雪白的细腻的花。一次藏猫猫，我异想天开，想缩进坛子里，打开，嗬，满满一坛子的白面，散着五月麦田的幽香。原来，这坛子就是我们粗陋而又温暖的日子，一块香喷喷的葱油饼、一碗热腾腾的汤面条，都和它紧紧相连，它也是家里最重要的一个成员。

那时，人生的意义突兀而险峻，就是为了吃饱穿暖。那是一个暖风和煦、水碧花红的春天，您说，姥姥姥爷都是饿死的，临断气，身上盖着的被絮都被挖空吃掉了。您说的时候，声音很小，眼睛垂得很低，我看不清您的泪水，我只是把脸朝向窗外，天空那么幽蓝那么安宁，似乎并不了解那过去了的苦难。

妈妈，一碗面粉、一件棉衣、一把椅子，加起来就是您生存的所有意义。

当然，您一辈子也没有听说过“要时常仰望星空”这样深奥的句子，但那些林林总总的物件却使您在风雨飘摇的日子里心志坚韧，那份朴素是不是应该抵得过一个学富五车的哲学家呢？

2008 年第 6 期

山·注视

〔法国〕克莱齐奥　景文 译

我想谈谈实在的美，谈谈人的眼睛，例如山，例如光。

阳光下，它很大，它的石壁，它的褶皱，它的沟壑，它的覆盖着易碎泥土的缓坡，它的雪崩似的滚滚尘埃。它在光的中心，它像盐像玻璃一样闪亮，它岿然不动，独立于高空之中，它身上的一切都是那么坚硬，那么真实，它是大地表面致密的一块，没有一种活的东西能像它一样。

人们可以给它一个名字，人们可以谈论它，人们可以研究它的构成和演变，然而这一切又能如何呢？它还是它，不动，不听，不应。山是持久的，强大的。随着人的远离，它始终赫然立于地平线上，继而变得越来越大，越来越模糊。消失的是枯草、树、一座座房屋、道路，剩下的只是轻淡的线，宛若空中膨胀的云。它还在那儿，继续在那儿。没有什么比这孤独的山更持久，更真实。

山就是一位女神，人们的注视不断地被引向它。

注视就是光，有生命的光，跳跃着奔向白色的山岩，热力深入岩石，令其微微地颤动。在不动的山坡上，小树和松柏是灼热的，空气中充满它们的气味，寒冷的风从它们周围吹过。每天它们都在那儿，用它们的根抓住风化的泥土，云在谷底积聚，然后很快随风而降，然后散开，化水为雨。灌木林和大树的叶子分开了，人们听见山里发出一阵阵古怪的喘息声。

光不断地从虚空深处向山移动，重要的不是声音，不是汽车在城市中奔驰，不是古老的无花果树枝条上一群群的蚜虫，重要的是人面对孤独的大山时，他所看见的，他所等待的。

人们看呀，看呀，总是看不够。人在目光的一端，山在另一端，它们不再孤独了，它们变成两个完全一样的领域，可以让美通过。遥远的美，人不能触摸，如夜空中的星辰，或如晨曦。它到达路的尽头，越过了有限世界的门槛，进入不可逾越的区域。

山多么稳定！在它周围，一切都踉踉跄跄，举步迟疑，人的腿是软的，胳膊没了力气。而它是石头做成的，巨大、沉重，屹立在大陆的基石上，在宽阔的背上驮着大气层。有时，它是无情的，粗暴的。它那尖利的棱角，伤人的绝壁，陡峭的悬崖，有鸟儿碰死在那里。它像一个行星那样大，从大地的深处直冲云霄。它是那样大，不可能有空虚、恐惧和死亡。它像一座冰山一样巨大、寒冷，在凝视着它的光中炫人眼目，一切都冲向它，像铁屑受到磁石的吸引。沿着路一样笔直的目光，人向着它坠落。

有时山也是遥远的，灰蒙蒙的，被水包围着，人们只能看见它的臀部、腰肢、乳房和肩膀的柔和曲线。当晚霞中一切都消失的时候，山也远去了。它在拒绝中睡着，裹着沉寂和冷漠。美默默地孤独地躲进蚊帐。谁敢靠近它？他将迷路，因为那已不再是坚硬的石头、直立的悬崖了。那是一种很单薄、很柔弱的命运，仿佛幻影，在沉睡的大地之上飘荡。

飞机在云后飞过，没有人看见。海天一色，太阳已远。于是目光模糊了，没有什么再发亮了。慢慢地，夜来了。

这一切过去了，到来了，散走了，周而复始。山是这样美，没有注视它就不存在；而注视若没有山就一直向前，如子弹穿过空气，在空中打着转儿，变小，什么也没有发现就消失了。名称、地点、词语、思想，有什么关系？我只想谈谈永恒的美，谈谈人的注视，谈谈在阳光中很高很高的一座山。

2008 年第 6 期

异乡的雨伞

苏龙美惠

到加拿大的第二个春天，我准备去一个叫兰多里的小镇应聘。

兰多里距离我所居住的城市有八百多公里，却没有直接开往那里的火车，我必须到一个叫德唯斯的小镇转车。

一大早我就出发了，下了火车，我站在德唯斯小镇的站台上。一位瘦削矮小的老太太正挥动着右手，目光一直追随着那辆渐行渐远的列车。当列车完全消失于她的视线中时，她才将挥动的手放下，转过身，准备走出站台。

“请问，去兰多里的车几点发呢？”

老太太回过头，看见我拎着一个很大的行李箱，她微笑着回答：“晚上九点！”随即，她看了看手腕上的表，“哦，现在才中午，时间还早。”

我对她说了声“谢谢”，拉着行李箱，穿过站台的地下走廊。我想去快餐店吃午饭，然后随便到德唯斯小镇逛逛。

晚上八点半，我准时赶到了车站，买票的时候才发现，去兰多里的车是两天发一次，而今天恰好没有！我感到沮丧，而老天似乎也不给我一丝快乐的理由——突然下起了大雨！

我被困在车站的候车厅里，呆呆地望着旋转门外来来往往的行人。车站的嘈杂衬托出我身处异乡的孤独，尤其在这样一个下着大雨的陌生小镇，我显得无精打采，落寞惆怅。

这时，大厅的旋转门被推开了，那位瘦削而矮小的老太太走了进来。她右手拿着一把滴着水的红色雨伞，雨水顺着伞边滑落到她的脚上，她脚上的胶鞋和裤管几乎都被雨水淋湿，贴在了她细细的腿上；左手里是一把折叠好的雨伞。她似乎在焦急地寻找着什么人。

看见我，她的嘴角浮起一丝微笑，她向我走来："请问，今天中午是你向我打听去兰多里的发车时间吗？"

"哦，是的，是我。"我说。

"实在对不起，小姐，我记错了，去兰多里是两天发一趟车，今天刚好没有，我估计你会在这里等，突发的大雨会使你一时无法离开车站。"她将那把没有撑开的雨伞递给了我，"是我的过失，导致你一天安排的失误，所以，我恳请你去我家住一个晚上，明天我送你上火车，好吗？我家就在车站附近，走路顶多十五分钟。"

我不知道是否该接受老太太的邀请。我想，这也许是因为我来自另一个国度，这个国度和加拿大有着截然不同的文化背景。

我只好委婉地说：“雨太大，我们还是等雨停了再说吧。”

她显然很赞同，一点没有觉察出我内心的那丝犹豫，然后坐了下来，和我聊起了天。

她告诉我，她今天送走了她的儿子，她的儿子一直很喜欢东方文化，所以准备去中国留学和工作。她谈起了她去世的丈夫和年轻时他们去过的国家。从她的谈话中，我能感受到她似乎也担心她的儿子遇到和我同样的问题，我更能猜测出，在她的意识里，即便是陌生人之间，也应该拥有做人的责任与诚信。

雨渐渐小了，我撑着老太太送来的雨伞，搀扶着她，去了她的家。

第二天，她将我送上了去兰多里的火车，和送别她儿子一样，她向我挥动着右手，很久很久。

国外打工的日子颠沛流离，我的生存状态一直是在途中。可每次走过站台，我总情不自禁地想起那位瘦削矮小的老人，她做人的诚信与责任，总会使我漂泊的心温暖起来。

2008 年第 6 期

太阳下山，回头看

李家同

前些日子，我去了叙利亚南部，因为那里有一个小村落，村落里仍然讲阿拉美语，这是耶稣在世时所用的语言，我相信这里一定可以找到一些与耶稣有关的事迹。

果真，我在一座小教堂里发现他们做弥撒用阿拉美语。我虽然不懂阿拉美语，但我知道弥撒是怎么回事，所以我知道现在在念什么经文。当神父念《天主经》的时候，我几乎感动得流下泪来，因为我知道耶稣当年就是这样念的。

做弥撒的教堂非常小，是用石头砌起来的，在一个偏远的山谷里，四周只有几户人家，但是他们自称这是历史上最古老的基督教堂。这座教堂有一个很好听的名字，叫作“小灯教堂”。为什么叫作小灯教堂呢？神父说不出原因，但是两千年来，这座教堂晚上必定点一盏灯，现在是用电灯了，过去用的是油灯。可以想见过去这座教堂必须有人过几小时就要去加油，因为灯是要亮一整夜的。为什么要整夜点一盏小灯，神父不知道，他说这是世世代代的传统。

我在教堂里四处张望，发现了一幅壁画。这幅壁画中，耶稣背着十字架往前走，有一个小男孩泪流满面地拉着耶稣的衣服，他们好像在对话。画下面有两行字，我当然看不懂这些字的意思。神父替我翻译，原来这两行字是小男孩和耶稣的对话。

小男孩说："耶稣不要走，你走了以后，谁来照顾我们穷孩子？"耶稣说："太阳下山的时候，回头看！"

小男孩的问话，我可以明了，但耶稣的回答却使我困惑不已。我当时的感觉是耶稣答非所问。

我问神父，这是什么意思？他也不懂，但是他相信这一定是有意义的，所以这幅壁画就永远地被保存了下来。过几年，他们总要修补一下。

我走出教堂，仍然想着这句话的意义。想来想去，也想不通。天色已经昏暗，太阳快下山了。教堂建在一座小山上，山的一边面对着海，一边是很美但很荒凉的山谷。我有了一个冲动，要到山顶上去看日落。因为山不高，我一下子就走到了，也看到了太阳在海平面上慢慢消失的景象。当时我忽然有点害怕，因为我发现我是在一个非常荒凉的地方。天黑了，我会不会迷路呢？

我想起了耶稣的话："太阳下山的时候，回头看。"我回过头去，发现山谷中虽然没有很多人家，但是家家户户都点起了灯，那座小灯教堂的灯也亮了。

我不害怕了。虽然太阳已经下山，但有这些人点灯，我就安全了。太阳将光和热带给了世界，但是太阳下山以后，仍然有一些小灯，用它们微弱的力量，带给世界光和热。

我终于懂了，耶稣在安慰这个穷孩子，他可以放心，世界上一定会有一些善良的人，继续做耶稣在世时所做的事：使这个世界有一些光明，有一些热。那位壁画中的小男孩一定也有同样的顿悟，虽然他是一个没有受过什么教育的人，但他一定做了一个好人，尽量地帮助周遭的人。他也一定四处劝告朋友，大家都要像一盏灯，无论灯光如何微弱，很多人都会靠这一盏小灯生活的。也许这座小灯教堂就是他造的。

我离开了叙利亚，但我不会忘记小灯教堂。我们都应该扮演小灯的角色，至少要使我们周遭的人不再害怕黑暗，不再感到寒冷。

2008 年第 7 期

鞋盒里的月亮

〔美国〕享利·梭罗　　柏杨 译

在非洲，有一座绵延不断的山脉，每当下雨时，落在山脉一侧的雨水就会流入印度洋，而落在山脉另一侧的雨水却注定要踏上一段遥远的旅程，最终流入大西洋。由此，这山脉就成了一座分水岭。假如你伫立在暴风雨之中的分水岭上，印度洋、大西洋两大汹涌澎湃的海洋会把你脸上落下的雨水揽入怀中，那该是怎样一番景象？

然而，生活却不会如此简单。与山雨不同，脚下的土地永远也无法左右我们前行的方向。穿越人生时空的漫漫旅程，我们却无法走向最终的归宿。就我们而言，生活中的每一天，都是一座分水岭，如同雨水的最终流向，每一天的结局都会由我们不经意间所做的事来决定。我们带着美好的心愿精心打造未来，亦步亦趋地跟随着传统的脚步，希望能够实现心中的梦想。大多数人都在虔诚地追寻着美好的生活。有时，适时的一个微笑可以改变一个人的一生；有时，世上所有的微笑也无法使一个阴暗的灵魂减轻一点罪恶感。然而，就像从山上飘落下来的雨水，即使我们知道自己已经走上了不归之途，仍然义无反顾！

在人生的旅途中你敢回头吗？命运是无法抗拒的，你无法改变水流的方向，也无法预知旅途中所有的喜乐哀愁，更无法重新勾画你前方的道路。假如你能把月亮放入鞋盒中——它就像一个神秘的先知者，让你回到从前，赋予你知晓别人心灵的能力，那么，是与死神决战到底，还是默默地离开人世，都将由你自己来决定。

然而，昔日是一个谜；与未来相比，它更加难以揣测。昔日是我们记忆之中喜怒无常的仆人，他无法改变自己的命运，注定要亦步亦趋地追随着无数个主人。每一次喘息都是昔日的回音，一旦他失去对世事的执著，任何梦想都不会再存留。因此，对于记忆，每个人都有着不同的对待方式。只有那些冲动的愚人才会带着自私的目的冒险闯回昔日，而在他们面前，分水岭却成为一个虚幻的梦，即便是一只蝴蝶轻轻地扇动一下翅膀，也会导致一场无可挽回的雪崩。

无数颗星星目睹着大海之中的每一朵浪花。在生活里，你所做的一切都会在时间的长河之中激起片片涟漪。面对这一切，你我又能改变些什么呢？

当你回首往事，就会看到自己在人生旅途中所做的无数次艰难抉择，而这一切的来龙去脉，却连同往事一并消逝了。墨水早已在闲置中干涸，昔日的梦魇也被凌乱的脚步踏得模糊不清了。我们总会记起生活之中的精华，而数不清的凡尘琐事却被我们无情地抛在脑后，但正是那些点点滴滴的小事构建了我们的生活。因此，不妨记住你所经历的一切，以此来面对未来。

如果给你一次改变过去的机会，你会做些什么呢？凭空设想一番，似乎不会有什么坏处。

也许所有的人都会试图重回人生的十字路口。希望作用在骨牌上的多米诺效应能够把它的无穷力量赐予我们的生活，那么，一连串的幸福快乐就会纷至沓来。我们总会记起那些有纪念性的人生转折点，因为我们也只是凡人而已。在生活中，我们总会被无数个际遇所羁绊，为寻求正确的路途而费尽思量。但无论我们改变了什么，幸福并不会像稻谷一样任由我们收割并储存。对我而言，增添快乐还是减少遗憾，我已不知选择哪种更好。

如果我能重返昔日时光，我不需要魔杖为我点出幸福生活，也不会放飞会歌唱的小鸟儿。我只会让一切重新来过，不会再犯错。为此，无论付出任何代价，我都会感到心满意足。

多数人都会经历这样的日子，唯一的差别不过是每天睡眠时间的长短或是一杯是否加了糖的咖啡。求学的日子里，除了从图书馆那些陈旧的书籍里摘抄笔记，就是去餐馆打工，艰难地积攒着为数不多的生活费。这一切，就是生活的全部。若不是当时年轻而又盲目自信，那种日子绝对会毁灭任何灵魂。我不会满腹愁苦地回忆那些艰辛岁月，但好笑的是，我的大学生活与美国电影中的截然不同。在那个国度，大学生活如同一个色彩斑斓的万花筒，充斥着一些不可思议的事情——坐在汽车里观看露天电影，性以及啤酒……

我记得有一个女孩儿穿着高跟鞋，在漆黑的走廊里走过时发出的一阵阵声响。

我记得我寻找着告示板上要出售二手书的信息以及去借买午餐的钱。

我记得许多面孔，但表情早已被我忘却——那些不过是我曾在学校食堂的广告牌下见过的脸，我依稀记得碟子碰撞的声音和食物的味道。我还记得书本上曾提到的：即使在非洲，富家子弟与穷人家的孩子也互不来往。

我记得下午课前在图书馆草地上打盹休息时，被雷雨声惊醒，片片树叶在空中飘舞着。我听到急匆匆的脚步声，在半睡半醒中，我不得不起身狼狈地向教学楼跑去。

我记得政治集会的骚乱，当时我正为莎士比亚晦涩的隐喻大伤脑筋，却被突然扔进图书馆的催泪弹呛得双眼针刺一般疼痛。

我怀念校园里那曾沐浴在非洲日光下的大理石柱，以及对知识孜孜不倦的渴求之心。

我不会愚蠢地认为过去的岁月是寂寞、悲伤，甚至是不堪回首的；生活是充满激情的，我愿重燃那份激情。疲惫沮丧的日子里，我会坐上公共汽车，只要在路上看到那位年迈的老人和那个小女孩，我就会从自怜的情绪中走出来。

每天下午，我都会坐车回家，那是在吃晚饭和打工前短暂的放松时间。当公交车路过街边的一个小花亭时，许多人都会打开车窗，从一个年迈的中国妇女那里买些鲜花。这时，总会有个小女孩在一旁帮忙，或许她是老人的孙女吧。

小女孩的书本随意地摊放在摆满鲜花的桌子上，显然，她正试着边做作业边帮老人卖花。远处，汽车川流不息，嘈杂声不绝于耳。而小女孩却仍旧写着作业，时而还帮老人卖些花。当小女孩为售出的鲜花打包装时，老人的眼中总会流露出些许欣慰。

看着这一老一少，我所有的痛苦与孤独感都烟消云散。她们的年龄相差甚远，注定无法永远相扶相依，但她们却为着一个简单的生活目标彼此相伴。每当我看到她们，心情就会好起来。而每当公交车即将行驶到那个花亭所在的路口时，我的心跳也总会莫名地加快。

于是我默默许下心愿，一定要在她们那儿买些鲜花，这也成为我心中的一个秘密。但每天的生活使我疲惫不已，我一直没有下车买花——我总是对自己说她们永远不会离开，机会总会有的。

可是有一天，小花亭却不见了。

接下来的两年，每当我坐车路过那里，都渴望能够再次见到她们，然而我始终未能如愿。多年以后，我不再是身无分文的穷学生了，钱包里的钱足以买下全城的鲜花。可是每当我开车路过那个地方，仍渴望知道，那个卖花的小女孩现在在哪里？

你无法想象我对她们的思念，在无数个新春之夜我总会举起酒杯，心中默默地祈祷，祝福她们平安快乐。

如果谁能给我一次机会借到上帝神奇的斗篷，让它带我重回昔日的分水岭，我一定会跑到街边的花亭，买下她们所有的花。

我不必把月亮装进鞋盒，恳求它让我忘记自己未做之事；我衷心感谢生活为我上的这一课——一个错过的机会将使人久久难以释怀。

从那以后，我总会倾听自己的心声，再不敢错过生活中的点点滴滴。如果不是那个卖花的小女孩，我很可能会虚度许多光阴。而正是因为她的身影时常萦绕在我的心头，我才会过得更好。

2008 年第 7 期

我喜欢跟你用同一个时间

张晓风

他去欧洲开会，然后转去美国，前后两个月才回家。我去机场接他，提醒他说："把你的表拨回来吧，现在要用台湾时间了。"

他愣了一下，说："我的表一直是台湾时间啊！我根本没有拨过去！"

"那多不方便！"

"也没什么，留着台湾的时间我才知道你和小孩在干什么，我才能想象，现在你在吃饭，现在你在睡觉，现在你起来了……我喜欢跟你用同一个时间。"

他说那句话，算来已有十年了，却像一幅挂在门额的绣锦，鲜色的底子历经岁月，却仍然认得出是强旺的火。我和他，只不过是凡世中，平凡又平凡的女子和男子，注定是没有情节可述的人，但久别重逢的淡淡一句话里，却也有让我一生激动不已、感念不尽的恩情。

2008 年第 7 期

人生麦茬地

张炜

多么熟悉的情景，动人心弦。我只是轻轻一瞥，那图片就在心中化作了永恒。雪白的、强烈无比的阳光灼伤了我的双目。让我再也不要触及这一幕吧，尽快把它忘却。

可是这能够吗？

一个从无垠的原野上走来的人生，忘得掉炎炎夏日里那一片接一片的银亮麦茬、像电光一样闪烁的麦茬吗？土地焦干烫人，没有一丝水汽，如果有人划一支火柴，麦茬地就会一直燃烧到天边。土地烘烤出人的汗水，给自己解渴。人的脸和土地一个颜色。汗水还是不停地流出来，肌肉干贴在骨骼上，生命之汁已经剩下不多了。夏天，多么漫长。在这个滚烫的季节里，老人无声无息地劳作，一天接一天坐在地里。他们要熬过什么？或者，他们在期待什么？

母亲生下了健壮的儿子，儿子穿上小背心到更远的地方去了。她亲手播下种子，看着稚嫩的青苗破土、长旺，看着它挣扎出寒冷而枯燥的冬天。儿子回来吧，回来吧，这个世界怎么总要把儿子引诱到远处去？一想到儿子，她就联想到返青之后的麦苗。这个世界的年轻人不知忧愁地跳跃，那都是让血脉顶的。年轻人的世界生机勃勃，老年人的日子死寂无声。人老了，知道前边的日月是什么样子；人年轻，就不晓得以后的岁月是什么光景。其实一茬麦子与另一茬麦子总是差不多——麦茬的颜色一样，也同样在夏日里闪亮耀眼……儿子啊，在外面奔忙的儿子啊。

日当正午的时候我还不愿回去，我也没有寻找一片树荫。这片土地太大了，我僵硬的双腿不愿挪来挪去。丈夫没有了，他埋在这片土里——很多的男人女人都埋在这片养活了他们的土里。每个人将来也都一样。麦茬哟，像针一样刺我的手和脚，我的长了厚茧的皮肤都受不住了。我把散在垄里的穗子拣起来。这麦秸在阳光下刺眼亮，我不得不眯起眼睛。饱含了盐的汗水顺着皱纹流进眼窝里，我一遍一遍地去擦……远处有只百灵鸟，它不歇声地叫，它有了什么好事？

一个女人到了八十多岁会想些什么？年轻人永远不会明白。他们会以为她对一切都无心无绪；或者相反，像个孩童一样易喜易怒。他们错了。母亲老了的时候简直丰富质朴到了极点。她越来越离不开土地，与泥土紧紧相挨，仿佛随时都要与之合而为一。她举手投足间都流动着天然纯洁的韵律。一双手挨到麦茬上，像抚摸婴孩的毛发。这时候她的眼睛已经昏花，能够准确无误地拿到麦穗，大半是依靠一辈子积累的感觉。一个乐手去触动弦上的音阶哪里还需要依赖视觉呢。

这是生在泥土上的女人。

生在另一些地方的女人是另一种母亲。她们的手虽然苍老却依然柔软，食指常常充做奶嘴儿让婴孩吸吮，慈祥的脸上溢满欢欣。如果她看到一位同样年龄的老人坐在麦茬地里，就带着几分天真蹲下来询问。她们之间简直无法交谈，各自揣着自己的人生沉默下来。分离时，柔软的手攥住粗硬的手，泪水在眼眶里转动……远处的百灵鸟一连声地叫，这个炎热的夏天，你有了什么喜事？

麦茬间的另一种颜色，是绿色的小玉米苗儿。一茬让给了另一茬。庄稼，这就是庄稼。谁熟悉农事？谁为之心动？谁在这广阔无边的田野上耕作终生却又敏悟常思？苍穹下多少生命，多少搏动不停的角落，生生息息，没有尽头。可是土地再辽阔、离我再遥远，我还是能把正午里坐在麦茬地里的母亲一眼辨认出来！她的雪白的头发啊，她的蓝布大襟衣服啊，我没有开口喊，夏日的白光已经灼伤了我的双目……

我的母亲，我的母亲。

我的兄弟呢？我的姊妹呢？我的可爱的朋友乡邻亲友，你们哪儿去了？你们也来看看我的母亲。我跪下来，双手托起她的胳膊，把微微颤动的拐肘捂在掌中。我为她按摩舒展硬硬的手指骨节。母亲已经不像过去那样爱说爱笑了，脸上木木的，看我像看一个陌生人。我伸手梳理她稀疏的白发，为她摘掉沾上的一根麦草。“孩儿孩儿，我的孩儿！”她嘴里不停地呼叫。

正午的阳光把原野晒出了紫烟。母亲的后背贴紧了汗湿的衣服。我问她什么时候来到麦茬地里？已经坐了多长时间？她不做声，像没有听懂。停了一会儿，她从那个盛满了麦穗的柳条篮子里，翻出了一块焦干的锅饼。锅饼按在我的嘴上，它像石块一样坚硬。“孩儿孩儿，我的孩儿！”我张大嘴巴咬住了锅饼。

母亲笑了。

我的儿子从天边上飞来了。好孩子你看脚底下的粗壮麦茬，就知道这是个好夏天。你再也不用担心春天的事情了——那时节花开草绿，渠水噜噜响！你爸离开时是个春天，那样的春天再也不会有了。我嚼了榆树叶儿往他嘴巴里抹，一下一下他都咽了。他的眼神亮晶晶，我想他会好好陪伴我。谁料到第二天早上叫他不应，他去了！我的好孩儿，你妈硬是让这眼神给骗了——他去时我连个准备都没有。

你走到高山上、大海边上，走上千里万里，也找不到这么肥的一片土地。这里值得你做一辈子，值得你安下心生个娃儿。你走了，走得无影无踪，连小木板门都没有关严。我的孩儿，你长大了，大腿像屋梁那么粗。可我就觉得你才刚刚摘掉奶头，唇上沾了奶水。人都是这片泥土的孩儿，他们说到底都是趴在那儿喘息，吭哧吭哧咽下吃食。人不能吃饱了肚子，一抹嘴巴就跑开。

她在儿子手腕上惊讶地发现了一块表。儿子告诉她到了正午。她疑惑地盯着指针——指针没有指向太阳，怎么就是正午？可见这是块骗人的表。她往前挪蹭，去寻找麦穗。麦穗无一遗漏地被逮到了篮里。灿烂的、浓香四溢的收获激动人心！要知道它原来准备藏在土里，像黄金那样一直藏着。可是一个精细的女人来了，来把它们取走。

百灵鸟叫着，它为什么欢乐？

它的小小慧目能透过时空的栅栏，望到几十年前蓖麻林里的少女吗？那时候她穿了火红的衣服，引逗一个百灵，又折了蓖麻做成一支绿笛，呜啊呜啊吹不停。她的头发上插了朵美人蕉花儿。百灵想把花儿啄下来，她就歪头一下一下躲闪。

有个长腿汉子气喘吁吁地站在林子边上。他透过林隙盯着她的眼睛，咬紧牙关。百灵把花儿趁机啄下，交到男子手里。百灵笑了，脆脆的声音响彻云霄。

他们一起坐在了麦子地里……麦子熟了，他们的头发和麦秸一块儿白了。刷刷割掉麦子，留下一片无边的麦茬。她坐在阳光下，让头发与麦茬一齐闪耀出光亮。

儿子与母亲分吃一块锅饼。后来，儿子取水去了。“渴啊！多么渴啊！”百灵用粗嗓子喊了一句，飞走了。

老人又一次撩起青布衣襟去擦脸。她的脸被遮住了，像为自己的突然衰老感到羞愧似的。

我只是瞥了一眼，再也没有转过脸去；就像脚踏着锋芒向上的麦茬一样，我小心地、一声不吭地离开了。但我一辈子也忘不掉这一幕。我在心中默念着：麦茬地！

2008年第8期

慢的境界

龙应台

好友从贵州考察回来，印象最深刻的，竟然是这一幕：他看见数十农人在耕种，另外有数十农人蹲在田埂上看这数十人耕种，从日出到日落，日复一日。学者受不了了——难道一批人工作，需要另一批人监督？他跑到田边去问那蹲着的人："你们为什么看他们耕作？"

蹲着的人仍旧蹲着，抽着烟，眼睛仍旧看着田里，用浓重的乡音说："就是看呀。"

"为什么看呢？"

"没事干啊！"

学者明白了。一亩地，那几个人也就够了，其他的人真的没活可干，就到那田埂上蹲着，可能潜意识里也是一种"同舟共济"的表达吧。

蹲着的人这回转过头来，奇怪地看着他，然后问他为何发此问。

香港来的学者倒愣住了。他要怎么回答呢？说，因为蹲在田埂上什么也不做，是一种浪费？说，“没事干”——是件不可想象的事，因为在新加坡或美国，每个人一辈子都在努力干事，“没事干”是件……是件可怕的事。

他要怎么说呢？

于是我想起另一个故事，地点是非洲。一个为红十字会工作的欧洲人到了非洲某国，每天起床后还是保持他的运动习惯：慢跑。

他一面跑，一面发现，一个当地人跑过来，跟着他跑，十分关切地问他：“出了什么事？”

欧洲人边喘息边说：“没出事。”

非洲人万分惊讶地说：“没出事？没出事为什么要跑？”

这个欧洲人愣住了。他要怎么解释？因为他总是坐在开着冷气或暖气的办公室里头一个开着的电脑前面，他的皮肤很少被阳光照到，他的手很嫩、肩膀很僵硬、腰很酸，因为没有身体的劳动，因此他必须依靠“跑步”来强制他的肌肉运动。他是不是要进一步解释，欧洲人和非洲人，因为都市化的程度不同，所以生活形态不同，所以“跑步”这个东西，呃……不是因为“出了事”。

好友在说贵州人蹲一整天没事干，就是抽着烟望向广漠的田地时，我发现自己的灵魂悠然走神，竟然叹息起来，说：“就是蹲在田埂上看田，唉，真好。”

我知道，我在向往一种境界。

慢的境界。

和华飞走东南亚十五天，出发前就做好了心理调适：慢。

当你到了码头，没有一个办公室贴着时刻表，也没有一个人可以用权威的声音告诉你几点可以到达终点，你就上船，然后找一条看起来最舒服的板凳坐下来，带着在此一生一世的心情。你发现自己根本不会去想何时抵达，连念头都没有。你看那流动的河，静默却显然又隐藏着巨大的爆发力，你看那沙滩上晒太阳的灰色的水牛，你看孩子们从山坡上奔下来，你看阳光在芦苇白头上刷出一丝一丝的金线，你看一个旋涡的条纹，一条一条地数……

从琅勃拉邦到吴哥窟的飞机，突然说延误三个小时，人们连动都不动一下。因为预期就是这样，于是你闲适地把机场商店从头到尾看一遍，把每一个金属大象、每一盒香料、每一串项链、每一条丝巾，都拿到手上，看它、触它、嗅它、感觉它。反正就是这样，时间怎么流都可以。任何一个时刻，任何一个地方，都是安身立命的好时刻、好地方。

晚明的散文大家张岱，“极爱繁华，好精舍，好美婢，好娈童，好鲜衣，好美食，好骏马，好华灯，好烟火，好梨园，好鼓吹，好古董，好花鸟，兼以茶淫橘虐，书蠹诗魔”。能这样过日子，是因为他把杭州当安身立命之处。

明朝覆亡，他脚下的土，也被抽走了。“年至五十，国破家亡，避迹山居。所存者，破床碎几，折鼎病琴，与残书数帙，缺砚一方而已。布衣疏莨，常至断炊。回首二十年前，真如隔世。”

我想有一个家，家前有土，土上可种植丝瓜，丝瓜沿竿而爬，迎光开出大朵黄花，花谢结果，累累棚上。我就坐在那土地上，看丝瓜身上一粒粒突起的青色疙瘩。

2008 年第 8 期

树林和草原

〔俄国〕屠格涅夫

秋天，在早晨严寒而白天明朗微寒的日子里，白桦树仿佛神话里的树木，全都是金黄色的，优美地呈现在淡蓝色的天空下。那时候，低斜的太阳照在身上不再感到温暖，但是比夏天的太阳更加光辉灿烂；白杨树全部光明而透彻，仿佛它认为光秃秃地站着是愉快而轻松的；霜花还在山谷底上发白；清风徐徐地吹动，追赶着卷曲的落叶。那时候，河里欢腾地奔流着青色的波浪，一起一伏地载送着逍遥自在的鹅和鸭；远处有一座被柳条半掩的磨坊轧轧地响着，鸽子在它的上空迅速地盘着圈子，在明亮的空气中斑斑驳驳地闪耀着。

夏天烟雾弥漫的日子也很美好，虽然猎人不喜欢这种日子。在这些日子里不能打猎，因为鸟儿从你的脚边拍翅飞起，立刻就消失在白茫茫的烟雾中了。四周多么静寂，静寂得难以形容！一切都惊醒了，然而一切都默不作声。你从一棵树的旁边经过，它一动也不动，正在悠然自得。

透过均匀地散布在空气中的薄雾，在你前面显出一条长长的黑影。你以为这是近处的树林，你走过去，这“树林”就变成了长在田埂上的一排高高的苦艾。在你的上空，在你的四周，到处都是雾。可是这时候，风轻轻地吹来了，一块淡蓝色的天空透过稀薄如烟的雾气显现出来，金黄色的阳光突然侵入，照射成一条长长的光带，落在田野上，钻进树林里——接着，一切又都被遮蔽起来。这斗争持续了很久，但是光明终于取得了胜利。被太阳照暖了的最后一阵烟雾，时而凝集起来，铺展得平平的；时而盘旋缭绕，消失在发出柔和光辉的蔚蓝色的天空中，这一天就变成壮丽无比的晴朗天气了。

现在你要出发到远离村庄的草原上去行猎了。你的车子在乡间土道上行驶了大约十俄里，终于来到了大道上。你经过一家大门敞开的旅店前，望见里面有一口井，屋檐下还有茶炊吱吱地沸腾着。你的车子从一个村庄开到另一个村庄，穿过一望无际的原野，沿着绿色的大麻田，长久地行驶着。喜鹊从一棵柳树飞到另一棵柳树；农妇们手里拿着长长的草耙，正在田野上慢慢地走；一个行路人穿着一件破旧的土布外套，肩上背着一只行囊，拖着疲惫的步子行走着；地主家笨重的轿形马车上套着六匹高大而疲乏的马，向你迎面而来。现在你来到了一个小县城，这里有歪斜的小木屋、无穷尽的栅栏、不住人的石头垒起来的商店、深谷上的古老的桥。再走远去，再走远去，来到了草原地带。你从山上眺望，风景多么好！一个个耕种过的圆圆低低的丘陵，像巨浪起伏着；长满灌木丛的溪谷蜿蜒在丘陵中间；一片片小小的丛林像椭圆形的岛屿散布着；狭窄的小径从一个村庄通到另一个村庄；各处有白色的礼拜堂；柳条中间透出一条亮闪闪的小河；远处原野中有一行野雁并列地站着；在一个小池塘边上，有一所古老的地主宅第，附近有一些杂用房屋、一个果园和一个打谷场。然而你的车子继续向前行驶，丘陵越来越小了，树木几乎看不见了。终于，你来到了一片茫无际涯的草原。

在冬天的日子里，你在高高的雪堆上追逐兔子；呼吸着寒冷的空气，柔软的雪耀目而细碎地闪着光，使你的眼睛不由自主地眯拢；你仰头欣赏着红艳的树叶上面的晴天，这一切多么可爱啊！

在早春的日子里，当四周的一切逐渐崩裂的时候，通过融解的雪的浓重的水汽，已经闻得出温暖的土地的气息；在雪融化了的地方，在斜射的太阳光底下，云雀天真烂漫地歌唱着，激流发出愉快的喧哗声和咆哮声，从一个溪谷奔向另一个溪谷。

但是现在应该结束了。我正好又讲到了春天：在春天，容易别离；在春天，幸福的人也会被吸引到远方去。再见了，我的读者，祝您永远称心如意。

2008 年第 9 期

昆虫之美

马联

在我的印象中，蝴蝶会在春天出现，虽然我并不知道它们是从哪里投胎而来，为何要降落在我们的视野中。在植物的子房和花蕾间，这些春天的信使翩然来去，旁若无人，不知魏晋。有些词语肯定是为它们而准备的，比如寂寞、华丽、优雅和醉生梦死。那些花粉做的翅膀，像梦一样易碎，而每一次最轻微的翕动，都足以令我们在今生和前世间轮回一次。

蝴蝶真会在春天出现吗？我已经不太敢肯定。蝴蝶好像从我们的世界中消失已久，它在工业时代里遥远得如同一个意象——谢谢李元胜，用镜头和文字复苏了我们的梦境和记忆，让这些隐者重新在我们眼前闪动。

李元胜在《昆虫之美》一书中描述：“后来翻阅这些照片，我在空气的光晕中，听到了自己激动的脚步声；从草叶的弯曲，发现了自己的呼吸；在扇动的蝶翅上，看到了自己的心跳。”

他亲切地把碧蛾蜡蝉称为法布尔的扇子，把“音乐家”螽斯称为会呼吸的碧玉。在夏天里，他念叨着知了和它的亲戚们，而春天，他则会想念那些在南山上隐居的铁木剑凤蝶，并且以略带悲悯的语气感叹：“再下一场雨，它们的尾突就会消失，最后直至整个身体……”

不是每一个诗人，都能在旧历二月的某一天，感受到来自昆虫世界的神秘召唤。如果他循迹而去，那他就会变身为一个灌木和草丛间的守候者，怀揣古老的符咒，相信草木长青，上苍有知。

在热带雨林的早晨，他与一只叶蝉的相遇多么奇妙，仿佛是一次漫不经心的邂逅，充满着命运的偶然却又暗含着多少刻骨铭心的期待。刹那间，薄雾轻蒸，光影迷离，时空恍惚，流水无声。镜头的对焦只需要三秒钟，而两个物种间的相互凝视，需要多少默契和缘分？

一只在露珠边缘小憩的象甲虫重得好像一个思想家，而轻盈的猫蛛则以一个诗意梦游者的姿态在自己的丝线上随风荡漾。这些自然界里稍纵即逝的片断，由李元胜的镜头淋漓尽致地为我们呈现，然后变成我们对于生命的慨叹。

有谁会怀疑昆虫是自然界的造型大师？它们把自己的身体当成了一件终极作品，羽化、蝶变，直至华彩四射，让其他生命全都黯然失色。我们无法知道，突眼蝇为什么要把眼睛高高举起，犹如一对灯盏；而白天里身形朴素的窗萤，又何以能在夜色中，把自己变成一只剔透的灯笼。当身披织锦的波纹眼蛱蝶在丛林中逡巡时，我的疑惑是，带着如此艳丽的身体飞行，会不会顾影自怜，以至于在片刻眩晕中迷失？这些，李元胜知道。

它们在某些瞬间降下高度，与我们凝视片刻，而更多的时候，它们则在溪谷与林地间穿行，在我们所不能抵达的地方回旋，啜饮花露，倏忽来去，朝生暮死，只把灵魂的影子投映在诗人的镜头中。或许，我们能有幸与它们偶尔相遇，但却无法融入它们生存的天空，不是因为我们没有翅膀，而是我们的心灵过于沉重。

2008年第9期

一个逃兵

林达

年前出门远行，越过半个地球。四十五天在一个完全不同的环境，回到家一时还回不过神来，要立即进入准备新年过节的状态，有点吃力。幸而老朋友山德尔夫妇早就料到这个局面，在我们出发远行之前就发出邀请，邀我们去他们家共度辞旧迎新之夜。女主人卡琳的哥哥昆特在德国退休了，也来到妹妹家过年，我们以前见过面，因而很期待重逢。卡琳还说："有一个客人你们没有见过，他叫佩雷，会带着六岁的儿子一起来。"

我们提着一点小礼物，端着一盘刚做好的菜，按响了朋友家的门铃。果然有一张陌生面孔，后面还躲着一个胖乎乎的可爱男孩。"我叫佩雷。"他伸出手来自我介绍。

佩雷长得高高大大，一点没有美国中年人常常难免的啤酒肚。在餐桌前等候时，他和昆特用德语交谈，我们很好奇，问他在哪里学的德语，他说自己在德国住过九个月。"是当兵吗？"我马上问。我想到德国有美军的军事基地。再说，一开始我就注意到，佩雷腰板笔挺，坐、立都有一股气撑着的感觉，一反平常美国人很松散的模样，隐隐觉得他有点军人的架势。可是他一开口，又难掩富于幻想、迷茫的艺术家气质。他回答说不是，只是去德国玩。

男主人山德尔在一旁笑起来说："佩雷是当过兵，只是在从德国回来以后，他当兵的故事才好玩，与众不同。"我们于是睁大了还没调过来时差、显得迷迷糊糊的眼睛，等着听故事。

佩雷是艺术家山德尔的艺术家朋友。在美国，"艺术家"是一个宽容度最大的帽子了，戴在谁头上都合适。所以，一个流浪汉说自己是艺术家，没有人会奇怪，因为这是很多艺术家的生存状态。艺术是一回事，如何换成晚餐的面包，又是另外一回事。我猜想他小时候家境不错。美国南方普通家庭的孩子，很少能够早早就实现梦想，让父母给自己出钱去欧洲旅行，而佩雷的家里已经提供旅费，让他哥哥去了两次欧洲。佩雷的母亲非常宠他，知道他心里不高兴——父亲不答应给他去欧洲的旅费。从小，佩雷是个有艺术天分的孩子，却应付不了学校的功课。他的辍学伤了父亲的心。

就在这个时候，母亲继承了一笔娘家的遗产，就宣布要拿出一部分给小儿子，让他去欧洲。卡琳家总是播放着音乐。那会儿，正放着一首老歌。佩雷的眼睛亮了起来：

“听啊，就是这首歌，是我在德国那年最流行的一首歌。那是我一生中最美好的时光。”母亲给的钱并不多，他还记得，自己想在欧洲留下来，就拿着画作去找工作。一个德国老头说：“我这儿没有适合你的工作啊。”可是，转眼又改变主意留下了他。“一定是因为他看到了我伤心的眼神。他还让我在他家里吃住，待我像儿子一样。”佩雷因此喜欢德国。那是一九八四年。国家不是抽象的，外国人来到一个国家，对国人的印象常常会转化为对那个国家的印象。

卡琳一边做菜一边笑起来，说：“天哪！一九八四年，就是那年，我迷上东方，去了中国！”

九个月后，佩雷还是回到美国，参加了海军。我很奇怪：一个艺术家怎么就想到去当兵？这回轮到他的老朋友山德尔笑了，他说：“那是因为一个阿拉伯女孩。”他向我们眨眨眼睛，“女孩是叫叶海娅吧？她想甩了佩雷，可怜的佩雷紧盯不放。于是她就去参加海军。佩雷就跟着也要去参加海军——也不想想，海军那么大，还不是一个天南，一个地北？”叶海娅当然还是离开了佩雷。可是，佩雷已经说服海军收下了自己。

“进了海军，”山德尔笑着说，“艺术家佩雷只能悬在军舰外面刷编号。”还不仅如此，人们都以为美国人很放松，美国大兵也一定吊儿郎当，其实军队令行禁止，训练强度大，管束严格，佩雷完全不能适应。硬挺了两年，他觉得自己无论如何熬不到退伍，终于想出了个下策——当逃兵。

当逃兵被抓住是要上军事法庭的，判决根据情节轻重。所以，下这个决心不容易。

佩雷求朋友开车在弗吉尼亚州海军基地附近的街上接他。他好不容易鼓足勇气，偷偷带出了自己的行李，来到接头地点，慌慌张张中，车子卡在了一个沟里。这个南方小伙子的第一个念头就是，也许这是上帝给我的一个劝告，告诉我不要这样做。于是，他打算回到军舰上去。

就在这个时候，朋友一心一意要把车救出困境，就用手摇的液压千斤顶抬起车子来。千斤顶的手柄和主干正好交叉形成一个十字架。佩雷看了又对自己说："不对，这才是上帝传达的信息，他支持我离开。"就在这样的推敲之中，朋友已经把汽车折腾出来，一把将他拖进车里，一路开回了家。

那是二十多年前的往事了。佩雷还是感激老朋友山德尔在关键时刻帮了他。逃兵如同罪犯般受到通缉。佩雷需要躲躲藏藏，同时还得谋生。每当他走投无路，路的尽头总有山德尔在那里，留给他最后一个工作机会——山德尔开着一家饭店。更重要的是，山德尔给了他一个忠告：兄弟，你要面对现实，不能逃避。

游走几个州，打了两年散工，他反复考虑朋友的忠告，决定把自己"交进去"——投案自首。

我们这里原来有个海军军需学校，他走进去，说明自己是逃兵，打算投案。接待他的军人很惊讶。佩雷以为自己会被立即戴上手铐，结果却没有。那军人只是告诉他，负责的军官不在，要他等等。等到吃饭的时候，就让他自己先去吃饭。军官来了，下面的事情更出乎他的意料。军官联系了一下，就给他买了一张机票，让他独自飞回自己原来的部队，到弗吉尼亚军事基地去投案。佩雷踏上旅途，“都没有派个人跟着我”。

他有点紧张地回到弗吉尼亚海军基地，没想到原来部队给他的第一个选择是：免于处罚，只要把剩下的兵役服完。佩雷的问题就是实在无法适应军旅生涯，所以，他考虑之后，还是谢绝了部队的好意，他觉得自己无路可走，只能接受军事审判和惩罚。于是，他进入拘留所，紧张地等候军事法庭审判的日期。就在这段日子里，他给老朋友山德尔写了很多信，描绘自己沮丧的心情，他想，这下，要在牢里过上半辈子了。

海军给佩雷安排了一个免费律师，他还有个律师朋友，听说佩雷有难，就前来帮忙，最后只象征性地收了他几十美元。两个律师辩护的落脚点是，佩雷的个性和个人素质，完全不适合做一个军人。他们的全部努力就是向法庭提供证据，说明这一点。佩雷至今还记得承接他案子的军事法庭法官的名字。法官在判决时说：“孩子，真抱歉，我想是我们弄错了。”原来，美国军队接受年轻人入伍，有一条规定，不能接受不适合当军人的人参军。

作为现役军人，佩雷当然是有错的。他当初应该申请提前退役，而不是当逃兵。所以，法官依法给了他最轻微的处罚，判他入狱一个多月，并且宣布他“不荣誉退伍”。佩雷因逃兵事件引发的人生危机就这样过去。他踏踏实实回家，重新出发。他接受了教训，也变得成熟。

回想起来，佩雷感激所有在关键时刻帮助过他的人，感激山德尔的忠告、律师的敬业、海军部队和军事法庭法官对他的公平处理。

“每个人都可能有走错一步的时候，不是吗？”佩雷举起香槟，“祝我们大家新的一年好运气！”

2008 年第 10 期

转　身

李汉荣

一转身，那个动人的身影就不见了。在人海里，想再次与她相遇，哪怕匆匆一瞬，都是不可能了。

在都市、在广场、在车站、在机场、在大街、在超市、在乡野、在人流聚散的地方，我经常有这种感受：转身，就是永别。

那一次我在北京火车站等车。在拥挤的人流里，我不小心踩了右边一个年轻人。我正准备道歉或接受责备，却看见转过来一张文雅谦和的脸，他说："对不起，我挡着你了。"我竟然被感动了，只顾欣赏这张善良的、有教养的脸，只顾欣赏这江南的表情，却忘了对他说声谢谢，把最诚挚的心情告诉他。当我忽然记起，正要张口表达，人潮猛然涌了过来，一转身，我已找不到他，只看见攒动的人头，闪动的各色衣服……

还记得那年春天，我一人在秦岭深处行走，山路两旁开满野花：灯芯花、野草莓花、苜蓿花、蒲公英花……路下面的小河，清澈如镜，温柔如绸，淙淙的水声像母亲轻唤谁的乳名。四周的群山，一律被松树、柏树、桦树和茂密的灌木覆盖。闻着花香，听着水声，看着山色，我恍然已走进古代，入了那“拈花微笑”的仙境。正在此时，迎面走来一位小女孩，她头上插了几朵野花，手里拿着一束菖蒲，好看的脸上满是羞涩，浑身洋溢着纯真的自然气息。但我不便过分地注意她，我怕她受到惊吓。于是我停下来，给她让路，然后静静地看她远去，欣赏着她的背影，却记不清她的眼睛和脸究竟是什么样子，匆匆一瞥里只得到“好看”的朦胧感觉。也许，或者是一定的，我这一生只有这一次和她相遇了，只有这一次，在她还是小女孩的时候。我突然感到十分失落和惆怅。怎么办呢？我想多看她一眼，看仔细些。我想在记忆里逼真地收藏一个像野花一样纯真的秦岭女孩。这也许是她一生里最生动的瞬间，我记起了泰戈尔的诗句，“你不知道你是多么美丽，你像花一样盲目。”我情不自禁地转过身来，沿着小女孩走去的方向走着，走到山路转弯的地方，出现了一个三岔路口。我已经无法知道小女孩走进了哪一条路径，她肯定知道我注意到了她，那么，在岔路口，在她转身的时候，她是否知道，不远处，有一位陌生的叔叔，他眺望的眼睛？就那么一转身，她消失在命运的路径，也许就是我此生永远都不能踏上的路径……

冬天，已经很冷了，西伯利亚寒流远道而来，遭遇袭击的当然是穷人，最可怜的是乞丐。乞丐不多，但不多的乞丐也常常有力地触动和唤醒我们冬眠的良心。在南大街路口，我看见一位衣服褴褛的中年乞丐。我急忙赶回家，拿上我去年穿过的那件防寒服找他。可是来到南大街，已看不见他，于是我在东大街找他，又在北大街找他，都没有找到。最后我来到丁字路口，还是没有找到他，却遇到了一个老年乞丐，一转身，苦难交换了方向，交换了背影，但苦难的身份没有改变，都是苦难。于是我把防寒服披在这位贫苦老人的身上，希望他下降的体温能稍稍回升，希望降温的人性能稍稍回升。我由此想到，亚洲的穷人，非洲的穷人，全世界的穷人，想到徘徊在文明大街上的那些孤苦身影，一转身，他们到哪里去了？而文明，你能否追上去，轻轻拉起那褴褛的衣襟，或者握着那空空的手，仔细看看他们的眼睛？他们到哪里去了，一转身？

一转身，车窗外的河流已经不知去向；一转身，门前的那只鸟已不见踪影；一转身，天上的那座虹桥已经悄然消失；一转身，水里的鱼已经没入深渊；一转身，父亲已经走远，新垒的坟上，墓草青青……

旭日一转身变成落日，青丝一转身变成白发，爱情一转身变成婚姻，诗一转身变成散文，羊群一转身变成毛衣……等一等，等一等，能否再转回来？

2008 年第 11 期

盲人捕鸟

〔津巴布韦〕亚历山大·迈考尔·史密斯　李杰玲 译

一个年轻男子娶了一个女人，妻子的哥哥是盲人。年轻人急于了解他的姻亲兄弟，所以他问盲人是否愿意和他一起去打猎。

“我看不见东西，”盲人说，“但是如果我们一起去，你可以帮我看。”

年轻人带着盲人走进一片灌木丛。开始时，他们沿着一条盲人熟悉的小路走，所以对于盲人来说，紧跟着年轻人并不困难。可是，不一会儿，他们走进了更茂密的树林，那儿树木生长密集，是许多动物的藏身之所。现在，盲人紧紧抓着妹夫，并告诉他自己听到的各种声音。虽然眼睛看不见，但盲人能辨别出动物发出的声音。

“附近有疣猪，”他说，“我能听到它们在远处走动的声音。”或者说：“那只鸟准备飞走，听听它张开翅膀的声音。”

对于年轻人来说，这些声音没什么意义。他印象最深的，是盲人感知树林的能力，尽管树林于他必定是一团漆黑。

几小时以后，他们到了一个可以设置陷阱的地方。盲人听从年轻人的建议，把陷阱设在一个鸟儿可能飞过来饮水的地方。年轻人则把他的陷阱设在不远处，并小心地掩盖它，以免鸟儿发觉。之后，他不耐烦地去掩盖盲人的陷阱，因为天气热，而他又急着回家，回到新婚妻子身边。盲人以为妹夫已经帮他掩盖好陷阱，他不知道年轻人并没有这样做，而鸟儿可能会发现这儿有陷阱。

第二天，他们回到捕鸟的地方。盲人满怀期待，兴奋不已，年轻人不得不叫他保持安静。还没有到达陷阱跟前，盲人就肯定他们捕到了猎物。

“我能听到鸟声，”他说，“陷阱里有鸟儿。”

年轻人走到自己的陷阱旁边，他看到了一只小鸟。他从陷阱里把小鸟抓出来，放进随身携带的袋子里。然后两个人走向盲人的陷阱。

“有一只鸟儿在里面，”他对盲人说，“你也捕到了一只鸟儿。”

说这话时，年轻人感到自己有些嫉妒盲人。盲人的鸟儿有着奇妙的颜色，仿佛它曾经飞过彩虹并且染上了彩虹的颜色。这只鸟儿身上的羽毛，可以给他的新婚妻子做一份好礼物。但盲人也有妻子，而她当然也想要这羽毛。

年轻人弯下腰，从陷阱里取出盲人的鸟儿，然后迅速换上自己的小鸟。他把小鸟交给盲人，而把那只彩色的鸟儿放进自己的袋子里。

“这是你的鸟儿。”他对盲人说。

盲人接过小鸟，他的手指抚过小鸟的羽毛和胸膛，然后，他一言不发地把小鸟放进袋子里。

回家的路上，两个人停在一棵大树下休息。他们坐在那儿，谈论着许多事情。年轻人对盲人的智慧印象深刻——他知道很多，尽管他根本看不到任何东西。

“为什么人们要互相争斗？”他问盲人。这是一个困扰他很久的问题，他想知道盲人是否可以给他一个答案。

盲人沉默了一会儿，年轻人知道他正在思考。然后，盲人抬起头，年轻人觉得那双看不见东西的眼睛仿佛正在凝视他的灵魂。

“人们相互争斗，因为他们把你刚才对我所做的加之于彼此。”盲人平静地给出了答案。

这话使年轻人震惊而羞愧。他试图想出一个答案，但他始终想不出。他拿起袋子，取出那只色彩艳丽的鸟儿，把它还给盲人。

盲人拿着那只鸟儿，用他的手指触摸着它，笑了。

“你还有其他什么问题吗？”他问。“是的，”年轻人说，“争斗之后，人们怎样才能成为朋友？”

盲人又笑了。

“他们做了刚才你所做的，”他说，“就这样，他们再次成为朋友。”

2008年第12期

一片叶子落下来

〔美国〕利奥·巴斯卡利亚　　任溶溶 译

春天已经过去，夏天也这样走了。叶子弗雷迪长大了。他长得又宽又壮，五个叶尖结实挺拔。春天的时候，他还是个初生的嫩芽，从一棵大树树顶的大枝上冒出头来。

弗雷迪的身旁有成百上千的叶子，都跟他一模一样——看起来是这样。不过，他很快就发现没有两片叶子是完全一样的，尽管大家都长在同一棵树上。弗雷迪的左边是阿弗烈，右边是班，他的头顶上是那个可爱的女孩子克莱。他们一起长大，学会了在春风吹拂时翩翩起舞，在夏天懒洋洋地晒着太阳，偶然来一阵清凉的雨就痛痛快快洗个澡。

弗雷迪最好的朋友是丹尼尔。他是这根树枝上最大的叶子，好像在别的叶子都还没来的时候就先长出来了。弗雷迪还觉得丹尼尔是最聪明的。丹尼尔告诉大家说，他们都是大树的一部分，他们生长在公园里，大树有强壮的根深深埋在地底下。早上飞到枝头上唱歌的小鸟，天上的星星、月亮和太阳，还有季节的变化——不管什么东西，丹尼尔都有一套道理来解释。

弗雷迪觉得当叶子真好。他喜欢他的树枝、他轻盈的叶子朋友、他高高挂在天上的家、把他推来推去的风、晒得他暖洋洋的太阳，还有在他身上洒下温柔身影的月亮。

夏天特别好。他喜欢漫长炎热的白天，而温暖的黑夜最适合做梦。那年夏天，公园里来了许多人。他们都来到弗雷迪的树下，坐在那里乘凉。

丹尼尔告诉他，给人遮阴是叶子的价值之一。“什么叫价值？”弗雷迪问。“就是存在的理由嘛！”丹尼尔回答，“让别人感到舒服，这是个存在的理由。为老人遮阴，让他们不必躲在炎热的屋子里，也是个存在的理由。让小孩子们有个凉快的地方玩耍，用我们的身体为树下野餐的人扇风，这些，都是我们存在的理由啊！”

弗雷迪最喜欢老人了。他们总是静静地坐在清凉的草地上，几乎动也不动。他们喃喃低语，追忆过去的时光。小孩子也很好玩，虽然他们有时会在树皮上挖洞，或是刻下自己的名字。不过，看到小孩子跑得那么快、那么爱笑，还是很过瘾。

但是弗雷迪的夏天很快就过完了。就在十月的一个夜里，夏天突然消失。弗雷迪从来没有这么冷过，所有的叶子都冷得发抖。一层薄薄的白色东西披在他们身上，太阳出来就马上融化，变成晶莹的露水，搞得大家全身湿漉漉的。

又是丹尼尔告诉他们：“咱们刚刚经历了平生第一次霜冻。这表示秋天到了，冬天也不远了。”

转瞬之间，整棵树，甚至整个公园，全染上了浓艳的色彩，几乎找不到绿色的叶子。阿弗烈变成深黄色，班成了鲜艳的橙色，克莱是火红色，丹尼尔是深紫，弗雷迪自己则是半红半紫，还夹杂着金黄。多么美丽啊！弗雷迪和他的朋友们把整棵树变得如彩虹一般。

“我们都在同一棵树上，为什么颜色却各不相同呢？”弗雷迪问道。“我们一个一个都不一样啊！我们的经历不一样，面对太阳的方向不一样，投下的影子不一样，颜色当然也会不一样。”丹尼尔用他那“本来就是这样”的一贯口吻回答。他还告诉弗雷迪，这个美妙的季节叫作秋天。

有一天，发生了奇怪的事。以前，微风会让他们起舞，但是这一天，风儿却扯着叶梗推推拉拉，像是生气了似的。结果，有些叶子被风从树枝上扯掉了，卷到空中，刮来刮去，最后轻轻掉落在地面上。

所有叶子都害怕起来。“怎么回事？”他们喃喃地你问我，我问你。“秋天就是这样。”丹尼尔告诉他们，“时候到了，叶子该搬家了。有些人把这叫作死。”“我们都会死吗？”弗雷迪问。“是的。”丹尼尔说，“任何东西都会死。无论是大是小，是强是弱。我们先做完该做的事。我们体验太阳和月亮，经历风和雨。我们学会跳舞，学会欢笑。然后我们就要死了。”“我不要死！”弗雷迪斩钉截铁地说，“你会死吗，丹尼尔？”“嗯。”丹尼尔回答，“时候到了，我就死了。”“那是什么时候？”弗雷迪问。“没有人知道会在哪一天。”丹尼尔回答。

弗雷迪发现其他叶子不断在掉落。他想，一定是他们的时候到了。他看到有些叶子在掉落前和风厮打，有些叶子只是把手一放，静静地掉落。

很快，整棵树几乎都空了。“我好怕死。”弗雷迪对丹尼尔说，“我不知道下面有什么。”

“面对不知道的东西，你会害怕，这很自然。”丹尼尔安慰着他，“但是，春天变夏天的时候，你并不害怕，夏天变秋天的时候，你也不害怕。这些都是自然的变化。为什么要怕死亡的季节呢？”

“我们的树也会死吗？”弗雷迪问。

“总有一天树也会死的。不过还有比树更强的，那就是生命。生命永远都在，我们都是生命的一部分。”

“我们死了以后会到哪儿去呢？”

“没有人知道，这是个大秘密！”

“春天的时候，我们会回来吗？”

“我们可能不会再回来了，但是生命会回来。”

“那么这一切有什么意思呢？”弗雷迪继续问，“如果我们反正是要掉落、死亡，那为什么还要来这里呢？”

丹尼尔用他那“本来就是这样”的一贯口吻回答：“为

了太阳和月亮，为了大家在一起的快乐时光，为了树荫、老人和小孩子，为了秋天的色彩，为了四季，这些还不够吗？”

那天下午，在黄昏的金色阳光中，丹尼尔放手了。他没有挣扎就走了。掉落的时候，他似乎还安详地微笑着。“暂时再见了，弗雷迪。”他说。然后就剩弗雷迪一个了，他是那根树枝上仅存的一片叶子。

第二天清早，下了头一场雪。雪非常柔软、洁白，但是冷得不得了。那天几乎没见太阳，白天也特别短。弗雷迪发现自己的颜色褪了，变得干枯易碎。天一直都好冷，雪压在身上感觉好沉重。凌晨，一阵风把弗雷迪带离了他的树枝。一点也不痛，他感觉到自己静静地、温和地、柔软地飘下。

往下掉的时候，他第一次看到了整棵树，多么强壮、多么牢靠的树啊！他确定这棵树还会活很久，他也知道自己曾经是它生命的一部分，为此他感到很骄傲。

弗雷迪落在雪堆上。雪堆很柔软，甚至还很温暖。在这个新位置上他感到前所未有的舒适。他闭上眼睛，睡着了。他不知道，冬天过了春天会来，也不知道雪会融化成水。他不知道，自己看来干枯无用的身体，会和雪水一起，让树更强壮。尤其是，他不知道，在大树和土地里沉睡的，是明年春天新叶的生机。

2008 年第 14 期

母亲架设的桥

〔日本〕水上勉

孩提时，母亲常领我去峡谷深处，让我坐在一领蓑衣那么大的一块小小的田塍上，自己浸在齐膝的水田里插起秧来。这峡谷，背着阴，每天的日照不过三小时光景。这在村里，也是块十分贫瘠的谷地。我家就在这样的山谷口。谷里也有旱地。这儿，母亲种上甘薯、萝卜之类。上那里去，中间有条很深的小溪。上面架着桥，可是每当发起大水，就常被冲毁，母亲就常去修桥。因为这是母亲独自干活的峡谷，没法儿去托赖众乡邻。到那天，擅长修建寺庙和神社的木匠大伯，就必定从那儿归来，从山里砍来两根圆木，横在狭窄的小溪上，上面排好栗木板，堆上土。然后叫我们兄弟踩结实，就成了坚固的红土桥了。约莫过了一年，土桥旧了些，桥边杂草丛生，杂草下，露出一排排像在神社屋檐椽子上见到的那种白色缺口。而且，桥再变旧，栗木就会腐烂，一看，桥的背面竟长满了蘑菇。母亲采了来，给我们做饭盒里的菜肴。这座通向有关自己一家生计的谷田去的小桥，母亲在她的一生中不知修过多少回。若峡是常有台风过境的地区，想来怕是修过了十来回吧。不论哪回架的，这座桥总是在圆木上堆着土，长起蘑菇来。

我在九岁时与母亲作别，在京都的寺院当了个小沙弥。可是一想起故乡，母亲架设的桥就会在心中浮现。那座桥，至今依然历历在目。在我外出的旅途中，每当火车通过这类山谷时，也定然会浮现。在日本这样的国土上，不知怎的，独多这样一类的深谷和山冈。无论是在青森、四国或九州，都曾见到我故乡那样的峡谷。而在那些山谷间，朝着深处去，也必然有小桥架设着。

为了微薄的收成，母亲尽心尽力架起了这座桥，由此取得我们一家的口粮，可以说，这是性命攸关的一座桥。因此，那桥，不论修得如何简陋，可仍是美好的啊！

如今，我并无须特意去鉴赏村上华岳或富冈铁斋的名作，单看到乡村画师所绘的山水画，上面画有露出圆木缺口杂草丛生的桥，便不由得会潸然泪下。

2008年第15期

奥斯威辛遗诗

柴子文

奥斯威辛之后，写诗是残酷的。这句名言，反思人性之恶到了极致。人们面对二十世纪大屠杀的灾难，不忍地侧过脸，羞愧难当。可人们要花很长时间才相信，即使在集中营里，绘画依然美丽，诗歌依然承载着生命的快乐与哀愁、希望与绝望。

《像自由一样美丽：犹太人集中营遗存的儿童画作》里面的小作者们，大多走进奥斯威辛的毒气室，十二三岁的年龄就悲惨地死去。但是，他们侥幸留存下来的诗作、画作，甚至偷偷办的报纸，让我们看到人类历史的珍贵一幕。作者林达尽力搜寻他们的名字、他们的故事，展示了那一幅幅美丽动人的画作、一首首明快有力的诗，让现在的人们明白，即使在集中营，也并非只有死亡的气味。面对绝望，人类依然可以保持尊严，而自由，从来都在人们心里，任何人强夺不走。

每一个对痛苦有感觉的人，都应该读一读这里面的诗。“希望你一直保存着这本书，哪怕你在一年年地长大，哪怕它在书架上放了很久，落满灰尘。只要你再次打开，你一定会庆幸，你并没有把它丢失。”作者被孩子们的作品深深打动了。让我们静一静心，来读一读小作者们的诗：

特莱津

沉沉的轮子碾过我们的前额
把它深深地埋入我们的记忆深处。

我们遭受的已经太多，
在哀恸和羞辱凝合的此处
需要一个盲人的标记
以给未来我们自己的孩子，一个证明。

等待了第四个年头，
像是站在一个沼泽地的上方
任何一刻，那里都有可能喷涌出泉水。

同时，河流奔向
另一个方向，另一个方向，
不让你死，也不让你活。
炮弹没有呼啸，枪声没有响起

在这里，你也没有看到鲜血流淌。
没有这些，只有默默的饥饿。
孩子们在这里偷面包，
并且一遍遍地提出同样的问题
而所有的人希望能够入睡，沉默
然后再一次入睡……

沉沉的轮子碾过我们的前额
把它深深地埋入我们的记忆深处。

小诗人的小名叫米夫。“沉沉的轮子碾过我们的前额”，多么形象地描摹了内心的恐惧与疼痛。入睡，也许再也不会醒来。沉默，是因为不能开口。他们生活在一种禁绝的状态。但这一切，并不是因为他们做了什么或者不做什么，只是因为，他们有一个相同的身份——犹太人。

我是一个犹太人

我是一个犹太人，永远不会改变，
纵然我要死于饥饿，
我也不会屈服。
我要永远为自己的人民战斗
以我的荣誉。
我永远不会因身为犹太人而羞耻

我向你起誓
我为我的人民骄傲，
他们是多么自尊。
不论我承受怎样的压力，
我将一定，恢复我正常的生活。

这位十三岁就被杀死在奥斯威辛的男孩弗兰塔·巴斯，用他的诗回答了他从那些教他写诗、画画的犹太民族最杰出的人那里学到了什么。他们是最不幸中之幸运的一群小孩，在最饥饿、最肮脏、最无助的环境里，暗地里接受了最初也是最后的教育。艺术教师弗利德是这样教他们画画的：你要用光明来定义黑暗，用黑暗来定义光明。同时，在这首诗里，我们隐隐看到了诗歌的伟大起源，那是对苍茫的宇宙和自然的深深的敬畏，以及起誓。诗的庄严在于，它的目光望向灵魂最隐秘的深处，依然坚定。

一个日落馀晖的傍晚

在紫色的、日落馀晖的傍晚，
在一片开着大朵栗子花的树林下
门槛上落满花粉。
昨天、今天，天天都这样。

树上的花在散发着美

又是那么可爱，树干苍老
我都有些害怕去抬头偷窥
它们绿色和金色的冠冕

太阳制作了一顶金色的面纱
如此可爱，让我的身体战栗起来。
在上苍，蓝色的天空发出尖利的声音
也许是我微笑得不是时候。
我想飞翔，可是能去哪儿，又能飞多高？
假如我也挂在枝头，既然树能开花
为什么我就不能？我不想就这样凋谢！

这位小诗人也没留下自己的名字。即使在空间有限的集中营，小诗人也看到了令他战栗的美景。在他们被扭曲的世界里，树能开花，太阳有金色的面纱，天空可以是紫色的，这些再普通不过的景色，在孩子的眼中，既因为大自然的造化而美丽，也因为孩子们危险的处境而珍贵。

思　绪

我站在一个角落，望着窗户
看着这个让我心碎的地方
在床上是海德踱行的影子，
一个失常的孩子突然举起手，

哭叫着："妈妈！……
让我们亲吻，我们一起说说话！"
可怜的人们，
失去常态的人们，悲惨的形象，
被冬天包裹，他们走着冻得发抖，想要大叫
　　一声
在他们的末日之前
"妈妈，抱着我，

我是一片快要凋落的树叶。
看看我是多么枯萎，我觉得好冷哦！"
当这可怕的合唱在老兵营的房子间回荡，
我——也推开窗户——
和他们一起嘶唱。

小诗人哈努什在特莱津集中营很有名气，他的有些诗作在那里广为流传。他的笔调老练诙谐，激情洋溢而富有穿透力。我们再来读他的另一首诗：

我的乡村

我在心里装着我的乡村，
那是为我的，就为我自己！
美丽的纤维在编织起来

它保存了一个永恒的梦。

我亲吻拥抱我的土地，
在它面前，多少岁月流过。
这土地不仅在地球上
不论在哪里，它也在我们心中。

它在蓝色天空中，在星星里，
只要是有鸟儿生活的地方。
今天我在我的灵魂里看到它，
我的心立刻沉沉地盛满了眼泪。

终有一天，我要高高地飞翔。
从我身体的重负中解脱，
自由地在广阔中飞翔，
自由地飞出很远很远，
和我在一起的，是我自由的村庄。

今天那是一个小小的、捧在手心里的梦
围绕着它的却是遥远的地平线
在这些沉甸甸的梦里
还微微闪着战争暴怒的反光。

有一天，我要走进我的村庄，
我要享受我的家乡，
那是我的乡村！那是你的家乡！
那里没有“我”和悲伤。

一九四三年，他和妈妈一起，从特莱津被送往奥斯威辛纳粹宣称的“家庭营”。其实是大规模的毒气室，死亡的熔炉。战后，幸存的伙伴们尽一切努力寻找他的下落。然而，他再也没能回到他的村庄。但是，我们至少相信，闭上眼睛的一刹那，骄傲的小诗人，已经回到了自己的故乡。他已经告诉我们，“不论在哪里，它也在我们心中”。

透过这些稚嫩但深刻的诗作，我们读到的，不再是这首诗好不好。相反，我们会更容易地闭上眼睛，想想，在绝望的环境里，是什么让小作者们敢于去写，是什么点燃了枯竭疲惫的身体里神奇的蜡烛。这才是艺术的本质。

美和人生，在艺术的世界里，都是独特的。因为，地球上的每一个人、每一样东西都有自己的世界。不论各自拥有怎样不同的身份，也都拥有自己独立的空间，有权利坚守自己的世界。

2008 年第 19 期

想象的力量

〔英国〕J·K.罗琳

在这个庆祝你们毕业的欢乐日子里，我想谈谈失败所能带来的益处；同时鉴于你们正站在“真实人生”的入口，我想赞美一下想象力的重要性。

我在前半生一直徘徊在自己的追求和别人对我的期望间，难以平衡。我确信自己唯一想做的事是写小说。但我的父母都来自贫穷的家庭，没有上过大学，他们认为我异常活跃的想象力只是怪癖，不能用来付抵押贷款或是赚取退休金。他们希望我取得专业文凭，我则想研究英国文学。最后达成了一个双方都不甚满意的妥协：我改学现代语言。但父母刚刚离开，我就报名学习古典文学了。

但我并不因此而责备他们。总有一天你不能再抱怨父母让你走错了方向。当你成为大人，就需要自己做决定，承担责任。我也不能批评父母希望我摆脱贫穷，我赞同贫穷并不是令人自豪的事的观点。贫穷会带来恐惧、压力，有时还有沮丧，这意味着很多的卑微和艰苦。通过自己的努力摆脱贫穷值得自豪，只有傻瓜才将贫穷浪漫化。

为什么我还要说失败的益处呢？因为失败剥离无关紧要的东西。失败后我不再伪装，只做自己，将所有精力都投入到唯一对我重要的工作上。若我在其他事情上成功过，我可能就不会将全部决心投入到我自信会取得成功的领域。我自由了，因为我最恐惧的事情已经发生，而我还活着，还有一个我深爱的女儿、一台陈旧的打字机和大想法。因此，生命中的低谷成为我重铸生活的坚实基础。

你们可能不会经历像我那么大的失败，但永远不失败是不可能的。只有遇到逆境，你才会真正了解自己和身边的人。这是用痛苦换来的真正财富，它比任何证书都有用。

如果有时间机器，我会告诉二十一岁的自己，个人幸福不是成就清单。生活复杂而艰辛，任何人都不可能完全控制它，谦逊地认识到这些才能在生命沉浮中幸存下来。

你们也许认为我选择想象力做主题是因为它在重铸我的人生中的作用，但这不是全部原因。虽然我会不遗馀力地捍卫床边故事的价值，但我已学会从更广泛的意义来评价想象力的价值。想象力不仅是人类幻想不存在事物的特殊能力，我们也能通过它体会一些并没有亲身经历过的事情。

我最伟大的生活经历之一发生在写《哈利·波特》之前，后来我在书中写的很多东西与此有关。我最早是在国际特赦组织总部的研究部门工作。被援助者的痛苦经历曾让我在无数个深夜清晰地在梦魇中听到撕心裂肺的尖叫，体会到被囚禁的绝望。但这段经历也让我体会到人类的善良。我们不曾也不想亲历那些痛苦，但我们可以借用想象力的翅膀来感受他们的生活。人类的同理心能引导集体行动，这种能量足以拯救生命，使囚徒获得自由。我在这个过程中贡献的微薄力量是我生命中最谦卑、最令人振奋的经历之一。

人类不同于这个星球上的其他生物，我们能在没有亲身经历的情况下了解并理解，设身处地地感受他人的境遇。许多人拒绝运用他们的想象力，宁愿在自己的经验范围内维持舒适的状态，对任何与自身无关的苦难关上思想与心灵的大门。选择不去体会和同情他人的人更可能激活真正的恶魔，虽然没有亲手犯下罪恶，但可能以冷漠与邪恶串谋。

在座的各位有多少人会去感知他人的生活？你们的一切给了你们独特的优势，也给了你们独特的责任。如果你们为被忽略的人们说话，在认同强势群体的同时也认同弱势群体，运用想象力进入条件不如你们的人的生活，那么庆祝你们存在的将不仅是你们的亲人，还有千万因为你们的帮助而获得更好生活的人们。不需要魔法来改变世界，我们自身就拥有这种能力：想象更好世界的能力。

本文是作者在二〇〇八年哈佛大学毕业典礼上的演讲。——编者注

2008年第20期

送手套真难

〔日本〕妹尾河童　姜淑玲 译

一到女性开始戴手套的季节，我便会开始注意手套。

一副好的手套可以增添手部的美感。

前几天，在咖啡厅里喝咖啡，无意间发现斜前方有位女性，从皮包里取出一双柔软的黑色手套开始戴起来。我慢慢欣赏她纤纤细指的动作，心里赞叹不已，因为她很仔细地把指头一根一根套进去，直到指根。“嗯！正确的戴法。”我微微点头称是。

我对手套这么关注，起因是曾经想要送一副手套给心上人，却始终没有达成愿望。

这已经是二十几年前的事了，在决定单独到欧洲旅游一年时，我曾答应对方说：“我会在佛罗伦萨买副手套送给你。”

要购买一副又轻又薄的高级女用皮手套可不像买男用手套那么简单，因为手套的尺寸大小一定要和每根指头都配合得恰到好处才行。

这点常识我还知道，便要求她把手放在纸上，画下实际的手形，手掌的大小也用绳子绕一圈测量，指围则以戒指的尺寸记录下来，务求一切准备完美。

到了意大利，我和住在罗马的女性朋友提及要在佛罗伦萨买手套的事。

“要买手套的话，那就是这家店了。虽然有点贵，不过到这家店去绝对错不了。”她在地图上帮我把店名写下来。

感觉好像到佛罗伦萨的首要目的便是去购买手套似的，我不禁苦笑。“这样也不错啊！偶尔扮演一下纯情男也是很有趣的嘛！不过就我们对你的认识，实在是难以想象哪。”女友们纷纷大笑。

从罗马搭火车到佛罗伦萨之后，我即刻到旅馆去把行李安顿好，然后一边看着地图一边寻找，很快就找到了那家店。该店位于从主教堂（duomo）往旧宫（palazzo vecchio）方向的大街左侧，看起来的确是出售昂贵物品的精品店。

当我要求把盒里的手套拿出来瞧瞧时，女店员随即说道：“这是女用手套哦！”

我跟她说明这不是我要的，而是要送人的礼物。

“那么请你带本人前来。”对方说道，手套连看都不让我看一眼，大概她以为我把送礼的对象留在饭店里了吧。

“她不在这个城市，我要买回东京送给她。”

结果，女店员收起笑脸，表情变得颇为坚决，说道：“很抱歉，我没办法卖给您。请您下回到佛罗伦萨时，务必带着那位小姐一同前来，我们会衷心地静候您的来访。”

我瞠目结舌地愣在那里。话不必说得那么斩钉截铁嘛，把东西卖给我不就好了吗？我心里这么想着。为了软化女店员的态度，我把在东京所描绘的手形纸摊开来，拜托她再看一看。

“我很了解您的心情。但是，如果不是本人亲自试戴的话……”女店员边说边示范戴手套的方法给我看，而且脸上带着微笑，“所谓好的手套，不仅仅是品质优良，而且还必须和那个人的手指完全贴合才行。这点相信您能够理解。”

这位女店员虽然应对礼貌而周到，但最后还是没把手套卖给我。真是不简单的店家，突然想向他们表达敬意。

我嘴里一边喃喃念叨着“真不愧是佛罗伦萨啊”，心里却想要了解是不是城里每家店都这样做生意，于是进到别的店去试探。想不到对方连手的大小尺寸都没问，就哪一双都愿意卖。但已经了解手套选购法的我，只是东看西看，什么都没买便走出店门。

最后手套没送成，取而代之的是寄出了一封说明缘由的信。她回了封信，请饭店代为转交，信上说：“与其得到一副随随便便的手套，那种不轻易卖给你手套的讲究与坚持更让人感动。我想我一定要到佛罗伦萨去一趟，并到那家店去购买。”

从那之后我也一直没找到机会送她手套——虽然拖欠很久，但四年后终于送出了这份礼物，因为她要到意大利去旅游。“那，你自己去买吧。”我把旅行剩下的里拉纸钞，再加上日币凑足了交给她。

送手套真不如想象中的简单，送女性手套尤其难呀！

2009年第1期

三狗生活

〔美国〕雅比凯尔·汤玛斯　林丽冠 编译

一

我和我先生是在十二年前认识的，他回覆了我在《纽约书评》上面刊登的一则广告。我们约好在百老汇街的月宫餐厅见面。那天下着雨，他带了一把大雨伞。他在餐厅点的是葱爆牛肉，而我点了鲜烩鱼片。我只花了大概五分钟，就知道眼前这个人是世界第一好男人。十三天后他向我求婚，我一口就答应了。当时他五十七岁，我四十六岁。还等什么？说结就结。那份《纽约书评》到现在我们还保留着，我没事就会看看登满广告的那页，看见他只圈出我登的那一则。一边看，一边感受到命运的脆弱。在结婚周年时，他写道："谢谢你赐给我生命中最快乐的时光。"我们也曾经想象过，年纪大了之后要一起坐在屋前的门廊，彼此勉励，白头偕老。但是人生曲曲折折，命运无常，岂能尽如人意。

昨天，我先生在疗养院他的房间里着急地问道：“你可以把我移到左边二万六千英里外的地方吗？”我说：“好。”但却坐在椅子上一动也不动。过了一会儿，他说：“谢谢你。”然后又纳闷地补了一句，“我一点都没有被搬动过的感觉。”我回答说：“不客气。”

“房里只有我们两个在吗？”他问道。我回答：“对。”其实护士刚刚才走出房门。“结果史黛西和比目鱼怎么样了？”他问。我看着疗养院的房间，他一定感受到一种原始的朦胧状态，一种比目鱼或许可以在半空中优游的气氛。这种印象一直如影随形跟着我。

我先生下星期要动脑部手术。今天我坐在狗狗公园，天气就像理查所称的“和煦之日”那样晴朗美好。这里是我想事情、理清头绪以及适应情况的地方。我们家的小猎犬哈利在狗狗专属运动区跑来跑去，还用鼻子嗅来嗅去。它喜欢独来独往，我也一样，喜欢独自坐着，但是眼观六路、耳听八方。很久以前有位老朋友说过：“不经一事，不长一智，吃过苦头就会了解很多事。”我当时不理解他的意思，现在我明白了。我看着狗儿们，有一只达克斯猎狗很瘦，看起来就像书法中的一撇。一位老人牵着一只很小的中国黑鼻狗，他弯下腰来轻拍我的狗儿哈利，哈利跳开了。

他又问候另一个人，对方只回答说：“很好。”很久很久以前，我也曾经用同样的冷漠方式回应这样的问候。

四月的一个晚上，我们大楼的警卫派德鲁用室内对讲机打电话给我。他说："你的狗在电梯里。"这一刻，我的世界永远改变了。"我的狗？我先生在哪里？"我问道。"我不知道，我只知道你的狗乘电梯到十四楼，你最好快去把它找回来。"我穿着浴袍跑到走廊，电梯门打开了，一位邻居把哈利交给我。"我先生在哪里？"我又问了一次，但是邻居也不知道。哈利在发抖，我想理查一定出意外了。接着对讲机又响了，派德鲁说："你先生被车撞了，快点去！"

不可能，不可能。我的鞋子在哪里？我的裙子呢？我像在水底下一样，动作快不起来。我找了床底下，发现了我左脚的鞋，再把椅背上的毛衣抓过来……我套上衣服走进电梯，然后沿着街奔跑。当我看到前面人行道上的人群，我开始跑得更快，并呼唤着他的名字。什么样的车祸才会引起这么多人围观？

二

我先生躺在血泊中，头破血流。警车和救护车的红灯不断闪烁，急救人员跪在他的身旁施救。我想要在人群中冲出一条路，设法靠近以便摸到他的头，旁边有位警察说："不要妨碍他们工作。"他们把他的衣服割开，包括他的风衣、法兰绒衬衫。有人把我拉开说："不要看。"但是我一定得看，我必须注视着他。一位警察开始问我问题："你是他太太吗？他叫什么名字？出生年月日呢？你叫什么名字？住哪里？"接着，我看到他们把理查抬上担架并放进救护车。我也想爬进车里，但是他们没有等我就急驰而去。一位警察载我到三条街以外的圣路克医院急诊室，我们大楼的住户管理委员会主任昆士顿·史考特跟我一起到医院，并且陪着我，直到我的家人抵达为止。我后来才发现，警方填写的车祸报告把理查列为"死亡或可能死亡"。

哈利漫无目的地走动，它抬头看我，我伸手抚摸它的头和耳朵。它走向我，我想它是要让自己放心，因为我还在这里；或者可能是要让我放心，因为它还在那里陪我。它本来是流浪犬，在游荡、挨饿和惊恐之中度日，一年前跑到我朋友的后院，后来我们收养了它。理查原本不想养狗，每次我拖着他去宠物店看我相中的小狗，他总是看着它，然后说些像这样的话："是很可爱了，但是你不觉得它的脸有点像啮齿类动物？"我带他去看哈利的时候，他说："嗯，这是一条很棒的小狗。"

五个月后，哈利挣脱拴狗的皮带，理查跑去河畔街救它，结果被车撞倒。我现在没有看着哈利，也没有早知道就不要收养它这样的念头。我不怪罪自己或是哈利造成这场车祸，虽然我相信，如果换成是小孩受伤，我可能会找对象怪罪。我和我先生是一起生活的两个成年人，如今发生了这种悲剧。理查受伤的原因出在帮我解闷的动物，我觉得这并不讽刺。这没什么好讽刺的，也没有内疚或放马后炮批评的馀地。养狗是一种消遣和嗜好。这些是必须正视的事实。在某种意义上，我先生和我现在的处境相同，我们都被丢进一个不熟悉的环境，里面的气候不同，规则也不同。

三

车祸发生的时候，哈利只和我们相处了四个月而已。哈利是朋友给我们的，朋友在院子里发现哈利，它饿坏了。它来我们家那天，我们都很担心。我们给它吃东西，它不吃；给它水，它也不喝。要带它去散步，它趴在地上，把尾巴夹在两腿之间。如果我们向它靠近，它就尽可能缩小身体，瑟缩在沙发一角。最后我们放弃，上床睡觉了。十分钟后，我们听到爪子踩过光滑地板的声音，哈利出现了，它跑上床和我们一起睡。这个夜晚，要比其他夜晚更美好。

“现在你对你的狗有什么感觉？”我记得灾难发生不久，有人这样问。我回答说：“我爱我的狗。”这问题很怪。“没有哈利，我没办法一个人面对这一切。”理查住院的第一个星期，我常在半夜醒来，伸手去寻他时，才发现我身旁的那团温热是哈利的小小身体。那些时刻，悲伤和感谢融合在一起，我已经习惯这种感觉了。

新来的腊肠犬萝丝让我们走出低潮。它总是睁一只眼睡觉，如果我叹气太频繁，它会有所警觉。如果我看书看到一半时抬头，或者拿下我看书的眼镜，它会紧张地跟着我。后来才知道，它原来的主人死于世贸中心的恐怖袭击，它是被伤心的主人的亲戚带去给人认养的。

不管它原来的主人是谁，他一定和我一样爱它。是他训练萝丝的。我叫萝丝坐下，它就坐下，我发誓我可以感觉到他的灵魂就在附近徘徊。我想要告诉所有爱它的人，跟他们说他的狗现在有了新家，它过得很好。

我每周去看我先生一次。他现在住在纽约北边一家专门治疗创伤性脑伤的医院里。意外已经是两年多前的事了，但我还是经常会回想起来。他好像就在我身边，却又不在附近；他是我丈夫，但又不是。他的脑子好像分成两边，两边又互相冲突。我尽量不去想这些。天气好的时候，我们坐到户外。我们不说话，只是坐得很近，握住对方的手。感觉很像以前的日子，像我们又结了一次婚一样。晚上我回到家，我的狗跑过来欢迎我，萝丝跳得老高，有如脚上装了弹簧，哈利则在我脚边蹭来蹭去。

如果你有透视眼，能在傍晚、清晨或晚餐前看透我们的公寓，你可能会看到我们在睡觉。当然，下雨天最好，但即使是晴朗夏天，狗和我也是躺在床上。萝丝从我右边钻到棉被后面去，哈利睡我左边，我们挤成一堆。没一会儿，哈利开始打呼噜，萝丝的下巴就靠在我的脚踝上，我们的呼吸把棉被弄得一上一下起伏着，我只觉得好感激。

我们正在做幸福的事，正如我们需要食物、空气和水一样。我们沉浸其中，再一次互相保证，再一次重新充电。我们三个家伙，两种物种，靠着简单的互相取暖，换取慰藉。

2009年第2期

杏黄月

张秀亚

杏黄色的月亮在天边努力地爬行着，企望着攀登树梢，有着孩童般可爱的神情。

空气是炙热的，透过了纱窗这个绿色的罩子，室中储蓄了一天的热气犹未散尽，电扇徒劳地转动着。桌上玻璃缸中的热带鱼，活泼轻盈地穿行于纤细碧绿的水草间，鳞片上闪着的耀目的银光，是这屋子中唯一出色的点缀。这还是一个孩子送来的，他的脸上闪烁着青春的光彩，将这一缸热带鱼放在桌子上，说：

“送给你吧！也许这个可以为你解解闷！”

鱼鳞上的银光，在暮色中明灭。她想，那不是像人生的希望吗？闪烁一阵子，然后黯然了，接着又是一阵闪光……但谁又能知道这些细碎的光片，能在人们的眼前闪耀多久呢？

杏黄月渐渐地爬到墙上尺许之处了，淡淡的光辉照进了屋子。屋子中的暗影挪移开一些，使那冷冷的月光进来。

门外街上的人声开始嘈杂起来，到户外乘凉的人渐渐地多了，更有一些人走向街口及更远的通衢大道上去。他们的语声像是起泡沫的沸水，而隔了窗子，那些“散点”的图案式的人影也像一些泡沫：大的泡沫，小的泡沫；一些映着月光的银色泡沫，一些隐在黝暗中的黑色泡沫；时而互相推挤着，时而又分散开了；有的忽然变大了，闪着亮光；有的忽然消失了，无处追寻。

忽然有个尖锐而带几分娇惯的声音说：“月亮好大啊，快照到我们的头顶上了。”

接着是一阵伴奏的笑声，苍老的、悲凉的，以及稚气的、近乎疯狂的：“你怕月亮吗？”

玻璃缸中的热带鱼都游到水草最密的地方去了。

街上嘈杂的人语声、欢笑声，暂时沉寂了下来。

谁家有人在练习吹箫，永远是那低咽的声音，重复着，重复着，再也激扬不起来了。

月亮也似仍在原来的地方徘徊着，光的翅翼在到处扑飞。

门外像有停车的声音，像是有人走到门边……她屏住了呼吸倾听着。

那只是她耳朵的错觉，没有车子停下来，也没有人来到门前。来的，只有那渐渐逼近的月光。

月光更亮了一些，杏黄色的，像当年她穿的那件衫子，藏放在箱底多久了呢？她已记不清了。

没有开灯，趁着月光她又将桌子上的那封老同学的信读了一遍。末了，她的眼光落在画着星芒的那一句上：“我最近也许会从你住的地方路过，如果有空也许会去看看你。”

也许……也许……她脸上的笑容，只一现就闪过去了，像那些热带鱼的鳞片，倏忽一闪，就被水草遮住了。

水草！是的，她觉得心上在生着丛密的水草，把她心中那点闪光的鳞片和那点希望都遮住了。

她怏怏将信叠起，塞在抽屉底的一些旧信中间。

那低咽的箫声又传来了，幽幽地，如同一只到处漫游的光焰微弱的萤火虫飞到她的心中，她要将它捉住……对，她已将它捉住了，那声音一直在她的心底颤动着，且萤火虫似的发着微亮。

她像是回到了往日，她着了那件杏黄的衫子轻快地在校园中散步，一切像是闪着光，没有水草……是的，一切都是明快朗丽的。没有水草在通明的水面上散布暗影，年轻的热带鱼们快活地穿行于新鲜而清凉的水里。耳边，窗外街头没有嘈杂的声音传来。那些女孩子说话的时候，也没有这么多的“也许，也许”，她们只是写意地在那园子里走着，欣赏着白色花架上的茑萝，一点一点的嫣红的小花“像是逸乐，又像是死亡”。她记得她们中间有一个当时如是说。那是向着盛开的茑萝，向着七月的盛夏说的。

其实什么是逸乐什么是死亡，她那时根本不了解。也因为如此，她觉得很神秘、很美。她想，她永远不会了解前一个名词的意义了。

她睁开眼睛，又大又圆的月亮正自窗外向她笑着，为她加上了一件杏黄的衫子，她轻轻地转身叹道：

“一件永不褪色的衫子啊。”

月光照着桌子上的玻璃鱼缸，里面的热带鱼一动不动，它们都已经睡去了，在那个多草的小小天地里。

箫声已经听不见了，吹箫的人也许已经睡了，呜咽的箫已被抛弃在一边，被冷落在冷冷的月光里。

夜渐渐地凉了，凉得像井水。夜色也像井水一样，在月光照不到的地方呈蔚蓝色——透明而微亮的蓝色。

她站在窗前，呼吸着微凉的空气。她觉着自己像是一尾热带鱼，终日在这个缸里浮游着，画着一些不同的圆，一些长短大小不同的弧线。

她向着夜空伸臂画了一个圆圈，杏黄色的月亮又忍不住向她笑了，这笑竟像是有声音的——金属片的声音，琅琅的。

2009年第3期

晚秋初冬

〔日本〕德富芦花　陈德文 译

霜落，朔风乍起。庭中红叶、门前银杏叶不时飞舞着，白天看起来像掠过书窗的鸟影，晚间则扑打着屋檐。虽是晴夜，却使人想起雨景。晨起一看，满庭皆落叶。举目仰望，枫树露出枯瘦的枝杈，遍地如彩锦，树梢上还有北风留下的两三片或三四片叶子，在朝阳里闪光。银杏树直到昨天还是一片金色的云，今晨却骨瘦形销了，那残叶好像晚春的黄蝶，这里那里点缀着。

这个时节的白昼是静谧的。清晨的霜、傍晚的风，都使人感到寒凉。然而在白天，湛蓝的天空高爽、明净，阳光清澄、美丽。对窗读书，周围悄无人声，虽身居都市，亦觉得异常幽静。偶尔有物影映在格子门上，开门一望，院子里的李树叶子落了，枝条交错，纵横于蓝天之上。从梧桐树上坠下的硕大的枯叶，静静躺在地上，在太阳下闪着光。庭院寂静，霜打过的菊花低着头，将影子布在地上。鸟雀啄含后残留的南天竹的果实，在八角金盘下泛着红光，失去了华美的姿态，使它显得那么寂寥。两三只麻雀飞到院里觅食，廊檐下一只老猫躺着晒太阳。一只苍蝇飞来，在格子门上爬动，发出沙沙的声响。

内宅里也很清静。栗、银杏、桑、枫、朴等树木，都落叶了。月夜，满地树影参差斑驳，任你脚踏，也分不开它们。院内各处，升起了焚烧枯叶的烟。茶花飘香的傍晚，阵雨敲打着栗树的落叶。当天色渐渐暗下来的时候，如果有西行的人，准会唱几首歌的。暮雨潇潇，落在过路人的伞盖上，声音骤然加剧，整个世界仿佛尽在雨中了。这一夜，我默默独坐，顾影自怜。

月色朦胧的夜晚，踏着白花花的银杏叶，站在院中。月光渐渐昏暗，树隙间“滴答滴答”落下两三滴雨——阵雨，刚一这样想，雨已住了，月亮又出现了。此种情趣向谁叙说？月光没有了，寒星满天。这时候，我寂然伫立树下，夜气凝滞不动了。良久，空气稍稍震颤着，头上的枯枝嘎吱有声，脚下的落叶沙沙作响。片刻，乃止。月光如霜，布满地面。秋风在如海的天空里咆哮。夜里，人声顿绝，仿佛可以听到一种至高无上的声响。

2009 年第 3 期

我在雨中等你

加思·斯坦　林说俐 译

一

我只能摆出各种姿势，有的还非常夸张——有时，我的动作得夸张到一定程度，因为我必须清楚而有效地与人沟通，让人们明白我到底想表达什么。我不能说话，更令人沮丧的是，我的舌头天生又长又平又松弛，光是咀嚼时用舌头把食物推入口中就很困难，更别提发音说话这种更为灵巧而复杂的动作了。正因如此，我趴在厨房冰冷的瓷砖地板上，在自己撒的一泡尿里，等候丹尼回家。他快回来了。

我老了，尽管还能活到更老，但我可不想就这样度过馀生——打一堆止痛针和减轻关节肿痛的类固醇；视力因患白内障而模糊；餐具室堆满好几大袋狗尿布。我相信丹尼会给我买在街上看到的那种“狗轮椅”，一种当狗儿半身不遂时，用来托着它下半身的小推车。如此一来，铁定让我觉得羞辱不已，狗颜尽失。

当然，他是爱我才这么做的。我深信，不管我这把老骨头再怎么支离破碎，就算只剩下脑子浸泡在装有透明液体的玻璃瓶里，一双眼球浮在上面，依靠各式各样的插管勉强维生，他也会倾全力保住我的老命。但是我不想苟延残喘，因为我知道接下来会发生什么事。我曾在电视上看过一部纪录片，那是我看过的除了一九九三年欧洲一级方程式赛车转播之外最棒的节目了。这部让我获益良多的纪录片解释了一切，也让我明白了一件事：一条狗走完它的一生后，下一世便会转世成人。

我老以为自己是人，也一直觉得自己和其他狗不一样。是啊，我是被塞进了狗的身体里，但只是有一副狗的躯壳，里面的灵魂才是真实的我，更何况，我的灵魂非常像人类的。

现在，我已经做好转世成人的准备，却也清楚自己将失去所有的回忆与经历。我想把与史威夫特一家共同生活的种种经历带到下一世，只可惜我没办法这么做。除了牢牢记住这些经历，我还能做什么呢？

门打开了，我听见丹尼熟悉的呼喊："恩佐！"以往，我都会把疼痛丢在一边，勉强撑起身子摇尾吐舌，将我这张老脸埋向他的裤裆。此刻，想克制往前扑的冲动，需要人类的意志力，但我做到了——我没起身，我故意在演戏。

“恩佐？”

我听着他脚步声中的关切，直到他找到我，低头探看。我抬起头，虚弱地摇着尾巴，轻点几下地板，继续演下去。

他摇摇头，用手指拨拨头发，放下手上提的装有晚餐的塑料袋。我闻到袋子里的烤鸡味：今晚他要吃烤鸡和生菜色拉。

“哦，恩佐。”

他边说边蹲下来，一如往常地抚摸我的头，沿着我的耳后摸。我抬头舔他的前额。

“怎么了，小子？”他又问。

我无法用肢体动作表达想说的话。

“你能起来吗？”

我努力起身，但是非常勉强。我的心脏突然停跳一拍，因为……我……真的……站不起来。我好惊慌，原以为自己只是在假装，但这会儿真的起不来了。妈呀！还真是“人生如戏”啊！

“放松，宝贝。”他边说边按着我的胸口安慰我，“我抱着你。”

他轻柔地抬起我的身躯，环抱着我。我可以闻到他在外面跑了一天后身上残留的味道，嗅出他做过的每一件事情。丹尼的工作，是在汽车行站柜台，整天和颜悦色地对待咆哮的客人。客人咆哮是因为他们的宝马开起来不顺当，要修车得花很多钱，这让他们相当气愤，必须得咆哮才能出气。我嗅出他今天去他喜欢的印度自助餐厅吃了午餐，是吃到饱的那种，很便宜。我还闻到啤酒味，这表示他曾在山上的墨西哥餐厅逗留，连呼出的气息都有墨西哥玉米饼的味道。

二

他轻轻地把我放在浴缸里，转开莲蓬头的水龙头。“放松些，恩佐。抱歉，我回来晚了，我应该直接回家才对，但是公司的同事们坚持……我告诉奎格我要辞职，所以……”

他话没说完，我已经明白，他以为我小便失禁是他晚归的缘故。哦，不，我并没有怪他的意思。有时沟通还真难，其中变量太多，在表达和理解之间，还得看每个人的解读方式如何，所以事情往往变得更加复杂。我不希望他为此感到内疚，而是要他正视眼前的状况，那就是——他大可以让我走。丹尼经历过好多事，一切终于过去了，他不需要把我留在身边，让自己继续担忧。他需要我来解放他，好继续走他自己的路。

丹尼是那么耀眼、出色。他那掌握事物的双手是如此完美，说话时嘴角的弧度、挺直站立的英姿，还有细嚼慢咽、把食物嚼成糊状才吞下去的模样……哦！我会想念他和小卓伊的一切。我知道他们也会想念我，但不能让感情误了我的大计划。在计划成功后，丹尼就可以自由度日，我也将以崭新的形态重返尘世，转世成人。我会再找到他，和他握手，赞美他多有天分，然后偷眨眼睛，对他说：“恩佐和你打招呼。”再快速转身离去，留他一人在背后问：“我认识你吗？”也许他还会问：“我们以前碰过面吗？”

洗完澡后，丹尼开始清理厨房，我看着他。他给我食物，我狼吞虎咽。他让我坐在电视机前，再去准备自己的晚餐。

“看录像带好吗？”他问。

“好，录像带。”我回答，不过他当然没听到我说的。

丹尼放了一卷他的赛车实录，打开电视机和我一起观赏。那是我喜欢的比赛之一。赛车道上本来是干的，但就在绿色旗帜挥动后，比赛刚开始，天空就下起大雨，来势汹汹的雨水淹没了赛车道，所有的车子纷纷失控打滑，只有丹尼冲出车阵。雨势丝毫影响不了他，他仿佛拥有魔力似的将车道上的雨水驱散开来。

丹尼很棒，但是没人注意他，因为他有家庭责任要扛——他有女儿卓伊，后来病死的太太伊芙，还有我。而且他住在西雅图，其实他应该住在别的地方。尽管有工作在身，有时他也会去外地赢个奖杯回来，然后展示给我看，告诉我比赛过程，说他在赛道上有多神气。他让来自索诺马县、得克萨斯州或是俄亥俄州中部的车手，见识了湿地驾车是怎么一回事。

带子播完时，他说："我们出去吧。"我于是挣扎着起身。

他抬起我的屁股，让我身体的重量分散在四只脚上，我才能站起来。为了给他看，我用鼻子在他大腿上磨蹭。

"这才是我的恩佐。"

他说。我们离开公寓，当晚天气凉爽，夜色清明。我们只在街上走了一下便打道回府，因为我的屁股太痛了，丹尼看得出来，丹尼懂。回到家，他给我吃睡前饼干，我爬进他床边地板上属于我的床铺。他拿起话筒拨电话。

"迈克尔……"他说。迈克尔是丹尼的朋友，他们都是汽车行里的柜台客服人员。迈克尔个头小，有双友善、红润又洗得干干净净的手。"你明天可以代我上班吗？我得再带恩佐去医院。"

他这阵子常常带我去宠物医院，拿不同的药给我吃，看看能不能让我舒服点，但实际上这对我一点帮助都没有。于是，我启动了大计划。

丹尼沉默了一下，等他再开口时，声音却变了……变得粗糙沙哑，好像感冒或过敏了。

"我不知道，"他说，"我不知道能不能再把他从医院带回来……"

我是不能说话，但我听得懂。即使是我自己启动了计划，此刻我对丹尼说的话仍感到惊讶。我的计划居然成功了，我也知道这对相关的人都好。丹尼这样做是对的。他已经为我的一生付出了许多，我欠他的是一种解脱，还有让他攀上高峰的机会。我们曾有过美好时光，但是现在结束了，这没什么不对呀！

我闭上眼睛，半梦半醒地听着他每晚睡前的例行公事——刷牙、漱口、吐水……人们总有些睡前习惯，他们有时就是改不了某些习惯。

2009 年第 5 期

花与赞美诗

〔丹麦〕安徒生

祖母很老了，她的脸上都是皱纹，她的头发很白，但是她的眼睛像两颗星星，当它们看着你的时候，有一种温和慈祥的神情，这使你觉得很舒服。她穿一身厚绸子做的裙子，上面有大朵的花，她走动时裙子簌簌地响。她还会讲最好听的故事。

祖母知道的东西真多，因为爸爸妈妈还没生下来她就活着了——这是绝对不会错的。她有一本带大银扣子的赞美诗集，她经常读它；书页中夹着一朵玫瑰花，干了，压得很平；它没有插在玻璃杯里的玫瑰花漂亮，但是她对它流露出最甜蜜的微笑，甚至流下眼泪。“我不知道祖母为什么那样看那本旧书里的干了的花，你知道吗？”是这样的，当祖母的眼泪落到玫瑰花上，而眼睛看着它的时候，玫瑰花就复活了，整个房间充满了它的芳香；四面墙壁像消失在迷雾中，她四周是美丽的树林，这时候正当夏天，阳光从浓密的叶丛中透进来；而祖母，要知道，她又变年轻了，变成一个可爱的姑娘，和玫瑰花一样鲜嫩，有一张红红的圆脸，一头光亮秀丽的鬈发，体态美丽优雅；但是那双眼睛，那双温柔圣洁的眼睛完全一样——它们保留下来了。在她的身边坐着一个年轻男子，高大强壮。他送给她一朵玫瑰花，她微笑着。祖母现在再不能像那个样子微笑了。是的，她如今只是在对那天的回忆，对过去事情的思念和回想中微笑。但是那英俊的年轻男子已经不在，那朵玫瑰花在旧书中干枯。祖母仍旧坐在那里，重新变回一位老太太，低头看着书中那朵干枯的玫瑰花。

祖母如今也已经去世了。当时她坐在她那把扶手椅上给我们讲一个美丽的长故事。等到故事讲完，她说她很累，把头向后靠到椅背上要睡一会儿。我们听到她睡着后均匀的呼吸声，呼吸声越来越轻，越来越安静，在她的脸上洋溢着幸福和宁静的神情，就像是被一缕阳光照亮了。她又微笑了一下，接着人们说她已经死了。她被放进一个黑色棺材，在衬布的白色褶层中，她看上去是那么慈祥美丽，虽然两眼已经闭上，但是每一道皱纹都消失了，她的头发银白，嘴角留着甜蜜的微笑。我们根本不害怕看她的遗体，她曾经是那么亲爱的一位好祖母。里面依然夹着那朵玫瑰花的赞美诗集放在她的头下，因为她曾经这样希望过。

在靠近教堂墓地墙边的坟上，他们种了一棵玫瑰树，很快它就开满了玫瑰花。夜莺停在花丛中，在其间歌唱。

教堂里响起了风琴的奏鸣和美丽的赞美诗，这些赞美诗就在去世的祖母头下那本旧书里面写着。

月亮照在墓上，但斯人已逝。每个孩子可以平安地走过那里，哪怕是在夜里，他还可以从教堂墓地墙边那玫瑰树上采一朵玫瑰花。去世的人比我们活着的人知道得更多。他们知道，万一发生古怪的事，就是死去的人在我们中间出现，那我们会感到多么恐怖啊。棺材上堆满了泥土，棺材里躺着的也只是泥土。赞美诗集的书页成了尘土，那朵充满了回忆的玫瑰花也成了尘土。但是在墓上，鲜艳的玫瑰花盛开，夜莺歌唱，风琴奏鸣。对老祖母的回忆依然活着，她那双充满爱的温柔的眼睛总是那么年轻。眼睛是永远不会死的。我们的眼睛将再次见到亲爱的祖母，年轻美丽得就像她第一次亲吻那朵如今已在墓里化为尘土的鲜艳的红玫瑰花时一样。

2009 年第 8 期

陪你到最后

〔荷兰〕瑞·科伦　裘白莲 译

我们要说的话都已经说完了，但在医生来之前我们还有一个半小时的时间，我想来一个卡门式的告别。我脱下粗棉布裤子和T恤，穿上早上准备好的蓝色衬衫，然后我从塑料袋里拿出我新买的淡黄色西服穿上。

回到房间，我站在床边，展开双臂。

“看，我买了。”我说。

她的眼睛开始发亮：“你买了！”

“为你。怎么样？”

“太好看了！”她感动了，同时笑容绽放。她示意我转个圈。“真的很好看——你穿着特别好看。以后你穿它的时候会不会总是想起我？”

“会。我去参加每一个派对时，都会想起你。”

我走过去躺在她身边，紧紧抱住她。有好几分钟我们什么也没说。“我对另外一个世界很好奇。”卡门突然说，她说这就像是要去看一场早已听说的电影，“我很高兴一切即将发生，不管我多么想念你和卢娜，但我很高兴，是我而不是你。如果只有我和卢娜，没有你，我不会有这种力量。我不愿意和你交换。”

“我也不愿意。”

“我们很幸运，不是吗？”她笑着说。

像过去几个星期一样，我们聊着自己——我们为什么会爱上对方，我们看重对方的什么，我们从对方那学到了什么，以及我们一起做的事情。我们很高兴我们是我们。去他的吵架，去他的问题，去他的癌症……

“我们要取下结婚戒指吗？”我好奇地问。

“是——”

我们紧紧握住对方的手，重复婚礼时的仪式，但是顺序完全倒过来。我把戒指放在一个银首饰盒里，银首饰盒放进留给卢娜当纪念物的箱子里。

卡门看着我另一只手的无名指。

“我能再给你戴上吗？”她问，有些害羞。

我从无名指上取下六个月前卡门送给我的戒指，递给卡门。她努力想念出戒指内侧刻着的字，但她看不清了。

“致我伟大的爱——卡门。”我念出来。

“哦，对——”她说，满足地看着戒指。

她试着把戒指戴在我的手指上，但没有力气。我握着她的手帮她一起戴。

“你会一直戴着吗？”

“会。”

“好。”她温柔地说。

沉默。

“我有个东西，能让你高兴。”我说。

我拿出摄像机。过去几天来，我拍下了家里的所有地方。这是我们一起买的房子，卡门只住了十一天。我一边拍一边讲解：

嗨，卡门，你上次看到的已经是很久以前的了，现在你可能认不出了：这是我们的院子。你可以看见新的遮阳伞，从上午十一点开始，弗兰克、穆德和你妈妈会在这遮阳伞下喝个痛快，而他们最好的朋友、女儿躺在楼上的病榻中，生命垂危——也许你们可以礼貌点，为卡门祝酒吧——他们举起酒杯，干杯——你会注意到穆德几乎无法举起酒杯，你妈妈喝了那么多，她几乎都说不出话来了……

卡门笑了。

——现在我们进了大厅，看看：前几周你买的枝形吊灯，杂工里克太懒了，不愿装好，匆匆悬挂上了。我们来看——我上楼——我们在爱尔兰买的漂亮的画，终于挂到墙上了。挂在这里你会觉得不好看，可我觉得好看——我这么想，趁着你起不了床……

卡门大声笑了。

——我们到了客厅，安妮和托马斯坐在那吃着炸肉饼，哦，我看见托马斯拿着两个，显然保姆给他准备的素食填不饱他的肚子——“嗨，卡门！”托马斯冲着镜头大喊，嘴里还塞满着食物。这里放的是我的生日礼物——你的裸体照，甚至连弗兰克都大感惊艳……

卡门大笑着摇头。

——最后，摄像机转向L形房间的一边，我们可以看见一个已经清空的空间，边上摆放着花瓶，其中有一半还是空的——你看到了吗？（声音稍停顿了一下，然后更加轻柔）你等一会儿就躺在那里。

卡门哭了，她紧紧抓住我的手，我问她是不是要停下来，她摇头。

——这是你、我和卢娜的合影，就在你第二次秃发之前照的，昨天我把它挂在起居室了。

卡门满意地点头，轻轻地说：“好地方。”

——最后，也是最重要的——摄像机穿过桌子来到窗户前面，不是放满花瓶的那一边，是另一边——今天下午我们在这面墙上写了一句话，只要我和卢娜住在这栋房子里，它就将让我们想起你——摄像机镜头缩小，拍下写满了整面墙的两行字，全部大写，用银色漆漆的。随着摄像机定格在这几个字上，声音也停止了——

“把握今天，及时行乐——”卡门轻轻念道，她一动不动地盯着摄像机，对我点头，温柔地看着我。

“太好了。房子完工了。”

电话在这时响了起来。

医生手里拿着一个箱子走上楼来，他情绪很好，欢快地和我们俩握手。

“你的背好些了吗？”卡门问。他开始详细描述背部哪里痛，痛起来时多么糟糕，这有多讨厌。卡门礼貌地听着，这次我任由他继续说，这能稍稍缓和紧张的气氛。

“但我还好。”他说，随之改变了话题，“年轻的女士，这么年轻就得这种癌症是非常罕见的。你真是太不走运……”

“是，也许——”卡门看着我说道。

我们已经不再相信坏运气了，坏运气不存在，运气不存在。相信运气是对生命的侮辱。发生的就是发生了，我们永远不明白是为什么。

“是不是准备好了？”巴克医生问。

我们点头。他从包里拿出一个小瓶子。

巴克仔细地把瓶子里的液体倒进杯中。

“看起来像水。”卡门说。

“喝起来有茴香味。你得慢慢喝，一口气喝下去。”

卡门点头。

“大约十秒钟之后，你就会觉得自己开始昏昏沉沉，所以在喝之前你得跟所有人道别，因为有时太快了。”

“好。”

“你准备好了吗，卡门？”医生严肃地问。

“完全准备好了。”卡门微笑着回答。

“那你作最后道别吧。”

我侧着在卡门身边躺下，和她头靠头。我看着她的眼睛，我们傻笑着，都有点紧张。我们耳语。

“我很高兴能成为你的妻子。”她低声道，“现在我很快乐。”

“没有到我们家里来过的人不会相信。”

“但这是真的。谢谢你所做的一切，丹尼。我爱你，永远。”

我哽咽了：“我也会永远爱你，卡门。”

医生双臂抱胸坐着，望着窗外。

“享受你以后的人生。”她温柔地说，一边抚摩着我的脸颊。

“我会的。我还会照顾好我们的女儿。”

“再见，我伟大的爱——”

“再见，心爱——”

我们亲吻彼此，然后卡门告诉医生她准备好了。

我们帮卡门坐起来，没有费太多力气。

医生把杯子递给她。

卡门再一次看看我，她微笑着。我握紧她的手。

“那开始吧。”卡门说。她把杯子拿到嘴边，慢慢地喝。

医生全神贯注地看着，一边镇定地说：“继续喝——

继续喝——”而我，这两年以来第一百万次为妻子的勇气感到无比自豪。

杯子空了。

“喝起来味道不算太坏，”卡门开玩笑说，“有点像茴香酒——”

“对！”巴克医生说着，从她背后把枕头拿掉。

卡门又躺下。她又看了我一眼，满足、平静而充满爱意。

“嗯——感觉很好。”几秒钟之后她说，她就像躺在温暖的浴池里。

她的眼睛闭上了。

我一直抚摩着卡门的一只手，巴克抓住卡门的另一只手腕。他看着表。

“看，现在她已经去了。”他轻轻地说，眼睛盯着卡门。

我看着卡门，我的卡门，她已经不再动了。

“不，我还在。”卡门突然睁开眼睛小声地说。

我没有被吓到，只是笑了。

此后她没有再说话，她的呼吸在减慢，脉搏也在减慢。

我看着卡门停止了呼吸。

我抚摩着她的手，吻她的前额，感觉有泪水从我脸上滑了下来。“再见，我心爱的卡门。”我低声说。

2009 年第 10 期

花　园

汪曾祺

我每天醒在鸟鸣里。我从梦里就听到鸟叫，直到我醒来。我听得出几种极熟悉的叫声，那是每天都叫的，似乎每天都在那个固定的枝头。

有时一只鸟冒冒失失飞进那个花厅里，于是大家赶紧关门、关窗子，吆喝、拍手，用书扔、用竹竿打，甚至把自己的帽子向空中抛去。可怜的东西这一下完全没了主意，只是横冲直撞地乱飞，碰在玻璃上，弄得一身蜘蛛网，最后大概都是从两椽之间的空隙脱走。

园子里时时晒米粉、晒灶饭、晒碗儿糕。怕鸟来吃，都放一片红纸。有了这个警告，鸟儿照例就不来，我有时把红纸拿掉让它们大吃一阵，到觉得它们太不知足时，便大喝一声赶去。

我为一只鸟哭过一次。那是一只麻雀或是癞花，也不知从什么人处得来的，欢喜得了不得，把父亲不用的细篾笼子挑出一个最好的来给它住，配一个最好的雀碗，在插架上放了一个荸荠，安了两根风藤跳棍，整整忙了一半天。第二天起得格外早，把它挂在紫藤架下。正是花开的时候，我想那是全园最好的地方了。一切弄得妥妥当当后，还独自欣赏了好半天，我才上学去了。一放学，急急回来，带着书便去看我的鸟。笼子掉在地下，碎了，雀碗里还有半碗水。我喊道："我的鸟，我的鸟呢！"父亲正在给碧桃花接枝，听见我的声音，忙走过来，把笼子拿起来看看，说："你挂得太低了，鸟在大伯的玳瑁猫肚子里了。""哇"的一声，我哭了。父亲一面推着我的头回去，一面说："不害羞，这么大的人了。"

有一年，园里忽然来了许多夜哇子。这是一种鹭鸶属的鸟，灰白色，据说它们头上的那根毛能破天风。所以有那么一种名，大概是因为它的叫声如此吧。故乡古话说这种鸟常带来幸运。我见它们叽叽喳喳做窠了，就去告诉祖母，祖母去看了看，没有说什么话。我想起它们来了，也有一天会像来了一样又去了的。我尽想，从来处来，从去处去，一路走，一路望着祖母的脸。

园里什么花开了，常常是我第一个发现。祖母的佛堂里那个铜瓶里的花常常是我换新。对于这个孝心的报酬是有需掐花供奉时总让我去。父亲一醒来，一股香气透进帐子，就知道桂花开了。他常是坐起来，抽支烟，看着花，很深远地想着什么。冬天，下雪的冬天，一早上，家里谁也没有起来，我常去园里摘一些冰心腊梅的朵子，再掺着鲜红的天竺果，用花丝穿成几柄，清水养在白瓷碟子里，放在妈和二伯母妆台上，再去上学。我穿花时，服侍我的女佣人小莲子，常拿着掸帚在旁边看，她头上也常戴着我摘的花。花园里有一间花房，由一个花匠管理。那个花匠仿佛姓夏。关于他的机灵促狭，和女人方面的恩怨，有些故事常为旧日佣仆谈起，但我只看到他常来要钱，样子十分狼狈，局局促促，躲避人的眼睛，尤其是说他的故事的人的。花匠离去后，花房也因为改造园内房屋而拆掉了。那时我认识的花名极少，只记得黄昏时，夹竹桃特别红，我忽然又害怕起来，急急走回去。

我爱逗弄含羞草。触遍所有的叶子，然后看它们都合起来，我自低头看我的书，偷眼瞧它一片片地张开了，猝然又来一下。他们都说这是不好的，有什么不好呢。

小时候胆小害怕，树影风声都令人却步。而且相信园里有个“白胡子老头”，一个土地花神，晚上会出来，在那个土山后面，花树下，冉冉地转圈子，见人也不避让。

有一年夏天，我已经像个大人了，天气闷热，心上另外又有一点小事使我睡不着，半夜到园里去。一进门，我就停住了。我看见一个火星，听见一声咳嗽，有人招我前去，原来是我的父亲。他也正因为睡不着觉在园中徘徊。他让我抽一支烟（我刚会抽烟），我搬了一把藤椅坐下，我们一直没有说话。那一次，我感觉我跟父亲靠得近极了。

2009年第12期

一棵树

张炜

如果找一个极端爱植物的例子，莫过于前些年来自西方的一则报道：一名男子与他喜欢的一棵树结婚了，而且郑重其事地举行了婚礼，并在树旁搭起了新房，要与之共同生活。这则消息尽管以庄重写实的手法刊登出来，还是让不少人作为笑谈，并不能认真长久地对待这件事；但也有人一直记住了它，至今说得出这个人的国籍和名字，还在对这一事件品味再三。一个男人与一棵树结了婚，说明他将这棵树观察了许久，或与之相处了一段时间，感知了它的脾气乃至于性别。他可能认为对方是一个女性，可爱到难以分离的地步，最后非要两相厮守才行。至于说他是如何征得这棵树的同意的，我们却不得而知。任何合法的婚姻都要两相情愿，既是严肃的婚配，对方的情感和态度就绝对重要了。看来这名男子对于这棵树，会有其他人不知道的一些交流方法，但这也仅仅是猜测。

与树结婚是否荒诞且不讨论，但是一个人会对一棵树产生深刻的感情，这倒是常见的。胶东半岛地区有很多爱树成癖的人，这些人情感丰富且非常善良。蒲松龄在书中记下了有人爱树成痴，感动一棵花树幻化成少女的故事。一棵花树化成了少女，她一定是十分清纯可爱的。这让人想起一棵亭亭玉立的紫叶李，它在风中摇动一树红叶和枝条的样子，真是美到了极点。我们不记得那个西方男子爱上的是一棵什么树，但它肯定有着令人一见倾心的美丽。树木的美不知被多少艺术品赞颂过，这种种赞颂都浸透着人的情感啊。

胶东一位老人家里的庭院有一棵大树，据说这棵树是从老人小时候就有的。他平常在树下歇息，也无微不至地照料大树，为它捉虫和浇水。有一天，这棵大树突然生了病，老人急得团团转。当时为树治病不像为人治病那样方便，因为那会儿有赤脚医生，但还没有树医。结果，虽然想了不少办法，这棵树还是渐渐枯萎，几个月之后就死掉了。从这一刻起，老人就渐感不适，后来竟卧床不起了。赤脚医生赶过来给他打针，老人拒绝道："不用费心了，它去了，我也去了。"赤脚医生又惊愕又觉得好笑，照样给他打了针。但全都没用，老人两天后真的去了。

还有一个孩子，出生后就一直在门前的一棵柳树上玩耍，父母一旦看不到孩子，准能在这棵树上找到。这棵大树也真是生得茂盛，令人注目。有一天，突然来了一群人砍伐这棵树，他们要用它去做一件什么器具。这棵树虽然长在了这家人的门前，却是属于集体的财产。小孩子疯一般地扑到树上，搂住它哭，家长也哀求那些人放过这棵树，他们宁愿拿出一些钱来。那些人怎么肯答应这样荒唐的事情？还是要砍树。可是孩子死死抱住树干。没有办法，只好由两个大汉上去扭住孩子，拖开并紧紧按住他。孩子发出了吓人的哭叫声，这声音最后把全村的人都引出来了。树被砍倒了，再砍去那异常茂密的树冠，树干被截成了一段一段的木头。这时，孩子已经哭得奄奄一息了。

可以想象，这个孩子受到了多么深重的伤害，他一辈子都不会忘记这个经历。

有人回忆起自己的童年，记得最清楚的往往就是房前屋后的大树。因为他走开了，它们还留在原地，是不能走动的生命。现代科学发现了植物的感知能力，比如用一种仪器测出了它们面对砍伐时的恐惧。这为我们怎样理解植物找到了实证和理论根据，但这只是一个开始罢了。

有极端爱树木的例子，更有反面的例子，这种例子倒是更多。简单一点讲，起码在这一百多年的时间里，在许多地方就是树木日渐消退的历史。任何地方，人们回忆起过去，最常说的一句话就是：“我们那儿以前有多么大的树啊，现在都没有了！”或者说到一片片树林，在树林里的一些经历。奇怪的是，只要是一大片树林或一棵棵大树，总是很难幸存下来，它们总会在各种借口下被赶尽杀绝。比起会跑会动并有一定抵抗能力的动物，人对付树木要简单得多也安全得多，因为它们连抗议的声音都没有就倒下了。人在动手砍伐树木的时候，更想不到报应，想不到对方是一个在太阳下存活了几十年或一百年的生命，没有一丝怜惜。他们不会想到，自己其实只能算做它的晚辈，只不过是一棵会移动的小树，像树一样，也是站立的；树有根扎下去，而人没有根。真实的情况是，有的人是有根的，他的根像树一样深扎于土地，只不过这根肉眼看不见。像树一样有根的人，一般来说才会爱树、体谅树。

衡量一个现代人是否在物质的世界里蜕化和变态，是否正常和健康，其中有一个最简便易行的方法，就是看他能不能与一棵树或一片树叶发生情感上的联系。比起爱宠物，比起对一些动物产生感情和依恋，爱树木要更难一些。因为动物有声气有目光，有明显的回应，这些特点和人比较接近，所以尚可以交流。而人与植物的交流，就需要人自己去动感情，需要自己的感悟力了。人的生命力中有一部分是共同生存的需要，那就是友爱和仁慈。这也是与生俱来的一种能力，只可惜后来一点点地丧失了。当人恢复了对于其他生命，特别是不能发声、不能移动、与人完全不同的那些生命的交流，回到了这种本能，人性也就得到了全面的苏醒和修复。爱上一棵树的英俊和气质，这并不是虚妄可笑的事；对树木有怜惜、有向往、有潜对话，这样的人才算是健康的。由这种人组成的现代社会，才会具有温情和理性，人与人之间才会感到幸福。不然，人与人的相处只能变得紧张和危险，因为侵犯会在毫无预料的境况下突然发生。所以说，我们生活在一个异常危险的世界上，我们实在是处在这样的一种危境之中。

2009年第12期

蓝　夜

〔法国〕玛格丽特·杜拉斯　　王道乾 译

黄昏在一年之中都是在同一时刻降临。黄昏持续的时间十分短暂，几乎是不容情的。在雨季，几个星期看不到蓝天，天空浓雾弥漫，甚至月光也难以透过。相反，在旱季，天空裸露在外，一览无遗，十分露骨。就是没有月光的夜晚，天空也是明亮的。于是各种阴影仿佛都被描画在地上、水上、路上、墙上。

白昼的景象我已记不清了。日光使各种色彩变得暗淡朦胧，五颜六色被捣得粉碎。夜晚，有一些夜晚，我还记得，没有忘记。那种蓝色比天穹还要深邃邈远，蓝色被掩在一切厚度后面，笼罩在世界的深处。我看天空，那就是从蓝色中横向穿射出来的一条纯一的光带，一种超出色彩之外的冷冷的熔化状态。有几次，在永隆，我母亲感到愁闷，叫人套上两轮轻便马车，乘车到郊外去观赏旱季之夜。我有幸遇到这样的机会，看到这样的夜色，还有这样一位母亲。光从天上飞流而下，化作透明的瀑布，沉潜于无声与静止之墓。空气是蓝的，可以掬于手指间。天空就是这种光的持续闪耀。夜照耀着一切，照亮了大河两岸的原野，一直到一望无际的尽头。每一夜都是独特的，每一夜都可以叫作夜的延绵的时间。夜的声音就是乡野犬吠的声音。犬向着不可知的神秘长吠。它们从一个个村庄此呼彼应，这样的呼应一直持续到夜的空间与时间从整体上消失。

2009 年第 13 期

告别信

〔哥伦比亚〕马尔克斯

如果上帝忘记了我是一个破旧的娃娃，恩赐我一分钟的短暂生命，我不愿意说出我所思考的；反而，我希望细想我所说的。

我希望评估事物的标准，不在乎它们的价值，而是它们的意义。

我愿意睡少一点，梦多一点——我明白，每当闭眼一分钟，就失去了六十秒的光亮。

当其他人停步，我愿意前进；他们瞌睡，我愿意清醒；他们交谈，我愿意聆听。

我多么享受一杯美味的朱古力啊！

如果上帝赐予我一小段的生命，我希望穿上简单的衣服，冲进阳光里，赤裸我的身体，敞开我的灵魂。

上帝啊！如果我有一颗心，我希望在冰上写下我的怨恨，然后等待太阳露面。星空上，我写凡·高的画，背诵乌拉圭著名诗人班奈戴提的情诗，然后，献给月亮一首西班牙抒情歌手席拉特的小夜曲。

我愿意用我的眼泪灌溉玫瑰花，以花刺来感受痛苦，以花瓣来回忆亲吻。

上帝啊！如果我有一小段的生命，我要告诉爱人，我爱她。

我愿意启发世人，别以为年纪老了，就不该谈恋爱，这是大错特错的。人就是因为不再恋爱，才会衰老。

我希望给小孩一对翅膀，让他们自己学习飞翔。我希望教诲老人家，死亡不会和高龄一起来，死亡通常与善忘结伴。

我从世人身上学到许多东西。世人啊！我知道，人们都期望寄居山顶，殊不知，真正的快乐是怎样攀山峰。

2009 年第 14 期

童年与树

安妮宝贝

树与一个人的关系，是和他的童年密不可分的。所有曾经在童年眼眸中蓬勃生长过的树，才能留下彼此与四季共处的记忆。小时候，我只知道杜鹃花是可以吃的。与大人一起进山，他们砍柴，在山道上栖息，就会摘来杜鹃花，吃它的花瓣。一串红也是可以吃的，花根处的清露甜得如同蜜水。至于树，属于我的童年的那些树，与吃花无关。

那时，南方小城的街道两旁栽种最多的是法国梧桐。它正式的名字很乏味，叫二球悬铃木，之所以叫它法国梧桐，不过是因为旧上海法租界的街道两旁，最早开始大范围种植这种树。而法国梧桐其实是在英国培育的，所以，英文里就应该是伦敦梧桐。它自然不是中国古诗里的梧桐树，那完全是另外一种树，可以制作古琴，可以让凤凰停栖，与月光对照有清冷的气质，是一种很美的中国古代的树。法国梧桐是个外来的杂交树种，是舶来货，因此也没有传统文化意味中的惺惺相惜之感，但它是我童年的树。

曾经的那些在家里大宅子外面的法国梧桐，应该至少存活一百年了吧。因为它们看起来需要好几个孩子张开手臂才能合抱。也因为它们高大，在一年一度的台风来袭时，经常遭殃，被刮断的树桠枝干铺满整条街道。它们枝叶繁茂，路面在夏天从无烈日光照，淡淡的金色光斑从浓密的绿叶里筛洒下来，在柏油马路上跳跃晃动，铺成闪烁的光影。两边的树冠彼此交织，搭成清凉的绿色长廊。即使有车辆来往，也不觉得灰尘扑面，空气污浊，大树吸收掉很多污染。洒水车也是经常来的。马路一洒透，树叶的清淡气味就浓郁起来，空气中湿湿的芳香，让人清爽。附近宅子里的儿童们，围绕着这些大树，捉迷藏、下棋子、跳皮筋、捉昆虫，日夜与它们在一起。大人们也不例外，夏天都在树下搭桌子吃晚饭，啃西瓜。

后来，我再未见过这样高大的法国梧桐。也可能是因为它们被我的回忆异化了，闪烁出现实未必黏合过的精神光亮，它们在我的心里，成为一种象征，一种纯粹的关于岁月的深深的记忆。在幼小的我看来，那些树，一棵一棵，其实就是一个一个老人。它们见证过多少变迁，又给予过人们多少乐趣与庇佑，每一棵老树里面，一定停留着一个静默而高贵的灵魂吧。这是小时候的我所坚信的。所以，我看见童年里的自己，在吃完晚饭后，有时心里寥落，也不想找小伙伴，就在黯淡的路灯下，贴着一棵古老的法国梧桐，一边用手剥着粗糙的老树皮，一边无所事事。那时的树，在夜色里清幽，显示魔力，大大的掌形树叶在风中窸窣作响，叶片上有细细的白色茸毛。夏夜因此闪烁出格外神秘而跃动的童年畅想。

在我十几岁的时候，为了拓展路面，这些树全部被砍伐了。整整一条街道的百年大树，消失得了无踪迹。我相信那些积聚在粗大树干里的静默而高贵的灵魂，在树干被伐倒的一瞬间，就回到星光闪耀的夜空中去了。是的，一定是这样。

在城市里，新落成的住宅公寓总是很华美，房间里也可以布置得尽如人意，但是周围的环境会凸显出没有底气的荒芜来，那是因为新建筑附近的花园及街道边的树，大多是新栽的树苗。树干细伶伶的，树叶稀少，树的数量及绿荫密度，与路面范围不成比例。在这样的街道上散步，人是惶惑的，宽阔的大马路上车来车往，阳光在头顶赤裸裸地曝晒，即使戴着凉帽也觉得浑身冒烟。此时，就很有可能对大城市这个概念产生一种绝望的心绪。人没有了依傍，人没有了支撑。所有的一切，都是曾经被扫荡过的，被清除过的，被抛弃过的，然后开始新的拓展、利用和占有。老的旧的传统的根基没有得到照顾和保护。如此一批一批开发出来的，是一往无前而无所依据的商品。人存活在一个充满商业气息却无比贫瘠的氛围里，又该会有怎样的心绪。成人的世界，尚可麻木度日；童年中的孩子，则一定需要有一棵大树，陪伴他一起成长，带来四季变迁的感受和心得，扩大感情和想象的容量，见证生命的真实与尊严。就是这样的一棵树，在岁月里迎风傲立的大大的树。那会是他的第一个朋友。

2009 年第 17 期

寂静的爱

李晓

下班以后，我常常去菜市场，买二两葱、三两姜、一斤大白菜之类的东西回家。这几乎成了我生活中的一个规定动作，成了一个习惯。

而习惯的东西就是生活。好比我爬上七楼，在楼梯拐角处便闻到了排骨海带汤、花椒炒鸡、红烧芋头的气味，这些食物的气味，也是一个家的气味，生活的气味。

一个人，一个和你朝夕相处的人，一定是有气味的，这种气味像水渗透到土地里一样，深入你的骨髓。我对一个城市的记忆，也是循着一种气味，这种气味突然之间就唤醒了我思维的细胞，打开了我身体的一道闸门。

在那间油烟弥漫的厨房，有一个扎着围裙的女人正拿着锅铲炒菜。她已经有很深的眼袋了，这让我想起一个南瓜上的皱纹，一棵在时光里枯萎的树。一个人的生命其实也像植物一样，不能抗拒自然的法则。

我回到家，疲惫的身体陷入沙发里。好多年，已经没有用力的拥抱，也没有醉人的香吻，连牙齿也在岁月里开始松动了。有一种说法：一个令你深深迷恋的女人，她的身体里会散发出一种麝香的气味，而她的爱人会为她的这种气息而心旌荡漾。想起当初同她相恋，小小的骨节也被用力握出了声，爱情中的女人，散发出像麝香一样的体味，让我如云朵陷入了蓝天。

后来，这种气味被尿片味、奶粉味、柴米油盐味更深地浸透了、替代了。有一段时间，我甚至失魂落魄地寻找这种气味，像一头不安的野兽在寻找可以追逐的东西。

岁月流转，后来我才明白，更多的生活是在寂静之中完成的。比如晚饭后，我打开电视看新闻，妻子在一旁轻轻擦拭茶具上的灰尘，或者拿起一份晚报，看那些大街上巷子里发生的市井新闻。我们彼此默不作声，但均匀的呼吸在房间里起伏。有时候，我甚至在电视的声响中发出了轻微的鼾声，妻便拉拉我的衣角，示意我和她出去走一走。

这个小城的大街小巷，几乎都留下了我们的脚印。这些脚印被雨水冲刷，被时光浸染，但它画出的路线却像掌纹一样熟悉。有时候，散步也是无声的。我们只是静静地看风景，哪幢楼房破土动工了，谁家的窗帘换了颜色，哪棵树的叶子变黄了，这些暗自发现的细节，我们最多用眼神交流一下。寂静之中交换着寂静，走得最近的人才是记得最深的人。而那些喧哗之中的表白，漫天花海中的热烈，更像戏台上的人生，曲终人散之后成为不再显影的底片。潮水是无家的，只有静水深流，才有家的方向。书上说，要像一棵树栽在溪水旁，按时结果子，叶子也不会干枯。那么，这婚姻的旅途呢？如果也像一棵生长在溪水旁边的树，多好。

多年的婚姻生活之后，有人说，像植物一样并肩生长在一起的两个人，更多的是如根一样的亲情。所以，在彼此的心里，夫妻如亲人一样厮守。

亲人之间的感情不会昙花一现，亲人是值得我们去相守相爱的。最值得想念和铭记的，最值得与之分担苦痛、分享幸福的，是亲人，也是婚姻中惺惺相惜的两个人。而这一切，常常是在更深的寂静之中完成的。只有寂静中的爱，才让我们能听清一根针掉在地上的声音。

2009 年第 19 期

独自生活的奖赏

〔美国〕梅·萨顿　陈榕 译

前几天，我的一位旧识、一位热衷交际的迷人男士，告诉我，在纽约时他发现在约会之间意外多出了一两个小时无人陪伴，于是他去了惠特尼美国艺术博物馆，一个人饶有兴致地观看展品，度过了这“无所事事”的时光。此次体验让他大吃一惊，惊诧的程度不亚于坠入爱河。他发现自己一个人竟可以如此快乐。

曾经他在畏惧什么？我问自己。骤然独处，他可能会发现他令自己生厌，或者是他干脆没有自我？不过，既然他已诉诸行动，此刻便要开始探险了。他即将踏入自己的内心空间，这个空间就像宇航员眼中的外层空间一样，广袤无垠，未经过探索，有时甚至会令人感到害怕。

他的每一种感受都会带给他陌生的新鲜感，一时间，这些感受似乎独特得令人惊叹。这是因为人们用自己的眼睛观察事物时，总有一刻能算得上是天才。

他人在场时，人们的观点会带有双重性。这是不可避免的。我们忙于揣测同伴的看法或者是想法，忙于揣测我们该如何思考。新颖独特的感受消失了，或者变得分散凌乱。

“我和你一起听的音乐不仅仅是音乐。”的确如此。因此，音乐只适合独自聆听。独处是人生的调味剂，它为每一种体验带来真实的滋味，正如一首诗所言：“独自一人并不等于孤单／精神在冒险，行走／在寂静的花园，在凉爽的房间……”

与他人在一起时，人们才会分外深刻地体会到孤独。和他人在一起，有时甚至和爱人在一起时，我们会因为差异，会因为品位、性格和心态的不同而感到痛苦。人际交往要求我们软化意见的棱角，或者是放弃个人真实的感受，以避免伤害，避免在社交场合中举止失当，袒露自我。只有在独处时，我们才能够彻底做我们自己，真实地体会到自身的感受。这份真实是多么大的奢侈！

对我来说，独自生活最吸引人的部分——这二十年来，我一直是这样生活的——在于它的回馈与日俱增。我醒过来，望着太阳在海上升起，就像在大部分日子里一样，我知道我将拥有整整一天的时光，不会有人前来打扰。我可以写上几页文字，和我的狗一起散散步，午后可以躺在那里作漫长的沉思，读读书，听听音乐。这一切让我充满了幸福感。

只有当我极度疲惫时，当我长时间连续工作时，当我暂时体会到空虚亟待满足时，我才会感到孤独。有时，当我外出讲课后回到家，当我见了很多人，说了很多话，满脑子塞满了急需理清的体验时，我会感到孤独。

一时间房子显得巨大而空旷，我不知道自己隐藏在哪个角落。我给植物浇浇水，仔细打量每一棵植物，仿佛它们是人类的一员；给两只猫喂食，做一顿饭。我通过这些方式慢慢重新找回自我。

这个过程需要一定的时间。我凝望着田边喷泉喷出的水花。随着世界的隐退，这一刻来临了，自我从无意识的深处浮现出来，带回了我最近所经历的一切，等待着我去探索，去慢慢领悟。我和隐藏的自我再次交谈，就这样成长着，就这样焕发出新的活力，只有死亡才能将我们分离。

2009 年第 19 期

不　识

张晓风

家人至亲，我们自以为极亲爱极了解，其实我们所知道的也只是肤表的事件而不是刻骨的感觉。

父亲的追思会上，我问弟弟："追述生平，就由你来吧，你是儿子。"

弟弟沉吟了一下，说："我可以，不过我觉得你知道的事情更多些，有些事情，我们小的没赶上。"

然而，我真的明白父亲吗？我曾认识过父亲吗？我愕然，不知怎么回答。

"小的时候，家里穷，除了过年，平时都没有肉吃。如果有客人来，就去熟肉铺子切一点肉，偶尔有个挑担子卖花生米的人经过，我们小孩子就跟着那人走。没得吃，看看也是好的，我们就这样跟着跟着，一直走，都走到隔壁庄子去了，就是舍不得回头。"

那是我所知道的，他最早的童年故事。我有时忍不住，想掏把钱塞给那九十年前的馋嘴小男孩，想买一把花生米填填他的嘴……

我问我自己，你真的了解那小男孩吗？还是你只不过是在听故事？如果你不曾穷过饿过，那小男孩巴巴的眼神你又怎么读得懂呢？

读完徐州城里的第七师范的附小，他打算读第七师范，家人带他去见一位堂叔，目的是借钱。

堂叔站起身来，从一把旧铜壶里掏出二十一块银元。

堂叔的那二十一块银元改变了父亲的一生。

我很想追上前去看一看那目光炯炯的少年，我很想看一看那堂叔看着他的爱怜的眼神。他必是族人中最聪明的孩子，堂叔才慨然答应借钱的吧！听说小学时，他每天上学都不从市内走路，嫌人车杂沓。他宁可绕着古城周围的城墙走，一面走，一面大声背书。那意气飞扬的男孩，天下好像没有可以难倒他的事。

然而，我真认识那孩子吗？那个捧着二十一块银元来到这个世界打天下的孩子。我平生读书不过只求随缘尽兴而已，我大概不能懂得那一心苦读求上进的人。那孩子，我不能算是深识他。

“台湾出的东西，就是没老家的好！”父亲总爱这么感叹。

我有点反感，为什么他一定要坚持老家的东西比这里好呢？他离开老家都已经这么多年了。

“老家没有的就不说了，咱说有的，譬如这香椿。”他指着院子里的香椿树，“台湾的，长这么细细小小一株。在我们老家，那可是和榕树一样的大树咧！而且台湾属于热带，一年到头都能长新芽，那芽也就不嫩了。在我们老家，只有春天才冒得出新芽来。忽然一下，所有的嫩芽全冒出来了，又厚又多汁，大人小孩全来采呀，采下来用盐一揉，放在格架上晾，那架子上腌出来的卤汁就呼噜——呼噜——地一直流，下面就用盆接着，那卤汁下起面来，那个香呀——”

我吃过韩国进口的盐腌香椿芽，从它的形貌看来，揣想它未腌之前一定也极肥厚，故乡的香椿芽想来也是如此。但父亲形容香椿在腌制的过程中竟会“呼噜——呼噜——”流汁，我被他言语中的拟声词所惊动。那香椿树竟在我心里成为一座地标，我每次都循着那株香椿树去寻找父亲的故乡。

但我真的明白那棵树吗？

父亲晚年，我推轮椅带他上南京中山陵，只因他曾跟我说过：“总理下葬的时候，我是军校学生，上面在我们中间选了些人去抬棺材，我被选上了……”

他对总理一心崇敬——这一点，恐怕我也无法十分了然。我当然也同意孙中山是可佩服的，但恐怕未必那么百分之百地心悦诚服。

“我们，那个时候……读了总理的书……觉得他讲的才是真有道理……”

能有一人令你死心塌地，生死追随，父亲应该是幸福的——而这种幸福，我并不能完全体会。

年轻时的父亲，有一次去打猎。一枪射出，一只小鸟应声而落，他捡起一看，小鸟已肚破肠流。他手里提着那温热的尸体，看着那腹腔之内一一俱全的五脏，忽然决定终其一生不再射猎。

父亲在同事间并不是一个好相处的人。听母亲说，有人给他起了个外号叫“杠子手”，意思是耿直不圆转。他听了也不气，只笑笑说“山易改，性难移”，从来不屑于改正。然而在那个清晨，在树林里，对一只小鸟，他却生出慈柔之心，发誓从此不射猎。

父亲的性格如铁如钢，却也如风如水——我何尝真正了解过他？

《红楼梦》第一百二十回，贾政眼看着光头赤脚、身披红斗篷的宝玉向他拜了四拜，转身而去，消失在茫茫雪原里，说：“竟哄了老太太十九年，如今叫我才明白——”

贾府上下数百人，谁又曾明白宝玉呢？家人之间，亦未必真能互相理解吧？

我于我父亲，想来也是如此无知无识。他的悲喜、他的起落、他的得意与哀伤、他的憾恨与自足，我哪里都能一一探知、一一感同身受呢？

蒲公英的绒球能叙述花托吗？不，它只知道自己在一阵风后身不由己地和花托相失相散了，它只记得叶嫩花初之际，被轻轻托住的安全的感觉。它只知道，后来，一切就都散了，胜利的也许是生命本身，大地上的某处，会有新的蒲公英冒出来。

我终于明白，我还是不能明白父亲。至亲如父女，也只能如此。

我觉得痛，却亦转觉释然，为我本来就不能认识的生命，为我本来就不能认识的死亡，以及不曾真正认识的父亲。原来没有谁可以彻骨认识谁，原来，我也只是如此无知无识。

2009年第20期

窗外的大树

周有光

我在八十五岁那年，离开办公室，回到家中一间小书室，看报，看书，写杂文。

小书室只有九平方米，放了一个上接天花板的大书架、一张小书桌、两把椅子和一个茶几，所馀空间就很少了。

两椅一几，我同老伴每天并坐，红茶咖啡，举杯齐眉，如此享受着我们的恬静晚年。小辈戏说我们是“两老无猜”。老伴去世后，两椅一几换成一个沙发，我每晚在沙发上屈腿过夜，不再回到卧室去。

人家都说我的书室太小，我说，够了，心宽室自大，室小心乃宽。

有人要我写我的书斋，我有书而无斋，就写了一篇《有书无斋记》。

我的坐椅旁边有一个放文件的小红木柜，是旧家偶然保存下来的遗产。

我的小书桌表面已经风化，有时会刺痛我的手心。我用透明胶贴补，补后光滑无刺，修补成功。古人用顽石补天，我用透明胶贴补书桌，这是顽石补天的现代翻版。

一位女客来访，见到这个情景就说，精致的红木小柜，陪衬着破烂的小书桌，古今相映，记录了你家的百年沧桑。

“顽石补天”是我的得意之作。我被下放到宁夏平罗“五七干校”劳动改造时，裤子破了无法补，急中生智，用橡皮胶布贴补，非常实用。

林彪死后，我们“五七战士”全都回北京了。我把用橡皮胶布贴补的裤子给我老伴看，引得一家老小哈哈大笑。

聂绀弩在一次开会时见到我的裤子，作诗曰：“人讥后补无完裤，此示先生少俗情！”

我的小室窗户只有一米多见方。窗户向北，亮光能进来，太阳进不来。

窗外有一棵泡桐树，二十多年前只是普通大小，由于不作截枝修剪，听其自然生长，枝叶年年横向蔓延，长成荫蔽对面楼房十几间的蓬松大树。

我向窗外抬头观望，它不像是一棵大树，倒像是一处平广的林木村落——一棵大树竟然自成天地，独创了一个大树世界。

它年年落叶发芽，春华秋实，反映季节变化；摇头晃脑，报告阴晴风信：它是天然气象台。

室内天地小，室外天地大，向窗外望去，大树世界开辟了我的广阔视野。

许多鸟儿聚居在这个林木村落上。

每天清晨，一群群鸟儿出巢，集结远飞，分头四向觅食。

鸟儿们分为两个阶级：贵族大鸟以喜鹊为主，骄踞大树上层；群氓小鸟以麻雀为主，屈居大树下层。它们白天飞到哪里去觅食我无法知道，一到傍晚，一群群鸟儿先后归来了。

它们在树梢休息。漫天站着鸟儿，好像广寒宫在开群英大会，大树世界展示了天堂之美。

天天看鸟，我渐渐知道，人类远不如鸟类。鸟能飞，天地宽广无垠；人不能飞，两腿笨拙得可笑，只能局促于斗室之中。

奇怪的是，时有客鸟来访。每群大约一二十只，不知叫什么名的鸟，转了两三个圈，就匆匆飞走了。你去我来，好像轮番来此观光旅游。

有时鸽子飞来，在上空盘旋，带着响铃。

春天的常客是燕子，一队一队，在我窗外低空飞舞，几乎触及窗子，丝毫不怕窗内的人。

我真幸福，天天神游于窗外的大树宇宙、鸟群世界，其乐无穷！

不幸，天道好变，物极必反。大树的枝叶扩张无度，挡蔽了对面大楼的窗户；根枝伸展，威胁着他们大楼的安全——终于招来了大祸，一场大动干戈的砍伐行动开始了。大树被分尸断骨，浩浩荡荡地搬走了。

天空更加大了，可是无树无鸟，声息全无！

我的窗外天地——大树宇宙，鸟群世界，乃至春华秋实，阴晴风雨——从此消失！

2009年第22期

天上的星星

贾平凹

大人们快活了，对我们就亲近；他们烦恼了，却要随意骂我们讨厌，似乎一切烦恼都要我们负担，这便是我们做孩子的千思万想，也不曾明白的。天擦黑，我们才在家捉起迷藏，他们又来烦了，大声呵斥。我们只好蹑蹑地出来，在门前树下的竹席上，躺下去，纳凉是了。

闲得实在无聊极了。四周的房呀、墙呀、树呀的，本来就不新奇，现在又模糊了，看上去黝黝的似鬼影。我们伤心了，垂下脑袋，不知道这夜该如何过去，痴呆呆地守着瞌睡虫爬上眼皮。

“星星！”妹妹突然叫了一声。

我们都抬起头来，原本是无聊得没事可做，随便看看罢了。但是，就在我们头顶，出现了一颗星星，小小的，却极亮极亮。我们就好奇起来，数着那是四个光角儿呢，还是五个光角儿，但就在这个时候，那星的周围又出现了几个星星，就是那么一瞬间，几乎不容觉察，就明亮亮地出现了。啊，两颗，三颗……不对，十颗，十五颗……奇迹是这般迅速地出现，愈数愈多，再数亦不可数，一时间，漫天星空，一片闪亮。

夜空再也不是荒凉的了，星星们都在那里热闹，有装熊的，有学狗的，有操勺的，有挑担的，也有的高兴极了，提了灯笼一阵风似的跑……

我们都快活起来了，一起站在树下，扬着小手。星星们似乎很得意了，向我们挤弄着眉眼，鬼鬼地笑。

过了一会儿，月亮从村东口的那个榆树丫子里升上来了。它总是从那儿出来，冷不丁地，常要惊飞了树上的鸟儿。先是玫瑰色的红，像是喝醉了酒，刚刚睡了起来，蹒跚地走。接着，就黄了脸，才要看那黄中的青紫颜色，它就又白了，极白极白的，夜空里就笼上了一层淡淡的乳白色。我们都不知道这月亮是怎么了，却发现星星少了许多，留下的也淡了许多，原是灿灿的亮，变成了弱弱的光。这使我们大吃了一惊。

“这是怎么了？”妹妹慌慌地说。

“月亮出来了。”我说。

“月亮出来了为什么星星就少了呢？”

我们面面相觑，闷闷不得其解。坐了一会儿，似乎就明白了：这漠漠的夜空，恐怕是属于月亮的，它之所以由红变黄，由黄变白，一定是生气，嫌星星们不安分，在吓唬它们哩。

“哦，月亮是天上的大人。”妹妹说。

我们都没有了话说。我们深深懂得大人的威严，又深深可怜起星星了：月亮不在的时候，它们是多么有精光灵气；月亮出现了，它们就变得这般猥琐了。

我们再也不忍心看那些星星了，低了头走到门前的小溪边，要去洗洗手脸。

溪水浅浅地流着，我们探手下去，才要掬起一抔来，但是，我们差不多全看见了，就在那水底里，有着无数的星星。

“啊，它们藏在这儿了。”妹妹大声地说。

我们赶忙下溪去捞，但无论如何也捞不上来，看那哗哗的水流，也依然冲不走它们。我们明白了，那一定是星星不能在天上，就偷偷躲藏在这里了。我们就再不声张，不让大人们知道，让它们静静地躲在这里好了。

于是，我们都走回屋里，上床睡了。却总是睡不稳——那躲藏在水底的星星会被天上的月亮发现吗？可惜藏在水底的星星太少了，更多的还在天上闪着光亮。它们虽然很小，但天上如果没有它们，那会是多么寂寞啊！

大人们又骂我们不安生睡觉了，骂过一通，就打起了鼾。我们赶忙爬起来，悄悄溜到门外，将脸盆儿、碗盘儿、碟缸儿都拿了出去，盛了水，让更多更多的星星都藏在里边吧。

2009年第23期

雨　伞

〔日本〕川端康成

春雨蒙蒙不湿人，只让人皮肤潮润。有个少女跑出店铺大门，一眼看见身旁的少男打着雨伞，说道：“呀，下雨了？”

少男打着伞，与其说是挡雨，不如说是遮掩心里的羞怯。

少男默默地将伞移向少女。雨伞只遮住少女的一边肩头。少男迎着雨，说：“过来吧。”少女却总像要从伞下逃出去似的。

两人进了照相馆。少男的父亲要到远方赴任。这是离别留念的照片。

“请二位坐到这里。”照相馆老板指着长椅子。可少男站到了椅后，没有和少女并排坐。为了显示二人的关系，少男扶椅子背的手轻轻触着少女和服外的短外褂。少女身体的温馨，使第一次触到少女的少男感到像是拥抱的温情。

在今后的一生中，看到这帧照片就会感到少女的体温吧。

“再来一张好吗？两人并排坐着，要上半身的。”少男点点头。“头发行吗？”少女悄声问，抬头瞥了少男一眼，两颊绯红。她像一个天真的小孩子，眼里闪烁着喜悦的光辉，吧嗒吧嗒地走进化妆间。

看见少男往店铺走来时，少女顾不得拢拢头发就往外跑。她心里惦着像刚脱了游泳帽似的乱发，可是在少男面前又害羞。她还不曾学会将两鬓馀发拢起呢。少男担心自己说出“理理头发吧”会使少女不好意思。

少女真诚的心，使少男坦然了。在纯真的感情之中，二人理所当然似的紧挨着坐在长椅子上。

要离开照相馆了，少男去找雨伞，不经意一抬眼，却见少女已拿着伞等在门口。这时，少女才意识到自己帮少男拿了伞。少女一惊：无意中，不是表明自己是他的人？少男没有接雨伞。这样，少女又不便将伞交还。然而，与来时不同，两人都觉得自己成了大人，像夫妇似的往回走去。

2010 年第 1 期

火车远去

许冬林

马修·连恩的《布列瑟侬》是一首伤感的歌。

钢琴、风笛、吉他、萨克斯，舒缓而稍显低沉的旋律，仿佛秋野上徘徊的脚步；晚风吹拂黑色的风衣，恰似一种男性的富于沧桑感的哀伤。后面的音域，有一点点高昂，带一点点力度，是疼痛的，仿佛原野上的呼唤。在《布列瑟侬》里，这几种乐器联合营造出一幅凄美、悲凉、丝丝缕缕缠绕着忧伤与深情的情境。钟声之后，首先是钢琴弹奏出清亮而低回的旋律，像宁静的黄昏，细细的溪水清澈地流着，穿过低矮的灌木与幽深的树林，如同一把剪刀，将忧伤的幕布剪开。后面风笛与萨克斯跟上，将一种忧伤、凄迷的情绪缓缓酝酿到浓稠与饱满，宛如暮霭一层层从山那边漫过来，蓝色的河流笼罩在蓝色的忧伤里……

可是，听这首歌时，不管是宁静的午后还是暮霭初起的黄昏，总能让人感受到一种关于爱情的惆怅，这应该是倾诉爱情忧伤的音乐。音乐的前奏别出心裁地响起钟声，是山坡下教堂的钟声吗？是离别的钟声？催别！催别！音乐结束处，又极有创意地响起火车路过然后远去的铁轨上的咔嚓声——亲爱的人儿，随火车远到天边，泪水落下，思念起程。

马修·连恩曾经写给他的友人福利斯一封信，信里他讲述了一段关于爱情、关于音乐的故事。曾经，他疯狂地爱上一个姑娘，他们在一个叫布列瑟侬的小镇里约会。小镇被一片美丽、安详的乡村包围，他们手牵手一道去探索周围的乡村，听山谷里回荡的教堂钟声，看白云像羊群一样翻过山头，尽情享受着爱情的甜蜜与相聚的欢欣。自古多情伤离别，分手之时终于到来，他满含泪水送她去附近的火车站，从此又是各自天涯。在去火车站的公共汽车上，他蒙眬入睡，隐约中似乎听到一段美妙的旋律与歌词——那是从他忧伤的心底传来的。下车后，他来到一家咖啡店，在一张餐巾纸上写下歌词与旋律——

我站在布列瑟侬的星空下，而星星，也在天的另一边照着布列勒。

请你温柔地放手，因我必须远走。

虽然，火车将带走我的人，但我的心，却不会片刻相离。

哦，我的心不会片刻相离。

看着身边白云浮掠，日落月升。

我将星辰抛在身后，让它们点亮你的天空。

一段美丽又忧伤的爱情，终于以音乐的方式，记载、吟唱、永远怀念……许多时候，我们留不住爱人，留不住那些欢娱的时光，我们只能与她十指松开，看她踏上一列火车，踏上与自己从此无关的一段长长的路程。想着她的前方，浮云白日，关山千里，而自己，再也不是窗外相伴的一路风景，自己只能成为她的往日，成为一帧底片。所以，此刻，只能这样无奈又执拗地站在岔道口，看火车远去，以目光追随，然后，用心灵追忆。

而对于我们大多数人，人生岁月已经走了一小半或一大半，已经知晓长路险恶，年少时那红杏一样打开的情怀，如今已经懂得慢慢收拢。此时此地，此情此景，再听《布列瑟侬》，却又是另一种人生况味。

是的，在这个秋天，黄叶缀满枝头，当我坐在窗台边听着这首《布列瑟侬》时，看手边的茶水一点点浅去，一种时光流逝而去的忧伤在心头墨似的洇开。咔嚓咔嚓，咔嚓咔嚓，火车仿佛经过我的窗前，带着东方地平线上青草的气息，然后远去。此刻我恍惚站在岁月的梧桐树下，看见我经历过的那些时光也像火车一样远去，远去，天涯茫茫不可见了，那上边有我念念不忘的旧事与旧人。

人生，原是这一场又一场的欢喜与别离。

2010 年第 6 期

回忆玛丽·安

〔德国〕布莱希特

那是蓝色九月的一天，我在一株李树的细长阴影下静静搂着她，我的情人是这样苍白和沉默，仿佛一个不逝的梦。在我们头上，在夏天明亮的空中，有一朵云，我的双眼久久凝望它，它很白，很高，离我们很远，当我抬起头，发现它不见了。

自那天以后，很多月亮悄悄移过天空，落下去。那些李树大概被砍去当柴烧了。而如果你问，那场恋爱怎样了？我必须承认：我真的记不起来，然而我知道你企图说什么。她的脸是什么样子我已不清楚，我只知道：那天我吻了她。至于那个吻，我早已忘记，但是那朵在空中漂浮的云我却依然记得，永远不会忘记，它很白，在很高的空中移动。那些李树可能还在开花，那个女人可能生了第七个孩子，然而那朵云只出现了几分钟，当我抬头，它已不知去向。

2010 年第 7 期

万物有灵且美

〔英国〕吉米·哈利　　种衍伦 译

大部分农庄的狗都喜欢在工作之馀找些消遣，而它们最喜好的游戏之一就是追车子。每次我沿着凹凸的泥土路飞奔驶离庄舍的时候，那些无聊的狗儿就跟在车子后，排成一列追过来。它们明知追不出什么结果，却也要追个两三百米，然后不情愿地吠几声才肯罢休。可是夹克不一样，它绝非那种毫无原则的狗。

它把追逐汽车当作一种可贵的艺术，而且每日练习从不厌倦。郭家的农庄在一条小路的末端，那条山路沿着他们的石墙蜿蜒了一公里半才渐降到谷底。而夹克不护送它所选择的对象至终点它就誓不罢休。我从未见过这么有耐性的狗。

我去庞家看猫的事给我的合伙人知道后，他劝我别去。原因是西格不相信任何家中饲养宠物的人，他觉得那些人的心智都有问题，并大力提倡他的学说。然而，他自己却养了五条狗和两只猫。他每天一定亲自喂它们，绝不许任何人插手。晚上，他坐在炉火前的摇椅中看报时，七只小动物都会趴在四周的地上。每次出诊，那五条狗也必定挤在车中与他同行，尽管当他驾车的时候车厢里全是摇摆的尾巴。家中另外还饲养了几缸金鱼和几条蛇，但是，西格还是大言不惭地说他痛恨所有养宠物的人。

电话中谈话常常会把很简单的事情越搅越糊涂……

“我是费鲍伯。”

“你早，我是哈利。”

“我的母猪病了。”

“什么病呢？”

对方传来发自喉咙深处的笑声：“这应该是我问你才对啊！”

“可是……”

“要是我知道是什么毛病还用得着打电话给你？哈，哈，哈！”

这种笑话我听过两千多遍了。虽然我一点也不开心，但还是勉强回笑了几声。

“费先生，这话是一点都不错。哈，哈。说真格的，你打电话来到底是什么事？”

“什么事？笑死人了，我不是才说过嘛，我要你找出它到底害了什么病。”

“我知道，可是我总得多了解一些它的情况，你不是说它病了嘛，能不能告诉我病况如何？”

“反正就是病了。”

“你不能说得再详细一点吗？”

一阵寂静。

“它好像有些垂头丧气似的。”

“没有别的？”

“我也说不上来……总之，它挺可怜的。”

我想了好几秒，“它有没有可笑的反应？”

“可笑？才不呢！我不认为一头病猪有什么好笑的。”

“不……不……你弄错我的意思了。我是说……唉，还是那句话，你到底为了什么事打电话来？”

“我打电话给你是因为你是兽医。这是你的工作，不是吗？”

我决定再试一次：“如果你能告诉我它的病况的话，我可以决定该带些什么东西过去。”

“病况？嗯……我不是说过了吗？它不太舒服。”

“不舒服到什么程度？”

“这正是我想知道的啊！”

“这样好了，”我搔搔头，“它病得厉害吗？”

“我猜想很厉害。”

“你觉得有必要出急诊吗？”

“那不是要看病况决定吗？”

“好，好……”我决定再换个方式，“它病了多久了？”

“很久了。”

“到底是多久？”

“相当长的一段时间了。”

“费老爷！我必须知道它病了多久，才能决定要不要出急诊。”

“哦……差不多从我把它买回来的时候。”

“那是什么时候？”

“嗯……就是它跟其他猪崽一起来到我们家的时候……”

他打开车门走出去，蹲下来拨开铁门的插销。我坐在车里欣赏着他的姿态——他无论做什么事都那么冷静，自然而优雅。这时，不知何处冒出了一只邪恶的小黑狗，悄悄溜到卡默迪的脚边，胸有成竹地将它洁白可爱的牙齿插入卡默迪的屁股中，然后从容离去。

我想，世界上再威严的英雄在毫无警觉的情况下被不知名的小动物从背后放暗箭——一口咬中屁股时，他都会感到自尊扫地的。所以卡默迪惨叫了一声，捂着屁股四处乱跳，然后又以比猴子还灵巧的身手爬上铁门。

“怎么回事？”他狂叫道，“到底怎么回事？”

“没事了。”我说着跑到铁门下。事实上，我使劲忍住才使自己不至于捂着肚子在地上打滚狂笑。“你可以下来了，只是条小狗！”

“狗？什么狗？在哪里？”他的音调起伏不定。

“已经逃走了——我也只看到了一两秒。”说实在话，我甚至怀疑那只黑色的身影是否曾经真的出现过。

我花了好大的工夫才把他从铁门上哄骗下来。他下到地面后不先检查自己的伤势反而跛着脚跳进车子里。我看着他那优雅的背影及屁股上一块垂吊着的烂布，心想，这也真难为他了。若是别人，我会命令他脱下裤子立刻为他敷些碘酒；可是对这么一位绅士，我只能隔得远远的让他自己在车内检查吧。

2010年第8期

眼　泪

毛尖

这几天，因为上课的需要，我重新温习了屠格涅夫的《贵族之家》，这篇小说我看过不止三遍，自觉已经记得所有的细节。不过，每次重读，我都很认真，一直读到结尾。有时候我觉得，我这样一遍遍地看《贵族之家》，就是为了这个结尾。

在结尾，拉夫烈茨基找到了莉莎隐居的修道院，看到了她，她从他身边走过，“迈着修女的那种均匀、急促而又恭顺的步伐走了过去，而且没有朝他望一眼；只是朝着他那一边的那只眼睛，睫毛微微颤动了一下”。

我又看了一遍，“睫毛微微颤动了一下”，是的，就是“睫毛微微颤动了一下”，没提到“眼泪”或者“泪光”，小说就此结尾。可是，为什么，在我的记忆里，顽固地留着这样一个结尾：莉莎走过拉夫烈茨基身边，她睫毛上的泪光闪了一下。

我不甘心，让俄语系的朋友帮我查了原著，的确，屠格涅夫没提到眼泪。突然之间，我觉得无比沮丧，好像屠格涅夫欺骗了我，好像我的青春背叛了我。在我的青春阅读里，那些眼泪一定是存在过的，那样的爱情，怎么可能没有眼泪?

一九二六年，本雅明从赖希那里得知，阿丝娅·拉希斯因精神失常住进了疗养院，他无法掩饰自己的焦急，他爱这个女人，非常爱。他急忙设法弄到了去苏联的签证，心急如焚地跳上了北上的火车。他们相遇的激情都留在《莫斯科日记》里了，两个月很快过去，他和阿丝娅告别，站在街道中央，他再一次抓住她的手放在唇边。她站在风雪里挥手，挥了很久。他也在雪橇上挥手。最后，她转过身，不见了。他提着大箱子，向火车站赶，“暮色沉沉，满脸是泪”。

一九四六年，张爱玲和胡兰成在温州分手，上船那天下着雨。后来她给他写信:“那天船将开时，你回岸上去了，我一人雨中撑伞在船舷边，对着滔滔黄浪，伫立涕泣久之。”

一九五三年，蒋碧薇去中山堂看画展，签完名抬起头，竟见到了孙多慈。二十多年情仇已泯，蒋碧薇先开了口:悲鸿已经在北京病逝。“孙闻之脸色大变，眼泪夺眶而出。”

也是二十世纪五十年代，王蒙写《组织部来了个年轻人》，二十二岁的林震向二十三岁的赵慧文这样表达爱情:

“赵慧文同志，我很想知道，你是否幸福。我看见过你的眼泪，在刘世吾的办公室，那时候春天刚来……”

可是，即便所有的爱情里都有眼泪，我还是很沮丧，《贵族之家》的结尾没有泪光。百无聊赖，我打电话给一个朋友，告诉她最近重读了屠格涅夫。她问我：是《贵族之家》吗？

我刚说完是，她就非常兴奋地往下说了：“啊，我也最喜欢这篇，最后的结尾真叫人难忘！拉夫烈茨基终于在偏远的修道院找到了莉莎，她从一个唱诗班席位去另一个唱诗班席位的时候，从他身边走过，没有朝他望一眼，但是，她的睫毛微微颤动了一下，一颗眼泪滴在手里的念珠上。”

电话挂了以后，我还没回过神来。多么奇妙啊，就像屠格涅夫自己说的：当时我们想过些什么？有什么感觉？谁知道？谁能说得出呢？人生中有这么一些短暂的瞬间，有这么一些感情……对这些，只能点到为止——就不要刨根问底了吧。

2010年第9期

大红色礼服

〔美国〕琳达·甘布利期　梁军 译

我们第一次看到那件大红色礼服时，父亲、母亲和我正在刚刚落下的雪中步行，准备去安大略市汉斯维尔镇缅因街上的哈勃五金店。我们三人计划报名参加一年一度的圣诞节绘画比赛，期望能赢得满满一筐的高档罐装饼干、茶叶、水果和糖果。在经过伊顿百货公司时，我们像往常一样驻足观望，并做着自己的白日梦。

装饰华丽的展示橱窗里，摆放着最好的玩具。我立刻喜欢上了一个大型的绿色四轮马车玩具，它非常大，可以拖动三堆木柴（一堆为双臂一抱的量）、两桶泔水或整个夏天从公路上捡来的饮料瓶；橱窗里的旱冰鞋使我想把米勒池塘铲出块空地来溜冰；玩具娃娃太可爱了，我都舍不得拿来玩。它们都安稳地陈列在那件令人惊艳的大红色荷叶边裙的下面。

母亲的眼睛直勾勾地盯着那一大块闪烁着红色微光的缎子，缎子上点缀着闪亮的天鹅绒材质的星形装饰，星形的中心部分缝有亮片。“我的天，”她惊奇地用着迷的语调说，“看看这件礼服，真不得了！”然后，母亲一反常态地在打滑的人行道上跳着华尔兹舞步转了个圈。我记得，每个冬季她都穿一件厚重的、缝有木制钮扣的灰色羊毛大衣。结果母亲失去了平衡，向地上跌去。父亲眼疾手快，急忙扶住了她。

母亲的脸颊比往常更红了，父亲笑话她，并为她拍掉大衣上的雪，她嗔怪父亲：“嘿，别笑了！”并用力推开父亲的手臂。“这件摆在伊顿百货橱窗里的衣服太傻了！”她厌恶地摇摇头说，“谁会买这么一件惹人注目的衣服呢？”

我们继续向前走，母亲又转过身来看了看，说：“我的天！我以为百货公司会将大家用得着的东西展示出来！”

圣诞节快到了，我们很快忘记了那件红色礼服。母亲一贯不想得到也不想花钱去买那些不实用的东西。她总是说“这个东西不实用”或者“那个东西不实用”。

但与母亲不同，父亲喜欢在预算允许的情况下奢侈一下。当然，他偶尔的挥霍也会惹来母亲的责骂，但是每次父亲都是把钱用在最具善意的意图上的。

就像那次父亲买回家的那个电灶。我们原来住在牛舌湖畔的马斯科卡农舍，母亲常年使用的是一个木材火炉。夏天，由于厨房太热，连家蝇都不愿飞进去，但母亲还是在里面烤猪肉。

一天，父亲给母亲带来了一个惊喜——一个高档的新电炉。母亲拒绝使用，这是肯定的事，她说木材火炉还不错，电炉太贵了，而且太耗电。但是，一直以来，她都在打磨炉子上已经被磨得闪闪发亮的铬制旋钮。尽管母亲说她不喜欢新炉子，父亲和我都知道她其实非常喜欢那个新炉子。

家里还需要很多现代化的设施，像室内的抽水马桶和干衣机，但母亲坚持要等到我们家能够买得起再说。我总是看到母亲在做家务——用手洗衣服，照料猪群或者打理我们庞大的花园——所以她总是穿着打补丁的印花棉布家居服，并且系上一条围裙以保持前襟干净。她只有一两件“特别的”礼服，是留着星期天去教堂穿的。尽管有那么多事要做，她还是抽出时间缝制自己的衣服。尽管衣服不怎么华丽，但穿起来还不错。

那个圣诞节，我在一家“五角到一元店”为父亲买了一把鱼饵，分别装在好几个火柴盒里，好让父亲可以多拆几次礼物。为母亲选礼物就很困难了。父亲和我问她想要什么礼物，她仔细想了想，然后含蓄地说要一些擦拭杯盘用的抹布、洗脸毛巾或一个新的洗碟盆。

那是新年前的最后一次，我们去了一趟镇上，当车开到缅因街时，母亲突然惊奇地叫道：“快看那个！”她兴奋地指向父亲刚刚开车经过的伊顿百货。

“那件大红色礼服不在了，”她不敢相信地说道，“真的不在了。”

“噢……不会吧？”父亲轻声笑着，“我的天，还真是不在了！”

“谁会这么傻，买一件这么华丽的礼服？”母亲摇头问道。我和父亲快速地交换了个眼神，他冲我眨了眨蓝色的眼睛，还用手轻轻碰了我一下。车沿着街道继续向前开去，母亲伸长脖子从车后窗再次向伊顿百货望了一眼。“不在了……”她低声道。我几乎可以肯定她的声音中带有一丝渴望的伤感。

我永远不会忘记那个圣诞节的早晨，我看着母亲用手剥去一个大盒子上的薄纸，盒盖上写着“伊顿百货最好的搪瓷洗碟盆”。

“噢，弗兰克，”她称赞道，“这正是我想要的！”父亲坐在摇椅上，咧嘴大笑。

“我又不是傻子，我应该送给你世间少有的你真正想要的圣诞礼物。”他笑道，“继续，打开看看，看盆子有没有缺口。”父亲冲我使了个眼色，奇怪的是，那一刻，我感觉自己对父亲的爱达到了前所未有的程度！

母亲打开盒子，里面是一个大的白色搪瓷洗碟盆——盆中容纳不下的大红色缎子拖坠到母亲的腿上。母亲用她颤抖的手触摸着那件用一流面料制作的大红色礼服。

“噢，我的天！”母亲叫出声来，眼中噙满了泪水。“噢，弗兰克……”她的脸像小房间角落里圣诞树上闪耀的星星一样明亮。“你不必……”她无力再责怪父亲。

“噢，你就别操心了！”父亲说道，“让我们看看它是否合身。”他笑着帮母亲将这件品质一流的礼服套在她的身上。闪闪发光的红缎子包裹着她，恰到好处地将里面那件打着补丁的退了色的印花便装遮住了。

我目瞪口呆地看着他们，我为父母身上闪耀着的我以前没有发觉的光辉而着迷。他们在房间里跳起了华尔兹，那件大红色礼服在我的心底转动，展示着它的魔力。

“你看起来真漂亮。”父亲轻声对母亲说——她看起来确实非常美！

2010年第9期

落　叶

〔日本〕岛崎藤村　　陈德文 译

一

每年十月二十日，这里就开始下霜了。在城里，只有冬天来到杂草丛生和布满平坦耕地的武藏野的时候，才能看到薄薄的、令人喜悦的微霜。你对这些是司空见惯了的，我很想让你也瞧一瞧这高山上的霜景呢。这儿的桑园，要是来上三四场霜，那就看吧：桑叶会骤然缩成卷儿，像烧焦了似的；田里的土块也会迅速松散开来……这种景象，着实有点怕人呢。显示着冬天浩大威力的，正是这霜啊！到时候，你会感到雪反而是柔美的，那厚厚的积雪给人一种平和的感觉。

十月末的一个早晨，我走出自家的后门，望着被深秋的雨水染红的柿子树叶，欣欣然向地上飘落。柿树的叶片，肉质肥厚，即使经秋霜打过，也不凋残、不蜷曲。当朝暾初升、霜花化成水珠的时候，叶片耐不住重量，才变脆脱落下来。我伫立良久，茫然眺望着眼前的景色。心想，这天夜里，定是下了一场罕见的严霜吧。

二

进入十一月，寒气骤然加重。天长节的早晨，起来一看，白霜遍地，桑园、菜畦以及家家户户的房顶，上下一色，望不到边际。后门的柿子树叶一下子落了，连路都被埋了起来。没有一丝风。那叶子是一片、两片，静静地飘落下来的。屋顶上鸟雀欢叫，听起来比平常嘹亮、悦耳。

这个阴霾的天气，空中弥漫着灰蒙蒙的雨雾。我真想到厨房里暖一暖冻僵的双手，穿着布袜子的脚趾也感到冷冰冰的。看样子，可怕的冬天就要临近了。住在这座山上的人们，从十一月到明年三月，几乎要度过五个月漫长的冬季，他们要为过冬做好各种准备。

三

寒冷的北风刮了起来。

这是十一月中旬，一天早晨，我被奔腾的潮水般的响声惊醒，原来是风在高空呼啸。风时而渐渐趋于平息，时而又狂吹起来，震得门窗“咯咯”有声。尤其是朝南的窗子，树叶纷纷敲打着窗纸，“噼噼啪啪”响个不停。千曲川河水，听起来更觉得近在咫尺了。

推开窗户，树叶就飞到屋内来。天气晴朗，白云悠悠。屋后小溪边的杨柳，在猛烈的北风中披头散发地挺立着。干枯的桑园里，经霜打落的黄叶，左右飞旋。

这天，我到学校去，来回都经过车站前的道路，遇见了不少行人。男的戴着丝绵帽，或用绒布裹着头；女人家则扎着毛巾，将两手缩在衣袖里。人们你来我往，流着鼻水，红着眼圈，有的还淌着眼泪。大家面色惨白，唯有两颊、耳朵和鼻尖红彤彤的，屈身俯首，瑟瑟缩缩地赶路。顺风的人，疾步如飞；逆风的人，一步一歇，仿佛负着重载一般。

土地、岩石、人的肤色，在我的眼里都变得一片灰暗，就连阳光也成灰黄的了。寒风在山野间奔突、呼号，暴烈而又雄壮！所有的树木都被吹得枝叶纷披，根干动摇。那柳树、竹林，更是如野草一般随风俯仰。残留在树梢的柿子被刮掉了。梅、李、樱、榉、银杏等，一日之间，树叶尽脱，满地的落叶顺着风势飞舞。霎时，群山的景色就变得苍凉而明净了。

2010年第11期

徒劳的鹞子

苇岸

穿越田野的时候，我看到一只鹞子。

它静静地盘旋，长久浮在空中。它好像看到了什么，径直俯冲下来，但还未触及地面，又迅疾飞起。

我想象它看到一只野兔。因人类的扩张在平原上已近绝迹的野兔，梭罗在《瓦尔登湖》中预言过的野兔："要是没有兔子和鹧鸪，一个田野还成什么田野呢？它们是最简单的土生土长的动物，与大自然同色彩、同性质，和树叶、土地是最亲密的联盟。看到兔子和鹧鸪跑掉的时候，你不觉得它们是禽兽。它们是大自然的一部分，仿佛飒飒的绿叶一样。不管发生什么样的革命，兔子和鹧鸪一定可以永存，像土生土长的人一样。不能维持一只兔子的生活的田野一定是贫瘠无比的。"

看到一只在田野上空徒劳盘旋的鹞子，我想起田野往昔的繁荣。

2010 年第 14 期

一个地球，一颗心

盖瑞·科瓦斯奇

一九六三年十二月，动物学家亚瑞安·卡特兰目睹了一幅动人的画面：那是非洲雨林的日落时分，落日景象非常壮丽。有一只黑猩猩单手抱着它的点心——一颗木瓜，边走边看这幅景象。结果，黑猩猩放下了木瓜，整整十五分钟内，它就像被不断变换色彩的华丽晚霞念了魔咒，完全无法动弹。夕阳西下后，它默默地回到了灌木丛里，把木瓜遗忘在原地。

当这只黑猩猩在黄昏时分面对逐渐退去的光线时，是深紫与火红的柔和混合色在搅拌着它的想象力吗？是薄暮唤起了它对那些已逝的日子和同伴的回忆，因而勾起它傍晚时分漫长孤寂的愁绪，抑或它只是处于一种恍惚的状态？没有人知道真正的答案。但是这位人类的远亲，的确满足了某种超越它对食物粮秣的渴望——一种心灵上的渴望。

2010 年第 15 期

水样的春愁

郁达夫

同芭蕉叶似的重重包裹着的我这一颗无邪的心，不知在什么地方，透露了消息，终于被课堂上坐在我左边的那位同学看穿了。一个礼拜六的下午，下课之后，他轻轻地拉了我的手对我说："今天下午，赵家的那个小丫头要上倩儿家去，你愿不愿意和我一道去玩儿？"这里所说的倩儿，就是他那两位邻居的女孩子之中的一个。我听了他的这一句密语，立时就涨红了脸，喘急了气，嗫嚅着说不出一句话来回答他，净在拼命地摇头，表示我不愿意去，同时眼睛里也水汪汪的，像要哭出来的样子；而他却似乎已经看破了我的隐衷，得着了我的同意似的用强力把我拖出了校门。

到了倩儿她家的门口，当然又是一番争执，但经他大声一喊，门里的三个女孩却同时笑着跑出来了。已经到了她们的面前，我也没有什么别的办法了，自然只好俯着首，红着脸，同被绑赴刑场的死刑囚似的跟她们到了室内。经我那位同学带了滑稽的声调将如何把我拖来的情节说了一遍之后，她们接着就是一阵大笑。跟她们再到客房里去坐下，看他们四人捏起了骨牌，我坐在我那位同学的背后，眼睛虽则时时在注视着牌，但间或得着机会，也着实向她们的脸部偷看了许多次。等他们的输赢赌完，一餐东道的夜饭吃过，我也居然和她们伴熟，有说有笑了。临走的时候，倩儿的母亲还派了我一个差事，点上灯笼，要我把赵家的女孩送回家去。自从这一回后，我也居然入了我那同学的伙，不时在赵家和另外的两个女孩家进出了；可是生来胆小，又加上毕业考试将要到来，我和她们的来往，终没有像我那位同学似的繁密。

正当我十四岁的那一年（公元一九〇九年）春天，是旧历正月十三的晚上，学堂里于白天给了我毕业文凭及增生执照之后，就在大厅摆起了五桌送别毕业生的酒宴。这一晚的月亮好得很，天气也温暖得像二三月的样子。满城的爆竹，是在庆祝新年的上元佳节，我干喝了几杯酒后，心里也感到了一种不能抑制的欢欣。出了校门，踏着月光，我的双脚，便自然而然地走向了赵家。女仆陪她母亲上街去买蜡烛、水果等过元宵节的物品去了。推门进去，我只见她一个人，拖着一条长长的辫子，坐在大厅桌子边的洋灯底下练习写字。听见了我的脚步声，她头也不转，只曼声地问了一声：“是谁？”我故意屏着气，提着脚，轻轻地走到了她的背后，一使劲一口就把她面前的那盏洋灯吹灭了。月光如潮水似的浸满了这一座朝南的大厅，她于一声高叫之后，马上就把头朝我转来。我在月光里看见了她那张大理石似的嫩脸，和黑水晶似的眼睛，觉得怎么也熬忍不住了，顺势就伸出了两只手去，捏住了她的手臂。两人的中间，她不发一语，我也并无一言。她是扭转了身坐着，我是向她立着的。她只微笑着看看我看看月亮，我也只微笑着看看她看看中庭的空处，虽然此处的动作，轻薄的邪念、明显的表示，一点儿也没有，但不晓得怎样一般满足，深沉、陶醉的感觉，竟同四周的月光一样，包满了我的全身。

两人这样在月光里沉默着相对，不知过了多久，终于她轻轻地开始说话了："今晚你在喝酒？""是的，是在学堂里喝的。"到这时我才放开了两手，向她边上的一把椅子里坐了下去。"明天你就要上杭州去考中学去么？"停了一会，她又轻轻地问了一声。"嗳，是的，明朝坐快班船去。"两人又沉默着，不知坐了多长时间，忽听见门外头她母亲和女仆说话的声音渐渐儿近了，她于是就忙着立起身来擦洋火，点上了洋灯。

她母亲进到了厅里，放下了买来的物品，先向我说了些道贺的话，我也告诉了她，明天将离开故乡到杭州去。没谈上半点钟的闲话，我就匆匆告辞出来了。在柳树影里披了月光走回家，我一边回味着刚才在月光里和她相对时的恍惚，一边在心的底里，忽儿又感到了一点极淡极淡，同水一样的春愁。

2010 年第 18 期

失帽记

余光中

去年底在中文大学演讲的那一次，听众不能算怎么拥挤，但也足以令我穷于应付，心神难专。等到曲终人散，又急于赶赴晚宴，不遑检视手提包及背袋，代提的主人又游走不定，始终无法定神查看。餐后走到户外，准备上车，天寒风起，需要戴帽，连忙逐袋寻找。这才发现，我的帽子不见了。

事后几位主人回到现场，又向接送的车中寻找，都不见帽子踪影。我存和我，夫妻俩像侦探，合力苦思，最后看见那帽子是在何时、何地，所以应该排除在某地、某时失去的可能，诸如此类过程。机场话别时，我仍不死心，还谆谆嘱咐孙明珠、樊善标，如果寻获，务必寄回高雄给我。半个月后，他们把我因“积重难返”而留下的奖牌、赠书、礼品等等寄到台湾。包裹层层解开，真相揭晓，那顶可怜的帽子，终于是丢定了。

仅仅为了一顶帽子，无论有多贵或是多罕见，本来也不会令我如此大惊小怪。

但是那顶帽子不是我买来的，也不是他人送的，而是我身为人子继承得来的。那是我父亲生前戴过的，后来成了他身后的遗物，我存整理时发现，不忍径弃，就说动我且戴起来。果然正合我头，而且款式潇洒，毛色可亲，就一直戴下去了。

那顶帽子呈扁楔形，前低后高，戴在头上，由后脑斜压在前额，有优雅的缓缓坡度，大致上可称贝瑞软帽（beret），常覆在法国人头顶。至于毛色，则圆顶部分呈浅陶土色，看起来温暖体贴。四周部分则前窄后宽，织成细密的十字花纹，为淡米黄色。戴在我的头上，倜傥，有欧洲名士的超逸，不止一次赢得研究所女弟子的青睐。

但帽内的乾坤，只有我自知冷暖，天气越寒，尤其风越大，帽内就越加温暖，仿佛父亲的手掌正护在我头上，掌心对着脑门。毕竟，这一种温暖曾经同样覆盖着父亲，如今移爱到我的头上，恩佑两代，不愧是父子相传的忠厚家臣。

回顾自己的前半生，有幸集双亲之爱，才有今日之我。当年父亲爱我，应该不逊于母亲。但小时我不常在他身边，始终呵护着我、庇佑着我的，甚至在抗战沦陷区逃难时，生死同命的，是母亲。肌肤之亲，操作之劳，用心之苦，凡她力之所及，哪一件没有为我做过？反之，记忆中父亲从来没打过我，甚至也从未对我疾言厉色，所以绝非什么严父。

不过父子之间始终也不亲热。小时他倒是常对我讲论圣贤之道，勉励我要立志立功。

长夏的蝉声里，倒是有好几次父子俩坐在一起看书：他靠在躺椅上看《纲鉴易知录》，我坐在小竹凳上看《三国演义》。冬夜的桐油灯下，他更多次为我启蒙，苦口婆心引领我进入古文的世界，点醒了我的汉魄唐魂。张良啦，魏征啦，太史公啦，韩愈啦，都是他介绍我初识的。

后来做父亲的渐渐老了，做儿子的长大了，各忙各的。他宦游在外，或是长期出差，数下南洋，或担任同乡会理事长，投入乡情侨务；我则学府文坛，烛烧两头，不但三度旅美，而且十年居港，父子交集不多。

自中年起他就因关节病苦于脚痛，时发时歇，晚年更因青光眼近于失明。二十三年前，我受台湾中山大学之聘，由香港来高雄定居。

我存即毅然卖掉台北的故居，把我的父亲、她的母亲一起接来高雄安顿。

许多年来，父亲的病情与日常起居，幸有我存悉心照顾，并得我岳母操劳陪伴。身为他亲生的独子，我却未能经常省视侍疾，想到五十年前在台大医院的加护病房，母亲临终时的泪眼，谆谆叮嘱“爸爸你要好好照顾”，实在愧疚无已。父亲和母亲鹣鲽情深，是我前半生的幸福所赖。

只记得他们大吵过一次，却几乎不曾小吵。母亲逝于五十三岁，长她十岁的父亲，尽管亲友屡来劝婚，却终不再娶，鳏夫的寂寞守了三十四年，享年，亦是忍年，九十七岁。

可怜的老人，以风烛之年独承失明与痛风之苦，又不能看报看电视以遣忧，只有一架古董收音机喋喋为伴。黯淡的孤寂中，他能想些什么呢？除了亡妻和历历的或是渺渺的往事；除了独子为什么不常在身边。

而即使在身边时，我也从未陪他久聊，更从未握他的手或紧紧拥抱他的病躯。更别提四个可爱的孙女，都长大了，但除了幼珊之外，又能听得见谁的声音？

长寿的代价，是沧桑。

所以在遗物之中竟还保有他常戴的帽子，无异于继承了最重要的遗产。父亲在世，我对他爱得不够，而孺慕耿耿也始终未能充分表达。想必他内心一定感到遗憾，而自他去后，我遗憾更多。幸而还留下这么一顶帽子，未随碑石俱冷，尚有馀温，让我戴上，幻觉未尽的父子之情，并未告终。幻觉依靠这灵媒之介，犹可贯通阴阳，串联两代，一时还不至径将上一个戴帽人完全淡忘。这一份与父共戴帽的心情，说得高些，是感恩；说得重些，是赎罪。不幸，连最后的一点凭借竟也都失去，令人悔恨。

寒流来时，风势助威，我站在岁末的风中，倍加畏冷。对不起，父亲。对不起，母亲。

2010 年第 18 期

琥珀之城

刘瑜

第一次到剑桥时，我的感觉是掉进了一个时间的琥珀。

世上有很多历史名城，但在我去过的历史名城中，没有哪个城市的历史感像剑桥这样“活生生”。大多数古城里，无非是有几个收门票的历史建筑，人们跟着旅行团从大巴上一拥而下，咔嚓咔嚓照一堆相，然后再一拥而上回到大巴一去不返。这个情境里的历史，像一头被阉割的野兽，完全没有脾气，默默地蹲在游人相片的背景里打盹。游人看不到这头困兽瞳孔里曾经辽阔的草原，它也懒得去理会这些游人东张西望却注定一无所获的眼神。

但是剑桥不同。十五世纪盖的图书馆现在可能还有学生在里面看书，十六世纪建的餐厅还有厨师在里面懒洋洋地做羊角面包，一堆自行车若无其事地靠在十七世纪的墙上，学生透过宿舍窗户看到的那棵树和十八世纪的某个学生看到的是同一棵，而如果你在一个下雨的黄昏走在三一巷的石板路上，会疑心迎面走过来的那个人会不会是拜伦。

历史在这里如此稀松平常，不需要你用照相机去捕捉它。野兽就在它自己的草原上奔跑，而你，这无数代人中某一代中的某一个，不过是它奔跑中来不及看清并远远甩在后面的一只昆虫而已。

若干年后，等我回忆自己在剑桥的日子时，回忆到的很可能是这样一幅画面：在一个幽暗的会议大厅里，五十个穿着黑袍子的博士，开着一个学院会议，大家七嘴八舌地热烈讨论一张名人捐赠的桌子该放在哪里，有的说图书馆，有的说餐厅，有的说校长办公室，而我坐在一旁昏昏欲睡。

真的，一张桌子的摆放位置，需要五十个博士花上半个小时讨论吗？

我几乎都要因此反思过度民主的弊端了。

严肃地对待小事，是剑桥给我留下印象最深的地方之一。也许这是英国文化的特色，也许是经济和社会发展到一定程度只剩下小事可讨论的结果。剑桥报纸上的头条，很可能只是当地的立委倡议把某条路上的坑坑洼洼填平。

这种认真对待小事的态度，也反映在教育上。比如，中国或美国任课老师大笔一挥可以决定学生的成绩，而剑桥大学改本科生的考卷实行双向匿名（学生不知道哪个老师改他的考卷，老师也不知道他改的是哪个学生的考卷），而且每份考卷由两个老师改，如果两个老师给分相差太大，还要引入第三个人做裁判。

作为一个老师，这样的规则是烦不胜烦的。作为一个学生，这样的规则则是可喜可贺的。

仔细想来，这样的较真精神，真的必须以经济发展为条件吗?

一个学校的老师认真地对待学生，需要花费多少GDP呢？还是只需要一种“认真对待权利”的精神？每次看到有人用经济不发达来为很多中国人不排队、随地吐痰、不遵守交通规则来辩护时，我就想，人均GDP到底和随地吐痰有什么关系呢?

我问一个学生，你觉得英国文化的最大特色是什么?

他想了想，说，排队。

英国人对规则和秩序的尊重简直到了丧心病狂的程度。由于剑桥马路窄，开车易堵，所以多数人的市内交通靠自行车。就如何安全骑车的问题，有很多交通规则，比如要戴头盔，晚上要开自行车前后灯，更不用说要老老实实等红绿灯了。我开始以为戴头盔这样的规定，也就是纸上写写而已，我自己反正是不会为了安全骑车而买头盔的。

但我惊奇地发现，早上去学校的路上，有一半左右的骑车者真的戴了头盔。我还惊奇地发现，几乎所有的人都会装自行车灯并在晚上打开。有一回我的后车灯坏了，还被后面的一个人吼了一声。

我以前回家的路上，一个十字路口上有一个行人交通灯，还有一个汽车交通灯，绿灯亮时行人灯先亮，过五秒钟左右汽车绿灯亮。自行车属于模糊地带，可以跟着行人走，也可以跟着汽车走。我发现，总有一批骑自行车的人，无论如何要等着汽车绿灯亮了之后再过路口——尽管自行车道和人行道相互平行，根本不冲突，尽管交叉街道的红灯早就亮了，他们过马路是完全安全的。有一回我在行人绿灯亮了之后蹬车过去，又被后面的一个人给吼了一声："你这样骑车是不对的！"

我心想真是多管闲事，把你送北京去，你一辈子也别想过马路了。

当然同时也感慨，法治精神发源于这个国家，一点也不奇怪。

基本上，要预测一个国家的民主质量，统计一下有多少人爱闯红灯可能是非常有效的变量。一个有很多国民不但不闯红灯、行人绿灯亮了还不够还非要等汽车绿灯亮了才发动自行车的国家，对人类文明做出不成比例的巨大贡献，那是非常不奇怪的。

说到对文明的贡献，剑桥大学最突出的贡献恐怕就是它产出的科学家了。牛顿、达尔文、被称为人工智能之父的图林、发现DNA双螺旋结构的Crick和Waston、写《时间简史》的霍金……以及很多我根本叫不上名字来的科学家。

话说也是剑桥校友的李约瑟同学曾经提问：为什么科学和工业革命没有发生在中国呢？

我想这事难道很费解吗？剑桥大学成立于一二〇九年，与北京的国子监成立的时间大致相当。问题是各自都在教什么呢？中世纪剑桥大学的课程包括：逻辑学、几何、数学、法律、医学、修辞、音乐，当然也少不了神学。国子监呢？四书五经，四书五经，四书五经。你说，当全中国的知识分子都在那摇头晃脑地“君君臣臣父父子子”，把关于这个浩瀚世界的知识缩减为“人际关系学”时，人家从逻辑、从几何、从对客观世界的好奇心出发，抵达现代物理、天文、生物知识，有什么奇怪的吗？如果牛顿出生在中国，二十岁的他冥思苦想，为什么苹果往地上掉而不是往空中飞并把这个困惑告诉他人时，他爸爸会不会一巴掌扇过去，说：你吃饱了撑的是吧，不孝有三，无后为大，还不赶紧讨个老婆去！

以前我在国内读研上课时，可怜的老师时不时被学生这样质问：老师，你说我们学这些有什么用呢？能不能教点对我们找工作有帮助的东西？

我很想知道当年牛顿讲授重力原理和月亮轨迹时，是不是也有这么一帮讨厌的人在问：老师，你说我们学这些有什么用呢？而如果有人这样问，牛顿会不会反问：难道仅仅满足我们的好奇心还不够吗？

“我决定开始学印地语。”最近一个学生告诉我。

我吓了一跳，问：“为什么呀？”

“因为我以后想研究东印度公司，学印地语有帮助。”

“可是东印度公司的材料都是英文的吧。”

“印度方面应该也有印地语的材料。”

我得承认，一想到以后我回国了很可能再也碰不到这种仅仅为了搞懂一个问题而去学一种相对生僻的语言的学生，便感到颇有些难过。

2010年第18期

一个人，在路上

当年明月

徐弘祖出生的时候，是万历十五年（一五八七年）。

在这个特定的时间出生，真是缘分，但外面的世界，跟徐弘祖并没有多大关系。他的老家在江阴，山清水秀。

当然，清净归清净，在那个年头，要想出人头地、青史留名，只有一条路——考试（似乎今天也是）。徐弘祖不想考试，不想出人头地，也不想青史留名，他只想玩。

按史籍说的，他从小就好玩，且玩得比较狠，比较特别。他不扔沙包，不滚铁环，只是四处瞎转悠，遇到山就爬，遇到河就下。人小，胆子却大。

刚开始，他旅游的范围主要是江浙一带，比如紫金山、太湖、普陀山等，后来愈发勇猛，又去了雁荡山、九华山、黄山、武夷山、庐山等。

但是这里存在一个问题——钱。

旅行家和大侠的区别在于，旅行家是要花钱的，大致包括以下费用：交通费、住宿费、导游费、餐饮费、门票费，如果地方不地道，还有个挨宰费。

徐家是有钱的，只是有点儿钱，没有很多钱，大约也就是个中产阶级。按今天的标准，一年去旅游一次，也就够了，但徐弘祖的旅行日程是：一年休息一次。

从俗世的角度来看，徐弘祖是个怪人，这人不考功名，不求做官，不成家立业，按很多人的说法，前程是毁了。

我知道，很多人还会说，这种生活荒谬，不符合常规，不正常，这种人脑筋缺根弦，精神有问题。

我认为，说这些话的人，是吃饱了撑的。人只活一辈子，如何生活是自己的事，自己这辈子浑浑噩噩的，没活好，还厚着脸皮来指责别人。

徐弘祖旅行的唯一阻力是他的母亲。他的父亲去世较早，剩下他的母亲无人照料。圣人曾经教导我们：父母在，不远游。所以在出发前，徐弘祖总是很犹豫。然而他的母亲找到他，对他说了这样一番话："男儿志在四方，当往天地间一展胸怀！"

就这样，徐弘祖开始了他的伟大旅程。

他二十岁离家，穿着布衣，没有政府支持，没有朋友帮助，独自一人游历天下二十余年。他去过的地方，包括湖广、四川、辽东、西北，简单地说，全国两京十三省，全部走遍。

他爬过的山，包括泰山、华山、衡山、嵩山、终南山、峨眉山，简单地说，你听过的他都去过，你没听过的他也去过。

此外，黄河、长江、洞庭湖、鄱阳湖、金沙江、汉江，几乎所有的江河湖泊，他全部游历过。

在游历的过程中，他曾三次遭遇强盗，被劫去财物，身负刀伤；还由于走进大山，无法找到出路，数次断粮，几乎饿死。最悬的一次，是在西南。

当时，他前往云贵一带，结果走到半路，突然发现交通中断，住处被土著围住。过了几天，外面又来了明军，双方开战。徐弘祖好歹是见过世面的，跑得快，总算顺利脱身。

在旅行的过程中，他开始记笔记。每天的经历，他都详细记录下来。鉴于他本人除姓名外，还有个号，叫作霞客，所以后来他的这本笔记，就被称为《徐霞客游记》。

崇祯九年（一六三六年），近五十岁的徐弘祖决定再次出游。这也是他最后一次出游。

正当他考虑出游方向的时候，一个和尚找到了他。

这个和尚的法号叫作静闻，家住南京。他十分虔诚，非常崇敬鸡足山迦叶殿的菩萨，还曾刺破手指，用血写过一本《法华经》。

鸡足山在云南。当时云南的鸡足山，算是蛮荒之地，啥也不通，要去，只能走着去。

很明显，静闻是个明白人，他知道自己要是一个人去，估计到半路就歇了，所以必须找一个同伴。

徐弘祖的名气在当时已经很大了，所以静闻专门找上门来，要跟他一起走。对徐弘祖而言，去哪里倒是无所谓的事，就答应了他，于是两个人一起出发了。

他们的路线是这样的：先从南直隶出发，过湖广，到广西，进入四川，最后到达云贵。

还没到达云贵，在湖广就出事了。

走到湖广湘江（今湖南），没法走了，两人坐船准备渡江。

渡到一半，遇上了强盗。

对徐弘祖而言，从事这种职业的人，他已经遇到好几次了，但静闻大师应该是第一次。这次遭遇的具体细节不太清楚，反正徐弘祖赶跑了强盗，静闻却在这次遭遇中受了伤，加上他的体质较弱，刚撑到广西，就圆寂了。

徐弘祖停了下来，料理静闻的后事。

由于路遇强盗，此时徐弘祖的路费已经不足了，如果继续往前走，后果难以预料。

所以当地人劝他，让他放弃前进的念头，回家。

徐弘祖跟静闻素不相识，说到底，也就是个伴儿，各有各的想法。静闻没打算写游记，徐弘祖也没打算去礼佛，实在没有什么交情。而且我还查过，他此前去过鸡足山，这次旅行对他而言，并没有太大的意义。

然而他决定继续前进，去鸡足山。

当地人问他："为什么要去？"

徐弘祖答："我答应了他，要带他去鸡足山。"

"可是，他已经去世了。"

"我带着他的骨灰去。答应他的事情，我要帮他做到。"

徐弘祖出发了，为了一个逝者的愿望，为了实现自己的承诺，虽然这个逝者，他并不熟悉。旅程很艰苦，没有路费的徐弘祖背着静闻的骨灰，没有任何资助，只能住在荒野，靠野菜干粮充饥。为了能够继续前行，他还当掉了自己所能当掉的东西，只是为了一个承诺。就这样，他按照原定路线，带着静闻的骨灰，翻越了广西十万大山，然后进入四川，越过峨眉山，沿着岷江，到达甘孜松潘；又渡过金沙江、澜沧江，经过丽江、西双版纳，到达鸡足山。

在迦叶殿里，他解开了背上的包裹，拿出了静闻的骨灰。

到了，我们到了。

他郑重地把骨灰埋在了迦叶殿里。在这里，他兑现了承诺。

然后，他应该回家了。

但他没有。

从某个角度讲，这是上天对他的恩赐，因为这将是他的最后一次旅途，能走多远，就走多远吧。

他离开鸡足山，又继续前行，行进半年，翻越了昆仑山；又行进半年，进入藏区，在那里游历几个月后，踏上归途。回去没多久，就病了，估计是长年劳累所致。

他终究病倒了，没能再次出行。崇祯十四年（一六四一年），徐弘祖病重逝世，享年五十四岁。

他所留下的笔记，据说总共有两百多万字，可惜没有全部保留下来，留存的大约有几十万字，被后人编成《徐霞客游记》。

在这本书里，他记载了祖国山川的详细情况，涉及地理、水利、地貌等，被誉为十七世纪最伟大的地理学著作，被翻译成几十种语言，流传世界。

其实讲述这人的故事，我只想探讨一个问题：他为何要这样做？没有资助，不被承认（至少生前没有），没有利益，没有前途，放弃一切，用一生的时间，难道只是为了游历？

究竟为了什么？我很疑惑，很不解，于是我想起另一个故事。新西兰登山家希拉里，在登上珠穆朗玛峰后，经常被记者问到一个问题：你为什么要登山？他总不回答，于是记者总问，终于有一次，他给出了一个让所有人都无法再问的答案：因为它（指珠峰）在那里！

其实这个世上有很多事本不需要理由。

我想说的是：按照自己的方式去度过人生。

2010年第19期

永远的灯光

林少华

一晃从东京回来几年了。无论是上野公园云蒸霞蔚的樱花，还是银座女孩五彩缤纷的秀发，抑或东大校园浓荫蔽日的银杏树，都已渐渐淡出记忆的围墙，唯有那一窗灯光留了下来。

那时我住在东京郊外一个叫川越的地方。住所附近有一条河，河边有一道堤，堤上有一条路。晚饭后我常沿这条荒草路散步。那灯光就是从路旁不远处一户人家的窗口透出来的。它之所以引起我的注意，是因为它周围稀疏的灯光都是清白色的，只有它呈橘黄色。那是一座独门独院的木结构普通日式民居，同其他民居之间有些距离。木格窗约略凸出，拉着米色窗帘。窗帘大概较厚，使橘黄色灯光显得格外沉稳、静谧和温馨。初春，灯光柔柔地吻着堤坡一片挤眉弄眼的蒲公英；盛夏，灯光轻轻地抚摸小院里几架绿叶婆娑的黄瓜；仲秋，灯光幽幽地照在门前矮柿树那金灿灿的果子上，相映生辉；寒冬时节则给晶莹莹的白雪镀上一层淡黄色的光晕，平添一丝暖意。

漫步河堤，或满天星斗，四野烟笼；或日落乌啼，夕晖敛去；或晚风送爽，皓月当空。而我的目光往往从很远的地方就擒住了那一点并不显眼的橘黄，临近了更是久久凝视不放。其实我根本不认识房子和灯光的主人，更谈不上登门拜访。可是那一窗橘黄色的灯光就是那么奇异，令我神往，撩拨我的遐思、幽情和怀想。

我猜想在那橘黄色的灯光下，早已铺旧了的榻榻米上一定盘腿坐着一位慈祥的老奶奶，正笑眯眯地看着小孙儿在她膝上爬来爬去，手里拿着针线，慢慢晃着身子哼唱儿歌。于是我又联想到一位四处游历寻找幸福的西方人笔下的一段叙说：一日黄昏时分他走进一个村庄，看见一位老人正戴着花镜坐在葡萄架下的藤椅上借着夕晖看报，任凭一个小男孩趴在他背上淘气。看着看着，他忽然明白了什么是幸福——爷孙俩多么幸福啊！

有时那橘黄色的灯光也让我记起外祖母家那盏油灯。外祖母住在乡下，那里不通汽车，小时候我和弟弟从县城步行三四十里，替母亲看望她。住了几天要走的时候，外祖母便让我们搭坐生产队进城的马车回去。动身的时候天还没亮，整个村子只外祖母家亮着灯。我和弟弟坐在马车上脸朝后看着，看着那亮灯的窗口，看着窗前外祖母矮小的身影。直到车出村爬上南岭坡路的时候，外祖母仍没回屋，就那样立在窗口灯光下一动不动朝马车这边望着。灯光越来越暗，外祖母的身影越来越小，最后身影模糊了，只剩下豆粒大的灯光固执地守在迷蒙的远处……几十年过去了，外祖母早已去世。我远在外地读书，不知道她哪一天去世的，不知道她的坟在哪一块地，甚至她慈祥的面容都已依稀记不清了，唯独曾照过她矮小身影的昏黄的灯光，永远凝在了我心房深处的影壁。

后来我明白了，那橘黄色的灯光所引起的关于老奶奶的猜想，以及对于外祖母的回想，其实是同一回事。它可以是对往日亲情的怀念，可以是对真正幸福的向往，也可以是对当下生活的质疑。我也明白了那橘黄色的灯光未必要在日本，也可以在美国、在希腊，还可以在青岛、在香港……可以在任何地方。

2010 年第 20 期

手　帕

〔德国〕赫塔·米勒　张高 译

我的祖母有个儿子叫迈茨。二十世纪三十年代他被送到蒂米什瓦拉去读商科，以便接手家族的谷物贸易和杂货店。学校里有不少来自第三帝国的教师，都是货真价实的纳粹。他本来应该被训练成一名商人，实际却基本上被教成了一名纳粹——按计划洗脑的成果。等毕了业，迈茨已经成了一个狂热的纳粹，整个人都变了。他整日呼喊着反犹的口号，像白痴一样令人嫌弃。我的祖父训斥过他好几次：他的全部身家都仰仗于在犹太商业伙伴那里积攒下来的商业信用。当这些话无济于事时，他还打了迈茨几个耳光。但年轻人的理性早就被抹得一干二净了。他俨然成了村子里的大思想家，欺侮那些逃避上前线的人。迈茨本在罗马尼亚军中做文案工作，然而他内心强烈地想把理论付诸实践，于是他志愿加入党卫军并要求被派到最前线。几个月后他回乡结婚。也许在前线耳闻目睹的无数暴行让他清醒了些，他借着一条从古至今都有效的神奇规定从战场上逃离了几天。这条神奇规定就是婚假。

我的祖母在一只抽屉里保留着她儿子迈莰的两张照片：一张是结婚照，一张是遗照。结婚照里，新娘全身洁白，比他要高一拳，显得瘦削而庄重——如同一尊石膏圣母像。

她头上顶着一圈蜡质的花环，就像是积雪的树叶。迈莰穿着他的纳粹制服紧挨着她，不像丈夫，而像士兵；不像新郎，而像侍卫。他回到前线没多久，遗照就寄了过来。这个可怜的士兵被一颗地雷撕成了碎片。遗照有巴掌大小，一片黑色的田野中间是由人的残骸聚起来的灰色的一小堆，看起来都放置在一块白布上。与黑色的田野相对，那块白布看起来就像儿童手帕那样小，如同一个中间印着奇怪图案的白色小方块。对我的祖母来说，这张照片也是一个混合体：白手帕上那个死掉的纳粹，在她记忆中还是那个活着的儿子。终其一生，我的祖母都把这幅有双重含义的照片夹在祈祷书里。她每天都祈祷，祈祷文也几乎肯定有着双重的含义。自从认识到亲爱的儿子突然蜕变为狂热的纳粹后，这些祈祷文大约是在向上帝祈求，让她在爱儿子和宽恕纳粹的不同行动里做出平衡。

我的祖父在一战时当过兵。他常常痛心地谈论有关儿子迈莰的事情，他说：哎呀，当旗子开始飘动的时候，人们的理智都不知不觉地滑到喇叭里面去了。这一警告，在接下来的极权统治中仍然应验，我对此深有体会。每一天你都能看见，那些投机者们，不论大小，他们的理智都不知不觉地滑到喇叭里面去了。这喇叭，我才不会去吹它。

2010 年第 20 期

秋

丰子恺

我的年岁上冠用了“三十”二字，至今已两年了。不解达观的我，从这两个字上受到了不少的暗示与影响。虽然明明觉得自己的体格与精力比二十九岁时全然没有什么差异，但“三十”这一个观念笼在头上，犹之张了一把阳伞，使我的全身蒙了一个暗淡的阴影，又仿佛在日历上撕过了立秋的一页以后，虽然太阳的炎威依然没有减却，寒暑表上的热度依然没有降低，然而只当得馀威与残暑，或霜降木落的先驱，大地的节候已从今移交于秋了。

实际上，我两年来的心情与秋最容易调和而融合。这情形与从前不同。在往年，我只慕春天，最欢喜杨柳与燕子，尤其欢喜初染鹅黄的嫩柳。我曾经名自己的寓居为“小杨柳屋”，曾经画了许多杨柳与燕子的画，又曾经摘取秀长的柳叶，在厚纸上裱成各种风调的眉，想象这等眉的所有者的颜貌，而在其下面添描出眼鼻与口。那时候我每逢早春时节，正月二月之交，看见杨柳枝的线条上挂了细珠，带了隐隐的青色而“遥看近却无”的时候，我心中便充满了一种狂喜，这狂喜又立刻变成焦虑，似乎常常在说：“春来了！不要放过！赶快设法招待它，享乐它，永远留住它。”我读了“良辰美景奈何天”等句，曾经真心地感动，以为古人都太息一春的虚度。前车可鉴！到我手里决不放它空过了。要是逢着古人惋惜最深的寒食清明，我心中的焦灼便更甚。那一天我总想有一种足以充分酬偿这佳节的举行。我准拟作诗、作画，或痛饮、漫游。虽然大多不被实行，或实行而全无效果，反而中了酒、闹了事，换得了不快的回忆。但我总不灰心，总觉得春的可恋。我心中似乎只知道春，别的三季在我都当作春的预备，或待春的休息时间，全然不曾注意到它们的存在与意义。而对于秋，尤无感觉：因为夏连在春的后面，在我可当作春的过剩；冬先行春的前面，在我可当作春的准备；独有与春全无关联的秋，在我心中一向没有它的位置。

自从我的年龄告了立秋以后，两年来的心境完全转了一个方向，也变成秋天了。然而情形与前不同：并不是在秋日感到像昔日的狂喜与焦灼。我只觉得一到秋天，自己的心境便十分调和，非但没有那种狂喜与焦灼，且常常被秋风秋雨秋色秋光所吸引而融化在秋中，暂时失却了自己的所在。而对于春，又并非像昔日对于秋的无感觉。我现在对于春非常厌恶。每当万象回春的时候，看到群花的斗艳、蜂蝶的扰攘，以及草木昆虫等到处争先恐后地滋生繁殖的状态，我觉得天地间的凡庸、贪婪、无耻与愚痴，无过于此了！尤其是在早春的时候，看到柳条上挂了隐隐的绿珠，桃枝上着了点点的红斑，最使我觉得可笑又可怜。我想唤醒一个花蕊来对它说："啊！你也来反复这老调了！我眼看见你的无数的祖先，个个同你一样地出世，个个努力发展，争荣竞秀，不久没有一个不憔悴而化泥尘，你何苦也来反复这老调呢？如今你已长了这孽根，将来看你弄娇弄艳、装笑装颦，招致了蹂躏、摧残、攀折之苦，而步你的祖先们的后尘！"

实际，迎送了三十几次的春来春去的人，对于花事早已看得厌倦，感觉已经麻木，热情已经冷却，决不会再像初见世面的青年少女似的为花的幻姿所诱惑而赞之、叹之、怜之、惜之了。况且天地万物，没有一件逃得出荣枯、盛衰、生灭、有无之理。过去的历史昭然地证明着这一点，无须我们再说。古来无数的诗人千篇一律地为伤春惜花费词，这种效颦也觉得可厌。假如要我对于世间的生荣死灭费一点词，我觉得生荣不足道，而宁愿欢喜赞叹一切的死灭。对于死者的贪婪、愚昧与怯弱，后者的态度何等谦逊、悟达而伟大！我对于春与秋的舍取，也是为了这一点。

夏目漱石三十岁的时候，曾经这样说："人生二十而知有生的利益；二十五而知有明之处必有暗；至于三十的今日，更知明多之处暗亦多，欢浓之时愁亦重。”我现在对于这话也深抱同感，有时又觉得三十的特征不止这一端，其更特殊的是对于死的体感。青年们恋爱不遂的时候惯说生生死死，然而这不过是知有“死”的一回事而已，不是体感。犹之在饮冰挥扇的夏日，不能体感到围炉拥衾的冬夜的滋味。就是我们阅历了三十几度寒暑的人，在前几天的炎阳之下也无论如何感不到浴日的滋味。围炉、拥衾、浴日等事，在夏天的人的心中只是一种空虚的知识，不过晓得将来须有这些事而已，但是不能体感它们的滋味。须得入了秋天，炎阳逞尽了威势而渐渐退却，汗水浸胖了的肌肤渐渐收缩，身穿单衣似乎要打寒噤，而手触法兰绒觉得快适的时候，于是围炉、拥衾、浴日等知识，方能渐渐融入体验中而化为体感。我的年龄告了立秋以后，心境中所起的最特殊的状态便是这对于“死”的体感。以前我的思虑真疏浅！以为春可以常在人间，人可以永在青年，竟完全没有想到死。又以为人生的意义只在于生，我的一生最有意义，似乎我是不会死的。直到现在，仗了秋的慈光的鉴照、死的灵气的钟毓，才知道生的甘苦悲欢，是天地间反复过亿万次的老调，又何足珍惜？我但求此生的平安的度送与脱出而已。犹之罹了疯狂的人，病中的颠倒迷离何足计较？但求其去病而已。

我正要搁笔，忽然西窗外黑云弥漫，天际闪出一道电光，发出隐隐的雷声，骤然洒下一阵夹着冰雹的秋雨。啊！原来立秋过得不多天，秋心稚嫩而未曾老练，不免还有这种不调和的现象，可怕哉！

2010 年第 21 期

最好的爱情

安妮宝贝

在路途上想起爱情来，觉得最好的爱情是两个人做个伴。

不要束缚，不要缠绕，不要占有，不要渴望从对方身上挖掘到意义——那是注定落空的。而应该是：我们两个人并排站在一起，看看这个落寞的人间。（我最喜欢的一句话）

有两个独立的房间，各自在房间里工作。

一起找小餐馆吃晚饭。

散步的时候，能够有很多话说。

拥抱在一起的时候，觉得安全。

不干涉对方的任何自由，哪怕他在和旧日女友联络。

不对彼此表白。

很平淡，很熟悉，好像他的气味就是你自己身上的气味。

不管何时何地，都要保持彼此的距离。

随时可以离开。

想安静的时候，即使他在身边，也像是一个人。

有一致的生活品位，包括衣着、饮食等等。

不太会想起对方，但累的时候知道他（她）就是家。

我们很容易碰到的，都是自私或者愚蠢的人。他们爱别人，只是为了证明别人能够爱自己。或者抓在手里不肯放，直到手里的东西死去。

成熟的感情都需要付出时间去等待它的果实，但是，我们一直欠缺耐心。有谁会用十年的时间去等一个远行的人？有谁会在十年远行之后，依然想回头找到那个人？有些爱情因为太急于得到它的功利，无法被证明，于是也就不能成立。

2010 年第 22 期

秋的气魄

〔日本〕丰岛与志雄　陈德文 译

提起秋，人们会马上联想起红叶。然而，我不能不说，红叶和秋的本质相去甚远。

从枫的红到银杏的黄，红叶有着各种各样的色彩。直接来自这些色彩的感触和对深沉专注的秋的感触，还有一段不小的距离呢。城市里也许不是这样，只要踏进乡间一步，你会看到山裾树林的红叶、田野稔熟的金黄的农作物、红彤彤照射着的日脚……当你一一抽出来单独静观的时候，就会发现，毋宁说它们是属于残暑的，不是真正的秋的领域。

能给红叶以秋的气氛的，是红叶中缺少活力的部分。

没有活力的红叶，经一夜冷风，散落而去。只有这落叶才是真正的秋之物。从飘落到庭院的一枚桐叶，到林中飞舞的无数的树叶，或者多半经霜打枯的田野的草叶，都浓浓地涂抹着秋的气韵。踏着沙沙作响的落叶，走过林中小径时，人最深切地感受着秋。

不知从何处吹来的微风中，常绿树的病叶和落叶树的红叶，是那样毫无反抗地自然地从树梢飘到了地上。大自然窃窃私语：让地上的回到地上去。而落到地上的枯叶，却依然无法在原地安住，被风四处吹散开去。循着一个方向出了林子，收获后的广袤的田地，裸露着肌肤，一望无垠地扩展着。经霜打枯的草丛，结籽的杂草茎静静地迅速生长。人的心，被自身的寒气和寂寥所驱使，向着遥远的地平线彷徨而去。在地平线的彼岸，有着淡梦般的令人憧憬的世界。

秋是寂寞的，因为秋真实。秋将所有的外皮——不用的或必需的——自行剥光，使万物赤裸裸地伫立着。说秋并不寂寞的人，一定是愚钝麻木之徒，因为他们对脱衣裸体而立时那种奇妙的无所凭依的苦寂丝毫没有感觉。

为这个落叶的、剥脱的世界平添一层特殊情味的是淡薄而敏锐的阳光。渐渐南倾的日脚和北方来的冷冷的微风，使阳光变得又弱又淡，但因有了极度澄净的天空和大气，这日光非常锐利地直照下来，宛如于真空中一般。这毫无遮挡的光线，是如何将光和影鲜明地投射到地面上的啊！看到这番情景，人们深深感到了秋。落叶上的树影，田亩上的草影，原野上的鸟影，还有，即使是狭小的城镇里，那长满苔藓的庭院里屋宇的暗影，以及那映在格子门窗上的树枝的清荫，所有这一切都和明丽的日光区分得清清楚楚，人们见了心中会涌起一丝难以名状的震颤。

这震颤正是秋本来所具有的感觉。静谧、澄净的剥脱的世界里，清晰地显现出明暗的区别，直接迫击着人们的心扉。在那赤裸的心里，也鲜明地投射着光与影。人在不知不觉间，进入了凝视自己心灵的专念之中。纯的、不纯的，清澄的、污浊的，所有这一切，都毫不含糊地现出了原形。

这赤裸的凝视的眼，从它自身的性质来说，不是向着未来，而是回顾着本来的自己——肩负着过去的现在的姿影。自然、人、整个秋的世界，都在默默地专注地守护着自己赤裸的身姿。

能够忍受这专注的沉默，并能从中尝到真味的人，只有对他们来说，秋才不是寂寞的、清苦的。这里只有清净的冥想。向着遥远的地平线彷徨而去的灵魂，满怀着原来的憧憬又回归于胸中。这劲健而清新的激情，吹拂了一切杂念，强化了自己的存在感。

只有基于这种意义，秋才是可赞美的。那令人想起修道院祈祷的爽净的黎明，那令人回忆着心灵的恋爱的月明之夜，都丝毫不为任何卑俗之情所玷污，原原本本为人的灵魂所收容。

2011年第1期

一颗热土豆是一张温馨的床

〔德国〕赫塔·米勒

“我从来没有像在乌拉尔五年流放时期那样，那么经常地梦到吃饭。”那个男人说。他是在二战期间没有加入党卫军的少数罗马尼亚裔德国人之一，尽管如此，他还是在一九四五年因对希特勒的癫狂犯有“集体过错”而被流放到苏联。三分之二的流放者死去了，或饿死或冻死。

“肠胃越是空空，梦中的板油和面包就越是大。”他说，“我在梦中吃得撑得要命，醒来时却饿得发抖。”

“流放营地有警卫看守，围有铁丝网，周围什么都没有。”他说，“村子里有人死了，他们会派人来。我们会获准进村去挖坟。由于在我们周围天天都要埋葬饿死或冻死的人，因此挖坟已经是一门熟练的手艺了，尽管土地冻得像石头一样硬。死亡在营地里太寻常了，寻常得如同白天和黑夜，如同脱衣服和穿衣服。同情心在雪地里：我们脱下死者的衣服，自己穿上，然后让雪覆盖住死者。”

“埋完死者后会有一顿死亡盛宴，我们有东西吃。”男人说，“我们吃，体内能装进多少就吃多少……有一次我吃得太多了，饭都停在了舌头下面。回营地前，寡妇把死者的大衣送给了我。这是我的万幸。”

他接着说：“在到达营地之前，路把我绕蒙了，雪也把我下蒙了，我要吐。我还从来没有像那次那么伤心过，我宁愿把我的心吐出来，也不愿把刚吃下肚的好东西吐出来。我哭了，因为我的胃允许我哭，因为它看不起我的工作和饥饿，因为工作不给我施舍吃的东西，尽管我已经只剩下皮和骨了。”

“知道吗？直到今天热腾腾的土豆对我来讲都是最温馨的菜。”他说，“一颗土豆即便是在今天，在五十年后的今天，仍然温馨得如同一张温暖的床。如果我用手掰开一颗烧熟的没有削皮的土豆，我的泪水会涌上来。不，那个时候不会涌眼泪，那个时候太饿了。那个时候没有时间让眼睛湿润，土豆吃下去的速度甚至比我看它还要快。我只是在理智被饿得半死的时候看过土豆。”

当狭窄的店门口排起长队，胳膊肘儿相互撞击，有人叫喊，鞋子踩到鞋子时，我会想起那个男人的话：“一颗热土豆是一张温馨的床”和“饿得半死的理智”。但是没人会去寻找说这句话的那个男人的准确形象，当生命悬于一线的时候，恐怖是不会寻找形象的，它只会寻找自己。对逃脱的人来讲，它永远都会作为死亡的迹象保留在头脑中。

在贫穷的国家，一个人挣多少钱，一样东西什么价，是非常普通的问题。我到很晚才发觉，我在德国提出这样的问题，即便是很近的熟人也从来没有回答过。熟悉的脸会发生变化：一种由隐私和恼怒组成的混合体开始布满眼眶。开始时我怀疑我提问的音调不对，提问的时间不对。但是，音调和时间永远不可能对，这个问题永远不可能对，这个我从来没有想过。这样的问题如同偷窥存折的目光，如同目光接触到自动取款机上的密码。

在贫穷的国家，脱光衣服是在别人面前的赤裸；在富裕的国家，在别人面前脱光衣服是一种美丽的自信。在富裕的国家，当着别人的面谈论自己的钱是一种赤裸，如同在贫穷的国家当着别人的面把自己脱成赤裸。

飞机上乘客不多。我坐在靠窗户的位置。我旁边的两个位置是空的。另外一侧的窗户边上坐着一个男人，他旁边的两个座位也是空的。这个男人和我之间有四个空座位。男人在哗啦哗啦地翻看报纸。他打开钱包，数钱。他数钱的时候做出用手掩藏的动作。他有什么可害怕的？我们之间隔着四个座位。这个掩藏的动作不是藏钱的动作，而是把自己这个人藏起来的动作。这也是一种“饿得半死的理智”。这个男人不是在数他拿到手中又花出去的钱，而是在数自己，在数自己的秘密。

在罗马尼亚，许多人到商店的时候，会把钱卷起来握在手中，不是因为他们没有钱包，而是因为他们必须长时间地伸出钱、手和脸，直到能换到贫穷中匮乏的东西。

“一颗牙齿在德国值多少钱？”夏天我在罗马尼亚时一个男人问我。“一个碾磨机多少钱？”另外一个男人问。“一辆卡车多少钱？”一个出租车司机问。汽车开了十五分钟后，我不用问就知道每个人一个月挣多少钱。

他们无法理解，我为什么回答不出他们的问题。他们的声音是贪婪的，在这种声音中我听到了“饿得半死的理智”。

2011 年第 1 期

相模滩落日

〔日本〕德富芦花　陈德文 译

秋冬之风完全停息，傍晚的天空万里无云。伫立远眺伊豆山上的落日，使人难以想到，世上竟还有这么平和的景象。

落日由衔山到全然沉入地表，需要三分钟。

太阳刚刚西斜时，富士、伊豆的一带连山，轻烟迷蒙。太阳即所谓白日，银光灿灿，令人目眩。群山也眯细了眼睛。

太阳越发西斜了。富士和伊豆的群山次第变成紫色。

太阳更加西斜了。富士和伊豆的群山紫色肌肤上披上一层金烟。

此时，站在海滨远望，落日流过海面，直达我的足下。海上的船只皆放射出金光。逗子滨海一带的山峦、沙滩、人家、松林、行人，还有翻转的竹篓，散落的草屑，无不呈现出火红的颜色。

在风平浪静的黄昏观看落日，大有守侍圣哲临终之感。庄严之极，平和之至。纵然一个凡夫俗子，也会感到已将身子包裹于灵光之中，肉体消融，只留下灵魂端然伫立于永恒的海滨之上。

有物，幽然浸乎心中，言“喜”则过之，言“哀”则未及。

落日渐沉，接近伊豆山巅。伊豆山忽而变成孔雀蓝，唯有富士山头于绛紫中依然闪着金光。

伊豆山已经衔住落日。太阳落一分，浮在海面上的霞光就后退八里。夕阳从容不迫地一寸又一寸，一分又一分，顾盼着行将离别的世界，悠悠然沉落下去。

终于剩下最后一分了。它猛然一沉，变成一弯秀眉，眉又变成线，线又变成点——倏忽化作乌有。

举目仰视，世界没有了太阳。光明消逝，海山苍茫，万物忧戚。

太阳沉没了。忽然，馀光上射，万箭齐发。遥望西天，一片金黄。伟人故去皆如是矣。

日落之后，富士蒙上一层青色。不一会儿，西天的金色化作朱红，继而转为灰白，最后变得青碧一色。相模滩上空，明星荧荧。它们是太阳的遗孽，看起来仿佛在昭示着明天的日出。

2011 年第 2 期

宁静之境

〔英国〕斯蒂芬·柯勒律治　　杨向荣 译

亲爱的安东尼：

年轻人积极向上、不断换工作是件很自然的事情。他心怀对生活强烈的喜悦之情，这种感觉始终激荡着他，理想雄心引导着他前进。太阳永远会再次升起，辉煌漫长的日子在等待着他，可以让他去主导这个世界，去播种崇高的辛劳，收获丰美的成果，载着庄稼凯旋。

我记得当初我也“怀着欢乐的二十三岁舞动的心”，那时倒霉的日子似乎还很遥远，我都怀疑自己是否会变老，更不相信有朝一日会死亡！可是，安东尼，在那些激动人心的青春岁月里，在暂时遇到巨大的生活波折的时候，我还会感觉到那种悄悄向我弥漫来的放松的甜蜜之梦，以及最终的伟大报酬：心灵的平静。

当你的激情随着中年生活的克制和平静而发

生变化，那时也许某些难以企及的希望和朝气蓬勃的少年时期不可一世的雄心，逐渐被不怎么高远的追求和更容易得手的目标所取代，你也许会想念这所安静的屋子，这是你老祖父在他人生最后的岁月住过的地方。在这里，每个角落似乎都让人想到“平静就在家”这句话表达的幸福。

芸芸众生都把目光瞄准如何获取财富，却很少有人努力去获得心灵的宁静。但是，安东尼，心灵的宁静绝对更值得追求，而且也更容易求得。

有人辛苦多年为追求财富而战斗，也许却永远也得不到，摆在他面前的只有顺应失败。

有人只渴望满足感所带来的安逸以及幸福的宁静之道，希望带着吉利的微风走完人生的航程，把他那美好的航船开进渴望已久的安全的港湾。

懂得平静的生活几乎唾手可得是一件幸福的事情，尽管很少有人渴望它。

安东尼，要养成坚持读书的习惯，我在以前的信中向你指出过，在精挑细选的图书室寂静的书架上，有着无尽的供人享受的园地。

如果你很早就养成这一幸福的习惯，等于给自己以后的岁月准备了一笔财富。因为你心里会逐渐累积起一份长长的书单，当你到成年有闲暇时，会知道阅读这些著作能让你有种陶醉的感觉。

安东尼，我此刻坐在自己心爱的书房里给你写信，自豪地坐在这把椅子上，这是卡莱尔（苏格兰散文家和历史学家）在切尼罗（位于英国切尔西，卡莱尔曾在这里的一座安妮女王时期的别墅住过）生活时用过多年的椅子，旁边放着约翰逊编的那部伟大词典的第一版。在我旁边可以旋转的书架上，所有那些一流的大师陪伴在我周围。他们虽然已经死了，但仍然可以讲话。

在那个暗淡的角落，那只高大的老钟在“滴答滴答”地敲击着分分秒秒，把它们从无限的未来拉过来，又添加到无限的过去。当我独自一人时，房间里一片寂静，像一个老朋友静悄悄地、温柔地、亲切地警示我时间在飞逝。

我透过窗户，可以看到外面简朴的花园、草坪、池塘，苏格兰雷鸟迈着大脚四处奔走，傲慢的鸽子踮着脚趾在徘徊。我还会不时地看到一只翠鸟蹲在小闸门上——水就是从那里注入池塘的，发出安静的“咕咕”声。整个白天什么也听不见，可是一到晚上，万籁俱寂时分，流水的声音却偷偷地从我卧室的窗户钻进来。

当太阳升起时，我总是踏上从书房的花园门伸出来的小石板路，坐在向南的靠背长椅上，看着小鸟开心地鸣叫一整天。如果我一动不动地坐在那里，有时一只知更鸟会渐渐向我靠拢过来，最后带着令人赏心悦目的勇气飞过来，蹲在我的膝盖上，抬起黑亮的眼睛打量着我，像我佣人的大儿子那样充满自信。

在英格兰，我们可以享受到四季的变化，这里很少有热带地区的那种单调，即使在隆冬季节，园子里那些冬眠的树木似乎也在传递着一种奇妙的信息，让人觉得春天正从南方赶来。“冬天在旷野中休眠，它的笑脸上带着一种春天的梦幻。”观察气候的变化，记录下温度的变化，放好盆子接从屋檐上流下的雨水，饲养六箱蜜蜂，这些园中琐事占去短暂冬天的全部日子。这不禁让我好同情伦敦的居民，他们除了头顶的烟囱和脚下的人行道这些枯燥的风景外，没有其他东西可以观赏。而且，他们的白天根本不能叫白天，那不过是几个时辰污浊的黄昏而已。

再来看看室内，除了那几千册书我可以浏览、徜徉其中，星期天还能听到钟声齐鸣；有时，用发动机从井里抽水时，不是发动不起来就是井水干枯，管子里注满空气，这会平添一种淡淡的兴奋感；有时，我们的电灯突然熄灭，花园里那间设备房马上就能发电，电灯会明亮如故。

所以，即便在隆冬季节，住在乡间，在遇到意外时我们同样可以自得其乐、自力更生，无需受公共水电供应系统的影响。

一年四季，安享怡然自得的园子里的村舍的安静生活，可以给一个容易满足的人带来无尽的快乐。

因此，安东尼，我希望你牢记，没有比这更好的命运了：让你尽早步入一个远离倾轧和纷争的世界，让你在乡村寓舍变幻不尽的美丽中找到安宁。

不幸中的幸运是，我不知道还能有多少次，可以看着春天光临，注视着在大雪逝去之前初雪被扬弃。但是，我却满心感谢每一场雪，仿佛那就是我看到的最后一场雪。当然，如果那样的话，我就永远不能给你写信了。听我的，安东尼，作为人生的最后归宿，如果你能享受到周围环境的安静和内心的安宁，没有什么比这个更幸福的了。莎士比亚曾在一段对话中告诉我们：“良知的安稳”会带给我们“一种高于一切世俗荣耀的宁静”。我知道，你不会做出任何动摇“良知安稳”的事情，因此，我想在这封信结束时叮咛你，亲爱的安东尼，请祈祷，此生你会获得“高于一切世俗荣耀的宁静”。这样，当人生最后的大限来临，在习以为常的地方，你对一切都失去了任何新奇感，当你进入万物寂灭的绝对宁静之境时，就不会感到恐惧。

你敬爱的老祖父

2011年第3期

遗　言

〔日本〕今敏

昏睡中母亲说：“真对不起！没把你健康地生下来。”这让我无法忘记也无法回答。虽然只与双亲度过了短暂的时光，但这已足够。亲眼见到对方的脸，就会全部理解了。谢谢你们，父亲母亲。作为你们的孩子出生在这个世上是最幸福的事，我对你们的感谢数之不尽。幸福虽是重要的事情，但同时也要感谢你们培育了我感受幸福的能力……怀着对世界上一切美好的感激，我就此落笔。那么，我就先走一步了。

2011 年第 3 期

重病之时

史铁生

重病之时，有几行诗样的文字清晰地走进我的梦境：

最后的练习是沿悬崖行走
梦里我听见，灵魂
像一只飞虻
在窗户那儿嗡嗡作响
在颤动的阳光里，边舞边唱
眺望就是回想。

重病之时整天是梦。梦见熟悉的人，熟悉的往事，也梦见陌生的人，和完全陌生的景物。偶尔醒来，窗外是无边的暗夜，是恍惚的晴空，是心里的怀疑：

谁说我没有死过
出生以前，太阳

已无数次起落
悠久的时光被悠久的虚无吞并
又以我生日的名义
卷土重来。

重病之时，寒冷的冬天里有过一个奇迹——我在梦中学会了一支歌。梦中，一群男孩和女孩齐声地唱：**生生露生雪，生生雪生水，我们友爱，幸福长存**。莫名其妙的歌词，闻所未闻的曲调，醒来竟还会唱，现在也还会。那些孩子，有我认识的，也有我从未见过的。他们就站在我儿时的那个院子里，轻轻地唱，轻轻地摇，四周虚暗，瑞雪霏霏。

这奇妙的歌，不知是何征兆。

懂些医道的人说好——“生生”，是说你还要活下去；“生水”嘛，肾主水，你不是肾坏了吗？那是说你的生命之水枯而未竭，或可再度丰沛。

是吗？不牵强吗？

不过，我更满意后两句：我们友爱，幸福长存。

那群如真似幻的孩子，在我昏黑的梦里翩然不去。那清明畅朗的童歌，确如生命之水，在我僵冷的身体里悠然荡漾。

妻子没日没夜地守护着我，任何时候睁开眼，都见她在我身旁。我看她，也像那群孩子中的一个。

我说："这一回，恐怕真是要结束了。"

她说："不会。"

我真的又活过来。太阳重又真实，昼夜更迭，重又确凿。我把梦里的情景告诉妻子，她反倒脆弱起来，待我把那支歌唱给她听，她已是泪水涟涟。

我又能摇着轮椅出去了，走上阳台，走到院子里，在早春的午后，把那几行梦中的诗句补全：

午后，如果阳光静寂
你是否能听出
往日已归去哪里
在光的前端，或思之极处
在时间被忽略的存在之中
生死同一。

2011年第5期

吃酒席

王小妮

一九七四年春天，我第一次吃了正规的酒席。那年，我十九岁。

我不知道，那天早上起来的时候，我父母的心情是什么样的。开始，我没觉出有什么特别，跟平时差不太多，还没有“事到临头”的感觉。那天，家里人送我去插队。

我是没经过敲锣打鼓举红旗宣誓就下乡了的。送我的是家里的其他四口人，父母、弟弟妹妹。出城前，车上又上来一个人，母亲让我叫他张叔叔，我觉得父母对这位张叔叔特别热情。很快车就出了城。季节尚早，车窗外面的田野里还没长出庄稼。一路上，弟弟妹妹很兴奋。我和他们一起看风景，像春游一样。父母一直和张叔叔说话。

“文革”以前，在我们家里，就是大人上班，孩子上学。母亲经常爱说一句话：“我们堂堂正正，万事不求人，不搞歪门邪道。”但是，一九七四年春天的那一次，我看见他们为我而笨拙地改变。我去插队的那个公社是张叔叔的老家，他的几个亲戚在公社和大队当干部。为了让我得到照应，父母带上张叔叔，并且要在县城请他的亲戚吃饭。

将近中午，听说快到县城了。我听见母亲低声问张叔叔，他们是不是能喝酒，要什么酒合适。我母亲嘱咐我们，一起吃饭的还有几位客人，你们都要安静点。我觉得那天她和父亲都有点紧张。

弟弟很高兴，他对我说：“饭馆里做的肉好吃。”弟弟小我一岁，他中学毕业，插队还要等到第二年。我妹妹也很高兴，当时她刚上中学。

那天让我惊奇的是，父母并不认识他们将要宴请的客人。车一进县城，张叔叔就把头伸出窗外，向路边望。父亲还不断问，是不是那几个人。张叔叔总摇头，他的头又尖又长。他说他妹夫很胖，肚子都圆了，一个管下乡青年的公社小干部，屁大个官儿，成天吃席。

大人们见面一番握手。我站在他们后面，看见我的父母和不认识的人寒暄，表现出了不大自然的热情。母亲拿出烟，请每个人抽。

我记得，那种场面让我反感，觉得庸俗。大人们之间客套了一阵，父母叫我的名字，我被推向前，父亲的手热热地抓着我，说：“就是这孩子。”

陌生的人们很平淡地点点头，然后全体上楼，木楼梯“咕咚咕咚”一阵响。大家围着一个油乎乎的大圆餐桌坐下来，我看见母亲和张叔叔商量着点菜。感觉母亲拿不准该点些什么，净看张叔叔，又小声问服务员。她的意图是不怕花钱，要尽量让客人吃好。那天，我第一次感到做一个大人很不容易。平时下了班就在家里看看书、浇浇花的父母，那天很努力地应酬，连我都看出了他们的不自如。

酒席上，大人们都在喝酒，连不喝酒的父母也喝了。很多时候，是客人之间谈得很热闹，父母只是听着。我几次看见母亲在擦汗。在我插队前后的那几年，她的身体一直不好，有肩周炎，心情总是很烦躁。但是她那天好像很健康，一点病也没有。父亲一贯看不惯“喝大酒”的人，但那个中午他对喝酒一点意见都没有。

酒席吃了很久。我真不知道，一顿饭还能吃那么久，从中午一直吃到下午。

我看见母亲动作很小心地从裤子侧面的口袋里往外拿钱，是一沓钱。在客人们喝得说话声越来越大的时候，她算了账。那一沓钱让我吃了一惊。

后来，我才知道，和我们一起吃酒席的，有我插队那个公社主管知青的干事，大队民兵营长，还有公社的其他几个干事。吃好了饭，人很快都散了。吉普车继续向东，几分钟就出了县城。跟我们走的，还是那个张叔叔。他喝多了，话有些颠倒。我要去插队的生产队离县城还有五十多里路。这一段路上，我父母都不大讲话，只听张叔叔一个人说。他说的大意是，人不能太死性了，不能像我父母这样，清高的人要吃亏，不遇到事儿还行，真遇到了，就要“浑和”点儿。

现在还能记住的下一个场面是，我站在一个很高的土墙豁口上，父母、弟弟妹妹都不看我，一起朝着吉普车走，我的心里乱七八糟的，眼睛里都是眼泪。后来，我自己走进集体户，男生女生全不认识，全都冷眼看我。我坐在炕沿上，一直坐到天黑都不敢动。

二十世纪九十年代，我问起母亲那天请客的细节，问她花了多少钱，她无论如何也想不起来。吃酒席的任何细节，她都忘记了。她记忆最深的是，那天，她看见我站在土墙那儿可怜巴巴的。她小声对我父亲说：“快走，别回头。”

2011 年第 5 期

春 天

于坚

经常会有这样的春天，你待在屋子里无所事事，看着窗子外面的蓝天发呆。鸟一闪而过，去了你永远不知道的地方。你知道在云南北方的岗子上，一树树梨花像白色的火把那样斜插在红色的山地中，猛烈地燃烧，大风吹过，遍地是白色的火星子。你知道，与此同时，在云南之南，大河滚滚，波澜是蓝色的。两岸的低处和高处，阳处或阴处，干地或潮地，全都已经被花朵占领，它们正开得一片稀烂。花的脂肪从树枝上淌下来，阻塞了大河两岸的那些细小的支流，也阻碍了其他植物通向阳光的道路。蜜蜂像轰炸机那样嗡鸣。沿着道路，到处可遇见牧蜂人黑色的蜂箱。你当然曾经像一只幸福的蜜蜂那样闯入过这样的春天，但你毕竟不像蜜蜂那样，和花朵是一种家人的关系。你进入春天，但你是出家的人。你的道路与一只蜜蜂正相反。它偶尔撞入你的房间，它最终要找到返回春天的道路。所以，你一生中，虽然每个春天都听见花朵在山冈上嚎叫，但你只有很少的时间能亲抵现场。大多数时间，你只是知道事情正在发生，你通过蓝色的天空和风的速度知道事件在发展。是豹子的身上布满花朵，是蛇在花的洞穴中睡眠。而你远离现场，想象着那残酷的美。你恨不得立即就钻进一只花蕾，在里面腐烂掉。或者成为一只毛茸茸的屎壳郎，在那蓬松的，被花朵的脂肪泡胀的红土壤中，扒个洞一头钻进去。但你仅仅是坐在屋子里，无所适从，渴望着无事生非。哦，那一切与你毫无关系。即使花朵把山冈压塌，把蜜蜂呛死，这一切也与你毫无关系。我曾经强烈地体验过这种残酷的无关。那时我在芒市附近的森林中，春月无边的夜晚，我独自一人，走过一座又一座铺满去年十二月落下的、尚未腐败的树叶的岗子。地面被月光戳出无数的斑块，蜜蜂不知到哪里去了，一路上遇见无数的花丛，它们中的一些，当着我的面打开，撬开烈酒罐子似的把气味放出来，香得令我恶心。这些花朵有些在月光中，有些在暗处，拼命地开放着，前仆后继，枯萎的才垂下，掉下，新的骨朵又打开了，仿佛有什么不可抗拒的诱惑在外面吸引它们。其实什么也没有，它们仅仅是要打开，要牺牲在盛开之中。在这美丽无比、安静、凉爽的春夜里，我却忍受着烦躁，闷闷不乐，像一头找不到活干的狼。我又听见一朵马缨花“叭”的一声开放了，我忽然明白，我的烦恼的根源是，我不想当人，我想当花，我要开放。我渴望作为花朵之一，与这春天的故乡，吻合。

2011 年第 6 期

那不是老年人的国度

埃里克·麦考马克

在圣诞晚会上，一位老者为我们讲述战争的辛酸与苦难。他回忆起晨雾中令人恨之入骨的山谷密林、那些诱惑厌战士兵并把他们淹死的雨水暗坑、像纺织品中复杂针脚般纵横交错的战壕。还有遍布灰暗无人区的死尸，他们仍保持用胳膊遮着脸的姿势。那些逐渐隆起的弹壳小丘，乍看上去像一堆狗罐头。他回想起自己深陷的眼窝、拂晓时分上刺刀时发出的“咔嗒”声，那些在泥泞里猛吸最后一支廉价香烟的士兵，嗅着战壕对面德国佬从毛瑟枪一样沉重的雕花烟斗中喷出的浓重烟味。

“现在，所有人都死了。我们终究都是失败者。”

老者神情严肃地述说着，我们仔细听他讲。

“我的生命是个奇迹。摸摸这里，感觉到弹片了吗？这东西在我身体里游走，就像碎蛋壳在蛋清里晃动一样。注意到我佝偻着身子喘气没有？这缘于我在六十年前吸入的芥子气。”

接着，老人讲述了一件令他终生引以为憾的事情。我们全神贯注地听着。

“当然，我杀过人，现在我只清楚地记得其中一个是和我同样年轻的德国兵。我站岗那天正是圣诞节，我打了一个盹，醒来时发现他俯身朝我探过来，戴着德军钢盔，正要伸手从背包里往外掏什么。我用刺刀刺他，刀尖朝上，按照训练时教官说的那样，直到看见血从他的嘴巴里溢出来才拔出刺刀。如同期待的那样，鲜血沿着刺刀上的血槽汩汩流出。他仆倒在地上，一瓶葡萄酒和一条白面包从背包里掉了出来。这时战友们跑过来告诉我，圣诞节休战一天。但是太晚了。我们只好把被我杀死的德国兵藏起来。这样，他们还会继续送来酒和面包。”

这就是老人的遗憾。接着他打算讲他做过的一个噩梦。我们迫不及待地听他讲。

“最近的七天晚上，我一直在做与那次杀人有关的梦，梦见自己回到战壕里，那个德国兵俯身望着我。我知道该怎么做。我用刺刀猛刺他的胃，紧紧地抵着，直到他口吐鲜血。我拔出刺刀，看着血汩汩地流进血槽。接着，我撇开尸体，来到自己的书房，打开桌案右边的抽屉，把带血的刺刀仔细地放在一叠信纸上，关上抽屉上床睡觉。连续七天都是同样的梦。前六天早上，我都要去检查抽屉，看看那把带血的刺刀是不是真在那里。结果只有空白的信纸呈现在我面前。但是，这个圣诞节的清晨有些异样。醒来后我仍感觉到战壕透骨的寒气，仍觉得握过刺刀的手里沉甸甸的。起身时，我明显感到心突突直跳。窗外第一场雪的银光映射到书房中。我径直来到桌旁。这一次我毫不怀疑自己能找到那把压在被血迹玷污的信纸上的刺刀。我紧握把手，猛地拉开抽屉。但是一切如故，那里只有一叠空白干净的信纸。奇迹没有发生。我是凡人，不可能欺骗梦魔、偷取梦境，把刺刀带回到现实世界中来。我竟然想要从桌子里找到梦境中的刺刀，这难道不是很蠢吗？”

老人面带疲惫，眼含祈求，恳请我们怜悯他。我们乐意宽恕一切。这时，在听众席中，一位表情严肃的陌生年轻人起身。他说话的声音不高，但是他的嗓音很有感染力。我们围在他身旁。

“昨晚，我梦见一场圣诞晚会。梦中有一位来宾，他是一位我已记不清面孔的老人，他在给一群人（包括我）讲述很久以前的圣诞节那天他如何杀死一个德国兵的故事。这个每晚浮现在脑海的噩梦一直折磨着他，他曾试图一劳永逸地把杀人的刺刀驱赶出梦境，但徒劳无功。他祈求人们怜悯他。晚会结束时，外面还在下雪，我在梦中跟着这位老人来到他的住处。他走进房子。在书房里，他俯身打开桌子右手的抽屉时，我从他身后注视着。在一沓血迹斑驳的信纸上，放着一把黑柄刺刀。老人伸手从抽屉里慢慢拿起仍沾着受害者鲜血的刺刀，把它送到自己猩红的唇边。这时，我醒了。”

说到这里，年轻人的双眼火红地盯着老人。而老人在所有人面前低下了头。他一动不动地站在那儿，没有再祈求怜悯。他知道自己再也无从得到我们的宽恕。

2011 年第 6 期

一个人的山水田园

刘朝东

这是很多年以后了。

村庄还只有一条硬化过的路通往另一条公路。顺着公路往南可以去乡镇，向北可以去县城。从县城又可以去临沂、日照、连云港。更远的地方，就不想去了。

就在这广阔的乡村，安下身心。

我会像祖父那样蹲坐在西沙岭的老鹞鹞墩上——像一块石头摞在另一块石头上，看着村庄外一大片一大片起伏的庄稼，黄了又青，青了又黄。装上一袋旱烟，一直看到炊烟四起，暮色苍茫。然后起身，走下老鹞鹞墩，拍去身上的土。属于土地的，最后都要还给土地。

这时的村庄，亮起点点如豆的灯光，其中有一盏会收留我，温暖我。

乡村的夜晚，静谧空旷。偶尔路上细碎的脚步声和隐约的谈论，引得四邻的狗叫成一片。狗的叫声在村庄的上空荡漾。月亮一会儿藏在树后，一会儿躲进云里。月光下，村庄的睡眠，踏实而酣畅。所有月光下发生的都是秘密，不要说。

鸡鸣狗叫的清晨，推开院门，迎来乡村的好空气。我的院落里架着黄瓜和豆角，种着土豆和白菜。就用这些可爱的植物养活我知足的胃。每月逢二和七的日子，去镇上赶集，买来油盐酱醋和粗布衣服。回来的路上，讨一根长长的竹竿，闲暇时用来牧鹅或钓鱼。在乡间的小路上，白鹅是最体面的绅士，一路曲项向天歌。在鹅群嬉戏的溪水边的青草地上，含一棵叫不出名字的草，躺在蓑衣上，看天上云飞云走。或者甩出鱼钩，独坐南风中，水波不兴，鱼钩不动，渔人自乐，春钓雨雾来夏钓早，秋钓黄昏来冬钓草。

我还要在南岭上遍种桃树、杏树、梨树、苹果树、樱桃树，还有香椿树和苦楝树。这些美好的树木，受南岭的阳光和水土的恩泽，有一天会开灼灼的花，结累累的果。就是花果都老去，也还有香椿和苦楝用淡淡的苦香抚慰我。人生一世，草木一秋啊，因为不能预见未来，才用心耕耘现在。

南岭脚下的田地里长着憨厚淳朴的花生和红薯，英姿飒爽的玉米和高粱。它们提醒着我时令和农事，让季节在村庄里隐退，节气凸现；让我记住清明谷雨春播，白露秋分收获；记住小暑锄草，二伏种菜……祖先传下来的农谚，纵使过了千年也还灵验。

最爱乡村的冬季，落了叶子的树，干枝凌乱地定格在屋后村头，让冬天没有边际地萧瑟。参差的屋顶上落满白雪，几只麻雀起起落落，打破银装素裹的沉默。在这样的夜晚煎雪煮茶，围着火炉一边说话儿，一边烤喷香的栗子，用炉火和语言守住温暖，抵抗严寒。

像大海收留河水，村庄会装下我所有的爱和悲伤。很多年后，一个人风华正茂或者轮廓渐老是多么微小的事。我在那条硬化过的路上走走停停，看山是南岭，水是洙溪，田园在身边，是多么美好的事。

可这是很多年以后了。

2011 年第 7 期

有滋有味的贫穷生活

〔日本〕岛田洋七

我读小学低年级时，战争伤痕犹深，大家都穷，很多孩子都吃不饱饭。于是，学校会定期调查学生的营养状况，问些“今天早上吃了什么”“昨天晚上吃了什么”之类的问题，我们就把答案写在笔记本上交上去。

“早饭吃了龙虾大酱汤。”

“晚饭吃了烤龙虾。”

班主任老师看我连续几天都这样写，有一天放学后，他表情狐疑地来到我们那破破烂烂的家——他大概觉得，这么穷苦人家的小孩每天两餐都吃龙虾太奇怪了。老师把笔记本拿给外婆看，问道：“这是德永君的答案，是真的吗？”

我气呼呼地辩驳说：“我没有说谎，对不对？阿嬷，我们每天早饭、晚饭都是吃龙虾嘛！”

外婆立刻哈哈大笑，说：“老师，对不起，那不是龙虾，是螯虾，只是我都跟这孩子说那是龙虾……”

“这样啊？”

“看起来差不多嘛！”

“唉，真是。”

老师也哈哈大笑，这件事总算搞清楚了。

外婆给我吃螯虾，却跟我说是龙虾，没吃过龙虾的我，真的相信她了。顺便提一下，我们家专属的“超级市场”里常常可以捞到螯虾。

这是外婆唯一一次对我撒谎，但也是毫无恶意的谎言。

还有一次，发生了这样一件事。

夏天，我到朋友家玩，发现一个有趣的东西——西瓜做的面具。就像现在万圣节时大家用南瓜做的面具一样，那个面具是用西瓜皮做的。因为那里是农家，有堆积如山的西瓜。

“真有趣，真好玩。”

见我赞不绝口，朋友就把那个西瓜面具送给了我。

我喜不自胜，很郑重地抱回家给外婆看。

“阿嬷，好不好看？”

“哦，很有意思。”

外婆也赞同地看着。

晚上睡觉时我把西瓜面具放在枕边，打算第二天带到学校向同学们炫耀。可是早上醒来一睁眼，发现枕边的西瓜面具已经无影无踪了。

外婆去上工了，不在家，没办法，我只好上学去。放学回家后，我问外婆：“阿嬷，我的西瓜面具到哪里去了？早上起来就找不到了。”

“啊，那个啊……”

外婆笑嘻嘻地让我看看玻璃盘子，说：“看，很不错吧？”

西瓜皮正腌在盘子里。

从这些小事中就可以看出，在穷人的生活中，最要紧的是每天的饮食。屋子虽破，还能遮风避雨；衣服不求奢华，也不愁缺欠，总有表哥穿过不要的给我。只有饭是每天非吃不可的，因此外婆在吃的方面也就格外精明。

首先，外婆很爱喝茶，喝过茶就会有茶叶渣。她把茶叶渣晒干，用平底锅煎脆后洒上盐巴，就变成“茶叶香松”。如果在现在，可以打着“富含儿茶素的外婆香松”称号大卖特卖也说不定。

再就是鱼骨头。

“鱼骨含有钙质，吃吧。”外婆这么说着，连很粗的鱼骨头都叫我吃下去。但总有些鱼骨头是肯定嚼不碎的硬骨头，像鲭鱼的骨头。每次吃完鱼肉后，外婆就把鱼骨头放在碗里，倒进热开水，冲成“骨汤”喝下去。这还没完呢，剩下的鱼骨头再晒干，用菜刀剁碎，磨成粉，当作鸡饲料。其他还有苹果皮、烂菜叶等等，也都被外婆当作了鸡饲料。

外婆总是不无得意地说："只有可以捡来的东西，没有应该扔掉的东西。"

说到捡来的东西，河滨"超级市场"每年都有一场美食盛会，那就是盂兰盆节。

在九州岛，盂兰盆节祭祀的最后一天有送神的"精灵流"仪式，就是让小船载着鲜花、食物，顺着河水漂流而下。

你大概已经猜到，从上游漂流下来的小船，当然又被外婆的木棒拦住了。外婆捞起小船，留下上面的苹果、香蕉等水果。

我很想吃苹果、香蕉，可是第一次看到外婆这么做时，担心会遭到老天惩罚。

"阿嬷，这是供给菩萨的东西吧？"

"嗯。"

"这样做不会遭到老天惩罚吗？"

"什么话？这样放任它们漂下去，水果腐烂了，会污染大海，也给鱼类带来麻烦。"

她说着，捞起一艘艘小船，手不停歇地只顾拿水果。

"可是……"

外婆继续说："船上还载着死人的灵魂，不好好送回河里不行。"

说着，她又把小船恭敬地放回河里，并双掌合十说："谢谢。"

外婆是虔诚信佛的人，她对每天早上供佛的食物从不马虎。即使这么穷，外婆对寺庙的捐献和佛事的供奉，也绝不吝惜。

如果有菩萨因为我们这每年一度的美食盛会而惩罚我们，会让人觉得菩萨没有菩萨心肠。

2011年第10期

秋　虫

〔日本〕川端康成

人们在庭院的草坪上放焰火。少女们在沿海岸的松林里寻觅秋虫。焰火的响声夹杂着虫鸣，连焰火的音响也让人产生一种留恋夏天般的寂寞情绪。

我觉得秋天就像虫鸣，是从地底迸发出来的。

2011 年第 11 期

江上的母亲

野夫

一

这是一篇萦怀于心而又一直不敢动笔的文章，是心中绷得太紧以至于怕轻轻一抚就砉然断裂的弦丝，却又恍若巨石在喉，耿耿于无数个不眠之夜，在黑暗中撕心裂肺，似乎只需默默一念，便足以砸碎我寄命尘世这一点点虚妄的自足。

又是江南飞霜的时节了，秋水生凉，寒气渐沉。整整十年了，身寄北国的我仍不敢重回那一段冰冷的水域，不敢也不欲去想象我投江失踪的母亲，至今仍暴尸于哪一片月光下……

二

我外祖母是江汉平原的大家闺秀，其父在民国初留学扶桑八年，归国赴任甘肃省高法院长前，决定与天门望族刘家结为姻亲——那时的刘家三少爷（我外祖父）刚成为黄埔八期的士官生，开始了他的戎马生涯。在可能存在过的短暂幸福之后，作为战祸频仍年代的军人之妻，外祖母便带着我的母亲步入了她孤独的一生。

抗战爆发，外祖父侍卫蒋公撤退西南。刘家太爷故去，大宅日见凋敝。该地区又是各方拉锯争夺之地，无论哪一部短暂占领，徒具虚名的刘宅便成了搜刮粮饷的目标。外祖母带着我年少的母亲东躲西藏，饱受离乱之苦。最后因怕女儿受辱，外祖母只好托乡里客商将我母亲带到湘西伯父家避祸。母亲在那里识尽炎凉，像一个女仆般做工求学。

三

日本投降当年，母亲独自踏上还乡寻母的艰难路程，当她找到捡棉花纺线度日的外祖母时，劫后重逢的泪水湿透了她们褴褛的衣衫。次年，乡人传言外祖父衣锦还乡，授衔少将驻节武汉。母亲来到省城寻父，等待她的却是晴天霹雳——外祖父不信他的妻女还能侥幸存活，已经重新娶妻生子了，而且他隐瞒了婚史，因此不敢相认。

悲愤的母亲闯进了她父亲的一场盛大酒会，一时舆论大哗。外祖父回乡逼迫外祖母离婚，从此父女反目，我母亲坚决改名换姓，以示恩断义绝。

天道往还，一九四八年，节节败退的外祖父奉命移师恩施，赴任途中被伏击，流弹洞穿了他壮年的胸脯——而最后为他扶柩理丧的竟是我终身寡居的外祖母。

一九四九年，“革大”招生，母亲投考，结业后竟又被分往恩施剿匪土改——踏上了她父亲送命的路程。在这条充满险恶的山路上，她与我父亲邂逅。一个平原被弃的将门孤女，一个山中破落的土司孑遗，在那个伟大动荡的时代，偶然而又必然地结合了，并从此扎根深山。

四

外祖母早已原谅了她的丈夫，母亲却永远仇恨她的父亲。她无法在现实中惩罚他，便极力在精神上满足一种虚构的报复——改名换姓，不承认有此父亲，甚至不允许外祖母去原谅。

然而这种背叛只能停留在自我泄愤的地步。从她报考革命大学那天起，她就要面对无数张表格。她总是试图说明她是她父亲那个阶级的弃婴，她和她母亲属于苦难平民，然而表格却限制了她的声辩。

当任何一个批判她的人诘问——你是不是军阀的女儿，她就仿佛陷入一个悖论。她比别人还恨她的父亲，却又偏被他们视为同一个敌人。她觉得这个父亲不仅在生前遗弃了她，还在死后长久地陷害着她，她完全无力跳出这一血缘的魔沼。

二十年后终于彻底获平反时，母亲已老去，所有曾经蒙受的屈辱和伤害不知向谁讨还。被划为右派和终获平反都是一张纸，她深感前者重如泰山而后者轻于鸿毛。

五

“文革”开始时，父亲作为矿长很快被打倒，母亲微薄的工资要维持全家的生活——那时她是小镇供销社可以双手打算盘的会计。外祖母陪着失学的大姐重返平原插队务农，二姐当了矿工，父亲病危，在武汉住院，十岁的我也因肺结核穿孔而命若悬丝，我们家人一分四处，进入了生命中最艰危的岁月。攻击母亲的大字报依旧贴满门窗，频繁地抄家，连缝纫机头也被拎走，母亲带着我忍辱负重地在小镇访医求药。她不能垮，她要拉扯着这个破碎的家庭的成员一个不少地走进那渺茫的明天。

一次她带我到县城看病，回来时求熟人找了个便车，司机走出城后竟威逼我们从车厢下来。一生不低头的母亲为了我哀婉乞求，她看着扬尘而去的汽车悲愤难耐，又不愿让儿子看到一个母亲的窘迫和尴尬，只好将泪水默默吞下。她永远不理解人世间的恶竟至如此，人性何以被一个时代扭曲得如此不堪。

我小学毕业后，学校又以我有传染病为由不录我上初中，我开始了短暂的少年樵夫岁月。当我在夕阳下挑着柴火蹒跚而归时，总能远远看见下班后又来接我的母亲。那时她已见憔悴了，乱发在风中飘飞。有谁曾知她的高贵？

两个姐姐都已失学，她再不能让我沉沦泥涂，她不得不去求文教站站长，终于使我得以入学。

六

母亲终于带着全家迎来了一九七八年。父亲升迁，她获平反，大姐有了工作，我考上大学，外祖母又回到我们身边。这时的母亲总算有了笑颜。即使那些迫害过她的人来我家走动，她依旧不假辞色。

一九八三年外祖母辞世，一九八五年父母离休，一九八七年父亲患癌，两年后我入狱，母亲又开始了她的忧患馀生。

父亲总想等到儿子重见天日，因而不得不承受每年动一至两次手术的巨大痛苦。他身上的器官被一点点割去，只有那求生的意志仍顽强茁壮。真正苦的是母亲，她不断拖着她的衰朽之躯，陪父亲去省城求医。父亲在病床上辗转，六十多岁的母亲却在病床下铺一张席子陪护着艰难的日日夜夜。只要稍能走动，母亲就要扶着父亲来探监，三人在铁门话别的悲惨画面，往往连狱警也感动含泪。

七

一九九五年我回到山中的家时，只有母亲还在空空的房里收拾着断线碎布。那时父亲刚刚离去半年，他在楼顶奇迹般地种植的一棵花椒树正盛开着无数只眼睛，一如死不瞑目的悬望。

母亲依然如往昔我漂泊归来一样，为我炒好酸菜鸡杂。她拿出一大坛药酒说，你喝吧，这是你爸为你泡的劳伤药。她怎知儿子的伤原在心灵深处。

为了求生，我不得不又匆匆出山。临行之际，母亲异样地拉着我的手说，你在武汉安顿好后，就接我过去吧，家里太空了，一个人竟觉得害怕。我突然发现母亲已经衰老了，她一生的坚强无畏似乎荡然无存，竟至一下虚弱得像一个害怕孤独的孩子。

八

我用从朋友处借的一点钱租了一所肮脏的房子，几件歪斜的家具也算撑起了一个家。母亲带着一个单开门的冰箱来了，我见上面有许多修补的漆痕，心中无限酸楚——这就是两位老人一生节俭唯一值点钱的财产了，无常的灾难耗尽了他们的一切，我又怎么才能报答。

母亲在阴暗的房里一点一点拆她的毛衣，漂洗那些弯曲的毛线，然后又一针一针为我编织出一条毛裤。她说这过去的纯羊毛现在不好买了，你穿着会暖和些。

她拿出一大本装订好的信纸给我，说这是她这些年来写的她的家族的回忆。我看见密密麻麻的几十万字，几乎页页漫漶着泪痕。她的手颤颤巍巍，哽咽着说这就算是留给你们姐弟的纪念了。

向来给我做饭的母亲突然不做了，每天要等着我回去做才吃。她又说这房子白天好阴冷，她感到恐惧。我带母亲到居委会去打麻将，她去了一次就再也不去了，她说她和那些老人没有话说。我知道清高的母亲一生不苟时俗，向来也不会娱乐。

我那时和几个朋友凑了点钱想编书卖，每天回去母亲就要问有钱赚吗，我说生意没有这么快，她就又感叹物价涨了，城里生活太贵，然后说她要是病了就成了我们的拖累，她真想找我的父亲去。她心脏开始不适，我求朋友的妻子给她免费的药，我说，妈，一切都会好起来的。

九

陪我住了十几天后，母亲要求到大姐那里去住。大姐在同城的另一个区，在长江的边上有一套狭窄的居室。大姐有一个可爱的女儿，我想也许能给母亲多一些欢乐和安慰，就让大姐来接走了她。

我依旧在人海挣扎，在没有电话的时代也疏于问候。根本在于我忽略了母亲的所有暗示，我不知道那时她去意已决，她已在暗自料理后事，在与我们姐弟委婉话别。

一九九五年深秋的一个午后，大姐打电话给我朋友找到我说，母亲早上出门现在未回，他们四处找也未能找到，大姐的语气有些惊恐。我还说，不会有事的，你们再找找吧。傍晚大姐在电话那端痛哭——她找到母亲的遗书了。

我带着几个弟兄赶去，大姐交给我从被褥里翻出的母亲的两封信和一串钥匙，钥匙链上还挂着父亲当年给她的一个韭叶金戒指，我的心顿时如沉冰海。

母亲平静地写道——我知道我病了，我梦见我的母亲在叫我，我把你们的父亲送走了，又把平儿等回来了，我的使命终于完成了，我要找你们的父亲去了……请你们原谅我，我到长江上去了，不要找我，你们也找不到的。你们三姐弟要互相帮助，父母没能力给你们留下什么，我再不走还要拖累你们……

十

我们连夜沿江寻找，多么希望母亲还徘徊在生死边缘，给我们最后一线机会。

我们去公安局报案，他们说人失踪一个月后再去备个案即可。我们去民政局求助，他们说没有寻人的职责。我们去电视台，他们说上级不允许播寻人启事，走失的太多了。我们自己复印招贴满街去贴。

码头工人见多识广，他们说武汉下游的阳逻镇是长江的回水处，水上死者都会在那里漂浮回旋，你可以去那儿找你的母亲。

我只好请了个胆大的渔民，每天划着他的扁舟，陪我在此江湾逡巡。江面上果然每天都有浮尸，我生怕错过我的母亲，总要一一去翻看。许多天了，渔民也厌了，码头工人感于我的孝情，劝我别找了。根据他们的经验，武汉下水的这时早该在此出现了，要没见到，一定是被沿江的船锚挂在水底了，又或者被漩流带出了江湾，那就永远找不到了。我最后还是又沿岸上溯找回武汉，母亲终于一去无迹。而两个姐姐则同时找遍了所有的亲友家和寺庙，我们终于彻底绝望。

十一

整整十年过去了，秋水长天，物换星移，我们姐弟的隐痛和歉疚却从未平复。我们在一起相聚时，基本也尽量回避这个话题，谁都知道心上的创口还在暗夜渗血。

两个姐姐多少还有些迷信，早几年听说哪个神人，总要去花钱请教母亲的下落，并按所谓的高人指点去再做徒劳的追寻。又或者听某位故旧传言，在某处曾见疑似母亲的老人，便又要去打听，然后牵出万千馀痛。只有我相信母亲真的去了，她一生刚烈决绝，在那个艰难的时刻，她绝对会选择尊严而从容地赴死。她要用她的自沉来唤起我重新上路，给我一个无牵无挂的未来。

一个六十八岁的老人，在经历了她坎坷备尝的生涯后，毅然地走向了深秋的长江。那时水冷如刀，朝阳似血，真难以想象我柔肠寸断的老母是怎样一步几回头地走向那亘古奔流的大河的，她最后的回眸可曾老泪纵横，可曾还在为她穷愁潦倒的儿女忧心如焚？她把她的神圣母爱撒满那生生不息的浩荡之水，然后再将自己的苍老骨肉委为鱼食，这需要怎样一种勇毅和慈悲啊！她艰难的一跃轰然划破默默秋江，那惨烈的涟漪却至今荡漾在我的心头。

一九九五年的冬天，我为母亲砌了一个小小的衣冠冢，边上同时安埋下外祖母的骨殖和父亲的灰烬，然后我只身踏上了漫游的不归路。

一九九六年我责编了第一本书稿《垮掉的一代》，看到金斯堡纪念他母亲的长诗《祈祷》，其中不断回旋的一个主题就是他母亲最后的遗书——

钥匙在窗台上，
钥匙在窗前的阳光里。
孩子，结婚吧，不要吸毒。
钥匙就在那阳光里……

读到此处，我在北京紫竹院初春的月夜下大放悲声，仿佛沉积了一个世纪的泪水陡然奔泻，我似乎也看见了我母亲在阳光下为我留下的那把钥匙……

2011年第12期

你所不知道的开头或结尾

〔意大利〕安伯托·艾柯　　马淑艳　殳俏 译

我的生活中有一出戏。我曾在都灵大学进修，并在那里获得过一份奖学金。那几年留给我平生最快乐的回忆，也让我一辈子讨厌吃金枪鱼。是这样的：学院食堂每餐只开放一个半小时，前半个小时来吃饭的人可以吃当日特餐；晚到的则一律吃金枪鱼。那四年当中，除了假期和周末，我一共吃了一千九百二十顿金枪鱼。不过我说的那出戏指的不是这个。

我的戏是这样的。我们做学生的虽然没钱，但仍然渴望看电影、听音乐、看戏，所以我们会在开演前十分钟赶到戏院，找一位绅士——人们怎么称呼他的？拉拉队的头儿——跟他握握手，偷塞一百里拉到他的掌心。然后他就会让我们进场。我们是付费的拉拉队。

而学院的大门每天午夜关闭，绝不通融。过了那个点儿还逗留在外就会被关在外面了。当时没有住宿公约，如果学生愿意，大可一整个月都不回宿舍。话说回来，实际上这就意味着我们必须在午夜前十分钟撤离戏院，匆匆奔赴宿舍。但午夜前十分钟，戏还没演完。所以，四年当中我一次不落地在各剧院看过各种名剧，却都错过了最后那十分钟。

所以我一辈子都不知道俄狄浦斯王如何面对可怕的真相，那六位找寻作者的角色最后下场如何，欧斯华·欧文是否被盘尼西林治好了，哈姆雷特最后是否不再对生死问题感到困惑。我仍然不知道谁才是真的庞沙夫人，卢吉洛·卢吉里、苏格拉底有没有喝下毒药，奥赛罗去度第二次蜜月前有没有将伊阿古打翻在地，《疑心病》里那个主角的健康是否有改善，大家是否都去参加罗密欧与朱丽叶的婚礼，班布利究竟是何方神圣。我本以为我是唯一被未知情节所困扰的人，直到一次无意中跟朋友保罗·法布里重温陈年往事，才发现多年来他也饱受类似的折磨，只不过我俩的情况恰好相反。学生时代他在一家由学生成立并经营的剧院打工，职责是站在门口收票。因为很多买票的人都会迟到，他从来就没有机会在第二幕开演前溜到座位上。

他看到瞎了眼睛、满口胡言乱语的李尔王抱着柯蒂莉亚的尸首到处流浪，但他完全不知道他们何以落入那么悲惨的境地；他听见布兰奇·杜博伊斯向陌生人倾吐心曲，但他绞尽脑汁也想不通，为什么这么一位优雅的女子竟会落得为社会所不容；他始终不知道哈姆雷特为什么那么蔑视他那位看起来蛮不错的叔叔；他看见奥赛罗对苔丝狄蒙娜下毒手，可是他实在弄不懂，那么一位温婉的小妻子，搁在枕上轻怜蜜爱还来不及，为什么却要用枕头活活闷死……

好了，长话短说，保罗跟我互通有无，可以想见我们的老年会过得无比美妙：并肩坐在乡间农舍门前的台阶上或公园的长椅上，我们可以长年累月讲故事给对方听；他说结尾，我说开头，每当发现伏笔或解开悬念，都不由得啧啧惊叹。

“你不是这意思吧！他怎么说的？”

“他说：‘母亲，我要太阳！’”

“啊，那么他真的完了。”

“是啊，可是他到底怎么回事？”

我凑到他耳畔，悄声说出答案。

“天哪，有这种家庭！这样我就懂了……”

“你告诉我，俄狄浦斯后来怎么了？”

“没什么好说的。他母亲自杀了，他把自己戳瞎了。”

“可怜的孩子！反正就是这样了……他们想尽一切办法告诉他真相啦。”

“没错。可我就是搞不懂，他为什么总也不明白呢？”

“你设身处地想嘛。瘟疫爆发时，他是国王，而且婚姻生活愉快……”

“所以他跟他母亲结婚时，他不……”

“当然不知道！问题的关键就在这儿。”

“这就像弗洛伊德的病例，就算他们告诉你，你也不会相信的。”

现实人生中，我们往往在音乐响起之后才迟迟进场，却又在胜负未见分晓之前便匆匆离席。知道开头与结尾，是会让我们更快乐呢，还是从此丧失了戏如人生的神秘与刺激？

2011年第12期

被忽略的细节

柴静

一

我刚做记者的时候，“东方时空”的制片人时间说过一句话，去现场采访的时候，“要像外国人一样去看”。

他的意思是不要熟视无睹。

我以为自己听进去了，直到看了一个美国人写的中国，才知道我对现实已经失去多少感觉。

他写——

任静要出去打工，妈妈有点惊慌失措地追着女儿到了工厂门口，求她留下来，说她太小了。姑娘什么也不说，也不看她母亲，那女人求着情，突然大哭起来，女孩儿依旧不为所动。最后，母亲让步了，大声叫着：“去吧，你愿意去就去吧！”

她转过身，慢慢穿过马路，大声哭喊着。

她一走开，女孩儿也情不自禁大哭起来——把头埋在双膝间，抽泣起来。接下来的一个小时，母亲和女儿各站在街道的一边，哭泣着。她们都很生气，不跟对方说话，不看对方一眼，可母亲还是不愿意离开。

姐姐来了，隔着路给妹妹传口信："她叫你当心。"

十六岁的女孩回了一句："告诉她，我不会有事的。"

五分钟后，姐姐说："她哭了，她是真想让你留下来。"

女孩口气很硬："今天晚上一到那边，我就给她打电话。"

工人们装好了车。她终于爬了上去。最后，母亲眼看着所有的哀求都无济于事，就送过来两百块钱。她站在那儿看着车消失，泪水从脸上落下来。

另一对姐妹也在这个车上，来送的是父亲。没有拥抱，没有伤感，他关心的是更重要的问题——"衣服要暖和，天气凉了，不注意要生病，生病了又得花钱买药，要穿暖和，好吧？"说完这些，转身大步走了。

中国古老的乡村就在这个细节里挣扎着，又绝不回头地消失了。

二

美国人何伟在二十世纪九十年代来到中国，生活在小城市。一个外国人想在中国默默观看什么事而不成为被注意的焦点，会很难。但看看他写的清明这天的中国——

早上杏花落了一地，像春天的暴雪……几个男人在土坟前转，“这儿埋的是我爷爷。”

“才不是呢。”

“我觉得是。”

“瞎说，那是你爸的大哥。”

何伟写道：“他们很少提到人的名字，只提跟某人的关系，也没有相关的细节，没有具体的记忆。”

其中一个坟墓是新的，埋的是一个前两年刚搬到城里的老头儿，坟上新鲜的泥土堆得很高。何伟拿起一把铁锹，给土堆添了一点土。有人拿起一沓冥币，点了起来。另一个人拿了一支香烟，插在坟头上，香烟笔直地竖立着。几个人退后一步，看着这土坟，议论两句：

“他实际根本没抽过红梅。”

“对，贵得很，他原来都抽黑菊花。”

“现在买不着了，八十年代的时候流行。”

这是人们提到的唯一与死者有关的细节。站了一会儿，一个说：“好，走吧。”

其中一个转头看了看，“烟没事吧？”

“没事儿。”

他们几个人，“顺着那条之字小路，下到了沟谷里，地上是杏花花瓣，高音喇叭里正在播放一年一度禁止上坟烧纸的通知。一行人回到地里干起活儿来”。

这个拎着铁锹的美国人，看到了我熟视无睹的中国。

2011 年第 12 期

扫土记

鲍尔吉·原野

克孜勒是俄联邦图瓦共和国的首都，人口只有几万人。市中心是广场，周围有列宁像、总统府和歌剧院。中央立着一座亭子，赭红描金，置一个大转经筒，高过人，直径两米。克孜勒的市民清早过来转转经筒，这是个信奉喇嘛教的国家。

人们说，转经筒里装着粮食，有谷子、高粱、麦子、玉米和黑豆。

我到时，转经的人走了，该上班了。一个老汉坐在亭子的台阶上，手拿马鬃小刷子和一个蓝布袋。他拂扫经筒周围地上的浮土，归成小堆，捧进袋里。

我看亭子地面已经很干净。过了一会儿，老汉又去扫土。他可能在这里保洁。不过，这个刷子太小了，只有两个牙刷那么大，但手柄好，象牙做的。

待我要走时，老汉先走了。他把蓝布袋和小刷子揣怀里，背着手，步态蹒跚。袋里的土也就二两多。

我上前，请教老汉在做什么。

老汉的目光转过来，清澈，说像婴儿的眼睛也可以，只是眼窝的皱纹证明他老了。

我们勉强对话，用蒙古语。他会藏语，懂一点蒙古语。我主要使用肢体语言。一番交流得知，他不是在这里搞卫生，而是把土收藏回家。

为什么收藏转经人鞋上的土呢？

他比划：家不远，明天在这里见面——邀我去他家。

他家里有什么？

有花。他比划高高矮矮的花儿，花朵有鸡蛋那么大、香瓜那么大。

噢，他用这些土栽花儿。用来自四方的人脚下的土栽出不平凡的花儿。

次日，我等老汉，没等到，欲归。一个小孩从广场西边飞跑过来，拽我衣裳。怎么回事？他手指我左胸的成吉思汗像。这件T恤是蒙古汗国诞生八百年的纪念。我明白了，小孩是老汉派来的，成吉思汗像是我的标志。

我随小孩来到一处平房。老汉在门口迎接。他正在家为我做酸奶。院子里，我看到忍冬细长的红花、鸡矢藤、蓝色的桔梗花，还有层层叠叠的虞美人。

可是，这不会是用扫来的土栽的花吧？我的意思是说，这么大一个院子里的土，不会是扫来的。扫来的土应该在盆里。

我比划——盆。

老汉——没有盆，只有土地。

我——花，长在盆里。

老汉——你喝酸奶。

我喝酸奶，不加蔗糖的酸奶开胃生津。我忍不住起身模仿他扫土的样子，比划转经筒和布袋子。

老汉恍然，领我进入一个小屋。墙上挂着布达拉宫图案的绒织壁挂。老汉小心地揭开壁橱的布幔，出现一排小佛像。

它们是用扫来的土烧成的。

老汉用手语表示，这些佛像将被放到各地的寺院里。他送我一尊，嘱我放在中国的寺院。栽花的土和转经筒边的土，原是两回事。

回国后，我心中有一点点不解，以脚下的土制佛像，有些不尊敬吧？一天，逢机缘在寺院请教一位大德。

他说："好。佛向八方去，人自四面来。土最卑下，脚下的土更卑微。人的心念就在脚下，土带着各种人的心念，如今烧成佛像，土和心都安静了。甘于卑下，正是佛教的真义。"

这尊佛宁静微笑，如沉浸无上欢喜之中，并无卑下，只有浑朴。我把佛像留在了这个寺院。

2011 年第 12 期

暴风雨之后

〔土耳其〕奥尔罕·帕慕尼　宗笑飞　林边水 译

风雨之后，我在一个清晨走上街道，发现一切都已改变。我不是说那些折断在地的树枝和散落于泥泞路面的黄叶，而是说某些深层的，难以说清的东西已经改变。就像晨曦之中此刻随处可见的成群蜗牛，潮湿的土壤中说不清楚的气味，不新鲜的空气等。这些都是一切已永远改变了的明证。

我站在一个泥坑前，盯着它看。水坑底是软软的泥浆，仿佛在等待某种征兆、某种呼唤。再远一点的地方，苜蓿叶上似有水滴，它的四周有慢慢泛黄的草地，折断的蕨类植物和绿色的草本植物。在我的右方，沿着我漫步、思索的峭壁之底，一只海鸥在缓缓盘旋。它的处境看上去比以往更为危险，却表现得愈发坚定勇敢。

当然，所有这些事情——这种清楚的感知，这种不知从何而来的狂风骤然带来的寒流，这被暴风雨洗刷得如此洁净的天空，这种整个自然都呈现出的新色彩——也许只是一种欺骗性的幻象。但在漫步的时候，我确实感到，在暴风雨来临之前，鸟儿和小虫子，树木和石头，垃圾箱和倾斜的电线杆——所有这些都对生活失去了兴趣，失却了目标，忘记了为何身在此处。后来，当子夜消逝，黎明第一道曙光升起之前，暴风雨突至，重现了一切失却的意义，失却的热望。

人们是否需要在深夜时分，在窗户的咔嗒声中、在狂风穿过门窗缝隙之际、在雷声里醒来，只是为了感受生活原本比我们想象的要深刻得多，世界的意义要丰富得多？我半睡半醒，从床上跳起来冲向窗户，一扇扇关上它，然后熄掉还亮着的桌灯，就像水手在暴风雨之夜醒来，本能地冲向他的船帆那样。做完这些后，我来到厨房，坐在那里喝了杯水。厨房的顶灯在呼啸的大风中摇晃。突然，一阵狂风袭来，仿佛摇撼了整个世界，紧接着停电了。一切陷入黑暗，厨房的瓷砖在我赤裸的脚下感觉那样冰冷。

从坐着的地方，我可以透过窗户、透过摇摆的松树和白杨树，看见白色泡沫自越来越大的海浪中飞起。在雷鸣声中，闪电仿佛就要击中近处的海面。随后，在持续的闪电中，疾走的层云、翻卷的树梢、大地与天空，全都纠缠在一起。我站在厨房窗前，看着外面的世界，手里握着一个空杯子，感到十分满足。

清晨时分，我四处游荡，恰似侦察员围绕凶案、暴乱等暴力事件搜索证据，想看清楚周围究竟发生了什么。我对自己说：这是动乱景象，风雨来袭时的景象啊。要记得我们都生活在同一个世界。再后来，我看到折断的树枝和横倒在地的自行车，不禁又想：当风雨来袭的时候，我们不仅明白我们生活在一个世界上，而且还会感到，我们经历着同样的生活。

一只小麻雀掉进了泥泞中——我不知道为什么——就要死了。我充满好奇，却无动于衷地描摹着它。大雨倾盆，打湿了我的本子和素描。

2011 年第 12 期

想　你

王鼎钧

想你。天晴，想你；天阴，想你；花开，想你；花落，想你；人聚，想你；人散，想你。

走近大海，想你；吸到新鲜空气，想你；走过你走过的街道，想你；听到你用过的口头禅，想你；从书本里看见某些字，想你；从地图上看见某些地名，想你；吃你所讨厌的通心粉，想你；用你所讥笑的日本伞，想你。

想你沉思的眼，想你霓虹灯下的脸，想你打字时键盘上的手，想你溜冰场上的臂，想你下楼时簌簌作响的裙，想你飞过窗口的头发，想你发怒时的鼻子，想你哭泣时的肩膀，想你在水池中正面的影子，想你在月光下侧面的影子。

到那条泥径上，向每一个水汪中找你。到那座大楼前，向每一片玻璃中找你。到人群中，向每一双瞳孔中找你。到山上，向每一片树荫中找你。向每一寸空间找你，向每一本诗集找你，向音乐会的弦上找你，向摄影师的显影药水中找你，向剪影人的剪刀边缘找你。

恨我不是资本家，盖一座宏伟的大楼，用你的名字。恨我不是探险家，发现一座荒岛，用你的名字。恨我不是科学家，发现一种蝶，用你的名字。甘愿长寿，为了再见。甘愿空闲，为了回忆。甘愿献身革命，为了给你一个更好的现实世界。甘愿信教，因为你可能有一个天堂。

想你，恨你。你将一切弄乱，将一切打碎，将一切点着燃光，将花香弄得如此浊，将菜味弄得如此淡，将人生弄得如此短而夜如此长。

可是有什么理由恨你？因为你将一个宝藏打开？因为你有一万次微笑？因为你低声说童年的故事？因为你使星期天成为上帝降福的日子？

你使一块石头有了脉搏。若非你，他不知道 A 弦和 G 弦的区别，看不出上午的山不是下午的山，不会用怜悯的眼色看兔子、用快乐的眼色看小狗，不会支持因妻子生病而失职的丈夫，不会在火车隆隆而过时祷告它多制造团圆、少制造离别。尽他一掬之所能容，你在里面放满了宝石。

记得在碧潭看月，记得那晚是中秋，记得那天天气阴沉，碧潭是一个很大的黑窟窿。记得来看月的人都等着，沉默地站在潭边。记得等了很久很久，云开了，碧波、拱桥、小舟、丛树、岩石，月光把这一切都创造出来。记得碧潭四周响起一片欢呼，原来潭边站满了等月的人。人人仰脸看天，在月光下，大家的脸似一片鹅卵石。记得那天月色真好，无法形容。一切透明，山影透明，潭水透明，人心透明。记得空气新鲜洁净，使人舍不得呼吸。记得世界精致美丽，使人想飞、想化。可是月光把这个世界创造出来以后，立即予以凝固，一切停止不动，连潭心的小舟都停止不动。只有月亮在动。其实也不是月亮在动，是云在动。云又从四周合拢，而且变黑，恢复了初来时的情形，碧潭是个黑窟窿。再等下去没有希望，天上开始落毛毛细雨。月光只照了十几分钟，看月的人都满足了。散开，没有怨言。回家，保持着快乐的感受。到底看见明月，不负佳节。已经看见这么好的月色，不虚此行。

记得明月，记得你。能照亮生命的光，只要有，不嫌短。感伤，知足。想你，不恨你。

2011 年第 15 期

聆听父亲

张大春

我不认识你，不知道你的面容、体态、脾气、个性，甚至你的性别，尤其是你的命运，它最为神秘，也最常引起我的想象。当我也还只是个孩子的时候，就不时会幻想：我有一个和我差不多、也许一模一样的孩子，就站在我的旁边、对面或者某个我伸手可及的角落。当某一种光轻轻穿越时间与空间，揭去披覆在你周围的那一层幽暗，我仿佛看见了另一个我——去想象你，变成了理解我自己，或者也可以反过来说，去发现我自己，结果却勾勒出一个你，一个不存在的你。在你真正拥有属于你自己的性别、面容、体态、脾气、个性乃至命运之前，我迫不及待地要把我对你的一切想象——或者说对我自己的一切发现，写下来，读给那个不存在的你听。

这个写作的念头突然跑出来撞了我一下的那一刻，我站在我父亲的病床旁边。从窗帘缝隙里透进来的夜光均匀地洒泻在他的脸上，是月光。只有月光才能用如此轻柔而不稍停伫的速度在一个悲哀的躯体上游走，滤除情感和时间，有如抚熨一块石头。老头儿果然睡得像石头，连鼻息也深不可测。要不是每隔几秒钟会有一条腿猛地痉挛那么一下子，他可以说就是个死人了。那是脊椎神经受伤的病人经常显现的症状：一条腿忽然活跃起来，带着连主人也控制不了的力气，朝什么方向踢上一踢，有股桀骜不驯的劲儿，仿佛是在亢声质问着："谁说我有病？"每隔几秒钟，它就"谁说我有病"一下子。掩映而过的月光完全没有理会这条腿顽强得近乎可笑的意志，便移往更神秘的角落里去了。而我在月光走过的幽暗边缘被一条兀自抽搐的腿逗得居然笑出了一点眼泪。

我想先从洗澡说起。

应该不独中国人是这样的，每个降生到世上来的孩子所接受的第一个仪式就是洗澡。一盆温热的水，浸湿一方洁净的布，将婴儿头上、脸上、躯干和四肢上属于母亲的血水和体液清除尽去，出落一个全新的人。这全新的人睡眼惺忪，还察觉不到已然碾压迫至的命运。中国人在这桩事体上特别用心思，新生儿落地的第三天还要择一吉时，将洗澡之礼再操演一遍，谓之"洗三儿"。讲究的人家自然隆而重之，他们会请教精通医道的人士，调理出一种能强健体质的草药香油，涂抹在新生儿的身上。"洗三儿"是非常务实的，如果有任何一丁点儿深层的隐喻在里面，不过就是希望这孩子常葆焕然一新的气质。中国人也从不认为洗的仪式有什么清涤罪恶、浸润圣灵的作用。

我在一个天主教会办的小学念一年级的时候，一度对那个宗教所有的仪式非常着迷，因为圣诗唱起来庄严优美，而每个星期五的下午，被称为“教友”的同学还可以少上一堂课，他们都到教室后方庭园深处的教堂里去望弥撒领圣体——一块薄薄的、据说没什么滋味的小面饼。我非常希望能尝尝那种小面饼。

“好吃吗？”我问我的教友同学。

“像纸一样。”教友同学说。

后来我吃了几张剪成小圆片的纸。然而那样并不能满足我成为一个教友、张嘴接住神甫指尖夹过来的圣体以及逃掉一堂课的渴望。想当教友很简单，教友同学们都这么说：去受洗就可以了。据说受洗一点儿也不疼，神甫会在你的额头上抹些油，教你祷告祷告，大概就是这样。我跟我父亲说我要受洗。他想都不想就说：“你在家好好洗洗就可以了。”

偶尔，父亲愿意从病床上下来，勉强拄着助行器到浴室里洗个澡。“连洗个澡也要求人。”他低声叹着气，任我用莲蓬头冲洗他那发出阵阵酸气的身体，然后总是这样说：“老天爷罚我。”

“老天爷干吗罚你？”有一次我故意这么问。

“它就是罚我。”

在那一刻，一个句子朝我冲撞过来：“这老人垮了。”

我继续拿莲蓬头冲洗他身体的各个部位。几近全秃的顶门、多皱褶且布满寿斑的脖颈和脸颊、长了颗腺瘤的肩膀、松皮垂软的胸部和腹部、残留着枣红色神经性疱疹斑痕的背脊。

这老人还没垮的时候（要讲得准确些应该是，他摔那一跤之前的几十年里）几乎没在家洗过澡。他的澡都是在球场里洗的。差不多也就是从我出生那一年起，他开始打网球。我第一次看见他的身体就是在球场的浴室里。那是一具你知道再怎么样你也比不上的身体，大，什么都大的一个身体。吧嗒吧嗒打肥皂、哗啦哗啦冲水、呼啊呼啊吆喝着的身体。

对我来说，洗澡必然和这最初的视像融接合一。其意义似乎就是：你得眼睁睁地凝视一种比你巨大的东西，那是非常原始的恐惧。日后我在希区柯克和狄帕玛的惊悚电影中体会到：人在洗澡的时候，在赤裸着接受水的冲洗浇注的时候，其实无比渺小脆弱。持刀步步逼近的凶狂歹徒只是一个巨大的隐喻：人类无所遁逃，它碾压迫至，必然得逞。

你尚未赤裸裸地到来，而我已着实惊着了。因为在身体的最核心，我有重大的欠缺，那是从我父亲、甚至我父亲的父亲……就已然承袭的一种欠缺。简单地说：我们这个家族的男子的恐惧都太浅薄，我们最多只能在命运面前颤抖、惶惑、丧失意志；再深入进去，则空无一物。我们都不知道，也没有能力探究命运的背后还有些什么。于是，一具健康伟岸了七十六年的躯体在摔了一跤、损伤了一束比牙签还细的神经之后，就和整个世界断离。

作为一个人，父亲只愿意做三件事：睡眠、饮食和排泄。这将是他对生命这个课题的总结论。如果你再追问下去："为什么？"他会说："老天爷罚我。"如果我央求他试着起床站一站、动一动、走一走，他会说："你不要跟着老天爷一起罚我。"我若不做声，静静坐在他眄视不着的床尾，就会发现他缓缓合上眼皮，微张着嘴，在每一次呼吸吐气的时候轻诵道："罚我哦——罚我哦——"

2011 年第 20 期

遥远的乡村

〔日本〕黑泽明　　李正伦 译

父亲的故乡是秋田县，因此我的老家是秋田，这样我的名字就被列入了秋田县同乡会的名册。我的母亲是大阪人，我生于东京的大森，所以没有把秋田当作故乡的观念。

本来日本国土就不大，目前县同乡会很多，我不懂有什么必要再用同乡会把它弄得更加窄小。

我不善于讲话，但我到世界任何国家去都没有合不来的感觉，所以，我认为我的故乡是地球。

假如世界上的人都这么想，那么，现在世界上发生的你争我夺就会因为大家认识到它是自相残杀而不再发生了。不过，到了那时候，地球上的人也会逐渐认识到地球本位主义也是狭隘的观点了。

人能把卫星送进宇宙，可是在精神上却不会向上看，而是像野狗一样，只注意脚下，徘徊不已。

我的故乡地球将会变成什么样呢？

我父亲的故乡秋田县本是偏僻的乡村，而今也彻底变了。

父亲出生的乡村小镇上，有一条流水欢畅、水草摇曳的小河，而今，那小河里尽是人们扔的破碗碟、酒瓶、铁皮罐头盒、帆布鞋和破长筒胶靴等。

大自然是很会装饰自己的，她很少自己破坏自己的面貌。丑化自然的，是丑恶的人的败德行为。

中学时代我曾去过秋田的这个偏僻乡村，那里的人淳朴善良，大自然虽算不上风光明媚，但朴素的美随处可见。准确地说，我父亲出生的村庄是秋田县仙北郡车川村。

坐奥羽线的火车，在大曲换乘生保内线（现田泽湖线），到了角馆再走八公里就到了。

大曲前面就是“后三年”站，换乘生保内线之后，第一站便是“前九年”站，这些站名实在奇怪得很（后者现已废止）。这是源于古时候八幡太郎义家（平安朝末期的武将）在附近发动的两次战斗，即前九年之役和后三年之役，这两个地方就是以此命名的。

从开往角馆的火车左侧车窗可以看到如日本画一般的层峦叠嶂，据说其中有一座大山就是八幡太郎当年布阵之处。

从婴儿时期到现在这把年纪，我到父亲出生的乡村去过六次。有两次是中学时代去的，我记得有一次是中学三年级的时候，另一次是几年级就怎样也想不起来了。其间有些事是哪次去的时候发生的，也模模糊糊无法区分了。我曾经仔细想过，为什么会这样？大概就是因为那时这个村庄根本没有任何变化。对，一定是这么回事！

这个村庄的房屋、道路、小河、树木、石头、花和草，我前后两次去时完全相同，所以两次的记忆自然就无从区别先后了。

这个村里的人也像时间已停顿下来一样，毫无变化。总而言之，这是一个似乎被世界遗忘的、日长如年的十分宁静的村庄。

这里的很多人都没吃过炸肉排或咖喱饭，连小学老师也没到过东京。那位小学老师就曾经问我，到东京拜访人的时候该怎么寒暄。

这个村庄既没有卖牛奶糖的，也没有卖点心的，因为它没有一家商店。

我带着父亲的信造访一家，出来接待的老者问明我的来意后连忙跑了回去。随后一位老太太出来了，她恭恭敬敬地把我让进客厅，等我背对壁龛坐好，然后告退。

过了一会儿，那老者穿着古式的礼服出来，在我面前伏身行礼，我递给他父亲的那封信，他十分严肃恭谨地接了过去。

当天晚上我访问了另一家，这家也是把我让到上座。我入座之后，村里的老年人和大人才先后坐在四周，然后开宴。村里人争先恐后地把酒杯递给那些俏妆打扮、周旋于酒席间的村里的姑娘，并且不住地说：“给东京！”

“东京！”

“东京！”

我以为有什么事呢，原来那些姑娘们接过酒杯之后，就到我这里来递给我。我接过杯她们就斟酒。

我从来没喝过酒，看着杯里的酒正发愁呢，另一个姑娘又递来酒杯。我闭着眼睛把酒喝下去。接过哪个姑娘的杯子，哪个姑娘就给我斟上。喝完这杯，还有姑娘伸过酒杯来。没有办法，我只好一饮而尽。

我眼前逐渐蒙眬了。

“东京！”

“东京！”

喊声像空谷回音一样，愈来愈小，我的心脏跳得厉害，而且无论如何也坐不住了。我摇摇晃晃地站了起来，到门外就跌进稻田里。

后来一问才知道，所谓“东京”就是给东京来的客人斟酒。

厚谊隆情，盛宴相待，非常感谢。但是让我这样的孩子喝那么多酒，也未免太过分了，可是据说这里连婴儿都给酒喝。

这个村的村旁有一块大石头，那石头上永远放着鲜花。凡是路过这里的孩子，都摘些野花放在石头上。我问那些往石头上放花的孩子为什么这么做，他们都说不知道。

这件事后来问了村里人才明白。据说，戊辰之役（明治维新政府的官军同幕府旧势力之战）时有许多人死在这里。村民哀怜死者，把他们埋葬在此，并把这块大石头放在墓穴上，然后给死者供上了鲜花。从此，这个习惯一直传到现在，孩子们虽不明原因，但也这样做了。

这村里有一位非常怕打雷的老人，一到打雷他就钻进吊在天棚上的一个大柜子里躲避雷声，一动不动。

一次，我到一位农民家里，这家主人用大贝壳做锅，把酱和石蒜放在一起煮（此地称之为“贝烧”），用它做酒肴。这老人对我说：“住这样的茅草房，吃这种东西，你一定觉得这没意思！可要知道，活着就是有意思的呀。”

总之，我中学时代所见所闻的这个村子，的确是令人吃惊的淳朴，令人哀怜的寂寞和荒凉。

现在，关于这个村子的回忆，就像从火车车窗眺望遥远的乡村一样，越来越小、越来越蒙眬了。

2011 年第 20 期

第九味

徐国能

我的父亲常说："吃是为己，穿是为人。"这话有时想来的确有些意思，吃在肚里长在身上，自是一点肥不了别人，但穿在身上，漂亮一番，往往取悦了别人。我一度以为这是父亲的人生体会，后来才知道，这是我们"健乐园"大厨曾先生的口头禅。

曾先生矮，但矮得精神，头发已略显花白而眼角无一丝皱纹，从来也看不出他有多大岁数。我从未见过曾先生穿戴一般厨师的围裙和高帽，天热时他只穿一件麻纱水青斜衫，冬寒时经常是月白长袍，干干净净，不染一般膳房的油腻肮脏。不认识他的人看他一脸清癯，眉眼间又总带着一股凛然之色，恐怕以为他是个出世的画家诗人之类，或是笑傲世事的学者教授之流。

曾先生从不动手做菜，只吃菜，即使再忙，他都是一派闲气地坐在柜台后读他的《中央日报》。据说他酷爱出身满族贵胄的美食家唐鲁孙先生的文章，虽然门派不同，但曾先生说："天下的吃到底都是一个样，不过是一根舌头九样味。"那时我年方十岁，不喜读书，常在厨房窜进窜出，我只知酸甜苦辣咸涩腥冲八味，至于第九味，曾先生说："小子你才几岁，就想尝遍天下，滚你的蛋去。"据父亲说，曾先生是花了大价钱请了人物套交情才聘来的，否则当时"健乐园"怎能高过"新爱群"一个等级呢？但花钱请人来光吃而不做事，我怎么看都是不合算的。

我从小命好，有得吃。

母亲的手艺绝佳，而父亲在买菜、切菜、炒菜、调味上颇有功夫，一片冬瓜硬是切得像量角器般精准。父亲虽有一手绝艺，但每每感叹他只是个二厨的料，真正的大厨只有曾先生。

稍具规模的餐厅都有大厨，有些名气大的厨师身兼数家的大厨，谓之"通灶"。曾先生不是"通灶"，但绝不表示他名气不大。"健乐园"的席分数种价位，凡是挂曾先生排席的，往往要贵上许多。外行人以为曾先生排席就是请曾先生亲自设计一桌从冷盘到甜汤的筵席，其实大错。谁来排席菜品其实都是差不多的，差别只在上菜前曾先生是不是亲口尝过。我见曾先生从来都是一尝即可，从来没有打过回票，有时甚至只是看一眼就通过，有人以为这只是个形式或排场而已，这当然又是外行话了。

要知道，在厨房混久了的师傅，大多喜欢克扣菜品，中饱私囊，或是变些"魔术"，譬如鲍鱼海参鱼翅之类，成色不同自有些价差，即使冬菇笋片大蒜，也是失之毫厘差之千里。而大厨的功用就在于此，他是一个餐厅信誉的保证，有大厨排席的菜品，厨师们便不敢装神弄鬼。大厨的舌头是老天赏来人间享口福的，禁不起一点假，你不要想蒙混过关，味精充鸡汤，稍经察觉，即使你是有证书的厨师也很难再立足厨界，从此江湖上便没了这号人物。有这层顾忌，曾先生的席便没人敢耍滑头，自是稳当。

曾先生和我有缘，这是掌勺的赵胖子说的。每回放学，我必往餐厅去逛，将书包一丢，闪进厨房找吃的。这时的曾先生多半在看《中央日报》，手边经常放着一杯高粱酒，早年“白金龙”算是好酒，曾先生的酒是自己带的，他从不开餐厅的酒。

赵胖子喜欢叫曾先生“师父”，但曾先生从没答理过。曾先生特爱给我讲故事，说南道北，尤其半醉之际。曾先生嗜辣，说这是百味之王，正因为是王者之味，所以他味不易亲近。有些菜酸甜咸涩交杂，曾先生谓之“风尘味”，没有意思。辣之于味最高最纯，不与他味相混，是王者气象，有君子自重之道在其中。曾先生说用辣宜猛，否则便是昏君庸主，人人可欺，国焉有不亡之理？而甜则是后妃之味，最解辣，最宜人，如秋月春风。但用甜则尚淡，才是淑女之德，过腻之甜最令人反感，是露骨的谄媚。曾先生常对我讲这些，我似懂非懂，父亲则抄抄写写地勤做笔记。

有一次，父亲问起咸辣两味之理，曾先生说道：“咸最俗而苦最高，常人日不可无咸但苦不可兼日，况且苦味要等众味散尽方才知觉，是味之隐逸者，如晚秋之菊、冬雪之梅；而咸则最易化舌，入口便觉，看似最寻常不过，但很奇怪，咸到极致反而是苦，所以寻常之中，往往有最不寻常之处，就看你怎么尝它，怎么用它。”曾先生从不阻止父亲做笔记，但他常说：“烹调之道要自出机杼，得于心而忘于形，记记笔记不过是纸上的功夫，与真正的吃是不可同日而语的。”

“健乐园”倒闭于一九八一年，从此我们家再没人谈起吃的事，似乎有点儿感伤。

说来，“健乐园”的倒闭与曾先生有很密切的关系。

曾先生好赌，有时一连几天不见人影，有人说他去豪赌，有人说他去躲债，但谁也不知道究竟去了哪里，经常急死大家。赵胖子多次私下建议父亲，曾先生似乎不大可靠，不如另请高明，但总被父亲一句“刀三火五吃一生”给回绝，意谓“刀工三年或可以成，而火候的精准掌握则需时间稍长，但真正能吃出真味，非用一辈子去追求，不是随便遇得上的”。

据父亲回忆，那回罗将军嫁女儿，“健乐园”与“新爱群”都想接下这笔生意，结果罗将军买曾先生一个面子，点了曾先生排的席，有百桌之馀，这在当时算是桩大生意。父亲与赵胖子摩拳擦掌准备了一番，曾先生当晚却不见了人影。一阵鸡飞狗跳，本来父亲要退罗将军的钱，但赵胖子硬说不可，一来没有大厨排席的酒筵对罗将军面子上不好看，二来这笔钱数目实在不小，对当时已是危机重重的“健乐园”来说是救命仙丹。赵胖子发誓一定好好做，不会有差池。

这赵胖子莫看他一脸肥相，论厨艺却是博大精深，他纵横厨界也有二三十年了，是独当一面的人物。那天看他挥汗如雨，如八臂金刚将铲、勺使得风雨不透。本来宴会进行得十分顺利，一道道菜如流水般地上，就在最后关头，罗将军半醺之际拿起酒杯，要敬曾先生一杯，场面一时僵住。事情揭穿后，罗将军铁青着脸，“哐啷”一声扔下酒杯，不欢而散。以后几个月，“健乐园”都没再接到大生意，负债累累下终于宣布倒闭。

从那晚起曾先生再也没有出现过。

长大后我问父亲关于曾先生的事，父亲说曾先生是湘乡人，似乎是曾国藩的远亲，与我们算是小同乡。父亲说，要真正吃过点好东西，才有当大厨的命，曾先生大约是有些背景的。父亲又说：“曾先生这种人，吃尽了天地精华，往往没有好下场，不是带着病根，就是有一门恶习。”其实这些年来，父亲一直知道曾先生在躲道上兄弟的债，没过过一天好日子，所以父亲说：“平凡人有其平凡的乐趣，自有其甘醇的真味。”

时光流逝，从学校毕业后，我被分配至澎湖当装甲兵。在军中我沉默寡言，朋友极少，放假又无亲戚家可去，往往一个人在街上乱逛。有一回在文化中心看完了书报杂志，打算好好吃一顿，便转入附近的巷子，一爿低矮的小店门面上歪歪斜斜地写着“九味牛肉面”。我心中一动，进到店中，简陋的陈设与极少的几种吃食选择，不禁使我有些失望。一个中年女人帮我点单后，自顾自地忙了起来，我这才发现昏暗的店中还有一桌有人，一个秃头的老人沉浸在电视新闻的巨大声音中。好熟悉的背影，尤其桌上还有一份《中央日报》……“曾先生！”我大声唤了几次，他都没有回头。“我们老板姓吴。”中年女人端面过来的时候说。

“不，我姓曾。”曾先生这时走了过来在我面前坐下。

我们聊起了许多往事。曾先生依然精神，但眼角已有一些落寞与沧桑之感，满身厨房的气味，磨破的袖口油渍斑斑。

我们谈到了吃，曾先生说：“一般人好吃，但大多食不知味，要能粗辨味者，始可言吃，但真正能入味之人，又不在乎吃了，像那些大和尚，一杯水也能喝出许多道理来。”我指着招牌问他“九味”的意思，曾先生说：“辣甜咸苦是四主味，属正；酸涩腥冲是四宾味，属偏。偏不能胜正而宾不能夺主，主菜必以正味出之，而小菜则多偏味，是以好的筵席应以正奇相生而始，以正奇相克而终……”忽然，我仿佛又回到了“健乐园”的厨房，满鼻子菜香酒香，爆肉的“噼啪”声，切菜的“笃笃”声，赵胖子在一旁暗笑，而父亲正勤做笔记。我无端想起了“健乐园”穿堂口的一幅字：“乐游古园森森爽，烟绵碧草萋萋长；公子华筵势最高，秦川对酒平如掌。”

那逝去的像流水，像云烟，多少繁华的盛宴聚了又散，散了又聚，多少人和事在其中，而没有一样是留得住的。曾先生谈兴极好，而我们的眼中都有了泪光……

之后几个星期部队忙着装备检查，没放假，再次去找曾先生时，小店门上贴了“今日休息”的红纸。我知道我再也找不到他了，心中不免惘然。有时想想，那会是一个梦吗？我对父亲说起这件事，父亲并没有讶异的表情，只是淡淡地说：“劳碌一生，没人的时候急死，有人的时候忙死……”我不懂这话在说什么。

如今我重新拾起书本，觉得天地间充满了学问，一啄一饮都是一种宽慰。曾先生一直没有告诉我那第九味的真义究竟是什么，也许是连他自己也不清楚；也许是因为他相信，我很快就会明白。

2011 年第 21 期

安静，一下午的时光

马明博

树才要我品一品从南方带回的新茶。新绿，嫩芽，净水，透明的杯子，浮沉，竖立，像小杯子里长着小树苗。一杯水，让这些拧成团的叶子舒展了，如同重新回到低矮的山丘上，回到一丛丛的茶树上，回到沾满露水的清晨，回到若有若无的薄雾里。茶是安静的，杯子是安静的。

音乐是透明的，看不到，摸不到，只能用耳听，用心会。听音乐的人是安静的，生命是安静的。听了一遍，还要再听一遍，树才按下返回键。生命无法像音乐那样，按下返回键，翻来覆去地听。依然是藏歌，悠长的诵经声后面，绛红的僧服掩映着一张把沧桑化为解脱的脸。黝黑的脸，暗红的脸，细长的眉，厚厚的嘴唇，唇角似有似无的微笑。清澈的眼睛，流水一样的目光。在歌声中，他们回到了雪堆散落的高原上，回到了蓝蓝的天空下。风在吹拂，经幡在远处飘动，风马旗在玛尼堆旁飘动。音响中的静，红色的寺院，白色的佛塔，低沉的、不止息的诵经声。音乐响着，音乐也是安静的。

木头椅子，粗朴，本色，没有着漆。它不张扬，静静地待在旁边，听我们说话。是树才在说话，我们在听。树才说话是安静的，声音缓缓的，低沉，有力，不张扬。树才背后是一株绿萝，它在成长，顺着一根竖直的金属杆，向上伸展着。半年前，我见过它，已经长到了那根金属杆的顶部。在树才的想象里，这株绿萝的蔓，要慢慢地长，直至环绕客厅一周。今天，我看到它依然在金属杆的顶部，延伸出来的新叶片，无依无着，向着虚空，向着树才的想象伸展着。绿萝的伸展，是安静的。

现在是春天，春天是安静的。树才正在整理纪念苇岸的一个集子。他说到了苇岸，一个天才，短命的天才。苇岸的诗，《瓦尔登湖》，苇岸与瓦尔登湖的相遇；散文，一生只写了二十万字的散文。太阳升起以后，大地上的事情依旧，众生忙碌，智者悠闲，苇岸的语言干净，安静。苇岸集中力量写他生命中经历的二十四节气，好像刚写到夏天的样子。初夏，一九九九年五月十九日，苇岸安静地走了。

谈起兰波，法国的天才诗人，另一个短命的天才。谈兰波诗里的音乐和色彩，兰波对生命的体悟。树才正在翻译《兰波传》，一本四百多页的书，书的副标题是“在当下感觉并体验”。兰波是安静的，在这本打开的书里。法文的兰波作品，我看不懂。封面上那个用线条勾勒出的青年像，简单，安静，不说话。

树才喜欢谈诗。西哲有言，所谓知识分子，是对书本的兴趣大于对女人的兴趣的人。诗是树才的宗教，是他世界的核心。他是真正的诗人，敏锐的、内敛的、安静的诗歌传教士，希望用诗歌照亮所有的心灵。在《童年》一诗中，他说："太阳，我跟着你／到处疯走。／我们都是儿童，／看到什么，就照亮什么。／太阳，我们行的路／在身后发光。"去年秋天，我和他及另外一个朋友，一起在一座禅宗的寺院小住，我们一直谈诗。大地像一个磨盘，倾斜着，转动着；黑夜里的星斗与人心的秩序，一生居住在小城的康德；赵州的雪梨，锋利的刀子，削破的手指；暗绿色的念珠，捻动的手指，颠簸的汽车，在夜风里裹紧的外套，小石桥下的上午……都是安静的。

说一说另外一个凳子吧。那是他从非洲带回来的工艺品，一个裸露着乳房的女人，跪在大地上，把一个硕大的盘子举在头顶上，用头顶着。盘子上面，是树才的身体，安静的，谈诗的嘴唇，一连串的话语。树才不足五十公斤的体重，一下午，都安顿在这盘子上，这女人的手臂和头顶上。女人不说话，也没有任何一个小动作，她安静地举着。这是一位母亲，她知道，她上面托举的，是她天真可爱的婴儿，她爱他。母亲是安静的，是不分颜色的，黑色，白色，黄色，棕色，一样伟大，一样安静。

莲蓬，莲叶，干枯的，灰褐色的，在安静的角落里。

花开的日子过去了，绿叶擎天的日子过去了，莲子远离了。现在，只剩下它们，安静地待在瓶子里，像守在大地上。它们是诗，是岁月的绝句。好文字都有诗心，诗、散文、小说，骨子里都是诗。诗是大地上的另一种盐，精神的盐。

夜已经不声不响地来了，站在窗外，安静，不动声色。一抖手，把夜幕抖开，把城市遮蔽了，让灯火一盏一盏亮起来。我们一直没有感觉到，是因为房子不黑，灯亮着。灯光是安静的，它没有提醒我们夜已经来了。守候在窗子旁边的是一株巴西木，它挡住了夜色，叶片宽大、颀长。在我眼里，它更像一株被移植来的生长在田野里的玉米，长长的、宽大的叶片上，有一条绿色的河流，流逝着时光。

“去了解那些力量，使世界变成一个整体。”歌德借浮士德之口说着。我们谈话，吃苹果，喝茶。牙齿小心翼翼地敲开坚硬的山核桃，舌尖探索着核桃的果肉。背景是安静的音乐，插曲是我们安静的微笑。树才、我、我的妻子，一直安顿在安静中。桌子上剩下的：山核桃的壳，苹果的核，半盏茶。一下午的时光，安静得像梦的一个片断。

2011 年第 22 期

奶奶的星星

史铁生

世界给我的第一个记忆是：我躺在奶奶怀里，拼命地哭，打着挺儿，也不知道是为了什么，哭得好伤心。窗外的山墙上剥落了一块灰皮，形状像个难看的老头儿。奶奶搂着我，拍着我，“噢——噢——”地哼着。我倒更觉得委屈起来。“你听！”奶奶忽然说：“你快听，听见了吗？”我愣愣地听，不哭了，听见了一种美妙的声音，飘飘的、缓缓的……是鸽哨儿？是秋风？是落叶划过屋檐？或者，只是奶奶在轻轻地哼唱？直到现在我还是说不清。“噢噢——睡觉吧，麻猴来了我打它……”那是奶奶的催眠曲。屋顶上有一片晃动的光影，是水盆里的水反射的阳光。光影也那么飘飘的、缓缓的，变幻成和平的梦境，我在奶奶怀里安稳地睡熟……

我是奶奶带大的。不知有多少人当着我的面对奶奶说：“奶奶带起来的，长大了也忘不了奶奶。”那时候我懂些事了，趴在奶奶膝头，用小眼睛瞪那些说话的人，心想：瞧你那讨厌样儿吧！翻译成孩子还不能掌握的语言就是：这话用你说吗？

奶奶紧紧地把我搂在怀里，笑笑说："等不到那会儿哟！"仿佛已经满足了的样子。

"等不到哪会儿呀？"我问。

"等不到你孝敬奶奶一把铁蚕豆了。"

我笑个没完。我知道她不是真的那么想。不过我总想不好，等我挣了钱给她买什么。爸爸、大伯、叔叔给她买什么，她都是说："用不着花那么多钱买这个。"

奶奶最喜欢的是让我给她踩腰、踩背。一到晚上，她常常腰疼、背疼，就叫我站到她身上去，来来回回地踩。她趴在床上"哎哟哎哟"的，还一个劲儿地夸我："小脚丫踩上去，软乎乎的，真好受。"我可是最不耐烦干这个，她的腰和背可真是够漫长的。"行了吧？"我问。"再踩两趟。"我大跨步地踩了个来回："行了吧？""唉，行了。"我赶快下地，穿鞋，逃跑……于是我说："长大了我还给您踩腰。""哟，那还不把我踩死？"过了一会儿我又问："您干吗等不到那会儿呀？"

"老了，还不死？"

"死了就怎么了？"

"那你就再也找不着奶奶了。"

我不嚷了，也不问了，老老实实依偎在奶奶怀里。那是世界给我的第一个可怕的印象。

一个冬天的下午，我一觉醒来，不见了奶奶，我扒着窗台喊她，窗外是风和雪。“奶奶出门儿了，去看姨奶奶。”我不信，奶奶去姨奶奶家总是带着我的。我整整哭喊了一个下午，妈妈、爸爸、邻居们谁也哄不住，直到晚上奶奶出乎意料地回来。这事大概没人记得住了，也没人知道我那时想到了什么。小时候，奶奶吓唬我的最好办法就是说：“再不听话，奶奶就死了！”

夏夜，满天星斗。奶奶讲的故事与众不同，她不是说地上死一个人，天上就熄灭了一颗星星；而是说，地上死一个人，天上就多了一颗星星。

“怎么呢？”

“人死了，就变成一颗星星。”

“干吗变成星星呀？”

“给走夜道儿的人照个亮儿……”

我们坐在庭院里，草茉莉都开了，各种颜色的小喇叭，掐一朵放在嘴上吹，有时候能吹响。奶奶用大芭蕉扇给我轰蚊子。凉凉的风，闪闪的星星，永远留在了我的记忆里。

那时候我还不懂得问，是不是每个人死了都可以变成星星，都能给活着的人把路照亮。

奶奶已经死了好多年，她带大的孙子忘不了她。尽管我现在想起她讲的故事，知道那是神话，但到夏天的晚上，我却时常还像孩子那样，仰着脸，揣摩哪一颗星星是奶奶的……我慢慢去想奶奶讲的那个神话，我慢慢相信，每一个活过的人，都能给后人的路途上添些光亮，也许是一颗巨星，也许是一把火炬，也许只是一支含泪的蜡烛……

2011 年第 23 期

深　夜

〔俄国〕蒲宁　张草纫 译

这是一个梦呢，还是像梦境似的神秘的夜间生活？我感觉到忧郁的秋月老早就在天空徘徊，已经是该摆脱白天的一切虚伪和忙乱而休息的时刻了。似乎整个巴黎，包括它最贫困的角落，都已沉入了梦乡。我睡了很久，最后，睡眠慢慢地离开了我，仿佛一个不慌不忙的关切的大夫做完自己的手术，看到病人已能均匀地呼吸，睁开眼睛，为生命得到恢复而羞怯地、愉快地微微一笑，就离开了病人。我醒来，睁开眼睛，看到自己身处宁静、明亮的夜的王国。

我在五楼自己的房间里，沿着地毯悄没声儿地走到窗口。我有时看看光线微弱的宽大的房间，有时通过窗子上边的玻璃看看月亮。月亮把光洒在我身上，我举目仰望，久久地看着它的脸庞。月光穿过淡白色的花边窗帘，给房间深处添加了一丝微光。在房间里边是看不见月亮的，可是房间的所有四扇窗子都被月光映得铮亮，窗边的一切东西也同样照得清清楚楚。月光穿过窗子照在地上，形成几个浅蓝色、银白色的拱形图案，每一个图案中都有一个由朦胧的阴影构成的十字架，但图案投在椅子上，这十字架就柔和地折断了。靠边的一扇窗子旁边的圈椅里，坐着我所爱的人——她穿着一身白色衣服，模样像一个小姑娘，面色苍白而美丽。由于我们所经受的一切事情，由于经常使我们反目成仇的一切事情，她已经疲惫不堪了。

这一夜她为什么也不睡呢？

我避免接触她的目光，坐在同她并排的窗台上……是的，夜已深了——对面房屋整幢楼全被阴影笼罩着。那里的窗子露出一个个黑洞，像是失明的眼睛。我朝下看看，街道像是深深的、狭窄的小巷，光线也很昏暗，空无人迹。整个城市也是如此。只有那朦胧的月亮斜挂在天空，慢慢地移动，有时又久久地躲藏在烟雾般飘动的云朵里，一动不动，只有它孤单、清醒地守在城市上空。它直照着我的眼睛，光艳夺目，可是有点儿亏蚀，因此显得楚楚可怜。薄云轻烟似的在它旁边飘动。在月亮旁边，云也显得很亮，像融化了似的，稍远一点，就变得浓厚了，而在屋脊后面，就完全积成阴森森的、沉甸甸的一堆了……

我很久没看见月夜的景色了！我的思潮又回到童年时代，在俄罗斯丘陵起伏、树木稀少的草原上迢遥的、几乎遗忘了的秋夜。那里，月亮在我故家的屋檐下窥视着，那里，我第一次认识并且爱上了它温和的、苍白的脸庞。我在想象中离开了巴黎，霎时间依稀看见了整个俄罗斯，仿佛站在高山之巅俯视着一片辽阔的低地。看，这是波罗的海金波粼粼的荒凉的海面；看，这是在昏暗中向东方延伸的阴沉的松树林；看，这是稀疏的森林、湖泊、小树林；这下面，往南，是一望无际的田野和平原。森林中铺着长达数百里的铁轨，在月光下发出暗淡的光。沿铁路线闪烁着睡眼惺忪的五颜六色的小灯，一盏接一盏，一直伸向我的故乡。在我面前是一片丘陵起伏的田野，田野里有一幢古老的、灰色的住房，在月光下显得破旧而温柔……儿时曾经照进我的房间，后来又看我变成少年，而现在又和我一起伤悼我那不幸的青春的，难道就是这个月亮吗？是它在这个明亮的夜的王国给予我安慰吗？

“你干吗不睡觉？”我听到一个胆怯的声音。

经过长久的、固执的沉默之后，她首先同我讲话，使我心中感到既痛苦，又甜蜜。我低声回答：“不知道……你呢？”

我们又长时间地沉默着。月亮明显地往屋子那边落下去了，月光已经深深地照进我的房间。

“原谅我吧！”我走近她身边说。

她没有回答，用双手捂住了眼睛。

我握住她的手，把它从眼睛上挪开。她的脸颊上挂着泪水，眉毛扬得高高的，抖动着，像是孩子的眉毛。我跪在她脚下，把脸紧贴在她身上，任凭自己的眼泪和她的眼泪不停地淌下来。

“难道这是你的过错吗？”她不好意思地低声说。

“难道这不全是我的过错吗？”

她破涕而笑，又快乐又痛苦地笑着。

我对她说，我们两人都有过错，因为我们都破坏了在世界上愉快地生活所必须遵循的准则。我们又相爱着，像那些一起经受过痛苦、一起感到过迷惘，而后来又一起找到难能可贵的真理的人们一样地相爱着。

只有这苍白、忧郁的月亮看到我们的幸福。

2012 年第 2 期

德国和高纬度性格

洁尘

可以这样说吧，纬度在一定程度上影响了民族性格。越趋于寒带、阴霾越重的地区，民族性格越严谨、缜密；反之，越是温暖晴朗、阳光普照的地区，其居民的性格就越任性、浪漫。

早年看过阿尔莫多瓦的一句话，大意是说，为什么好多西班牙老人穷苦、邋遢、悲惨，而德国老人则基本上都过得安康体面？那是因为青壮年的德国人在工作、挣钱、储蓄的时候，青壮年的西班牙人在夜夜笙歌、纵酒狂欢呢。

德国的宗教革命家马丁·路德曾经说过一句话："即使我知道整个世界明天将要毁灭，我今天仍然要种下我的葡萄树。"务实、勤勉、埋头苦干、不肯苟且，德国人的这种民族性格是非常著名的。

其实，就西班牙和德国这两个对比度强烈的民族来说，没什么好评价的，也谈不上价值序列的高低排列，这只是生命观的差异。有的人把生命视为不同阶段，所有阶段共同构成一生，于是，匀着过，每个阶段都很仔细，每个阶段都尽量过好。而有的人则认为，生命的价值和意义只体现在青春这个阶段，所以要及时行乐，至于说到后面没本钱了，那就能怎么混就怎么混吧，反正也活不了多久了，好在还可以死。

有意思的是，高纬度性格，因为寒冷、严谨、缜密、有序，所以，绝望感就更为强烈。不少德国电影是这样的，还有好些北欧电影也是这样的，比如著名的瑞典导演英格玛·伯格曼的电影，就以其浓重的终极追问意味，而让人感觉质地十分紧密甚至是过于紧密，因而有窒息感。而低纬度性格看似混杂凌乱，却有着一种特别的通达和幽默在里面，跟高纬度性格的纠结和追问不同，低纬度性格有一种天然的混沌迷糊的生存理念，天人合一，自在逍遥，比如我们大家都很熟悉的以阿尔莫多瓦为代表的西班牙电影和一些南美电影，在这些电影中，无论是怎样的境遇，中间都有颇为可人的喜剧感。

看讲述德国人性格的一些文章，是这样概括的。比如洁癖，讲究清洁和整齐，德国主妇是全世界最喜欢打扫卫生的主妇；还比如，德国孩子一般都会在写完作业后才玩耍，因为德国人的教育就是先工作再娱乐；再比如，半夜十二点，停在红灯前的那辆车，一定是德国人开的……德国人较为共同的特点就是：实在、勤奋、准时、节俭和做事一板一眼。

这种人，给人的感觉是靠谱，但无趣，一般来说都是虚无主义者。

对德国女人，从感觉上讲，我一向有点敬畏，敬的比重要比畏大很多。这就是一种感觉，没什么道理，更没什么论据。这种感觉来自德国的哲学、德国的纬度、德国特有的黑森林气息。

最初关于德国女人的影像感觉是早年在好莱坞大放光芒的玛琳·黛德丽。她是从二十世纪二十年代中期开始走红的女影星，成名作是一九三〇年的《蓝天使》。《蓝天使》之后，她到了美国签约派拉蒙公司，然后在很多部电影中出任主角。这个长相有点男性化且好穿男性服装的德国女演员，以其硬朗沉静的表演风格，很快征服了美国观众，与来自瑞典的葛丽泰·嘉宝分坐当时影坛的两把后座。

这两位影坛皇后在进入二十世纪四十年代后，相继选择了退隐。嘉宝的退隐是特别决然和彻底的，她是一九四一年拍完最后一部电影《双面女人》之后，在三十六岁的巅峰期选择离去，从此彻底从公众视野中消失。黛德丽选择的是一种渐退的方式，战后，她离开了电影圈，重新做回了早年的歌厅歌手，四处巡回演出。然后，她一点点越退越远，直至彻底消失。

玛琳·黛德丽和嘉宝，都是高纬度国家的女人，她们的例子可以再次有力地证明，高纬度性格跟虚无是有天然的亲近感的，而且，越繁华越虚无。

德国人的味道是非常特别的，他们严谨、端肃、条理分明、举轻若重，几乎不带什么游戏色彩。他们不是不开玩笑，但他们的玩笑倾向于歇斯底里的闹剧风格，与英国人的幽默和法国人的诙谐相比，口味比较重。在东方，与德国有类似和相通之处的国度，应该就是日本。德国的闹剧电影和日本的闹剧电影，有好些都有一种让人笑得几乎闭气的癫狂谵妄，让人有点惊骇。

有时想，“二战”期间，德国和日本结盟，说起来背后是有一种相通的气场的。这种气场跟同是高纬度的地理位置是不是有关联？轴心国为什么会加上一个意大利？这有点令人费解。意大利与德国和日本，民族气质差别太大，多少有点“话不投机半句多”的感觉。但意大利的气质中含有某种癫狂自大的成分，这一点倒是与德国和日本不谋而合。

日本文化中的“清简”之味，源头是东方哲学。在西方人中间，我估计也只有德国人是最有可能体会并欣赏的。从电影的角度讲，“清简”的代表人物是小津安二郎，而在世界影坛上，小津安二郎最著名的西方学生，就是德国人维姆·文德斯。

但就剧情电影来说，德国女导演桃丽丝·多利可比文德斯更多、更好、更逼真地延续了小津的气息。二〇〇八年春天上映的《樱花盛开》，让众多影迷为之倾倒，是少有的真正能够触动人心的电影佳作。

看资料上说，桃丽丝·多利是少数持续创作超过二十年的德国女导演，她的电影如《预约下一世纪的温柔》《光脱不恋》《渔夫和他的妻子》等，票房和口碑双赢，接二连三获得国际影展大奖的肯定。但就东方观众来说，真正进入人们视野并为之赞叹的她的作品，就是《樱花盛开》。

生之无奈，生之苦痛，老年的悲伤，失去，永别，这些是所有人都要体会的东西。我喜欢《樱花盛开》这部电影讲的道理，那就是好时光一去不复返。人生旅程就是一个走下坡路的过程，只是有的人在这段下坡路上也能多少瞄得几眼不错的风光，摘得几朵美丽的花儿；而有的人就干脆一路朝下，不管不顾，一点也不流连忘返，径直走下去就是了。前者并不一定比后者更快乐，因为那是幻觉；后者也不一定比前者更睿智，因为连幻觉都丧失了。我喜欢《樱花盛开》，因为它有一种安之若素的味道。这也是小津安二郎的核心味道。

就我这个被别人视为带有高纬度性格的人来说，我更倾向安于本质。只有安于本质，幻觉才更像幻觉，也才能够更加纯粹地享受幻觉。

2012 年第 3 期

红炉一点雪

李碧华

有个深蕴禅机的句子，色彩鲜明，充满美感：红炉一点雪。

雪花飘舞，有一片刚好落在火红的炉子上。

在还没落下去之前，先把它“定格”。我们便发现它是“存在”的，虽然在一瞬间，它立即融化，归于空寂无有。

人的生命，不论长短，都像这片雪花。它自天上飘下来，历经千万里，可以称为“长”；但飘落的每一个瞬间都不可能回头，也没有时间仔细思考，便已经面临消失，故而亦可以视做“短”——一两秒？百数十载？熊熊炉火，不由分说，便吞噬它了。

它存在过，却来不及留下任何痕迹。当片片雪花你挤我搡地争着投向艳色，也不过是一场无谓的追逐。美，这倒是真的。

2012年第3期

散去的好日子

老愚

铁青的天色让人窒息，我心里很想问：好日子都到哪里去了？

七旬高龄的母亲心情黯淡，她的一只眼睛模糊，连身边的老伴都看不清了。这是近几个月的事情，她有些难以接受。她的另一只眼睛去年做了白内障手术，能穿针引线。看看电视，缝几针穿了多年的旧衣裳，跟父亲说几句话，日子就不见了。

母亲一直在乡下生活，心里装的却是外面的事情。她最喜欢看电视新闻，世上发生的事，她都愿意念叨几句，还能很快联系到儿女们身上。我能想象她端坐炕头的样子，眼微眯，一副沉思的神态，她一定在问："好日子为什么走得那么快？"

很多年前，我在大姨家看到一张母亲年轻时的照片，满月的我被她抱在怀里。照片上写有"绛帐火车站东风照相馆"的字样。一个静谧的瞬间。那是一个什么样的日子呢？母亲抱着自己的儿子，走长长的土路，把我和她留在时间的夹缝里。那是我吗？一个混沌的婴儿，他能想到有一条怎样的路在等自己走吗？我多想回到那一天，看看外面的世界是什么样子，街上走的都是些什么人。爷爷、我的父亲，他们都是什么样的表情？我降生的汤家村，又是怎样的景象，天上有没有骆驼样的云彩？

母亲和她的两个妹妹在新屋院子里有说有笑，手里正缝制着一条绸缎被子。那是三十年前的午后，秋阳高照，柔软的风吹得院子里的梧桐树叶窸窣作响。我就要去上海读书了。“娃有出息了，订下的媳妇咋办呢？”大姨一边用手抚平被面，一边问。“走一步看一步吧。说不准引回来个上海女子！”小姨接过话茬。母亲乐得合不上嘴巴，好像没说什么，又好像说了句：“由娃吧。”

那个下午定格在我的记忆里。

走的时候，父亲拉着架子车，母亲和我在后面推。车里装了一个麻袋和一个崭新的皮箱。玉米快熟了，乡人在地里忙活着。通向绛帐火车站的路坑洼不平，一路上不断有人打招呼：“送儿上大学啊！呵呵。”父亲喜悦，母亲伤感，我是悲喜交加：迈出黄土地，眼前有一个光明的前途等着我，我好似摆脱了命运的纠缠，从此可以自由飞翔了；又有莫名的哀伤，自此离开母亲，奔赴不可知的未来，隐隐有割断脐带的痛楚。

生我养我的土地，在我眼里亲切起来。你们，玉米和高粱在列队为我送行吗？

下双庙坡前，我回头看了一眼东北方青纱帐掩映的村子——高家村，几乎缩成小点。它东边是我的出生地汤家村，溺爱我的爷爷孤零零地住在偏厦房里，他将在几年后离开人世。汤家村东南的王上村住着我的干爹一家，我幼年的快乐时光就储存在他们温暖的窑洞里，干妈、两个哥哥、两个姐姐，他们是我的庇护者。双庙坡正北的绛中村，是我的生命之根——母亲的家。外祖父外祖母长眠地下，大舅二舅分家而过。绛中村西北方向的毕公村和朱家村是两个姨的家。十多年后，小姨因脑溢血而离世，大姨因同样的疾病而亡，二十多年后，大姨夫被烟头燃着的大火烧死在冷冰冰的床上。

我的生父此刻正在绛帐火车站以西一百公里外的宝鸡，惦念着我的行程。一个月前，他闯进高家村，要求供我读大学，被母亲拒绝了，“他想摘桃子呢！只要我娃考上大学，就是吃糠咽菜我也要把他供出来。”

宝鸡往西，在遥远的西疆某地，我爱慕的姑娘在教室里上课，她已经先我一年考上了医学院。这就是我登上去上海的列车前的人生地图。

北京，香港，只是一个名词在远处闪光。宝岛台湾遥不可及。美国，更是湮没在浓雾里。村里人说，从咱们这地里一直挖下去，就能到美国。我知道那是个笑话，意思是谁也去不了的一个地方。

跟父亲通话，好像坐在自家的热炕上，关中平原的风在窗棂外呼啸。母亲看似眯眼，其实我们说的每个字她都听进去了。“我和你妈现在是互相帮助。”父亲说，“我挂完吊针，她又病了，也挂上了。”挂吊针似乎是农村人的宗教，医生总是说，那样好得快。

母亲现在正躺在西安一家医院里等待做手术，两个弟弟跑前跑后伺候着。我在等那个电话，我盼望她用复明的眼睛看看这个越来越不可理喻的世界。

好日子仿佛从指间漏出去的水，怎么也掬不住。

2012 年第 6 期

身体·艘船

隐地

身体，是一艘没有航道的船。从生命诞生的那一刻起，它就和天上的云海中的鱼一样飘着游着。从早到晚，从春天到冬天，我们的身体游走于大地，就像船在海洋里行进着，有时后退，有时打转，有时也停泊到一个码头，或进入港口休憩。

我让自己的身体斜靠着，成为一艘会思想的船，随着前尘往事，想着人在大地上的存活。人，从诞生到死亡，航行于茫茫海洋，新日子转眼成旧日子，新的一年在叹息之间来了又走了。我们活在短暂的时空里。只因为活着、生存着，就像船来来回回不停地航行着。有了身体这艘船，我们可进可退，可驶往人潮，也可退出江湖。

我喜欢我的身体，因为它像一艘船。每天醒来，它把我载到楼下，取出信箱里的报纸，顺手将羊奶也带上楼，就着灯光将报纸摊在早餐桌上——一个世界立即展现在我眼前。报纸把世俗人心的温度传递给我，有时感觉温暖，有时整颗心开始淌血。

我，一艘航行了六十年的老船，想着我的生命及生命中的偶然、必然、茫然。四周不断有新的生命涌来，纸船、小帆船、独木舟……新人类是多么勇敢，他们什么也不准备，一样和我们并肩前行。我看着前面的大轮船，多么庞大的身躯，在汪洋中载浮载沉。当年初航的勇猛，显然风一般的消逝了，它踽踽独行，还能在这逆风冷雨的海上支撑多久呢？我知道答案。人生的收尾还会有什么好戏？它最后会沉没，我也会沉没，随后赶来的独木舟、小帆船和纸船都会一一沉没。但是我们怕什么呢？历史会记载我们的航程，虽然历史也将沉没，沉没才是这个世界最后的命运。

囡囡宝宝，你是一艘什么船？汪洋大海一片，为什么我们竟然撞上了？噢，两艘撞在一起的船，是喜剧还是悲剧？或是悲剧之后的喜剧、喜剧之后的悲剧？人类还能演出悲悲喜喜、喜喜悲悲之外的什么剧呢？

噢，什么荒谬的悲喜剧全都出笼了。在这个号称后现代的末世代，人咬狗已不是新闻，人变狗或许才是新闻。用身体的船继续向前航行吧。活着，就可欣赏光怪陆离的世界，看尽光怪陆离的现象。这是人性大解放的年代，地府天宫想象不出的情节，魔术师全为我们变了出来。声光视听，更是国际水准。谁的魔术变得巧，谁就是这个世界的王。

我望着阳台上一双又一双的鞋，这些像船一样的鞋，它们载我行过大街小巷，让我成为城市的眼睛。我们的城在春夏秋冬里老了，我们的城也因为春夏秋冬而年轻。许多遗忘的老历史被翻腾了出来，另一些新绿却盖上了黄土。这会儿的羞辱，曾经也是人们欢呼过的荣耀。一棵树的茂盛、憔悴，原来就是一座城的故事。

我的身体是我的船。二十年前，我就扬帆远航，越过太平洋。我也曾徜徉地中海，更游历了巴黎的母亲——塞纳河。不要对这世界抱怨，这世界一直是美丽的。我们要为自己活着而骄傲，要为活在当代感到荣幸。特别是我们活在中国，险象、奇象兼备且有点异类的中国，一个古老又绝对新鲜的国家——透过五千年历史文化，我们看到自己国家龌龊的和龙飞凤翔的两面。人要愈活才愈知道，世间的真相其实不容易看到。人是矫情的，城市是矫情的，连我这艘船也是矫情的，不是吗？我们从来不曾赤裸着站出来。有谁看过原木船？不管是什么材料的船，都要上漆。上漆是对船身的保护，穿衣也是。我们用衣服保暖，也用衣服和别人保持距离，保持我们的尊贵。

而你，囡囡宝宝，我们是赤裸的，我们用赤裸的身体相互取暖，两艘纠缠在一起的船。我们漂浮在海洋上，我们是两块原木，可以互相拆解，也可以拼装合成一艘船。

一艘船，一艘愚人船，这世上数以亿计的愚人。可笑的是，人人都自以为不凡，自以为是美少年、美人儿。其实，我们一点儿也不美、不年轻。所有年轻的、气盛的、自恋自傲的，让生命继续往前走三十年。三十年的光阴，在亿万年的时空里，只是眼睁一眨，而你已经老了。对着镜子谁都可以瞧瞧自己，皱纹一横一画地长出来。身体这艘船如此不堪一击，脆弱是它的名字，摇晃在茫茫人海。人啊人，可怜的是人人只望见别人的老、别人的丑，从来不曾想到自己也是愚人船上群愚之中的一愚。

你说你是一艘船吗？你航进了漆黑的世界，你是在黑夜的海上。光亮，在世界的另一端，日与夜连贯着。身体的船，用睡眠衔接太阳与月亮的换班游戏。世界的彼端，开着一片美丽的鲜花，大地欣欣向荣。成长着的年轻人，眼前除了希望，还有梦，你不做梦吗？你这艘老船，你忘了自己曾经年轻。地球是圆的，时间也是圆的。你的船旧了、破了、沉了，新的船一艘又一艘正在进行它们的初航。何况，这世间多的是不老的老人，不是吗？你听谁说过圣诞老公公老了？老人不是永远围在我们四周吗？这世界从来没有缺少过老人，也就永远会有自称像船一样航行着的老身体，以及老牛老马老公鸡，以及老钟老鞋老冰箱，还有老婆和老情人。让老的涂上微笑的漆，也漆上希望和梦。让一艘艘慢慢行驶着的老船，全身上下都闪出光亮。

我想飞，我的身体挂满了零件，我飞得起来吗？我必须提醒自己只是一艘船。如果青春靠紧我的身体，我想，自己会是一艘飞船，可以飞得起来的。可惜，贪心让我挂满零件，我的身体成为一座欲望之城。

让城坍塌吧，恢复我为一艘船。我喜欢自己的身体像一艘船，甚或只是一叶轻舟。我要趁自己还能动的时候，游历这个世界。

囡囡宝宝，请携手与我同行。

2012 年第 9 期

水泥的辩证史

钟永丰

那是一九六八年，我能想能讲的话还不多，世界的范围由祖父带着我牵牛踏过的地域模糊地构成。呈现在我七岁心灵中的这个世界，许多成分一再地被时间轴与空间轴呆呆地复制着。面对事物，用得着理解与分析的地方不多。我习惯了发楞，很自然地。

是从那一天早上开始，我的记忆突然变得多彩，并且出现了清晰的形状。我在空荡的大板眠床上醒来，发现客厅里的器物全被移到了禾埕。我走进客厅一看，一幅景象硬把闪电比了下去：屋后的大土芒果树穿过后门与后窗，竟然就倒在镜平未干的水泥地面上！

恭敬而充满期待地，我们全家在屋檐下吃了两天饭。祖父一双粗裂的手掌在水泥地上煞有介事地摸了又摸、压了又压，并请来识字较多的阿定叔公、长有伯公斟酌意见，确定水泥干实了，才决定把家具搬回原位。

“啊，恁凉！恁平！”突然间，我全身的窍门开了，颤抖着，小心翼翼地呵护、抑制着那种感觉。

祖父滑稽但幸福的身影，像农地重划纪念碑立于被整肃的田野，标志着我们这一家现代化的重要历程——晴时凹凸、雨时黏搭滑溜的泥土地被水泥，啊，被水泥盖住了！

因为这种幸福的冲击，以及想保有并扩大这种滋味的渴望，我学会了测量。两期稻子收割后，水泥由客厅向外铺展，依照合院家族内的空间伦理，先是延伸至祖父母的卧室，继而入侵父母与我及小妹合睡的房间，立刻就把床下叽叽仔虫的繁殖领域给封锁住了。我牢牢记住了水泥的进程，并在时间轴上画下记号。

又是另一种微笑的幸福，房间也从此换了表情。少了叽叽仔虫的作祟，夜晚与鬼怪的关系就淡了；即使大人们仍留在烟楼赶工，我也敢一个人进房就寝了。

上国小后以同学关系作为桥梁，我开始有机会到别的合院玩耍。从测量水泥地的面积开始，我学会了比较。

“哈，阿灯古家连堂下都没有打上水泥！”

“哦，阿富摆家实在好，从伙房禾埕走到烟楼，脚底都是白的！”

“要是门楼前能打上水泥，这样我从家里走到学校就不必踏到泥了！”

每当从游戏中抽离出来，我就会总结刚刚的观察。我仍是会发愣，但多了内容。

从这种比较开始，我建立了关于我们家这一带地方最早的认识，这种初级的社会认识始终是被拴在蔑视或艳羡的情绪柱上。这种方法论很快就撞上了盲点：一般的农家经济很快就追过了水泥的成本，水泥面积相仿的三合院越来越多，刚建立的地方认识很快就过时了。但不用急，我速速打造了另外一样测量与比较的标准：水泥地面的细滑程度。

检验细滑程度的最佳时节在雨天：雨水洒满禾埕后，地面越细密，越能反映周遭的景物。在这种方法论的基础上，我发现了柏油，因而找到了雨后溜达的乐趣。

"啊，恁凉！恁平！"

比较水泥与柏油的劲头很快便消失了。国小毕业前两年，新奇的事物纷纷出现。首先是电视，接着是洋房、冰箱与瓷砖。显然，地面材料的质与量不能再作为比较与认识我们家及邻居家的唯一判断标准了。可是，每每看到三合院内的禾埕重新翻铺水泥，或雨后赤足踩踏在倒映着天空的柏油路面上，那股原始的乐趣仍会从我心底升起。

我十九岁那年，村里的农人全都闲了，换成十几部挖掘机、推土机下田。轰隆轰隆地，不出一年，村里的风景全被改变了。不再有蜿蜒的田界，田里多了好多垂直交会的重划路。最令我惊骇的是，消水沟——我与童年死党玩水中捉迷藏兼牵牛游泳的小河，被剃光了头，两岸连绵的灌木丛、芦苇、竹林及湿地，全都被铲除。

水泥紧接着泛滥，田埂、土坎、河岸及圳床……凡是没种上庄稼的空地几乎无一幸免。“青蛙跳得过吗？农人放水翻土时，蚯蚓有地方钻洞吗？蛇有地方躲吗？而我们还有哪里可以游泳，顺便逃离大人的眼界呢？”我开始觉得遗憾、惆怅。

农地重划后第一年，田地产量降得厉害，谣言传说是田地被动了胎气。庄稼人拼命撒农药、化肥，隔年产量不仅恢复，甚至超越重划前的水准。

农地重划像是一帖强效的镇静剂，整个村子突然都安静了，长我十岁左右的种田人纷纷不见了。此外，小我七八岁的堂侄不断问我，田里的蛙、水里的鱼都到哪儿去了？他们的蛙哨、钓术都学到家了，怎么到处下钩都没有反应？

“我也不知道！”我觉得此时再向他们吹夸儿时的豪爽情境，不仅残酷，且徒增伤感。两代人的联谊淡了，渐渐地。

我与水泥的缘分以一种反讽的方式延续着。

重划这一年，我考中了某国立大学土木系，新生座谈会上，学长们一再宣明，这是台湾师资、设备最好的土木系。开学后不久，在工程材料这堂课上我很快就明白，土木系也者，其实就是水泥系，这因西方人的使力而发扬光大的东西，简直改变了全世界的地景。

系里的教授每每让我联想起自夸武功的殖民者。常常，我从有关水泥制品成分与力道的教科书页上抬起头来，脑门立即就成了银幕，一景又一景地放映着被镇压的土地与生息。它们的灵魂不死，成了乡愁。

我心中一阵又一阵阴霾，厌恶感一层又一层加深。水泥否定了我的童年，现在我则否定了水泥，而且决定要为这否定的否定付出代价。二年级上学期，我便拒绝了所有有关水泥科目的考试，于是就被退学了。

多年后，每当我在环保抗争的现场望见整排防暴警察堵住高举手臂的边缘不幸者，就会想起那被长而直的混凝土块向后推挤的长草的河岸，就会想起祖父张着嘴露出豁牙的笑脸，想起胀着圆裸的肚皮，在沁凉爽平的新铺水泥地上翻滚着入睡的那个遥远的夏日午后。

2012 年第 11 期

爱上一棵树

班超 编译

法国小说家科莱特在《黎明》一书的开头，引用了母亲七十六岁时写给她的一封信。她的母亲茜多妮深感遗憾地拒绝了女儿的邀请，因为，尽管她非常渴望去看女儿，但她那稀有的粉红仙人掌马上要开花了，那可是四年才有一次的盛事。“我已经是一个很老的老太婆了，如果在我的粉红仙人掌即将开花时我离开，我确信自己应该看不到它再次开花。”

我一直喜欢这一章，但第一次读它时，尚年轻的我还真是不能理解。只有现在，当我家后院的那棵海棠树繁花似锦之际，无论多么有吸引力的邀请我都会拒绝，我这才理解了茜多妮。

年少时，我从没想过自己会爱上一棵枝干多瘤节的树。在布鲁克林——我成长的地方，我家的庭院里也有几棵很漂亮的树，但我只记得无花果树和木槿，那是因为它们会吸引来成群结队的蜜蜂。其他的树，从吐出新叶到叶落，都没引起我的注意。

后来，当我使用“抱树人”（抱住树木以使其免遭砍伐的环保者）一词时，我非常确定自己不是。但现在看来，我已经变成一个“抱树人”。

三十年前，当我和丈夫、大儿子搬到哈德逊山谷的这所农舍来时，海棠树已经在那里了——后院的中央。我不知道是谁栽下它，也不知道它已经在那里生长了多久。然而，从我们搬来的那天起，它的存在就不容忽视，因为它简直太美了！

春天，是海棠树最华美、绚烂的时候。通常，它那带有深粉色脉纹的雅致白花会在一夜之间突然绽放，令人无限欣喜。但我也爱开花之前的日子，氤氲的光环（一种只有在特定时间、特定光线下才看得到的红色薄雾）笼罩着整株树。

夏季的到来让我有些许遗憾，但还是着迷。我看着它的花朵渐渐凋谢，树叶由黄绿转暗，每一天都呈现出不同的风姿。

我常常想，植海棠树的人可谓独具匠心——海棠树的一边被房子遮蔽，另一边有森林掩护，所以它的叶子秋冬时能多在枝头停留许久。直到下第一场雪，它的叶子才徐徐落下，袒露出镶嵌有灰绿苔藓的闪烁着金属光泽的黑色树皮。还有我丈夫，是他使海棠树成为现在的形状——一半任其自然生长，一半修剪成卵圆形，使它宛若一个悬停于空中的巨大飞碟。

像许多伟大的爱一样，我对海棠树的强烈喜爱也是慢慢积累而来的。几年前，我对它的爱达到了顶点。那时，我们增建了一处建筑，把我们家后面的二楼变成了一个树屋。完工当天，我第一次走进房间时无比震惊，仿佛我初次与海棠树如此接近。我坐在书桌前，前方就是我的爱人、我的灵感、我飘飞思绪的栖息处。

别人有俯瞰城市或远观山水的窗子，而海棠树是我们卧室窗外的风景。早上如果有一点时间，我丈夫和我必定坐在床上边喝咖啡边欣赏海棠树。我们的床头柜上放着一个望远镜，因为总有东西可看——鸟儿忽飞忽落于树上，小动物们在树下忙着寻找果子吃。

海棠树是动物的乐园。以它为背景，红雀和冠蓝鸦都显得分外惊艳！鹿抬起前腿够食低处树枝上的青绿果实，到了秋天，它们吃了地上发酵的果实后，便现出颇具观赏性的有趣醉态。

我居住在乡下，生活在大自然中。海棠树是我与大自然最紧密的联系，它是窗内与窗外所有事物的桥梁。我花园里的花盛开后即消亡，然而随着时间推移，海棠树却不断自我更新和变化——提醒我大地蕴藏着不朽的能量。

海棠树给予我无尽的精神抚慰，让我时刻沐浴着生命的力量。通过它我开始读懂四季，思考时间。在我到来之前它已经在那里，当我去世之后它将依然随着季节更迭而不断变化。我相信，树的体内存在某种精神。我家的海棠树已经变成我的信仰。

当然，我对海棠树的热爱也让我们付出了代价。有时我丈夫和我想好了搬家的理由：靠近我任教的大学，离我们的父母家近一点儿，不过，除非能带走我的海棠树，否则我宁愿不搬走。

科莱特是如此给她母亲写回信的："每当有一种力量的渴望或刺痛的利刃侵袭，我感觉低于自身的一切遭受我自己平庸无才的威胁、被一块失去力量的肌肉吓到时，我仍然能抬起头，自语道：'我是那个写那封信的女人的女儿。'"我不要求这种来自朋友和家人的赞颂。我只是希望，当我的海棠树恰值花期而我拒绝出访时，他们能够理解，并且不要放在心上。

2012 年第 16 期

一辈子就是玩

王开岭

文化史上有两类名士、两种心灵，皆有人间大爱，但气质迥异：一类属药，让你舌下含苦、两腋起风，精神陡然冷肃、峭拔起来；一类属糖，让你爱意涌体、蓄乐生津，抛却世间险要和烦忧。前者如鲁迅、胡适、郁达夫，那一代文人多属此列，即便“闲适”如林语堂者也不例外。后者则是极单纯、极通透和快活的玻璃人，此类人稀少，除王世襄，甚至难觅同辈搭档（汪曾祺、黄永玉有点儿像，但玩兴略欠，泼劲不足，感觉没玩透），似乎只能往史上找了，如陆羽、李渔、张岱、文震亨等。若说前者乃地上的爱，现实且苦涩，有镣铐之沉和铿锵声，那后者则是云上的爱，步履轻盈，溺于鸡毛蒜皮、物机天趣，有独立超然之仙风。

前者贡献的是体巨，是磐重，乃经世要义；后者呈现的是精微，是点滴，乃俗生大美。一则为黄山之松、泰山之碑；一则为“芥子纳须弥”。虽不同语，却是世间最精彩的两幅卦象。

我越来越深觉两者的重要，尤其后者，它甚至直接成为“热爱生活”的依据，没有它，人生即有釜底抽薪的虚脱感。但在价值观上，特别于中国这样一个苦难型母体，前者的地位往往首要；稍不留神，后者即被讥为颓废，以商女靡音、纨绔骚风嘘之。

在很长的时光里，我就是这么以为的，几乎不正眼视之。

当我读完世襄的《锦灰堆》，当我偶识这位以养虫、育鸽、饲鹰、精馔、藏物、识器立身的大玩家，当我见识了老北京那些平凡琐碎的“玩意儿”——那些即使在最动荡和苦难的日子里仍不肯牺牲的兴致与生趣，那些与骄奢无关、问汲于自然、求助于草虫的最低成本的快活……我开始惊叹，多么健康而美好的人！

世襄八十寿辰，荃猷女士亲手刻了一幅红彤彤的剪纸:《大树图》。树上十五枚果子，对应老伴的十五类钟爱——

“家具”，世襄酷爱明式家具，著有《明式家具珍赏》《明式家具研究》；“漆器”，是世襄最得意的学术强项，著有《髹饰录解说》；“竹刻”，世襄曾致力于传统竹刻技法的恢复，著有《竹刻艺术》《竹刻鉴赏》；“套模子的葫芦”，世襄钟情葫芦种植技术和造型；“火绘葫芦器”，世襄擅长火绘葫芦……

爱天空、爱市井、爱草木、爱鸟虫、爱古今、爱神灵、爱路人……一辈子聚精会神、专注毫发，只知道爱，只埋头玩。有何不好？尘界的缤纷、热闹、蓬蓬勃勃，人世的动力、活性、快乐源泉，生命的元素、本义、真相谜根，难道不都涌向了这儿吗？他不过屏神静气、心无旁骛地为同胞集中演示了一遍。假如鲁迅能活两百年，很久以后，当时代不再为之埋伏那么多对手和险恶，也许他会成为另一个王世襄。

我曾给好多人推荐读世襄的书。读之，可明目醒耳，励足健体；可凝神细微，铸品养性；可知物辨机，享受妙趣；可贪生求饴，绝厌世之念。有人替他总结了很多成就：古鉴成就、收藏成就、学术成就、人格成就、爱情成就、美食成就……在我看来，他最大的成就即生活，即玩。一辈子地玩，有业无业、有名堂无名堂地玩，玩醉了，玩透了。“芥子纳须弥”的成就，非玩之初衷，而是无意之酿，犹如岁月寿盒。

世襄至交、翻译家杨宪益先生曾赠诗云：“名士风流天下闻，方言苍泳寄情深。少年燕市称顽主，老大京华辑逸文。”在一个不会玩、不敢玩、忘了玩、没得玩、玩不转的年代，这堪称一份伟大业绩。

二〇〇九年十一月，“京城第一玩家”王世襄，因病医治无效，在北京协和医院去世，享年九十五岁。依本人意愿，不作遗体告别，不设灵堂。

有人说，杨宪益、王世襄等朋辈携手西去，似乎约好了似的，似乎宣告了这样的事实：一个时代结束了。次晚，我所在的央视深夜节目《24小时》播出了一条新闻——那个最会玩的人去了。

片子的尾声，我写了一段话：

> 读王世襄的书，你会对人生恍然大悟：快乐如此简单，趣味如此无穷，童年竟然可携带一生。你会情不自禁地说："活着真好！"如今，那个最会玩的人不能再和我们一起玩了。但他的天真、他的玩具、他的活法……将留下来，陪我们。

2012年第18期

一条找不到家的土著狗

阎连科

有一次和家人一块儿去八达岭，回来到沙河那儿，看到一只狗在封闭的高速公路上逆行着疯跑和寻找。我们担心它最终会和某辆车撞在一块儿，几经周折，我们用食品和水换取了狗的信任，并把它带回了家。

它是一只黑白相间的花公狗，土著，有四十厘米高。从它的体态、胖瘦和对人的信任来看，可以肯定它不是一条流浪狗。流浪狗的目光都是警觉而又乞求的，而它在吃了蛋糕喝了水后，那目光中的警觉很快就消失了，只剩下一些焦虑和不安。由此可以判断，它是一只有家、有亲人的狗。

把它放在我家院落里，它除了身处陌生环境的不安外，没有了在高速路上对汽车与死亡的焦虑和紧张，看到我们一家人时总是摇着尾巴，舔我们的手。看到有同类被人牵着在院子里溜达时，它会发出示好和相邀的叫声。

狗对家是有超强记忆能力的。几年前，报纸上曾登过一则消息说，有一个人用汽车把一只狗从北京拉到几百公里外的唐山，结果那狗过了二十多天，又从唐山跑回了北京家里。由此我推测，土著花狗眼神中的不安和陌生，其实是对主人的思念和怀想。

果然，在我的观察中，这只土花狗每天半夜都在喝完半盆水后离开我家，走出院子，不知去了哪里。天亮前，它又精疲力竭地回来，卧在我家院里，一脸的失落。

就这样，半月后的一天早上，我起床出门，发现它没有如往日那样疲惫地卧在食盆边上，直到中午、晚上它都没有回来。

从那以后，每天早上，一家人无论谁先起床，都要首先开门看一看，院里的那棵椿树下是否卧着一只土生土长的大花狗……随着时间的昼走夜来，我们对于花狗的记忆渐渐淡薄了。

事情的戏剧性变化是在一个多月后，秋天到来时。有一天下午，我正在院里摘豆角，忽然听到栅栏外有“汪汪”的狗叫声。抬起头，看见那只花狗站起来把它的前爪搭在门上，目光中的热切像寒夜中的两把火。在那狗的身后，是它的主人，一个六十多岁、秃了顶的大兴农民，怀里抱着两个巨大的西瓜，累得满脸是汗。

“喂——是你收留过我们家的花花吧？”老人大声地问着我，把那两个西瓜放在低矮的栅栏外。

老人把这只狗从小养到大，两个月前，狗出门去追一只发情的野狗，追着追着就跑丢了。半个月后，有天早上一起床，门一开，它却又突然回去了。

老人今天到世界公园这边卖西瓜。卖着卖着就见花狗不停地要往这个院子跑，跑到院子门口，重又回到他的瓜车旁，回到瓜车旁又心神不宁地朝这院子跑，有几次还咬着他的裤腿朝院子门口这边拉，弄得他生意都没法畅畅快快地做，最后他忽然想起它失踪半月的事，估摸这院里有人曾在那半个月里收留过它，就跟着花狗到了我家。

花狗和它的主人离开我家时，夕阳西下，院子里一片彤红温暖的光。

2012 年第 21 期

河湾没了

冯骥才

一

我也不明白自己是怎么回事——比如树，我不喜欢修整过、剪得整整齐齐的，我爱看那一任自然、随意弯转的树干，枝枝蔓蔓、自由伸展的枝条，疏疏密密、郁郁葱葱的叶子。就拿我的脑袋说吧，我向来不愿意去理发店又吹又烫，搞得像个崭新的、紧绷绷的、又黑又亮的皮鞋头。再比如，我去颐和园，每次总是一进园门就斜穿过谐趣园，到那很少人工痕迹的、野木横斜间软软的黄土小径上闲逛。至于那油漆彩绘、镂雕精工的长廊，我只去过一次就觉得足够了。我这种偏好和性情常常受到朋友们的讪笑、挖苦，乃至抨击。我从不反驳，因为我于此中几乎没什么道理可讲，但心中的喜恶却依然分明又执著。

二

有群外宾转天要来游某公园，这公园以林木甚丰而著称。但其时正值晚秋，枝叶多落，积地盈尺。公园有甲和乙两个负责人。甲负责人要全体园工突击打扫落叶，可是这么大的一个公园，如何打扫得干净？

乙负责人原是多年的老园工，颇通园林艺术。他以为“满地黄叶满地金”，正是一番好景色。脚踏落叶，观赏园景，别有情趣。这话一说，大家无不赞成。其实赞成者中间大多是不愿费力清扫落叶的。

翌日，游客群至。脚踩着厚厚的、有弹性的、如同金毯般的一地落叶，有种异样的舒服；而且落叶一经踩踏，在足掌下沙沙有声，别有一种愉快的感觉。宾客来到公园的湖畔，临湖有几张石桌，四边围着一些圆桶形的石凳，上边也薄薄盖了一层落叶。乙负责人上前用衣袖将落叶拂去，吩咐人摆上小菜、啤酒、甜点。宾客或坐或立，一边小吃小饮，一边观看金黄灿烂的秋色。四下的落叶在日晒中犹散着一股清馨，直沁心脾。渐渐地，客人们都默默无声，心驰神往于这般景色中，尽享着大自然所赐予的美。

甲负责人甚喜，暗想，不费丝毫力气，反落得双倍功效，但他并未深究此中的缘故。

我听了这件事，便认定那位园工出身的乙负责人不单是位内行而称职的领导，而且还可以做一名诗人。

三

我家住在河湾街十九号，我家门前有个小小的河湾。

它真美、真静、真迷人。它与平原上随处可见的河湾并无异处，不过一湾清亮亮的水日日缓缓流动，倒映着天、云彩、飞鸟、风筝，以及两岸垂柳的影子……它总是淡淡的、默默的、静静的，只有在初春河上的冰片碎裂时，夏日水涨流急时，或狂风掀起波浪拍打泥岸时，它才发出一些声响。这是它的个性吧！可能由于我喜欢这样一种性格的人，才分外爱恋这河湾。谁知道呢？

它离我家门口不过五六十步。它伴随过我的幼年、少年和青年，直到后来。我曾经和小伙伴们在这爬满青草、开着野花的堤坡上玩耍，在河湾里洗澡，或蹲在河边，眼瞧着一些顶着草笠的渔人，一抖手中的竹竿，把一条半尺多长闪光的银鱼从水下甩到岸上来。

我见过一个画画的来到这儿，他一到这儿就仿佛被磁石吸住了似的，从此天天来。先是在河对岸画，后来又到这边来。我对这个浅黑脸儿、不爱说话、衣服沾满颜料的人产生了好感，大概是因为他对“我们的河湾”有了好感之故。

我说“我们的河湾”，这只是一种习惯，因为河湾街上的人家对外人都这样说，好像这河湾天经地义属于我们这些日夜守在它身旁的人。大人们严禁我们往河里撒尿，因为他们天天要在这河湾里浣衣、洗菜、淘米和打水。

再说那个画画的。我站在他身边，好奇地看着他把许多种颜色搅在一起后，涂在一块紧绷在木框子上的粗布上。他不理我，只是一忽儿抬起头看看河湾，一忽儿又注目他的画，还不住地摇头叹息。看来，把我们的河湾搬到他的画布上并非一件容易的事。

我忍不住说："你画得不好！"

他扭过半边浅黑色、瘦削的脸，目光依然盯着画布："怎么不好？"

我一时说不出道理，却把自己的感受直截了当地说了出来："我们这河湾是活的，都被你画死了！"

谁知我的话好似什么东西击中了他的要害。他瞠目瞅了我半天，那眼神于迷惘中略带惊讶。我当时才十多岁，哪懂得自己随意的几句话恰中了艺术的秘要。他茫然地怔了一会儿，忽然用一把带木柄的三角形薄铁片，把画布上的油色刮去，然后啪地关上画箱，骑车走了。此后他没有再来。

我以为自己的话得罪了他，心中充满悔意。可是当我的目光一停在河湾的景色间，这悔意就像被一阵风吹得光光的。瞧吧！我们的河湾便是可以指责那位不成功的画家最充分的理由与依据。它本身才是一幅真正美丽的画呢！

四

一天清早，我的孩子叫着："爸爸，你瞧，多好看的河湾呀！"

我隔窗望去，不禁吃了一惊。那河湾里出现了一种绛紫的颜色，在两岸碧绿的苇草中间显得十分刺目。多少年来，这河湾一直像幅淡雅的水彩画，从来没有过这样浓艳的颜色。

我跑到河边一看，原来不知从哪儿流来一股紫色溶液。我向上游望去，那边有几座红砖高楼，高高的大烟囱，灰白色的水泥围墙。哦，那是去年刚建起的一座染料厂。

自此之后，紫色的液体日日夜夜涌进河湾，河湾的容颜变化巨大。无论阴晴雨雾，河湾再变幻不出任何动人的情态，它总是一副刺目的、冷冰冰的紫色的面孔，在蓝天碧野间，不协调地炫耀着自己浓烈的色泽。当这溶液流入河湾时，岸边便泛起一堆堆泡沫。它仿佛是一种流动的、无形的恶魔，使河边茂密的芦苇发黑、萎缩、枯死。水面上再没有鱼儿游动的水纹，渔人也消失了。

河湾街上的人家再没人到河边打水或洗衣。人们也不再爱惜它了，常常有人把垃圾倒入河中。

这时，我忽然想到二十年前来到这儿画画的那个又瘦又黑的人。如果当时河湾是这副样子，他肯定会对我那两句批评他的话反唇相讥：“这河湾的一切不都是死了的吗？”

河湾是死了，画家更不会再来。画家与作家不同，作家的心灵常常会被一个死者触动，而打动画家的，大多是那些美的、自然的、活生生和运动着的生命……

五

为了这河湾，河湾街上的人家同染料厂交涉起来，争吵、辩论、打官司，事情愈闹愈大。

没过许久，听说染料厂与附近一个生产队签了合同。生产队把河湾彼岸的几十亩地，包括这河湾在内，一起卖给染料厂，修建一座仓库，条件是染料厂招收这个生产队一百名农民当工人，还把染料筒喷漆的外加工业务给了这个生产队。

这样一来，事情就解决得飞快。跟着来了一伙人，看样子，有工人，也有生产队的庄稼汉。他们赶着马车，带着铁锹、镐头、大锯，还开来一辆旧式的推土机，干得很带劲。先把河湾周围的老树齐根锯去，装上马车运走；再将河水抽干，把河床作为天然的沟槽，埋下染料厂排泄废水的水泥管道，河堤也被削去……这样，一条小河便从地面上消失了，随后是一座大型仓库修建起来。原先那条小河流经之地，被筑成一条宽宽的土公路，它离我家门前，还是那五六十步。

一天，一个路人问我："哪儿是河湾街？"

"就这儿。"我说。

那人四下一看，不解地一扬眉毛："哪来的河湾？也没有河呀！"

我看了看对面仓库长长而单调的围墙、堆成小山似的漆黑的颜料筒、尘土飞扬的公路，不禁怅然说了一声："河湾没了！"

2012年第22期

父亲的树

阎连科

记得的，一九七八年，是这个时代中印记最深的，如同冬后的春来乍到时，万物恍恍惚惚苏醒了，人世的天空也蓝得唐突和猛烈，让人以为天蓝是掺杂了一些假——忽然的，农民分地了。政府又都把地分还给了农民，宛如把固若金汤的城墙砸碎替农民制成了吃饭的碗，让人不敢相信，让人以为这是政策翻烧饼、做游戏中新一次的捉迷藏。农民们一边站在田头灿烂地笑，另一边有人把分到自家田地中的树木都给砍掉了。

田是我的了，物随地走，那树自然也该是我家的私有财产。于是，大的和小的，泡桐或杨树就都被砍了。先把树伐掉，抬到家里去，如果有一天政策变了，又把田地收回到政府的账册和手里，至少家里还留有一棵、几棵树。就这样，大家相互学习，相互攀比，几天间，田野里、山坡上那些稍大的可做檩梁的树木就都不在了。

我家的地是分在村外路边的一块平壤间，和别家的田头都有树一样，也笔直地立着一棵比碗粗的箭杨树。在春天，箭杨树叶“哗哗”响。当别家田头的树都只有白茬树桩时，那棵杨树还孤零零地立着，像广场上的旗杆一样。为砍不砍那棵树，一家人是有过争论的。父亲也是有过思忖的，他曾经用手和目光几次去丈量树的粗细和高矮，知道把树伐下来，是盖房做檩的绝好材料，就是把它卖了去，也可以卖上几十近百元。

几十近百元，是那个年代里很壮的一笔钱。

可最终，父亲没有砍那树。

邻居说：“不砍呀？”

父亲在田头笑着回人家：“让它再长长。”

路人说：“不砍呀？”

父亲说：“它还没真正长成呢。”

就没砍。就让那原是路边田头长长一排中的一棵箭杨树，孤傲挺拔地竖在路边上、田野间，仿佛是竖在乡村人心的一杆旗。小盆一样粗，两丈多高，有许多“杨眼”妩媚明快地闪在树身上，望着这世界，读着世界的变幻和人心。然而在三年后，乡村的土地政策果不其然变化了。各家与各家的土地需要调整和更换，并且政府还要重新收回，分给那些新出生的孩子。于是，我家的地就是别家的田地了，那棵已经远比盆粗的箭杨树也成了人家的树。

成了人家的地，也成了人家的树。可在成了人家田地后的第三天，父亲、母亲和二姐从那田头上过，忽然发现那远比盆粗的树已经不在了，路边只有紧随地面白着的树桩。树桩的白，如在云黑的天空下白着的一片雪。一家人立在那树桩边，仿佛忽然立在了悬崖旁，面面相觑。不知二姐和母亲说了啥，懊悔、抱怨了父亲一些什么话。父亲没接话，只看了一会儿那树桩，就领着母亲、二姐朝远处我家新分的田地去了。

到后来，父亲离开人世后，我念念不忘他人生中的许多事，也总是常常想起那棵属于父亲的树。再后来，父亲入土为安了，他的坟头因为幡枝生成，又长起了一棵树。不是箭杨树，而是一棵并不成材的弯柳树。柳树由芽到枝，由胳膊的粗细到了碗状粗。山坡地，不似平壤的土肥与水足，那棵柳树竟也能在岁月中坚韧地长，卓绝地与风雨相处和厮守。天旱了，它把柳叶卷起来；天涝了，它把满树的枝叶蓬成伞。在酷夏，烈日如火时，那树罩着父亲的坟，也凉爽着我们一家人的心。

至今乡村的人多还有迷信，以为幡枝发芽长成材，皆是很好很好的一桩事。那是因为人生在世有许多厚德，上天和大地才让你的荒野坟前长起一棵树，寂时伴你说话和私语，闹时你可躲在树下寻出一片寂静。以此说来，那坟前的柳树也正是父亲生前做人的延续和回报，也正是上天和大地对人生因果的理解、写照和诠释。我为父亲坟头有那棵树感到安慰和自足。每年上坟时，哥哥、姐姐也都会为那弯树修整一下枝叶，让它虽然弯，却一样可以在山野荒寂中，把枝叶像旗一样扬起来。虽然寂，却更能寂出乡村的因果道理来。就这样，过了二十几年后，那树原来弓弯的腰身竟然也被天空和生长拉得直起来，竟然也有一丈多高，和二十多年前我家田头的箭杨树一样粗，完全可以成材使用了。

我家祖坟上有许多树，而属于父亲的那一棵，却是最大最粗的。这大概一是因为父亲下世早，那树生长的年头多；二是因为乡村伦理中的人品与德行，原是可以为树木提供给养的。我相信这一点。我敬仰那属于父亲的树。可是就在今年正月十五，我八十岁的三叔去世后，我们悲恸地把他送往坟地时，忽然看见父亲坟前的树没了，被人砍去了。树桩呈着岁月的灰黑色，显出无尽的沉默和蔑视。再看别的坟头的树，大的和小的也都一律不在了，被人伐光了。再看远处、更远处别家坟地的树，原来都是一片林似的密和绿，现在也都荡然无存、光秃秃的了。

想到今天乡村世界的繁华和烦扰；想到今天各村村头都有昼夜不息的电锯轰鸣声，与公路边上的几家木材加工厂和木器制造厂的发达；想到那每天都往城市运输的大车小车上的三合板、五合板和胶合板；想到路边一年四季都赫然竖着的大量收购各样木材的文明华丽的广告牌；想到我几年前回家就看到村头路边早已没了树木的空荡洁净，也就忽然明白了父亲和他人坟头被人砍树的原委和因果，也就只有沉默再沉默，无言再无言。

只是默默念念地想，时代与人心从田头伐起，最终就砍到了坟头上。

只是想，父亲终于在生前死后都没了他的树，和人心中最终没了旗一样。

只是想，父亲坟前的老树桩在春醒之后一定会发新芽的，但不知那芽几时才可长成树；成了树又有几年可以安稳无碍地竖在坟头和田野上。

2012年第24期

在爱情之前的那一页

〔美国〕E.B. 怀特

十几岁时，我在弗侬山住过，跟 J. 潘内尔·托马斯在同一街区。潘内尔家在我家北边，隔四五家，在街的同一侧。

潘内尔不是我的玩伴，因为他比我大几岁，但在他去火车站或从那里回来经过我家时，我经常跟他打招呼。他是个长相英俊的小伙子，非常文静而且腼腆。看到他，我会喊一声："你好，潘内尔！"他则会微笑着说："你好，埃尔文！"并继续往前走。我记得有一次我穿着溜冰鞋从我家院子里冲出来，在潘内尔面前炫耀般地来了个溜冰场上的那种转向。他说："嗬！你可真是个高手啊，对不对？"我现在还记得他的话。被年龄比我大的人称赞，我心里快活极了，就顺着石板铺的人行道飞快地溜走了，一路避开那些我一清二楚的裂隙。

当时，潘内尔之所以在我眼里如此非同一般，并非因为他英俊的长相和友好的举止，而是因为他的妹妹。她叫艾琳，跟我同龄，是个文静好看的女孩。她从未来过我家院子里玩，我也从未去过她家院子里玩。我们俩住得那么近，却不相往来。然而，她是我看中的女孩，我对她情有独钟。

在对待女孩的问题上，我跟同龄的大多数男孩都不一样。我很向往女孩，可她们吓住了我。凡是女孩希望她们的男伴具有的独特才能或本领——跳舞、踢球、人前露一手、吸烟以及闲聊等，我觉得我都没有，这些事我一样也干不好，也很少尝试。相反，我死守着自己的拿手本领：身子朝后坐在自行车把上骑车、胡诌诗歌、在钢琴上弹《阿依达》选段，冬天在林间谷地结冰的池塘上打冰球时守门。但是所有这些把戏在女孩子的眼里都算不了什么。在弗依山中学的四年里，我从来没去学校的舞会跳过舞，也从来没带一个女孩去过杂货店喝汽水、去西切斯特娱乐房玩游戏，或者去看电影。这些事我也想做，可是没胆量。

我的羞怯和落伍让姐姐很恼火，她开始做很多努力，想把我激励起来。她确信我在社交上裹足不前，觉得我成了她活跃的社交生活中的一个累赘。她总设法派给我女孩，但又总让我推了回去。一有机会，她就会打开留声机并抓住我，我们会在客厅里艰难地跳一步舞，跌跌撞撞。她像与我生死搏斗般抓紧我，最后我却用更大的力气挣脱并甩开她。

有一天，什么样的机缘巧合我已忘记，我姐姐成功地让我参加了一次她和别人在纽约的约会。当时对我来说，纽约是个大部分未经探究的奇境，是个花天酒地的所在，其他方面尚属未知。我姐姐听说过广场酒店的茶舞会，她和一个女友、另外一个小伙子还有我去尝试过一次。我觉得那次“远征”她在安排上有蹊跷。我在这伙人中年龄最小，是被哄骗进去的，我猜测那是为了让我在那次活动中起到让男女人数对等的作用，要么可能是我母亲禁止我姐姐去，除非有个家里人跟着。

那场面让我开了眼。不管跳舞的想法有多么令人厌恶，那里的布置却让我惊诧不已。桌子摆放得可以让人坐得那样接近舞池，以至于几乎就在舞池里。你可以点肉桂味烤面包片，然后安安稳稳地坐在椅子上，就可以观察紧紧搂抱着舞动的男男女女。音乐在演奏，你吃着你的烤面包片；舞者跟你的距离那么近，以至于在他们跳着舞经过时，几乎要扫掉桌子上的东西。我被打动了。我也知道，我正在看着跟弗依山各方面生活相距十万八千里的一个情景，在那之前，我从未见过类似情景。那天下午，肯定有一点酵素开始在我心里起作用了。

虽然现在对我来说似乎难以置信，然而我有了想法——请艾琳陪我去参加一次广场酒店的茶舞会。作为迈向无与伦比的大千世界的一次“远征”，这一计划在我脑子里成形，有意要让甚至最倦于享乐的女孩也目瞪口呆。

我不会跳舞这一事实肯定是个严重的不利因素，但没严重到能够阻止我。

我花了三天时间，才鼓起勇气打电话。同时，我把每方面都详细地研究了个遍。我有笔够用的钱以壮底气，查看了列车车次，全面检查了服装并选了我相信能过关的一套。然后，某天晚上六点钟，在父母下楼吃晚饭后，我在楼上磨蹭着，接着就钻进我的卧室外面的一个大壁橱，壁挂式电话在里边。我在里面站了几分钟，浑身打战，手放在听筒上，它颠倒着挂在听筒钩上。

我已经演习过第一句和第二句。我计划说："喂，请问我可以跟艾琳讲话吗？"然后她来听电话时，我计划说："喂，艾琳，我是埃尔文·怀特。"从那句往下，我琢磨着我能临时发挥。

终于，我拿起听筒并拨出号码。正像我猜的，是艾琳的母亲接的电话。

"请问我可以跟艾琳讲话吗？"我问道，声音又小又不安。

"等会儿。"她母亲说。然后她又想了一下问道："请问是哪位呀？"

"埃尔文。"

她从电话那里走开了，过了好大一阵子才听到艾琳的声音："喂，埃尔文。"这让我的第二句话说得不通了，但我仍坚持一字不改地说了出来。

“喂，艾琳，我是埃尔文·怀特。”我说。

我根本一会儿也没等，就向她提出了邀请。她好像愣住了，要我等一分钟，我想她是去跟她母亲悄悄商量了。到最后她说：“好，我愿意跟你去广场酒店参加舞会。”

我现在不了解，不用说，当时也不了解，艾琳那天下午在精神和身体上受到了怎样的折磨。整个活动完全按计划进行：步履庄重地走到火车站；不苟言笑地乘车，其间我们腼腆地盯着前方的座位；从中央大火车站艰难地穿过四十二街到第五大街，行人夹着我们走或者插到我们中间；乘公共汽车去五十九街；然后是广场酒店本身，还有肉桂味烤面包片，还有音乐，还有兴奋感。那次活动惊心动魄的性质肯定震撼了我的头脑，让我记性失灵，因为我只有极为模糊的记忆，只记得领着艾琳走进舞池糟糕透顶地跳了两三圈舞。六点钟，在出来时，我根本没想进行别的娱乐项目，比如在市内用餐。我只是领着艾琳又完成了漫长而沉闷的一程，回到了弗依山。七点过了几分时，我把饿着肚子的她送回了她家。就算想跟她一起用餐，我想那也不可能：那天下午由于精神紧张，我的汗出个不停，任何一家餐馆都会理直气壮地把我拒之门外，原因仅仅是我身上已经湿透。

从那以后的这么多年里，我经常为在广场酒店度过的那个下午而感到内疚。

在梦里，我再次跟艾琳坐在舞池边上，我被吓坏了，惊呆了，然而是开心的——我耳朵里听到的是令人兴奋的舞曲鼓点，喉咙里有肉桂的滋味，苦甜兼有。

我不了解那种罪行，真的。然而一定还有数以百万计日益年老的男性——现在正滑向老年多言期——他们深情地回想自己涉世之初的那段时间，记得某次通向笨拙无能的类似旅程，它发生于生命中那段宝贵而短暂的期间。那一页是在爱情之前，由于常被翻及，页边已经卷了；而在那页之后，虽然在叙事上完全游刃有余，却已经失去了大胆妄为所具有的新鲜而疯狂的感觉。

2012年第24期

人畜共居的村庄

刘亮程

有时想想，在黄沙梁做一头驴也是不错的。只要不年纪轻轻就被人宰掉，拉拉车，吃吃草，亢奋时叫两声，平常的时候就沉默，心怀驴胎，想想眼前嘴前的事儿。只要不懒，一辈子也挨不了几鞭。况且现在机器多了，驴活得比人悠闲，整日在村里村外溜达，调情撒欢。不过，闲着没事对一头驴来说是最最危险的事。好在做了驴就不想这些了，活一日乐一日，这句人话，用在驴身上才再合适不过。

做一只小虫呢，在黄沙梁的春花秋草间，无忧无虑把自己短暂快乐的一生挥霍完。虽然只看见漫长岁月悠悠人世间某一年的光景，却也无憾。许多年头都是一样的，麦子青了黄，黄了青，变化的仅仅是人的心境。

做一条狗呢？

或者做一棵树，长在村前村后都没关系，只要不开花，不是长得很直，便不会挨斧头。一年一年地活着。叶落归根，一层又一层，最后埋在自己一生的落叶里，死和活都是一番境界。

如此看来，在黄沙梁做一个人，倒是件极普通平凡的事。大不必因为你是人就趾高气扬，是狗就垂头丧气。在黄沙梁，每个人都是名人，每个人都默默无闻。每个牲口也一样，就这么小小的一个村庄，谁还不认识谁？谁和谁多少不发生点关系？人也罢，牲口也罢。

你敢说张三家的狗不认识你李四。它只叫不上你的名字——它的叫声中有一句可能就是叫你的，只是你听不懂。也从不想去弄懂一头驴子，见面更懒得抬头打招呼，可那驴却一直惦记着你，那年它在你家地头吃草，挨过你一锨。好狠毒的一锨，你硬是让这头爱面子的驴死后不能留一张完整的好皮。这么多年它一直在瞅机会给你一蹄子呢。还有路边泥塘中的那两头猪，一上午哼哼唧唧，你敢保证它们不是在议论你们家的事？猪夜夜卧在窗根，你家啥事它不清楚。

对于黄沙梁，其实你不比一只盘旋其上的鹰看得全面，也不会比一匹老马更熟悉它的路。人和牲畜相处几千年，竟没找到一种共同语言，有朝一日坐下来好好谈谈。想必牲口肯定有许多话要对人说，尤其人之间的是是非非，牲口肯定比人看得清楚。而人，除了要告诉牲口“你必须顺从”外，肯定再不愿与牲口多说半句。

人畜共居在一个小村庄里，人出生时牲口也出世，傍晚人回家牲口也归圈。弯曲的黄土路上，不是人跟着牲口走，便是牲口跟着人走。

人踩起的尘土落在牲口身上，牲口踩起的尘土落在人身上。

家和牲口棚是一样的土房，墙连墙窗挨窗。人忙急了会不小心钻进牲口棚，牲口也会偶尔装糊涂走进人的居室。看上去你们似亲戚如邻居，却又根本不是那么回事，日子久了难免把你们认成一种动物。

比如你的腰上总有股用不完的牛劲；你走路的架势像头公牛，腿叉得很开，走路一摇三摆；你的嗓音中常出现狗叫鸡鸣；别人叫你“瘦狗”是因为你确实不像瘦马瘦骡子；多少年来你用半匹马的力气和女人生活、爱情。你的女人，是只老鸟了还那样依人。

数年前的一个冬天，你觉得一匹马在某个黑暗角落盯你。你有点怕，它做了一辈子牲口，是不是后悔了，开始揣摸人。那时你的孤独和无助确实被一匹马看见了。周围的人，却总以为你是快乐的，像一只无忧无虑的夏虫，一头乐不知死的驴子、猪……

其实这些活物，都是从人的灵魂里跑出来的。上帝没让它们走远，永远和人待在一起，让人从这些动物身上看清自己。

而人的灵魂中，其实还有一大群惊世的巨兽被禁锢着，如藏龙如伏虎。它们从未像狗一样咬脱锁链，跑出人的心宅肺院。偶尔跑出来，也会被人当疯狗打了，消灭了。

在人心中活着的，必是些巨蟒大禽。

在人身边活下来的，却只有这群温顺之物了。

人把它们叫牲口，不知道它们把人叫啥。

2013 年第 2 期

雪

蒋勋

雪落下来了，纷纷乱乱，错错落落，好像暮春时分漫天飞舞的花瓣，非常轻，一点点风，就随着飞扬回旋，在空中聚散离合。

每年冬天都来 V 城看母亲，却从没遇到这么大的雪。

在南方亚热带的岛屿长大的我，生活里完全没有见过雪。小时候喜欢搜集西洋圣诞节的卡片，上面常有白皑皑的雪景。一群鹿拉着雪橇，在雪地上奔跑。精致一点的，甚至在卡片上洒了一层玻璃细粉，晶莹闪烁，更增加了我对美丽雪景的幻想。

母亲是地道的北方人，在寒冷的北方住了半辈子。和她提起雪景，她却没有很好的评价。她拉起裤管，指着小腿近足踝处一个小铜钱般的疤，对我说：“这就是小时候生冻疮留下的。雪里走路，可不好受。”

中学时为了看雪，我参加了合欢山的滑雪冬训活动。在山上住了一个星期，各种滑雪技巧都学了，可是等不到雪。别说是雪，连霜都没有，每天艳阳高照。我们就穿着雪鞋，在绿油油的草地上滑来滑去，摆出各种滑雪的姿势。

大学时，有一年冬天，北方的冷空气来了，气温陡降。新闻报道台北近郊竹子湖附近的山上飘雪。那天教秦汉史的傅老师，也是北方人，谈起了雪，大概勾起了他的乡愁吧，便怂恿大伙儿一起上山赏雪。学生当然雀跃响应，于是便停了一课，师生步行上山去寻雪。

还没到竹子湖，半山腰上，四面八方都是人，山路早已拥塞不通。一堆堆的游客，戴着毡帽，围了围巾，穿起羽绒衣，彼此笑闹推挤，比台北市中心还热闹嘈杂，好像过年一样。

天上灰云密布，有点要降雪的样子。再往山上走，山风很大，呼啸着，但仍看不见雪。偶然飘下来一点像精制盐一样的细粉，大家就伸手去接，惊叫欢呼："雪！雪！"赶紧把手伸给别人看，但是凑到眼前，什么都没有了。

没有想到真正的雪是这样下的。一连下了几个小时不停，像撕碎的鹅毛，像扯散的棉絮，像久远梦里的一次落花，无边无际，无休无止。这样富丽繁华，又这样朴素沉静。

母亲因患糖尿病，一星期洗三次肾。我去V城看她的次数也愈来愈多。洗肾回来，睡了一觉，不知被什么惊醒，母亲有些怀疑地问我："下雪了吗？"

我说："是。"

扶她从床上坐起，我问她："要看吗？"

她点点头。

母亲的头发全灰白了，剪得很短，干干地贴在头上，像一蓬沾了雪的枯草。

我扶她坐上轮椅，替她围了条毯子。把轮椅推到客厅的窗前，拉开窗帘，外面的雪下得更大了。刹那，树枝上、草地上、屋顶上，都积了厚厚的雪。只有马路上的雪，被车子轧过，印下黑黑的车辙，其他的地方都成白色。很纯粹洁净的白。雪使一切复杂的物象统一在单纯的白色里。

地上的雪积厚了，行人走路都特别小心。一个人独自一路走去，路上就留着长长的脚印，渐行渐远。

雪继续下，脚印慢慢被新雪覆盖，什么也看不出了。只有我一直凝视，知道曾经有人走过。

"好看吗？"

我靠在轮椅旁，指给母亲看繁花一样的雪漫天飞扬。

母亲没有回答。她睡着了。她的头低垂到胸前，裹在厚厚的红色毛毯里，看起来像沉湎在童年的梦里。

没有什么能吵醒她，没有什么能惊扰她，她好像一心在听自己故乡落雪的声音。

有一群海鸥和乌鸦聒噪着，为了争食被车轧过的雪地上的鼠尸，扑扇着翅膀，一面锐声厉叫，一面乘隙叼食地上的尸肉。雪，沉静在地面上的雪，被它们扑扇着的翅膀惊动，飞扬起来。雪这么轻，一点点风，一点点不安骚动，就纷乱了起来。

“啊……”

母亲在睡梦中长长叹了一声。她的额头、眉眼四周、嘴角、两颊、下巴、颈项各处，都是皱纹，像雪地上的辙痕，一道一道，一条一条，许多被惊扰的痕迹。

大雪持续了一整天。地上的雪堆得有半尺高了。小树丛的顶端也顶着一堆雪，像蘑菇的帽子。

被车轮轧过的雪结了冰，路上很滑，开车的人很小心，车子无声滑过。白色的雪掺杂着黑色的泥，也不再纯白洁净了，看起来有一点邋遢。路上的行人怕摔跤，走路也特别谨慎，每一步都踏得稳重。

入夜以后，雪还在落，我扶母亲上床睡了。临睡前她叮咛我：“床头留一盏灯，不要关。”

我独自靠在窗边看雪。客厅的灯都熄了，只有母亲卧室床头一点幽微遥远的光，反映在玻璃上。室外因此显得很亮，白花花、澄净的雪，好像明亮的月光。

没有想到在下雪的夜晚户外是这么明亮的。看起来像宋人画的雪景。宋人画雪不常用锌白、铅粉这些颜料，只是把背景用墨衬黑，一层层渲染，留出山头的白、树梢的白，甚至花蕾上的白。

白，到了是空白。白，就仿佛不再是色彩，不再是实体的存在。白，变成一种心境，一种看尽繁华之后生命终极的领悟。

唐人张若虚，看江水，看月光，看空中飞霜飘落，看沙渚上的鸥鸟，看到最后，都只是白，都只是空白。他说：“空里流霜不觉飞，汀上白沙看不见。”

白，是看不见的，只能是一种领悟。

远处街角有一盏路灯，照着雪花飞扬，像舞台上特别打的灯光。雪在光里迷离纷飞，像清明时节山间祭拜亲人烧剩的纸灰，纷纷扬扬；又像千万只刚刚孵化的白蝴蝶，漫天飞舞。

远远听到母亲熟睡时缓慢悠长的鼻息，像一片一片雪花，轻轻沉落到地上。

2013 年第 7 期

一个乞丐的心灵

古清生

武训离开人间已经一百多年了。他是一个中国乡下的奇人，好像知道他的人不少，而记取他的人却不是很多。我细细地把那页书翻开，耳边又一次响起了武训的故事。

武训，山东堂邑人。一八八六年，他五十九岁，得了一场重病，死于临清义塾的庑廊下。他临断气之前，还努力地睁开眼睛，凝神细听学生们的朗读声，嘴角挂着安详的微笑。

武训原名武七，他是母亲的第七个孩子。目不识丁的父母，连一个像样的名字也给不了他，人们索性就叫他武七。

在那个时代，叫张三王五的人很多，叫武七，这不怪。武七一点点地艰难长大，身体瘦弱得像一棵缺肥少水的高粱。他的家里本无地产，父亲又忽然撒手而去，只馀下他与母亲相依为命，终日去往街前村后行乞度日。

一双黑乎乎的小手，要伸到无数人的面前，或随着母亲，或独自行乞。偶尔乞得一枚铜板，小小的心灵一暖，便去买上一个饼回家给母亲。望着武七这孩子，母亲的心暖了又凉，她只有把一双手的温暖给他，还有无奈的叹息。她像所有贫穷的母亲一样，疼着孩子，却又一无所有。

武七的孝顺没有把母亲挽留在人间，尚未将童年度过，母亲也带着她温暖的双手和无奈的叹息辞别了人世。武七成了孤儿，只有他瘦小的影子随他一起晃动在行乞的路上。一日日地乞讨，风中雨中，夏炎冬寒，武七如一株野地里的幼苗，艰难地成长起来。年岁稍大些，武七一边给人打工，一边继续乞讨，将所得一分一文都积存起来。长大了的武七，忽然有一个非常的念头，他恨自己不识字，发誓要设立义学，让乡村里的孩子都不重走他的路。

这个念头在武七的心里疯长，他发奋地为人做工，有空闲就出门乞讨，不浪费一点光阴。乞讨所得的钱，他竟然悉数寄存于富商之家，以谋得一些利息，使他能够向着目标走近一步，再走近一步。时光在乞讨的路上流逝，武七把脚印留在无数的门前，给世界一个乞丐的背影。

武七足足乞讨了三十年，三十年的青春时光，他交给了弯弯曲曲的乞讨路。他终于积下一笔钱，一点一点地买下二百三十多亩田地。这时候的武七，不再一贫如洗，二百三十多亩田地毕竟不是小数目。但是武七仍出去乞讨，仿佛走惯了这条路。他也仍旧衣衫褴褛，仍旧是那一个乞丐形象。白天乞讨，夜间整理所得，他几乎忘记了一切。这样的一个财富积累者，乡邻当然刮目相看，便有媒人找上门来，可是武七全都一口回绝。

一个孤独的乞丐。大家这样认为。

没有一个人能知道武七心中的梦，那是一个怎样多彩的梦！武七终于在他年近不惑之时，震惊八乡地在柳林庄开设义塾。武七为设这个义塾，一次投入四千多缗钱，这是除他的田产以外所有的乞讨所得。不仅如此，他决定将土地上的收获也用来资助办学。这时候的武七，心里比阳光还明亮。

开塾那天，是武七一生中最幸福的日子。他早早起来，穿戴一新，挺起了微弯的脊梁，大步来到义塾，毕恭毕敬地拜了塾师。拜过塾师，武七来到学生面前，一一拜了学生，而后退到一旁，面带笑容地看着塾师开课。从此武七感到生命有了意义，他从学生朗朗的读书声中得到一种无以言表的满足和陶醉。

武七不识一字，大约因为不识一字，他对老师的敬重几近超过了对神的敬仰。武七开设义塾以后，不再出门乞讨，全身心地为义塾服务。每天，他必做丰盛的菜肴款待老师。当老师入座以后，武七则退到门外，恭恭敬敬地站着。老师等着他来入座一起吃饭，武七说："我武七是个乞丐，怎敢与老师平起平坐？"武七每每等老师吃罢，才肯去吃剩饭剩菜。

老师对武七对自己的敬重甚为感动，只有一心一意教好书来回报武七。武七仍旧目不识丁，不懂得什么是文化，具体到教育那么深奥的课题，他更不懂，就知道有了塾馆，再有了老师和学生，那就什么都会有的。所以，他待老师和学生非常虔诚。武七经常出入塾馆，遇到老师午睡时，武七便跪在榻前相守，老师醒来时发现此情景，万分惊讶，感动之情无法言表。在这些饱读诗书的老师眼里，这哪里是一个目不识丁、半生行乞的乞丐啊！武七听说一位学生学习有所松懈，他伤心得大哭，边哭边劝学生用功学习，不要荒废学业。见此情景，义塾中的老师和学生，再没人放松教学和学习了。

开设柳庄义塾以后，武七又积累了好些年，在临清再度开设义塾。他的义举传到朝廷官员的耳中，使朝廷官员深为感动，当即为他赐名“训”。于是，武七以他的坚韧和高尚，获得了他真正的名字：武训。武训在一八八六年辞别这个世界，他终身未娶。

合上史书，不由得把它恭恭敬敬地摆在书架上，凝神良久，脑子里竟然一片空茫。我无法一下子从一百年前走回，好像也徘徊在临清义塾的门外，听见莘莘学子朗朗的读书声。而武训，他则站立在塾馆的窗下，如痴如醉地陶醉在这声音里。

2013 年第 9 期

父　亲

周涛

父亲对每个人来说，都应该不是一个词汇，而是一团扑面而来的血统的气味，一座属于你的伟大的山峰，一个永远无法用理性去分辨是非的感性的百慕大三角，一位上天委任给你的命定的神……你无法挑剔，也无法选择。你的魂魄在茫茫宇宙间微粒般飘荡遨游，无根无脉，浑然不知；但是你将因为他被显影，你将因为他被捕捉住，被固定下来，被囚禁在母亲幽暗温暖的子宫里，等待重见天日的时刻。

父亲，就是赋予你生命的人。

但是你却从来没有感谢过他。

你反过来占有了他的精力，剥夺了他的时间，消耗了他的生命……可以说，你毁了他的一切，而且，你还任意地埋怨他、利用他对你的爱泛滥自己的粗暴和任性。

难道世界上还有比这更不合理的事吗？

只有父亲，可以这样。在他强大的时候，庇护你、容忍你；在他衰老的时候，却耻于依靠你。而且，在人们不约而同地把一切美好的颂歌、养育的恩德奉献给母亲时，父亲微笑着，觉得理所当然。他丝毫不觉得自己也应该享受一点儿，倒常常觉得是自己做错了什么。他完全不知道，在这一点上，他无意中又表现了真正男性的襟怀和品格。

我爱父亲，虽然我平常最恨他。

虽然每次和他在一起都免不了争吵、埋怨和发火；虽然他看不惯我吊儿郎当、放任不羁的作风，我也看不惯他的主观、固执、农民式的自私和对权力的崇拜。

像许多人的父亲一样，我的父亲完全是现实人生舞台上的彻底失败者。但这并不妨碍我对他的爱，更不妨碍我对他无条件的认可，他是任何人也不能替代的。自从我成熟以后，我就从没有羡慕过那些有一个地位显赫的父亲的人。

父亲是一个失败者，虽然他从不认账。

在吉木萨尔的几年间，正是他失败人生的谷底，但是他并没有自杀。

我当然知道，他是为了我们。

多年前，当我坐在那个村口的大石碾子上吸烟的时候，有一个纯正的农民正远远地眯着眼朝我看，然后，他朝我走过来，一直走到很近，站住了。

那农民穿着一件黑布棉衣，戴了一顶破皮帽子，手里提着个筐子。

我看见了那个注意我的农民朝我走过来，但没在意。我在想，大概就是这个村子没错，还得打听打听，究竟住哪儿。

那个农民站在离我很近的地方，竟伸着脖子弯下腰凑到脸前来看我，而且，笑出声来！咦，奇怪。我定睛细看面前的这个人。一张完全陌生的农民的面孔在几秒钟之间骤然变幻，风霜雨雪，皱纹白发，劳累痛苦，失望孤独……几年分离后的风尘变化，在几秒钟内被揭开、剥去、还原、定格。

定格为那个原来熟悉的父亲。

“爸爸！”我一跃而起，高兴极了。

“信上说是这几天回来，我就每天到村口上打望。今天看见有人坐在石碾上，可是不敢认。哈哈，果然是！太好了，太好了。”父亲说着，抄起筐子就领我回家。沿着满是残雪和牛粪的村路，一直走出去，离村子不远处有一座孤零零的屋子，正冒着笔直的灰白炊烟。

朴素的柴门院落，孤独的土坯泥屋，在乍暖犹寒的天气里默默升空的烟缕，我的脚在雪地上“咯吱咯吱”地移动着，跟着父亲，像很久很久以前小时候的某一天一样，朝着那里不知不觉地走过去。

我对这座陌生的屋子充满了信赖。这就是这个寒冷的世间唯一可以让我得到温暖的地方。这没错儿，父亲不会错。这就是家，家就是父亲居住的地方。无论这地方被安置在哪儿，是石家庄还是北京，是乌鲁木齐还是吉木萨尔，我都将跟随它，寻找它。无论它是楼房地板还是土屋柴门，我都用不着敲门，用不着征求主人的意见，我有权不看任何人的脸色，睡觉、吃饭！

我父亲就这么一边拎着筐子朝前走，一边扭回头来和我说话："村干部给调换了一家上山挖煤的人的空房，借给咱们暂住，条件好多啦！"我跟着他，看着他的背，觉得有一股说不出的纳闷、奇怪。人这一辈子是怎么过都能过去的，什么样的命运都能接受，什么样的生活都能适应。但有个前提，就是不能有太多自己的思想，谁有独立的思想，谁绝望！

父亲是一个普通人。所谓普通人就是那些没有力量支配现实社会的人，就是只能受现实社会的各种力量支配的人。

多少年来，我总是力图以不含偏见的立场来认识父亲，解释他的行为，总结他的一生。结果我发现，这根本不可能。我总是由于他在现实中的失败而低估他，忽视了他作为一个人在本质上具有的优秀品质。我无法认清自己的父亲，谁叫我是他的儿子呢？

看着眼前这个提筐子的人，我就想起少年时在机关院里与一群顽童舞枪弄棍鏖战正酣时，突然出现在楼前怒喝我为"疯狗"的人；想起星期天逼我帮他冲洗全家无穷无尽的衣物，水寒刺骨，手冻得通红，那个不把最后一点肥皂沫冲净绝不善罢甘休的人；还想起那个原先穿军官制服而后穿中山装干部服最后又穿上农民黑棉袄的人；而且想起曾经风度翩翩然后神态庄重终于苍老迷惘成现在这个样子的父亲……我看到，从说话的声音到走路的姿势，还有身材和五官，还有习性和灵魂，我都酷似他。我悲哀地发现，无论是成功还是失败，无论社会环境是有利还是不利，我都摆脱不了他给我的模式，摆脱不了他给我一生注入的遗传基因。

我将一天比一天趋近他，越来越酷似他，直到有一天，彻底成为另一个他。

新陈代谢，世道循环，如此而已。

所有的新叶和新花，都不过是上一代的花叶在新季节里的翻版罢了。觉得新鲜，那只是“觉得”。

就这样，我已经远远望见柴门外站着一个又瘦又矮的女人。那就是父亲的妻子，我的母亲。母亲也望着我们，朝我们走过来，一边走，一边用她的手擦眼睛。待到走近，她只叫了一声我的名字就哭起来。

在早春无望的寒冷薄暮中，母亲的哭声使人心碎，并且使碎了的心渐渐凝固成一块水泥疙瘩样的硬。

漫长的冬天使母亲的头发变得灰白，炊烟般在冷风和哭声里飘散，在多皱的额顶纷披；而母亲又是那样瘦小，那样善良。

这不是逼着这位瘦小女人的儿子怀恨在心吗？我想，我们虽然四散他乡，无立锥之地，却在默默忍耐中滋长着仇恨；仇恨像卵石一样，暗藏在心里，总有一天伺机报复这冷酷的一切！不信，你等着。

我似乎很平静地笑着，却本能警觉地回过头来，环顾了一下周围：空无一人，只有野地里凄凉的枯树，向空中伸出无望的指爪。只需要一眼，我就把这景象记住了，再不会忘。

当我走进家门的一瞬间，我听到，黑暗像幕布一样，“唰——”在背后骤然降落。

2013 年第 13 期

我和我的先生

章诒和

我从上世纪八十年代初开始，一边从事戏曲研究，一方面为文学创作而准备。写的第一篇文章是《忆罗隆基》。写毕，急急忙忙又恭恭敬敬地拿给丈夫审阅。他一九五五年毕业于北京大学中文系，专攻戏曲小说。就文学言，他是内行，我是外行。审阅前，我塞给他一支中华牌铅笔，并在耳边细语："你看到有什么段落或句子写得还算好的话，就在旁边给我画个圈圈，以资鼓励嘛！"

他笑笑。一笑之间，我们的关系顿时从夫妻转变为师生。他坐着，我站着。近三万字的篇幅，他一页一页地看，我一刻一刻地挨。只见老公手里的笔一动不动，我心里凉了半截。看到最后一页，他画了一连串的圈圈。我知道这是专为"以资鼓励"才画的。瞅着这最后的圆圈，我都快哭了。

丈夫让我坐下，严肃地对我说："小愚，你有丰富的经历和记忆。平时聊天，听你形容个人或说件事，都活灵活现的，可到了纸上，怎么就干巴了……”说话的口气像训孙子一样。

“你知道自己缺少什么吗？”

“缺少语汇呗！”我说。

“不是缺少语汇，是缺乏文学训练。”

哦，原来我缺的是文学训练！于是，我便开始了马拉松式的训练。每天读古诗古文古小说，又翻阅当代读物。为此，订了许多期刊，自认为比较好的作品，读后拿给老公鉴定。他有时像法官一样，盯着我问：“你说说，这东西好在哪儿？”一听这口气，便知道自己又看走眼了。几年下来，也还真阅读了一些当下作家的文学作品，特别是中篇小说。其中一个中篇，题目叫“死于合唱”，看得我兴奋不已，打听这个叫胡发云的作者是谁，还不遗馀力地四处推荐。

一晃多少年，我与胡发云先生会面了。但我们的话题不是“死于合唱”，而是死于癌症。我丧夫数载，他丧妻也近两年。由于亲人死于同样的绝症，我们的第一个话题便是病痛与死亡，也是一个反复的话题。

中年是最灰色的，如悠长的冬日，似飘落的雪花。胡先生比我坚强，他很快给亡妻写了长长的悼文，以寄托浓浓的哀思。悼文是用“伊妹儿”传过来的。我边读边哭，字里行间我听到了他的心碎声。文中，一段给病重妻子洗澡的细节，深深震动了我。

他妻子说想洗个澡。胡先生跑了大半个武汉市，买来一个圆形的轻巧小浴盆，刚好可以放在病房里。他灌满热水，把妻子抱起来放进小浴盆，先用毛巾把锁骨处的输液接口裹严实，再一处一处给她轻轻擦洗。妻子自嘲地说：“我变得这么难看了。”胡先生笑着说：“我觉得不难看，那就是不难看。”然后又背诵了法国女作家杜拉斯那一句撼天动地的话——“与你年轻时的面貌相比，我更爱你现在备受摧残的容颜”。洗完后，他用了几乎整整一瓶护肤霜给妻子全身上下轻轻涂抹了一遍，肌肤立时就滋润鲜亮起来。

写到这里，胡发云感叹道：“五十一年的生命，三十年的相识，二十六年的夫妻，像一株自己种下的花儿，眼见了一个女人一生的美。这种美，只有种花人自己才真正看见的……哪怕凋萎，也看得见其中绵延不绝的风韵。就像家里那几束早已老去的山菊花和勿忘我。”泪落染树，血流染枝。这篇悼文，使我看到一种以生命的执著去完成的宿命式的神圣爱情。

窗外，太阳冷冷地照着，我心里一片悲哀。世间最坚韧、最脆弱的关系莫过于夫妻了。夫妻？有谁懂得什么是夫妻？我没见过胡先生的妻子，但我觉得他是懂得自己的妻子的，他是懂得女人的男人。

我是第二次婚姻了。第二次婚姻的特点是婚前双方要把所有问题提前谈好，权衡的分量大于情感的砝码。所以，婚后我和丈夫的关系平淡得像“独联体”——松散的联盟。一人一间屋，各干各的事，各看各的书，经济独立，社交独立。日子再平淡不过了。可是一旦他倒下，那平淡后面的东西突然显露出来，血淋淋的！我恍然大悟：他不是我的丈夫，他是我生命的全部。我哭泣着不断哀求医生：“救救他，用我的命换他的命！”两次昏死在他的病房。我第一次倒地，他大叫：“这儿不是医院，这是虎口。我俩不能都掉进来，你要逃出去！从明天起，不许你来看我。”第二次，他就只能用无比忧伤的眼睛望着我，望着我。

丈夫的病越来越重了，那时我刚好写完《忆张伯驹夫妇》。他挣扎着一天看一两页，还在稿子上面做记号，并吃力地说：“小愚，你写得比以前好多了。也还有很多问题，等我的病好了，我来给你改。”过了一个多月，丈夫大概知道已经没有为我修改文章的可能了，他把稿子从枕头底下抽出来还给我，说：“写吧，写吧。等我死了，你就成功了。”

一天，丈夫的气色还好，他坐起来拉着我的手说：“生老病死，是人生的四段。后三段都是苦，前面的生也未必是乐。古人把立德、立功、立言视为人生的标准。小愚，对你来说，这些都不重要。最重要的是你要活下去！这是你父亲当年的叮嘱，也是我的叮嘱。我不担心你的工作，只担心你的生活。你什么都不会呀。我死后，谁给你领工资？马桶坏了，谁给你修？灯绳断了，谁给你接？你一个人实在过不下去了，就再找一个男人吧！”我扑在他胸前，放声大哭。

“死”是结束；“老、病”是处在生死之间；而半生半死最痛苦。我和他都是半生半死之人。此后，丈夫连说话的气力都没有了，靠输液和杜冷丁活着。一个周日，他的两个孩子都来探视。预感到来日无多的他，流着眼泪要求孩子：“你们今后要照顾好章姨！答应我，答应我！”其声嘶哑，其情凄怆——死神来临之际，夫妻诀别之时，我临近花甲之年，懂得了爱情，也懂得了男人。清理他的遗物，我发现一个纸夹。那上面的每一张纸，丈夫用铅笔写着同样的一句话：今后最苦是小愚，今后最苦是小愚。

我一直以为人生有两件东西是属于自己的，一是情感，二是健康。丈夫一步一回头地离去，使我猛然醒悟，这个世界原来是什么也抓不住的！我内心那份绝望的寂寞，从此与生命同在。只要活一天，它就在一日，很深，很细。

2013 年第 14 期

云　姑

董桥

那年暑假多雨。我卧房外石阶边的那株石榴树长胖了，只见丰盈不见袅娜。芭蕉也反常，蕉身粗，搂都搂不住，蕉叶摊开来够写厅堂上的四字横匾。芒果更糟，满树亢奋，一团团的密叶绿云似的死命逗引过路的风。杨桃倒矜持，雨再大，新叶旧叶都垂着头静静淌泪。白兰显然有点令人动心，一袭青衫，婉婷里裹不住翩跹的媚思，连花都苍白了。

我念完小学五年级，等着开学升六年级。明明喜欢阶前点滴的诗意，可困久了闷得慌，要等到邻家云姑从大城市里的中学放假回来，我心中才觉得那满园的雨花多了一层深意。云姑原名云鹄，我们错把第三声念成第一声，叫惯云姑了也不叫云姐姐。她一上初中就标致起来了，来我家玩的同学都爱探头看看围墙那边云姑在不在。她那年读高二了，拢到背后编成松松一条辫子的长头发更浓、更黑、更亮，夜空中寒星似的眼神天生是无字的故事，藏着依恋，藏着叛逆，藏着天涯。她的鼻子不高而挺，雕得纤秀，鼻尖小小的，刻意呵护紧贴人中的那一朵工笔朱唇。云姑的下巴也生得好看，尖而丰腴；倒是颧骨高起半分，大人们私底下颇有惋惜之叹。

我和我的小同学碰见过云姑跟她的画家情人痴痴恋恋的刹那。那时我们那条街上有一幢荷兰时代的老大宅，都说闹鬼，荒废了好几年，后来被一个互助会租去做了会所，每年会热闹几个星期，过后又是一年的萧条冷寂。我们常攀过后院的矮墙，闯进大宅四周的荒园戏耍。那天黄昏，我们三个小鬼悄悄沿着游廊视察蟋蟀的行踪，蹑手蹑脚摸到幽暗的转角处，赫然发现那男人光着膀子，轻轻搂着云姑，云姑的辫子散了，玉白的脸紧紧偎在那油亮的胸膛上。

我们都喜欢云姑，勾过手指发誓不泄漏这个秘密，整个暑假，谁都不准侵犯大宅里云姑幽会的角落。开学前的一两个星期，街头巷尾流传起云姑双亲棒打鸳鸯的故事。我看着云姑脸色苍白，眼睛常常红红肿肿的，心里很不舒服，好几次想悄悄对她说，我们整队小鬼兵都支持她的那段恋情。可是，云姑见着我总是堆着一脸甜甜的笑容，拍拍我的头，问我暑期作业做完了没有，问我最近又收集到几把童子军小刀，问我那只黑战神蟋蟀战绩佳不佳，提醒我摘几枝漂亮的白兰花送给她，别让她房间里的玻璃花瓶老空着。

开学不到两个月，云姑忽然辍学回来了。我放学后见过云姑两三面，脸色不再是苍白，而是暗黄；不说话，只拍拍我的肩膀淡淡地笑一笑。接着，云姑不见了，大人们露了口风说她进了医院，我的一个同学说，是他妈妈亲口说的："云姑有喜了，刚打掉的……"又过了一阵子，云姑回来了，天天关在房间里谁都不见。云姑家从此像那老大宅一样萧疏，云姑父亲的眉头锁得紧紧的，云姑母亲也变哑巴了。我的同学说，画家情人最近全家搬到乡下投靠亲戚去了，穷得连皮箱都没有，家里的衣物大包小包地用破床单包着。

翌年春天，云姑跟两个女同学回唐山升学。离家前夕，细雨霏霏，她撑着一把花雨伞，隔着矮矮的围墙跟我说再见。她胖了些，头发剪短了，笑容又甜了。"念完中学你也回唐山读大学，云姑到北京机场接你！"她说。那是一九五四年的清明节，白兰树上尽是待放的花蕾。

六年后我没去北京去了台湾。离家前读中学的那几年，时局动荡，云姑家里人一下说云姑在上海，一下又说她去了北京，最后我听说她在厦门念中文系。

二十世纪六十年代中期，我在香港定居，云姑从我老家打听到我的地址，我们终于重逢。十二三年了，云姑满脸是秀丽的沧桑，仿佛一幅尘封的前朝淡彩仕女图。她说她在上海结婚两年后，离了，后来又跟一个侨生相爱同居。她的出国申请很快就被批准，于是只身来香港等他，靠老家接济生活。几波运动中云姑等了一年半，他决定偷渡，历经千山万水，临到最后一程却淹死在大海里。

“横竖是命，一点不由人。”云姑夜空中寒星似的眼睛在长长的睫毛下泛出无边的慈祥，像观音。我童年时对她的怜惜之情一下子涌回心头，忙问她今后可有什么打算。她说她的职业蛮安稳的，在雅加达老同学父亲的香港分公司当襄理，下了班到一位上海大老板家里，给少爷和小姐补习功课。

又过了七八年，我在伦敦收到云姑的信，说她嫁到美国去了，先生正是那位上海大老板的弟弟。我真替云姑高兴。在我辞去英国的工作搬回香港之前，云姑在寄来的贺卡上说，她先生年初中风下世了，她会在旧金山静静终老，要我放心。

这些年，我们习惯了逢年过节寄贺卡报平安。去年圣诞节，云姑在贺卡上说：“花时已去，梦里多愁，如果当年要了那孩子，我如今就不那么孤单了。邻居送我一株白兰花，这里天冷，只开过几次小花，总算唤回了你的童年和我的青春。”

2013 年第 21 期

最后的早餐

妞妞

一

不知道还有谁记得二〇一二年七月山东临沂市的那场大雨。

雨是在晚上九点多下起来的，彼时，我刚刚自医院回到住处，关上门后，听见雨打窗棂的声音。几分钟后，暴雨如注。

一整晚，雨滴和雨滴之间便再也没有了任何间隔，那种声音的紧密，在某个瞬间，带给我几乎无声的错觉。

整夜未眠，期待着它可以停下来，在天亮之前。

终究是未能如愿。四点半，雨势似乎渐弱。我去厨房，用微波炉熟练地蒸了三只鸡蛋。蒸好后，倒入保温桶，在上面撒了厚厚一层白糖。

平常，是六点钟准时把鸡蛋蒸好，六点一刻出门。但这样的天气，无法借助任何交通工具，只能步行，所以，要早早出发。

换好衣服——T恤和短裤，平底凉鞋，为简捷方便。然后把保温桶放入斜挎的背包，挂在左肩，右手撑起一把伞，五点钟准时出门——计算了一下路程，步行一个半小时应该足够。

下到一楼的时候，看到楼道里涌进的积水，踩过去，推开楼道的铁门，整个小区已是一片汪洋。

往前，积水顷刻没过了小腿。

二

趟着水走出小区。这个城市东高西低，小区在中央的位置，街道已犹如湍急的河流，水自东向西，急速地奔涌。街道两旁的门面房，齐齐陷在河流里。

简单目测，水深至少半米。

试探着踏进水流，水面立刻没过膝盖，到了大腿的位置，打湿了短裤的裤边。街灯昏暗，除了雨幕中灰蒙蒙的建筑物和这条漫长不见尽头的河流，没有车辆和行人，没有任何其他声音。

我必须逆水前行。

走到第一个十字路口，八一路口，用去大约半个小时的时间。天色已微亮，那种被阴暗笼罩的光线，依然让人觉得沉闷和压抑。

看着没有尽头的四下涌动的水流，心底忽然生出深深的恐惧，若是哪一处有丢失了盖子的窨井，一脚跌进去，恐怕很久不会有人知道也不会有人寻到吧？

陡生的念头让我的身体开始在水中打战。但也只是那么一刹那，我便将这个念头抛掉，继续前行。

短裤已经完全湿透，深处的水已至腰部，湍急处，水流和身体撞击后会泛起水花打到T恤上，我尽量抬高左肩，不让雨水打到保温桶上——虽然知道无碍，潜意识里，还是怕会把鸡蛋羹弄凉。

三

过了八一路，继续向东，挪到沂蒙路的时候，也终于到了地势略高处，水流依旧湍急，但水深明显下降，露出了膝盖。

看了看时间，已经六点半，也终于看到同我一样在这样的天气里出行的三两个人，撑着伞趟着水艰难前行。

沿沂蒙路向东，走了几百米后，在市政府的门口，远远看到有保安站在路边。快走近时，他边比画边冲我喊，两米之外有台阶，留神别摔倒。

我放慢脚步，小心试探前移，果然探到一个略高的台阶。

小心迈下去，路过他身边时，他说已经站了一早上，生怕有行人在大门外这一左一右两个高台阶处出意外。"还好，一早上也没过几个人，"他问我，"姑娘，这样的天不在家待着，出来干吗呀？单位放假，学校停课。”

我笑笑，没有答，只是谢过他，继续朝前走，并用力加快了在水中的脚步。

终于到达东端的沂州路，到达这个城市的高处，终于看到了路面。行人也渐多，看看时间，已是七点钟。两公里的路程，我走了整整两个小时。

这时，雨已经彻底停了。收起伞，我开始下意识奔跑。皮凉鞋在脚上觉得很重，跑了几步我把它们脱下来，和手中的伞一起丢掉。也不知道还有谁记得那天早上，临沂市的沂州路上，一个女子穿着湿漉漉的T恤和短裤，光着脚，抱着一个保温桶在被雨水冲刷过的柏油路上奔跑。

四

终于在十五分钟后，我跑到了目的地——临沂市人民医院。在呼吸科二楼的住院部，右转第一个病房，我冲进去时，一屋子的病人、病人家属及换药的护士，全都愕然地看着我。

我望向靠近窗边的位置，哥哥正用毛巾给父亲擦手。然后哥哥也看到我，那么不动声色、沉得住气的男人，眼睛一下就湿了。

他转开身去。

我抱着保温桶走到病床边，喊了一声，爸。

父亲看着我笑起来。没有愕然，没有惊异，甚至没有说我浑身湿透的狼狈。他的脸上，只有笑容，虚弱到极限的笑容。然后，他轻声问我，放糖了吧？

放了，放了很多，保证甜。我拉过凳子坐在床边，打开保温桶。两个多小时后，嫩嫩的鸡蛋羹依然发出暖暖的热气。可以嗅到味道的香甜。

我一勺一勺盛起蛋羹，慢慢喂给父亲吃。

甜吗？

他点点头。好吃。他边吃边笑。

一下子，我如释重负，此时才感觉腿上和脚上有几处尖锐地痛起来。低头，看到腿上、脚踝处和脚背不知被什么划出了清晰的血印。然后，浑身力气耗尽般地疲惫到整个人几乎瘫软。

那个夏天，短短一个月的时间，我的体重从五十三公斤降到四十五公斤。但是，这一场艰难的“跋山涉水”，我竟然丝毫没有觉得累，前行的力量满满的。

直到这一刻。

我累了。

父亲似乎也是，吃了几口之后，缓缓地摇了摇头。

五

那是父亲入院的第三十九天，他已经虚弱到除了微笑，连挪动身体的力气都不再有。那段时间，每天早上，他只吃蒸的鸡蛋羹，并且，要放很多糖。他只要吃甜的。

于是每天早上，我早早把蒸好的鸡蛋羹送到医院，六点半左右，喂给他吃。

那是父亲一天中最重要的一顿饭，因为吃饭对他来说，已经非常艰难，每次吞咽，都会影响到他的心律和呼吸，一顿饭，要用去很长很长时间。所以这一顿早餐，这碗甜鸡蛋羹，重要性已超过任何昂贵的药物，是它们的能量，在延续着父亲最后的生命。

所以，这一顿早餐，值得我付出一切来送达。

这一次，父亲却没有能够吃完这一小碗鸡蛋羹，尽管他说“好吃”。

然后，父亲亦无法再进水和说话。两个小时后，他陷入昏迷。

当天下午，在被接回家二十分钟后，父亲去世。

那场下在他生命中的最后一场雨，新闻里说，六十年不遇；那顿他最后的早餐，跟着我在雨水里跋涉了两个多小时的鸡蛋羹，是甜的。他说，很甜。

很多年前，奶奶说过，一个人最后吃的东西是什么味道，下辈子过的，就是什么日子。

所以，老家有风俗，人过世之前，弥留之际，亲人会放一口白糖在他口中。

那么，冥冥之中，我是预感到这是父亲的最后一顿饭吗？所以才不顾一切地，要在这个雨水淹没城市的早上，赶到他身边，给他送这一碗甜鸡蛋羹？而他，耗尽最后的心力一直等到了我，等我来完成做女儿的最后使命。

这是他和我，一对父女，从没有过任何约定的一场人生最重要的约会。还好，我们都没有爽约。

2013 年第 23 期

父亲的手

〔美国〕麦伦·尤伯格　费方利 译

一九三三年七月一日午夜刚过，我便来到了世间，我是父母的长子。我的生日刚好跨在那一年的上下半年之间，这是我日后命运的一个暗示：一只脚总是被拖向听力障碍的世界——父亲和母亲的那个静悄悄的世界，我的生命源自他们；另一只脚却总希望大步迈入有声的大世界中去，进入我自己的那片天地。

多年后我才知道，我的父母亲作为听力障碍者，在大萧条最严重的时期决心要一个孩子，这是何等的乐观啊。

我们住在康尼岛附近的布鲁克林。这里每到夏天，清风吹拂，我们敞开厨房的窗户，影子在滚轴上缓缓爬升。我可以嗅到咸咸的海洋气息，夹杂着毫无遮挡的芥末味和烤热狗味（尽管那可能只是我的想象）。

我们的公寓是位于三楼的四个房间，红砖建筑，外面是明亮的橙色安全出口。这是我的父亲和母亲在附近散步时找到的，然后他们亲自同缺乏耐心的、听力健全的房东商量。他们各自的父母都极力反对，觉得他们两个“失聪的残疾人”会“孤立无援”，“不能独立办好这件事”，肯定会被“欺诈”。他们刚刚从华盛顿结束了幸福、喜悦的蜜月，就正好赶上樱花兀自盛开的时节。花儿开得静悄悄又明艳艳，我母亲觉得，这是他们两个失聪的人喜结连理的一个好兆头。

公寓 3A 是父亲作为已婚男人所知道的唯一的家。这里的四个房间是他生活的地方，是他爱他的聋妻的地方，是他抚养他的两个听力正常的儿子的地方。直到后来有一天，在他们到那里四十四年之后，他被一辆救护车拉走，再也没有回来。

一天，父亲用双手为我解释他是如何失聪的，充满了悲伤、痛苦、遗憾与惋惜。这个故事还是他后来从他的妹妹萝丝那里拼接而成的，这是萝丝从母亲那里听到的。他必须从自己听力健全的妹妹那里才能知道自己失聪的细节，这永远是他愤怒的根源。

父亲告诉我，他出生于一九〇二年，本来是一个听力正常的小孩，但是早年不幸患上脊膜炎。他的父母大卫和瑞贝卡，那时刚刚从俄罗斯移居到美国，住在布朗克斯的一间公寓里。他们原以为自己的孩子会夭折。

当时，父亲的高烧持续了一个星期，白天用冷水洗浴，晚上盖着湿被子，他才得以保住一条小命，但是他那小小的身体终于被毁坏了。高烧终于退下去了，他却双耳失聪。从此以后，父亲再也没有听到过任何声音。成年之后，他经常质问，为什么他们家里单单只有他变成了聋子。

我，他听力健全的儿子，只能眼睁睁看着他用手势表达自己的痛苦：“太不公平了！”

长大了之后，我越来越精通于充当父亲的声音的角色了，我会感觉到失望、羞耻，后来会愤怒，因为听力健全的人忽视他，就仿佛他是一块没有生命的石头一样。这种完完全全的冷漠比蔑视更加让人难受。

在很多场合，我亲眼看见街上听力正常的陌生人走近我父亲，问他一个问题：“你能告诉我地铁站怎么走吗？”“现在几点了？”“最近的面包房在哪里？”

当父亲没有反应时，这些路人的脸上立马就会露出不理解的神情。我非常不适应这样的情形，因为接下来，父亲会发出刺耳的聋人声音，他们会变得吃惊无比，接着又换作一副厌恶的样子。每当此时，这些陌生人都会转身逃开，仿佛我父亲的聋人声音是会传染的病毒一样。

甚至现在，时光向前走了七十年，童年记忆里的那种羞耻的感觉，还像蓄电池的酸液一样腐蚀着我的血管，如同胆汁不自觉地冲进我的喉咙。

“我爸爸要五磅牛脊肉，不要肥肉。”等轮到我们时，我对屠夫说。

“孩子，我在忙，”他甚至看都不看我父亲一眼，“告诉他，你们要去排队。”

“他说什么？”父亲问我。

“他说我们必须排队等待。”

“可现在已经轮到咱们了。告诉那人，现在！”

“我爸爸说现在已经轮到我们了。他要五磅牛脊肉，不要肥肉。”

我又礼貌地补充了一句：“先生，麻烦您了。”

“告诉那个哑巴，我说了等轮到他的时候。现在你们要么去队伍后面，要么就滚出我的肉店。”

焦躁不安的顾客，正在他们的位子上，用空洞又冷酷的眼神盯着我们，仿佛他们就是法官一样。

“那人说什么？”父亲问我。

父亲跟我说过，最重要的一点是，我一定不要，永远不要自己改编听力正常的人对他说的话，不管他们说什么。他需要我直接翻译。于是，我比画着：“那人说你是个哑巴。”我六岁的身体就像一个咆哮的火炉，几乎要烧坏我的皮肤。

我以前从未听人叫“哑巴”。唯一的一次是在收音机上听到的，在查理·麦卡锡的表演里，当时埃德加·卑尔根叫查理“哑巴”：“查理，你是个哑巴。你什么也不是，只不过是一块木头。”

我父亲不是一块木头，他不是哑巴。

父亲的脸色大变，气愤不已。“告诉那人，把烤肉甩到他屁股上吧！”他比画着，动作极度夸张。

“我爸爸说我们下次再来。谢谢你！”

从肉店出来后，我们走在大街上，父亲向我俯下身来。

“我知道你没有跟那屠夫转述爸爸的话，”他比画着，“我能从他的表情里看出来。没有关系，我理解。你夹在中间很尴尬。

“我知道，这很不公平。

“我在无声的世界里。

“而你在有声的世界里。

“我需要你，我不是傻子。”

父亲的手开始静默无声。

“不管他们怎么想，”他最后跟我比画，“我还是必须同他们交涉。所以，我需要你来帮助我。你可以听，你可以说。”

父亲一直对自己很有信心，但是现在，他看起来完全变了个人。我想父亲可能想哭。我从未见过他哭，我也根本想象不出这会是什么情形。我真的被吓到了。

他直直地看着我的眼睛，缓缓地做着手势：“总是需要你承担那么多，我心里很痛。你还只是个孩子。我希望你可以理解我，不要讨厌我。”

讨厌父亲？我很震惊。他怎么会那样想呢？

“不。”我摇头，“从来不会！”我对他比画着。

父亲双臂抱住我，亲吻我，然后把我的头搂到胸口，我能听到父亲的心跳。

2014年第2期

远山有灯

简媜

黄昏早早降临，我所能眺望的天空一派泼墨。最后一只野雀衔走小粟飞回它的巢，我捻亮案头的灯，灯笠轻轻晃起来，终于停止。不记得风怎么来去的，好像流失的光影也是如此。远山有些亮光，不知道什么样的人日复一日捻亮灯，他的心情也随着夜色与灯影摇曳吗？他知道哪些灯影穿越时空映入半山上小屋时，变成我最钟爱的风景吗？那么，我的案头灯又是谁人眼中的风景？

海浪研洗过的沙滩，应该有人去走字；雪花覆盖的野地，应该有鸿爪钤印；漠漠水田，应该有鹭鸶照镜；一远平铺的苔草，应该有人去点墨。这样，天地才不会寂寞。

返乡的火车什么时候开？我的行李已经准备好。这样的阴天想要回我心爱的宜兰，二十八个山洞，一片汪洋，不知道左脚还是右脚先沾染乡土。

若有人叛逆社会，其实是在背叛社会化至深的某一部分自己，人与人无仇，与自己的仇才不共戴天。

烟，真美。古人焚香净神，确有高妙之举。观烟，可以思索动静相偕、虚实互动、炎凉轮转之理，及苍天与玄黄参有的过程。中国人谈中庸，不无深意。唯有中庸才宽纳万物万事，使其相生不息。如此说来，这思想不是落伍（落伍者，今是昨非之义，难免以偏概全），中庸思想落实于每个时代，其规则、条例或有不同，也理应不同；而顺物之至、秉事之情促进生息和谐的本旨，却是不易的。

今天的天空是手染青布，鎏云精雕细琢。我想成为风的一部分，向青天泼釉。

太阳从天空向我洒絮，案头一片水光浮影，照得笠叶、印石与炉烟都透亮起来。每当我感觉自然界步履轻盈地行进时，常想静静独坐，什么也不想，任凭心中的经卷被风翻起，字句铿锵一地。

上辈子是不是个偷米的人？为什么这辈子要以字还粮？

今天非常长，很多街道、行人交错成恍惚的梦。终于我回到自己的青苔路，雨下过了，今日的太阳正在驾马。我是最早响起的銮铃。

2014年第5期

你吃故我爱

蔡澜

看女人吃东西最有趣，有时不懂得命理，也能分析出对方的个性和家庭背景。比方说主人或长辈还没举筷，自己却抢最肥美的部分来吃，或者用筷子阻止别人夹东西，都属于自私和没有家教的一种人。进食时“啧啧”“嗒嗒”地发出声响，都令人讨厌，不断地打嗝而不掩嘴，也不会得到其他人的好感。餐桌上的礼仪，就算父母没有教导，也应该自修，不可放肆。

但是美女例外，她们要怎么吃，发什么声，都觉可爱。小嘴细噬最漂亮了，即使张开大口狼吞虎咽，也性感得要命。

开怀大嚼的，没有坏人，时间都花在欣赏食物上，哪有心机去害人？爱吃的人，享受食物的人，大多数是个性开朗的，他们不会给你增加什么麻烦，不管在金钱上还是在感情上，的确值得交往。

曾经有过几位被公认为大美人的，红烧元蹄一上桌，你一箸我一箸，谁去管减肥？一下子吃得干干净净，你看，那是多么痛快的一件事！

最不想看到的是节食中的八婆，要保持身材苗条我能理解，那么干脆吃素好了，为什么又贪吃又怕胖？夹了一块肉，拼命地把肥的部分用筷子仔细清除后才放进嘴里。吃鸡时，皮剥了又剥，放在碟边，变成不洁的一堆东西，看了就令人反胃。

就算不吃肥，不吃皮，为什么不学一学那些好女人？她们会向旁边的男士说："你选一块没那么多油的给我好不好？"这么一来，你怎么会厌恶她呢？

又见过一位什么都大吃一顿的女人，旁边的八婆看了，酸溜溜地说："这个人一定患忧郁症，所以要用食物来填满空虚的心灵。"

去你的，大食姑婆才是最可爱的人物，她们又不会侵犯你，为什么要那么尖酸刻薄地批评人家呢？我听了打抱不平，向那些八婆说："你们才心理有病。"

相反地，也遇过一位什么东西都不吃、只顾喝酒的女子，旁边的人一直夹菜给她，她也不拒绝，因为她不觉得有什么必要向人解释她只爱酒。最后，面前一大堆食物，她向身边的人说："请侍者包起来，让你拿回家去消夜吧。"这种人物，也着实可爱。

真正热爱食物的女人和陪你吃东西的女人，是不同的，一眼就看得出。前者见到佳肴，双眼发光，恨不得一口吞下；后者把东西放进口后，又偷偷地吐出来，或者咬了一小口就摆在碟上，在你的面前装作享受，但是从举止和表情中就能看出她对食物的厌恶，这种女人最假，防之防之。

也有一边大鱼大肉，一边喊着快死了，吃那么多怎么办的女人。这一类最难分辨她们的好坏，可能是很坦白，也可能是做作，但两者皆为性格分裂。

还有一种肯定是令人讨厌的。在宴会中经常遇到一些中年夫妇，太太什么都吃，胖得要命。而先生呢？瘦得像电线杆，他一举筷，太太即刻发出警告："胆固醇已经那么高了，还敢吃？你吃死了不要紧，千万别爆血管、半身不遂要我照顾！"

怪不得N兄常说："人一上年纪，如果要活得快乐，有两种人的话千万不可听，一是医生，一是太太。"有些先生更不幸，娶的太太是医生。

在自助餐厅，最容易看到女人的贪婪。一次吃自助餐，有一个肥婆，整个碟子食物装得满满的，一共来回无数次，嘴巴旁边都是油腻，还来不及去擦。这件事千真万确，绝非虚构，我的友人看到了，朝她说："你真是食物界的奇葩。"笑得我们从椅子跌落至地下。

自助餐厅，也能看到优雅的女士。遇到有一个，拿着空碟子，左一点右一点地拣食物，黄的鸡蛋、绿的海藻、红的西红柿，像在作画。人和食物，都美得不得了，爱死这种女人。

2014年第6期

老　牛

〔保加利亚〕埃林·彼林　　陈文贋　魏振东 译

每当我想起自己的童年，想起家庭的温暖，想起高高的小山冈上太阳直晒着的故乡的村庄，想起我们曾经在那岸边玩耍的小河，在我的记忆里便浮现出一头庞大瘦瘠的公牛——我们的老别尔乔。

在长久的岁月里，它任劳任怨，在它那公牛性格的巨大的沉默中拉犁耕田，终至衰老无力。我的父亲亲手养大了它，知道这头牲口充满了劳动和顺从命运的一生。他热爱这个年老的四条腿的劳动者，他的这位无可非议的朋友。他全心全意地怜恤它，在它没有用了以后，他既不想卖掉它，也不拿什么活儿去折磨它，只是让这头老牛自由自在安安静静地度过它的晚年。

可怜的别尔乔！它的样子看起来经受了多大的苦难，而它的性情又是多么温顺啊！当时它是村里最大的一头牲口。它白得像雪，头顶上高高地翘起一对巨大的闪着黑珍珠般光泽的犄角，像两只竖琴……

别尔乔通常卧在院子里的遮棚底下，受到孩子们无微不至的照顾。我们给它梳毛，抚摸它，给它送饲料，把花束戴在它的犄角上。它戴着花束像婚礼队列里的一个老汉，看起来有点可笑，但是它并不怪我们淘气。这头善良的老牛用它那双恬静、可爱、聪明、忧伤的黑色大眼睛友爱地望着我们，仿佛想说什么话。我们瞅着它的眼睛亲切地问道："怎么啦，别尔乔？你想要什么东西吗？嗯？"

别尔乔摇着头，深深地叹了口气，便开始用它那没有牙齿的嘴巴慢吞吞地反刍起食物来。

我们尽量喂它。它不断地吃，不断地反刍，但总是瘦得可怕。它的两肋陷下去，突出的肋骨一条一条的可以数出来，脊背上的肩胛骨和椎骨像普拉尼纳山上锋利的山脊似的耸立着。

每天早晨别尔乔立起身来，抖掉身上的麦秸，舐一舐身上睡麻了的地方，然后从遮棚底下走出来，走到河边饮水的地方。它慢吞吞地、安闲地、漠不关心地迈着步子，高傲地昂着头，仿佛在宣示自己过去所做的巨大业绩似的。膘少筋多的别尔乔，身上的毛被刷得干干净净，两只漂亮的犄角上挂着我们的花束，以自己的庄严仪表引起过路人的尊敬，甚至所有的人都站住朝它观望。

别尔乔走到河边，喝过水，然后同样那么安详地、目不斜视地回到遮棚底下自己的地方去。在傍晚的时候，它又完全自觉地、不需要旁人的招呼或催促，照样往返一次。这种散步它向来是在每天一定的时间进行的，那么准确无误，以至通过它的散步，人们就可以像看钟表似的知道时间。

夏天，有时候我们赶着它跟村子里的牛群一起到牧场上去。许多乳牛都远远地走进树林里，爬到坡上去，但是别尔乔已经没有力气跟着它们跑了。它经常掉队，晚上回来得很晚。有一次它差一点儿丢了。我的父亲在树林里找了它整整一夜。原来它疲乏了，离开了牛群，卧在大道上。

此后，父亲决计不让别尔乔跟乳牛一同出去，而让它跟牛犊一同出去了。牛犊在近处吃草，不会走进树林里去，别尔乔也就不会落在它们后面了。

第一天，别尔乔不愿意跟那些小毛孩一块儿走，它觉得受了污辱，还没有出村子就转回来了。一个牧童企图赶它走也没有成功。别尔乔怒吼起来，并且威胁地用犄角做瞄准的姿势，吓得那个赶它的牧童只好让它走了。第二天，我们又赶着别尔乔跟牛犊一块儿出去。它去了，但是回来吃饭的时候，显得非常不满意，生着气，它的自尊心受到了深深的伤害。那些牛犊，那些淘气的小家伙，像发了疯似的，翘起尾巴，蹦蹦跳跳，它们的恶作剧使得它更加生气。

但是过了几天，别尔乔的这股倔强劲儿被磨下去了。它像一个乐天知命的人那样顺从自己的命运了。人们特意从家里跑出来看它走路时威严的样子。当牧人赶着牛犊，扬起一片尘土走过去时，别尔乔便加入到它们一伙里，但保持着一定距离，像一个伴随小学生的教师似的。它有时会向某个淘气的小牛犊发出吼声，用自己尖利的犄角向它示威。

大清早，一听到牧人的喊声，别尔乔便从大门里走出来。它总是站在广场上，眺望一下那刚刚出来射破露珠儿的太阳，以及阳光普照着的绿色田野，注视着它曾经耕过的土地，注视着它年轻力壮时曾经工作和被牧放过的牧场。它用自己湿润而忧伤的眼睛长久地注视着，仿佛看不够似的，不时的像人那样深沉地叹着气。

有一次别尔乔突然病倒了。它没有到广场上去观赏田野的景色，而是留在遮棚底下卧着。它的身体肿胀了，毛也蓬乱了；它像发疟疾似的打着哆嗦，看样子它是非常难受的。我们给这个可怜的家伙盖上了一条马被，拿来了草料，但它连尝都不尝一口。给它水喝，它把鼻孔探进水里，但又立刻厌恶地缩回，然后沉重地呻吟起来。我跑去把会给牛治病的铁匠请来，他仔细地诊察了患者，拉了拉它的尾巴，提了提它的耳朵，翻了翻它的眼皮，最后用一支管子往它鼻孔里吹了一些辛辣的、黑色的药面便走了。

别尔乔痛苦地、有气无力地躺了好几天，既不想吃草也不想喝水。它的身子瘪得像一块板子了。几天后它开始稍微吃点东西，最后好容易才用腿支撑住身子站了起来。

有一天过节，那是在晴朗的春天，人们高高兴兴，穿着新衣裳从教堂回来。我们园子里的老李树花开得正盛，这些树含笑地彼此鞠着躬，好像一些盛装参加婚宴的老太婆。夜里下了一场小雨，早晨空气十分清新，天空洁净。太阳升上了小山冈，美丽、明亮、愉快，仿佛是跟着人们一同从教堂里走出来似的。

别尔乔看样子好了些。我们都为它恢复健康而感到高兴，用大把的嫩荨麻、迎春花和李子花装饰它的犄角，给它梳毛。它亲热地看着我们，舒服地眯缝着眼睛。突然，它站起来，慢吞吞地离开了我们，然后吃力地挪动着发抖的腿走出了大门。它虽然瘦得可怕，但还是跟从前一样那么威严好看。我们打算拦住它，但是母亲不让我们这样做，我们便跟在它后面。

别尔乔往河边走去。好久没有见到它的人都停下来，口里念叨道："可怜的别尔乔！"

它走到小桥旁边，喝过水，站了一会儿，但不像往常那样，它没有回家，而是涉过河朝离这里不远的我们的田地走去。那儿的稞麦刚刚拔节，一前一后地摇摆着。麦浪里传来了鹌鹑的叫声，麦浪上飞舞着成群的小虫。别尔乔站在地边仿佛看一件熟悉的、亲切的东西似的看了看这片田地，又从田埂上用嘴扯下了几棵小草，然后迈了一两步，可是突然它全身摇晃起来，沉重地、深深地叹了一口气便倒在了地里。我们惊慌地跑回家报告这个不幸的消息。

等我们同父亲回来的时候，别尔乔已经躺在那儿死了。它把头伸在开满鲜花的田埂上，睁大着眼，凝视着蔚蓝色的天空。它那双悲伤、沉静、美丽的眼睛现在已经什么都看不见了。这位年老的劳动者，我的这位无言的朋友就这么死去了。我们在别尔乔曾经耕耘过并且死去的田地旁边掘了一个深坑，像埋葬人一样埋葬了这头老牛。坟墓周围用白色的石头筑了一道围墙。每到春天，坟墓上便长满了鲜艳的花草。人们称这座孤坟所在的地方为“别尔乔墓”。

2014 年第 7 期

父　亲

景凯旋

快到父亲节了，给哥哥打电话，想知道父亲的墓地怎么样了。父亲的墓地就在青城后山，听说这次大地震，那儿的山体也有垮塌。当年听到父亲去世的消息时，我正在遥远的伊斯坦布尔，那个晚上，也是一个人走到一处墓地，把所有的墓碑看了个遍，然后坐在萧萧的柏树下，直到夜深。

记忆中父亲的脾气很急躁。小时候在院子里玩土炮仗，他正巧路过，吓了一大跳，愤怒中捡起一块砖头，就冲我奔来。我连滚带爬才逃过一劫。还有一次，为件小事顶了父亲几句，他不由分说就重重给了我一巴掌，这下母亲生气了，不准我们跟父亲说话。几天后，我玩耍时跌了一跤，鼻血长流，父亲又正巧路过，便把我叫住，从口袋里掏出一方手帕递给我。我心里一酸，原谅了父亲，母亲发起的杯葛自然也就停止了。

父亲其实性格温和，从来没跟人红过脸。用一句古语说，他的一生是“沉沦下僚”，在大山深处的黑水县做一个小官员。他也很知足，常常骑车下乡，爬几千米高的高山。我常想，要不是时代的因缘际会，他也许就是山西老家的一名乡村教员，不会大老远跑到四川来，晚年也回不了故土。他能不知足吗？“文革”时，我们家占全了，父亲是“叛徒”，母亲是“特务”。那时候，母亲整夜睡不着觉，而父亲每次被批斗回来，倒头便睡。他后来说他不怕遭难，可我有点不信，我觉得父亲是不能往深处想的人，这样反而好，不受苦。

以后父母就提前退休了，迁到山外的都江堰。但父亲还是常坐着车回黑水去，他想把自己的历史问题解决好。记得有次他从外面回来，兴冲冲地给我们看一张纸，那是一份州里的文件，已将他的党籍恢复至一九三七年，还惠而不费地给了个副厅级。看到这些，我们兄妹都漠然以对，父亲脸上有些尴尬，倒是母亲生气了，她说，虽然这没有什么意义，但毕竟是父亲的一个心愿。那一代人总是有许多心愿，难以了结。差可慰藉的是，父亲年轻时也喜欢写点东西，还在一九三七年的《大公报》上发表过一篇小说《欠债者》，一看就是受五四新文学的影响。我翻遍图书馆，找到了这份报纸，让父亲高兴了好一阵子。

晚年的父亲脾气越来越好，好微笑、好感伤、好流泪。家人聚在一起，聊起社会上的腐败，聊起某某事件，某某伟人去世，他总会禁不住老泪纵横。这时我们就会笑他，笑得他不好意思起来。他觉得以前的社会很纯洁，以后呢，还是有希望的。母亲骂他心存幻想，跟不上时代，但却不喜欢我们看不起父亲，她可以凶父亲，我们不行，她必须在子女面前维护父亲的那一点尊严。

家里的事从来都是母亲做主，父亲倒成了可有可无的人。而且越到晚年，母亲越表现出决断的魄力，也比父亲有见识得多。但母亲毕竟也年纪大了，感情上越来越依赖子女。结果是，许多事父亲听母亲的，母亲听我们的。而我们呢，却越来越少跟父母聊天，不是忙，是没有话讲。父亲不可能理解我，我也难以深入他的内心。虽说我在外地工作，也偶尔会想念他，但总觉得我是在忽略什么。在人与人的真正关系上，我们其实都是孤独的。

父亲开始喜欢一个人散步，走到附近卫校的小树林里，对着下午的太阳坐一会儿，然后站起来往回走。他的腰越来越弯，走得越来越慢，如果看到我们去接他，便会露出浅浅的笑容。因此，当听到父亲离去的噩耗时，我一时仍不能相信他就这样走了。他没什么大病，他是灯残油尽了。据母亲后来对我说，父亲走的那一瞬间，眼里又流出了一滴眼泪。“他是舍不得你们呀。”她说。

我常常想，父亲对我意味着什么？他是一座山，常挡住我的视线，为了自己方便，我时常想绕行而过，等到这山塌了，我才突然明白，他挡住的是被我们称之为终点的那个东西，从此我的前面也就一眼望到头了。

2014年第9期

种树的男人

〔法国〕让·纪沃诺　　金恒镳 译

要想真正了解一个人是不是品行出众，你得花数年的时间，还要有好的运气和机会去观察他的行为。如果他的行为没有私心，动机无比慷慨，心中没有存着求回报的念头，而且他还在大地上留下了明显的印记，那么由此认定他是一个品行出众的人，基本错不了。

一九一三年的一天，我长途跋涉，来到了一个不为人知的高原，那是一个位于法国东南部阿尔卑斯山附近被称为普罗旺斯的地方。当我走过这座毫无生机的高原的时候，看见的除了野薰衣草外，就是一片荒山与黄土了。

我当时正要穿越高原最宽广的地带，三天后，才发现那是一处荒芜的地域。我来到一个破落村庄的废墟附近，搭起帐篷过夜。我的水两天前就用完了，现在得补充一点。想必村落内会有一口水井，或是一道泉水。我真的找到一处泉水的遗迹，不过早已干涸了。

虽然是骄阳高照的六月，但是我站在这处没有绿荫的高地上，高空的风猛烈地吹下来，没有人能顶得住。风吹袭着这些破旧的房屋，仿佛狮子吃东西时受到干扰而发出的吼叫，我只好另寻他处。

我走了五个小时，还是找不到水源，看来是没有指望了。高地上到处都很干燥，还有很多杂草。我看到远处有一个耸立的黑色影子，像一株孤立的树干。在没有更好选择的情况下，我走向那个黑影子，那是一个站立着的牧羊人。在被太阳烤干的地上，还躺着三十只绵羊。那个牧羊人递给我一个水壶，我喝了一口。过了一会儿，他领我去山坳中他住的地方，然后从一个天然井中汲出水，水质清澈可口。在这个井口上方，他安装了一个简陋的辘轳。牧羊人话很少，这原是独居人都有的特点，但我感觉他是一个充满自信、意志果断的人。在这荒凉的高地，这还真是一番奇遇。这不是一间简陋的木屋，而是一间完全用石块砌成的房子，到处有他自建的痕迹，有他抵达这高原后修复废墟的血汗。屋顶很牢，而且中规中矩，风吹过屋顶的瓦片，发出仿佛海浪冲击岸边的声音。

屋内的东西摆得很整齐，碗盘洗得干干净净，地板擦得发亮，长枪上过油，火炉上的汤正在滚着。我这个时候才注意到他的胡子刮得干干净净，衣服的扣子很牢固，衣服也被他一针一线仔细缝过，看不出补缝来。他请我喝汤，过了一会儿，我递上烟草袋，他说他不抽烟。他的狗也很安静，友善却不谄媚。

从见面的那一刻起，我就知道，根本不需要跟他说我得在此过夜。

牧羊人拿出一个小袋子，从中倒出一堆橡实，散在桌上。他开始一粒一粒地拣着，心无旁骛地把好果实挑出来。我吸着烟斗，有意帮他挑选，他说这是他的工作。事实上，看他专注地工作，我也无从插手，我们的谈话也到此为止。他挑出一大堆好的橡实后，便十粒十粒地数着，同时更仔细地淘汰小粒的与龟裂的。他一共精挑细选了一百粒完好无缺的橡实，然后我们各自就寝。

跟这位牧羊人在一起真是平和极了。第二天，我请求在这里再住一夜，他表示同意。我感觉他像是对一切都泰然处之的人。再待一天并非必要，我只是受了好奇心的驱使，想要多了解他一点而已。他打开围栏，放羊吃草，并且把昨夜精挑细选的橡实连同袋子浸到一桶水中，然后才背着桶离开屋子。

我看到他带了一根铁棒，约拇指般粗，一点五米长。我安步当车地沿着一条与他平行的路径走着。牧羊的草地在一块河谷中，他让牧羊犬看着羊群，自己便朝我伫立的山坡走来。我心中怕他要来告诉我该离开了，以免我不识相地烦着他。事实上却不然，他邀我同行，可能怕我无事可干。我们爬了大约九十米山路后抵达山脊。

然后，他用铁棒向下扎一个洞，放入一粒橡实，再覆上泥土。就这样，他种下一粒又一粒的橡实。我问他，这是你的地吗？他说不是。那么你知不知道是谁的地呢？他说也不知道。他猜是公有的，或者是被弃置不管的私有地，他也不想知道地主是谁。他小心翼翼地种着那一百粒橡实。午饭后，他又继续播种。或许由于我不断地询问，他终于说出，他在荒山野地已播种了三年，撒下了十万粒种子。这十万粒橡实中，两万粒发了芽。这两万棵小苗，大概有一半会因为地鼠或普罗旺斯高地变幻难料的自然环境而无法存活，而剩下的一万棵终会在这光秃秃的高原上生长起来。

我这时想知道他的年纪：他看起来有五十岁以上。他说他五十五岁了，他的名字叫艾尔则阿·布非耶。他以前在平原有一个农庄，也是在那里生活过的人；后来独生子及妻子相继过世，他便隐居到这块荒芜的高地，带着他的羊群与牧羊犬，自由自在地过着日子。他认为，这块高原因为缺树而正走向死亡。他又加上一句，因为没有事业的压力，他便可以担起拯救大地的任务。

那个时候的我，年纪虽然不大，却也过着离群索居的生活，多少也懂得如何与一颗孤寂的心亲切地沟通。但因为年轻的缘故，我不得不为自己的前途做些打算，去追寻起码的幸福。我告诉他，三十年后，这一万棵橡树必能成为壮观的森林。他却简短地回答，如果上帝助他一臂之力，三十年后，他种植的树的数量一定十分惊人，而这已植的一万棵树不过是沧海一粟。

除了橡树之外，他还在研究种植山毛榉的方法。在他房子附近的一个苗圃里，他用山毛榉的种子培育着小苗。这些树苗的四周有铁丝围篱保护着，不让羊群靠近，目前长势良好。他还打算在山谷种桦树，山谷地下有水，可以种桦树树苗。

第三天，我们道别。

这样过了一年，第一次世界大战爆发，我也被卷进去五年。一个陆军步兵怎么可能再记得种树的事情？说句实话，我早已淡忘了。

大战结束后，我领了一小笔退役金，渴望能过上一段呼吸新鲜空气的日子。一九二〇年的一天，并没有特定的目的，我再度漫游到那条通往光秃秃的高原的路上。

乡景如昔。但是，在没有人烟的村庄远处，有一片灰蒙蒙的雾气，罩在不太远的山头，仿佛平铺了一层毛毡。在前一天，我记起了那位牧羊种树的男人。“一万棵橡树”，我的反应是：“也确确实实占有一个不小的空间呢！”在过去五年的日子里，我眼看许多人在战场上倒下，谁会认为艾尔则阿·布非耶还活着？想想看，在二十岁年轻人的眼中，一个五十多岁的老人，除了等死外，还能做什么事呢？但是，牧羊人还活着。事实上，他的身体更矫健了。他换了职业，只剩下四只羊，却多了一百个蜂巢。他不再牧羊，只因为怕羊群会啃掉他种的树苗。他告诉我，战争根本没有影响到他，他一直在心无旁骛地种树。

一九一〇年种的橡树已有十岁了，长得比我们都高，看起来非常壮观，我惊讶得实在说不出话来，而他也默然不语，我们两人竟用了一天的时间在他的森林中无言地走着。我们走过的三个地带，全长十一公里，最宽的地方有三公里。请别忘记，这些森林是从这个男人的双手及心灵中创造出来的，没有任何技术支持。

他执行了他的计划，那些山毛榉已与我的肩齐高了。我望向双目所及的远处，他执行得真够彻底。他带我去看四年前种的桦树丛，那时我正在参加凡尔登战役。他把桦树苗全种在他认为地表湿润的山谷里，结果证实他的猜测是正确的。这些桦树已亭亭玉立，犹如少女，而且蔚然成林。

创造有如一种连锁效应。他心中没有任何负担，他以最单纯的想法，按部就班地执行计划；但是，在我们回头往村庄走的途中，却发现原本干涸的河床，现在居然水流淙淙了。这是连锁效应中令人印象最深刻的一幕。

风也会传播种子。当水重回大地，柳树、灯芯草；草原、菜圃、花园，种种生命的意志，均会一一复现。这些不知不觉的变化，已变成常规的一部分，似乎再自然不过了。猎人又回到高地原野，开始猎野兔或野猪，他们虽然会看到突然从地上冒出来的矮树丛，却把它们当作是大自然一时兴起之作。这便是没有人打搅布非耶种树的原因了。如果早就有人发现他在高原上，事情或许就不一样了。但是没有人知道他在这里。在城镇或行政单位办公的人，谁能想到会有这么一个不顾自己的利益一心坚持的人?

一九三三年，一名森林巡逻员来到他的住所，递上一纸命令，不准他在户外生火，以免殃及这块“自然”的森林。那是他第一次听到这么一句天真的话：“一片森林会自然生成！”那个时候，布非耶正在离家十二公里的地方种植山毛榉。为了省掉往返的麻烦——他已是七十五岁的高龄了——便打算在那片土地旁砌一幢石屋。第二年，他完成了。

一九三五年，官方派一群人来巡察这片“天然林”，其中包括林务署的高级官员及许多技术员。但是他们废话连篇，讨论的结果是对这块“天然林”做一点必要的处置。幸好除了只做了一件有益的事情之外，他们没有采取任何其他措施，那便是把这片林地列管在省里的保护之下，一概不准有制炭业出现。

这些林业官员中有一位是我的朋友，我跟他谈起这件奇事。一星期后的某天，我们两人一起去探望布非耶——他正在距离官员巡察林地的十公里之外，努力地种着树。

这位林务官不因是我朋友的缘故才来，他是懂得自然的人，他知道不能张扬。我带了鸡蛋当礼物，三人在野地默默的沉思中共进午餐。

我们走过覆盖着树林的山坡，林木已有七八米高了。

我还记得一九一三年这里的景象：弥漫着一片荒凉。这位心平气和、不辞辛劳的长者，住在有益健康的山风中，过着俭朴的生活，再加上与世无争的宁静心灵，老天赐给他令人敬畏的健壮体魄。

临走前，那位朋友留下几条种植的建议，但是也没有过分强调它们的重要性。他在回去的路上告诉我：“布非耶显然比我懂得多。”这样又走了一个小时，他若有所思地补上一句：“他比大家都更懂种树的道理，他已悟出幸福之路。”

唯一曾可能威胁这些树木的事，发生在第二次世界大战期间。那时候，有些车的引擎是靠烧木柴发动的，然而木柴普遍缺货。一九四〇年开始砍伐橡木林了，然而这个高地远离火车运行路线，木材商评估，在这里伐木不利，最后放弃了。这位牧羊人根本不在乎这件事。他已深入内陆三十公里，心平气和地继续工作着，他根本不理会一九三九年的世界大战，跟不理会一九一四年的世界大战一样。

我最后一次看到艾尔则阿·布非耶是在一九四五年的六月，他当时已是八十七岁高龄。我以前要靠步行穿过那片荒凉的高地，如今，尽管战争在乡间留下满目疮痍，但在杜兰斯山谷与高地之间，已有公共汽车来往了。坐着快速的交通工具，我已不太认得昔日长途跋涉时看到的田野。出现在我眼中的，是一片崭新的大地。我只能从村庄的名字上确认这是以前的废墟与荒凉的故地。

整个乡间散发着健康与富腴的光芒。一九一三年还是一片废墟的高地，现在却是整齐的农庄、净洁的农舍，人们过着幸福与安适的生活。古老的溪流，被森林中的雨雪浇灌着，又有了流动的活力。溪流的水，用水渠引导着，流向每一个农庄、每一片枫林、每一片绿油油的薄荷田。原住在地价高涨的平原的居民，搬到这高地住下来，带来了朝气、干劲与冒险精神。沿途有友善的男男女女，小男孩与小女孩开心地笑着、闹着，人们终于又找回了野餐的乐趣。细数当年的人口，无法否认现在过着舒服日子的一万多人的幸福是来自艾尔则阿·布非耶的赐予。他只靠身体力行与蕴藏的品德，就能够将荒凉的土地变成到处都是奶与蜜的“迦南地”。万物之中，唯有仁爱是值得崇拜的。

一九四七年，艾尔则阿·布非耶安息于法国巴农的赡养院。

2014 年第 11 期

夜深花睡

三毛

我爱一切的花朵。在任何一个千红万紫的花摊上，各色花朵的壮丽交杂，成了都市中最美的点缀。

其实我并不爱花圃，爱的是旷野上随着季节变化而生息的野花和那微风吹过大地时的感动。

生活在都市里的人，迫不得已在花市中捧些花回家。对于离开泥土的鲜花，总是对它们产生一种疼惜又抱歉的心理，可还是要买的。这种对花的抱歉和喜悦，总也不能过分去分析。

在所有的花朵中，如果要说“最爱”，我选择一切白色的花。而白色的花中，我最爱野姜花和百合——长梗的。

许多年前，我尚在大西洋的小岛上过日子。那时，经济拮据，丈夫失业快一年了。我在家中种菜，屋子里插的是一人高的枯枝和芒草，那种东西，艺术品位高，并不差的。我不买花。

有一日，丈夫和我打开邮箱，又是一封求职被拒的回信。那一阵，其实并没有山穷水尽，粗茶淡饭的日子过得没有悲伤，可是一切维持生命之外的物质享受，已不敢奢求。那是一种恐惧，眼看存款一日日减少，心里怕得失去了安全感。这种情况只有经历过失业的人才能明白。

我们眼看求职再一次受挫，没有说什么，去了大菜场，买了些最便宜的冷冻排骨和矿泉水，就出来了。

不知怎么一疏忽，丈夫不见了，我站在大街上等，心事重重的。一会儿，丈夫回来了，手里捧着一小束百合花，兴冲冲地递给我，说："百合上市了。"

那一瞬间，我突然失了理智，向丈夫大叫起来："什么时候了？什么经济能力？你有没有分寸，还去买花？！"说着我把那束花"啪"一下丢到地上，转身就跑。在举步的一刹那，其实我已经后悔了。我回头，看见丈夫呆了一两秒钟，然后弯下身，把那些撒在地上的花，慢慢拾了起来。

我向他奔过去，喊着："荷西，对不起。"我扑上去抱他，他用手围着我的背，紧了一紧，我们对视，我发觉丈夫的眼眶红了。

回到家里，把那孤零零的三五朵百合花放在水瓶里，我好像看见了丈夫的苦心。他何尝不想买上一大缸百合，可口袋里的钱不敢挥霍。毕竟，就算是一小束，也是他的爱情。

那一次，是我的浮浅和急躁伤害了他。之后我们再没有提过这件事。四年以后，我去给丈夫上坟，进了花店，我跟卖花的姑娘说：“这五桶满满的花，我全买下，不要担心价钱。”

坐在满布鲜花的坟上，我盯住那一大片花色和黄土，眼睛干干的。

以后，凡是百合花上市的季节，我总是站在花摊前发呆。

一个清晨，我去了花市，买下了数百朵百合，在那间房中摆满了它们。在那清幽的夜晚，我打开家里所有的窗和门，坐在黑暗中，静静地让微风吹动那百合的气息。

那是丈夫逝去七年之后。又是百合花开的季节了，看见它们，我就仿佛看见了当年丈夫弯腰从地上拾花的景象。没有泪，而我的胃，开始抽痛起来。

2014 年第 11 期

农　舍

〔德国〕赫尔曼·黑塞　　胡其鼎 译

我在这幢房屋边上告别。我将很久看不到这样的房屋了。我走近阿尔卑斯山口，北方的、德国的建筑款式，连同德国的风景和德国的语言都到此结束。

跨越这样的边界，有多美啊！从好多方面来看，流浪者是一个原始的人，一如游牧民较之农民更为原始。尽管如此，克服定居的习性，鄙视边界，会使像我这种类型的人成为指向未来的路标。如果有许多人，像我似的由心底里鄙视国界，那就不会再有战争与封锁。可憎的莫过于边界，无聊的也莫过于边界。它们同大炮、将军们一样，只要理性、人道与和平占着优势，人们就感觉不到它们的存在，无视它们而微笑——但是，一旦战争爆发，疯狂发作，它们就变得重要和神圣。在战争年代里，它们成了我们流浪者的囹圄和痛苦！让它们见鬼去吧！

我把这幢房屋画在笔记本上，目光跟德国的屋顶、德国的木骨架和山墙，跟某些亲切的、家乡的景物一一告别。我怀着格外强烈的情意再一次热爱家乡的一切，因为这是在告别。明天我将去爱另一种屋顶，另一种农舍。我不会像情书中所说的那样，把我的心留在这里。啊，不，我将带走我的心，在山那边我也每时每刻需要它。因为我是一个游牧民，不是农民。我是背离、变迁、幻想的崇敬者，我不屑于把我的爱钉死在地球的某一点上。我始终只把我们所爱的事物视作一个譬喻。如果我们的爱被什么勾住，并且变成了忠诚和德行，我就觉得这样的爱是可怀疑的。

从山上吹来一阵湿润的风，那边蓝色的空中岛屿俯视着下面的另一些国土。在那些天空底下，我将会常常感到幸福，也将会常常怀着乡愁。我这样的完人，无牵挂的流浪者，本来不该有什么乡愁。但我懂得乡愁，我不是完人，我也并不力求成为完人。我要像品尝我的欢乐一般，去品尝我的乡愁。

我往高处走去时迎着的这股风，散发着彼处与远方、分界线与语言疆界、群山与南方的异香。风中饱含着许诺。再见，小农舍，家乡的田野！我像少年辞别母亲似的同你告别：他知道，这是他辞别母亲而去的时候，他也知道，他永远不可能完完全全地离开她，即使他想这样做也罢。

2014 年第 13 期

七盏小灯

高尔泰

我与之生了两个女儿，后来终于离婚的前妻，阶级出身不好，与我在底层相逢，互相同情，结为夫妻。婚后意见不合，无法沟通，在一起没有和平。因而每次探亲假期，我大都在母亲这边度过。

母亲常感不安，常劝我进城看看她们。其实我也想念她们，特别是两个孩子。有一天想带着我的孩子高林，进城去试试气氛。临走时母亲嘱咐，把那两个孩子带来给嬷嬷看看。

高林小，走得慢，走着走着天就黑了。月明长堤，柳暗荒村，蛙声似万鼓，流萤飞百草。高林捉了两只萤火虫，准备送给妹妹们。她说她们在城里，一定看不到萤火虫。萤火虫不听话，老是从她的手指缝里往外爬。我提着两篮水产，没法帮她。看着她那么虔诚、那么专注、那么费劲而小心翼翼地用双手捧着，一直捧到城里，我很感动。

进门后，女儿高筠欢天喜地地，咚咚咚跑过来迎接我们。高林向她张开合着的两手，献出那两颗淡蓝色一亮一亮的“小星星”。高筠惊喜得同时张大了眼睛和嘴巴，伸手就来拿。

“不许碰！”继卿惊叫道，“当心爬进耳朵和鼻子孔里去！”

我一惊，像撞了墙。叫高林到门外，把两只萤火虫放了。这时，自己不小心，踢翻了地上的一盏小油灯。这才发现，地上有许多酒盅般大小的土瓷灯杯。橙黄色的火焰，如萤如豆，忽明忽暗。

原来她认为我们的家庭不和，是我亡故的前妻魂魄不散所致。听说点七盏灯，焚香祈祷，保持七天七夜不灭，可以禳解。这样做起来很不容易，已经到第六天了。

我不相信巫术，但从中看到了她真诚的和解愿望。如果不是不期而至，偶然碰上，我根本就不会知道她有这个愿望。

知道了，很高兴也很感动，下决心好好谈谈。但我踢翻油灯，使她前功尽弃，又怎么能让她相信我的高兴和感动？

2014 年第 14 期

爸爸的花儿落了

林海音

新建的大礼堂里，坐满了人，我们毕业生坐在前八排，我又是坐在最前一排中间的位子上。我的襟上有一朵粉红色的夹竹桃，是临行时妈妈从院子里摘下来给我别上的，她说："夹竹桃是你爸爸种的，戴着它，就像爸爸看见你上台一样！"

爸爸病倒了，他住在医院里，不能来。

昨天我去看爸爸，他的喉咙肿胀着，声音是低哑的。我告诉爸爸，举行毕业典礼的时候，我要代表全体同学领毕业证书，并且致辞。我问爸爸，能不能起来参加我的毕业典礼。六年前他参加我们学校欢送毕业同学的同乐会时，曾经要我好好用功，六年后也代表同学领毕业证书并致辞。今天，"六年后"到了，我真的被选中来做这件事。

爸爸哑着嗓子，拉起我的手笑笑说："我怎么能够去呢？"我说："爸爸，你不去，我很害怕。你在台下，我上台说话就不发慌了。"

“英子，不要怕，无论多么困难的事，只要硬着头皮去做，就闯过去了。”

“那么爸爸不也可以硬着头皮从床上起来到我们学校去吗？”

爸爸看着我，摇摇头，不说话了。他把脸转向墙那边，举起他的手，看那上面的指甲。然后，他又转过脸来叮嘱我：

“明天要早起，收拾好就到学校去，这是你在小学的最后一天了，可不能迟到！”

“我知道，爸爸。”

“没有爸爸，你更要自己管好自己，并且管好弟弟和妹妹，你已经大了，是不是？”

“是。”我虽然这么答应了，但是觉得爸爸讲的话使我很不舒服，自从六年前的那一次之后，我何曾再迟到过？

当我在一年级的时候，就有早晨赖在床上不起床的毛病。每天早晨醒来，看到阳光照到玻璃窗上了，我的心里就是一阵愁：已经这么晚了，等起来，洗脸，扎辫子，换校服，再到学校去，准又是一进教室就被罚站在门边。同学们的眼光，会一道道向我投过来，我虽然很懒惰，却也知道害羞呀！所以我又愁又怕，每天都是怀着恐惧的心情奔向学校去的。最糟的是爸爸不许小孩子上学乘车，他不管你晚不晚。

有一天下大雨，我醒来就知道不早了，因为爸爸已经在吃早点了。我听着雨声，望着大雨，心里愁得了不得。我上学不但要晚了，而且要被妈妈穿上肥大的夹袄（是在夏天），拖着不合脚的油鞋，举着一把大油纸伞，走向学校去！想到要这么不舒服地去上学，我竟有勇气赖在床上不起来了。

过了一会儿，妈妈进来了。她看我还没有起床，吓了一跳，催促着我，但是我皱紧了眉头，低声向妈妈哀求说："妈，今天晚了，我就不去上学了吧？"

妈妈做不了主，她转身出去时，爸爸就进来了。他瘦瘦高高的，站到床前来，瞪着我：

"怎么还不起来！快起！快起！"

"晚了，爸！"我硬着头皮说。

"晚了也得去，怎么可以逃学！起！"

一个字的命令最可怕，但是我怎么啦？居然有勇气不挪窝儿。

爸爸气极了，一把把我从床上拖起来，我的眼泪就流出来了。爸爸左看右看，结果从桌上抄起鸡毛掸子倒转来拿，藤鞭子在空中一抡——我挨打了！

爸爸把我从床头打到床脚，从床上打到床下，外面的雨声混合着我的哭声。我号哭，躲避，最后还是冒着大雨上学去了。我像一只狼狈的小狗，被宋妈抱上了洋车——我第一次花钱坐车去上学。

虽然迟到了，但是老师并没有罚我站，因为这是下雨天。

老师叫我们先静默，再读书。坐直身子，手背在身后，闭上眼睛，静静地想五分钟。老师说："想想看，你是不是听爸妈和老师的话？昨天的功课有没有做好？今天的功课全带来了吗？早晨跟爸妈有礼貌地告别了吗……"我听到这儿，鼻子抽搭了一下，幸好我的眼睛是闭着的，泪水不至于流出来。

静默之中，我的肩头被拍了一下，急忙地睁开了眼，原来是老师站在我的位子边。他用眼神叫我向教室的窗外看去。我猛一转过头，是爸爸那瘦高的身影！

我走出了教室，站在爸爸面前。爸爸没说什么，打开了手中的包袱，拿出来的是我的花夹袄。他递给我，看着我穿上，又拿出两个铜板来给我。

后来怎么样，我已经不记得了，因为那是六年以前的事了。只记得，从那以后到今天，每天早晨我都是等待着校工开大铁栅栏校门的学生之一。冬天的清晨，我站在校门前，戴着露出五个手指头的那种手套，举着一块热乎乎的烤白薯吃。夏天的早晨，我站在校门前，手里举着从花池里摘下的玉簪花，送给亲爱的韩老师，是她教我跳舞的。

啊，这样的早晨！一年年过去了，今天是我最后一天在这学校里啦！

当当当，钟声响了，毕业典礼就要开始了。看外面的天，有点阴，我忽然想，爸爸会不会忽然从床上起来，给我送来花夹袄？我又想，爸爸的病几时才能好？今早妈妈的眼睛为什么红肿着？今年爸爸都没有给院里大盆的石榴和夹竹桃上麻渣。如果秋天来了，爸爸还要买那样多的菊花，摆在我们的院子里、廊檐下、客厅的花架上吗？

爸爸是多么喜欢花啊！每天他下班回来，我们在门口等他，他把草帽推到头后面，抱起弟弟，经过水龙头，拿起灌满了水的喷水壶，唱着歌儿走到后院来。他回家来的第一件事就是浇花。那时太阳快要下去了，院子里吹着凉爽的风，爸爸摘一朵茉莉插到瘦鸡妹妹的头发上。陈家的伯伯对爸爸说："老林，你这样喜欢花，所以你太太生了一堆女儿！"我有四个妹妹，只有两个弟弟。我才十二岁……

我为什么总想到这些呢？韩主任已经上台了。他很正经地说："各位同学都毕业了，就要离开上了六年的小学到中学去读书，做了中学生就不是小孩子了，当你们回到小学来看老师的时候，我一定高兴地看到你们都长高了，长大了……"

于是我唱了五年的骊歌，现在轮到学弟学妹们唱给我们："长亭外，古道边……"

我哭了，我们毕业生都哭了。我们是多么希望长高了变成大人，我们又是多么怕呢！

快回家去！快回家去！拿着刚发下来的小学毕业证书——红丝带子系着的白纸筒，我催着自己，好像怕赶不上什么事情似的，为什么呀？

进了家门，静悄悄的，四个妹妹和两个弟弟都坐在院子里的小板凳上。他们在玩沙土，旁边的夹竹桃不知什么时候垂下了好几根枝子，散散落落的，很不像样，是因为爸爸今年没有收拾它们——修剪、捆扎和施肥。石榴树大盆底下有几个没有长成的小石榴，我很生气，问妹妹们："是谁把爸爸的石榴摘下来的？我要告诉爸爸去！"

妹妹们惊奇地睁大了眼，摇摇头说："是它们自己掉下来的。"

我捡起小青石榴。缺了一根手指头的厨子老高从外面进来了，他说："大小姐，别说什么告诉你爸爸了，你妈妈刚从医院来了电话，叫你赶快去，你爸爸已经……"

他为什么不说下去了？我忽然着急起来，大声喊着："你说什么，老高？"

"大小姐，到了医院，好好劝劝你妈，这里就数你大！就数你大了！"

是的，这里就数我大了，我是小小的大人。我对老高说："老高，我知道是什么事了，我就去医院。"我从来没有这样镇定，这样安静。

我把小学毕业证书放到书桌的抽屉里，再出来，老高已经替我雇好了到医院的车子。走过院子，看那垂落的夹竹桃，我默念着：

爸爸的花儿落了。我已不再是小孩子了。

2014 年第 14 期

站立的兔子

北岛

一

一天，楼下来了个挑担的农民，头戴破草帽，高一声低一声地吆喝，招来不少孩子围观。我随父亲路过，凑近一看，担子两头的多层竹屉里，竟是一簇簇刚孵出来的小鸡，黄灿灿、毛茸茸的，让人心痒痒。在我的纠缠下，父亲买下六七只。回家，他用剪刀在纸箱上戳些小洞透气，纸箱便成了临时鸡窝。

那纤声细语让人牵肠挂肚。我一放学回家就冲向纸箱，先看后摸，再用双手捧起其中一只。小鸡用爪子钩住我的手指，瑟瑟发抖，阵阵哀鸣。

从二十世纪五十年代末起，粮食日渐紧张，我们身后的成人们早有打算：母鸡下蛋、公鸡食肉。可离那目标尚远时，它们因一场瘟病相继死去。

相比之下，养蚕要单纯得多。首先成本低，一只空鞋盒，几片桑叶铺垫足矣。蚕宝宝小得像米虫，但就身体比例而言，蚕宝宝的生长速度和食量都是惊人的。桑叶紧缺，方圆数里的桑树几乎全秃了。“春蚕到死丝方尽”，我的春蚕还没吐丝就死了。

养金鱼最容易——耐饿，十天半个月不喂食没事儿。唯一的麻烦是定时换水，那倒也是种乐趣：把鱼缸搬到水池中，用笊篱一条条捞出，放进碗里，怀着孩子天生的恶意，看它们大口喘息。金鱼的生活完全透明，我纳闷：是金鱼装饰我们的生活，还是我们装饰它们的生活？

二

我正发育的身体被大饥荒唤醒，惶惶不可终日。人们都在谈吃，谈的是存活之道。学校减少课时，停掉体育课，老师劝大家节省体能，少动多躺，晚饭后就上床睡觉。亲友们做客自备粮票，饭后结算。相关的发明应运而生：用各种容器养小球藻；把淘米水积存下来，每月可多得两三斤沉淀物——与其说是米粉，不如说是沙尘杂质之类。楼下沐家实行黄豆均分制，按颗计算。这生存之战实在是惊心动魄。

某个冬日下午，父亲带我和弟弟来到官园农贸市场，见到几只小灰兔蜷在一起取暖，嘴唇翕动，红眼闪亮。我俩向父亲苦苦哀求，最后买下一公一母。

到了家，两只兔子东闻闻西嗅嗅。我们跟着连蹦带跳，比兔子还欢。

父亲找来一个旧木箱和几块破木板，吱吱嘎嘎拉锯，叮叮当当敲打，终于制成现代化的兔舍：斜屋顶，木板从中隔成两层，有木梯勾连，铁丝网罩住木箱裸面，右下角开一小门，带挂钩。兔子在楼下玩耍、就餐、如厕，在楼上安寝。兔舍就安置在阳台上。

兔子胃口极大，好像永远也吃不够。我和弟弟只好背着口袋出门，先在大院里，继而向外延伸，从后海沿岸到紫竹院公园。在田野实践中，我们意外发现除了杂草，多数野菜人类均可食用，有的甚至是美味。看来人和兔子差不多，处在生存的同一起跑线上。

一天下午，我和楼下的男孩儿，为了改变我家兔子和他家母鸡的生存状况，决定大干一场。我们用铁丝做成钩耙，从一号楼的垃圾箱开始动手，一直搜到八号楼的垃圾箱。我们总共捡到一百四十六个白菜头，战果辉煌。

我们平分了白菜头。晚上回到家，把白菜头浸泡在水池里，一边刷洗一边跟父母讲述经过。他们却用异样的眼神看着我。他们认为，在地球的食物链中还是有高低之分。不由分说，他们接替我的工作，把洗净的白菜头放进锅里，用清水煮烂，再对半切开，蘸着酱油，啃咬较嫩的中心部分，咂巴咂巴，大赞美味。我早就饿坏了，于是也加入这白菜头大餐。阳台上兔笼咚咚作响。

三

饥饿感正在啃噬我们的生活。浮肿变得越来越普遍。大家见面时的问候语从“吃了没有”转为“浮肿了没有”，然后撩开裤腿，用手指测试各自的浮肿程度。母亲的小腿肚可按进一枚硬币，且掉不下来，被评为三级，那是最厉害的浮肿。众人啧啧称奇，有如最高荣誉。

母兔怀孕了。那时，生殖对我来说还是个谜。它日渐笨拙，除了进餐，基本都卧在楼上，从身上揪下一撮撮兔毛筑窝。

一天傍晚，我发现兔笼有异动，用手电筒一照，五只兔崽正围着母兔拱动。它们双眼紧闭，浑身无毛，像无尾的小耗子。我和弟弟妹妹打开小门，把兔崽一只只抱出来，放在手中轻轻抚摸。没想到再把它们放回兔笼时，母兔竟然追咬、驱赶它们。后来才知道，母兔是通过气味辨认孩子的，一旦身上有异味，便六亲不认。

采取应急措施：把小兔崽们抱进屋，放在垫好棉花的鞋盒里，用吸管喂养。除了米汤，还找出少许奶粉，那可是稀有金贵之物。兔崽们闭着眼，贪婪地吮吸着，我们如释重负。

第二天早上，打开鞋盒，五只兔崽全都死了。我们为自己的过错而哭。母兔却若无其事，谁能懂得兔子的感情生活呢？

它们的胃口越来越大，而附近的草地越来越少。我和弟弟越走越远，出了城门，深入田野，经常被乡下孩子驱赶。为了兔子，我们正耗尽口粮转化而成的有限能量。在同一生存的起跑线上，我们和兔子不是比谁跑得快，而是比谁跑得远。

在此关键时刻，表姐来家做客，她是北师大的学生。她建议把兔子寄养在她那儿——她们宿舍楼前有一大片草地，课间休息时正好放牧。

那是兔子的天堂。

那时我和弟弟正学游泳，先到北师大游泳池瞎扑腾，然后头顶半湿的游泳裤去看望兔子。它们欢蹦乱跳，咬咬凉鞋以示亲热。放牧兔子估摸和放牧羊群差不多，它们有时潜行如风，溜进繁茂的野草深处；有时警觉而立，收拢前腿，观望四周的动静。

可好景不长，有人告状，校方出面干涉，兔子又搬回家里。

四

谣言与饥荒一样无所不在。同学们围着教室的火炉一边烤窝头，一边大谈国际局势。一个流行说法是，苏联老大哥逼着咱中国还债，什么都要，除了鸡鸭鱼肉，还要粮食水果。我开始为兔子担心——记得电影里俄国人戴的都是兔毛帽子。

母兔肚子又大了，这回生了六只。对八口之家来说，兔笼嫌小了。我和弟弟找来砖头，把阳台的铁栏杆底部圈起来，让它们有更大的活动空间。

翌日早晨，我们大惊失色：竟然少了三只兔崽！这才发现，在“砖墙”上出现一道缝隙。冲下楼去，在龚家小菜园找到尸体。懊丧之余，我们加固了“砖墙”。可第二天早上又少了一只——落在了龚家窗台上的花盆里。我们快疯了，这盲目的自杀行为不可理喻，只好把它们全都关进兔笼。

春去秋来，幸存的兔崽长大了，要养活这四口之家更难了。搂草喂兔子，跑断了腿——我和弟弟走遍北京城，走遍城郊野地，整个暑假都在为兔子的生存而斗争。这是最后的斗争。冬天就要到了，怎么办？

父亲——我家最高行政长官做出决定：杀兔果腹，以解后顾之忧。我估摸在买兔子那一刻他就盘算好了——从野兔到家兔，正是我们的祖先保存狩猎剩余成果的方式。

我和弟弟激烈反对，哭喊着，甚至宣布绝食抗议。但人微言轻，专制正如食物链的排列顺序，是不可逆转的。

那是个星期天。我和弟弟一早出门，各奔东西，临走前没去阳台与兔子诀别。我顺着后海河沿，上银锭桥，穿烟袋斜街，经钟鼓楼，迷失在纵横如织的胡同网中。其实兔子眺望时站立的姿势很像人。我恍惚了，满街似乎都是站立的兔子。

天色暗下来，我和弟弟前后脚回家。一切都静悄悄的，看来大屠杀早已结束。最高行政长官躺在床上看书，母亲悄悄提醒我们，饭菜在锅里。她并没提到兔子，这是不言而喻的。尽管饥肠辘辘，我们坚决不进厨房。

我爬上床，用被子蒙住头，哭了。

2014 年第 15 期

钱阿姨

北岛

一

一九五七年年底，我们家来了个新保姆，叫钱家珍，江苏扬州人。她丈夫是个小商人，另有新欢，她一气之下跑到北京。她先住后母家，不和，下决心自食其力，经父母的同事介绍来到我家。钱阿姨和我互为岁月的见证——我从八岁起直到长大成人，当了建筑工人，而钱阿姨从风韵犹存的少妇，变成皱巴巴的老太婆。

改革开放前，父母的工资几乎从未涨过，每月总共二百三十九元人民币（对一个五口之家算得上小康生活），扣除各自零花钱，全部交给钱阿姨，由她管家。

钱阿姨不识字，除了父母，我算是家中文化水平最高的，记账的任务自然而然落到我头上。每天吃完晚饭，收拾停当，我和钱阿姨面对面坐在饭桌前，大眼瞪小眼，开始家庭经济建设中的日成本核算。那是个十六开横格练习本，封皮油渍斑斑，卷边折角，每页用尺子画出几道竖线，按日期、商品、数量、金额分类。钱阿姨掰着指头一笔笔报账，并从兜里掏出毛票、钢镚儿，还有画着圈儿、记着数的小纸条。

对我来说，这活儿实在令人厌烦，一年三百六十五天几乎从未间断——如果间断那么一两天，得花上更多的时间、精力找补才行。我贪玩，早就像弹簧跃跃欲试，随时准备逃离。钱阿姨先板脸，继而拍桌子瞪眼，几乎每天都不欢而散。其实这账本父母从未查看过，钱阿姨也知道，但这代表了她的一世清名。

关于钱阿姨的身世，我所知甚少。她总唠叨自己是大户人家出身，有屈尊就驾的言外之意。说来她素有洁癖，衣着与床单一尘不染；再有她每回择菜，扔掉的比留下的多——这倒都是富贵的毛病。

钱阿姨有个同父异母的妹妹，接她的扬州来信是头等大事。为确保邮路畅通，她张罗着给邮递员小赵介绍对象。可候选人不是农村户口，就是缺心眼儿。每次相亲我都在场，真替小赵捏把汗。说来还是钱阿姨的社交圈有限，那年月，社会等级被表面上的平等掩盖了。小赵变老赵，单身依旧。

钱阿姨干完活，摘下围裙、套袖，从枕下抽出刚抵达的信。我展开信纸，磕磕巴巴念着，遇生字就跳过去。钱阿姨听罢满脸狐疑，让我再念一遍。接下来是写回信。上小学二年级时，我最多会写两三百个字，实在不行就画圈儿，跟钱阿姨学的。好在家书有一套模式，开头总是如此："来信收到，知道你们一切都好，我也就放心了……"

时间久了，才知道钱阿姨的妹妹也有"枪手"，是她女儿，跟我年龄相仿，后来去江西插队了。有一阵，我们同病相怜，通信中会插入画外音，弄得钱阿姨直纳闷儿。

二

钱阿姨虽不识字，但"解放脚"不甘落后，可要跟上这多变的时代不那么容易。保姆身份在新社会变得可疑，特别是在文化大革命的动荡中，甚至有政治风险。

一九五八年夏，"大跃进"宣传画出现在毗邻的航空胡同砖墙上，那色调让夏天更热。在变形的工人、农民代表的焦灼注视下，过路人全都跟贼似的，六神无主。可对孩子来说，那是激动人心的日子，几乎每天都像是在过节。

秋天到了，我们楼对面那排居委会的灰色平房办起了公共食堂。钱阿姨响应党的号召，撂下我们兄妹仨，套上白大褂，一转身飘飘然进了食堂。她简直变了个人儿，眉开眼笑，春风得意。一度，浓重的扬州口音飘浮在混杂的普通话之上，不绝于耳。

钱阿姨仍住在我家，对我们却爱答不理。到底是她跟父母有约在先，还是单边决定？那架式有随时搬出去的可能。我们仨全都傻了眼，别无选择，只能跟她去食堂入伙。我很快就体会到钱阿姨的解放感——独立，无拘无束，集体的空间和友情。

食堂没几个月就垮了。钱阿姨脱下白大褂，戴上蓝套袖，回家生火做饭。她整天哭丧着脸，沉默寡言，时不时站在窗口发愣，背后是炊烟浸染的北京冬日天空。

七八年后，老天爷又跟她开了个玩笑。一九六六年夏，文化大革命爆发。钱阿姨起初按兵不动，静观其变。直到一个红八月的早上，她一跃而起，身穿土黄色军装（有别于正统国防绿），胸戴毛主席像章，腰扎皮带，风风火火，把家门摔得砰砰响。她处于半罢工状态，不再按点开饭，只是在填饱自己肚子时顺便把我们捎上。那一阵她忙着跳“忠字舞”，参加居委会的批斗会，背语录——她的困难是不识字，扬州话还绕口。那年钱阿姨四十三岁，或许是人生下滑前的最后挣扎，或许是改变命运的最后机会。

可没多久，钱阿姨急流勇退，脱下军装，翻出藏青小袄，像更换羽毛的鸟，准备过冬。

父亲的单位里贴出大字报，指名道姓，声称雇保姆是坚持资产阶级生活方式。父母有些慌张，当晚与钱阿姨紧急商量，请她暂避，并承诺为她养老送终。钱阿姨若无其事，早上照样用篦子梳头，盘好发髻。几天后，她为我们做好午饭，挎着包裹搬走了。最初还回来看看，久了，便从我们的视野里淡出。忽然传来她跟三轮车夫结婚的消息，在那处变不惊的年代，还是让我一惊。

一个星期日上午，我骑车沿西四北大街向南，终于找到钱阿姨家。那是个大杂院，拥挤而嘈杂。有孩子引路，钱阿姨一掀门帘，探出头。小屋仅四五平方米，炕占去大半，新换的吊顶和窗户纸。钱阿姨把我让到唯一的椅子上，自己坐在炕沿。我有些慌乱，说话磕磕巴巴的，终于问起她的婚事。

“老头子上班去了。”她表情木讷地说。

接下来是令人尴尬的沉默。钱阿姨沏茶倒水，还要给我做饭，我推说有事，匆匆告辞，转身消失在人流中。没几天，传来钱阿姨离婚的消息，在家里并未掀起什么波澜。据说离婚的理由很简单：钱阿姨嫌人家脏。

三

一九六九年年初，钱阿姨又搬回来了，主要是照看房子——人去楼空：母亲去河南信阳地区的干校，弟弟去中蒙边界的建设兵团，我去河北蔚县的建筑工地，随后妹妹跟着母亲去干校，父亲压轴，最后去湖北沙洋的干校。

弟弟去建设兵团那天，父亲到德内大街的集合点送行后回家，在楼门口撞见钱阿姨。她气急败坏地说：“要是保保（弟弟的小名）找个那里的女人回家，那可不得了。这事不能不管，你跟他说了没有？”“没跟他说这个。”父亲答道，“别追了，他已经走远了。”钱阿姨仰天长叹：“我的老天爷！”

一九七〇年夏，我们工地从蔚县搬到北京远郊，每两周休一次，周六中午乘大轿车离开工地，周一早上集合返回。到了家，钱阿姨围着我团团转，嘘寒问暖，心满意足地看着我狼吞虎咽的吃相。

她一下子老了，皱纹爬满脸颊、额头，还有老年斑，有照片为证。那是我拍的一张肖像照，为了办户口手续。要说拍照可是我的拿手好戏，苦练了好几年，不过拍摄对象都是漂亮女孩。先把白床单搭在铁丝上做背景，再调节三盏大瓦数灯泡做光源，用三脚架支起捷克“爱好者”牌一二〇双反照相机，用快门线控制，咔嚓，咔嚓。我得承认，那的确是失败之作，正如钱阿姨的评价——“像鬼一样”。当然还有后期制作的问题。我去工地上班，把底片交给楼下的一凡，我们共用一台放大机。

一凡后来抱怨说，没辙，底片曝光不足，即使用四号相纸也是黑的。接着他犯了更大的错误，把十几张废照片随手扔进垃圾箱，不知被哪个坏孩子翻出来，贴在各个楼门口和楼道窗户上。钱阿姨就像通缉犯，这下把钱阿姨气疯了，到处追查，最后发现罪魁祸首是我。

在家闲得无事，她心里不踏实，花了一百二十元给我买了块东风牌手表。阴错阳差，我收到父亲的信，原来干校又传出闲话，正被监督劳动的父亲陈述难言之隐。钱阿姨一听就明戏，于是告老还乡。我们家最终未实现给她养老送终的承诺。

四

一九八二年春，作为世界语杂志《中国报道》的记者，为采写大运河的报道，我从北京出发，沿大运河南下，途经扬州。事先给钱阿姨的妹妹写信，通报我的行程。那天下午，去市政府采访后，我来到她妹妹家。钱阿姨显得焦躁，一见我，小眼睛眨巴眨巴的，却没有泪水。从她妹妹的语气声调中，能感到钱阿姨在家中毫无地位可言。我提议到她的住处坐坐。

沿潮湿的青石板路，我们并肩走着。钱阿姨竟然如此瘦小，影子更小，好像随时会在大地上消失。所谓家，只是一小间空木屋，除了竹床，几乎什么都没有。我带来本地买的铁桶饼干、一台半导体收音机，这礼物显得多么不合时宜。

在她浑浊的眼神中，我看到的是恐慌，对老年、对饥饿、对死亡的恐慌。她迟疑地嗫嚅着，直到我告辞时才说出来："我需要的是钱！"我傻了，被这赤裸裸的贫困的真理惊呆了。在大门口，夕阳从背后为她镀上金色。她歪歪嘴，想笑，但没笑出来。我请她放心，答应回家就把钱汇来（后来母亲汇了七十元）。

大街小巷，到处飘荡着钱阿姨讲的那种扬州话。原来这是她的故乡。

2014年第20期

闹市闲民

汪曾祺

我每天在西四倒101路公共汽车回甘家口，直对101站牌有一户人家，一间屋，一个老人。天天见面，很熟了。有时车老不来，老人就搬出一个马扎儿来："车还得等会子，坐会儿。"

屋里陈设非常简单（除了大冬天，他的门总是开着），一张小方桌、一个方杌凳、三个马扎儿、一张床，一目了然。

老人七十八岁了，看起来顶多七十岁，气色很好。他经常戴一副老式圆镜片的浅茶晶的养目镜——这副眼镜大概是他身上唯一值钱的东西。他眼睛很大，没有一点混浊，眼角有深深的鱼尾纹，跟人说话时总带着一点笑意，眼神如一个天真的孩子。上唇留了一撮疏疏的胡子，花白了。他的人中很长，唇髭不短，但是遮不住他微厚而柔软的下唇——相书上说人中长者多长寿，信然。他的头发也花白了，向后梳得很整齐。他常年穿一套很宽大的蓝制服，天凉时套一件黑色粗毛线的很长的背心；圆口布鞋，草绿色线袜。

从攀谈中我大概知道了他的身世。他原来在一个中学当工友，早就退休了。他有家，有老伴。儿子在石景山钢铁厂当车间主任，孙子已经上初中了，老伴跟儿子住。他不愿跟他们一起过，说是“乱”，他愿意一个人。他的女儿出嫁了，外孙也大了。儿子有时进城办事，来看看他，给他带两包点心，说会子话。儿媳妇、女儿隔几个月给他拆洗拆洗被褥。平常，他和亲属很少来往。

他的生活非常简单。早起扫扫地，扫他那间小屋，扫门前的人行道。一天三顿饭，早点是干馒头就咸菜喝白开水，中午、晚上吃面。一年三百六十五天，天天如此。他不上粮店买切面，自己做。抻条，或是拨鱼儿。他的拨鱼儿真是一绝。小锅里坐上水，用一根削细了的筷子把稀面顺着碗口“赶”进锅里。他拨的鱼儿不断，一碗拨鱼儿是一根，而且粗细如一。我为看他拨鱼儿，宁可误一趟车。我跟他说：“你这拨鱼儿真是个手艺！”他说：“没什么，早一点把面和上，多搅搅。”我学着他的法子回家拨鱼儿，结果成了一锅面糊糊疙瘩汤。他吃的面总是一个味儿！浇炸酱，黄酱，很少一点肉末。黄瓜丝、小萝卜，一概不要，白菜下来时，切几丝白菜，这就是“菜码儿”。他饭量不小，一顿半斤面。吃完面，喝一碗面汤（他不大喝水），刷刷碗，坐在门前的马扎儿上，抱着膝盖看街。

我有时买点新鲜菜蔬，青蛤、海蛎子、鳝鱼、冬笋、木耳菜，他总要过来看看：“这是什么？”我告诉他是什么，他摇摇头：“没吃过，南方人会吃。”他是不会想到吃这样的东西的。

他不种花，不养鸟，也很少遛弯儿。他的活动范围很小，除了上粮店买面，上副食店买酱，很少出门。

他一生经历了很多大事。敌伪时期，解放军进城，开国大典，三年“自然灾害”，文化大革命，“四人帮”垮台……

然而这些都与他无关，没有在他身上留下多少痕迹。他每天还是吃炸酱面——只要粮店还有白面卖，且粮价长期稳定——坐在门口马扎儿上看街。

他平平静静，没有大喜大忧，没有烦恼，无欲望亦无追求，天然恬淡，每天只是吃抻条面、拨鱼儿，抱膝闲看，带着笑意，用孩子一样天真的眼睛。

这是一个活庄子。

2014年第22期

一切都没有改变

〔加拿大〕艾丽丝·门罗　姚媛 译

多年来我一直在想，也许我会跟他偶遇。我以前住在多伦多，现在仍然住在那里，我感觉似乎每个人最终都会到多伦多住一段时间。当然这并不意味着假如你真的想看见某个人，就一定能看见他。

事情终于发生了。当时我正穿过一条无法放慢脚步的拥挤街道，我们正朝着相对的方向行走，同时毫不掩饰地、惊愕地盯着对方刻满岁月痕迹的脸。

他喊道："你好吗？"我回答："很好。"然后又额外补上一句，"很幸福。"

当时这句话只能说大体上是真的。我和丈夫正进行一场旷日持久的争吵，为了我们替他的一个孩子偿还债务的事。那天下午，为了舒缓自己的心情，我去了一家画廊看画展。

他再次对我喊道："太好了！"

似乎我们仍然能够走出人群，转瞬之间就又可以在一起了。但同样可以肯定的是，我们会沿着刚才的方向继续走下去。我们就是那么做的，没有上气不接下气的哭泣，当我走上人行道时，没有一只手放在我的肩膀上。只有一瞬间，我看到那目光一闪而过，他的一只眼睛睁大了。左眼，一直是左眼，和我记忆中一样。眼神看上去还是充满了不安、警觉和疑惑，仿佛某件不可思议的、几乎让我发笑的事情突然发生在他身上。

对我而言，那种感觉就和我离开亚孟森时一样，火车拖着仍旧一片茫然、难以置信的我离开。

关于爱，其实一切都没有改变。

2014 年第 24 期

遛 鸟

汪曾祺

遛鸟的人是北京人里头起得最早的一拨。每天一清早，当公共汽车和电车首班车出动时，北京的许多园林以及郊外的一些地方空旷、林木繁茂的去处，就已经有很多人在遛鸟了。他们手里提着鸟笼，笼外罩着罩，慢慢地散步，随时轻轻地把鸟笼前后摇晃着，这就是“遛鸟”。他们有的是步行来的，更多的是骑自行车来的。他们带来的鸟有的是两笼，多的可至八笼。如果带七八笼，就非骑车来不可了。车把上、后座，前后左右都是鸟笼，都安排得十分妥当。看到他们平稳地驶过通向密林的小路，是很有趣的——骑在车上的主人自然是十分潇洒自得，神清气爽。

养鸟本是清朝八旗子弟和太监们的爱好，“提笼架鸟”在过去是形容游手好闲、不事生产的人的一种贬义词。后来，这种爱好才传到辛苦忙碌的人中间，使他们能得到一些休息和安慰。我们常常可以在一个修鞋的、卖豆腐的、钉马掌的摊前的小树上看见一笼鸟，这是他的伙伴。

北京人养的鸟的种类很多。大概区别起来，可以分为大鸟和小鸟两类。大鸟主要是画眉和百灵，小鸟主要是红子和黄鸟。

鸟为什么要“遛”？不遛不叫。鸟必须习惯于笼养，习惯于喧闹扰攘的环境。等到它习惯于与人相处时，它就会尽情鸣叫。这样的一段驯化，术语叫作“压”。一只生鸟，至少得“压”一年。

让鸟学叫，最直接的办法是听别的鸟叫，因此，养鸟的人经常聚在一起，把他们的鸟笼揭开罩，挂在相距不远的树上，鸟此起彼歇地赛着叫，这叫作“会鸟儿”。养鸟人不但彼此很熟悉，而且对他们朋友的鸟的叫声也很熟悉。鸟应该向哪只鸟学叫，这得由鸟主人来决定。一只画眉或百灵，能叫出几种“玩艺”，除了自己的叫声，能学山喜鹊、大喜鹊、伏天、苇乍子、麻雀打架、公鸡打架、猫叫、狗叫。

曾见一个养画眉的用一台录音机追逐一只布谷鸟，企图把它的叫声录下，好让他的画眉学。他追逐了五个早晨（北京布谷鸟是很少的），到底成功了。

鸟叫的音色是各色各样的，有的宽亮，有的窄高。有的鸟聪明，一学就会；有的笨，一辈子只能老实巴交地叫那么几声。有的鸟害羞，不肯轻易叫；有的鸟好胜，能不歇气地叫一个多小时！

养鸟主要是听叫，但也重礼貌。大鸟主要要大，但也要大得匀称。画眉讲究“眉子”（眼外的白圈）清楚。百灵要大头，短喙。养鸟人对于鸟自有一套非常精细的美学标准，而这种标准是他们共同承认的。

养鸟是很辛苦的，除了遛，预备鸟食也很费事。鸟除了要吃拌了鸡蛋黄的棒子面或小米面，还吃牛肉——把牛肉焙干，碾成细末。经常还要吃“活食”——蚱蜢、蟋蟀、玉米虫。

养鸟人所重视的，除了鸟本身，便是鸟笼。鸟笼分圆笼、方笼两种，有的雕镂精细，近于“鬼工”，贵得令人咋舌——有人不养鸟，专以搜集名贵鸟笼为乐。鸟笼里大有高低贵贱之分的是鸟食罐。一副雍正青花的鸟食罐，已成稀世珍宝。

除了笼养听叫的鸟，北京人还有一种养在“架”上的鸟。所谓架，是一截树杈。养这类鸟的乐趣是训练它“打弹”，养鸟人把一个弹丸扔在空中，鸟会飞上去接住。有的一次飞起能接连接住两个。架养的鸟一般体大嘴硬，例如锡嘴雀和交嘴雀。所以，北京过去有“提笼架鸟”之说。

2015 年第 1 期

与美国自由派为邻

林达

一

刚来美国的时候，在室外打工。陡峭的山坡，一片湖水，风景好极了。半山坡上有一座小屋，住着个闲人，那是租屋的房客，也是我来美国后认识的第一个美国人，他叫普莱斯顿。

普莱斯顿从大学毕业没几年，一脸棕色大胡子，非常精神。我刚到，正赶上他要去度假，他问我能不能帮他照看他养的狗。他的狗大大的，一身棕色长毛，蓬头蓬脑，和他一样神气。他说这狗的祖先来自中国，品名是Chaw。琢磨半天，就是中国人称作草狗的吧。后来我跟普莱斯顿熟起来，就是被这位“中国老乡”咬了一口。

我当时特别喜欢狗，对养狗却完全没有经验。每日给它喂食，自忖也算是个熟人，在它大快朵颐的时候，就试着伸手去抚摸它的头，没料想，刚伸出手去，几乎是迅雷不及掩耳，它转头就咬，差点没把我的手指当了点心。

普莱斯顿休假回来，听说了这个事故马上很紧张，他怕我见面第一句就是“我们法庭上见”。直到相信没有索赔官司跟在后头，他才恢复到原来的神气，和我聊了一会儿天。原来他是个写政治评论的自由撰稿人。

他很激动地跟我聊起美国政治。我刚来，见着那么多美国人还满是新鲜劲儿，对美国的政治更是两眼一抹黑，他跟我说的自由派、保守派，对我来说更是一笔糊涂账。但是看得出他对美国的现状很是愤愤然，决心要靠自己的笔扭转美国乾坤。

二

当时美国还是老布什当政，而普莱斯顿是自由派撰稿人，他不仅在当地小报上刮起一阵旋风，引出大批言辞激烈的读者来信雪花般飞向编辑部，还把自己攻击里根总统的文章自费出了一本薄薄的小册子。普莱斯顿在报上为自己的书刊登了一条小广告，顺便发出邀请：本人于某日下午在寒舍举行新书发布派对，对公众开放，欢迎光临。

记得那是个周六，我们觉得每天和他抬头不见低头见的，也算是朋友，就提了半打啤酒去祝贺。谁知敲门后，迟迟没人开门，然后，普莱斯顿一闪而出，迅速掩上身后的门。此举让我感觉门后不是新书发布的派对，倒是一个不想被人撞见的女朋友。普莱斯顿见到我们一脸惊讶。后来我才悟出来，所谓欢迎公众光临云云，只是一个壮声势的说辞，他知道没有一个外人会来的，没料想有两个中国新移民对美国门道还浑然不清。

确认是我们，我们又显然无害于他，普莱斯顿爽快地把我们让进去。一进去，香气扑鼻，见几个普莱斯顿的铁哥们儿在那里吞云吐雾。那是昂贵品，所以规矩是只卷一支，围着个桌子转圈抽。

就这样，阴差阳错地见识了美国自由派。出门我还纳闷，这大麻是违禁品，也就昂贵稀罕，以普莱斯顿那点稿费，日子都过得紧紧巴巴，哪来的钱买这个。

答案很快就出来了。

三

不久后的一天，我们正在他的小屋对面干活，一辆破破烂烂的汽车停在我身边，门一开，下来几个利利索索的年轻人。其中领头的梳个马尾辫，当然是男的。我想定是普莱斯顿的自由派朋友了，谁知马尾辫向我走来，掏出皮夹伸到我面前，皮夹上是一枚亮闪闪的大警徽，他同时自报家门：“我是警察。”他一定很奇怪，我一点没受到惊吓，反而一脸惊喜。我确实喜形于色：电影中的镜头在眼前真实发生！他问普莱斯顿住在哪里，我想，这哪是我能瞒得住的事情，就一伸手把他给出卖了。

他们敲敲门进去了。再出来，个个两手不空。谜底揭晓，原来，普莱斯顿在小屋里养盆景，种的不是五针松、六月雪，而是大麻。便衣警察人赃俱获，大麻、专用的紫外线灯等，都被警察装上车去。向警察告密的，恰是普莱斯顿的一个小兄弟。普莱斯顿却留了下来，他一脸丧气，把自己关进小屋，久久没有出来。数日后，普莱斯顿渐渐缓过来，走出小屋和我们聊天，对警察如此侵犯百姓自由煞是气愤。我们那天才知道，私种大麻在我们这个州最高可以被判十年。

马尾辫后来又来过一次，在小屋和普莱斯顿长谈，内容不详。结果是相当合情合理：看在普莱斯顿是初犯，关键是他种的数量少，只是自用而不是销售，所以没有起诉他。只是要求他写一本种大麻的指导手册，给警察破案作为参考。没想到，普莱斯顿的写作才华最后落到这样的实处。

普莱斯顿从此一蹶不振。终于，有一天，来了一辆相当好的汽车，两个白发苍苍一脸慈祥的老人走下车来。这是我们第一次看到普莱斯顿的父母。老人很有风度，穿着保守，看得出是好人家。他们来接儿子。原来普莱斯顿付不起房租，卖了车，剩下的全部家当都塞进爸爸妈妈的那辆小车。儿子走投无路时，父母永远是最后的避风港。

老人向我们道谢，我们向他们全家告别。那是很奇怪的场景：一辆好车，一车杂物，两个老派老人，一个自由派儿子，最后跳上去的，是我们的“中国老乡”——那条大草狗。

汽车摇摇晃晃驶下陡峭的山坡，又摇摇晃晃爬上另一个坡去，如同我们的人生。看着越来越小的汽车，“祝你好运”是每个人在这一时刻都会想到的一句话。我想，除了运气，普莱斯顿或许还需要一点别的什么。

2015 年第 2 期

提　琴

阿城

老侯是个手艺人。老侯原来在乡下学木匠，开始的时候锛檩锛椽子。

老侯对从未锛伤自己很得意，说："师傅瞧我还行，就让我煞大锯。"

煞大锯其实是很不容易干的活儿。先将原木架起来，一个人在上，一个人在下，一上一下地拉一张大锯。大锯有齿的一边是弧形的，锯齿有大拇指大。干别的活可以喊号子，煞大锯时却只能咬着牙，一声不吭，锯完才算。

老侯的腰力就是这样练出来的。后来老侯学细木工，手下稳，别人都很佩服，其实老侯靠的是腰。

老侯学了细木工，有的时候别人会求他干一些很奇怪的活儿。老侯记得有人拿来过一只不太大的架子，料子是黄花梨，缺了一个小枨，老侯琢磨着给配上了。

老侯的家在河北，早年间地方上有许多教堂，教堂办学校，学校上音乐课，用木风琴，弹起来"呜呜"的，很好听。老侯常常要修这木风琴。修好了，神父坐下来弹，老侯就站在旁边听。

有一次神父弹着弹着，忽然说："侯木匠，你会不会修另外一种琴？"老侯问："什么琴？"神父说："提琴。"老侯不知道，嘴上说试试吧。神父就把提琴拿来让老侯试试，是把意大利琴。

老侯把琴拿回家琢磨了很久。

粗看这把琴很复杂，到处都是弧，没有直的地方。看久了，道理却简单，就是一个有窟窿的木盒。明白了道理，老侯就做了许多模具，熬了鱼膘胶，把提琴重新粘起来。神父看到修好的琴，很惊奇。神父于是介绍老侯到北京去，因为教会的关系，老侯就常修些教堂的精细什物，四城的人都叫老侯洋木匠。

老侯因为修过洋乐器，所以渐渐有人来找老侯修各种乐器，老侯都能对付。北京解放了，老侯就做了乐器厂的师傅，专门修洋乐器。

一天，有个干部模样的人拿来一把提琴，请老侯修。老侯一眼就认出是神父的那把提琴，老侯没有吭声。老侯知道，跟教会沾上关系，是麻烦。因为是自己修过的东西，所以做起来很快。干部来取琴的时候，老侯忍不住说："您的这琴是把好琴。"干部说："不是我的，是单位上的。"老侯说："就是不太爱惜，公家的东西，好好保存着吧，是把好琴。"

一九六六年夏天，到处抄家砸东西，老侯忽然想起那把琴。厂里不开工，老侯凭记忆寻到那个单位去。

老侯在那个单位里东瞧瞧，西看看。单位里人来人往，大字报贴得到处都是，到处都是加了碱的面糨糊味儿。老侯后来笑自己："这是干吗呢？人家单位的东西，自己找个什么呢？怎么找得到呢？"于是就往外走。

可巧就让老侯瞧见了那把琴。琴的面板已经没有了，所以像一把勺子，一个戴红袖箍的人也正拿它当勺盛着糨糊刷大字报。

老侯就站在那里看那个人刷大字报。那人刷完一处，换了一个地方接着刷，老侯就一直跟着，好像一个关心国家大事的人。

2015 年第 3 期

遥远的向日葵地

李娟

就算是在鬼都不过路的荒野里，我妈离开蒙古包半步都会锁门。

锁倒是又大又沉，锃光四射，挂锁的门扣却是拧在门框上的一截旧铁丝。

我妈锁了门，发动摩托车，回头吩咐："赛虎看家。丑丑看地。鸡好好下蛋。"然后绝尘而去。

被关了禁闭的赛虎把狗嘴挤出门缝，冲她的背影愤怒大喊。丑丑兴奋莫名，追着摩托扑扑跳跳、哼哼叽叽，在后面足足跑了一公里才被我妈骂回去。

我妈此去是为了打水。门口的水渠只在灌溉期才来几天水，平时用水只能去几公里外的排碱渠取。那么远的路。幸好有摩托车这个好东西。

她每天早上骑车过去打一次水，每次载两只二十升的塑料壶。

我说："那得烧多少汽油啊？好贵的水。"

我妈细细算了一笔账："不贵，比矿泉水便宜。"

可排碱渠的水能和矿泉水比吗？又咸又苦。然而总比没水好。

这么珍贵的水，主要用来做饭、洗碗，洗过碗的水给鸡鸭拌食，剩下的供一大家子日常饮用。再有馀水的话我妈就洗洗脸。

脏衣服攒着，到了水渠通水的日子，既是大喜的日子也是大洗的日子。

其实能有多少脏衣服呢？我妈平时……就没怎么穿过衣服。

她说："天气又干又热，稍微干点活就一身汗。比方锄草吧，锄一块地就脱一件衣服，等锄到地中间，就全脱了……好在天气一热，葵花也长起来了，穿没穿衣服，谁也看不到。"

我大惊："万一撞见人……"

她说："野地里哪来的人？种地的各家干各家的活，没事谁也不瞎串门。如果真来个人，离老远，赛虎、丑丑就叫起来了。"

于是整个夏天，她赤身扛锨穿行在葵花地里，晒得一身黝黑，和万物模糊了界线。叶隙间阳光跳跃，脚下泥土暗涌。她走在葵花林里，如跋涉于大水之中，努力令自己不要漂浮起来。大地最雄浑的力量不是地震，而是万物的生长啊……她没有衣服，无所遮蔽也无所依傍，快要迷路一般眩晕。目之所及，枝梢的手心便冲她张开，献上珍宝，捧出花蕾。她停下等待，花蕾却迟迟不绽。赴约前的女子在深深闺房换了一身又一身衣服，迟迟下不了最后的决心。我妈却赤身相迎，肝胆相照。她终日锄草、间苗、打杈、喷药，无比耐心。

浇地的日子最漫长。地头闸门一开，水哗然而下，顺着地面的横渠如多米诺骨牌般一道紧挨着一道淌进纵向排列的狭长埂沟。渐渐地，水流速度越来越慢。我妈跟随水流缓缓前行，阻滞处挖一锨，跑水的缺口补块泥土，并将吃饱水的埂沟一一封堵。那么广阔的土地，那么细长的水脉。她几乎陪伴了每一株葵花的充分吮饮。地底深处的庞大根系吮吸得嗞嗞有声，地面之上愈发沉静。她抬头四望。天地间空空荡荡，连一丝微风都没有，连一件衣服都没有。世上只剩下植物，植物只剩下路。所有路畅通无阻，所有门大打而开。水在光明之处艰难跋涉，在黑暗之处一路绿灯地奔赴顶点。那是水在这片大地上所能达到的最高的高度——一株葵花的高度。这块葵花地是这些水走遍地球后的最后一站啊。整整三天三夜，整块葵花地都浸透均匀了，整个世界都饱和了。花蕾深处的女子才下定决心，选中了最终出场的一套华服。

即将开幕。大地前所未有地寂静。我妈是唯一的观众，不着寸缕，只踩着一双雨靴。她双脚闷湿，浑身闪光。再也没有人看到她了。她脚踩雨靴，无所不至，像女王般自由、光荣、权势鼎盛。她是一株最强大的植物，铁锨是最贵重的权杖。很久很久以后，当她给我诉说这些事情的时候，我还能感觉到她眉目间的光芒，感觉到她浑身哗然畅行的光合作用，感觉到她贯通终生的耐心与希望。

水渠通水那几天跟过年似的。不但喂饱了葵花地，还洗掉了所有衣服，还把狗也洗了。家里所有的盆盆罐罐大锅小锅都储满了水。幸亏我家家什多，可省了好多汽油钱。

那几天鸭子们抓紧时间游泳，全都变成了新鸭子。放眼望去，天上有白云，地上有鸭子。天地间就数这两样最锃亮。

大约渠水流过的地方水汽重，加之天气也渐渐暖和了，到第二次通水时，渠两岸便有了杂草冒头。而水渠之外，除了作物初生的农地，整面大地依旧荒凉粗粝。

鸡最爱草地，整天乐此不疲。一个个信步其间，领导似的背着手。我猜草丛的世界全部展开的话，可能不亚于整个宇宙。鸡如此痴迷，这儿瞅瞅，那儿啄啄。有时突然歪着脑袋想半天，再单脚撑地呆若木鸡。它不管看到什么都不会说出去。

天苍野茫，风吹草低见芦花鸡。两只狗默默无言并卧渠边。鸭子没完没了地啄洗羽毛。在荒野中，窄窄一条水渠所聚拢的这么一点点生气，丝毫不输给世间所有大江大河湖泊海洋的盛景。

面对这一切，唯有兔子无动于衷。每天瓜分完当天的口粮，它们就一个个尾随我妈进了葵花地。太阳下山还不回家，显得比我妈还忙。我妈说：“兔子，快看！水来了！”人家耳朵都不侧转一下。

水从上游来。上游有个水库。说是水库，其实只能算是一个较大的蓄水池。位于荒野东面两公里处，一侧筑了一道拦坝，修了闸门，简陋极了。可是对于长时间走过空无一物的大地的人们来说，简直就是一场奇遇！

我曾去过那里。走啊走啊，突然就迎面撞见。那么多的水静止于前方，仿佛走到了世界的尽头。不见飞鸟，不生植物，和荒野一样空旷。仅仅是水，一大摊明晃晃的水。镜子一样平平摊开在大地上，倒映着整片天空，又像是天空下的一潭深渊。

这一大摊水灌溉了下游数万亩的作物，维系了亿万生命的存活。可从这番情景看来，又像是它并不在意何为葵花，也从没理会过赛虎、丑丑、鸭子与鸡们的欢乐。它完整无缺，永不改变。与其说此地孤寂，不如说我们和我们的葵花地多么尴尬。我们从不曾真正触动过这个世界的内核。

在水的另一方，遥遥停着一座白房子。湖水是世界的尽头，那里便是世界的对面。住在那里的会是什么样的人呢？有好几次我想要过去看看，但每次绕着水岸走了很久很久，也无法抵达。

后来我离开了。我常常会梦到那片荒野中的大水，梦到南方来的白鸟久久盘旋水面，梦到湖心芦苇静立，却没有一次梦到生活在遥远白房子里的那个人。秋天来临的时候，我们的葵花地金光灿烂、无边喧哗，无数次将我从梦中惊醒，却没有一次惊醒过他的故乡。

2015 年第 5 期

别

张充和

祖母的灵柩在八月十七日出了殡后，叔叔便预备送我到苏州，筹备了好几天。本来要二十日动身的，因为亲戚朋友请送行酒，辞了又不好，只好一面辞行，一面享受他们的饯行酒，所以延到二十六日才动身。头一天晚上，有两个从小一起长大的朋友在我的床上睡，三个人何曾合一合眼，谈心也没有，不过可以明白，各人都是一腔惆怅。

第二天早晨，当昧爽的时候，我和岳、竺都起来了，我叫她们陪我往西园、大园、花园、书房去兜了一个圈子。先从厨房里穿过养鸡的地方，那只最大最美丽的大公鸡，见了我，扑了扑翅膀，两只纯白的鹅也把长颈子伸了几伸。鸡笼边有一棵柿子树，上面的柿子结得满枝，今年是没有我吃的份了，它们似乎有知似的。

西园里的草堆，堆得和屋顶一样齐，我们时常上到顶上去看晚霞的，可是今天没有气力爬。南边一排竹篱，篱外的几朵小红花迎着晓风招展着，它们并不晓得我将要离开它们了。在葡萄架下勾留一刻，岳指着石桌、石凳说：

“这不是我们用小锅、小灶蜜炙葡萄的地方吗？”我笑了笑说：“是便是，提它作甚？”我们在石凳上坐了一刻，便出了西园的门到大园。

到大园先要经过灰粪塘堆，是用石头砌成的一个半圆形的短墙，里面的草灰仍然堆得很高。这里是买草必经之道，记得卖草的推车夫是我们家的老佃户，我时常坐在他的小车——独轮车上，他还说要用小车子把我推到乡下去玩几天呢，可是再也没有这个机会了。大园有一个后门，通小河的，一个看门的老头子起来得很早，他晓得我要去了，不住地长叹。这里有棵百年的椿树和三棵七八十年的槐树，都伸着苍老的枝丫，上面托着几个鸟窠，已经有许多乌鸦在冲我们叫了。我们在场地——晒稻的地方是水门汀的——上坐了一会，三个人都好像一齐想到了一件什么事：这场地上曾有过我们的影子，当日正午，或日偏西，或日将落时，我们站在这里互相用炭画影子，画了满地的长长短短的影子。就这么一回事，再也不会忘记的，可是影子早已消失了。由大园穿过冬青树的门，到公共的大厨房——现在早已不用了——就到花园里了。花园的门也没有锁，一推门，之间烧字纸的炉亭的顶丢在地上，炉口堆积了许多字纸，飞了遍地。我抬头看看，杏、桃、石榴、樱桃、花红、苹果等许多果树，它们俯着头用它们的叶子拂着我。玫瑰的枯枝，早已半倒下了，没有娇艳的红色，也没有刺人的尖刺了。还有许多春花、夏花都是秃了枝的，只有盛开的桂花，依然散放着它那袭人的香气。未放的是菊花，含着苞了，似乎也在做春梦，也抱着无限的希望。我们三个人都是一句话也没有，悄悄地立在晨曦初破的花影下，默然地诉尽各人的惆怅。

经过长巷到书房去，院子里的两棵梧桐树，正在结梧桐子呢。一个月形门的花台，我只要一下了课，便上去攀着天竹、碧桃、绿梅树玩。书房里的墙壁上，不知是谁画了许多猫、狗、老鼠。我写的许多字都凌乱一地。一个钟也停住了。岳、竺也常到这里来玩的，三个人只低了头在乱纸堆里找寻些不要紧的东西。后院的芭蕉仍伫立着。我们出来后，本想到书楼上大祖母、三祖母以前住的故宅里，可是不成功，已经租给别人了，门闭得紧紧的，只得望了一望门。还有那个我们曾捉迷藏的地方，可是也不能够了，也是送给红十字会做救济院了，也只得由门的缝隙张了一张就回来了。

早饭后，一切行装已上了轮船，许多送我的人也都在小东门外等我，大家都是惨淡的容色，只有我和岳、竺放着笑容。当轮船移动时，她们两个站在岸上，我挥手叫她们回去。岳说："假使在你高兴的时候就来信。"竺说："假使你有好的消息就报告我。"我点了点头，说：

“假使故乡有事，你们一定要告诉我。”各人笑了一笑——这个笑，是甜、是酸、是苦，连当时的我们也是不得而知的了。我说：“去吧，回去吧！”她们也都说：“好！就这样的散吧！”

2015 年第 5 期

你真的听见音乐了吗

杨照

一个徒弟从师学音乐，晃眼三年，对中国传统音乐的主要系统几乎都精熟了。于是他问：“我什么时候能出去演奏呢？”师父劝他别急：“你真的听见音乐了吗？”徒弟回答：“当然，我怎么可能听不见音乐呢？音乐就在我的乐器里啊！”

师父理解徒弟急着要去闯天下的心情，就说：“这样吧，我带你去见我的师父吧！”

师徒两人走进山里，走了一整天，到了瀑布旁，师父终于停下来，说：“你在这里等，千万别乱走动，免得在山中迷路。我去请我的师父，看他愿不愿意见你，教你出师前最后的本事。”

徒弟等着，一会儿天黑了，接着夜慢慢深了，四处看不见任何东西。他又急又怕，只好竖起耳朵听四周有什么异状，慢慢地，他听到近处远处不同的水声，听到风声，借由风的流动，听出了树的位置与树的形状，他听到虫声，也听到不知名小动物试探的脚步声。

无穷的声音涌动着，让他的耳朵应接不暇。声音与声音相激，产生更多的声音。声音与声音相继出现，似乎也就呼应产生了节奏、韵律。他听到像音乐又不是音乐的东西，以前没有听过，不知该如何形容。

他就这样听了一夜的声音，直到天色开始泛白。他感觉自己仿佛听到了云色亮开的声音。他把眼睛闭上，听到一种神秘的声音，不是从耳朵里来，而是从心底来的，那是太阳爬上对面山顶的声音。

太阳高挂，师父才出现，问："你遇到我的师父了吗？"徒弟犹豫了一下，回答："应该遇到了吧。"

从山里回来，徒弟无法再演奏任何乐器。因为相较于山中之夜听到的，乐器的声音如此单薄、贫乏，让他厌倦不堪。徒弟黯然道："我听见音乐了——天籁，所以我不想再碰触任何人的音乐了。"

师父说："还没有，你还没听到，再听下去。"

好长一段时间，徒弟躲开街市上的喧闹人声，也不愿意演奏乐器，一心想着山中之夜听到的自然界的声音。有一天，他拿起布满了灰尘的笛子随手擦拭，放到嘴边吹出声音来。吹着吹着，心底有了一种前所未有的兴趣，再吹下去，快乐重新回到他身上，他用力吹，努力吹，吹完之后才发现自己竟然冒了一身汗，而且不知不觉中绕着房子走了好几圈。

师父就在他身边，欣慰地拍拍他说："现在，你可以去演奏了。"

徒弟大惑不解："为什么？为什么会有这样的变化？"师父解释："因为你懂得了不去跟天地竞争，不再试着要演奏出比天籁更美、更丰富的声音，而是专注地让自己的音乐与外在声音相呼应，用你的音乐去改造外面的声音，你的音乐不再是单独存在的。于是，你不再是个乐匠，而是一个乐师了！"

这个故事，是我少年时听老师讲的。那位老师学的是西方乐器小提琴，对小提琴的技巧与音乐表现要求极严。然而每隔一段时间，他都会跟我说一次这个中国音乐哲学的故事。

几十年来，我反复在心里问自己：这故事和音乐，尤其是和从巴赫到巴托克的西方音乐，有什么关系吗？

慢慢地，我似有所悟，领悟到音乐带给我们的，不只是音乐本身，更重要的还有一种听觉能力与听觉习惯。处在现代环境下，许多人成长过程里必要的一种训练，就是如何与噪音共存，也就是如何关起自己的耳朵，学会不要去注意、不要去听外界周遭的声音。

我们的听觉一直在变钝，钝到一定程度，才能帮助我们不受干扰地活下去。可是钝掉的听觉，听不见噪音，也听不见美妙的声音。

音乐，尤其是西方古典音乐，一直在追求一种复杂的和谐。借由对位与和弦原理，众多不同音符层叠架构，绝不彼此冲突。听这样的音乐，我们一方面感受到愉悦，一方面感受到一种想深入了解的冲动，想要专注捕捉每一个音符，以及音符与音符之间的关系，捕捉得越多，收获就越多。

换句话说，这种音乐给予专注大量的回报。懂得专注聆听，就能得到更丰富的感受，久而久之，为了追求那诱人的丰富感受，听音乐的人就会习惯于专注，养成专注的习惯。

于是，耳朵打开来，听到许多原本听不见的声音，也同时懂得了如何分辨值得听和不需要听的声音。我们跟外在世界的联系，因听觉的改变而改变了。

我们可以随时随地，在任何条件下，借由音乐创造出既内于世界又外于世界的自我小宇宙，专注且自在地活在自我小宇宙里，快活安适。

2015 年第 8 期

越来越沉默的人

李晓

这些年，和一些人的交往，越来越容易陷入沉默。

好比两个老朋友，站在积雪的山头，暮色中望着山下的灯火次第亮起，不说话，但有温暖浮上了心头。

冬日里一个朋友从北方披一身风雪路过本城，顺便来看看我。

彼此有十多年没见面了，之前，我们都想象着见面时的热烈。可那天一见面，连一个拥抱也没有，我们都有些拘谨。

三天里，我们在往事中捕捉那一丝如烟的温暖。我发现，这十多年光阴，像一条大河将我们生活的世界隔开，我们在遥遥两岸行走，打着手语，只能按照自己的想象，去猜测手语的意思。

他坐火车离去，站台前，我握住他的手说，下次来，我好好陪你玩几天，去看看你在乡下的老屋。我说完这句话，才想起，他乡下的老屋，几年前就已灰飞烟灭，那里建起了工厂。

要上火车了，他猛地抱住我，是难舍的心情。他望着我说，你下次来北方，一定来我家啊。我点点头。三年前的秋天，我路过他所在的城市。我半夜起床走到窗前，望着他家方向的阑珊灯火，心里微微浮起暖意。我没去看他，就这样和一个陌生的城市擦肩而过。

送走了朋友，我往回走，抬头看见一个穿着风衣的瘦高男人，他站在铁轨边抽烟，风很大。这时，他猛一回头，我差点叫出了声，那不是龙老三吗！一个生活在本城，我青年时代的朋友。龙老三也认出我了，他朝我走来，递给我一支烟，拍着我的肩膀说："老伙计，是你呀，我们有好多年没见面了吧。"我看见龙老三两鬓泛白了。

晚上，我和龙老三就在火车站旁一家小餐馆里叙旧。这么多年了，我们都没去打听对方，也没找到一个恰当的理由见面，甚至以为对方早消失在这个城市。这一见面，却没有陌生感，我们生活在同一座城市，共同呼吸着西山上草木送来的芬芳。

龙老三说，他也是来送别一个朋友的，朋友走了，他就去铁轨旁抽支烟。他说，他看见铁轨也老了，生了好多锈。

2015 年第 10 期

外祖父的白胡须

琦君

我没有看见过我家的财神爷，但是我总是把外祖父与财神爷联想在一起。因为外祖父有三绺雪白雪白的长胡须，连眉毛都是雪白的。他手里老捏着旱烟筒，脚上无论冬夏，总是拖一双草拖鞋，冬天了再多套一双白布袜。长工阿根说财神爷就是这个样儿，他听一个小偷亲口告诉他的。

那个小偷有一夜来我家偷东西，从谷仓里偷了一担谷子，刚挑到后门口，却看见一个白胡子老公公站在门边，拿手一指，那担谷子就重得再也挑不动了。他吓得把扁担丢下，拔腿想跑，老公公却开口了："站住，不要跑。告诉你，我是这家的财神爷，你想偷东西是偷不走的。你没有钱，我给你两块银圆，你以后不要再做贼了。"老公公摸出两块亮晃晃的银圆给他，叫他快走。小偷从此再也不敢到我家偷东西了。所以这地方人人都知道我家的财神爷最灵、最管事。外祖父却摸着胡子笑眯眯地说："哪一家都有个财神爷，就看这一家人做事待人怎么样。”

外祖父是读书人，进过学，却什么功名都没考取过，后来就在祠堂里教私塾，并在当地给人义务治病。他医书看了很多，常常讲些药名或简单的方子给妈妈听。因此妈妈也像半个医生，什么茯苓、陈皮、薏米、红枣，无缘无故地就熬来喂我喝，说是理湿健脾的。外祖父坐在厨房门口的廊檐下，摸着长胡须对妈妈说：“别给孩子吃药，我虽给旁人治病，但自己活了这么大年纪，却没吃过药。”他说，耳不医不聋，眼不医不瞎，上天给人的五官与内脏机能，本来都是很齐全的，好好保养，人人都可活到一百岁。他说他自己起码可以活到九十以上，因为他从不生气。我看着他雪白的胡须被风吹得飘呀飘的，很相信他说的话。

冬天，他最喜欢叫我搬两把竹椅，我们并排坐在后门的矮墙边晒太阳。夏天就坐在那儿乘凉，听他讲那讲不完的故事。妈妈怕他累，叫我换张靠背藤椅给他，他都不要。那时他七十多岁，腰杆挺得直直的，没有一点佝偻的老态。

坐在后门口的一件有趣的工作，就是编小竹笼。外祖父用小刀把竹篾削得细细的，教我编一种四四方方的小笼子。笼子里面放圆卵石，编好了扔着玩。有一次，我捉了一只金龟子塞在里面，外祖父一定要我把它放走，他说虫子也不可随便虐待的。他指着墙角边正在排着队搬运食物的蚂蚁说："你看蚂蚁多好，一个家族同心协力地把食物运回洞里，藏起来冬天吃，从来没看见一只蚂蚁只顾自己在外吃饱了不回家的。"他常常故意丢一点糕饼在墙边，坐在那儿守着让蚂蚁搬运，嘴角一直挂着微笑，胡须也翘着。妈妈说外祖父会长寿，就是因为他看世上什么都是好玩的。

要饭的看见他坐在后门口，就伸手向他讨钱。他就掏出枚铜子给人家。一会儿，又来了一个，他再掏一枚。一直到铜子掏完，他才摇摇手说："今天没有了，明天我换了铜子你们再来。"妈妈说善门难开，叫他不要这么施舍，招来好多要饭的难对付。他像有点不高兴，烟筒敲得"咯咯"地响，他说："哪个愿意讨饭？总是没法子才走这条路。"有一次，我亲眼看见一个女乞丐向外祖父讨了一枚铜子，不到两个钟头，她又背了个孩子再来讨。我告诉外祖父说："她已经来过了。"他像听也没听见，又给她一枚。我问他："您为什么不看看清楚，她明明是欺骗您。"他说："孩子，天底下的事就是这样，他来骗你，你只要不被他骗就是了。一枚铜子，在她眼里比斗笠还大，多给她一枚，她多高兴。这么多讨饭的，有的人确实是好吃懒做，但有的真的是因为贫穷。我有多的，就给他们。也许有一天他们有好日子过了，也会想起自己从前的苦日子，想到受过人的接济，就会好好帮助别人了，那么我今天这枚铜钱的功效就很大了。"他喷了口烟，问我："你懂不懂？"

“懂是懂，不过我不大赞成拿钱给骗子。”我说。

“骗人的人也是可以被感化的。我讲个故事给你听，我们的国父孙中山先生就是位最慷慨、最不计较金钱的人，他自己没钱的时候，人家借给他钱，他不买吃的、穿的，却统统买了书。他说钱一定要用在正正当当的地方。当他宣扬革命的时候，许多人都来向他借钱，他都给人家。那时他的朋友胡汉民先生劝他说：许多人都是来骗你钱的，你不可太相信他们。他却说没有关系，这么多人里面，总有几个是真诚的。后来那些向他拿过钱、原只是想骗骗他的人，都被他感动，纷纷起来响应他了。这一件事就可证明，人人都可做好人。你当他是坏人，他也许真的就变坏了；你当他是好人，他就是偶然犯了过错，也会变好的。诚心诚意待人，一定可以感动对方的。我再讲一段国父的故事你听。”他讲起孙中山先生来就眉飞色舞，因为他最钦佩孙中山先生了。他说：“国父在国外的时候，有一个留学生愿意参加革命，后来又有点害怕了，就偷偷割开他的皮包，偷走了一份革命党成员的名单。国父却装作不知道，等到革命成功以后，他一点也不计较那人所犯的过错，反而给他一个官做。那人万分的感动，做事做得很好。”

他忽然轻声轻气地问我：“你知不知道那一次咱家财神爷吓走了小偷是怎么回事？”

“不知道。”

“你别告诉别人，那个白胡子财神爷就是我呀！”

“外公，您真好玩，那个小偷一定不知道。”

“他知道，他不好意思说，才故意那么告诉人的。我给他两块银圆，劝说他一顿，他后来就去学做手艺，没有再做小偷了。”

他又继续说：“我不是说过吗？哪一家都有个财神爷，一个国家也有个财神爷，做官的个个好，老百姓也个个好，这个国家就会发财，就会强盛。”

这一段有趣的故事，我一直都没有忘怀。进入中学以后，每次圣诞节看见舞台上或橱窗里白眉毛、白胡子的圣诞老公公，就会想起我家的财神爷——我的外祖父，还有他老人家对我说的那段话。

“施比受更为有福。”这是古今中外颠扑不破的真理。外祖父就是一位专门将快乐带给人们的仁慈老人。

我现在执笔追述他的小故事时，眼前就出现他飘着白胡须的慈爱面容。他活到九十六岁，无疾而终。去世的当天早晨，他自己洗了澡，换好衣服，在佛堂与祖宗神位前点好香烛，然后安安静静地靠在床上，像睡觉似的睡着去世了。可是无论他是怎样的仙逝而去，我还是禁不住悲伤哭泣。因为那时我的双亲都已去世，他是唯一最爱我的亲人。我自幼依他膝下多年，我们的祖孙之情是超乎寻常的。记得最后那一年的腊月廿八，乡下演庙戏，天下着大雪，冻得人手足都僵硬了。而每年腊月的封门戏，班子总是最蹩脚的，衣服破烂，唱戏的都是又丑又老，连我这个戏迷都不想去看。可是外祖父点起灯笼，穿上钉鞋，对我与长工阿根说：“走，我们看戏去。”

“我不去，外公，太冷了。”

“公公都不怕冷，你怕冷？走。”

他一手牵我，一手提灯笼，阿根背着长板凳，外祖父的钉鞋踩在雪地里，发出“沙沙”的清脆声音。他走得好快，到了庙里，戏已经开锣了，正殿里零零落落的还不到三十个人。台上演的是我看厌了的《投军别窑》，一男一女哑着嗓子不知在唱些什么。武生旧兮兮的长靠背后，旗子都只剩了两杆，没精打采地垂下来。可是每唱完一出，外祖父却拼命拍手叫好。不知什么时候，他给台上递去一块银圆，叫他们来个“加官”，一个魁星兴高采烈地出来舞一通，接着一个戴纱帽穿红袍的又出来摇摆一阵，向外祖父照了照“洪福齐天”四个大字，外祖父摸着胡子笑开了嘴。

人都快散完了，我只想睡觉。可是我们一直等到散场才回家。路上的雪积得更厚了，老人的长筒钉鞋，慢慢地陷进雪里，再慢慢地提出来。我由阿根背着，撑着被雪压得沉甸甸的伞，在摇晃的灯笼光影里慢慢走回家。阿根埋怨说：“这种破戏看它做什么？”

“你不懂，破班子怪可怜的，台下没有人看，叫他们怎么演得下去。所以我特地去捧场的。”外祖父说。

“你还给他一块银圆呢。”我说。

“让他们打壶酒，买斤肉，暖暖肠胃，天太冷了。”

红灯笼的光晕照在雪地上，好美的颜色。我再看外祖父雪白的长胡须，也被灯笼照得变成了粉红色。我抱着阿根的颈子说：“外公真好。”

“唔，你老人家这样好心，将来不是神仙就是佛。”阿根说。

我看看外祖父快乐的神情，他真像是一位神仙似的。

那是我最后一次跟外祖父看庙戏。以后我外出求学，就没机会陪他一起看庙戏、听他讲故事了。

现在，我抬头望着蔚蓝的晴空，朵朵白云后面，仿佛出现了我那留着雪白长须的外祖父，他在对我微笑，也对这世界微笑。

2015 年第 3 期

一只鸟

沈柯

窗外的树上有一只鸟。

我停下手上的工作，将目光凝聚在那只鸟身上。我猜那是一只乌鸦，它全身乌黑而有光泽，我仿佛还可以看到它那双明亮黝黑的眸子。是乌鸦吗？我只知道乌鸦才会长得这么黑却不显得丑陋。管他呢，它只是一只鸟。

我的目光，在这只鸟身上停留了许久。看得越久我越觉得它亲切。我熟悉它的身形，它的毛色，它的明亮黝黑的眸子。我是不是在哪里遇见过这只鸟？我记得，几年前，楼下确实经常飞来一些鸟，我还给它们拍过照片。它是其中的一只吗？远方的天空飞来一群麻雀，零零散散地落在了不远处的电线杆上。我能感觉到它们在叽叽喳喳地开着没有主题的会议。几乎每一天，我都能够看到一群麻雀从天空中飞过，或者悠闲地停落在人类活动的地界上。我从不特意去观察那群麻雀，因为在我生命中飞过的那些麻雀仿佛永远都是同一群麻雀，灰色、褐色、黑色、杂毛，飞着、叫着、生长着，永远都是这样，不曾改变过。我看不出我五岁那年看到的一群从电线杆上挥动翅膀飞向远方的麻雀，和我现在看到的这群停留在电线杆上的麻雀有什么不一样。但事实上，多少万年以来，多少代麻雀像人类一样死亡，繁衍，又死亡，一代接一代。想来若麻雀也有思想，它看我们，必定和我们看它们无异。

想起小时候的某个傍晚，我和父亲走在家乡昏暗的街道上，头顶飞过一群麻雀，父亲吟起一首打油诗：

人站在地上
抬头望着天上的鸟
问道
鸟啊鸟
你在天上瞎飞瞎飞
做什么呢

鸟飞在天上
低头瞧着地上的人
问道
人啊人
你在地上瞎跑瞎跑
做什么呢

上帝看了
轻蔑地嘀咕
鸟啊，人啊
你们在那儿瞎想瞎想
是何苦呢

我无法知道父亲吟起这首打油诗时的心境，当时只觉得这么一首打油诗从一向严肃的父亲嘴中以方言说出来，别有一番趣味。现在突然想起十几年前的这首打油诗，竟然觉得其中蕴含了一个非常严肃而又说不清楚的问题。我们和麻雀生活在同一片天空下，却又生活在多么不同的两个世界中。我们不解麻雀几万年来在天空中飞来飞去永不停歇的宿命，麻雀想必也不会明白人类在地上四处奔波交付岁月的命运吧。难道正因为如此，我才会觉得多少年来仿佛是同一群麻雀在陪伴着我？我分不清它们大同小异的面孔，是因为它们同样无法区分我和路人甲的不同。我是路人乙，或者，我也是路人甲。鸟儿疑惑那个在地上瞎走瞎走的我，一如我看天空中瞎飞瞎飞的一群麻雀。我们都无法摆脱时间，跳出命运，我看麻雀如同麻雀看我。

我又将目光转移到了那只乌鸦——就当它是只乌鸦吧——身上。它还在原来的那根枝丫上，保持着原来的姿势，像尊雕像。我在我短暂的生命中遇到了它，它在它更短暂的生命中闯进了我的世界，但它浑然不觉。多年以后，我是否还能记得，在一个冬日的中午，我悄无声息地邂逅了一只乌鸦？如果我能够跳出我的躯体，以第三者的角度看到我和乌鸦的邂逅——这样的场景，是否会很有意思呢？我想不出词汇和语言去形容那种感觉，就像我可以像鸟一样在空中，然后看到在陌生的人流中穿行的自己，就和一只陌生的乌鸦没有区别。那种感觉肯定是奇妙的。

人的一生要遇到多少陌生的人和物？我时常感叹命运真是一个奇妙玄幻的东西。命运让我遇到了这个陌生人而不是那个陌生人，而我又恰好记住了某张陌生的面孔。这能算缘分吗？也许在某个时候，我脑海中还会一闪而过曾经在某个街头擦身而过的美丽女子，闪过一个曾经卖给我报纸的报刊亭主人，他们浑然不知他们就这样闯入了我的世界，并在我记忆深处占据了一席之地。我也会成为别人记忆中隐秘的一部分，因为我必定也会莫名地闯入一个陌生生命的世界，一个我从未谋面的人的世界。命运是多么隐秘和奇幻！它让无数生命无形中交织在一起，却让生命的所有者对此一无所知。一个远在大洋彼岸的白人小孩永远不会知道，只因一个新闻画面，就足够让他在我脑海深处存活一辈子了。任何伟大的作家都无法诉说和表达这种命运的隐秘性，因为我们都纠缠在这种混乱却有条不紊的关系之中——隐秘而伟大。

那我到底是否曾经遇见过这只鸟呢？我觉得我肯定是见过它的，我觉得它是那么亲切。我在多年以后竟然和同一只鸟相遇？生活竟会如此有趣和充满巧合吗？

我记起以前小区里的一只猫。

我觉得那只猫会笑，因为我看到它慵懒的猫脸就不自觉联想到我以前的物理老师——太像了。我的那位物理老师和这只猫有什么联系吗？为何命运让他们在我的记忆中产生了如此大的交集？我长这么大也不过记住了那么几只猫，它是其中一只。它是幸运的，作为一只流浪猫，它在我的记忆中永久地存活下来。但我记住这只猫，难道不是因为它独特的长相和那个物理老师惊人地相似吗？但它不会认识我的那位物理老师，它只能认得我，倘若它能够像我们这样记忆和思考的话。谁让我那么多次俯身去触摸它臃肿的身体呢？我摸着流浪猫的脑袋，想的却是我的那位物理老师。

枝丫猛烈地摇晃起来，那只乌鸦厌倦了原有的姿势，起身飞走了，飞到我看不见的远方。它就这样离开了，自始至终不知道它竟长久地成为一个人眼中的风景。它沉醉于自己眼中的风景，殊不知自己成了我眼中的风景。那首《断章》是怎么写的？“明月装饰了你的窗子，你装饰了别人的梦。”这是我最钦佩和喜爱的新诗。分歧、联系、矛盾、悲哀，还有无尽的未知与永恒。我觉得诗中表达的就是命运——感叹时间和空间给人的局限和无奈。仔细思忖，我们拥有的竟然是如此混乱不堪、令人费解的命运。它存在那么多不确定性，冥冥中却又像是早就已经安排好的存在。

多年前父亲打趣说：“上帝说，人啊、鸟啊，瞎想什么呢？”难道当时年近不惑的他已经感受到这种命运的关联和矛盾了？几句诙谐的打油诗，感慨的又何尝不是阅世渐深后惊觉的无奈呢？可惜我当年太小，模仿着父亲，操一口方言念叨着那几句诗，只觉得有趣，而已。

那群麻雀飞走了，窗外变得空旷。何时我能够再次遇见这群麻雀呢？或许，再也遇不到了。

或许，它们多少年来，就从未离开过。

2015 年第 13 期

梨 花

许地山

她们还在园里玩，也不理会细雨丝丝穿入她们的罗衣。池边梨花的颜色被雨洗得更白净了，但朵朵都懒懒地垂着。

姊姊说："你看，花儿都倦得要睡了！"

"待我来摇醒它们。"

姊姊不及发言，妹妹的手早已抓住树枝摇了几下。花瓣和水珠纷纷地落下来，铺得银片满地，煞是好玩。

妹妹说："好玩啊，花瓣一离开树枝，就活动起来了！"

"活动什么？你看，花儿的泪都滴在我身上哪。"姊姊说这话时，带着几分怒气，推了妹妹一下。她接着说："我不和你玩了，你自己在这里吧。"

妹妹见姊姊走了，直站在树下出神。停了半晌，老妈子走来，牵着她，一面走着，一面说："你看，你的衣服都湿了。在阴雨天，每日要换几次衣服，叫人到哪里找太阳给你晒去呢？”

落下来的花瓣，有些被她们的鞋印入泥中；有些粘在妹妹身上，被她带走；有些浮在池面，被鱼儿衔入水里。那多情的燕子不停地把鞋印上的残瓣和软泥一同衔在口中，到梁间去，筑成它们的香巢。

2015 年第 19 期

盼情书

〔日本〕清少纳言　黄悦生 译

往常那人回去后总会寄来情书，可是某日却忽然说："这又何苦呢？事到如今，也不必再说什么了吧！"说罢便回去了，次日也杳无音信。

天亮后，女人见没有书信送来，心里非常失落，心想：没想到他竟如此绝情！

就这样过了一天。次日中午，下起滂沱大雨，仍然没有对方的消息。女人心想：看来真的是一刀两断了。

傍晚时分，她正坐在廊檐下，忽见有个童仆撑着伞送信过来，便异常急切地打开来看。信里只写了一句："雨落水涨。"寥寥数字，却比千言万语更加动人。

2015年第20期

粉红色大车

李娟

自从有了粉红色大车，我们去县城就再也不坐小面包车了。小面包车一个人要收二十块钱，粉红色大车只要十块钱。带稍微大点的行李的话小车还要另外收钱，大车随便装。最重要的是，大车发车有个准点，不像小车，人满了才出发，老耽误事。

粉红色大车其实是一辆半旧的中巴车。司机胖乎乎、乐呵呵的，每当看到远处雪地上有人深一脚浅一脚地向公路跑来时，就会快乐地踩一脚刹车："哈哈，十块钱来了！"

车上的小孩子们则整齐地发出"吁儿——"的勒马命令声。

我和六十块钱被挤在引擎和前排座之间那点地方，车上已经满满当当的了。可是车到温都哈拉村，又有人塞进来五十块钱和两只羊。这回我被挤得连胳膊都抽不出来了，真想骑到那两只羊身上去……好在人一多，没有暖气的车厢里便开始暖和起来。

虽然乌河这一带村庄稀寥，但每天搭粉红色大车去县城或者恰库尔图镇的人还真不少。每天早上不到五点钟车就出发了，孤独地穿过一个又一个漆黑的村庄，一路鸣着喇叭，催亮沿途一盏一盏的窗灯。当喇叭声还响在上面一个村子时，下面村子的人就准备得差不多了，穿得厚厚的，站在大雪覆盖的公路旁，行李堆在脚边的雪地上。

阿克哈拉是这一带最靠西边的村子，因此粉红色大车每天上路后总是第一个路过这里。我也总是第一个上车。车厢里空荡而冰冷，呵气浓重。司机在引擎的轰鸣声中大声打着招呼："你好吗，姑娘？身体可好？"一边从旁边座位上捞起一件沉重的羊皮坎肩扔给我，我连忙接住，盖在膝盖上。

夜色浓重，风雪重重，戈壁滩平坦辽阔，沿途没有一棵树。真不知司机是怎么辨别道路的，永远不会把汽车从积雪覆盖的路面上开到同样是积雪覆盖的路下面去。

天色渐渐亮起来时，车厢里已经坐满了人，但还是那么冷。长时间待在零下二三十摄氏度的空气里，我已经冻得实在受不了了。突然看到第一排座位和座位前的引擎盖子上面对面地坐着两个胖胖的老人——那里一定很暖和！我便不顾一切地挤过去，硬夹在他们两人中间的空隙里，坐在堆在他们脚边的行李包上。这下子果然舒服多了。但是，不久后我尴尬地发现，他们两个原来是夫妻……一路上这两口子一直互相握着手，但那两只握在一起的手没地方放，就搁在我的膝盖上；我的手也没地方放，就放在老头儿的腿上。后来老头儿的另一只大手就攥着我的手，替我暖着，嘴里嘟噜了几句什么，于是老太太也连忙替我暖另一只手。一路上我把手缩回去好几次，但立刻又被攥着了。也不知为什么，我的手总是那么凉……车上的人越来越多，不停地有人上车、下车，但大都是搭便车的——正顶着风雪从一个村子步行到另一个村子去，恰好遇到粉红色大车经过，就招手拦下。其实，就算是不拦，车到了人跟前也会停住，车门边坐的人拉开门大声招呼："要坐车吗？快一点！真冷……"

周日坐车的人最多。车停下后，一位父亲先挤上车，左右突围，置好行李，拾掇出能坐下去的地方，然后回头大声招呼："娃，这呐坐定！"又吼叫着叮嘱一句，"娃，带馍没？"

每每这时，司机总会失望一回——还以为这回上来的是二十块钱呢……那父亲安顿好了孩子，挤回车门口，冲司机大喊："这是俺娃的车票钱，俺娃给过钱哩！俺娃戴了帽子，师傅别忘哩！"

"好。"

"就是最后边戴帽子那哩！"

"知道了。"

"师傅，俺娃戴着帽子，可记着哩！"

“知道了，知道了！”

他还不放心，又回头冲车厢里一片纷乱的脑袋大吼：“娃，你跳起来，让师傅看看你的帽子！”

无奈此时大家都忙着上下车，手忙脚乱地整理行李，那孩子试着跳了几次，也没法让师傅看到他的脑袋。

“好啦好啦，不用跳了……”

“师傅，俺娃是戴帽子哩，俺娃车钱给过哩……”

“要开车了，不走的赶快给我下去！”

“娃，叫你把帽子给师傅看看，你咋不听！”

车在一个又一个村子之间穿行着，几乎每一个路口都有人在等待。

有的是要坐车，有的则为了嘱咐一句：“明天四队的哈布都拉要去县城，路过时别忘了拉上他。他家房子是河边东面第二家。”

或者是：“给帕罕捎个口信，还有钱的话就买些芹菜吧。另外让他早点回家。”

或者：“我妈妈病了，帮忙在县城买点药吧。”

或者有几封信拜托司机寄走。

车厢里虽然拥挤，但秩序井然。老人们被安排在前面几排座位上，年轻人坐在过道里的行李堆上，而小孩子们全都一个挨一个挤在引擎盖子上，那里铺着厚厚的毡毯。虽然孩子们彼此间互不相识，可是年龄大的往往有照顾大家的义务，哪怕那个年龄大的也不过六七岁而已。只见他一路上不停地把身边一个三岁小孩背后的行李努力往上推，好让那孩子坐得稳稳当当。每当哪个小孩把手套脱了扔掉时，他都会不厌其烦地拾回来帮他重新戴上。

还有一个大约两岁的小孩一直坐在我对面，脸蛋绯红，蔚蓝色的大眼睛静静地瞅着我。他一连坐了两三个小时都保持着同一个姿势，动都不动一下，更别说哭闹了。

我大声问："谁的孩子？"

没人回答。车厢里一片鼾声。

我又问那孩子："爸爸是谁呢？"

他的蓝眼睛一眨都不眨地望着我。

我想摸摸他的手凉不凉，谁知刚伸出手，他便连忙展开双臂向我倾身过来，要让我抱。真让人心疼……这孩子身子小小软软的，刚一抱在怀里，小脑袋一歪，就靠着我的臂弯睡着了。一路上我动都不敢动弹一下，怕惊扰了怀中小人儿安静而美好的梦境。

2015年第20期